推拿（上）

陈杆/著

西苑出版社
XIYUAN PUBLISHING HOUSE

图书在版编目（CIP）数据

推拿 / 陈枰著．— 北京：西苑出版社，2013.6
ISBN 978-7-5151-0331-0

Ⅰ．①推…　Ⅱ．①陈…　Ⅲ．①长篇小说－中国－当代
Ⅳ．①I247.5

中国版本图书馆 CIP 数据核字（2013）第 066649 号

推　拿

作　　者　陈　枰
责任编辑　刘小晖
出版发行　西苑出版社
通讯地址　北京市朝阳区和平街11区37号楼
邮政编码　100013
电　　话　010-52470795
传　　真　010-88637287
网　　址　www.xiyuanpublishinghouse.com
印　　刷　北京中印联印务有限公司
经　　销　全国新华书店
开　　本　710毫米×1000毫米　1/16
字　　数　400千字
印　　张　36.25
版　　次　2013年6月第1版
印　　次　2013年6月第1次印刷
书　　号　ISBN 978-7-5151-0331-0
定　　价　68.00元（上、下册）

盲人很容易忽略一样东西，那就是他们的眼睛。他们的眼睛没有光，不可能成为心灵的窗户。但是，他们的眼睛却可以成为心灵的大门——当他们对某一样东西感兴趣的时候，他们不懂得掩饰自己的眼睛，甚至把脖子都要转过去，有时候都有可能把整个上身都转过去。

一

大推拿室。夜。两只厚实有力的大手，掌心向下，并拢的十指松开，露出八条缝隙，灯光从手指的缝隙里直泻而出。

沙复明：“推拿的手法要持久、有力、均匀、柔和。”

手掌落下，放在客人蒙着白单子的肥硕的腿上，从下往上向上，力透肌肉地推了两下。

沙复明：“这是推。”

两只厚实有力的手掌抬起来，一左一右牢牢抓住一个人后背肩颈两侧的肌肉，满把握紧使劲一捏拎起来。

沙复明：“这叫拿。”

被“拿住”的客人的痛苦和舒服交织在脸上，他实在忍不住“嗷”的一声叫起来。

另一个声音紧跟着他的号叫声传过来，高亢霸道：“我曾经问个不休……你何时跟我走？”

所有推拿师的手都停了下来。

号叫般的歌声清晰明亮：“可你却总是笑我一无所有。”

趴在床上享受推拿的人们葵花向阳一般转动着脑袋寻找声音的来源。

声嘶力竭的歌声继续：“我要给你我的追求还有我的自由可你却总是笑我一无所有……”

沙复明不动声色地继续着他的肩颈治疗。

客人扭头问：“怎么了？”

沙复明像是自言自语也像是回答他：“都是爱情给闹的。”

沙复明是盲人推拿师。

沙复明走到第3推拿室，推门，门从里面锁上了。

“芒来，这是推拿中心，不是KTV。”沙复明说。

里面的人不予理睬，依旧狼一样地嗥叫着：“为何你总笑个没够，为何我总要追求，难道在你面前，我永远是一无所有……”

推拿师们慢慢聚拢过来小声议论着。客人们探头探脑地往这边看，议论纷纷。

沙复明对身边的推拿师们小声说："别围在这里，干活去，干活去。"推拿师们散开了。门里面的歌声在继续：这时你的手在颤抖这时你的泪在流莫非你是在告诉我你爱我一无所有噢……

沙复明皱着眉头听了一会，弯起手指轻轻在门上叩了两下："曲大夫，注意点影响，别唱了。"

里面的人不回答他，喉咙里喷出来的歌声已接近歇斯底里了。

深圳推拿馆。墙上挂钟的秒针一格一格地往前走着，时间指向十一点五十五分。

王泉和孔佳玉一人一张推拿床上坐着，两人脸对脸能听到彼此一粗一细的呼吸声。

王泉咽了口唾沫轻声问："你……想好了吗？"

孔佳玉手指抠着床上的人造革小声说："我想好了，你呢？"

王泉诚心诚意地说："我不重要，主要是你。再想想，我们还有时间。"

孔佳玉："我想好了。"

王泉低声说："你过来。"

孔佳玉从推拿床上下来，往前走，一直走到王泉跟前，王泉也站了起来。

两人伸手往前摸，几乎同时抚摸到了对方的脸，还有眼睛。

一摸到眼睛，两个人的眼泪同时涌了出来。

他们凑过去接吻，鼻尖撞在了一起，迅速又让开了。

孔佳玉侧过脸去，王泉找到她的嘴唇，这一回他们终于吻上了。

挂钟"当""当"地敲响了。

黑暗中声控报时钟的灯一闪一闪地报着时："北京时间零点整。"

孔佳玉拖着哭腔喊着说了一声："王泉，2010年也过完了！"

王泉一把把孔佳玉搂在怀里，他用了蛮力。

王泉语无伦次地说："我要带着你回南京！我要开店！我要让你当老板娘！"

天快亮了。沙复明疲惫不堪地站在3号推拿室门口，他压着嗓门问："你已经唱了七个小时了，你到底要干什么呀？"

门里面的人不回答，野狼一样扯着嗓门嗥叫着："我是不是你最亲爱的人，你为什么不说话……"

沙复明叹了口气轻声说道："你这样唱下去会出人命的。"

歌声突然戛然而止了。

黎明安静得让人心慌。

沙复明轻轻地敲门："曲大夫，曲芒来，芒来！"

门里面没有一点儿声音。

沙复明抬起右腿照房门就是一脚。门锁被撞开，狠狠地弹在对面的墙上。“啪”的一声巨响。沙复明立刻嗅到了一股浓烈的血腥味，他大声叫：“芒来！芒来！”

曲芒来脸朝天躺在推拿床上，他对面的墙上喷溅上去的鲜血像一丛怒放着的杜鹃花。

医院抢救室。张宗琪和高唯扒着抢救室门上的小玻璃窗往里面看着。沙复明靠在墙边仔细听着里面的动静。

医生推门出来：“哪位是曲芒来的家属？”

沙复明刚要说话。张宗琪抢在他前面回答道：“他是我们的员工。”

医生：“他没自杀，他是过度疲劳睡过去了。”

沙复明吃了一惊：“那血是哪来的？内脏出血？”

医生：“嘴里喷的，检查过了，除了声带红肿严重充血以外，内脏里没有出血的地方。他平时气性很大吗？”

张宗琪：“蔫萝卜做起乱来，厨子都不敢拿它氽丸子。”

医生把一张收费单子递过来：“办手续出院吧。”

此时，沙复明的手机响了，他接电话。张一光：“沙老板，马跃站在咱们后面小区的大烟囱上，正准备往下跳呢。”

沙复明大吃一惊，忙赶回小区。

小区大烟囱下面停着警车、救护车和消防车。四周站满了围观的群众。

马跃站在高耸的大烟囱上，瞪着两只盲眼看着远方，风把他的衣襟吹得像旗帜一样地飘扬着。

沙复明挤进人群大声喊：“马跃！马跃！”他的声音被嘈杂的人声淹没了。

警察拿着话筒大声喊：“小伙子，生命只有一次，你有什么想不开的事情，下来我帮你解决。”

马跃脚下一滑。周围一片惊呼。

沙复明急了，一把抢过来警察手里的话筒大声喊：“马跃！马跃！”

沙复明的声音透过云层飘上烟囱顶。马跃四处寻找这个声音。

沙复明：“我是师傅，你快下来，我有要紧的话对你说。”

马跃迟疑了片刻，一步一级地从高处往下走。他一落地，警察和消防人员一拥而上把他死死地按在地上。

沙复明坐在派出所走廊的椅子上焦急地等待着。

派出所办公室。警察和马跃隔着一张桌子面对面坐着。

警察盯着马跃的脸：“不是自杀，爬那么高干什么？”

马跃表情很淡定：“看看。”

警察：“你一个盲人能看见什么？”

马跃："你怎么知道我看不见。"

警察被他的话噎得心中火起，抬起手来想拍桌子，中途拐了个弯，捡起桌子上的残疾人证件，翻开看了一眼："就算你能看见，你上去'看'那么一眼，动用了多少社会资源？我们所就出警十人，除了动用人力物力以外，还造成了一个小时的交通堵塞。"

马跃："我在烟囱上站着，怎么影响地面的交通了？"

警察终于忍不住了，"啪"的一巴掌拍在桌子上。

走廊的沙复明一哆嗦。

马跃一双盲眼盯着警察的眼睛，他的眼睛又黑又大。警察伸手在他的眼前晃了两下。马跃一点反应都没有。

警察："你占用公共资源，妨碍公共秩序，必须给予治安处罚。按照条例，处以十五日内拘留，二百元以下罚款。念你初犯，又是一个残疾人，拘留这一项免了，罚款照交。出去办手续吧。"

超市的工作人员推着长龙一样空购物车上了滚动电梯，嘴里喊着："让让！让让！"

吴和平满脸怒容地在滚动电梯上留出来的空隙里硬挤过去。空购货车被他撞得"叮咣"一阵乱响。

超市收银台的报警器响了。推着购货车往外走的崔云被保安一把拉住了。崔云一脸愕然。保安翻购货车，从扣着的塑料盆下面拿出来一块没有扫描结账的肉。

防部办公室里。回放着超市摄像头里记录下来的画面，赶过来的吴和平瞪着眼睛问崔云："为啥这么干？"

崔云嗫嚅："收银员扫描完了脸盆把盆放回到车里，肉被压在下面，我光顾掏钱，没看见。"

工作人员："那么大块肉你看不见？谁信哪！"

崔云："我不是故意的。"

工作人员："我们一天抓你这样的好几个，没有一个说自己是故意的。"

吴和平："她真不是那样的人。"

工作人员："她是感动中国十大杰出人物？"

崔云窘得抬不起头来。

吴和平咬着后槽牙，两只眼睛狠狠地瞪着工作人员："你什么意思？"

工作人员："交罚款，人领走。"

吴和平："多少钱？"

工作人员："1000块。"

吴和平拎起那块肉摔在桌子上："这块肉标价十五块钱。"

工作人员："偷东西就要付出代价。"

崔云："我没偷！"

吴和平呵斥道："你他妈给我住嘴！"

工作人员："不愿意在这里解决，那就移交给警察处理，最低罚款三千，拘留十五天。"

吴和平一脸无赖相："赶紧移交，千万别炸在手里。"

崔云急了，一把抓住他的胳膊："吴和平，你不能这样对我！"

吴和平甩开她的手语气平和地说："我要是你就脱下鞋来，用鞋底子狠狠地抽自己几个嘴巴子！"

吴和平冷着脸往超市门口走，崔云怯生生地跟在后面。吴和平越走越慢，走到台阶处猛地站住脚，崔云差点撞在他的身上。吴和平抬腿狠狠一脚踹上去。

崔云猝不及防"扑通"一声摔倒了，她顺着台阶滚下去。周围一片惊叫声。

吴和平头也不回地走了。

崔云趴在地上半天没爬起来。

沙复明拄着盲杖，马跃一只手搭在他的肩膀上，两人在盲道上慢慢地走着。

马跃："那个烟囱紧挨着我家以前住过的楼，第九十级正对着我们家客厅的窗户。小时候我站在窗子跟前就能看见鸟在上面搭的窝。听客人说，烟囱和那片小区全都要被拆除，我想上去看看。"

沙复明："爬那么高不见得就能看着，你要学会用心看，那里也有一双眼睛。"

他突然停住脚，马跃不知道发生了什么事情也站住了脚。

沙复明转过身拉着马跃大步走起来，行人纷纷给这一对盲人让开路。

崔云的声音很柔弱："给我一杯糖水……"

沙复明穿着软底牛皮鞋的脚大踏步地在盲道上走着，越走越快，他跑起来。

"给我一杯糖水！"年轻高亢的声音。

23岁的沙复明结实有力的腿往后有力地一蹬，他腾空飞起，两条腿在空中大幅度地跨了两步，缓缓坠落。

崔云精神恍惚，两腿发软，每一步都像踩在棉花堆上。她声音低弱颤抖地说："给我一杯糖水……给我一杯糖水……"身子往一边倾斜。

沙复明冲到跟前，猛地伸直了手臂。崔云像捞救命稻草一样两手死死地抓住了他的手臂。崔云拼命睁大了眼睛，眼前一片炽白随后黑了。

VIP推拿室。一杯糖水灌进崔云的嘴里，她慢慢睁开了眼睛。眼前的色块渐渐清晰，沙复明戴着墨镜的脸。崔云浑身瘫软，喘息着说不出话来。

沙复明："这是沙宗琪推拿中心，你在离我们店不远的地方昏倒了。"

崔云闭上了眼睛费力地呼吸着。

沙复明："你颈椎的小关节有两处错位，导致椎管狭窄血流不畅，脑部供血不足，我给你矫正一下。"

沙复明两只手轻轻捧住崔云的脑袋："放松，别跟我的手较劲。"

他轻柔地左右摇晃着，一个小小的果断利落的扭动。崔云的脖子发出一声轻微地响声。

沙复明："起来试一试。"

崔云坐起来，调整着呼吸，她一呼一吸的声音很响。

沙复明的心"忽悠"一下莫名地慌乱起来。

崔云："再给我一杯糖水。"

她的声音像低压电流打在沙复明的心上。沙复明听见自己的心"怦""怦""怦"地跳着。

对面镜子里映出来的沙复明，镜子里的沙复明和镜子外的沙复明都在等待回答。

运动会赛场。"砰"的一声枪响。

23 岁的沙复明戴着眼罩嘴里默默数着："……七、八、九、十、十一、十二。"

他腾空跃起，半空中分开的两腿使劲蹬了两下，缓缓落进沙坑里。

裁判员用尺子量了距离报出成绩："5.93 米。"

教练兴奋地叫道："沙复明，还差 7 厘米你就打破全省男子跳远这个级别的纪录了。"

沙复明激动地一跃而起，他在空中玩了一个旋转。落地的时候，他的脚跟另外一个人的脚落在一个落脚点上，两人撞了一个满怀。两人同时趔趄了两步后站住了。向天纵扭头看，看见沙复明戴着眼罩，知道他是盲人。

沙复明连声道歉："对不起，对不起。"

向天纵："没关系。"

她的声音非常好听，一下就把沙复明吸引住了，他竖起耳朵仔细地听着。

向天纵："给我一杯糖水。"

有人把糖水递过来，向天纵把糖水递给被她领跑的盲人女运动员："喝了。"

女运动员一饮而尽。

向天纵："马上就该咱们了，别紧张，调整好呼吸，来，你跟着我一起呼吸。呼——吸，呼——吸。"

沙复明鬼使神差了，下意识地跟着她的声音一起呼吸起来。

向天纵："呼——吸，呼——吸。"

一声枪响。

向天纵高喊一声："加油！"

她和盲人女运动员一起窜了出去。

沙复明紧跟着腾空跃起，半空中分开的两腿使劲蹬了两下，缓缓落进沙坑里。

裁判员用尺子量了距离报出成绩："5.43 米。"

教练员气得吼了一嗓子："沙复明，你怎么搞的？！"

40 岁的沙复明激灵一下醒过神来。

高唯站在他面前："那女人没带钱。"

沙复明："这种情况，有钱也不应该收。"

高唯的脸一下严肃起来："120 抢救的病人哪个情况不特殊？都不要钱吗？沙老板，企业要想做大就应该严格遵守规章制度。"

沙复明诚心诚意地说："把她的费用挂在我的账上吧。"

高唯一怔。

沙复明："你坐了一夜的火车，回来就跟着我跑医院，够累的，赶紧回去睡会吧。"

高唯："我是利用调休出的门，假用完了就得赶紧回来上班。回去睡觉你给我发工资啊？"

沙复明出去了，留下一句话："我给你发。"

高唯："这不符合规章制度。"

张宗琪走进来问："高唯，你到北京干什么去了？"

高唯："听总裁 CEO 工商管理 MBA 课程。"

张宗琪没听懂："什么？"

高唯："讲企业发展战略，市场营销管理，人力资源管理与开发，企业发展经营理念，企业形象设计与广告策划……"

张宗琪用一只好眼睛盯着她问："往哪用？"

高唯大拇指朝下，往地上一指说："这儿！"

街上，川流不息的车辆。

沙复明拄着盲杖站在十字路口的斑马线上等待过马路。一个天籁之声穿过车流的嘈杂音传过来。

沙复明的身子轻轻颤抖了一下。

23 岁的沙复明手拄盲杖站在十字路口等红灯。一个天籁之声从身边的汽车音响里传出来，另一个悦耳熟悉的声音搭进来，她在跟什么人争吵。

悦耳的女声："你别拿我当空气！"

她的声音和汽车音响里传出来的天籁之声融合在一起。

沙复明不由地呆住了。

男人的声音："你不是空气，你是尾气，每一股蓝烟都带着杀伤力。"

悦耳的女声："那你还跟着我干什么？分手吧！"

男人暴怒的声音："你是不是还有别的男人？"

绿灯亮，对面的车开过来了。

悦耳的女声："你管不着！"

沙复明听到刹车抱紧轮胎摩擦地面的声音。他猛地伸出手准准地抓住身边的那条胳膊往自己这边一拽。一辆面包车从他们身边开过去。

那女人被沙复明拉得转了个圈，跟沙复明脸对脸地站在那里——向天纵一眼认出来他是残运会上的那个跳远的运动员。

她冲沙复明绽出了一个灿烂的笑容："你呀！"

沙复明："小心车。"

男青年一脸怒气地瞪着他们。

向天纵瞟了他一眼，索性挽起沙复明的胳膊大踏步地往前走。沙复明翻腕反过手来，他拉着向天纵的胳膊过了马路。

两人站在马路边上说话。

向天纵："哎，你怎么认出来我的？"

沙复明："你的声音听一次就能记住。那天在赛场上撞了你，真不好意思。"

向天纵："是我撞的你。"

沙复明："我身子重，撞人疼，我应该道歉。"

向天纵："好，那你请我喝冷饮吧。就现在，我渴了。"

沙复明一愣："我……我得上班。"

向天纵一把抓住他的胳膊："就今天，你逃班，我逃课，咱们喝冷饮去，怎么样？"

沙复明愣在那里。

向天纵："要是你不舍得花钱，那我请你。"

向天纵的话充满了挑战和诱惑力，沙复明胸中突然荡漾起探险与搏击的好奇和勇气，他嘴角挂着笑容思忖着。

向天纵："不敢？"

沙复明："敢。"

向天纵和沙复明坐在咖啡店里。

男青年坐在不远处看着他们。

向天纵看见了他却装作没看见，她端起来面前的冰镇可乐一口气喝光了，说："我不是盲人，我是志愿者，给盲人运动员当领跑员。"

沙复明："你一定跑得很快。"

向天纵："跑得快不是最重要的，最重要的是运动员在比赛中的转向、变道、提速，完全由我来掌握。我的每一步跑必须跟运动员保持完全一致。为了这次比赛我跟选手练了好几个月呢。哎，你叫什么名字？"

沙复明说："沙复明，黄沙的沙，光复的复，明亮的明。你呢？"

向天纵从杯子里取出来一块冰，拉过沙复明的胳膊，在他的胳膊上写下了三个字。然后调皮地问："知道我叫什么了吧？"

沙复明抽回自己的胳膊，沉默了一会儿说："你写的字，我不认识。"

"你是文盲？"

"我不是文盲，可我真的不认识字。我学的是盲文。"

向天纵急忙道歉："对不起，我不是故意的。"

"没关系。"

姑娘说："我叫向天纵，方向的向，天地的天，纵情的纵。"

"这个名字好。"沙复明想了一会儿，摸出来杯子里的冰捂在掌心里，冰化了，他在桌面上写下了"向天纵"三个字，是一些大小不等的小圆点。

向天纵凝望着桌面，又抬起头看看沙复明："这是什么？"

沙复明说："这是你名字的盲文，向天纵。"

向天纵认真地看着那些小圆点，看着看着她眉头紧锁起来，两只手捂着肚子倒抽着凉气。

沙复明听出来了，问："怎么了？"

"没事。"

"哪里不舒服吗？"

"没有，没有。"

"你把手给我。"

向天纵不知道他要干什么，疑惑地看着他。

沙复明："我给你号一下脉。"向天纵疑惑把手伸到到沙复明跟前。

沙复明手按在她的寸关尺上："脉沉玄，肝经不通，肝火上逆。你刚刚生过气，又喝了太冷的东西，胃痉挛了。"

沙复明掐着向天纵手上的穴位，动用内力往下按着。向天纵好奇地看着他。

沙复明问："桌上有牙签吗？"

"有。"

"给我一根。"

向天纵从牙签盒里拿出来一根递给他。沙复明把牙签反过来，用牙签的背面点住向天纵耳轮处的穴位，轻轻往下按。

向天纵："呀，又酸又胀！"

沙复明又用牙签的背面按压她的内关穴和足三里穴。

向天纵："不疼了，一点都不疼了。"

沙复明把牙签放在桌子上说："别喝这个了，服务员，给她一杯温开水。"

向天纵眼睛盯着沙复明问："你在中医院推拿科实习？"

沙复明："嗯。"

向天纵："哪个学校的？"

沙复明："×× 大学特教学院。"

坐在角落里的那个男青年目光死死地盯在向天纵的脸上。

向天纵故意一眼都不看他，两眼含情脉脉地盯着沙复明。

沙复明："我爷爷是当地有名的中医，我四岁的时候他开始教我背药方，教我用鼻子闻药，用手指摸草药的形状认识药。练到后来，他把架上的药材一样样递过来，我必须得准确地报出药名，说出该药的药性、药理和功能主治，爷爷教我练用双手抓药，必须做到和处方上标注的分量分毫不差。七岁爷爷开始教我练习诊脉。"

向天纵来了兴趣："怎么练？"

沙复明："先是把扫帚上的细棍放在纸下面让我用手指摸一共有几根，然后把米放在纸张下面让我用手摸一共有多少粒，先是大米粒后是小米粒。"

向天纵听得入神。

沙复明："九岁的时候爷爷送我去了盲校学盲文。镇子里的孩子们欺负我，爷爷教我用小石子打移动的声音，我练成了。欺负我的孩子无论往那个方向跑，我都能用石子砸中他。"

向天纵："真的假的？"

沙复明："你不信？"

向天纵："不信。"

沙复明："你在我面前晃你的手，看看我能不能砸中？"

向天纵："你用什么砸？"沙复明用手指在杯子里蘸了一下冰镇可乐说："我用这个砸。"

向天纵伸着两只手在沙复明面前比划着复杂的手势。沙复明凝神听着耳边的声音，他突然把指尖上的可乐弹了出去。可乐珠箭一样射出去，准确地砸在向天纵的左手背上。

向天纵一声惊叫。周围的人纷纷回头看。男青年"忽"地站起来，看到没发生什么，又一屁股坐了下去。

向天纵："太酷了！"

沙复明笑。

向天纵："谁能相信你看不见？"

沙复明来了诗意："神说，要有光，于是有了光。可有些地方却一直没有光。朋友说，没有光也要好好活，我们就始终好好地活。”

向天纵：“这是谁说的话？”

沙复明：“我说的。”

向天纵一下被感动了，她突然站起来，用两只手捂着沙复明的脸大声说：“你真酷哎！”

沙复明被她这从天而降的亲密举动弄懵了，他紧张极了，半张着嘴，两手合十放在大腿中间，用两只膝盖死死地夹着。

向天纵探过身子拽出来他的左手，放在桌面上，又坐下。

沙复明的手掌心朝上无助地躺在桌子上，向天纵把自己手盖在他的手心上，她的手指找到了沙复明的手指缝扣起来了。

沙复明在心里说：“这个看不见的场景远远超出了我的想象，我的内心掀起了波涛，自信与自卑在不要命地荡漾着。我不敢张嘴，一张嘴，疯狂的心脏就会从胸腔里蹦出去。”

沙复明身体微微地颤抖着。

向天纵把沙复明的手翻到下面，她把自己的另一只手盖在沙复明的手背上面。

沙复明在心里说：“她这双手可真凉啊，彻骨地凉。”

酒吧里的背景音乐像游丝一样缭绕着，缠绵着。

向天纵拉起沙复明的两只手，把它们贴在自己的面庞上。沙复明的手不敢动。向天纵动了，她的脖子自己扭动了两下，替沙复明完成了这个惊心动魄的抚摸。

角落里的男青年猛地站起来恨恨地看着他们。

向天纵看见了，她故意情意绵绵地问沙复明：“逃班好不好？”

沙复明由衷地说：“好。”

“你开心不开心？”

沙复明动了动嘴唇，一时找不到合适的词，他拿起一块冰含在嘴里。

“说啊。”

沙复明粗粗地喘了口气断断续续地说：“此情可待成追忆，只是当时已惘然。”

向天纵说：“我不去上学，你也不去上班。咱们就这么坐下去，坐一辈子。你愿意吗？”

沙复明自言自语：“意外的惊喜让我激动得说不出话来，没有回答也是一种答案，我的心是关在笼中的鸟，一有机会就会飞上了天。”

天籁一样的歌声由远而近。

歌声逐渐清晰。

40 岁的沙复明站在斑马线上。汽车和行人飞快地从他身边滑过去，带出一条条色彩缤纷的虚线。沙复明的脸透出悲凉。

歌声越来越响亮，扑面而来。马路对面的电视墙上，意大利盲人歌唱家安德烈。波切利，充满激情地演唱《今夜无人入眠》。他把震撼人心的高音直接送上了云端。沙复明沉浸在他动人心魄的歌声中。

沙复明自言自语："我一直不知道他的爱情是从哪里来的，又到哪里去了。我的爱情只持续了两个小时，随后无疾而终。这两个小时对我来说，可以称作为岁月；这两个小时的爱情对我一生影响巨大，我对自己的爱情和婚姻提出了苛刻的要求，一定要得到一份有眼睛还要有目光的爱情。"

小餐馆桌子上放着用过的碗筷和餐巾纸，坐在桌子旁边等饭的崔云，扭头看了一眼坐在服务台里的岫然，忍不住说："能不能把这些碗筷收拾下去？"

岫然答应了一声，依旧低头发着短信。

崔云看不下去了，她站起来把碗筷摞起来放到服务台旁边的塑料篮子里。

蔡老板进来看见崔云在收拾碗筷，他怔了一下进了后厨。

崔云抽出来餐巾纸把桌子擦干净，把餐巾纸扔进簸箕里，又坐回到餐桌旁边。

服务员小郑把一碗面端来放在她的面前。

崔云尝了一口问："有咸菜吗？"

小郑："两块钱一碟。"

崔云："那给我点盐吧。"

蔡老板走过来，把一小碟咸菜放在她的面前："免费的。"

崔云有些尴尬，下意识地用脚把地上扔着的餐巾纸扒拉到一边。

蔡老板对坐在服务台里的岫然说："岫然，把地上扔的东西收拾了。"又对崔云说："服务员走了，人手暂时不够。"

崔云："我来干，行吗？"

蔡老板一怔："你？"

崔云："你找到比我合适的我就走。"

蔡老板："我这儿，活累工资不高。"

崔云："试一天，你看看我行不行？"

站在推拿中心门口的芒来，背影寂寥孤独。

芒来走到门口的台阶上坐下，从口袋里掏出来一张纸，他把那张纸铺在腿上，用指尖仔仔细细地抚摸了一遍。又把那张纸边对边竖着叠好，顺着捋好的那道线撕开了。再把撕开的纸叠好，再对着缝撕开。然后把撕得整整齐齐的碎纸片扔到门口的垃圾箱里，又面无表情地从前台走过去。看他走远了，高唯蹑手蹑脚地跑出门去，掀开垃圾桶，把芒来扔在里面的碎纸片全部拣出来。在桌子上，把碎纸片一片一片小心翼翼地拼对起来，交给沙复明。

沙复明把手放在那张纸上急速移动着辨认着上面的盲文。

夜晚。一声汽笛长鸣，火车钻进山洞里。

邓晓梅一动不动靠窗坐在火车车厢座位上，没有目光的双眼呆滞地看着窗外。灯光把她的脸颊映在车窗的玻璃上。此时，芒来的身边响起邓晓梅的话："我爸妈已经花了人家的钱，我不能不回去。我走了，回家嫁人了。"

邓晓梅自言自语："芒来哥，你要记住一件事，我是你的女人了，你也是我的男人了……这一点在我的一生当中很重要。"

芒来唱起了歌："你总是轻声地说，黑夜有我。你总是默默承受，这样的我不敢怨尤，现在为了什么，不再看我？"

火车上，邓晓梅瞪着一双盲眼看着黑夜。

歌声戛然而止。

悲痛欲绝的芒来一口鲜血喷在对面的墙上。

第二天。VIP 推拿室。男青年趴在床上，脸埋在洞口里。沙复明给他做推拿。

陪他同来的女青年说："听说你们这里的一个推拿师为了爱情，用自己的一腔热血做了一幅画，名叫杜鹃啼血。是真的吗？"

沙复明："这事不要再提了，不提了。"

女青年："多感人啊，为什么不能提呢？"

沙复明把手指按到男青年肩胛的筋脉处，往下一按，往起一挑。

床洞里男青年疼得脸变了形，他号叫起来："啊！疼！疼！疼！"

高唯满脸肃穆地看着坐在前台角落里的芒来。

芒来低着头像沉默的石雕。

高唯在电脑上发了一篇微博："杜鹃啼血是中国古代的故事，今天我见到了中国现代版的杜鹃啼血……"

高唯用手机短信把杜鹃啼血的事情告诉给其他推拿中心的朋友们。

人们在电脑上转发这篇微博。

高唯的短信被不停地转发。

芒来和邓晓梅的故事在盲人的世界里迅速传播，这个爱情故事是封闭世界里无边的旋风。在手机和微博转述当中，事情离它的真相已经很远了，它被一次又一次深度加工。事件上升到了故事的高度，拥有了爱情故事的爆发力。

在从深圳开往南京的火车上，王泉和孔佳玉肩并肩坐在卧铺车厢的下铺，两人面带着幸福的微笑，谁也不说话。

他们挨在一起的那两只手在隐蔽处紧紧地拉着。

王泉："回去咱们就把手机卡换了，用南京的卡打电话联系事方便。"

孔佳玉神色一暗，没有说话。

王泉："等咱们开了店，你当上了老板娘，马上请你爸妈来南京看看。"

孔佳玉："我真的能当上老板娘？"

王泉："真的。"

孔佳玉把脑袋倚在王泉的肩头上："你弟弟的婚礼定在六月十八日，咱们提前两个月就回来了。你爸妈会不会觉得不方便？"

王泉："他们高兴还来不及呢。这么多年，我就没怎么回过家，把节假日都用来挣钱了。我是家里的长子应该早点回来，帮着爸妈好好操办一下我弟弟的婚事，再就是看看开店用的房子，合适就先交个首付买下来。"

孔佳玉兴奋得满脸放光："咱们买多大平米的？"

王泉："最少放十张床，怎么还不得一百平米？"

孔佳玉："我们结婚住哪儿？"

王泉一脸憧憬："那时候咱们的推拿中心也挣钱了，再买一套小户型的。"

孔佳玉："买平房，出入方便。"

王泉："平方比楼房能贵出去一倍。贵也没什么了不起，等咱们的产业做大了，我让你住别墅。"

王泉和孔佳玉拖着旅行箱站在家门口，一遍一遍地按门铃。

门里面没有人应答。

王泉："我爸妈上哪去了？"

孔佳玉："有事出门了吧？你没有家门钥匙吗？"

王泉："没有。"

一个老年妇女从楼上下来看到他们一愣，立刻认出来了王泉。

老年妇女问道："哎哟，你不是王家老大吗？"

王泉辨认着她的声音。

老年妇女："我是楼上大中他妈。"

王泉赶紧打招呼："阿姨好。"

老年妇女："这么多年没见，模样变得我差点认不出来了。"

王泉："您看见我爸我妈了吗？"

老年妇女："你是赶回来参加婚礼的吧？赶紧去吧，你父母他们都走了。大中把孩子放在我这儿，我脱不开身去不了。"

王泉问："谁的婚礼？"

老年妇女："你弟弟的呀！上午十点在万通饭店。这会喜酒都该喝完了，你怎么才回来？"

王泉懵了。

楼上有小孩子叫："奶奶！奶奶！我要拉屎！"

老年妇女答应着急忙转身上楼了。

王泉瘫软地往后一靠，他不知道，此刻他的身子就靠在门中央贴着的大红"囍"字上。

这天，高唯坐在推拿中心服务台后面，全神贯注地在电脑上制作着表格。这时，金嫣推开沙宗琪推拿中心的玻璃门，款款走了进来。

高唯说："您好！"

金嫣说："我要点钟。"

听她说得如此专业，高唯不由地抬起头仔细看了她一眼。

眼前的姑娘是个盲人。

高唯说："我们有专家和普通大夫，您要哪个级别？"

金嫣说："我点芒来大夫。"

高唯说："他正在上钟，我给你安排别人吧。"

金嫣语气平淡地说了四个字："不，我等他。"

说完她在休息区的椅子上坐了下来。

高唯的注意力被她吸引过去了。

两人坐在门口的石凳上，他们脚下踩着鞭炮燃放过的红色纸屑，身后的墙上贴着硕大的"囍"字。他们俩身处如此喜庆的环境竟然一无所知。

孔佳玉满肚子是气："站在他们的角度想能理解，换上我也会这样做，大喜的日子，谁愿意让两个瞎子在自己的婚礼上进进出出的。看着堵心不堵心啊！"

王泉急了："我弟弟跟我是头顶着屁股从娘肚子里爬出来的亲兄弟。"

孔佳玉："再有一种解释就是女方家里老人病重，怕婚礼葬礼撞在一起不吉利。"

王泉："嘴怎么这么损？"

孔佳玉："那你给我一个理由。"

王泉克制着自己，好一会儿才语气平和地说："没准是小海的女朋友怀孕了，两个月以后再办婚礼就显怀了，他不好意思跟我们说。"

孔佳玉想了一下："这个理由还说得过去。"

王泉被自己的想象鼓舞着，他一下高兴起来："肯定是这个原因。"

推拿中心前台。曲芒来终于下钟了，出现在金嫣面前，

金嫣努力瞪着眼睛往前看，她问："大夫吗？"

芒来："是。"

金嫣："我做全套。"

芒来："一个钟还是两个钟？"

金嫣："做着看吧。"

芒来没说话，领金嫣往推拿间里面走。

曲芒来模模糊糊的身影在金嫣的眼前晃动，金嫣紧走几步唯恐落下。

高唯的目光追随着他们的背影。

推拿中心 3 号房间。金嫣静静地躺在床上，她等待着。

曲芒来的手终于落在金嫣的身上了，他按摩她的脖子给她做放松。

金嫣问："我的脖子硬吗？"

芒来回答得很简单："还好。"

金嫣："可是这儿很酸。"

芒来没有说话，他加重了手法。

金嫣微微叹了一口气说："你轻点儿。"

芒来放轻了动作。

金嫣："再轻一点儿。"

芒来说："你怎么这么不受力？再轻就没效果了。"

金嫣目光直视前方，在心里跟他说："怎么会没有效果呢？推拿轻到一定的地步就不再是推拿，而是抚摸。你们男人是不可能懂这个的。"

站在推拿中心走廊里的沙复明抬脸上露出了一丝笑容，他在心里说："芒来整整二十天没有说话，我真怕他瞎了以后再哑了，今天这小子终于开口了。"

芒来全神贯注地推拿着，屋子里很静。

金嫣打破寂静："我也是盲人。"

芒来的手停了一下。

金嫣说："我是后天的，现在视力还有那么一点点，棍状的，只能看到垂直的正前方。"

金嫣等待他的反应，可芒来却没有任何反应，他闷头做自己手里的事情。

金嫣暗叹了一口气："这男人是一个能啼血的闷葫芦。"

二

芒来认真地推拿着。

金嫣：“你是一个左撇子。”

芒来吃了一惊，手慢了下来。

金嫣：“从动作的幅度和力度看，你不是一个自信的人，谨小慎微，不会偷工减料。每个穴位都关照到了，你手指的关节有些松弛，完全符合你脆弱和被动的天性。”

芒来咽了一口唾沫，好一会没说出话来。

金嫣轻声问：“先生贵姓？”

芒来说：“不客气，我姓曲。”

金嫣脸部埋在推拿床的洞里，她“噢”了一声说：“如果你愿意告诉我你有几个兄弟姐妹，我能算出来你的名字，你信不信？”

芒来撤下来一只手，想了想说：“你是干什么的？”

金嫣说：“我是学命理的。”

芒来说：“就是算命的吧？”

金嫣说：“不是，凡事都有理。道是道理，物是物理。命也有命理。”

芒来：“那你告诉我，我有几个兄弟姐妹？”

金嫣：“你把名字告诉我。只要知道了你的名字，我就能知道你有几个兄弟姐妹。”

芒来想了想说：“还是你来说我的名字吧。我有一个妹妹。”

金嫣想了想说：“你姓徐是吧？一个妹妹是吧？你叫徐——泰——来。没错。你叫曲芒来。”曲芒来的两只手全部停止了动作：“你是谁？”

金嫣：“我是学命理的。”

芒来：“你怎么知道我的名字？”

金嫣：“凡事都有道理，清清楚楚。你姓曲，你有一个妹妹，你只能是曲芒来。”

芒来：“我为什么要相信你？”

金嫣：“我不要你相信我。我只要你相信，你是曲芒来。你信不信？”

曲芒来沉默了一会儿问：“你还知道什么？”

金嫣坐起来了，说："把手给我。"

芒来乖乖地把自己的左手伸到了金嫣的面前。

金嫣把他的两只手一股脑地握在了自己的手上。

第一次触摸到芒来的手，金嫣心里突然难受起来。

她两眼泛红，声音微弱地说："你命中有两个女人。"

芒来问："为什么是两个？"

金嫣说："第一个不属于你。"

芒来中了魔一般跟着她的话走了，他问："为什么不属于我？"

金嫣说："命中注定。你不属于她。"

芒来突然一个抽搐，金嫣感觉出来了。

芒来问："她为什么不是我的女人？"

金嫣说："因为你属于第二个女人。"

芒来："我要是不爱这个女人呢？"

金嫣说："问题就出在这个地方。"

她放下芒来的手说："你爱她。"

芒来仰起脸，眼睛迷惘地望着上方。

金嫣在心里叹了一口气："命是看不见的，盲人也看不见，所以，我们离命运的距离就格外的近。"

推拿中心3号房。芒来的心乱了，后面的推拿做得很不到位。

金嫣坐起来对芒来说："麻烦你一件事，把你们老板叫到这里来。"

芒来傻在了那里，他说："你觉得我哪做得不好，我可以重来。"

金嫣小声说："去吧。"

芒来没办法只得乖乖地去了。

王泉和孔佳玉肩并肩坐在客厅沙发上，王母和王父盯着孔佳玉看。

孔佳玉羞涩地低着头由着他们看。

王母发自内心地夸奖着孔佳玉："这姑娘长得漂亮，皮肤多好。我家泉子有福。"

孙晓榕眼睛盯在孔佳玉的脸上。

孔佳玉脸上的笑容叫孙晓榕深深地忌妒了。

王父看着堆在客厅里面的东西，诚心诚意地说："花这钱干什么？"

王泉："婚礼怎么提前了？"

王父王母面露尴尬。

王海："晓榕他们家找人算了，说原来定的日子不好，我们就选了今天这个日子。知道你忙着挣钱回不来，也就没通知你。"

孔佳玉"忽"地把脸扭向王泉。

王泉掩饰着失落的情绪问："我寄来的钱，你们收到了吧。"

王母忙说："收到了，收到了。"

王海拿出来一根烟刚要点着火，孙晓榕把烟从他手上抢过来，放在桌子上。

王海从口袋里拿出来口香糖放在嘴里嚼起来。

王泉："我和孔佳玉还准备了一万块礼钱，本来想婚礼上给你们，省下了。"

孔佳玉一怔。

王海听到这话有些后悔了，他叫了一声："哥！"王母狠狠地瞪了他一眼。王海把想说的话咽了回去。

卧室。王母小声对王父说："赶紧把咱俩的床腾出来。"

王父："这就住在一起？他们还没结婚呢。"

王母小声说："这么好的姑娘，咱得先下手为强，一觉醒来她还能往哪里逃？"

王父厌恶老婆的庸俗，皱了一下眉头说："别老想你儿子，你也替姑娘想一想。人家愿意不愿意？"

王母："既然能跟着泉子到南京来，就没什么不愿意的。"

王父："那也得问问儿子。泉子！"

王泉推门进来："什么事？"

王母："你们俩怎么住？"

王泉有些不自在地说："我们在深圳的时候就住在一起了。"

王母搡了老伴一把说："快点腾屋子吧。啰唆什么？"

王父王母换被罩换床单忙得不亦乐乎。床铺很快铺好了，洁净的床单，洁净的枕套被褥。

王父："咱们俩住在哪？"

王母："住阴面小海的那一间。"

王父："小海回来怎么办？"

王母："孙晓榕的父母给的是新房。"

王父："万一呢？"

王母："哪那么多万一。"

王海和孙晓榕一前一后从王泉家单元门出来。

孙晓榕："看阵式，你哥他们要长期住在这里。"

王海："破房子有什么好？想住就住呗。"

孙晓榕脸一绷："咱俩的房子可是我父母出钱买的。"

王海："我马上改姓孙，名叫孙子行了吧？"

孙晓榕"扑哧"一声笑了："刚才你真像个孙子。"

王海："我哥兜里还揣着本来要给我的一万块钱呢，你能在钱面前装爷爷吗？"

王泉和孔佳玉推门进卧室，王泉转身把门反锁上。孔佳玉板着脸小声问："他们凭什么这样对你？算日子结婚，怎么就没把你算在家里？"王泉一把把孔佳玉搂在怀里："你别乱说。"王泉的两条胳膊钢条一样紧紧地箍住她的腰。

孔佳玉叫："哎呀疼，疼，你松手！"

王泉不松手。

孔佳玉使劲挣扎："你也是这家的儿子……"

王泉不想听下去，恶狠狠的一个吻堵住她的嘴，他吻得很野蛮。孔佳玉憋得上不来气，两只手抓挠着揪住了他的一绺头发使劲一扯。王泉疼得松开手，一屁股跌坐在床上。孔佳玉狠狠地擂了他一拳头："你疯了？干啥使这么大的劲？"

王泉耷拉着脑袋不说话。

孔佳玉走过来坐在他身边，把脑袋枕在他的肩膀上。

王泉没有反应。

孔佳玉抓过王泉的手，把自己的五根手指插到他的五根手指间："我知道你心里很生气。"

"我有资格生气吗？我这样的人，只有资格撅着尾巴干活的份儿。结婚用的两万块钱寄给了他，兄弟一场我尽全力了。往家寄钱的时候，营业员还问我，这些钱都是你挣的？我说，就我这眼睛，出去偷也只能是左手偷到右手。"

"你弟弟真不该这样对你。你妈生他的时候，计划生育已经是国策了。你要是明眼人，他还没有理由来这个家呢。他应该感谢你。"

"你说得不对，我应该感谢他才是。"

孔佳玉抬起头脸诧异地转向王泉。

"有了他，我爸我妈才会笑，为了这个，死一回我都愿意。"

孔佳玉："为这个，你死了不止一回了。"

"我是家里的老大，对他我有责任。"

"他结婚了，该对别人承担责任了，你也该把责任转向我了。"

"你说的对。"

"你真的准备给他们一万块钱？"

"你是第一次登门的嫂子，我不能让他们低看你。"

孔佳玉没好气地说："他连你都没放在眼里，能看得见我吗？把钱给我！"

"干啥？"

孔佳玉理直气壮地说："存起来买房。"

沙复明跟着芒来走过推拿中心前台。高唯想知道到底发生了什么，也紧随其后进入3号房间。

只见3号房间金嫣对沙复明说："老板你躺下。"

沙复明甚觉奇怪问："干什么？"

金嫣把沙复明按坐在推拿床上："老板你看看我的手法。"

沙复明明白她不是投诉而是求职，于是一口谢绝了。

他说："我们是小店，现在不缺人手。"

金嫣："这怎么可能？任何地方都缺优秀的人手。你躺下吧。"

金嫣拉着沙复明让他躺下。沙复明不好跟她拉扯推搡只得躺下。金嫣开始给他做推拿。

沙复明心想："她手法不差，力道也不差，好就说不上了，更谈不上优秀。"他咳嗽两声坐起来，用词尽可能委婉："我们是小店，小庙，是吧？你沿着这条路往前走，四站路的样子，路口还有一个店面，你可以去那里试试运气。"

金嫣说："我哪也不去，我就在这里了。"

沙复明没见过这样求职的，笑着问："这句话怎么讲呢？"

金嫣说："我不是到你这里打工的。要打工，我就会到别的地方去了。"

沙复明笑着说："那我们这也不缺老板哪。"

金嫣说："我当不了老板，我来这是喜欢你们店里的管理，所以特地到这里学习。"

这话说得漂亮，沙复明像被点了穴一样从里往外舒坦。

高唯从心里一直笑到脸上，不由地对金嫣有了几分好感。

沙复明饶有兴致地问金嫣："你听谁说的？"

金嫣回答得很含糊："我在大连听说的。"

沙复明心里高兴，表现得谦虚得体，他淡淡地说："摸着石头过河罢了，我的店其实很一般。"

金嫣说："沙老板谦虚，我就是在这学了管理，也未见能做到你这么好。将来有机会我也开一家自己的店。老板你别害怕，我现在就可以向你保证，万一我的店开在南京，我的店面一定离你十公里以外，算是我对你的报答。"

沙复明又笑了，清了清嗓子说："都是盲人，你挣就是我挣。"

金嫣知道关键的时刻到了，她瞪大一双眼睛盯着眼前的沙复明。

沙复明说："沙宗琪推拿中心欢迎你。"

金嫣如释重负地笑了，她的笑容很漂亮，可惜沙复明和曲芒来谁也看不到。

夜唤。沙复明从推拿中心出来。

张宗琪从外面回来，看见沙复明立刻提高了嗓门："老沙，房东又催房费呢，从下个月开始又涨了三百。"

高唯从门里面跑出来："太过分了，以后别这么一年一年地签合同了。"

张宗琪："我倒想一下子签五年，房东不干。"

沙复明："一年又多出去三千六百块钱的开销。"

张宗琪："这里地段好交通方便，咱们把客源搞好了，这点损失能弥补过来。"

高唯："工商局来电话，叫咱们去人开会。"

沙复明："不知道又出什么幺蛾子。"

张宗琪："小鸡不撒尿，各有各的道。老沙，有我在，你就把心放到肚子里吧。"

沙复明："我收了个人。"

张宗琪："男的女的？"

沙复明："女的。"

张宗琪："女的好，一水的男人按摩总差那么点儿劲儿。"

沙复明："咱们是推拿，不是按摩。"

张宗琪打着哈哈："推拿，推拿。"

他对高唯说："宿舍的床，我全拉回来了。"

高唯惊喜："真的？多少钱？"

张宗琪："市场上买的二手货，东西好价格还便宜。"

高唯："这下再也不用睡推拿床了。"

张宗琪："睡推拿床怎么了？当年我和老沙还睡地下室呢。潮得身上都长出鱼鳞来了。"

沙复明："该住地下室的时候就得住地下室，自己慢慢往地面上挣，过早地把人拉到地面上来，没有这个心理锤炼过程，成不了材料。"

高唯："得，又开始给我上艰苦奋斗的课了。"

这时，金嫣从门里出来。

高唯叫她："金嫣，过来见见张老板。"

金嫣走过来："张老板好，以后还请您多关照。"

张宗琪上下打量着她："好！好！"

高唯："床买回来了，晚上回去换床。"

金嫣满脸是笑："我告诉芒来去。"

她快步走了。

张宗琪一脸狐疑："怎么个情况？"

高唯："她一来就瞄上芒来了，天天看种子发芽一样守着。芒来是棵闷葫芦，金嫣是个好菜农。菜农没完没了地给葫芦灌水，用的全是上等的好茶。芒来连声谢都没有，端几杯他喝几杯，植物人一样。"

沙复明担心地说："芒来刚从那件事情里爬出来，别再出点儿什么事。"

张宗琪："我跟你说啊，要想彻底把一段感情了了，必须马上开始一段新的更猛烈的。"

沙复明："这是什么理论？"

张宗琪："老沙，推拿你是高手，生活上的事你也就小学水平吧。"

沙复明回到办公室，坐在办公桌前闭目冥想，房间里很静，静得能听到自己的呼吸声。

呼——吸，呼——吸。

向天纵的声音突然闯进来："呼——吸，呼——吸，加油！"

23岁的沙复明站在十字路口斑马线的尽头等待着。

向天纵的声音从四条马路的尽头传过来。

"你真酷哎！"

"逃班好不好？"

"你开心不开心？"

沙复明的脑袋来回转着寻找着她的声音。

"轰"，一辆汽车在他面前开过去。

沙复明瞪着眼睛。

另一个沙复明在他对面闭着眼睛打坐。

睁着眼睛的沙复明对闭着眼睛的沙复明说："眼睛这个词封闭了你，它不再是对婚恋的要求，它成了信仰。你这个人就是这样，一旦有了信仰，就有决心和毅力去浪费时光。你已经四十岁了，单身到什么时候才是头？"

打坐的沙复明猛地睁开眼睛。

他面前空无一人。

电视里在播《四海钓鱼》。

张宗琪坐在客厅沙发上看电视。

韩秋霞穿着睡衣拿着一叠广告纸走过来，她坐在茶几旁边叠垃圾盒。

张宗琪："店里新进人了，明天多做一个人的饭。"

韩秋霞嘴一撇："驴年往事，还当新草料放嘴里嚼。"

张宗琪："老沙刚告诉我。"

韩秋霞："你也是店里的老板，店里哪次进人他跟你商量了？"

张宗琪："我又不懂推拿，跟我说不说的都没什么用。"

韩秋霞："整天在外面跑，莫不是你外面还养着一个老婆？"

张宗琪："放你个拐弯屁！"

韩秋霞："办公室的凳子闲得长出草来了，再不把心思拢回来，这个推拿中心真没你什么事了。"

张宗琪一脸鄙夷："女人就是女人，只能看到芝麻粒这么大点的眼儿。我是干大事的材料，推拿中心这池子浅水圈不住我这条巨龙。"

韩秋霞："吹牛不用上税，好好吹！"

张宗琪："上税也不要紧，税务局咱有认识人。"

韩秋霞："银行你还有认识人呢，怎么就没有下文了？"

张宗琪："你是说切汇那件事吧？"

韩秋霞："管你切汇还是切糕，挣的钱呢？"

张宗琪："本来都跟人说好了，巴西币倒换成人民币，我挣中间的差额。钱拿来了数额还真不小，银行一看是过期的巴西币根本弄不成。"

韩秋霞讽刺他："你还有弄不成的事？西部的高速公路不是还等着你去通吗？"

张宗琪："别用这种口气跟我说话。贫困地区要修高速公路没钱，咱们省的企业家有钱没投资项目，我在中间托一把，挣个中介费，于公于私都是好事。"

韩秋霞："猪朝前拱，鸡朝后刨，你中间支一腿，算哪路神？"

张宗琪："有一件事成了，就够咱过一辈子的了。"

韩秋霞："不指望你那一辈子，你儿子明天要交兴趣班的学费，一百五十块钱。你把钱给我。"

张宗琪："怎么又要钱？"

韩秋霞："问学校去，是它张嘴跟你要的钱。"

张宗琪从口袋里掏出来一百五十块钱，气哼哼地扔在桌子上。

韩秋霞："多一分都没有吗？"

张宗琪："有吃有喝的你老想揣着钱干什么？"

崔云在小餐馆后厨洗着一大摞脏碟子脏碗，她的动作干净利落。小郑把客人没怎么动过的菜肴撤下来端进后厨放在台子上。崔云的眼睛不时地瞟向那些菜肴。

蔡老板走过来站在她身后看着她干活。她没有察觉。

蔡老板叫了一声："歇会儿吃饭吧。"

崔云回头一看是老板，急忙放下手里的活。

崔云："洗完碗就去。"

蔡老板伸手端起那些菜往垃圾筒走。

崔云忍不住问："这些都倒了吗？"

蔡老板："倒了。"

崔云犹豫了一下没有张嘴。

崔云把洗干净的碗放到消毒柜里消毒。

小郑把饭桌上没动过的饭菜端回来又放在台子上。崔云停下手里的活，看着那些菜。

蔡老板走过来："倒了。"
崔云犹豫了片刻还是张嘴了："有的菜都没怎么动，倒了太可惜。"
蔡老板明白她的意思说："你不嫌弃，就拿回去。"
崔云满脸是笑说："那我就拿回去了。"
蔡老板："不是本地人吧？"
崔云："不是。"
蔡老板："来南京几年了？"
崔云："九年。"

大卧室里。王泉耳朵里塞着耳机在听收音机，他站起来又坐下很不安。
孔佳玉把洗干净的衣服拿到阳台晾出去。
王母站在旁边看着。
王母："你怎么把深颜色和浅颜色的衣服分出来的？"
孔佳玉："我一件一件洗的，这样就不会染了。"
王母："那太浪费水了，以后我给你把深颜色的衣服挑出来。"
孔佳玉："谢谢伯母。"
王母："一个锅里吃饭，别这么客气。"
孔佳玉红着脸笑。
王母压低了声音问："你们请了多少天假？"
孔佳玉一怔："王泉没跟你说吗？"
王母："说什么？"
孔佳玉抽了一下鼻子问："厨房里煮着什么？好像汤熬干了。"
王母惊叫一声："砂锅里炖着汤呢！"她撒腿就往厨房跑。

王泉抱着电话在打："不能再低一点儿吗？"
对方拒绝了他。
王泉心灰意冷地挂了电话，抹了一把脸，耷拉着脑袋坐在沙发上想心事。
孔佳玉进来没听到王泉的声音，她走过来摸到他的手。
王泉："没一个谈成的。"
孔佳玉："开店是花钱的大事，不能着急。"
王泉像是对孔佳玉说，更像是对自己说："不着急，我不着急。"
孔佳玉说："你没跟你妈说，咱们不走了？"
王泉："还没顾得上说。"
这时，王海和孙晓榕开门进来。孙晓榕把买来的东西扔在客厅沙发上："累死我了。"
王海："逛街花钱还嫌累？"

孙晓榕："花的时候爽，花完了累。"

孔佳玉在大卧室里听着外面的动静说："他们两口子每天中午准时过来，开饭，吃完了，走人。到了晚饭，他们又来了，吃完了，再走人。他们一定以为咱们俩在这里吃白饭，你们能白吃，我们也不能落下，也要到公共食堂里来。"

王泉："小海从小在家吃，他习惯吃我妈做的饭了，在外面吃不饱。"

只听王海在客厅里喊："妈，吃什么好吃的？"

王母从厨房出来："一天吃不离口，饿死鬼托生的？"

孙晓榕："出去吃吧，我请客。"

王母："菜都买好了，就家里吃。"

王海："走吧，走吧，咱们去海鲜楼。"

孙晓榕："瞎张罗什么？又不是请你！"

孔佳玉："她一口一个瞎，说给谁听呢？"王泉站起来把门打开，对王母说："妈，别出去了，咱们就在家里吃。"

王母马上迎合："对，对，就家里吃。"

孙晓榕看了王海一眼说："说你瞎张罗你还不信。"

王母暗地里白了孙晓榕一眼，去了厨房。

王泉回屋关上门，有些心不在焉。

王母在厨房里做饭。王海开门溜进去，胳膊搭在母亲的肩膀上："妈，我帮你干吧。"

王母："无利不起早，又打什么鬼主意？"

王海拿过帮母亲手里的碗筷，帮她搅鸡蛋。

王母看了他一眼问："什么事？痛快说！"

王海压低了声音问："我哥他们不走了？"

王母看了他一眼没说话。

王海："妈，你好意思让我厚着脸皮在老婆家吃软饭？"

王母："那就出去找个工作挣钱养家活口，别二溜子似的天天在外面转悠。"

王海："挣那两个钱，还不如在家坐着呢。"

王母："你要是和尚就打坐闭谷吧，可惜你娶了老婆，既然成家立业就得学着养家糊口。"

王海嘴一撇："上班能挣几个钱？晓榕她爸每个月给她的零花钱，比我们俩上班合起来的工资还多出来一倍呢。"

王母脸上立刻浮出笑容："我儿子比他闺女漂亮一个来回，他们家不巴结着点能行？"

王海把食指竖在嘴边"嘘"了一声。王母看了一眼门口忙住了嘴。

王海："妈，我哥他们在家又吃又住的，晓榕会怎么想？"

王母打断他的话："你说这话才是良心被狗吃了。你哥九岁上学就开始住校，一口气住到大专毕业。毕业以后又去了深圳，他就从来没麻烦过父母，没麻烦过家里。挣了钱以后，反倒年年往家寄钱。你一说要结婚，你哥立刻给你寄回来两万块钱。别说没轮着吃你的住你的，就是吃你的住你的，他是你亲哥，你也没话可说。”

王海：“我随便这么一说，你犯得着从我哥九岁开始往回捋吗？大儿子是儿子，小儿子也是儿子。你把大儿子养在家，把小儿子送出去，看丈母娘脸色吃饭，这不公平。”

王母没说话，她把辣椒扔进油锅里，腾起一阵油烟。呛得站在厨房门外的孙晓榕咳嗽起来。

王母警觉地看了儿子一眼，抬手用食指在他的脑门上狠狠地戳了一下。

王海：“妈，我哥没把那一万块钱给你吗？”

王母：“哪一万块钱？”

王海：“我结婚的礼钱。”

王母：“你要多少钱是够啊？你哥眼看着就奔三十三了，他也得攒钱把媳妇娶到家里来是不是？他的钱你就别惦记了。”

王母指使孙晓榕：“小孙，把饭锅端进来。”

不一会儿，汤菜上桌。

孙晓榕靠在沙发上用脚蹬了一下王海：“端饭锅去。”王海不情愿地去了。王母不悦，瞟了一眼孙晓榕。

王泉和孔佳玉因为眼睛不好，饭和菜是一起放在饭碗里的。王海和孙晓榕互相在对方的碗里搛有肉的菜吃。

王泉听见弟弟弟媳忙得热闹，怕孔佳玉受冷落，他伸出筷子想去给她搛菜。王父明白王泉的意思，忙把菜碗端起来凑到大儿子的筷子前面。王泉搛了一块肉，稳稳地放在旁边孔佳玉的碗里。

孔佳玉心里高兴嘴上说：“碗里有呢。”

孙晓榕斜着眼睛看着孔佳玉问道：“你父母是做什么的？”

孔佳玉说：“中学老师。”

孙晓榕“哦”了一声，等着孔佳玉问她。

孔佳玉偏偏不问。

孙晓榕：“你父母知道你来南京住大哥家吗？”

孔佳玉被汤呛着了，剧烈地咳嗽起来。王泉忙给她敲打后背，孔佳玉止住了咳嗽。

王海：“哥，你请了多少天的假？”

王泉：“不走了。”

饭桌上的人除了孔佳玉全把目光看向王泉。

王父由衷地高兴：“好，好，这下咱家彻底团圆了。”

孙晓榕在桌子下面踢了王海一脚。

王海：“打算买房吗？”

王泉："我们先住在家里。"

孙晓榕又在桌子下面踢了王海一脚。

王母话里有话："泉子长这么大，就没好好在家住过。住着吧，人多热闹。"

王海半真半假地问："这算不算啃老啊？"

王父："你哥年年往家寄钱，他吃多少都是应该的。"

王海还要说什么。

王泉怕他说出来更难听的，及时截住了他的话头："小海，你不打算找个工作？"

王海说："晓榕的爸妈做了十多年的水产生意，家产至少有四五百万。"

王泉说："那是父母的，你得学着挣钱养家。"

王海说："干啥不要本钱？要不你借给我？"

孔佳玉听王海要跟王泉借钱身体一下僵住了，手里的筷子捏得死死的。

王泉停顿了一下问："你要多少？"

孔佳玉在下面用腿碰了一下王泉的腿。

她的小动作被孙晓榕全看在眼里。

王海："你存了多少？"

王泉："我这一双手只有十个手指头，再怎么赚也有数。"

王海："有数是多少？"

王泉用饭把嘴填满了，他不回答。

王海嬉皮笑脸地问："哥，你老插着耳机听新闻，不会是把存款都换了股票吧？"

王泉使劲嚼着嘴里的饭，他不说话。

王泉的沉默让孔佳玉警惕起来，她把脸侧向王泉这一边等待他的回答。

王泉偏偏一言不发。

王海说："现在股市全线泛绿，死狗一样躺在地上，撒泼、打滚、抽筋，用脚踹都不肯站起来。你要是买了，那才是把脖子伸进上吊绳里被死死套牢了。"

王泉吃完了，放下碗，坐在那里掰自己的手指头，大拇指两响，其余的指头三响。一共二十八响，噼里啪啦的能赶上一挂小鞭炮。

孔佳玉胸口堵了一团凉气，她站起来说："我先回屋了。"

下了班，街道。崔云骑着自行车，吴迪坐在车子后面，两人一路不停地说着。

崔云："今天考试了吗？"

吴迪："考了。"

崔云："考得怎么样？"

吴迪："第二名。"

崔云高兴："我儿子厉害。"

吴迪说："倒数的。"

崔云："为什么那么差？"

吴迪："我的鞋带太难解了。"

崔云："考试解鞋带干什么？"

吴迪："老师说，手指头掰不过来，赶紧脱鞋把脚趾头也数进去。"

崔云把手伸到后面，在儿子的后背上轻轻拍了一下："我儿子聪明，只是没发挥好。"

回到家，崔云在厨房里做饭，她把从饭馆里带回来的剩菜，一样一样重新仔细加工。

饭菜摆上了客厅桌子。

崔云："吴迪出来吃饭了。"

吴迪从房间里跑出来，看到桌子上的菜肴，高兴地大叫："妈妈，你中彩票了吧，怎么舍得花钱买肉吃了？"

崔云把煮好的稀饭盛了一碗放在吴迪跟前："妈妈发工资了。"

吴迪喝了一口粥问："妈妈，真好喝。"

崔云说："这是山药粥，吃了身体好。"

吴迪闷头喝粥。

崔云："妈妈还得回去上班，八点半才能下班，吃完饭你在家好好写作业，妈妈自己有钥匙，别人谁敲门你也不许开。"

吴迪："这话你每天都说一遍。"

崔云："怕你忘了。"

吴迪："妈妈，你早点回来。"

崔云答应了一声，开门出去。

高唯坐在推拿中心前台把客人的资料一项一项地输进电脑里。

等客人走了，沙复明对高唯说："对散客咱们应该更热心一些。"

高唯："已经够热心了。"

沙复明摇摇头："还不够，散客很可能成为常客，常客再买一张年卡，自然就成了贵宾。贵宾都是从散客发展起来的。贵宾是最最重要的。"

高唯没有说话。

沙复明："手里有七八个贵宾，每个月的收入就有了基本的保证。跟散客打交道嘴巴一定要会说。什么样的人该称领导，什么样的人该称老板，什么样的人又必须叫作老师，这里头大有讲究。"

高唯来了兴趣："怎么判断呢？"

沙复明："依据嗓音、措辞，还有行腔。"

一个男客人推门进来，他叫了一声："沙大夫。"

沙复明立刻回过头去："刘畅来了？"

刘畅："嗯。"

沙复明："走吧。"

刘畅跟在沙复明的身后走了。

高唯好奇地看着他们的背影，自言自语道："他一下就听出来他的嗓音和行腔了。"

VIP 推拿室。沙复明给刘畅做推拿："你爱喝冷饮，爱吃凉菜。觉得一杯冰镇啤酒下肚，从里到外、从头到脚都透着凉快劲儿。殊不知，你为贪图这一时之快，同时也将湿邪深深地埋在了体内，这将成为困扰你健康的一个大大的隐患。"

刘畅："你说的湿邪是怎么回事？"

沙复明："如果你早晨起床的时候觉得特别疲劳，头发昏，打不起精神来，或者是像穿了件湿衣服一样，浑身不清爽，人也懒得动……那么可以肯定你体内有湿了。上厕所的时候看看大便，如果粘在马桶上，一箱水还冲不净。这说明体内有湿了。这也是脾虚的重要标志。"

刘畅："体内有湿怎么了？"

沙复明："宿便产生的毒素会积留在体内，这样则百病丛生。"

刘畅："既然你说得这么准，我就治一次。"

沙复明："一次不解决问题，办张卡吧，我给你七点二的折扣。"

刘畅："好，我听你的。"

孔佳玉坐在大卧室床边上发呆，王泉走进来，挨着她坐下。

孔佳玉沉着脸问："你真的买股票了？"

王泉没说话，他去抓孔佳玉的手，孔佳玉往外抽，他坚持抓着不放。

王泉说："我盘算过，就我存那点钱，回南京开店只能跟人合股。可我不想合股，合股之后你到底算谁的老板娘？与其让你不痛快，倒不如等一等。"

孔佳玉问："到底买没买？"

王泉沉默了一会儿，说："没买。"

孔佳玉："你撒谎。"

王泉说："我买的是基金。"

孔佳玉心里发酸，说："那是你的钱，我不该问。"

王泉："咱俩是一个人，别说这样的话。"

孔佳玉："既然是一个人，买基金的时候为什么不告诉我？"

王泉："本想把钱放进去，打个滚就出来。谁想一下就被套死了，扔进去的钱简直变成了纸。股市疯了，基金疯了，房地产更疯，它还不是一般的疯，它是个武疯子，打得人七窍流血。"

孔佳玉："你买了多少钱的基金？"

王泉："八万块。"

孔佳玉身体瘫软了："八万块，流多少汗才能攒八万块？"

王泉沮丧地叹了一口气。

孔佳玉像是问王泉更像是问自己："我为什么要到南京来呢？"

王泉懊恼："我对不起你。说好回南京让你当老板娘，一个男人说话不算话，还不如一头碰死了。"

孔佳玉："别一口一个死，好像跟我结婚只有死路一条似的。"

王泉急了："你别瞎说。"

孔佳玉："我倒想睁开眼睛说，可惜我上辈子作了孽，这辈子老天罚我做瞎子。"

王泉："是我上辈子作了孽，这辈子拖累了你。"

孔佳玉："是我拖累了你，我要是不跟你来南京，你也不会为了买房把钱套死了。"

王泉："别这么说。"

孔佳玉叹了口气："没有谁生下来就顶着房子四处走是不是？"

王泉："是。"

孔佳玉："钱套在银行里又不是丢了，慢慢缓吧。"

王泉："就算我的基金解了套，想买房开店也是做白日梦。"

孔佳玉："如果买两室一厅的房子，再凑一凑交个首付应该差不多。"

王泉叹了口气。

孔佳玉沉默了一会儿，问："王泉你跟我说实话，我在你心里排第几位？"

王泉："这还用问吗？"

孔佳玉："当然要问，而且很重要。"

王泉："第一位。"

孔佳玉："你弟弟呢？"

王泉："他成家了。"

孔佳玉："你真这么想？"

王泉："嗯。"

孔佳玉："那咱俩把劲往一块使，好好挣钱。晚个一年半载的开店，我也不急。"

王泉一把搂过来孔佳玉："就凭你这话，我也要对你好。我一定对你好，我要是对你不好，一出门就让雷劈死。"

孔佳玉忌讳毒誓，她一掌推开王泉骂道："乌鸦嘴，你再胡说，我回老家去！"

王泉紧紧抱着她说："别走，千万别离开我。你一走，我等于又瞎了一回。"

孔佳玉被深深地感动了，叹息了一声说："对咱们来说，瞎一回和瞎两回有什么区别呢？"

王泉回答不上来，用他的嘴巴盖住了孔佳玉的嘴。两人疯狂地吻在一处。

孔佳玉喘息着问："我们是几个人？"

王泉说："一个人。"

"对，你要永远记住，我们是一个人。你想什么，要说什么，我都知道。活要一起好好活，死也要相伴着一起死，听见没有？"孙佳玉接着说。

王泉的眼泪夺眶而出，泪水顺着他的颧骨下巴，一颗一颗地落在孔佳玉的脸上。两人激情澎湃，鬓发凌乱的孔佳玉死死搂着王泉的脖子。她在他耳边呢喃："抱紧了，别撒手，别让我一个人飞出去。"

王泉死命搂着她。

孔佳玉腾出两只手揪着王泉的两个耳朵问："爱我吗？"

"爱！"

"以后咱们俩的钱放在一起。"

"嗯！"

"我负责看管。"

"我从不乱花钱。"

孔佳玉呢喃："你弟弟会帮你花。"

王泉被戳中了软肋，身子一下子软了。

傍晚。王母在客厅沙发上叠洗干净的衣服，王海坐在母亲的身边。

王海："妈，我们不走了，就住家里！"

王母："家里挤成这样，真没地方住。你们另想办法吧。"

王海："那个人看好我们住的那套房了，说一个月给我们六千块钱的租费。我用一年的租费做生意本钱。一年以后，我们肯定从这里搬出去。"

王母："孙晓榕她爸不是每个月都给你们钱吗？你把那钱攒起来做生意不好吗？"

王海："我用老丈人给闺女的零花钱投资，挣了钱再来孝敬你，她父母得笑话死咱们家。"

王母："那房子的房产证上是你老丈人的名字，背着抱着一般沉。"

王海索性一头拱进母亲的怀里撒娇："妈！求你了！求求你了！"

王母推了他一把没推开，揪着他的耳朵："你起来不起来？"

王海赖在母亲身上："妈你给我掏掏耳朵。"

王母："我看不见。"

王海："我给你找花镜去。"

小餐馆。崔云把一个一个洗好的碗放进消毒柜里。

她不住地扭头看挂在墙上的表。

蔡老板进来，看见她的表情问："有事啊？"

崔云犹豫了一下说："孩子一个人在家，我有点不放心。"

蔡老板："孩子他爸呢？"

崔云："不在家。"

蔡老板："店里没啥事了，你回去吧。你看这样好不好？以后孩子放学，你把他带到这里来，让他在这吃晚饭。这样，你干活的时候心里也踏实。"

崔云满脸喜色："谢谢老板。"

四通茶馆。张宗琪跟一个老板模样的人谈生意。

老板模样的人说得口沫横飞："我们公司采取生态建设产业化运作模式，部分林地当年造林当年流转，不用等到林木采伐的时候才能'变现'。现在很多人投资这个行业，出三万五万的人都有。当年回报高达百分之六十，低了也有百分之三十。"

张宗琪："符合国家政策吗？"

老板模样的人："万里大造林，利国又利民，这就是国家的政策。"

张宗琪："我要看的是文件，不是标语口号。"

老板模样的人掏出来一个证件给张宗琪看："这是林权证。"

推拿中心前台。高唯手里拿着一个红皮本，看着上面的照片问："这是你的毕业证？"

沙复明："嗯。"

高唯哈哈笑："要是不看上面的名字，我还真认不出来你。要我去复印吗？"

沙复明伸手拿回了证件："老不用，怕拿错了证件，让你帮我确认一下。"

三

傍晚。高唯在推拿中心前台整理账目。金嫣走过来，趴在前台用有限的那点视力看着她，问："那幅画在哪儿？"

高唯抬起头："嗯？"

金嫣："杜鹃啼血。"

高唯："你也知道？"

金嫣："这是信息时代。"

高唯得意："舆论的力量真强大。"

金嫣："不是舆论的力量强大，是杜鹃啼血这件事太强大了。"

高唯："我听过四个版本了，想再听听你的版本。"

金嫣："芒来是推拿中心唯一的一个明眼大夫。"

高唯一愣："啊？"

金嫣："他爱上了一个盲人女推拿师，那姑娘攀高枝嫁给了别人。这个傻子为她唱了一夜的情歌，直唱到口喷鲜血，双目失明。他用自己的一腔热血做了一幅抽象派的画，纪念失去了永不再回的爱情。"

高唯完全听傻了。

金嫣："来这里这么长时间了，我一直不敢跟芒来提他眼睛的事，这事真的提不得。"

高唯："曲芒来不是为了爱情双目失明的，他天生就是一个盲人。"

金嫣："不可能！"

正巧，沙复明从前台经过扔下一句话："有爱情这东西做催化剂，什么事情不会发生呢？"

晚上，小卧室里王母和王父在收拾房间。

王父："当着矬子不说矮话，他们俩一口一个瞎，老大两口子听了该怎么想？"

王母："什么骨头熬什么汤，你去说说他们。"

王父："当老公公的说儿媳妇？亏你想得出来！"

王母往被子上套被罩："你帮我拽着这头。"

王父伸手帮忙，嘴里发着牢骚："你就不该松口叫他们两口子回来住。"

王母："老二把房子租出去是为了创业，他一口一个一碗水要端平，你让我怎么说？"

王父："六口人三家子，合住在两室一厅九十平米的房子里，这不找着闹矛盾吗？"

王母："那人家四世同堂，十几口子人在一个锅里吃饭的日子是怎么过来的？"

王父："那是人家老祖宗威风，你有那能耐吗？"

王母："你有本事挣钱买套四合院，我就有本事威风。"

王父："行，行，我不跟你抬杠。"

卧室里。孔佳玉："老二他们两口子住在这儿，明摆着在给咱们俩出难题。要不，咱们住客厅去，让你爸你妈搬回来住。"

王泉："他们不会让你住客厅的。"

孔佳玉："水过地皮湿，沾手三分肥。一顿饭没什么，两顿饭也没什么，天长日久这样搜刮老人，要搜刮到哪一天？你爸妈可是一点都不富裕，你弟弟他们这样做等于逼着咱们俩走。"

王泉："你说怎么办？"

孔佳玉："咱们搬出去吧。"

王泉："搬哪去呢？"

孔佳玉："你带我去哪我都跟着，地下室也行。"

王泉一把把孔佳玉抱过来让她坐在自己的腿上。用试探的口吻问："要不咱们先找一家店做着？"

孔佳玉说："好。找哪家店，你心里有数吗？"

王泉说："我认识一个人，原来我们俩在上海一家店里干过，后来他回南京开店，还给我打过电话，希望我能回南京来帮他。提成给的很高，甚至说合股都可以。我没答应。"

孔佳玉问："为什么不答应？"

王泉："深圳的钱这么好挣，挪窝做什么？"

孔佳玉嘴一撇："这不也回来了吗？"

王泉："此一时彼一时嘛。我是不愿意给熟人打工，熟人变成了上下级，别扭不别扭？"

孔佳玉点点头。

王泉叹了口气："唉！人家请的时候不来，现在反过来要上门去吆喝，我这是不是不识抬举？"

孔佳玉："那就不去找他。南京的推拿中心多着呢，去哪家不是去？"

王泉："你这人心气高，到哪儿都是吃亏的祖宗，那老板是我的朋友，去他那你不会被人欺负，也没人敢委屈你。找他我图的就是这个。"

孔佳玉："好，那咱们就去他那。"

沙复明站在门口，听着推拿室里面的动静。大房间里每张床上都躺着客人。金嫣、芒来、马跃、张一光都在干活。马跃在给一个胖女人做推拿。胖女人躺在推拿床上，眼睛直勾勾地看着马跃脖子上的那道疤。问："小伙子多大了？"

马跃："十八。"

胖女人："家在南京吗？"

马跃："不在。"

胖女人："出来几年了？"

马跃："两年。"

胖女人："父母放心吗？"

马跃单刀直入："阿姨，你是不是想知道我脖子上的这道疤？"

女人也不尴尬："挺帅的小伙子，怎么弄出来这么长一道疤？谁给你弄的？"

马跃："我自己弄的。"

女人："为什么？"

马跃语气平淡地说："眼睛看不见了嘛，看不见就着急了嘛，急到后来就不想活了嘛。"

女人不放心了，问："现在呢？"

马跃："现在？现在不着急了。现在还着什么急呢？"

马跃面带微笑，语气安宁平和。

女人："你父母一定后悔当时没把你照顾好吧？"

马跃不回答了。

沙复明走过来问："称体重了吗？"

女人："长了半斤，怎么搞的？"

沙复明："你肯定没按食谱吃。"

女人："昨天吃了一顿火锅。"

沙复明："管住嘴迈开腿，加上我们的手法，没有不掉秤的。"

女人说："昨天我跟老公上街，他喊了我一声，大胖子！街上三十多个人回头，敢情不光我一个人胖啊。"

众人哈哈大笑。

王泉有些沮丧地挂了电话。

孔佳玉说："可能手机没随身带着，再拨拨试试。"

王泉再拨手机，这次手机通了。

沙复明的声音从手机里传出来："你好！"

王泉冲着手机喊了一声："沙老板！"

电话响，沙复明一下就听出来打电话的是王泉，他高兴坏了，在地上转了一圈才稳住情绪。努力让自己的声音平静下来："哪一位？"

"我是王泉啊。"

沙复明说："啊，啊，你好！你好！真对不起，我正在上钟，二十分钟后你再打过来。"

王泉挂了电话："他没上钟。"

孔佳玉："你怎么知道？"

王泉："电话里的背景音在那儿呢。这家伙现在说话办事的方式越来越像一个有眼睛的人了。出息了，有出息啦！"

孔佳玉："生气了？"

王泉："求人的事，哪有资格生气？他让我等，我就等吧。"

果然，沙复明把手机揣在口袋里，他的耳朵侧向口袋等着它响。手机一直没响。沙复明有点着急，他把手机从口袋里掏出来，举到耳边听，通话状态良好。可怎么就不响呢？

手机铃声突然在耳边炸响了。沙复明吓了一跳，急忙接通了。

王泉："沙老板，生意不错啊！"

沙复明说："还行。"

王泉满脸笑容地说："我回南京发展来了。"

沙复明："太好了。"

王泉："我想去看看你。"

沙复明："好啊，来吧。"

沙复明和王泉两手紧紧相握，沙复明的另一只手在王泉的手背上亲热地拍了拍。

沙复明："王老弟，咱俩有多少年没见了？"

王泉："六年了。"

沙复明拉他坐在自己的老板椅上："坐，你坐。"

王泉："我怎么能坐在老板的位置上？"

沙复明："什么老板，咱俩是兄弟。"

王泉在他的老板椅上坐下。

沙复明坐在旁边的沙发上跟他说话："什么时候回来的？"

王泉："回来十几天了。你的这个店开得怎么样？"

沙复明："饭还有得吃。"

王泉："我也想来老朋友这里混碗饭吃。"

沙复明："开我的玩笑，你在深圳这么多年，腰粗了不说，胳膊大腿也粗了。你到我这里来吃饭？你不把我的店吃了就谢天谢地了。"

王泉说："我说的是真话，如果方便的话，我想到你这来。你要是不方便，我再想别的办法。"

沙复明："你先坐，我上趟卫生间。"说完转身走了。

王泉站起来，走到书橱前，摸出来一本盲文书，心不在焉地翻着。

沙复明站在卫生间的隔子里，他并没有解手。

他神情庄重地清了一下喉咙，然后开门出去了。

沙复明回办公室，凭直觉知道王泉离开了座位，他回到老板椅上稳稳地坐下。

他的手放在扶手上，三根手指轮番敲打着扶手"哒哒哒""哒哒哒"。

王泉走到旁边的沙发上坐下。

沙复明端起水杯喝了一口水："南京的消费不能和深圳比。一个钟八十，贵宾六十五，你提二十五。一个月超过一百个钟，你提二十。一百五十个钟你提二十八。没有小费。南京人不习惯小费，这你都知道。"

王泉："知道，知道。"

沙复明："你能接受，咱们再往下谈。"

王泉有些不好意思说："我还带了一张嘴呢。"

沙复明立刻明白了，笑着说："你小子行啊，她眼睛怎么样？"

王泉："和我一样，B-1 级。"

沙复明："小子你行！"他突然提高了嗓门问："结了没有？"

王泉："还没呢。"

沙复明："那行。你是知道的，吃和住都归我。你们要是结了，我还得给你们租一个单间，那个钱我可付不起。没结就好办了，你住男生宿舍，她住女生宿舍，你看这样好不好？"

王泉怔了一下说："能不能我自己租房，店里适当地给点补助？"

沙复明："这可不行，你一破例，别人都该找我要待遇了，不好弄啊。"

王泉："我回去跟她商量商量，商量好了给你打电话。"

沙复明："好，好。"

回到家里，王泉坐在大卧室沙发上发呆。孔佳玉走过来坐在他的旁边："谈得不好？"

王泉抬起头："我答应过给你一个蜜月。可一时半会给不了你了。"

孔佳玉："欠着吧。"

王泉："到了他那里，咱俩得分开住。"

孔佳玉反应十分强烈："我不干，坚决不干！"

王泉："所以我没立刻就答应他嘛。"

孔佳玉平静下来，神情多少有些落寞。

王泉："刚进去的时候，他叫我王老弟，我说要投奔他，他的屁股往老板椅上一坐，嘴巴里的腔调立刻就变了，一副公事公办的模样。老板椅的魔力那么大么？"

王泉走后，沙复明高兴地满地转，他自言自语道："王泉这小子要是来了，我就如虎添翼了。"

墙上的时钟敲过了三下。沙复明掏出来手机，他盼望的王泉的电话并没有打过来。他的胃疼了，他从口袋里摸出来一粒药，塞到嘴里嚼碎了。

高唯走进来，倒了杯水给他："又疼了？"

沙复明说："嗯。"

高唯："你应该去医院看看。"

沙复明："我的病我知道。"

高唯："知道有什么用？得治啊。"

沙复明："等这阵子忙过去吧。"

高唯："天天都在忙，哪儿有忙过去的时候？抽空去一趟医院做个胃镜吧。"

沙复明："我不喜欢去医院。当年在医院实习的时候，医院给我的感觉很不好。有个成语叫盲人摸象，医院真的是一个大象，它的身体是一个迷宫。你就在里面转吧。它们错综复杂，不适合看病，只适合探险。"

高唯："批判不解决疼痛。想治病就得面对现实。该探险还得探险，这关你躲不过去。"

沙复明嘬了一下牙花子："医疗费太贵，打个嚏喷就得花出去三四百块钱。排着队挂号，排着队付款，排着队检查，排着队再就诊，排着队再付款，最后，还得排着队取药，没有大半天，根本回不来。"

高唯："一上午的时间吧。"

沙复明叹了口气："我有一上午的空闲吗？一上班这就有人等着我了。忙完这段再说吧。"

高唯："你看，你看，绕了这么大个圈，又把话说回来了。"

崔云在小餐馆里后厨手脚利落地刷洗碗筷。两个大厨在她身边烟熏火燎地炒着菜。崔云把洗干净的碟碗摆放整齐，用洗洁精把案板灶台擦得干干净净，又蹲下身用铁刷子把墙角的污垢一点一点地铲掉。

蔡老板走过来，看在眼里喜在心上。

男客人进饭店大声喊："老板！"

蔡老板答应着迎出去。

男客人说："包一张十人桌。"

蔡老板眉开眼笑地连声应承："好！好！"

男客人："家里人过生日，打个折呗。"

蔡老板："任选一个菜八五折。"

男客人："不爽气。"

蔡老板："买卖做在明处，我是敞亮人。免费送你一道生日面。"

男客人笑："敞亮，敞亮！"

客人们涌进来，小饭店一下爆满了。一道一道的菜上了桌。

两个大厨忙得满头大汗。崔云手脚勤快地给他们打着下手。

蔡老板说："做一盆长寿面。"

大厨说："老板，我这实在忙不过来。"

蔡老板："再忙生日面也得上啊，这是规矩。"

崔云说："反正生日面也是送的，要不我试试？"

蔡老板问："行吗？"

崔云："不好吃就咱们自己吃了。"

蔡老板答应了。

崔云掂量着材料，开始做生日面。

面做好了，崔云把面条端上了桌。寿星举筷子剪彩，尝了第一口说："好吃！"客人们纷纷举筷子尝面，连声叫好。

崔云站在旁边眉开眼笑。

岫然凑在她的耳边小声说："崔姐，以后多笑笑。"

崔云的脸"腾"地红了。

岫然逗她："脸一红更好看了。"

蔡老板转过头很注意地看了她一眼。

崔云看蔡老板看她，犹豫了一下说："老板，我想请半个小时的假，去学校接一下我儿子。"

蔡老板痛快地答应了："去吧，去吧。把孩子接到这儿来，晚上吃完饭一起回去。"

王泉在客厅闷闷不乐地放下电话。王海走过来坐在王海的身边，掏出来一根烟递到哥哥嘴边。王泉把脸扭开："我不抽烟。"王海："玩玩，不用当真。"

他硬把烟塞到哥哥的嘴里，拿出来打火机准备给他点着。王泉把烟卷从嘴上拿下来夹在两指之间举着。

王海把打火机扔在桌子上："还没找到工作？"

王泉："工作环境好的，待遇苛刻了一些。工作待遇好的，工作环境又差。没有十全十美的。"

王海："别着急，慢慢找，总有适合你的。"

回家这么多日子，王泉第一次听王海的话如此入耳，他满意地点点头。

放了学的吴迪坐在后厨的角落里吃饭。崔云猫着腰洗刷着永远也洗刷不完的碟子碗筷。蔡老板满脸是笑地走进来，对她说："你做的面很走俏，3 号桌的人也点了。"

崔云高兴："是吗？我马上做。"

蔡老板："看来得给这道面起个名，你说叫什么？"

崔云笑："面里面的料南北口味都有，就叫五湖四海吧。"

蔡老板连声称好，说："从下个月开始我每个月给你加薪四百块，你看行吗？"

崔云笑逐颜开："谢谢！谢谢！"

王海："我想办个美食网网站。"

王泉："那是什么？"

王海："在网上学营养搭配学做美食，点击率上去了，广告商就会找上门来挂广告，钱就上我的账户了。"

王泉："那得有办公地点吧？"

王海："不用，在家就能干。"

王泉："哦。"

王海："关键是得花钱租个服务器。"

王泉："服务器是什么？"

王海："一种运行管理软件以控制对网络或网络资源进行访问的计算机。"

王泉："贵吗？"

王海："有便宜的也有贵的。"

王泉"哦"了一声，心里警惕起来，他不再往下问了。

王海："哥，借我一万块钱呗。"

王泉一怔，立刻把手里的烟在烟灰缸里捻灭了。

王海："广告钱一上账，我马上就还你。"

孔佳玉从厨房里出来，听到王海跟哥哥要钱，立刻警惕起来。

王泉："我没钱。"

王海："你不是还有一个红包吗？"

王泉不说话了。

孔佳玉走过来坐在王泉的身边："你哥已经给你两万了。我们现在找工作，也需要钱。"

王海一脸不悦，眼睛也不看她："我们哥俩说话呢，外人别插嘴。"

孔佳玉的脸挂不住了，她涨红着脸扭头走了。

王海："你们在家吃在家住，根本用不着花钱。"

王泉："我们交了妈伙食费。"

王海："老太太不是没要吗？"

王泉脖子上的青筋崩了起来，他努力克制着自己："那你让妈跟我要来。"

王海："哥，咱俩可是一母同胞的兄弟。"

听他这样说，王泉立刻软了："你跟我怎么说话都行，她是你嫂子，你伤她就是伤我。"

王海压低了声音说："哥，老婆可以随便换，兄弟能换吗？"

王泉："这样的话以后别对我说，我不愿意听。"

王海急了："哥，你怎么越活越怂呢？"

孔佳玉"哎哟"一声喊。王泉一下子站起来。

卫生间里一片狼藉，遍地是脱落下来的头发和淋浴过后流淌的水。孔佳玉脸朝天躺在地上。王母冲进来往起扶她："怎么了？摔坏没有？"孔佳玉羞愧万分地站起来。

王泉摸到门口紧张地问："没事吧？"听到王泉的声音孔佳玉的眼泪流下来。

王母生气了："王海！"

王海跑过来："怎么了？"

王母："跟你媳妇说了多少回了，洗完澡一定要把地擦干净。你哥你嫂子眼睛不好，这个家住的不是她一个人，她就不能为别人想想？"

正在小卧室镜子前化妆的孙晓榕扔下口红开门出去了。

王泉扶着孔佳玉走出卫生间的门。

孙晓榕："王海你出去拦辆出租，人家还没结婚呢，摔个好歹她父母找来咱得负责。赶紧上医院，该花多少钱咱别打磕巴。"

孔佳玉一张粉脸涨得通红，她甩开王泉的手，大踏步往卧室里走。开门时摸错了地方撞在墙上。

门"砰"的一声关上了。墙上挂着的时钟"啪"的一声被震落在地上。

屋子里静得掉根针都能听见。

王泉开门进了厕所，厕所门悄无声息地关上了。王泉不知道该干什么，他两手按在盥洗台上，喘着粗气。

王母压低声音冲孙晓榕说："你这孩子到底会说话还是不会说话？"

孙晓榕一脸无辜："我哪说错了？"

王母："她和你哥还没登记就住在这儿，心里本来就不自在。你偏偏哪壶不开提哪壶。"

孙晓榕一副想不通的模样："没登记住在一起的多了，啥大事？嘁！"

时钟重新挂在墙上。

表针"啪""啪"，一格一格地挪动着。

卫生间里，王泉在刷牙，他的动作跟表针的速度保持一致。他越刷越快，越刷越疯狂，直到白色牙膏泡沫全部变成了粉红色。

崔云擦洗完后厨案板，拎着一大桶水准备倒掉。桶拎起来了，腰却不能动了。

她站在那里喊："吴迪！吴迪！"

吴迪从外面跑进来问："叫我干什么？"

崔云说："过来扶妈妈一下。"

吴迪走过来，崔云把手搭在吴迪的肩膀上，一点一点地往前蹭，她想挪到凳子上坐一会儿。

蔡老板进来看此情景吓了一跳，问："怎么了？"

崔云说："腰闪了，动不了了。"

蔡老板："我送你去医院。"

崔云："不用，我稍微缓一下回家。"

蔡老板说："回家哪行？我马上送你去医院。"

崔云："我的腰我知道，真的不用去医院。"

蔡老板："不行！"

崔云："那你先把我送回家，不行我再去医院。我不愿意花那冤枉钱。吴迪，跟妈妈回家。"

吴迪摇头："我想跟岫然姐姐玩。"

岫然说："让他跟我玩吧，吃完饭我把他送回去。"

蔡老板："你就别管他了，在这他受不了委屈。"

蔡老板送崔云回家，崔云疼得脸色煞白。

蔡老板把她放在沙发上："怎么样？"

崔云："路上颠了一下，简直不敢动了。"

蔡老板："怎么办？"

崔云："送我去沙宗琪推拿中心吧，那里的沙大夫给我治过颈椎，手法很厉害。"

蔡老板："再颠你的腰就毁了，告诉我地址，我把他请到这里来吧。"

崔云："人家出诊吗？"

蔡老板："试试，不行再说。"

沙复明送客人从推拿中心门口出来。

蔡老板骑着摩托车过来，车停在推拿中心门口："沙大夫在吗？"

沙复明："我就是，有什么事吗？"

蔡老板见他戴着墨镜，知道这是一位盲人，问："你认识崔云吧？"

沙复明一怔："崔云？"

蔡老板："半个月前她在街上昏倒了，你把她弄到这里救治过。"

沙复明的心一阵狂跳："有这么回事。"

蔡老板："她干活的时候把腰扭了不能动，让我来找你给她看看。"

沙复明二话没说，转身进了推拿中心。蔡老板伸着脖子往门里看，不知道他去干什么。片刻，沙复明背着治疗包从门里出来，高唯跟着出来。

高唯："沙大夫，你去哪儿？"

沙复明："出诊。"

高唯问："去哪出诊？"

沙复明没说话。蔡老板用摩托车带着他一溜烟走了。

崔云正直着腰坐在椅子上。蔡老板推门进来，沙复明跟在她的身后。看到沙复明真的来了，崔云十分感动。

沙复明走到她跟前："怎么扭的？"

崔云："拎水桶，就那么一下，腰就不能动了。"

沙复明用手捋着她的脊椎骨，从上往下摸。

蔡老板的手机铃声不停地响着。

蔡老板："现在正是上客人的时候，店里没人盯着不行。我先回去，完事了你给我打个电话我来接沙大夫，顺便把吴迪送回来。"

崔云连声道谢。

蔡老板："不用谢，赶紧好吧，我还等你做五湖四海长寿面呢。"

说完他一溜风地走了。

崔云趴在沙发上，沙复明用手掌把她腰椎两侧僵硬的肌肉揉开放松了。

沙复明用指尖按着她腰部的穴位问："疼吗？"

崔云："疼。"

沙复明扶崔云坐起来，让她坐在椅子上。

他的两只胳膊从后面挽住崔云的两条胳膊，用膝盖抵住她的腰，双臂往后用巧劲一掰。崔云觉得自己的腰"嘎巴"响了一下。

沙复明松开了手说："好了，你站起来走两步。"

崔云不敢动，她说："我走不了。"

沙复明说："你要相信我。"

崔云站起来，她开始迈腿，腰部有些发沉，疼痛感已经荡然无存。

崔云惊喜万分连声感谢。

沙复明说："腰椎小关节错位。"

崔云说："今天用劲猛了。"

沙复明说："你的腰跟肾虚也有关系，别不当事。"

崔云叹了一口气掏出来钱包问："我该付多少钱？"

沙复明沉默了一会儿说："你的颈椎和腰真得好好治一下，否则会出大麻烦。办一个疗程的治疗卡吧，我给你五折。这次上门治疗的费用免了。"

崔云很为难，嗫嚅道："卡我真的办不起。"

沙复明从心里着急："那就治疗一次结一次账，我照样给你打五折。"

崔云："这次的钱你一定要收下。"

沙复明真急了："免了，真的免了。"

崔云只好把钱收起来，她抬头看了一眼表说："要不你在这吃饭吧。"

沙复明连忙推辞："不用，真的不用，店里给我留着饭呢。"

崔云说："你要是不留下吃饭，我真的过意不去了。"

听她这样说，沙复明心一热说："好吧。"

傍晚。孔佳玉蒙着被子躺在大卧室床上。王泉站在床头陪着小心叫她："佳玉，佳玉。"孔佳玉不搭理他。

王母和王父在厨房里做饭。

王父："老二媳妇那张嘴没收没管的。"

王母："家里有两个臭钱，你看把她烧的，天上一脚地下一脚不知深浅。小海也是脓包一个，什么事都听她摆布。"

王父："明明有房，非要租出去回来跟我们挤，不就是怕自己吃亏吗？"

王母："你为什么不拦着我？"

王父："这一辈子我说过一句管用的话吗？"

王泉伸手掀她的被子。

孔佳玉死死揪住："干吗？"

王泉："吃饭了。"

孔佳玉一把掀开被子坐起来："我不吃你家饭。"

王泉可怜巴巴："别拿别人的错误惩罚自己。"

孔佳玉声音冷冷地说："孙晓榕说得对，你和我没登记，在这个家里我是外人。"

王泉："干吗那么在意她的话？"

孔佳玉："我倒想在意你的话，可我被她损的时候你说话了吗？"

王泉被噎得"吭哧"了好一会儿才说："我是大伯子总不能跟弟媳妇吵架吧？"

孔佳玉："她是你们王家的正牌儿媳妇，当然比我站得牢。这才哪到哪？看吧，以后还有更难听的话等着我呢。不行，必须搬出去。"

王泉一屁股坐在床边，他不说话了。

孔佳玉："你不搬我搬。"

王泉："你要去哪儿？"

孔佳玉：“长着两只手呢，到哪还换不来一碗饭吃？”

王泉：“你用你的两只手左右开弓扇我几个耳光子得了。”

孔佳玉：“王泉，如果你真的爱我，就跟我一起搬出去。”

王泉：“搬哪儿去？”

孔佳玉：“沙老板那里。”

王泉：“你不是不愿意跟我分开住吗？”

孔佳玉：“顾不了那么多了。”

崔云做了香气扑鼻的面条，给沙复明盛了一大碗。沙复明稀里呼噜地吃起来。崔云心满意足地坐在旁边看着。

沙复明说：“从来没有吃过这么好吃的面条，你真该开个小面馆，让别人都尝尝你的手艺。”

崔云笑：“家常便饭，算不上手艺。”

沙复明：“我们店的厨子就没这两下子，要不哪天你去教教她？”

崔云说：“那可不好，人家以为我要撬行呢。想吃你就到这来，我给你做。”

沙复明：“那更不好，人家以为我占你的便宜。”

话一出口他觉得不对，急忙往回拉：“我不是那个意思。”

崔云笑：“你给我推拿，我给你做饭吃。你的手艺比我的手艺贵多了，这么一算还是我占了你的便宜。”

沙复明“嘿嘿”地笑说：“幽默。”

崔云：“我哪懂什么幽默。”

沙复明：“你要加强运动，尤其是腰部，腰部的肌肉有力量了，才会牢牢地裹住腰椎，这样腰不容易再受伤。喜欢体育吗？”

崔云：“我每天的劳动量，够跑一个五千米了。”

沙复明：“参加过四百米竞赛吗？”

崔云：“没有，怎么了？”

沙复明：“没什么，天不早了，我该回去了。”

崔云：“我送你回去。”

沙复明：“好，送到 ×× 街的十字路口我就认识了。”

崔云和沙复明在街上走着。

两个人谁也不说话。

安德烈·波切利的天籁之音隐隐地传来。

沙复明一愣神。

一个骑电动车的人从前面冲过来。沙复明一把拉住了崔云。骑车人与他们擦身而过。

崔云："我都没注意他，你怎么看见的？"

话一出口，她立刻觉得说错了，尴尬地看着他。

沙复明见怪不怪："人体的某些器官功能可以互补，换句术语说，是可以代偿的。眼睛看不见了，耳朵的听力就会增强。我的听力就比一般的人好许多。绿灯亮了，走吧。"

崔云抬头一看，绿灯果然亮了。

崔云惊讶："你怎么知道的？"

沙复明："左右两边汽车和自行车都动了。"

熙熙攘攘的人流不时地遮住他们俩。

沙复明："多数瞎子从后背就能看出来，一个肩膀高一个肩膀低。"

崔云："为什么？"

沙复明："因为眼睛看不见，所以一直处于警惕的状态当中。从小我爷爷就教育我，走路不要畏畏缩缩的，要挺直了腰，放松了往前走。东西掉到地上要一步到位地拿起来，不要在地上摸来摸去的，人家会像看稀罕物一样地看你。"

这时，夹在骑自行车人群中的张宗琪扯着嗓门叫了一声："沙复明！老沙！"

沙复明立刻站住了。

他对崔云说："我的合作伙伴。"

崔云："那我走了。"

沙复明说："走吧，再有什么问题给我打电话。"

崔云答应了一声匆匆走了。

张宗琪骑车过来，他两腿支在地上问："干什么去了？"

沙复明："出诊。"

张宗琪："怎么也不打辆车？"

沙复明："不远。"

张宗琪："走吧，我带你回去。"

沙复明坐在自行车的后依架上。张宗琪骑着车汇入车流当中。

入夜，王泉和孔佳玉肩并肩坐在床上。

王泉："想好了？"

孔佳玉："想好了。"

王泉："明天一早我带你过去。"

孔佳玉："先打个电话吧。"

王泉："不用，见面谈更好。"

孔佳玉："好。"

王泉："睡吧。"

孔佳玉："这么早？"

王泉："好好珍惜这点时间吧。"

孔佳玉和王泉脱一件衣服叠好了放在床旁边的床头柜上。裤子压在最下面，衣服放在最上面。袜子整整齐齐地摆在一边。两人躺在被子里。王泉伸出来一支粗壮的胳膊小声说："过来。"

孔佳玉滚过去拱到他的怀里，王泉紧紧搂住她。

孔佳玉小声问："我让你离开家，你不会后悔吧？"

王泉："家重要，你更重要，我不能让你受委屈。"

孔佳玉感动地在他脸上亲了一口。

王泉："天无绝人之路，顺其自然，办法总会有的。咱们既然做了盲人就一定要有耐心，要有非比寻常的耐心。"

孔佳玉偎在他的怀里认真地听着。

王泉："耐心是盲人的命根子，只有耐心才能配得上咱们看不见的眼睛。佳玉，你一定要耐下性子学会等待。"

《今夜无人入眠》隐隐约约地响起来。

沙复明宿舍音响上的音量指示针随着声波跳动着。

歌声渐渐响亮，安德列·波切利把震撼人心的高音直接送上了巅峰。

沙复明如醉如痴。

（幻觉）

十字路口。白天。穿梭如织的车辆拉着彩色的虚线。

彩色虚线的断裂处露出来沙复明和向天纵行走中的身影。

23岁的沙复明笑容和向天纵的一样灿烂。

他们怎么走都走不到十字路口的这一边。

张宗琪把遥控器扔在客厅沙发上。说："你除了眼前屁股大的这么块地方，什么都看不见。"

韩秋霞："两只眼睛看，总比你一只眼睛看强。昨天要圈地造林，今天要办名人书画展，你以为你是谁呀？"

张宗琪："我手里有人脉，不白干，分成。"

韩秋霞："你跟我说说，名人办书画展为什么把钱分给你？"

张宗琪："我给他们联系办展览的场地。"

韩秋霞："人家名气那么大，用得着你给找场地？"

张宗琪："你不懂！"

韩秋霞："我不懂才向你请教啊，你给我一码一码地掰一掰。圈地造林的事怎么没动静了？"

张宗琪一屁股坐在沙发上，两手搓了一下脸说："那事不成了，人家看了林权证，说上面没有政府的大印是假的。"

韩秋霞呵呵笑。

张宗琪："笑什么？你这辈子没摔过跟头啊？"

韩秋霞："摔跟头不要紧，但是你得学会用两只手护着脸！"

推拿中心休息区。早晨。没到开业的时间推拿师们在学习。

沙复明站在那里讲课，他讲得有些得意："我能把人体模型上的206块骨头拆下来，再一块一块准确地装回去。腰椎应该怎么样排列，我心里非常清楚。"

推拿师们认真地听着。

张一光："人有那么多块骨头吗？"

沙复明："小孩的骨头比大人的多，小孩的骶骨有5块，长大以后合为1块了。尾骨有4到5块，长大后也合成了1块。小孩子有2块髂骨、2块坐骨和2块耻骨，到成人就合并成为2块髋骨了。这样加起来，儿童的骨头要比大人多11到12块，就是说有217到218块。医学书上说，初生婴儿的骨头多达305块。"

高唯背着挎包从推拿中心外面回来，她边走边看手里的复习材料。一辆出租车停到门口，王泉和孔佳玉从车上下来。高唯看出来这一对男女是盲人，她快步迎了上去。

休息区。沙复明说得兴奋："骨科的疾病如骨错缝、椎间盘突出、骨关节炎症等表现在肾脉上，因为肾主骨。脉理上骨错缝是一种表现而骨关节炎证又是另一种表现。疑难病在指下也就能判断出病患在何处。好比盲人学盲文，为什么盲人指下能分辨出盲文而正常人却不能，就是指下的功夫不行。"

高唯进来："沙老板，门口有个叫王泉的找你。"

沙复明心中一喜，急忙对推拿师们说："下面大家互相切磋经验吧。"

王泉和孔佳玉站在推拿中心的门口，满脸笑容地跟沙复明打招呼。

王泉："沙老板，我们没来晚吧？"

沙复明："没有，没有。"

他急忙伸出手去跟王泉握手。

王泉向沙复明介绍孔佳玉，他说："这是孔大夫。"

听语气沙复明立刻就知道了，他们俩的确是没有结婚的样子。

沙复明跟王泉的寒暄很有节制："考虑好了？"

王泉："考虑好了。"

沙复明："那我领你们去里面看看？"

王泉："好。"

推拿师们还在休息区里坐着。沙复明领着王泉和孔佳玉进来。王泉感觉得出来，这里坐满了人。他愣了一下问：“开会吗？”

沙复明说：“我们星期一开会，今天是业务学习。”

王泉说：“正好啊，我也来学习学习。”

沙复明笑：“开玩笑，抽空你还得给他们讲讲。现在的教育马虎得很，跟我们那个时候没法比了。”

他冲大家说：“这是咱们店里新来的王泉王大夫，六年前我们俩在一个店里做过，推拿的手法只比我强不比我差，以后你们要多向他学习请教。”

休息区里的人立刻鼓起掌来。

沙复明当着全体员工给了王泉十足的面子，连跟在他身后的孔佳玉都轻轻地舒了一口气。

王泉笑着说：“沙老板的理论和实践都是一流的，我比不了，比不了。”

沙复明满脸是笑，没有说话。

沙复明带着王泉和孔佳玉在推拿 6 号房里走了一圈。王泉用手仔细摸着四周摆设的物件。

沙复明：“6 号房，最后一间。这里有两张床。一圈走下来，我的盘子你已经估摸出来了吧？”

王泉：“十个员工十张床，真不算小了。”他心里想的：“我的资金不被套住，店差不多也能有这模样。”

这么一想他的心就难受起来，手指头的关节被他掰得噼里啪啦又是一阵响。

沙复明后退一步，把 6 号推拿室的门关上了。他搓搓手说：“你们去添置一点生活必需品，我马上叫高唯回宿舍去给你们清理床位。”

王泉半开玩笑半认真地拍拍沙复明的肩膀说：“谢谢沙老板。”

沙复明也半开玩笑半认真地拍了拍王泉的肩膀，他提高了声音说：“感谢你光临寒舍，我代表沙宗琪推拿中心欢迎你们！”

王泉侧过脑袋不解地问：“既然是你的店为什么叫沙宗琪推拿中心呢？”

沙复明说：“这个店是我和张宗琪两个人合资的，我一半他一半，这不就叫沙宗琪了吗？”

王泉问：“张宗琪是谁？”

沙复明说：“在上海认识的一个朋友。”

王泉：“那我得去见见人家。”

沙复明：“没事，时间长着呢，我跟他一个人似的，做得了主。”

王泉：“那也得打个招呼。”

沙复明：“他还没过来呢。”

此时，街心小公园树下围着一群人，在看树上挂着两个鸟笼子，鸟笼子是两只鹩哥。

张宗琪得意洋洋地向众人们炫耀自己的鸟。

张宗琪：“它叫大赖，它叫小赖。大赖来一句。”

大赖字正腔圆，一口播音腔：“白日依山尽，黄河入海流。欲穷千里目，更上一层楼。”

众人惊叹。

没等张宗琪邀请，小赖主动张嘴了，它一口正宗的河南话：“老板，给上两颗瓜子吧。”

众人哄堂大笑。

张宗琪得意洋洋地骂道：“小子，真他妈的没文化。”

一个男人跟他打招呼：“张老板！”

张宗琪：“又有什么市场新消息了？”

四

张宗琪家住在离推拿中心四百米远的地方，前门脸开着一个小便利店，门口摆放着啤酒、矿泉水、酸奶等饮品。

门厅内，大洗衣机在隆隆地转着。头顶上挂着一排排洗好的衣服。韩秋霞在案子上动作利落地熨烫着衣服。

一个小学生进来问："有Q币吗？"

"有，要多少面值的？"

"十块钱的。"韩秋霞收钱把Q币递给他。

这时，张宗琪拎着两只鸟笼子回来，他把鸟笼子挂在门口的铁梁上。

高唯骑着三轮车过来，下了车。打招呼："张老板！"

张宗琪："来了？"

高唯："嗯。"把车上的脏床单抱进屋。

韩秋霞把洗熨好的被单和枕巾抱出来放到三轮车上。张宗琪帮她把被单枕巾摆好。

高唯从房间里出来说："咱们中心今天进了两个人。"

张宗琪："从哪来的？"

高唯："深圳。"

张宗琪："多大岁数？"

高唯："男的三十二三岁，女的二十四五的样子。"

张宗琪"哦"了一声，他边穿衣服边往外走。

韩秋霞："得加伙食费了。"

张宗琪："煮点绿豆汤，给大家清清火。"

韩秋霞："拿钱，我买绿豆去。"

张宗琪从口袋里掏出来二十块钱递给她。

韩秋霞："知道绿豆多少钱一斤吗？"

张宗琪："五块，正好买四斤。"

韩秋霞："还得买两个饭盒。"

张宗琪又给了她十块钱："记着开发票。"

随后，张宗琪坐在车上，高唯骑上车带着他走了。韩秋霞小声骂了一句：“抠门！”

张宗琪和沙复明坐在办公室里说话。

张宗琪问：“啥待遇？”

沙复明说：“他自己找来的，跟我们去挖他的待遇不能一样。”

张宗琪：“什么数？”

沙复明：“跟其他人一样。”

张宗琪：“给高了。试用期三个月，业务量达到基数，工资才能和老员工一样。”

沙复明：“他的业务水平在咱们推拿中心肯定数一数二，用不着试用。”

张宗琪：“咱们店小，目前还不能拿高薪养人才，更不能因为他有名气就多付钱。”

沙复明一脸真诚地笑：“既是人才就应该付高工资，有名气自然能带来业务量，也应该多得钱，咱不能够违背人才定律。”

张宗琪：“老沙啊，你老站在人才的角度上说话。不要忘了，你还是老板。要不你索性把自己的提成和基本工资降低一些，给员工们做一个表率，这样就能把员工支出降低很多，你这个老板的年终分红自然就提高了。”

沙复明“嘿嘿”笑：“在我一个人身上做文章，你什么风险都不用担是不是？”

张宗琪：“你看，你看，我也就是顺嘴一说，哪次决定权不在你那？”

沙复明：“张老板，哪一次我没征求你的意见？”

张宗琪息事宁人：“好，好，好。”

他顺手拿起书架上的一本盲文书，翻了几页放下了。

张宗琪：“这架子上又换书了？”

沙复明：“嗯，那一拨看完了。”

张宗琪：“我活了四十年，这半辈子里，只喜欢过一本书，就是《红楼梦》。”

沙复明感兴趣地问：“《红楼梦》里，你喜欢谁？”

张宗琪：“第一喜欢林黛玉。别看她长着‘两弯似蹙非蹙眷烟眉’，还有‘一双似喜非喜含情目’。这丫头其实是个瞎子。冰雪聪明，却什么也看不见，她连自己的命都看不住。第二喜欢焦大，他是一个粗人，‘胸中没有一点文学’，人家就是什么都知道。”

沙复明：“我看你也是什么都知道。”

张宗琪：“我只知道吃饱了不饿，兜里有钱心不慌。”

沙复明：“聪明人一句话就能说到本质上。”

张宗琪：“老沙，你才是真正的聪明人，可惜被这两只眼睛给拖累了。”

沙复明：“有这么一句话，欲穷千里目，更上一层楼。”

张宗琪：“这是谁的诗？”

沙复明：“这不是诗。是哲学。是励志。”

张宗琪一副夸张的表情。

沙复明："你看我读医，读文，读史，读艺，读科学，读经济，读上下五千年，读纵横八万里。读一本书，就爬上一截楼梯，等我爬到一定的楼层，就有了千里目。我要通过读一本一本的书让心里的眼睛睁开。"

张宗琪："你们学中医的就是有毛病，动不动就把人体往哲学上扯。"

沙复明："人体跟天地宇宙阴阳五行密不可分。这必然涉及哲学，哲学是圆，圆是不灭的，圆是无限的可能。"

张宗琪急忙制止他："得！得！老沙，你也奔了四张了，怎么还云里雾里的？说点实在的行不行？"

沙复明："想听什么？"

张宗琪："跟赚钱有关系的。"

沙复明："咱们的股票怎么样了？"

张宗琪愣了一下，眉头一皱说："我不爱听什么你偏说什么。"

沙复明："当初咱们扔进去七万，一转眼就变成了八万，随后打了个滚，十六万。三个月后变成了二十万。我还记得七万变成五十万的那一天，整个世界变成了一只摇着尾巴的导盲犬。"

张宗琪叹了一口气。

沙复明："然后事情不对了，股票像跳水冠军一样从高台上往下栽。"

张宗琪解释说："我是这么想，一个人要往前冲的时候，脚总是要往后蹬一蹬吧？谁想这一蹬就滑坡了，五十万很快退回到七万。七万剩下了四万。然后就彻底挺尸沉底了。"

沙复明："当时早点抛出去好了。"

张宗琪："这事怪我。"

沙复明："六年都等了，咱再等六年凑个一轮。"

张宗琪："沙老兄你别用软刀子扎我，股票松套的那一天，我肯定还你个六的倍数，十二万。"

沙复明笑着摆摆手说："咱还是别画饼充饥了。"

张宗琪："你不信我？"

沙复明伸开自己的两只手在张宗琪面前手心手背翻了两下。

他说："我信我这双手，要不是这两巴掌十根指头玩命推拿了两年，我哪来的五万块钱跟你合伙开这家店？"

张宗琪点头连声称是。

沙复明："等股票松套了，咱们再开一家连锁店。"

张宗琪："好啊！"

王泉和孔佳玉在王家摸索着收拾行李。

两人把各自的衣服叠得整整齐齐地放在一边。孔佳玉把一双一双的袜子折好团成团，分别放进两个小布口袋里。她把其中一个小布口袋放到王泉手里：“这是你的袜子。”

王泉：“沙复明原来也只是二分之一个老板，看来他混得并不比我好多少。”

孔佳玉：“二分之一也是老板。”

王泉拉开旅行包，把自己的衣服一件一件地叠好放进去。

王泉：“到新店里你一定要搞好跟前台的关系。”

孔佳玉：“我靠手艺吃饭，不靠关系吃饭。”

王泉：“你这人就是犟，跟前台的关系不好，重头活就到不了你手里，你的提成就会少很多。”

孔佳玉：“怎么搞好关系？花钱吗？”

王泉：“该花就得花。”

孔佳玉：“我才不惯前台这毛病呢。我是金牛座，喜欢钱，缺了钱就像缺了氧气，没氧气还能活吗？根本活不了！”

王泉：“你喜欢钱，谁不喜欢钱？”

孔佳玉：“你就不喜欢钱，拿着钱烫手似的，连夜都不过，赶紧往你弟弟的口袋里塞。”

王泉：“说你呢，怎么拐到我身上来了？”

孔佳玉：“咱俩是一体的，说你就跟说我一样。我一个盲人，辛辛苦苦挣了几个钱，你让我把钱往明眼人的眼眶里塞，我偏不！”

王泉叹了口气：“明面上你豪气冲天，暗地里你吃了多少亏，你知道不知道？”

孔佳玉乐呵呵地说：“知道啊。吃了亏，再抠一点，不就又回来了？”

王泉：“你原来是这么算账的？你呀，一点也不讲政治。”

孔佳玉问：“啥是政治？”

王泉说：“政就是众人的事，治就是管理，管理众人的事就是政治。”

孔佳玉：“你管理好我就行了，干吗要管理别人？”

王泉：“女人是天生的近视眼，永远都看不远。”

孔佳玉说：“绊脚的石头都在脚跟前，往远看有什么用。”

王泉笑了：“你还挺哲学。”

孔佳玉问：“什么哲学不哲学的，没钱没房子，什么学问都是白扯。”

王泉不说话了。

孔佳玉：“泉子，到了新店，咱们就不能住在一起了，我想你了怎么办？”

王泉：“你告诉我啊。”

孔佳玉：“当着那么多人，怎么说？”

王泉："还用咱们在深圳时候常用的暗号。"

他用两只手在行李上先拍了五下，再拍两下，然后一下。

王泉："我爱你！"

孔佳玉马上用掌法回应，她先拍五下，然后一下，接着两下，最后一下。

孔佳玉："我也爱你！"

两人有呼有应越拍越默契，越拍越来劲，拍出了架子鼓的韵律。

王母进来，看见两个人对着行李乱拍，吓了一跳问："这是干什么？"

王泉和孔佳玉急忙收了手。

王泉说："妈，我联系好工作单位了。到一个朋友的推拿店里去上班，那里管吃管住。"

王母："怎么事先没跟我说呢？"

王泉："刚刚联系好的。"

王母："这么快就去上班？"

王泉："那里等着用人。"

王母叹了口气："家里太乱了，出去你们也能清静清静。"

王泉："我们走了，让小海他们也搬出去吧，你跟我爸这么大岁数了，该好好享几天福。"

王母："你妈有那命吗？你朋友的店在哪条街上？"

王泉沉默了，他不说话。

王母："怎么了？"

王泉："妈，你还是别问了。"

王母："我是你妈！"

王泉说："妈，我不告诉你，是怕你告诉小海。"

王母一怔："告诉他怎么了？"

王泉："他结了婚是个大人了，以后遇到什么麻烦，自己学着解决，不要老来找我。"

王母看看儿子，又看看孔佳玉，认定这话是孔佳玉教的。她心里非常不高兴。

收拾妥当，王泉的行李搬进了推拿中心的男生宿舍，他被安排在马跃的上铺。

马跃铺位旁边的桌子上整整齐齐摆放着彩笔和纸张，看得出来，马跃是一个喜欢美术的人。房间里另外一个上下铺位上的行李也叠放得整整齐齐。

王泉收拾床铺，马跃站在墙角里沉默着。王泉一把抓住上铺的围栏，用力拽了一下，床铺纹丝不动。像是自言自语也像是对马跃说："床位一定是用膨胀螺丝固定在墙面上了。"

马跃没有应答。

王泉说："盲人老板就是这点好，知道把体贴用在最恰当的地方。"

马跃还是不说话。

王泉：“你老家是哪里的？”

马跃：“苏州。”

王泉：“父母离着不远，生活会方便很多。”

马跃没搭腔。

王泉愣了一下，明白下铺是个不爱说话的人，于是他也闭上了嘴。

女生宿舍里也是上下四张床，高唯把孔佳玉安排在靠墙的那个空床上。

高唯：“你慢慢收拾，店里那边离不开，我得赶紧过去。”

孔佳玉：“你去吧，不用管我。”

高唯走了。

孔佳玉摸索着把自己的东西一件一件有条不紊地放在床头柜和床上。

王泉摸索着走过来，站在门口叫了一声：“孔佳玉。”孔佳玉急忙把他拉进屋关上了门。王泉和孔佳玉紧紧地拥吻在一起。

楼道里传来脚步声。

王泉和孔佳玉急忙分开，准确地坐在面对面的两个铺位上。

高唯推门进来，看见王泉在这里，她说：“正好王大夫也在，我就不用去男生宿舍了，刚才忘了告诉你们，饭到店里去吃。”

王泉和孔佳玉同声答应：“好。”

推拿中心休息区。韩秋霞把密封的大盒子放在桌子上，她掀开盖子从里面把一个一个饭盒拿出来。

她按照饭盒上的名字把饭盒放在坐在桌子旁边等待的推拿师的手里。

韩秋霞叫了一声：“王泉。”

王泉答应了一声：“我在这儿。”

韩秋霞把饭盒放在他的手里：“饭不够跟我说，我再给你添。”

王泉：“谢谢。”

韩秋霞走过去把写着孔佳玉名字的饭盒放在孔佳玉的手里。

韩秋霞：“这是你的。”

孔佳玉抬起头冲她灿烂一笑。

韩秋霞叫起来：“哟！这姑娘水灵得像莲藕一样。”

孔佳玉不好意思地低着脑袋。

韩秋霞连连咂嘴：“瞅瞅这身段，该有的都有，不该有的一分都不多。”

推拿师们注意听着。

王泉一脸的满足。

金嫣坐在芒来的旁边，她打开饭盒把里面的肉用勺子舀出来，准确地放在芒来的饭盒里面。芒来躲闪着小声说够了。金嫣大声说：“多吃点儿，一会还要上客人呢。”

张一光饶有兴致地听他们俩说话。

韩秋霞：“沙老板呢？”

高唯：“在里面干活呢。”

韩秋霞：“我把饭给他送过去。”

高唯：“送过去他也没空吃，放在这儿吧，一会儿他吃的时候我用微波炉给他转一下。”

张一光：“韩师傅能不能给我们蒸一回包子？”

韩秋霞：“没那么高的伙食标准。”

张一光：“白菜粉条耗过油的油渣滓拌的馅，花不了几个钱。”

韩秋霞：“就你事多。”说完她转身走了。

张一光：“我们矿上的老姚头，手脏嘴脏，包子蒸得真他妈香。一两一个两根筷子一根上头串六个，两口一个，三十四口我就把十二个包子干到肚子里去了。奶奶的，走了这么多地方再也吃不上那么够味的包子了。”

王泉：“北方人喜欢吃面，南方人喜欢吃米。”

张一光：“不是米面的问题，是态度的问题。现在的人学会了用扯淡的态度，面对操蛋的人生。”

高唯：“赶紧吃，一会儿上客人了。”

孔佳玉进卫生间马跃出推拿中心男卫生间，两人“砰”的一声撞在一起。马跃下意识地一把抓住了对方的胳膊。

孔佳玉：“谁呀？撞死我了！”

马跃听到她的声音吓了一跳：“你怎么跑到男厕所来了？”

孔佳玉听他这样说，也吓了一跳：“啊！”

她慌忙往外跑，跑了几步马跃叫住了她。

马跃：“你走反了。”

孔佳玉站住身“咯”“咯”笑起来：“幸亏咱俩看不见，要不多难堪？”

马跃：“你转个身往前走十五步就是女厕所。”

孔佳玉朝他走过来：“你送我到女厕所门口吧，第二次我就能记住了。”

她身上淡淡的香味让马跃跑了神。

饭店里生意忙起来了。

崔云在后厨忙着洗碗。蔡老板跑进来：“崔云，十号桌的客人是北方来的，想吃焖面，你会做吗？”崔云一怔没说话。

蔡老板：“说是做不了就到别的饭馆去。九个人呢，是一笔不小的收入。”

崔云：“那我试一试吧。”

蔡老板高兴：“做吧，客人高兴了，有你的好处。”

崔云："万一做坏了呢？"

蔡老板："做坏了我兜着。"

崔云："好吧。"

蔡老板乐呵呵地出去了。

崔云端着锅，走到十号桌旁边。桌边的九个人仰着脑袋看着她。崔云把铁锅放在涮火锅用的天然气灶上。九个人当中的一个问："这是干什么？"

崔云："做铁锅焖面。"

坐在正中间的一个中年妇女高兴地叫起来："当场做啊？"

崔云："嗯。"

中年妇女："这倒新鲜。"

崔云起油炝了锅，烧了排骨，把豆角、土豆、茄子等蔬菜放进锅里，盖上了木质锅盖。

旁边桌子的人往这边看。

崔云："你们可以点些下酒的菜，喝着啤酒等着焖面熟。"

一个男人伸手拿过来菜单说："好，我来点。"

十号桌的人围着冒着热气的铁锅，吃着小菜喝着啤酒。

崔云掀开锅盖。她用两双长筷子挑着锅里的焖面。焖面油润筋斗，蔬菜色彩鲜艳，看上去很勾人食欲。十号桌的人一声惊呼，迫不及待地吃起来，边吃边连声夸赞。

吴和平腋下夹着个包走进来，他冲八号桌的人说："对不住，对不住，我来晚了。"

八号桌上的人说："自罚三杯。"

崔云满脸笑容地转身离桌，跟吴和平打了个照面，两人都吃了一惊。

崔云转身就往后厨走。吴和平看着她的背影有点犯懵。八号桌上的人叫："服务员，上十瓶啤酒。"

崔云回到厨房靠着案板站着。

只听八号桌上的女人指着十号桌上的焖面说："咱们也来一个。"

八号桌上的男人："老板！"

蔡老板一溜小跑过来："什么事？"

八号桌的男人问："多少钱一锅？"

蔡老板张嘴就说："一百五。"

十号桌上正在吃面的中年妇女听了一怔："贵了吧？"

蔡老板："师傅现场秀手艺，就这个价。"

八号桌的男人："给我们来一锅。"

蔡老板满脸是笑："对不起，我们一天只能做一锅。"

八号桌的男人："我还没见过见钱不愿意挣的。"

蔡老板面露难色。

吴和平对蔡老板说："我给你二百，照这样给我们来一锅。"

蔡老板："今天真不行了。"

吴和平："我一句话，做这面的人肯定给我做，她要是不做，我把我的姓倒着写。"

蔡老板脸上带着笑："贵姓？"

吴和平："免贵姓吴，吴和平。"

蔡老板："吴先生，您这话说得有点大吧？"

吴和平："不信，你就看着。"说完他转身就往后厨走。蔡老板愣了片刻急忙追过来："哎，哎！"

吴和平大步进了厨房。崔云看见他进来，一脸的紧张。吴和平："你跑这来干什么？"

崔云："厂子裁人，我在这找了份活干。"

吴和平："你到哪干活哪裁人，而且哪一笊篱都能捞上来你。你以后别叫崔云叫霉运得了。"

蔡老板追进来："这是后厨，闲人免进。"

吴和平没理他，皱着眉头命令崔云："照十号桌那样，给八号桌做一锅焖面。"

说完他转身走了。

蔡老板："这人怎么回事？"

崔云一脸尴尬："我用大锅给八号桌做一份焖面，行吗？"

蔡老板火了："他是老板还是我是老板？我不同意！"

崔云沉默了一会儿一脸无奈地解下来围裙说："那我真在你这儿干不成了。"

蔡老板："他以为他是谁呀？"

崔云揉着手里的围裙不说话。

蔡老板冷静下来，沉默了一会儿手一挥说："我跟钱没仇，放着二百块钱干吗不挣？做吧！"

蔡老板坐在收银台盯着在八号桌上的吴和平。

吴和平喝着酒跟周围的人谈笑风生。

夜晚。王泉、马跃坐在男生宿舍下铺马跃的床铺上。张一光、芒来坐在芒来的下铺上。

张一光站起来递了一支烟给王泉："王大夫抽根烟。"

王泉满脸是笑："我不抽。"

张一光把烟放回到烟盒里："你多大？"

王泉："三十二。"

张一光："我比你大七岁，今年三十九。"

王泉："我得叫你哥。"

张一光一本正经地说："别，这屋里数我的盲龄短，你们都是我的前辈。"

众人笑。

张一光："三十五岁前我是煤矿工人，两眼视力都是一点五。井下瓦斯爆炸，我成了盲人，半路出家做起了推拿。和诸位推拿师比起来，我人粗手笨，可挡不住咱力气大。"

芒来冒出来一句话："力气大，还不惜力，能从客人身上采出煤来。"

王泉被他逗笑了。

马跃低着脑袋，一声不响地玩着手里的一盒彩笔，插进去拔出来。还不时抽出来一只放到鼻子下面仔细地闻着。

张一光:"现在求人办事请人家吃饭,满身酒气后准会去做个推拿。推拿只有两种，一种是带色的，一种是不带色的。"

王泉："谁说的？"

张一光："我还没说完呢，别看我干这行的工龄短，这事我见过。"

他一句见过，房间里的人就都不说话了。

张一光："从一个残疾的矿工变成一个健全的推拿师，对你们来说难，对我来说不难。一百一十三个兄弟死在一起难不难？难！太难了！这么难的事情，煤矿都做到了，薄薄的一张资质证书怎么能难得倒我？我在井下挖了十六年的煤，推拿这活儿对我来说，轻松、安全、稳当，还能连说带笑的。"

王泉："张大夫。"

张一光一本正经地纠正他："张道理。"

王泉诧异："啊？"

张一光："我这个人说的话总在道理上，人送外号张道理。"

王泉呵呵笑了。

张一光往起一站，脑袋"咚"的一声撞在上铺的床板上。

他揉着脑袋，在地中间走了一圈："苍天有眼，这屋里终于有人会笑了。王大夫，你没来之前，我天天面对两尊泥佛，一尊姓曲一尊姓马，上香叩拜他们，这俩爷都懒得张嘴搭理你。"

芒来："哪那么多废话？"

张一光："你看，我一直拿他当兄弟，可他从来不把我当作自己人。"

芒来挪到写字台旁边，戴上耳机鼓捣笔记本电脑。

张一光："曲芒来，你还别瞧不起我。"

王泉看气氛不对，急忙打圆场："都是盲人，有啥瞧得起瞧不起的？"

张一光："别看都是盲人，区别可大了去了。你跟芒来是先天的，我和马跃是后天的。马跃我不说，我说我自己。我虽然瞎了，可是想法和习惯还是健全人的。我没有盲人的历史，没有盲校的经历，没拜过正规的师傅，怎么说都是半路出家的野路子。你们怎么能把我当自己人呢？"

王泉张了下嘴，没找出来能安慰他的话。

张一光："我这个人脸热，这俩兄弟屁股冷，在这屋里热脸贴冷屁股的事我最少做过两打。"

孔佳玉和金嫣出现在门口，孔佳玉刚洗完澡披散着头发浑身散发着伊卡璐的香味。

马跃闻到熟悉的香味，心里一哆嗦，他抬起头警惕地"看"着门口。

孔佳玉叫了一声："王泉。"

王泉赶紧往旁边挪了一下，床板"咯吱"一声响："进来吧。"

孔佳玉循声过去，一屁股坐在马跃和王泉的中间。她湿漉漉的发梢甩过来，扫在马跃的脸上。马跃脑袋里瞬间出现了空白，他僵在那里一动不敢动了。

芒来坐回到床上，金嫣走到芒来的铺位挨着他坐下。

芒来没有跟他说话。

张一光："白天王大夫也没给介绍一下，现在给我们隆重推出一下好不好？"

王泉满脸是笑："她是我朋友。"

张一光："咱俩还是朋友呢，没这么介绍的。"

王泉："她是我对象。"

张一光："这还差不多。"

他抬手拍了一下身边芒来的肩膀："还不快叫人？"

芒来反应很快，他喊了一声："嫂子！"

他这一声喊，房间里的气氛顿时活跃起来。

孔佳玉涨红着脸说："乱喊什么，我不是你嫂子。"

屋子里的人都哄了起来。

芒来笨嘴笨舌地解释："王大夫是大哥，你不是嫂子是什么？"

孔佳玉红着脸，不知道怎样才好。

张一光："马跃，叫人啊！"

马跃小声叫道："嫂子。"

孔佳玉的脸已经涨成了一块红布，明眼人都看得出来她从心里往外快乐。

她用胳膊肘捅了一下马跃："你别跟着搅和。"

马跃还没来得及说话，张一光已经站起来走到孔佳玉的面前。说："我们这个宿舍有个规矩，所有新来的人都必须在这里接受审讯，要不然就不算一家人。'嫂子'也不例外。"

王泉出来打圆场："老张，论岁数她得管你叫声哥，你叫她嫂子不合适。"

张一光："我跟着芒来和马跃俩兄弟叫，怎么了？"

孔佳玉紧张地眨巴着眼睛。

王泉："孔佳玉不住这个宿舍，你审她不是欺负她吗？实在想审你就审我吧。"

张一光："那好，我审你。今天下午韩师傅夸嫂子身材好，说嫂子的身材该有的有，该没的没。你说说，嫂子身上究竟什么该有，什么该没？”

王泉知道张一光在给自已设陷阱，他傻笑着一句话也回不过去。

金嫣靠在芒来的身边，笑眯眯地听他们斗嘴。

张一光：“你说啊！”

孔佳玉为了避嫌疑，拉开了和王泉的距离，身子靠到马跃这一边。

马跃立刻被她身上伊卡璐的香味完全笼罩住了,他听到了自己“嘭”“嘭”的心跳声。

（幻觉）

街道。白天。九只彩色气球在空中缓缓碰撞发出“嘭”“嘭”的闷响声。

女人的后脑勺跳跃着缓缓入画，晶莹的水珠从她长长的发梢上洒落下来。

九岁的马跃面对女人，女人长发上的水珠一颗一颗砸在的头上和身上。

马跃咧着缺牙的嘴，快乐地闭上了眼睛。

“嘭”的一声响。

孔佳玉擂了马跃一拳，脸上带着开心的笑，说：“马跃，看着我被人欺负，你也不帮帮我。你不能这么坏。”

马跃懵了，他诚惶诚恐地说：“嫂子，我不坏。”

众人哄堂大笑。

大伙的笑声让孔佳玉坚信，马跃也在“使坏”。

孔佳玉站起来，用夸张的语气说：“要死了马跃，在店里你不声不响的，我一直以为你是老实人，没想到你是闷坏，你比坏还要坏。”

大家的注意力顿时转移到马跃身上。

马跃红着脸辩解着：“嫂子，我不坏，一点儿都不坏。”

他的话更让孔佳玉觉得他是在耍着滑头使坏。

孔佳玉转过身，双手掐住了马跃的脖子，她夸张地摇着身体，做出一副要把马跃掐死的样子。

孔佳玉：“马跃，你到底坏不坏？”

孔佳玉湿漉漉的发梢扫在马跃的脸上，像深入人心的鞭打。

马跃彻底乱了，顺着孔佳玉说：“我坏。”

众人大笑。

马跃心跳得有点儿喘不上气来了。

（幻觉）

夜晚。马跃儿时的家。红色渐渐洇散，剩下一团血红色，白色从那团红色中间渗出，洇成一个大大的阿拉伯数字 9。

蛋糕上鲜红的蜡烛做成一个9字，光芒四射。

女人两只白皙的手捧着蛋糕，只能看到她的上身，看不到她的脸。

女人把蛋糕放在桌子上，两只手温柔地伸开。

这两只白皙的手动情地捧住了九岁马跃的脸。

马跃突然热泪盈眶，仰起脸来两只手捂住了孔佳玉掐着他脖子的手。

他叫了一声："嫂子。"

房间里没有人能看到他的眼泪，众人的笑声几乎掀开屋顶。

孔佳玉故作严肃地说："我不是嫂子，我是孔佳玉。"

马跃流着眼泪无比严肃地回答道："你就是嫂子。"

孔佳玉在骨子里对嫂子这个称呼是满意的，故作气馁地说："嫂子就嫂子吧。"

她拉住马跃的手使劲捏了一把说："以后你要服嫂子管教哦。"

马跃使劲点了一下头。

马跃突然意识到自己在笑。他用另一只手摸了一下自己的嘴，他确实在笑。

王泉也在笑，他笑得很畅快。

孔佳玉听到王泉的笑声，心里有些怅然。

她一双盲眼看向王泉，心里暗暗地着急："傻子，我的手就在你的身边，你快握住着它呀！"

王泉好像感受到了她的目光，他的脸转了过来。

王泉的心里想："虽然这屋里都是盲人，可谁能保证人家心里的眼睛没睁着呢？"

孔佳玉的左手孤单地摊在王泉的身旁。

马跃的手陶醉在孔佳玉右手的掌心中。

他幸福地闭上了眼睛。

（幻觉）

马跃和孔佳玉的身体一点一点地漂浮起来。

房间里的喧闹声隐去了。

屋顶的黑暗一层层退去。

露出来蔚蓝的天空。

孔佳玉拉着马跃的手飞起来。

他们俩变成一大一小两匹漂亮的骏马。风把他们的鬃毛吹向身后。

他们四蹄飞扬，在蓝天和绿草之间穿梭飞奔。

风声带来了一声悠扬的蒙古长调。

突然，一切戛然而止。

马跃惊醒了。他发现自己并没有在天上飞，而是老老实实地躺在床上。

马跃瞪着两只眼睛，盯着漆黑的夜空。他悄悄爬起来坐在桌子旁边，摸到了他的彩色笔盒，他“哗”的一声，把所有的笔抽出来，放在桌子上。每一根彩色笔上都有他做的特定的标记，马跃准确无误地摸到手里。

马跃一只手用彩色笔，一只手摸着画板，把梦中的情景生动地展现在了纸上。

王泉在床上酣睡着，梦中他的眉头紧锁。

睡在上铺的张一光突然眉头紧锁，他急促地喘息着，身子不安地在床上扭动。

（梦境）

伸手不见五指的黑暗。

张一光急促的喘息声。

黑暗中出现了一个亮点，随着喘息声，亮点越来越大，看得出来是距离遥远的矿井井口。

满脸满身煤污的张一光拼着命往井口爬着。

井口就要到了。

“轰隆”一声巨响。

浓烟遮住了井口。

张一光的叫声从井口坠落到了井底。

他一骨碌坐起来，他惊慌失措爬下床，几乎是从铺上摔下来的。

他摸到了放在床边的盲杖，他赤着脚举着盲杖往上面捅，盲杖什么也没碰到。

他慌得脸上冒出了一层冷汗。他伸着手四处摸着，摸到了桌子。站在桌子上用盲杖往上捅，盲杖碰到了屋顶发出“嗵”“嗵”的响声。他浑身颤抖搂着盲杖蹲在桌子上。

马跃坐在凳子上紧张地听着他发出来的声响。

黎明。沙复明穿着一身宽松的裤褂盘着腿坐在床上闭目打坐。另一个沙复明从他的身体里悄然飘出，化作23岁的沙复明。

（回忆）

23岁的沙复明孤零零地站在斑马线的尽头。

街对面的红灯一闪一闪地亮着。

突然一辆车在沙复明的面前疾驰而过。

沙复明吃了一惊他瞪大了眼睛。

眼前是空荡荡的斑马线，并没有车辆通过。

沙复明盘着腿坐在床上闭目打坐，另一个沙复明飘然而至站在对面。

他拉开架势边打太极拳，边批评打坐的沙复明："心浮气躁怎么能练好功？"

打坐的沙复明："你说，她怎么就认不出来我呢？"

打太极拳的沙复明："高唯看了毕业证上的相片不也没认出来那是你吗？"

打坐的沙复明心烦意乱，他手一挥："你就别跟着搅和了，归位吧！"

打太极拳的沙复明化作一股轻雾跟打坐的沙复明重合在一起。

沙复明双掌搓脸收了功。

早晨。街心公园里跳扇子舞的、舞剑的、抖空竹的、滑滑板的、合唱的、唱京剧的，十分热闹。沙复明站在一棵大松树前做完吐纳功，双手搓脸收功。赵建民走过来，他刚想说话。沙复明开口问道："右腿怎么了？"

赵建民吃了一惊："这都能听出来？不知道怎么了，这条腿就是不敢吃劲。"

沙复明："抽空过去，我给你收拾收拾。"

赵建民："我啥时候过去？"

沙复明："给前台打电话约吧。"赵建民答应着走了。

马跃拄着盲杖走过来："师傅。"

沙复明抬起头冲着他笑："昨天晚上你没过来。"

马跃："太累了，睡了。"

沙复明："治疗还是要坚持。你不是眼睛出了问题，是你脑袋里管眼睛的开关被关上了。我还是那句话，没事多往亮处看，没准哪天就能看见了。"

马跃："瞎了九年，就算有开关也锈死了。"

沙复明："马跃，你记着，有盼头的活和瞎活，心情和结果都是不一样的。"

旁边一群京剧票友聚在树荫下开始唱戏。

沙复明说："今天他们唱的是《桑园会》。"

马跃没说话。

沙复明："眼睛好的那九年你都看什么了？"

马跃抬起头看着天说："小时候我闭着眼睛看太阳，眼皮是红的。"

沙复明："什么是红？我想象不出来。"

马跃："红颜色跟热有关系，看见红颜色心里会很温暖。红色用来代表勇敢、快乐、喧嚣、快速，有时候象征着危险和愤怒。"

沙复明琢磨了一会儿说："难怪说，太阳最红呢。"

一个年轻的老外歪着脖子走过来，用蹩脚的中国话跟他们打着招呼："你们好！"马跃把头扭向老外，他瞪着两眼没有说话。沙复明用流利的英语向老外问好。

老外十分高兴，用英语问他："附近哪里有医院？"

沙复明用有些结巴的英语问："你怎么了？"

老外说："打网球把脖子扭了。"

沙复明问："用中医手法治疗行不行？"

老外说："只要不吃药什么手法都可以。"

沙复明掏出手机，手机报时："现在是北京时间九点整。"

沙复明对马跃说："走，带他到咱们店里去。"

张宗琪家的小便利店门口很热闹。准备上学去的学生停在门口买早点。韩秋霞动作利落地拿起一个餐包，往里面夹一片火腿肠、一片生菜叶、再抹一点色拉酱，用纸袋包好，再递过去一袋加热过的豆奶。学生交了四块，张宗琪接过来放进钱盒里。买早点的人走了一拨，韩秋霞松了一口气，一五一十地数收钱匣里面的钱。张宗琪进屋去盛了一碗泡饭出来坐在门口的凳子上吃。韩秋霞把钱有整有零地捆好。张宗琪伸过手来："给我。"

韩秋霞眼睛一翻说："钱放我这能掉色吗？我是你老婆，不是收银员。"

张宗琪端着碗嘴里嚼着饭走过来，他把钱从韩秋霞的手里拿过来塞进自己的口袋里。

韩秋霞："你见哪个女人手里没有钱？"

张宗琪："那几个小钱你也眼馋？想拿大钱就得先把小钱交给我，我换成大钱你才有好日子过。"

韩秋霞："守财奴！"

张宗琪："这不是守财这是生财。没有我小钱换大钱地倒腾，咱家能开两个店吗？能买二手房吗？"

韩秋霞："在别人跟前吹可以，可千万别在我面前吹。"

张宗琪一下变了脸，"啪"的一声把筷子摔在柜台上："猪托生的？骂多少回你都不长记性！"

韩秋霞嘲笑他："白站着撒了四十年的尿，连个好老娘们儿都不如！"

张宗琪的儿子张子强拎着书包从屋子里跑出来，喊了一声："我快迟到了！"韩秋霞急忙帮儿子拎起书包，拿一个汉堡给他。

张子强说："我不吃，看着就想吐。"

韩秋霞："那你吃什么？"

张子强说："学校门口有卖鸡蛋灌饼的，给我五块钱。"

张宗琪："那么贵？"

张子强："里面还卷一根香肠呢。"

韩秋霞从张宗琪手里抢过来五块钱塞到儿子口袋里，娘俩走了。

张宗琪气得小声骂："奶奶的，这小子生下来就是张嘴跟我要账的。"

高唯骑着车子过来停下车，把车里面的东西抱进洗衣间。张宗琪跟进去，高唯从随身背的包里拿出来几张纸递给张宗琪。

张宗琪问："什么？"

高唯说："合同。"

张宗琪："跟谁签合同？"

高唯："咱们店里的员工。"

张宗琪："跟盲人签合同？"

高唯："你和沙老板认可了，我就做成盲人的文件。"

张宗琪："用不着吧？"

高唯："企业想做好做大，必须有严格的规章制度。"

张宗琪："好，好，你留这吧，我慢慢看，沙老板看了吗？"

高唯："沙老板一大早就出去了。"

张宗琪："遛弯去了？"

高唯："沙老板这些日子有些奇怪。"

张宗琪："哦？"

高唯："我跟你说过，有一个女人，晕倒在离咱们店不远的地方，沙老板把她弄回到来救助了半天。"

张宗琪："我知道。"

高唯："沙老板不愿意跟她要钱，我跟他强调规章制度。他说，挂在我账上好了。"

张宗琪来了兴趣："那女人多大岁数？"

高唯："三十二三岁吧。"

张宗琪压低嗓门："长得怎么样？"

高唯："还行吧。"

张宗琪："富婆？"

高唯："贫富都应该按规章制度交钱吧？"

她抖了一下手里的那几张纸说："这份合同主要是针对这种现象，占用了店里的生产资源，创造不出来大于资源的财富，损失的是推拿中心的利益。"

张宗琪说："如果老沙真能弄回来个老婆，那利润肯定大于成本。"

高唯看了他一眼："如果我们不规范管理，沙宗琪推拿中心不可能有大发展。"

张宗琪问高唯："你吹了几个男朋友？"

高唯一怔："怎么了？"

张宗琪："你这么认死理，哪个男人受得了你哟？"

高唯："坚持原则有什么不对？"

张宗琪："工作的时候坚持原则，我举双手赞成。出了店门你要学得随和，过日子就这么杂七杂八的，哪来那么多的原则？"

高唯涨红着脸还要说什么。

韩秋霞送完儿子回来了跟她打招呼："被单送来了？"

高唯："嗯。"

韩秋霞指挥张宗琪："赶紧帮小高装车，店里前台没人看着不行。"

张宗琪把洗干净的被单装上车，他让小高坐在车后面，骑上车走了。

张宗琪家便利店门口。卖破烂骑着三轮车，他一只手把车把，一只手"当""当"地敲着绑在车把上的搪瓷饭盆过来。韩秋霞从小卖部的墙角里拎过来一大捆废油瓶子和废矿泉水瓶子，这些瓶子大小排列整齐像花朵绽放一样张扬。她和卖破烂的讨价还价："你太黑，价钱压得这么低。"

"那你给个价。"

"七块钱一公斤，三块五一斤。"

"谁跟你说的？"

"别人帮我查的。"

卖破烂的说："你那是哪年的价？现在废矿泉水瓶子三千五百块钱一吨，最小定量十吨起价，你弄十吨来我按这个价给你。就你这几个瓶子，我只能一毛钱一个收。"

卖破烂的数完瓶子，把几张票子递给韩秋霞。韩秋霞又把一大捆废纸放在秤上。

卖破烂的说："九十斤。"

韩秋霞嘴里念叨着乘法口诀："三九二十七、四九五十六、六九七十二，你再给我七十二块钱。"卖破烂的掏出来七十二块钱递给韩秋霞走了。

韩秋霞把卖破烂得来的零钱，在卖货的钱匣子里换成一张一百元的大票压在椅子垫下面。卖破烂的匆匆跑回来大声说："大姐，钱我给错了。"

韩秋霞问："哪儿错了？"

卖破烂的说："我不应该给你七十二块钱，应该给你五十四块。"

韩秋霞装糊涂："是五十四块钱，这不钱还在这呢。"

卖破烂的急了，说："大姐，我真的给了你七十二块钱。"

韩秋霞把钱匣子里的一堆零钱举到卖破烂跟前说："你别冲我叫，你冲着钱匣子叫，哪张钱答应了你就痛快拿走。"

卖破烂的懵了，目瞪口呆地看着韩秋霞。

推拿中心VIP室。老外趴在床上，沙复明开始给他放松。他两只手紧紧地捂着老外的两个屁股蛋子使劲一晃。老外的骨架子一下散了，他舒服得直哼哼。

沙复明开始推拿。

老外用英语说："酸……胀……舒服。"

沙复明给他的后背上拔了一溜火罐。用英语夹着汉语说："这叫循经火疗，根据中国古代传下来的熏蒸疗法，加上民间的热敷疗法和道教的火烧疗法多效合一。结合特殊专用产品与皮肤广泛接触燃烧加热，渗透，直达病灶根源。可直接作用于全身上百个穴位及数十条经络，并通过经络调和气血，使失去平衡的脏腑阴阳得到调整。祛除体内风寒、暑湿热毒。”老外觉得很玄妙，似懂非懂地点着头。

沙复明让老外坐起来，用手指摸他颈椎之间的缝隙。他用英语问："疼不疼？"

老外："疼。"

沙复明两只手搬着老外的脑袋说："放松，别跟我较劲。"

他来回扭着老外的脑袋轻轻一搬，"嘎巴"一声微响。

老外吓了一跳问："你这是干什么？"

沙复明说："你这是'骨错位，筋出槽'造成的，这样能从根本上解决病痛，做到骨复位筋归槽。"

他搬着老外的脑袋朝相反的方向轻轻掰，又是"嘎巴"一声响。

沙复明松开手用英语说："好了，你活动活动脖子。"

老外来回扭动着脖子，他惊喜地叫道："哇！你是神医。"

"神医"这两个字他是用中国话说的。沙复明撸胳膊挽袖子衣着单薄站在那里笑。

老外用生硬的中国话问："你不冷吗？"

沙复明用英语回答："I am a hotman."

老外咧着大嘴哈哈笑起来，他更正道："You must say:I was a man not a fraidofcold."

沙复明一怔满脸是笑："Yes,Yes."

老外从口袋里掏出来一张钞票塞到沙复明手里。

沙复明用手一摸，这张钞票小了一号，短了一些也窄了一些。他知道这是美元，但是不能断定这是多少钱，他拿着钱站在那里犹豫着不说话。

老外犹豫了一下，又抽出来一张，用英语问："够吗？"

沙复明在脑子里急速地换算了一下："如果是十美元面值，十美元换六十八块，二十美元兑换一百三十六块。"

他拍拍老外的肩膀用英语说："够了。"

老外兴冲冲地走了。

沙复明把美元放进口袋里，从自己的钱包里掏出来八十块钱。

五

沙复明走到推拿中心前台把那八十块钱递给高唯。说："这是那老外的账。"高唯接过钱，认真地记在账本上。张宗琪从外面进来，指挥送水的工人把几大桶矿泉水搬进休息区。他上下打量沙复明："老沙，行啊。"

沙复明："怎么了？"

张宗琪压低了嗓门问："打算交女朋友了？"

沙复明一怔，没说话。

张宗琪用那只好眼睛瞄着他："哪天领来叫我看看，老弟帮你参谋参谋。"

沙复明："听谁说的？没有的事。"张宗琪意味深长地"哦"了一声，他不再往下问了。

韩秋霞推着小推车送饭来了。

高唯跑出来开门："韩师傅送饭特别准时，不用摁表，一进门肯定是北京时间中午十二点整。"

韩秋霞："做顿饭都不守时，还能干什么？"高唯帮她把饭锅端进去。

推拿中心休息区。韩秋霞把饭盒递到每个人手中，大家接过来就狼吞虎咽地吃上了。金嫣坐在那里没动。韩秋霞问："金嫣，你怎么不吃？今天我做了回锅肉。"

金嫣说："我要等芒来，我们一起吃。"

休息区里吃饭的人听她这样说，马上静下来。韩秋霞饶有兴致地看着她。

高唯把沙复明的饭盒端进办公室。

高唯："沙老板吃饭。"

沙复明："什么饭？"

高唯："米饭、香菇油菜、回锅肉。"

沙复明打开饭盒。饭盒里面有六块回锅肉。高唯的脸色有些不好看了。沙复明闻了一下饭盒里的饭说："真想吃碗面啊。"

高唯："我去旁边的饭馆给你买一碗。"

沙复明："我吃过，完全不是那个味儿。"

芒来下了钟，走进推拿中心休息区。

金嫣："芒来，你洗洗手，再过来吃饭。"芒来愣了一下，还是听话地去洗手了。

高唯用筷子扒拉着饭盒里的四块回锅肉，心里很生气。

金嫣关照芒来在自己身边坐下，把饭盒替他打开。芒来一声不响地吃起来。

孔佳玉把自己饭盒里的菜悄悄拨到王泉的饭盒里。王泉一声不响地吃了。马跃没怎么吃饭，他瞪着一双乌黑的眼睛"看"着孔佳玉。孔佳玉把没拿勺子的那只手放在王泉的膝盖上，深情地抚摸了两下。王泉生怕被人看见，急忙把她的手推下去。

金嫣："你慢点吃，每口嚼十五下再咽下去。"

芒来放慢了咀嚼的速度。金嫣满意地把自己饭盒里的肉搛到他的饭盒里。

她边往芒来的饭盒里拨菜边说："别着急，这些肉都是你的。"

休息区里的人把咀嚼的声音都放轻了。

芒来听到了这种安静，他浑身不自在："别给我了。"

金嫣把碗放下搡了他一把说："男人要多吃，知道吗？"

芒来窘迫得不知所措，只知道往嘴里扒饭，满嘴塞得鼓鼓囊囊的。金嫣眯着眼睛看着他，低声笑道："小心噎着，没人跟你抢啊！"这样一来休息区的人更不好意思大声说话了。芒来窘得头上渗出了汗珠。

张一光吃光了饭盒里的饭，他抹了一下嘴站起来伸了个懒腰，形体瞬间就改变了，他学着农村宽胯大屁股的妇女。胳膊上挎着一个篮子，脚步匆匆地在房间里兜着圈子走起来。

可惜休息区的盲人看不见，没人注意他。

张一光开口了："有一个农村老娘们，拎着一筐鸡蛋在小道上走着。突然窜出来一个大汉，上去就把那老娘们按倒在地上给那个了。"

盲人们立刻放慢了咀嚼的速度，竖起耳朵听着。

张一光掸了一下身上的土，又把被撕开的衣襟掩上，然后弯下腰撅着屁股捡掉在地上的鸡蛋，他的无实物表演做得惟妙惟肖。

张一光学着农村妇女满不在乎的口气说："啥大事？早说啊，我还以为你要抢我的鸡蛋呢。"

休息区里的人哄堂大笑。

张一光扭着屁股走到芒来跟前继续着农村妇女的声音："大侄子，你对象嫁人了，是真的吗？"

芒来神色凛然，他抿紧了嘴唇。

休息区的笑声立刻消失了。

张一光："婶子我是过来人，跟你说啊，我们女人跟男人好起来能立刻开膛破肚，把心掏出来塞给你，你不要，那是你不识抬举。一旦翻了脸，我们女人立刻手捏着鼻子上使劲一擤，甩大鼻涕一样，就把你甩出去了，连挥手再见的工夫都不会给你留。”

金嫣听不下去了：“哎，张大夫。”

张一光立刻恢复了常态：“叫我张道理。”

金嫣：“你说得一点都没有道理。”

张一光：“我见得比你多。”

金嫣：“你见过几个女人？”

张一光：“中国二十三个省，四个直辖市，五个自治区的女人我都见过。”

金嫣：“吹牛吧你！”

张一光：“吹也得有眼睛做资本。”

金嫣不理他了。休息区里安静下来。

张一光嬉皮笑脸地学着芒来的苏北口音：“曲大夫，刚才吃的肥锅肉是不是很回？”

他故意咬不清回和肥这两个字，学得惟妙惟肖，引得休息区的人差点笑出来。

芒来的脸白了。

高唯进来喊：“上钟了，曲大夫 3 号推拿室。”

张一光站起来大声说：“听清楚没有曲大夫？高唯给你‘婚配’的是 3 号推拿室。”众人哈哈大笑起来。芒来抬手就是一拳。这一拳准准地捣在张一光的鼻子上，血立刻窜出来。张一光猝不及防，愣了几秒马上扑上去：“你他妈的吃错药了？！”

高唯立刻扑过来挡在他们中间。

高唯：“干什么？你们俩干什么？！”

张一光死死揪住芒来白大褂的衣领。

沙复明进来，声音不高，但是很威严：“这是沙宗琪推拿中心，不是打把式卖艺的地方，叫客人们看见像什么样子？都干活去！”

众人纷纷散去。张一光和芒来还不撒手。

沙复明：“还要我说第二遍吗？！”

张一光悻悻地松开了手。

沙复明沉着脸转身回了自己的办公室。高唯跟了过去。

高唯：“张一光开玩笑没深没浅，芒来心理脆弱没有承受力。这样做的下场就是被大家晾在一边，没人再搭理他。”

沙复明：“芒来动拳头，不是因为威风，是因为他自卑。”

高唯一怔：“大家都是盲人，有什么自卑的？”

沙复明：“他不在意他的盲人身份，乡下人的身份才是他的病根。张一光动不动就学他的乡下口音，那不是故意往疼里戳他吗？他一直忍着，今天他是忍无可忍了。”

高唯：“估计以后没有人再敢学他了。”

沙复明：“那他也就被冷落了。”

王泉拿着前台的座机在打电话：“齐老师，我是王泉啊。”

电话里的声音："哎哟，你回来了，在哪开店呢？"

王泉："我哪有本事开店？打工呢，有空过来吧。"

高唯走过来看此情景面露不悦。她走进服务台坐下拿眼睛瞟着王泉。

王泉凭着记忆开始拨下一个电话号码。

高唯："店里有规定，私事不能打这个电话。"

王泉："给店里联系业务不算公事吗？"

沙复明从办公室里出来的，听到他们的对话停住了脚，他想了一下，转身回去了。

高唯："这都是你的客源。"

王泉："百分之八十五的收入归店里，我只有百分之十五的提成，用笨方法也算得出来谁获利多吧？"

高唯刚要说话，她的手机响了。她边接电话边朝沙复明的办公室走去。

沙复明对高唯说："这也是给店里联系业务嘛，电话敞开了让他用，那才几个钱？"

"店里有规章制度。"

沙复明："别那么教条。"

高唯："规章制度定出来就要照着一条一条地去做，要不挂在墙上干什么？给外人看啊？"

沙复明半开玩笑："我们是盲人当然看不见，只能是给你们有眼睛的人看了。"

高唯急了："沙老板，我死心塌地地在这干，就是因为你说要把这个推拿中心办成不一样的企业。"

沙复明："那也得一步一步走。王大夫技术好是业务骨干，对待他要特殊一些，这样才能留得住人。"

高唯："就因为你处处向着他，他才毫不顾忌。他用店里的电话揽业务，这样做既省了他的手机费，又叫整个推拿中心的人都知道他的业务能力不是吹的。"

沙复明："他的业务能力本来就不是吹的，去吧，去吧。别老想着一口吃个胖子。"

高唯撅着嘴出去了。

前台，王泉一个一个地拨着电话。

王泉："李主任，你好！我是王泉王大夫，还记得吗？呵呵！我从深圳回南京了，现在在沙宗琪推拿中心上班，有空过来吧。对！对！店很好找，路边有招牌。"

他开始拨另一个号码。

高唯讽刺他："王大夫记性可真好，几十个号码倒背如流。这么多号码怎么记住的？"

王泉说："电话号码就是客户，客户就是我的饭碗，饭碗是要每天端的，把自己的生日忘了，都不能把电话号码忘了。"

电话通了。

王泉："丁老板，哎哟，是我，是我。"

电话里的声音："我去你们店里推拿，能不能给我打折？"

王泉："我不是老板，不敢打这个保票。"

沙复明背着挎包走出来，听到这里插话说："王大夫是名师，可以给自己的客户一些优惠。"

王泉听了心里很高兴，他对着电话说："你来吧，我们老板说，可以给你打折。"他心满意足地挂了电话。高唯不满地撇撇嘴。

芒来送客人回来进了休息区。金嫣迎了上去，拉他到沙发上坐下，把一杯泡好的茶递到他的手边。

金嫣："喝吧，新泡的茶。"

芒来急忙推托："我不渴。"

金嫣："已经泡好了，不喝就浪费了。"芒来无奈，只得接过来放在身边的茶几上。张一光走过来坐在芒来身边。芒来知道来人是他，僵着一张脸一声不响。

这时，两个中年男人进来。高唯急忙打招呼："孙总，你有日子没来了。"

被叫作孙总的男人说："去欧洲了一个月，在那就想着你们这儿。有闲着的大夫吗？赶紧的，我的后背都僵成乌龟壳了。"

高唯喊："曲大夫、张……"张字一出口她赶紧停住了。张一光还没反应过来，金嫣站起来了。金嫣："两位客人一起来的？"

高唯："是。"

金嫣："那我跟曲大夫一起来吧。"

高唯："好，3号推拿室。"

金嫣高高兴兴地跟着芒来走了。孔佳玉不高兴了，小声嘀咕道："就算张大夫不方便去也该轮我呀。"坐在旁边的王泉咳嗽了一声。孔佳玉不说话了。

南京图书馆很大，工作人员见沙复明是个盲人过来做引导。

工作人员："我们这里有盲文社科与文艺阅览区。盲文科技与医学阅览区、低视力大字本阅览区、盲童阅览区、学术专题阅览区、有声读物阅听区、盲人电子阅览区、综合阅览区等八个阅览区。您要去哪一个？"

沙复明想了一下："盲文科技与医学阅览区。"

服务员把沙复明引到电梯上，按了四层的按钮，他退出去。沙复明舒了一口气，心里说："这个地方的服务真不错。"

盲文科技阅览区。沙复明把借来的书放在桌子上，他用手摸着眼前的桌子。

桌子并不是很高，边缘用圆滑的挡板隔起来，盲字笔这些小东西不会轻易掉到地上。桌子上面还有放盲杖的凹槽。设计得细致贴心又人性化。沙复明心满意足地坐在那里开始阅读厚厚的盲文书籍。邻座盲人的导盲犬安静地趴在他的脚边，不时抬起头来看看沙复明。

崔云骑着自行车身后带着儿子吴迪在街上飞快地蹬着，风把她的头发吹起来。前面的车筐里放着餐馆里打包带回来的菜。吴迪高兴地大叫："爽哎！爽！妈妈你能不能再骑快一点儿？"崔云大声说："别乱动，小心摔着！"

回到家，崔云把餐盒里的菜重新加工好放在砂锅里用慢火煲着。吴迪跑进厨房："妈妈，老师让我们买彩笔。"

崔云："你早说，刚才路过超市就买了。"

吴迪："明天上课就要用。"

崔云叹了口气："妈妈一会去给你买。"

沙复明背着借来的书在盲道上走着。过往的行人不时遮住他。

十字路口，红灯亮了。沙复明站在斑马线上等待过马路。通过绿灯的车辆带着一条条彩色的虚线不时地遮住他。熟悉的音乐从开着的车窗里传出来，沙复明不由地一阵恍惚。

绿灯亮。沙复明刚要起步，突然一只冰凉的手碰了他的胳膊一下。沙复明警觉地扭过头来。崔云："沙大夫。"她柔美的声音让沙复明的心颤抖了一下。

崔云："我送你过马路吧。"她的手轻轻地挽着沙复明的臂弯，这种触摸几乎让沙复明的身体飘起来。沙复明和崔云在斑马线上走着。沙复明在心里说："再长点儿吧，这条路再长点儿，"

崔云："到了。"

沙复明："最近身体怎么样？"

崔云："头有时候还会晕。"

沙复明："已经走到这儿了，索性去店里做一回推拿吧。"

崔云："我没有时间，也没有经济条件。再说，我是出来买东西的，孩子一个人在家。"沙复明犹豫着不知道该怎么说。

崔云说："你现在要是有时间，去我那里好不好？我炖了汤。"

沙复明心里一亮，立刻答应了："你给我做饭，我给你推拿，手艺换手艺，公平！"

崔云眉开眼笑："那咱们走吧。"

绿灯亮了。沙复明和崔云转过身重新过马路。沙复明瞪着什么也看不见的眼睛看着马路对面。

（幻觉）

彩虹桥。安德列·波切利的歌声隐隐响起来。

马路两边的光一截一截地亮了，光束很高很耀眼。

斑马线像盲文一样是突起的，一阶一阶地往上蹬。

穿梭如织的汽车带出来一条一条的彩色虚线，虚线越聚越多，编织成彩虹，彩虹拱成桥形，从下面托住了斑马线。

沙复明和崔云蹬在高处，风把他们的衣襟和头发吹拂起来。

一声吆喝："磨剪子来……锵菜刀！"

歌声戛然而止。

沙复明醒过神来。驮着磨刀用具的人骑着自行车从他身边过去。崔云："这条路没有盲道，人们也不按规矩走。"沙复明抬脚躲开了地面上缺了板块的地砖。崔云惊讶地看着他："你怎么知道这缺了半块砖？"

沙复明说："走路的时候我的听觉、触觉和嗅觉全都会用上。我们推拿中心方圆三百米之内的店家、街道、公交站、花坛、马路牙子、树木和电线杆子，我都非常熟悉。飘着奶油味的是'味多美面包房'，店门口有三个台阶；飘着糖炒栗子香味的是'绝佳'干果店；十字路口那有个工商银行，走近了能听到自动取款机'吱吱'的吐钱声。到你这儿来，我的感觉就不那么好使了。"

正巧，张宗琪骑着自行车从旁边的小街道上穿过来。他一眼看见了人群中的沙复明和崔云。沙复明和崔云边走边说，谁也没注意到他。张宗琪刹住车闸站在那里看着他们俩走远了。

傍晚。吴迪听到钥匙开门的声音，他兴冲冲地跑到门口。门开了，吴迪扑上去："妈妈！"他一眼看到站在妈妈身边的陌生男人，立刻像被施了定身法一样站住了。

崔云："叫叔叔。"

吴迪看出来沙复明是个盲人，不由地产生了恐惧，他躲在母亲的身后，任崔云怎么拉扯，都不肯出来叫人。

沙复明宽厚地笑笑："别难为孩子。"

崔云把吴迪安排到另一个房间里写作业。她把沙复明安顿到沙发上坐下，让他听电视机里面的节目。说："我去做饭，你想吃什么？"

沙复明想都没想说："做碗面就行。"

崔云说："那怎么行？这顿饭怎么也得配得上你的手艺。"

沙复明认真地说："我特别喜欢吃你做的面。"

崔云高兴："真的？"

沙复明说："真的，上次吃完了就一直惦记着。"

崔云说："好，我这就做去。"

沙复明站起来说："我去陪你说说话。"崔云愣了一下，随即满心喜悦地答应了。

崔云在厨房里做饭，沙复明被安排坐在一张凳子上跟她说话。崔云的手在灵巧地擀着面条。沙复明仔细听着，在心里说："这女人干活条理清楚，手脚很利落。"沙复明用鼻子小心翼翼地嗅着。在心里说："真喜欢这里的味道，在我的记忆里家的味道就是这样的。”

吴迪跑进来对沙复明说：“我会叠飞机。”

沙复明说：“我会叠枪。”

吴迪：“真的？”

沙复明：“真的。”

吴迪：“给我叠一把枪。”

沙复明：“你拿纸来，画报那种纸最好。”吴迪答应了一声兴冲冲地跑了。听着孩子生气勃勃的脚步声，沙复明不由地有些恍惚。在心里说：“女人家，女人家，没有女人就没有家。这房子里到处都是孩子的叫声和女人的说话声。满屋子都是居家过日子的饭菜香。这种温暖实在太吸引人了。”

崔云回过头看了他一眼：“那天我看见你的办公桌上放着胃药，你的胃不好吗？”

沙复明：“偶尔会疼。”

崔云边切面条边问：“怎么落下的？”

沙复明有意提醒她：“我跟你提过我爷爷吧？”

崔云：“提到过，你说，你爷爷从小就教育你，走路不要畏畏缩缩的，要挺直了腰，放松了往前走。”

沙复明：“你知道我爷爷是做什么的吗？”

崔云：“不知道。”

沙复明有些失望。

崔云：“你爷爷是做什么的？”

沙复明：“我爷爷是个老中医，他怕我将来生活没有出路，我三岁的那一年，他就让我背《汤头》了。五岁开始让我背《伤寒》，十岁的时候让我背《本草》，十二岁开始记方药。上学以后就更别说了，总之书读得太狠，身体就亏了一些。”

崔云：“是啊。”

沙复明：“健全人看书就算夜以继日，也有个白天黑夜的区别。盲人用手指头读书，读进去就没了时间，在我这里，天从来就没亮过。也从来就没黑过。”

崔云停下手里的活，痛惜地看着他。

沙复明：“今天亏一点儿，明天亏一点儿，出来打工以后亏得就更厉害了。我的胃就是这样坏的。先开始是痛，后来是疼。你知道痛和疼的区别吗？”

崔云想了一下：“有区别吗？”

沙复明：“有，痛是一个面积，类似推拿里的‘搓’和‘揉’。疼是一个点，是集中起来的，很锐利，它往深处去，越来越尖，是推拿里的‘点’。”

崔云笑：“沙大夫，你三句话不离本行。”

沙复明也笑了：“半辈子过去了，就学会了这么一件事，说别的我还真不在行。”

崔云：“家里都有什么人？”

沙复明："奶奶去世得早，我爷爷是五年前去世的。"

崔云："父母呢？"

沙复明："在老家跟我弟弟一起生活。"

崔云："想没想过把他们接来？"

沙复明："没想过。"

崔云诧异地看着他："为什么？"

沙复明："我生下来就什么都看不见，父母非常伤心，很快又生了我弟弟，爷爷奶奶就把我带回了老家，我是跟着他们长大的。父母跟我不太亲。"

崔云明白了，她"哦"了一声往锅里倒油："你有孩子吗？"

沙复明迟疑了一下说："我单身，还没结婚呢。"

肉倒进油锅里"刺啦"一声响。油珠子溅在崔云的手背上，她疼得抽了一口气。

沙复明站起来："烫着了？"

崔云："没事。"

沙复明："赶紧用凉水冲一下持续降温。"

崔云拧开水龙头冲手。沙复明在灶台上摸到一个空蛋壳。他说："把里面的这点蛋清抹上去。"崔云把蛋清涂在烫红的地方。

沙复明："疼吗？"

崔云："磕磕碰碰的常事，我没那么娇气。"

沙复明："你的腰就是因为太拿自己不当事伤着的。"

崔云："家里外头的活我都得去干，没法拿自己当事。"

沙复明问："吴迪的爸爸做什么工作？"

崔云迟疑了一下说："建筑工程队。"

沙复明："他常年在外也很辛苦的。"

吴迪拿着一本画报跑进来："你看这个行不行？"

崔云一把抢过去："这是妈妈借的。"

沙复明神情有些尴尬地说："我想用一下卫生间。"

崔云："吴迪，你领叔叔去。"

沙复明和吴迪站在马桶前一大一小的背影。沙复明和吴迪站在洗脸池旁边洗手。

崔云："吴迪。"吴迪答应了一声，两手往裤子上一抹跑了出去。沙复明摸到毛巾，棉毛衫的袖子上挂着了一个东西被带了下来。他把那个东西从袖子上摘下来，摸了一下，他心里一哆嗦，急忙把它挂回了原处。崔云的乳罩在晾衣架上轻轻地晃动着。

晚饭端上了桌子，除了热汤面以外，还有两个热菜。沙复明、崔云、吴迪坐在饭桌旁边吃饭。崔云把菜搛到沙复明的碗里。吴迪不干了，大声嚷："妈妈不爱我了。"崔云说："你自己能夹，叔叔看不见。"吴迪的注意力马上转移到沙复明的眼睛上。

他死死盯着沙复明看了一会儿问："你真是瞎子？"

崔云窘了："不许胡说！"

沙复明马上出来解围："别为难孩子，我本来就看不见嘛。"

吴迪又问："你叫什么。"

沙复明："我叫沙复明。"

吴迪："老沙。"

沙复明："哦？"

崔云急了把碗往饭桌上一墩说："想挨打是不是？"

沙复明语气平静地说："这样叫挺平等，是不是小吴？"

吴迪咧着缺了门牙的嘴呵呵笑："我妈老说揍我，一次也没揍过。"

沙复明说："你妈舍不得。"

崔云叹了口气端起碗。沙复明一碗面已经进肚了，他问："面还有吗？"

崔云马上高兴起来："有，有。"

沙复明："再给我盛半碗。"

崔云乐颠颠地进了厨房。

吴迪说："老沙，你白吃我家的饭，还一碗接一碗的。"

沙复明说："上次你妈腰疼，我要是不给治，你连饭都吃不上，你感谢不感谢我？"

吴迪眨巴着眼睛看着沙复明想了想，点点头。

沙复明说："吃完饭我还要继续给你妈治病，我这是拿手艺换饭，你懂不懂？"

吴迪想了一下又点点头，他捲了块肉放进沙复明的碗里。

吴迪说："把我的肉给你吧。"沙复明："应该说是你想吃的肉，你的肉我可不敢吃。"

吴迪"嘿嘿"怪笑。

站在厨房里听他们俩说话的崔云悄悄地舒了一口气，对沙复明的好感又多了几分。

桌子上碟空碗空，这顿饭让崔云心情非常愉快。吴迪缠着沙复明跟他玩："老沙，你陪我玩一会儿嘛！"

崔云说："沙大夫给妈妈推拿完还得赶紧回店里去呢。"

沙复明说："饭后三十分钟开始工作。"

崔云："那我去把碗洗了。"

她拿着碗筷出去了。

吴迪问沙复明："你会玩什么？"

沙复明："你想玩什么？"

吴迪："我会的你都会？"

沙复明："我听听你会的我会不会。"

吴迪："咱俩玩瞎子摸人吧。"

厨房里的崔云听了儿子的话心里哆嗦了一下，手里的碗差点掉在水池子里。

沙复明沉默了一会语气平静地问：“怎么玩？”

吴迪：“我藏你找。”

沙复明说：“好，你藏去吧，我数二十下以后就开始找你。”

吴迪在房间里东躲西藏。

沙复明大声数着数：“十五、十六、十七、十八、十九、二十！”

房间里顿时静下来。

崔云从厨房里出来，往客厅里看着。

沙复明站起来顺着桌子椅子一溜摸过去。吴迪藏得很好。崔云走进来，她也看不出来吴迪藏在了哪里。沙复明站在屋子中间，仔细听着房间里的每一个细小的声音。他顺着墙摸过去，摸到了窗台跟前。他一把抓到了裹在窗帘里面的吴迪。吴迪不服气大声叫：“你不是瞎子，你是装瞎！”

崔云大声呵斥吴迪：“再胡说我揍你了！”

吴迪急得小脸通红：“他就是装瞎，有胆量你把眼镜摘下来让我看。”

沙复明摘下眼镜，他的眼睛不像一般盲人那样眼珠瘪回去，只是乌黑没有光泽，看上去有些忧伤。崔云看到他的眼睛，心里顿时涌出来了一种说不出来的滋味。吴迪飞快地伸出食指和中指去捅沙复明的右眼。沙复明抬手准确地扼住了他的手腕。

吴迪急得满脸通红：“能看见，你肯定能看见！”

沙复明举起右手发誓说：“我要是能看见就让我再瞎一次。”

吴迪还是不信，问：“那你怎么能抓住我？”

沙复明说：“你的手带着一股风，迎着风自然能抓住你。还有你站在窗台上虽然没动，可是你喘气的声音暴露了目标，我自然能找到你。”

吴迪：“咱俩再玩一次。”

崔云急忙制止说：“赶紧睡觉去。”

吴迪：“玩最后一次。”

崔云的口气很坚定：“半次也不行。”她拉着吴迪去卫生间洗漱去了。沙复明站在那里听着母子俩嘀嘀咕咕的嬉笑声，他半天没动地方。

晚上，芒来走进宿舍摸到自己床边的桌子旁边坐下，他打开电脑戴上耳机。张一光从上铺上跳下来，他找不到自己的鞋：“芒来，你把我的鞋踢到哪去了？”

芒来没听见一样。张一光伸手去他的床底下摸，摸到了一只，另外一只不见了踪影。坐在马跃床上的王泉伸手帮他摸。张一光：“奶奶的，我每天都得找衣服摸鞋。”王泉在马跃的床底下摸到了张一光的鞋，他把鞋放到张一光的跟前。

王泉说：“鞋应该放在床脚最靠边的地方，这样一下床，脚就能找到鞋。衣服脱下来要按顺序叠好，放在枕头旁边或者椅子上面，这样起床穿衣服的时候不会穿乱套了。”

张一光从自己的床头上摘下来鞋刷子，嘴里哼着小曲仔细地刷着皮鞋。

王泉："出去啊？"

张一光："嗯，去洗个头。"

王泉："不是刚刚洗过澡吗？"

张一光："洗头跟洗澡是两回事。"

王泉："洗澡顺便就把头洗了，在你这儿怎么成两回事了？"

张一光："兄弟，你是真不懂还是假不懂？"

马跃低头画着画，一句腔都不搭。

水房。金嫣使劲地搓芒来的白袜子。

高唯端着盆进来，盆里面有几件要洗的小件衣物。

高唯："这是芒来的衣服吧？"

金嫣："嗯。"

高唯："芒来会用洗衣机。"

金嫣："小件的东西，洗衣机洗不干净。"

高唯："你干吗对芒来这么好？"

金嫣扭过头用残存的视力看着高唯问："好吗？"

高唯："好。"

金嫣："你看见的这个'好'离我心里的那个'好'差远了去了。"

高唯："芒来这个人，四个字完全可以概括，其貌不扬。十个曲芒来放在大街上，一棍子下去可以撂倒八九个。"

金嫣："和他的杜鹃啼血比起来，一个男人的长相又算得了什么？"

高唯不相信自己的耳朵："你不会是真的对他有意思吧？"

金嫣："我是为他的杜鹃啼血而来的。"

高唯："金嫣，他不是你幻想中的那个人。"

金嫣："你谈过恋爱吗？"

高唯一脸的不屑："恋爱这个词在我的字典里排在最后，我要先立业后成家。"

金嫣："我没有你这么多的时间可以浪费。我十岁的时候得的黄斑病变，我们家的那点积蓄全拿来给我看病了。整整看了八年，八年的时间让我接受了一个现实，我的眼病越看越重，视力越来越差，我终究会变成一个瞎子。最终我说服了父母，不看了。"

高唯看着她没有说话。

金嫣："我的失明是一路铺垫过来的，每一步都做足了心理上的准备。我学本事，自食其力，除了吃饱穿暖还能做什么呢？想来想去只有爱情了。这一辈子，什么都可以没有，爱情不能没有。我要好好地轰轰烈烈地谈一次恋爱。"

高唯："谈过吗？"

金嫣："算是谈过吧。是我在大连的一个同事，视力比我好一些，就是这么一点可怜的视力把他给害了。那人自我感觉极度良好，在我的面前飞扬跋扈的。"

高唯："你们谈到了哪个阶段？"

金嫣："接吻。"

高唯一脸的向往："怎么样，甜蜜吧？"

金嫣："他的吻太自我，太侵略，能吃人的。我讨厌他那张嘴。"

高唯："那你喜欢什么样的吻？"

金嫣："你应该问我喜欢什么样的男人。"

高唯："好，你喜欢什么样的男人？"

金嫣："我喜欢听话的男人，惧内的男人，柔情的男人，黏着我不肯松手的男人。如果爱和被爱只能选一个的话，我选择爱。"

高唯眼睛瞪得老大："惊世骇俗啊！不过，据我观察，芒来不是你说的那种男人。"

金嫣："你连恋爱都没谈过，哪有看男人的眼光？"

高唯被噎住了，盯着她看了一会儿说："哎，你的眼睛真好看。"

金嫣："我的眼睛没生病之前就像两汪秋水，可惜芒来他看不见。"

高唯："芒来这个人又轴又闷，是一头只会犁地的笨牛。"

金嫣："他要是牛，那我甘愿去做另一头牛。"

高唯："金嫣，你是个疯子。"

金嫣沉浸在自己的感情当中，说："其实我最渴望的是婚礼，其次才是恋爱。可以说我是为婚礼而恋爱的。从放弃治疗的那一天起，我就把心思全部放在婚礼上了。老天爷不会给我太多的机会，我得趁眼睛彻底瞎了之前举行一场盛大的婚礼。我要把我的婚礼录下来，运气好的话，我还可以把这个录像每天看一遍。即使是趴在屏幕上我也要看。直到双眼什么都看不见为止，望穿双眼是怎么来的？就是这么来的。"

高唯被她说得周身发凉，她打了一个冷战。

张一光穿上外套开宿舍门准备出去。

孔佳玉笑吟吟地出现在门口："你不是专门出来迎接我的吧？"

张一光跟她逗嘴："哎哟，嫂子吧？太后驾到，小的未能远迎，望恕罪。"

孔佳玉："跪安吧。"

张一光："扎！"

王泉被他们俩逗得"嘿嘿"笑。熟悉的香波味叫马跃的心"怦怦"跳起来，他放下了手里的画笔，挪到床边坐下。孔佳玉走到马跃的床铺旁边挨着马跃坐下。王泉挨着孔佳玉的另一侧坐着。张一光索性也脱下外套不走了，他在芒来的床上坐下。芒来皱着眉头，脑袋朝他坐的地方扭了一下。张一光感觉到了，大大咧咧地说："我的裤子是新换的，坐不脏。”

芒来从椅子上站起来，走到自己的铺位上，把床单拽了又拽掸了又掸。

张一光伸手搂住他的肩膀：“老娘们似的啰唆啥？坐下，坐下，聊一会儿。”

芒来挣扎了一下，没能甩开他的手。

金嫣端着洗好的衣服走进来，她把衣服晾在阳台上。

金嫣：“芒来，我把衣服晾好了，记得干了收起来。”

芒来不说话。

张一光：“金大夫，都是一样的同事，以后你给芒来洗衣服的时候，哪怕捎带着给我洗一只袜子，我的心里也会平衡一点儿。”

金嫣：“我有那义务吗？”

张一光：“忠厚不蚀本，刻薄不赚钱。”

金嫣：“你这张嘴害得你少赚了不少钱吧？”

张一光：“你这张嘴害得你两手捧着感情没地方送吧？”

金嫣：“感情长啥样，你见过吗？”

张一光：“见过，它在钱跟前跪着。”

金嫣：“你看走眼了，是钱在它跟前跪着。”

王泉倚在床头上，有滋有味地听张一光和金嫣逗嘴。孔佳玉的手悄悄地伸过去摸到了王泉的手，王泉的手匆匆捏了一下孔佳玉的手，急忙把她的手推开了。孔佳玉很失落。马跃仔细听着身边孔佳玉发出来的声音。

金嫣：“芒来，你饿吗？我那有吃的。”

芒来的回答只有两个字：“不饿。”

张一光：“看见没有？王大夫有嫂子从里到外打理，芒来有金大夫从上到下的关照。就我和马跃可怜没人搭理，马跃你说是不是？”

金嫣：“你不要为老不尊。”

张一光：“我为老不尊，那你就是明火执仗。我看你就差扛着炸药包往上冲了。炸药那东西，我摆弄过，弄不好就炸了自己。”

孔佳玉口袋里的手机发出了震动声。王泉听见了。孔佳玉站起来，悄悄地走了出去，站在走廊角落里接电话。

孔佳玉妈妈的声音从话筒里传过来：“怎么老不往家里打电话。”

孔佳玉：“太忙了。”

孔佳玉妈妈：“你在哪呢？”

孔佳玉深深地吸了一口气：“能在哪儿？深圳呗。”

打完电话，孔佳玉走进宿舍重新坐在王泉的旁边。

张一光：“旧相好吧，要不怎么躲出去接电话？”

王泉一怔。孔佳玉涨红了脸。

金嫣打抱不平：“好好的黄豆从你嘴里滚过去，出来就变成臭豆腐了。你有过几个相好？”

张一光：“你觉得我是随便的人吗？”

金嫣：“你随便起来不是人。”

张一光被噎得愣了一下，随即哈哈笑起来：“说得对，我早就不是人了。我是井下瓦斯爆炸的幸存者，那一场爆炸要了我们一百一十三个兄弟的性命。”

屋子里立刻静了下来。

张一光：“一百一十三个死人放在一起是什么场景？足足摞满了一屋子。触目惊心啊！”

孔佳玉被他说的身上的汗毛竖了起来，她不好意思再去抓王泉的手，她抓住了身边马跃的手。马跃心里涌上了一阵感动。

张一光问：“知道什么叫害怕吗？”

金嫣：“知道。”

张一光连连摇头：“你的那个害怕跟我说的这个害怕完全不是一回事。我的害怕是一条蛇，动不动就爬到我这里来。”

他“咚”“咚”敲了两下自己的胸膛：“爬上来缠住我的心脏使劲这么一勒，我就透不过气来了。透不过气来好啊，证明我还有知觉，我还活着。小子哎，你还活着，你就烧高香吧，你的命是捡来的，你占了天大的便宜了。瞎了的这几年里，我经常觉得自己还在井下。我的手里永远紧握着一根棍子，当那条蛇来缠我的时候，我就坐在凳子上用棍子往上捅，这一捅，手上就有数了。头上是屋顶，不是井下。”

房间里所有的人都静静地听着。

马跃的脸也转向了他。

张一光冷笑：“说实话，跟你们在一起，我总摆脱不了和弟兄们一起在井下的感觉。我一直拿你们当兄弟，也渴望跟你们成为兄弟。可你们谁也不把我当自己人。”

王泉：“张大夫，你想多了。”

张一光摆摆手：“不怪你们，咱们生活的环境不一样，待人处事也不一样。我这个人性子直，有什么说什么。在矿上的时候，也常跟人吵架，即使动了拳头，一顿酒就解决了。拍一拍肩膀就过去了。兄弟们从来都不记仇。咱们推拿中心不一样，咱这儿的人心眼小爱记仇。”

芒来一声不响地听他说着。

张一光：“谁爱记仇就记仇吧，反正我不往心里去，毕竟死过一回，已经看开了。我是三十五岁那年瞎的，如果我能活到七十岁，还有三十五年的大好时光在等着我呢。干啥跟自己过不去？”

孔佳玉：“你有孩子吗？”

张一光：“有啊，一儿一女。为了他们，我已经鞠躬尽瘁，连两只眼睛失明的补偿金都全部贡献给家里了。作为一个活着的尸首，我不应该再为这个家牺牲什么了。我是一个新生的人，我要在黑暗的世界里茁壮成长。”

门突然开了，高唯探头进来，她对孔佳玉和金嫣说：“我没带钥匙，你们俩谁帮我开一下门？”

金嫣站起来：“我去吧。”

孔佳玉说：“我也回去了。”她站起身从王泉的铺上拿下王泉换下来的脏衣服抱着出去了。

张一光坐在那里愣了一会儿神，他站起来披上外套出去了。

张一光拄着盲杖在街上慢慢地走着，路灯下他的身影很孤独。

他深吸了一口气喊了一嗓子山西梆子：“年轻人一时火性起，不懂得轻重惹是非……”

沙复明的两只手在崔云的背部做着推拿。

崔云：“我的背一直很疼。”

沙复明说：“你背上条索状的劳损点太多了。气血不畅，都是淤滞。每天晚上用热水泡泡脚，身上微微见汗就行。”

崔云“嗯”了一声。

沙复明：“有空去店里吧，我给你做个灸疗，效果非常好。”

崔云：“我去不了。”

沙复明：“经济问题吗？我说过给你打折。”

崔云：“你们上班的时候我也上班，你们下班了我还没下班，没有时间去治疗。”

酸痛感让她轻轻地叫了一声。

沙复明：“现在你会觉得有点儿钝痛，经络通了，就不疼了。”

崔云在心里对自己说：“他长了一双神手，往身上推了那么几下，我的眼睛困得睁都睁不开了。”

崔云趴在沙发上睡得浑身瘫软。她的手机在茶几上震动着，一直没接听。来电显示上写着“吴和平”三个字。

沙复明开门出来，把门关上，他发现门锁的锁心和锁槽不用钥匙合不到一起，费了半天劲才把门关严。他转身下了三级台阶，听见后面“吱扭”一声轻响，门又开了。他只得返身回去，重新关门。

洗衣机轰隆隆地转着。

韩秋霞在熨烫着洗好衣服，她把熨烫好的衣服用竹竿挂在屋顶上一排一排的滑钩上。

张宗琪推门进来。

韩秋霞看了他一眼没说话。

张宗琪到后面拿出来一个面包，夹了点榨菜大口大口地吃起来。

韩秋霞："在外面晃荡了一天，连顿饭都没混上？"

张宗琪："那帮人没一个舍得掏钱埋单，我跟他们一起去饭馆，还不得我破费？找了个借口溜了。哎，今天我在街上看见老沙跟一个女的。"

韩秋霞立刻来了兴致："那女的是谁呀？"

张宗琪："不认识，没见过。"

韩秋霞："啥样？"

张宗琪："三十岁左右，苗条白净。"

韩秋霞讽刺他："眼睛不好，还看得挺仔细。"

张宗琪："老沙最烦人搀着他，今天这是怎么了？还让那个女的挎着他的胳膊。"

韩秋霞："不会是他女朋友吧？"

张宗琪眼睛一亮。

六

张宗琪把洗衣机里面洗好的衣物掏出来，放在熨烫板上。

韩秋霞一件一件地熨烫着，她想起来什么，停下来用手拿过来一条裤子。

韩秋霞："你来熨，我把这条裤子改一下，明天一早人家就来拿。"

张宗琪："改哪儿？"

韩秋霞："换拉锁，裤腿裁一寸，然后嵌个边。"

张宗琪："这活给我。"

韩秋霞："挺粗个老爷们，怎么喜欢干这些个鸡零狗碎的事情？"

张宗琪："好裁缝都是站着撒尿的。"他拿起剪子开始裁裤腿。

张宗琪："一岁抓周的时候，我抓的就是针线笸箩。"

韩秋霞："你要是离那些东西远一点儿，也不会丢了一只眼睛。"

张宗琪："提这事干什么？"

韩秋霞："你姐来电话了。"

张宗琪："啥事？"

韩秋霞："无利不起早，要钱呗！"

张宗琪："过年的时候不是汇过去了嘛。"

韩秋霞："她还怕钱多咬手啊？你姐那个人粘上毛比猴都精，啥时候要钱都打你家老太太这张牌。那年她说，老太太想穿件羽绒服，你屁颠屁颠地买了寄回去。结果呢，老太太一天都没上身，全让她给做旧了。"

张宗琪用两手比划了一下："我姐腰有这么粗，穿着那件绿羽绒服像个信筒子，她要是站在街边打哈欠，眼神不好的人非把信塞进她嘴里去不可。"

韩秋霞乐："你就损吧！"

张宗琪："要多少钱？"

韩秋霞："说想翻盖房子，让你看着给。"

张宗琪生气了："我看着给，给一分钱她干吗？"

韩秋霞："她不是存钱的陶罐猪，塞给它一分钱也能老老实实坐着。"

张宗琪掏出一千块钱放在案板上："就寄这么多。"

韩秋霞火了："她害你瞎了一只眼，你还年年赏钱给她，上辈子你欠她的了？"

张宗琪："那时候她才四岁懂什么？"

韩秋霞："四岁的时候不懂，四十岁了还装什么糊涂。"

张宗琪："咱闺女上中学的时候吃住都在她家。"

韩秋霞："吃她一口饭得还她一辈子，咱闺女吃到肚子里的是米粒子还是金粒子？"

清晨。崔云一觉醒来，竟然忘了自己身在何处，她懵懵懂懂地坐起来。发现沙复明已经不在房中。崔云心中暗骂自己："怎么睡了这么久？"她赶紧下地。

崔云看到户门没有关严，开着一条缝。

她一把把门拉开。只见沙复明背冲着户门盘坐在门口的脚垫上练功，听到身后的动静，他搓脸收功站起身来。崔云一脸惭愧："我睡得太死了。"

沙复明："你的门在外面锁不上也关不严，我一走，门等于对外敞开了，不安全。"

崔云："你应该叫醒我。"

沙复明转身往楼下走："我走了，你还可以再睡一会儿。"

崔云抓住他的胳膊："吃完早饭再走，要不然我心里真的过不去了。"

沙复明迟疑了一下说："我想用一下你的卫生间。"

崔云："好！好！"

沙复明在洗脸池前用凉水洗脸。

厨房煤气灶上的砂锅"咕嘟""咕嘟"冒着热气。崔云头发盘在头顶，戴着围裙在饼铛上摊着鸡蛋饼，她的气色看上去很好。沙复明走过来站在门口听着她做饭。崔云端过来一只小凳让他坐下。

房间里的气氛有些尴尬。

崔云见他不说话，扭过头看了他一眼："想什么呢？"

沙复明："想钱。"

崔云："我也在想钱。"

沙复明和崔云都笑了，这一笑让尴尬的气氛缓解了。

崔云问："你有了钱做什么？"

沙复明："开一家自己的连锁店。"

崔云奇怪地问："你不是已经当上老板了吗？"

沙复明："那是跟张老板合开的，我要开连锁店打我自己的品牌。你不给别人干活，别人就得给你干活，这就是生活的真相。"

崔云眨巴着眼睛认真地听着。

沙复明："在学校读书的时候，老师一遍一遍地教育我们要自食其力，好像残疾人只要自食其力就够了，没饿死，没冻死，就很了不起了。从校门出来打工的第一天开始，我就不是冲着自食其力去的。去它的自食其力，我要让健全人看看，我这个盲人的心脏有着怎样彪悍的马力。”

崔云被沙复明的话感动了，两手抱膝想了一会儿说：“我要是有了钱就开一家小饭馆。”

沙复明认真地说：“开面馆，你要是开面馆，我就把你连锁过来，专门给我的推拿店供应饭。”

崔云激动得满脸通红，她说：“我做的饺子也很好吃。”

沙复明孩子一样地说：“好，饺子我们全要了。”

崔云：“一言为定？”

沙复明：“一言为定。”

崔云把手伸过去：“君子一言驷马难追，握个手吧。”

沙复明握住崔云冰冷的手。

在记忆中深藏了十七年的甜美触觉，再次浮出水面。

他紧紧地闭上了什么都看不见的眼睛。

（回忆）

咖啡店。白天。向天纵探过身子拽出来沙复明的左手，放在桌面上，她重新坐了下去。

沙复明的手掌心朝上无助地躺在桌子上，向天纵把自己手盖在他的手心上，她的手指找到了沙复明的手指缝扣起来了。

沙复明身体微微地颤抖着。

向天纵把沙复明的手翻到下面，她把自己的另一只手盖在沙复明的手背上面。

沙复明对自己说：“她的手彻骨的凉，这个凉是从她身体里面散发出来的。”

向天纵把沙复明的手翻到下面，她把自己的另一只手盖在沙复明的手背上面。

动人心魄的音乐像游丝一样缭绕着，缠绵着。

向天纵拉起沙复明的两只手，把它们贴在自己的面庞上。

沙复明坐在客厅餐桌前两只手恭恭敬敬地捧着粥碗。

崔云把小菜碟子往他面前推了推说：“喝吧，羊肉粥养胃。”

身穿运动衫的小伙子们在街上晨跑而过。推着小车去菜场买菜的老年男女们在街上走过去。

崔云把沙复明送到了十字路口。沙复明说：“到这就是我熟悉的地盘了，不要再往前送了。”

崔云：“我把你送过马路吧。”

沙复明：“不用。”

崔云："那我回去了，吴迪醒了该找我了。"

沙复明："好！快回去吧。"

马跃推开推拿中心门进来。高唯正在和员工们打扫店内的卫生。

马跃问："沙大夫来了吗？"

高唯："没有。"

马跃："昨天晚上我去找他，他不在宿舍。"

高唯一愣："他去图书馆一直没回来吗？"她立刻掏出来电话拨沙复明的手机号。手机通了，沙复明挂了。

高唯："怎么不接电话呢？"她还要拨，沙复明走进来。

沙复明："人都进来了，别打了。"

高唯："你昨天晚上没回宿舍？"

沙复明："在外面谈事，太晚了，赶不回来了。"

高唯狐疑地看着他。

沙复明叫了一声："曲大夫在不在？"

芒来："在。"

沙复明："你们都过来一下。"

盲人大夫们走过来。

沙复明："图书馆开设了盲人专区，那里除了能上网，借阅室里还提供了两台盲人打字机和两台为弱视人服务的助视器。还有一种盲文阅读器，用扫描棒在健全人的书籍上一扫，再把存储卡安到'听书郎'上，扫过的内容就可以读出来了。我们用耳朵就可以听到书里面内容。曲大夫，你那么喜欢电脑，可以去学习学习，回来把新知识给大家传授一下。"

芒来："我没时间。"

沙复明："用休息日。"

芒来犹豫迟疑着不知道该怎么拒绝。金嫣说："芒来，我陪你一起去。"芒来一愣。

沙复明表示支持："好。"

张宗琪从外面进来："夸什么呢？"

沙复明笑了："图书馆里的盲人专区。"

张宗琪："去过了？"

沙复明："昨天去的。"

张宗琪："跟谁？"

沙复明："我自已。"

张宗琪眯着那只好眼狡谲地看着沙复明："不会吧？"

沙复明："你陪我去的？"

张宗琪话里有话："我要是个女的，肯定陪你去。"

金嫣和芒来坐在休息区里说话。

金嫣问："你老家离南京远吗？"

芒来抬起头警惕地反问："怎么了？"

金嫣："随便问问嘛。"

芒来说："离南京三百里。"

金嫣的口气充满了不解："不会吧？离南京三百里，你的家乡话就这样的呢？真好听。"

芒来不相信自己的耳朵："你说什么？"

金嫣："你说话好听死了。"

芒来听到心里一声闷响，仿佛炸开了。他呆呆地坐在那里。

高唯探头进来喊："金嫣，上钟了。"

金嫣站起来走开了。她一边走一边说："喜欢听你说话的人肯定很多，不止我一个。"

芒来鼻子一酸，眼泪差点流出来。

崔云满脸春色地在小饭馆后厨里卖力气地擦着地。

岫然上下打量着她问："崔姐，遇到啥好事了？"

崔云："没有啊。"

岫然："脸上挂相了。"

崔云凑到镜子跟前看。镜子中她的脸滋润透亮，像年轻了好几岁。

（幻觉）

镜子里伸过来两只男人的手，沙复明站在崔云的身后，指法娴熟地点着她头部的穴位。

崔云冲着镜子里的沙复明笑。

沙复明的身影"倏"地隐去。

VIP推拿室。赵建民趴在推拿床上。

沙复明坐在床旁边给他推拿他的腿部。

沙复明："右膝关节的后面有三个筋包，必须把它们归位。"

他用两根手指抠住筋拨出来，往平整了推。

赵建民疼得大叫："疼！疼！疼！"

沙复明："我能看见病，看不见疼。治疗我上手，保健找别人。"

推拿中心休息区。等待推拿的客人用遥控器打开了电视。电视里正在现场直播向残疾人献爱心的大型慈善晚会。主持人报出了都红的名字。客人刚把频道按过去。

做完推拿进来的金嫣急忙说：“看刚才那个台，我看看这个都红是不是我们学校的那个小师妹。”

客人按回到那个频道。

高唯对客人说：“张大夫下钟了，在第2推拿室里等你。”客人进去做推拿了。

金嫣凑到电视机跟前，眯着眼睛仔细地看着电视屏幕里面的人。高唯走过来，看她在看什么。屏幕上叫都红的女孩子穿着坠地长裙坐在钢琴前，正开始弹奏。

都红的两只手格外紧张。由于紧张，手指上的节奏就乱了。她不能停下来重弹，只能顺着旋律把演奏半死不活地往下拖。台下的领导和一些影视明星们看着台上。弹完最后一个音符，都红坐在那里半天没抬起来头，她难过得想哭。热烈的掌声经久不息了。

都红站起来，鞠躬，再鞠躬。

女主持人走到都红身边，抓住都红的手把她拉到舞台的最前沿。女主持人说：“镜头，给个镜头。”所有的镜头都对准了都红。

电视屏幕上的都红紧张得不知道如何是好。高唯看着电视屏幕说：“这女孩真漂亮。”金嫣兴奋地说：“真是我们学校的那个都红，她比我小两届，我们在一层宿舍楼住。”

女主持人说：“现在全省，全国人民都看着你。告诉电视机前的观众朋友你叫什么名字？”

都红说：“都红。”

女主持人说：“大点声好吗？”

都红大声说：“都红。”

女主持人问：“现在高兴吗？”

都红想了一下说：“高兴。”

女主持人：“再大点声好吗？”

都红大声说：“高——兴。”

女主持人问：“为什么高兴？”

都红嘴巴动了动，她答不出来。

抒情的小提琴声响起来，如泣如诉。

女主持人开始了她的朗诵：“可怜的都红一出生就什么都看不见。”

都红的脸顿时阴沉下来。

都红在心里说：“最恨人家说我可怜，最恨人家说我什么都看不见。恨又能怎么着？说到底我是个盲人，永远是一个盲人。我这样的人来到这个世界只有一件事，供健全人宽容，供健全人同情。我这样的人能把钢琴弹出来声音已经很了不起了。”

女主持人进入了高潮阶段，声情并茂地抒着情："都红为什么要在今天为大家演奏呢？"

都红在心里问自己："是啊，我为什么要在这里丢脸呢。"

女主持人说："可怜的都红是为了报答每一个爷爷奶奶、每一个叔叔阿姨、每一个哥哥姐姐、每一个弟弟妹妹，以及全社会对她的关爱……"

都红在心里跟主持人顶嘴："我只弹了一首巴赫，想弹好却没弹好，怎么扯到报答上去了？我欠谁了？什么时候亏欠的？还亏欠了全社会。"

都红的血往脸上涌。

她在心里说："我明白了，我站在台上跟音乐无关，我站在这儿是为了烘托别人的爱，是为了还债。这笔债我是还不完的，小提琴动人的旋律在帮着我说情，人们会哭的，人们一哭，我的债就抵消了。"

都红骄傲地扬起了下巴。小提琴的旋律已经被推到了高潮，戛然而止。女主持人搂住了都红的肩膀，扶着她，试探性地往下走。都红想把女主持人的手推开，女主持人坚持着不撒手。最终，她被女主持人搀下了台。

都红的老师在后台用她的怀抱搂住了都红。

都红说："老师，钢琴我不学了，你教我二胡吧。"

老师纳闷了问："什么意思？"

都红说："哪一天我到大街上卖唱，带着方便。"

老师一愣，吃惊地看着都红："你这孩子，说出来的话怎么这么毒？"

金嫣关了电视。

高唯问："干吗关了？"

金嫣："不想看。慈善演出是什么？'爱心行动'是什么？说到底就是把残疾人拉出来让身体健全的人感动。"

高唯："感动有什么不好？人们热爱感动，全社会都需要感动。"

金嫣："人一感动就流泪，流泪就获得了一种崇高感对吧？那你们为崇高去感动吧，别把我们残疾人扯进去就行，我活得挺好的，犯不着为我流泪。"

高唯顿时对她来了兴趣，她看着金嫣好一会儿没说话。

金嫣被她看得有点发毛："你这样看我干什么？"

高唯："你这个人还真有点儿意思。"

孔佳玉躲在推拿中心门口角落里接电话。

电话里孔母的声音："怎么老不往家里打电话？不知道我们惦记你吗？"

孔佳玉："客人太多，每天下班到家就快九点了，洗完了也差不多十一点了。"

孔母："你舅妈想给你介绍个对象。那个人个子小了一点儿，但是个健全人。你请假回来一趟。"

孔佳玉态度很坚决："我不要！"

孔母："听话！"

孔佳玉："有客人来了，我得干活去。妈，我挂了。"

孔母："哎，哎。"孔佳玉把手机挂了。她靠着墙站在那里。

王泉走出来站在门口："谁的电话？"

孔佳玉听到他的声音吓了一跳："你出来多久了？"

王泉："刚刚出来。"

孔佳玉叹了一口气，她走过来站在王泉的身边，悄悄拉住他的一只手。

王泉悄悄躲闪着："小心被人家看见。"

孔佳玉："看见又怎么了？"

王泉："新来乍到的，影响不好。"

孔佳玉赌气甩开他的手。

王泉走近一点儿小声说："现在不是特殊时期嘛。"

孔佳玉："如果我们三年五年没钱开店，这三五年里咱们谁也别碰谁，就这么特殊下去？"

王泉："你看你，老把我的话往歪了想。"

他凑到孔佳玉的耳边，语气暧昧地说："忙完这一段，咱们串休去我家，我把欠你的连本带利统统补回来。你看怎么样？"

孔佳玉撅着嘴："我要你跟我去照婚纱照。"

王泉："一套八千多块，这不是你的风格。"

孔佳玉："我是什么风格？一辈子就这么一回，该花的必须得花。"

王泉："不说花钱，光说耽误的工夫，一套婚纱照下来，没有一天，也得大半天，这得少挣多少钱？"

孔佳玉："你不跟我照，我找别人照！"说完转身回去了。

张宗琪和沙复明坐在办公室里说话。

沙复明："买的是五年的黄金绒艾条吗？"

张宗琪："哎哟，问过多少遍了？老沙，你要那么多蜡干什么？"

沙复明："做蜡疗的人不愿意用公用蜡，想自己用自己的，蜡的需要量自然就大了。"

张宗琪："那疗程上得加钱。"

沙复明："这不是正跟你商量吗？"

张宗琪："自己买蜡的人交二百块钱的蜡钱，这些蜡一直用到消耗完。"

沙复明想了一下说："行。"

张宗琪抬起头四处看了一眼："咱这房子得装修一下。"

沙复明："好好的装修什么？"

张宗琪："3 号推拿室墙上的血，高唯用白漆猫盖屎一样地遮了一下，明眼人还能看出来。人家美容美发店平均两年一装修，咱们开业四年了，也该倒饬倒饬，服务行业总得有点新气象。另外，大门口的影壁墙坑坑洼洼的要抹平了，再找人在上面画点什么。这样看着才像个门面。"

沙复明叹了一口气："钱这么花下去，什么时候能凑够资金开连锁店呢？"

张宗琪："今天的事还没解决好呢，老想着明天的事。"

沙复明："昨天是用来想的，今天是用来过的，明天是用来证明的。"

张宗琪："所以今天才重要嘛。老沙，我理解你的心情，咱们不想花钱的地方多了，不是都被别人逼着花了吗？咱们为什么就不能为自己主动花一回呢？"

沙复明："那得多少钱？"

张宗琪："三四万吧？"

沙复明急了："刷一遍墙，修一下影壁墙用得着那么多钱吗？"

张宗琪："那也不能低于两万。"

沙复明："老张，你一来就要花钱。弄得我一听见你说话，就知道又有钱要顺着大门口跑了。"

张宗琪："你这个人怎么跟老娘们似的？"

沙复明："急了吧？你一急鸡屎味就出来了。"

张宗琪和沙复明的争吵声传到门外。

张一光："都说独头蒜辣，张老板的一只眼睛比别人的两只眼睛还会看市场。"

王泉："他那只眼睛是怎么坏的？"

张一光："两岁的时候跟他姐姐玩剪子扎瞎的，那只好眼睛的视力也只有 0.3。"

王泉："张老板不是干推拿出身吧？"

张一光："不是，卖营养保健品的。"

王泉："他们怎么认识的？"

张一光："沙老板在上海的时候，张老板颈椎不舒服去做推拿，沙老板给他做的。一上手就把他征服了。以后经常来找沙老板解决他身体上的毛病。一来二去混熟了，两人合伙回南京开办了这个推拿中心。沙老板主内，张老板主外，两人两口子似的。越好越要吵，越吵关系越好。"

屋里，张宗琪继续说："闺女上初中，儿子上小学，家里老娘养老，哪哪都伸着巴掌跟我要钱。老婆这些天又吵着要把闺女接到南京来。"

沙复明："应该接来，放在老家也不是那么回事。"

张宗琪："南京的学校太贵！"

沙复明："你这人重男轻女。"

张宗琪把门打开冲外面叫了一声："高唯，你过来一下！"

高唯答应："好！"

张宗琪关上门："儿子生的孩子随我的姓，闺女生的孩子能随我的姓吗？要不是为了生儿子，我也不会带着老婆跑出来。就我这样的，在村子里再吊儿郎当，也能混个村长干一干。你说，当村长重要还是要儿子重要？"

沙复明："没这么比的。"

张宗琪："老沙，儿子是最重要的。有了儿子就有孙子。村长能追着我的屁股后面喊我爷爷吗？"

高唯推门进来："什么事？"

张宗琪："刚才我跟沙老板商量了一下，做蜡疗自己买蜡的人再交二百块钱的蜡钱，这些蜡一直用到消耗完。"

高唯："疗程费变不变？"

张宗琪："不变。"

高唯："这不合适吧？"

张宗琪："怎么不合适？"

高唯："原来的疗程费里蜡钱是算在里面的，现在客人自己花钱买了蜡，疗程费里面的蜡钱就应该减免。"

沙复明一怔。

张宗琪脸一绷："哎，你到底向着谁说话呢？"

高唯："消费者不是傻子，我在这提出来，总比人家指着我们鼻子质问要好得多。"

张宗琪对沙复明说："你说她这个人轴不轴？"

电话铃响。

沙复明按免提电话："沙宗琪推拿中心。"

话筒里女人的声音："你们这里减肥的效果怎么样？"

沙复明："不错。"

话筒里女人的声音："一个疗程能减多少斤？"

沙复明："五至八斤。"

话筒里女人的声音："如果没效果呢？"

张宗琪插话："如果你完全照我们的食谱吃饭，坚持完了一个疗程，没有效果全额退款。"

此时，有人敲门。

沙复明："进来！"

一个胖女人举着手机边摄像边往里面走："你说的每一句话，我都录像录音了。"

房间里的人一愣。

高唯："你这是做什么？"

胖女人："口说无凭，留个证据。"

张宗琪故作惊讶："这就是传说中的一语惊醒植物人吧？"

夜晚。厨房煤气灶上砂锅"咕嘟咕嘟"地开着。

崔云看着砂锅愣神。吴迪拿着作业本跑进来："妈妈！"崔云吓了一跳。吴迪："签字。"崔云把本子放在锅台上签上自己的名字。吴迪从口袋里掏出来一张纸给崔云："我们老师让我上快乐数学班。"

崔云："你不是上着数学课吗？"

吴迪："星期天的补习课。"

崔云看着上面价位吃了一惊："一个学期四百八？太贵了。你的题这不都做对了吗？根本用不着补习。咱们不去！"

吴迪嘟着嘴："刘天义没报名，我们老师在课堂上说他，刘天义，你以为你数学学得好了是不是？我告诉你，你差远了！老师这样批评我怎么办？"

崔云："你的作业老保持这个分数，她就张不开嘴批评你。"

吴迪无奈地点点头："好吧。"

崔云："妈妈一会出去一趟，你在家好好待着。"崔云骑着自行车在街上狂奔，前面的车筐里放着保温饭盒。到了推拿中心，见大门口黑着灯，大门从里面锁上了。崔云把保温饭盒放在门口拐角处。

沙复明坐正在办公桌前看书。手机短信响了。他打开语音短信。

崔云："沙大夫，我把羊肉粥放在推拿中心大门口拐弯处的那盆百合竹下面。记着拿回去趁热把它喝了。"沙复明心中一暖赶紧站起来往门外走。

沙复明推门出来。他站在门口四下听着，似乎感觉到了什么，把脸转向不远处片刻后又转回来。他弯腰从花盆下面拿起来保温饭盒，放到鼻子下面闻了闻，脸上露出了一丝笑容。

沙复明又推门进去了。推拿中心的门晃荡了两下停住了，崔云的身影映在玻璃门上。

晚上，等待过马路的行人不少，崔云骑着车子夹在其中。绿灯亮了。崔云蹬自行车，车子却不往前走。她从前面下车，扭头看后面的车轮子。车轮旁边一双男人的脚。崔云吓了一跳，急忙抬头看。吴和平手拉着自行车的后倚架，瞪着眼睛看着她。

崔云缓过劲来："吓死我了，你干什么呀？"

吴和平："你把孩子一个人扔在家里，自己满街疯跑什么？"

崔云："有事。"

吴和平："什么事？"

崔云把自行车从他的手里拽出来。这时她挎包里的手机短信提醒响了。崔云不去接。

吴和平："谁给你发短信？"崔云不理他，推着车子过马路。吴和平一把抢过来她手里的包，崔云松开车把包往回抢。自行车子倒在地，砸了吴和平的脚。吴和平疼得跳起来，他抬手就是一巴掌。崔云身子往后一闪，这一巴掌没扇在脸上，打在她的肩头上。吴和平不解气又是一拳挥过去。他的手腕在半空中被一只钳子一样的手死死地抓住了。吴和平疼得差点跪在地上，他挣扎着扭头看。一个壮实的警察老鹰抓小鸡一样扭着他的胳膊。一辆没有熄火的摩托车停在他的身后。吴和平马上老实了。

警察："怎么回事？"

吴和平："两口子打架。"

崔云："我跟他不是两口子。"

警察看看崔云又看看吴和平："到底怎么回事？"

吴和平耷拉着脑袋不说话。

警察："你的行为违反了治安管理法。往轻了说寻衅滋事，往重了说故意伤害。"

吴和平抬起头看着警察。

崔云："孩子一个人在家，我要赶紧回去。"

警察："你走吧。"

崔云骑上车子走了。

警察对吴和平说："身份证。"

吴和平掏出来身份证递给警察。警察看了一眼把号码抄下来："这样的事情不能再发生，如果再发生按累犯处理。"把身份证还给吴和平："走吧。"警察戴上头盔骑上摩托走了。

吴和平缓过劲来骂了一句："操！我又没酒后驾车，交警怎么管到我头上来了？"

崔云拿起客厅茶几上的手机，把听过一遍的语音短信重新听了一遍。沙复明的声音："粥我收到了，谢谢你！"崔云把手机重新放在茶几上。

孔佳玉和金嫣来男生宿舍串门。金嫣坐在芒来的床上。芒来坐在桌子旁边，戴着耳机听着电脑里面的声音。金嫣："给我听听。"芒来不情愿地把耳机摘下来递给金嫣。金嫣戴在耳朵上听着："袁阔成的《三国演义》啊。"她摘下来还给了芒来。

张一光坐在上铺上听着屋子里的动静。

孔佳玉坐在马跃的床上，左边马跃，右边王泉，坐在中间一脸的落寞。

王泉："房价又涨了，越攒钱离房子越远了。"

张一光："哥突然懂了，其实我们不是一夫一妻制，是一房一妻制，无房就无妻，多房就多妻。哥从前一直不明白，为啥老婆叫大房、二房、三房……如今真的懂了。"

房间里的人琢磨了一下"轰"的一声全笑了。

张一光举着一只手声明道："原创不是我，我没这么牛逼。"

王泉转移了话题："饿了，要是有点吃的就好了。"

孔佳玉：“我想吃冰激凌。马跃你喜欢吃冰激凌吗？”

马跃：“QD 和哈根达斯都好吃。”

孔佳玉：“哪天你带我去吃。”

王泉的心往下一沉。

马跃顾忌身边的王泉，他没有说话。

孔佳玉用手胡撸他的脑袋：“听见没有？听见没有？”

马跃脑袋来回晃着，眼前光斑闪耀。

（幻觉）

光斑跳跃逐渐成了色彩鲜艳的画面。

白天。街道两旁的梧桐树搭在一起，遮成厚密美丽的树荫。

街上走着漂亮的男女少年们。

街旁边的店铺挂着色彩斑斓的大幅广告和各种诱人的招牌，冰激凌比萨、热带水果……

妈妈拉着九岁的马跃走在街道上，马跃的头顶到妈妈的胸部，看不到马跃妈妈的脸。

马跃手指着店铺里五颜六色的冰激凌。

妈妈温柔的手在他的头顶上胡撸着。

孔佳玉的手劲用大了一些，马跃的脑袋撞在了床栏上。

众人笑。

孔佳玉连忙抱过来他的脑袋给他揉：“对不起！对不起！姐姐不是故意的。”

马跃认真地说：“你不是姐姐，你是嫂子。”

孔佳玉眼睛一瞪：“叫姐姐。”

马跃：“嫂子。”

孔佳玉一把揪起来马跃的枕头举起来威胁道：“你再这么喊，我就动手了。”

马跃不听邪又叫了一声：“嫂子！”

孔佳玉抡起来枕头一下一下砸在马跃的头上。

马跃一阵心花怒放，他平日里很少回嘴，今天偏偏就回了一句嘴。

他说：“你就是嫂子！”

孔佳玉拿着枕头一阵乱抡，想通过抡枕头把所有的郁闷都发泄出来。

她一边抡一边笑，越笑声音越大。

房间里的人谁也不说话。

坐在一边的王泉脸色越来越难看，他阴沉着脸，嘴巴动了几下，却什么都没说出来，悄悄地爬到自己的上铺上去了。

孔佳玉砸累了，她喘着粗气回头再找王泉，发现身边的这个人不见了。她“咦”了一声问：“人呢？”

王泉面朝墙侧着身子躺着，枕头堵着他的半张嘴。他声音含糊地说：“睡了。”

宿舍里顿时安静下来，这种安静让孔佳玉有些下不来台。

孔佳玉在心里说：“你还不高兴了！知道我心里的感受吗？你凭什么不高兴？”

她扔掉手里的枕头，客客气气地对马跃说：“马跃，不早了，我也睡觉去了。明天见。”

孔佳玉开门出去了。

张一光坐在自己的铺上，眨巴着一双眼睛琢磨着刚才的那场对话。

宿舍走廊内。孔佳玉低着头心情沮丧地往回走，她对自己说：“来这以后，他一点点亲热都不敢给我。郁闷啊，我快郁闷死了。我的人来疯是冲他去的，只是怕别人说闲话才拐了个弯，扑到马跃的头上。他怎么一点儿都不懂我呢？”孔佳玉拐弯了。

沙复明从房间里出来，他站在走廊里喊：“马跃！过来做治疗。”马跃朝沙复明的宿舍走去。

马跃坐在凳子上，沙复明仔细摸着他头部和眼部的穴位。马跃痛得叫了一声。沙复明说：“又逮住了一个贼。通则不痛，痛则不通，你这里的经络有问题。”

他在那个痛点上认真地揉搓着。

马跃：“师傅，你每天给我这么做有用吗？”

沙复明：“起码没有坏处吧？万一哪一下子给你推得能看见了呢？”

马跃说：“那是科幻电影。”

沙复明：“你说哪项科研成果不是从幻想开始的？”

马跃说：“师傅，你爱做梦吗？”

沙复明：“我就不知道什么是一夜无梦。”

马跃：“黑白的还是彩色的？”

沙复明：“这个我可不知道。”

马跃“我的梦全是彩色的。”

沙复明把保温筒摆在桌子上掀开盖子：“来，咱俩喝粥。”

马跃：“什么粥，这么香？”

沙复明：“羊肉粥。”

茶几上手机短信又响了。

崔云放下手里的墩布，走过去拿起手机打开语音信箱。里面传出来沙复明的声音：“粥很香，喝进去胃很暖。”崔云的脸上露出了笑容。门铃响。崔云一愣，她往门厅走。崔云从猫眼里往外看。猫眼里吴和平变形的脸。崔云吓了一跳，她屏住呼吸一声不响。

吴和平刚要挥拳凿门，手机铃响了。吴和平看了一下号码不打算接这个电话。

手机铃声锲而不舍地响着。吴和平无奈只得接电话：“什么事？”

手机里女人的声音：“你在哪儿呢？”

吴和平：“跟人谈事呢。”

有人从楼上跑下来。

手机里女人的声音：“啥事非在楼道里谈？”

吴和平没有马上想出词来应答。

手机里的女人马上意识到了：“撒谎，你是不是到那个女人那去了？”

吴和平：“没有，真的没有。”

手机里的女人：“我这就去找你。”

吴和平：“别！别！我马上就回去。”

他转身“蹬”“蹬”“蹬”跑下楼了。崔云摸着“怦”“怦”乱跳的心脏，长长地松了一口气。

王泉躺在宿舍上铺上不停地翻腾,影响得下铺的马跃也无法入睡。马跃侧身躺着，瞪着一双盲眼看着墙壁。王泉瞪着一双盲眼望着屋顶。王泉在心里对自己说：“她只是我的女朋友，还不是我的老婆。我不能因为跟她有过床上年事就断定她是我的人。”

这么一想王泉的冷汗下来了。

孔佳玉的手机响了。

孔佳玉翻来覆去睡不着。

王泉坐起来掏出来手机找出来孔佳玉的号码拨了出去。手机铃声突然响了。孔佳玉吓得浑身一哆嗦。

手机铃声在深夜里显得格外突兀，王泉赶紧挂了电话。

孔佳玉知道是王泉打来的，她抬手把关了手机。

王泉担心孔佳玉把电话回拨过来，干脆关了手机。

马跃睡不着，悄悄地坐起来。他敏感的手指摸到了一根孔佳玉在床上的时候掉下来的头发。马跃像抓住了一根救命稻草，他把那根头发绕在手指上又松开，松开又绕上。

王泉翻了个身咳嗽了一声。

马跃的心抖了一下，手指上的头发被拽断了。马跃悄悄地躺下，脸朝外瞪着眼睛看着门口的方向。

（梦境）

宿舍门开了一个缝，月光照射进来。孔佳玉从光里走进来，身上带着一圈毛茸茸的光环。

马跃紧张地看着她。

孔佳玉悄无声息地走到床边，她一眼都没有看上铺的王泉，转身坐在马跃的铺上。

马跃看不见她的脸。

孔佳玉伸出手轻轻地抚摸着马跃的头发。

马跃看到房顶慢慢飘起来飞走了，露出来圆润清冷的月亮。

马跃躺着孔佳玉坐着，床铺慢慢飘起来了窜出屋顶向空中飞去。

（梦境）

天空的月亮转化为太阳，光辉夺目。

床在蓝天白云中飘荡。

马跃趴在床上往下面看。

地上绿草黄花分外漂亮。

马跃往上看，阳光耀眼，他紧紧地闭上眼睛，眼皮一片通红。

马跃喊："红了，红了，我的眼皮红了！"

孔佳玉拉着马跃的手往起拽他。

马跃的脑袋"咚"的一声撞在床栏杆上。

早晨。马跃捂着脑袋疼醒了。

坐在上铺的张一光探头问："兄弟，做啥美梦呢？"

马跃怔怔地坐在床上发呆。

孔佳玉在洗漱间里刷牙洗脸，王泉走进来。

孔佳玉听见他的声音，立刻拿起手巾和牙缸离开了洗脸池。

王泉听出来是她，问："起来了？"

孔佳玉没有说话，她从王泉身边走过去的时候脚步都没有停顿一下。

王泉的心凉了半截。

孔佳玉坐在休息区里的沙发上愣神。王泉结束了一次工作回到休息区，他本能地冲着孔佳玉发出来气息的地方走过去。

孔佳玉马上站起来躲开了。尽管都是盲人，没有人看见，王泉还是很尴尬。

这时，高唯领着一个中年人走过来朝这边喊了一声："王大夫！"王泉如释重负，立刻站起来。

中年男人叫了一声："哎哟！王大夫，几年不见了，还这么精神。"

王泉马上听出来了："郝经理来了。"

郝经理："够意思吧？"

王泉“嘿嘿”笑问：“郝经理向来够意思，打算做什么项目？”

郝经理：“老规矩，做个全套。”

高唯：“六号推拿室。”说完她转身走了。王泉领着郝经理进了六号推拿室。

休息区静下来。

坐在这里等活的推拿师们心里都有些不痛快。

张一光：“这么一会儿，他就做了三个钟，钱都让他一个人挣去了。”

金嫣：“客人是冲他来的，你急也没办法。”

孔佳玉悄无声息地在角落里坐着，马跃走过去在她身边坐下。

孔佳玉：“马跃，你陪我出去一趟好吗？”

马跃：“去哪？”

孔佳玉：“心里闷，在门口这条街上转一转。”

马跃：“好。”

推拿中心前台。宿舍男客人进来：“我找王泉大夫做推拿。”

高唯说：“王大夫在上钟，给你约别的大夫吧。”

客人：“我等他。”

他坐下拿了本杂志看起来。

高唯看了一眼等活干的张一光，她说：“张大夫刚刚下钟，他的手法也很不错，你可以试试。”客人放下杂志犹豫了一下，刚要起身。王泉从推拿室里面出来，他亮着嗓门大声问：“老周你来了？”

姓周的客人见是王泉忙笑着站起来：“这不是奔你来了吗？你们前台说你忙着呢。”

王泉：“五分钟，还有五分钟就完，你等我一下。”

客人答应了：“好，我等你。”

王泉转身往回走。

张一光小声嘀咕了一句：“狗揽八泡屎。”

高唯拦住了王泉。

高唯小声说：“王大夫，一个店有一个店的规矩。在这里我负责前台的工作分配，你自行调配资源，这是越权。”

王泉：“客人是来找我的，用不着你分配给我。”

推拿中心 VIP 房间。沙复明在小单间里，为客人做着推拿。

外面的争执他听得清清楚楚。

高唯坐在前台生气。

张一光靠在台子旁边跟她说话：“在社会上混，首先要学会分清大小王。王大夫是冲着沙老板来的，沙老板到什么时候都得护他的短。”

高唯：“你觉得谁是大王谁是小王？”

张一光脸上挂着意味深长的笑容：“你是有眼睛的人，看得比我清楚。”

高唯：“这种江湖把戏我不懂。”

张一光：“你学的那个 NBA 课程里不教这个吗？”

高唯：“什么 NBA？是 MBA。”

张一光：“那玩意儿到底是干什么的？”

高唯：“工商管理硕士的英文简称。专门培养高素质的管理人员、职业经理人和创业者。”

张一光：“多少钱能学下来？”

高唯：“学费我根本交不起，我是去蹭课听的。”

张一光：“那玩意儿对你用吗？”

高唯：“人得有理想，知道什么是理想吗？”

张一光：“知道，三个饱一个倒。”

高唯：“大哥！那叫生存本能，不是理想。”

婚纱摄影棚门口的招贴画跟真人一样大小。

孔佳玉和马跃走过来站在那里，她用手摸了摸那张招贴画。

一个男青年迎了出来：“照婚纱吗？”

孔佳玉：“多少钱一套？”

男青年：“一万，一万五，三万价格不等。”

孔佳玉惊叫：“这也太贵了！”

男青年看出来她是盲人，说：“可以给你八折。”

孔佳玉扭头就走。

一条金毛犬从摄影棚里窜出来，跑到孔佳玉身边冲她摇头摆尾，孔佳玉知道是条狗，俯身满脸是笑地抚摸它。

男青年灵机一动，他叫住孔佳玉说：“我免费给你们照一张怎么样？”

孔佳玉：“不是我们是我。”

男青年：“给你一个人照？没问题。”

孔佳玉：“免费？”

男青年：“免费。”

孔佳玉眉开眼笑：“好！”

七

高唯骑着三轮车把床单送到张宗琪家便利店门口。韩秋霞出来把脏床单抱进洗衣房去洗。张宗琪把洗干净的床单从里面抱出来整整齐齐地摞在车上。

高唯："张老板，没事你也抽空去店里看看。王大夫把客人都揽到他手里，不让别人动。"

张宗琪："大头的钱上了店里的账不就得了？"

高唯："不是那个理！"

张宗琪："黑猫白猫抓住老鼠就是好猫，这是硬道理。"

高唯："他这样做店里其他人的积极性会受到很大的影响。"

张宗琪转过身用一只好眼睛瞄着她："谁受影响了？"

高唯："他才来几天，地皮都没有踩热就公开藐视企业制度。"

张宗琪呵呵笑："十几个人的小店算哪门子企业？你就喜欢危言耸听。"

高唯一脸严肃："麻雀虽小五脏俱全，再小的店也得实行企业化管理。"

张宗琪息事宁人："行，行，行，只要行得通，你用比尔·盖茨那一套管理咱们店，我都举双手拥护。"

高唯："那份合同你看完了吗？"

张宗琪："什么合同？"

高唯："上次我给你送来的。"

张宗琪想起来了："哦，哦……等我再好好看看。"

高唯有些沮丧："你没看啊？"

张宗琪："我忙得都脚打后脑勺了，我抽空看，今天就看。行了吧？"

高唯："那我回去了。"

张宗琪："嗯，慢点。"

高唯骑上车子走了。

进屋，张宗琪满屋找那份合同。

韩秋霞进来问："翻什么呢？"

张宗琪："上次高唯送过来的那份合同你给放哪儿了？"

韩秋霞："什么样的？"

张宗琪："几张厚的白纸。"

韩秋霞想了一下，弯腰从桌子上面的纸盒子里拿出来叠好的一整盒垃圾袋，从里面抽出来四张白色的，拆开铺在张宗琪跟前。

韩秋霞："是不是这几张纸？"

张宗琪一看果然是这几张纸，顿时火了："你怎么什么纸都敢叠垃圾袋？这是推拿中心的合同，你知道不知道？"

韩秋霞嘴一撇啧啧了两声："看把你本事的，跟盲人都能签合同，你告诉我这合同怎么签？"

张宗琪用手摸了一下脑袋没说话。

韩秋霞："沙复明是大股东，这事他都不出头，你瞎张罗什么？显你二百五啊？"

张宗琪："啥好话从你嘴里出来都得变馊了！"

韩秋霞："馊了也是好粮食做出来的，你出去打听打听，哪家推拿中心跟盲人签过合同？"

张宗琪点点头："不签合同，几乎成了所有盲人推拿中心的潜规则。"

韩秋霞："还是的！"

张宗琪把那几张纸捋平了摞整齐放进了抽屉里："别给我动这几张纸啊！"

他的手机响了："哪位？"

话筒里男人的声音："陕西的老林。"

"林老板！你到南京了？"

"到了，住金陵饭店，晚上有空吗？咱们聊聊。"

"有！有！"他挂了电话。

韩秋霞："又弄狗撵电兔子的事去？"

张宗琪："这回逮的是活兔子。"

高唯骑着三轮车从街上走过，她一眼看到婚纱摄影棚门口竖着一张大婚纱广告，照片上孔佳玉牵着一条导盲犬，她两眼微合美丽异常。她身上的婚纱拖到很远，婚纱的末端马跃低着头孤独地站在那里。

高唯半张着嘴，看呆了。

王泉干完活走进推拿中心休息区，他用嗅觉准确地寻找着孔佳玉。孔佳玉坐在休息区里发呆。王泉刚走过来。她立刻站起身离开了。王泉非常失落。

街上人来车往。熙熙攘攘的行人缝隙里露出来金嫣和芒来。金嫣很自然地挽着芒来的胳膊。由于紧张芒来的额头上冒出来细细的汗珠。

金嫣："你不经常出来吧？"

芒来"嗯"了一声。

金嫣摸了一下他的手："你的手心里全是汗。别紧张嘛，有我呢。沙老板说，在这个公交站上车坐五站地，下来在同一个站台上倒302路再坐三站地就到了。"

金嫣和芒来上了公交车。上车的人投币的投币，刷卡的刷卡。芒来掏出来盲人免费乘车证给售票员看过后，把着栏杆站牢了。金嫣掏出来盲人免费乘车证给售票员看过后放进包里。售票员看了金嫣一眼说："把你的免乘证拿出来再给我看一眼。"金嫣掏出来证件给她。

售票员盯着证件看了半天："你是盲人吗？"

金嫣："我是盲人。"

售票员把证件还给她："补一张票吧。"

金嫣火了："我给你看了我的残疾证。"

售票员不理她了，用小喇叭呼吁："请自觉刷卡买票。"

金嫣站在过道里，死死地拽着扶手，她一句话也不说。司机跟售票员立场保持一致，他端着茶杯开始喝水，十分悠闲地等在那里。乘客们骚动起来。

芒来碰了一下金嫣，小声说："咱们下去吧。"

金嫣大声说："凭什么下去？"

乘客："快开车，我还赶火车呢！"

一个中年妇女掏出来一块钱的硬币说："这一块钱我替她交了。"

金嫣大声说："阿姨，你要是替我交了这一块钱，就证明我真的是装瞎蹭车坐。师傅你开车吧，别因为我耽误大家的时间。中途我不会下车，我跟你们到公交总站去。让你们领导监督我去医院验明正身，如果我是装瞎，多严重的处罚我都接受。如果不是，这位售票员你必须当众给我赔礼道歉！"

售票员："我没说你装瞎。"

金嫣："你不相信我的证件，让我买票已经表明了你的态度？"

售票员："盲人没有你这个样子的。"

金嫣："盲人就必须戴墨镜拄拐杖？"

乘客们七嘴八舌。"残疾人本来就够可怜的，干吗还为难她？""就是，出门在外要学着宽容善良一点。"

芒来听不下去了，他吼了一声："开门！"司机把车门打开。芒来拉着金嫣下了车。

金嫣气得嘴唇发白："干吗下来？"

芒来："就不该出门。"

金嫣："我偏要出！下回出门我带上能证明我是瞎子的所有证件，让王八蛋们验明正身。我就不信了，除了影视作品里算命骗钱的人装瞎子以外，还谁愿意弄瞎眼睛糟践自己。"

芒来："你怎么会算命呢？"

金嫣立刻想起来她给芒来算命的事情。

金嫣扭过头，用微弱的视力盯着芒来："芒来，你终于肯跟我说七个字以上的句子了。"

芒来一愣。

金嫣掰着手指头："你看，'嗯'一个字，'怎么了'三个字，'就不该出门'五个字，'你怎么会算命呢'七个字。"

金嫣挽着芒来的胳膊在盲道上走着。

芒来问："你能算出来我是哪天生的吗？"

金嫣说："你的生日9月1日。"

芒来吓了一跳："啊？！"

金嫣："血型A。你这个人，纯洁善良，谨慎怯懦，有洁癖。"

芒来完全被她说中，惊愕地半张着嘴。

金嫣："你是一个循规蹈矩的完美主义者。因为过分固执，所以显得心胸狭窄，你会为一点儿小事，大动肝火。难免给人不通情达理的感觉，容易被大家疏远。其实，你这个人很有同情心，看到需要帮助的人，你会不求回报地尽力去帮助他。如果碰到不顺心思的事，你的完美主义性格又会来个大爆发，因此你又会给人留下尖酸刻薄的印象……"

芒来被她说出了一头大汗，他甩开金嫣的手，大踏步地自己往前走。"咚"的一声他撞在报亭上，疼得他两眼金星乱飞。金嫣急忙扶住他，她用脚试探，脚下确实是盲道。

报亭主人跑出来："谁在这劈山救母呢？！"

金嫣气急败坏："这是什么？"

报亭主人看出来芒来是个盲人："你这姑娘，好好的怎么领着他往我的报亭上撞啊？？"

金嫣："你占用了盲道。"

报亭主人："忙道？哪是忙道？"

金嫣用力跺了一下脚下的地砖："这就是！这是专门给我们盲人走的路。"

报亭主人看了她一眼："你是盲人？"

金嫣："我是盲人。"

报亭主人："看都看不见，凭什么说这条路是你的？"

金嫣："它跟普通的人行道不一样。"

报亭主人看了一眼："不就颜色不一样吗？"

金嫣耐心地解释："盲道是用两种地砖铺成的，这种是条形引导砖，引导盲人放心往前走的，这样的路叫行进盲道。还有一种是这样的，上面带着圆点叫提示砖。

提示盲人前面有障碍，该转弯了，要么就是马路断行，这样的路叫提示盲道。你把这儿占了，我们肯定会撞在障碍物上。”

报亭主人：“新鲜，从来没听说过。”

金嫣：“我这不是在跟你说吗？”

报亭主人：“你说管什么用？叫说话管用的人来跟我说。”

金嫣火了：“你这是什么态度？”

芒来拉她：“走吧，走吧。”

金嫣：“都说事不关己高高挂起，现在这件事关系到咱们自己了，这个时候再当缩头乌龟，那可真对不起我这双瞎了的眼睛。”

芒来不说话了，只管拉着她埋头往前走。

报亭主人两只手抱在胸前看着他们走远了，他低下头疑惑地看脚下的地砖。

推拿中心前台。高唯拿着一张孔佳玉婚纱照的照片指给孔佳玉看：“这是那只狗，这是马跃。”

孔佳玉：“马跃真在上面？”

高唯：“可不嘛。”

孔佳玉嘴一撇：“谁叫王泉不跟我去呢。”她拿着照片走了。

高唯坐在前台往电脑里面输入客人的资料。一个大块头男人推门进来。他大着嗓门问：“你们老板在吗？”

高唯：“在。”

沙复明从休息区里出来：“你好！”

大块头男人：“你是老板？”

沙复明满脸笑容，恭恭敬敬地说：“不敢。我叫沙复明。”

大块头男人：“来个全身，你亲自做。”

沙复明：“很荣幸，你里面请。”

大块头男人跟着沙复明进了推拿中心 VIP 室单间客房。高唯手脚麻利地铺好了床单。大块头男人随手一扔，他的一大串钥匙已经丢在推拿床上了。沙复明准确地抓起钥匙，摸一摸钥匙的长和宽，对此人的身份猜了个八九不离十。沙复明微笑着把钥匙递给了高唯。高唯把钥匙挂在了墙壁上。转身出去。

大块头趴在床上。

沙复明咳嗽了一声，开始抚摸大块头的后脑勺。

沙复明捏住大块头的后颈，仰起头，笑着说：“老板脖子不太好，可不能太贪凉。”

大块头：“奶奶的，颈椎病犯了，头晕，直犯困。”

沙复明：“开车犯困非常危险。”

大块头转过脸看着沙复明：“你怎么知道我开车？”

沙复明笑：“你后脑勺冰凉，肯定长途旅行中汽车里的空调开得太低了。”

大块头：“我在房间里也可以把空调开得很低呀。”

沙复明摇摇头：“老板开的是大车。”

大块头：“怎么说？”

沙复明：“你的车用的是柴油，你的车钥匙是大运输车的钥匙。”

大块头：“老板，你真成精了。”

沙复明：“哪里，哪里，一点儿生活经验而已。”

大块头：“你好好给我收拾收拾，还有二百多里的路要赶呢。”

沙复明用“剥”的指法给他放松两侧肩头的斜方肌。又用巴掌的外侧搓他的后颈，由于速度特别快，大块头后脑的温度很快上来了。

大块头舒服地连叫了两声：“奶奶的！奶奶的！”

沙复明：“颈椎还不算太差，路途长，老板把温度打高一点就好了。”

大块头不言语了，很快响起了呼噜声。

沙复明不再说什么，继续认真地给他做完推拿，然后用盐袋给他热敷。

大块头男人一觉醒来，他坐起来顿觉神清气爽。他用脑袋在空气里写了一个“永”字。

大块头男人：“奶奶的，舒服，舒服了。”

沙复明：“舒服了就好。”

大块头男人：“前天我做了一次，是在浴室做的。小丫头摸来摸去的，屁用没有，还是小包间呢。还是你们瞎子按摩得好！”

沙复明把脸转过来对准大块头男人的脸说：“我们这个不叫按摩，我们这个叫推拿。”

大块头：“有差别吗？”

沙复明：“差别大了。欢迎老板下次再来。”

大块头：“我返程回来，还找你，就做这套 VIP 服务。”

6 号推拿室。张一光和王泉在给客人推拿。

张一光：“听说孔大夫和马跃照了婚纱照，照片都拿回来了。”

王泉手一抖，客人疼得叫了一声。

图书馆盲人阅览室。芒来和金嫣听工作人员给他们介绍这里的环境。

工作人员：“我们这里的电脑和普通电脑不太一样，电脑桌上多了一个银灰色的金属盒，金属盒上除了有一些按键外，还有一排排小圆点。这些小圆点还会随着网页的变化上下移动，变化出不同的排列组合来。”

他拿着芒来的手让他触摸。

工作人员：“这个金属盒叫盲文点显器，相当于盲人专用的‘键盘’。另外，这些电脑上还安装了盲人上网专用软件。盲人读者戴上耳麦、听着语音提示、按照提示操作键盘，就可以一步一步进行操作，网上冲浪、读书和朋友聊天……”

芒来脸上露出兴奋，一下就喜欢上了这里。

金嫣和芒来一人把着一台电脑在网上冲浪，两人玩得非常开心。芒来用手指触摸着点显器上“浮现”的网页文字，用心听着语音软件朗读的一条条新闻内容。

傍晚。小餐馆后厨。吴迪坐在椅子上写作业。

崔云和大师傅们忙着灶台和案板上的活儿。岫然进来：“崔姐，有人找你。”崔云一怔，放下手里的活走到门口往外看。

吴和平靠在收银台旁边打电话。崔云知道躲不过去了，硬着头皮出来。

吴和平：“那天晚上你干什么去了？”

崔云撒谎：“借钱。”

吴和平：“跟谁借钱？”

崔云：“你一年没给吴迪抚养费。能借的人我都借遍了。”

吴和平：“上次超市罚的那一千块钱不是钱吗？”听他这样说，崔云立刻哑口无言了。

吴和平放缓了语调：“工地上生意不好，她马上就要生了，家里需要钱的地方比你多。”

崔云知道这个“她”是谁，冷着脸说：“没事我回去干活了。”

吴和平一把拉住她：“话还没说完呢。”

崔云甩开他的手。

蔡老板站在远处看着他们。

吴和平放软了声调：“上回我帮你了，这回你也帮帮我。”

崔云看着他问：“怎么帮你？”

吴和平：“我妈说她不来伺候月子，到时候你帮我做做饭行吗？”

崔云不相信自己的耳朵，瞪着眼睛看着他。

吴和平：“不用去我那，就在你那做，到时候我来取。”

崔云气得涨红了脸：“想什么呢你？”转身进了餐馆。

吴和平一把没拉住，骂了一句：“他妈的！蔫萝卜也敢把自己当铁棒子抡。”

崔云在后厨洗碗池旁边洗碗。

蔡老板走过来问：“刚才在门口跟你说话的那个男人到底是谁？”

崔云小声说：“吴迪他爸。”

蔡老板恍然：“哦。”

崔云沉默了一会儿说：“我俩已经离了。”

蔡老板脱口而出：“既然离婚了，凭什么还对你吆三喝四的？”

崔云："习惯了。"

蔡老板诧异："他习惯了，还是你习惯了？"

崔云头都没抬："都习惯了。"蔡老板看着她半天没说出话来。

四方茶社。张宗琪和秃顶老杨喝茶聊天。

老杨说得口沫横飞："屎壳郎牌垃圾分拣机。美国产的，一台一百五十万，一年成本完全回收。它集自动破袋、硬物自动分拣、切碎、破碎等多项功能于一体，适用城市生活垃圾、农村半湿作物、秸秆垃圾的分拣破碎处理，是城市生活垃圾分选破碎的专用破碎主机。"

张宗琪："一百五十万？哪找那么多钱去？"

秃顶老杨："咱俩合资控股呀，一吨垃圾国家补贴八十到一百块钱，按一百块钱算，一天处理一百五十吨，一天补助一万五千块。分拣出来的东西可以再出去卖，这又是一笔钱。"

张宗琪的心被他说活了："稳赚吗？"

秃顶老杨："稳赚，要不我也不敢往这投资。"

张宗琪："这样赚钱的机会为什么给我？"

秃顶老杨："我要是有一百五十万，这笔钱肯定自己挣了。我不是没有嘛，找你是觉得你是块干大事的材料。你七十五万，我七十五万，利润对半分怎么样？"

张宗琪："你让我好好想一想。"

秃顶老杨："机会难得，你要是不想干，给我个准话，我找别人合资去。"

张宗琪用一只好眼睛不错眼珠地盯着他。秃顶老杨被他盯得心里发毛。张宗琪突然一拍桌子，震得杯里的茶水洒了一桌子。秃顶老杨吓了一跳。张宗琪用手指蘸着茶水在桌子上算着获利的百分比，得出得数后，他用面巾纸把桌子上的水渍擦干净了，抬起头说："这买卖靠谱！"

金嫣和芒来坐在男生宿舍桌子前，往电脑里装软件。

金嫣口述："输入快捷键打开读屏软件，然后移动光标根据语音提示进行操作。"

芒来依照她的方法做着。王泉插着耳机在听收音机里股票和基金的行情。马跃坐在桌子前往画布上涂抹着颜料。

门口有脚步声。王泉和马跃同时竖起耳朵。高唯敲了一下门进来："金嫣！"王泉和马跃的脸上同时露出失望的神情。高唯："肩膀不舒服，回来你给我弄弄。"

宿舍楼外。孔佳玉拿着手机犹豫再三，还是开了机。手机铃声立刻响了起来。孔佳玉急忙出去接电话。孔母："你怎么老关机呢？"

孔佳玉："上班时间不让接电话。"

孔母：“以前不是没这个规定吗？”

孔佳玉小声说：“新的规章制度。”

孔母：“你爸最近身体不太好，你回来看看，我们只有你这么一个孩子。”

孔佳玉的眼睛湿润了，她低声说：“妈，我知道。”

高唯趴在女生宿舍床上，肩膀上扣着两个火罐，她下巴放在枕头上看电视剧。金嫣在给她做腿部放松。电视里男女主人公在缠绵着抒情。

高唯：“哼哼唧唧腻腻歪歪，弄出我一身鸡皮疙瘩。赶紧换台。”

金嫣：“哎，你有点儿娱乐精神好不好？”

高唯：“什么精神？我看是神经。”

金嫣：“多富有戏剧性啊！感人，曲折，衣食无忧。没有柴米油盐酱醋茶，更没有药。这样爱情才迷人呢！”

高唯：“谁说没有药？全是迷魂药。”

金嫣：“迷魂也是一种享受。”她把高唯肩膀上的罐起了。

高唯翻身坐起来：“中午在哪吃的？”

金嫣：“必胜客。”

高唯：“你请的吧？”

金嫣：“嗯。”

高唯手点着金嫣的鼻子：“赔着钱搭着感情，我看你完全是瞎耽误功夫。曲芒来是个绝缘体，你再怎么放电，也点不亮他那盏灯。”

金嫣的表情很淡定：“我知道。”

高唯一愣：“你知道？”

金嫣：“我的爱情从一开始就只有一半。”

高唯不解地看着她：“一半？”

金嫣：“一半是实的，一半是虚的，一半在天上，一半在地上，一半是已知的，一半是未知的，一半在这，一半在那。一半是当然，一半是想当然。生活对我来说是虚的，爱情是实的。我工作挣钱完全是为了更好地走进它。”

高唯：“虚也好，实也好，总得靠谱吧？有这么一句话叫作一朝被蛇咬，十年怕井绳。芒来已经从心里害怕了。”

金嫣：“这正是我喜欢他的最大理由。他叫我从骨子里产生了一种救死扶伤的冲动，我不爱铜墙铁壁，不爱铁石心肠，我爱的是他那颗破碎的心。我要把掉在地上的所有碎片捡起来捧在手心里一针一线针脚密实地缝上。我要看着他破碎的心在我的手里完好如初重新跳动起来。”

高唯：“金嫣，你不能这样，我得跟你好好谈一谈。”

孔佳玉推门进来，她一言不发地躺在了床上。

高唯问："你怎么了？"

孔佳玉："没怎么。"

高唯："今天一整天你跟王大夫的状态都不对，你们俩到底怎么了？"

孔佳玉有气无力地说："人真不能说谎，说了这个谎，就得用下一个谎来圆。什么时候是头啊？"

金嫣："你妈又给你来电话了？"孔佳玉叹了一口气。

金嫣："干脆告诉他们你来南京了不就得了。"

孔佳玉："他们会问我在深圳做得好好的为什么要来南京？我不能告诉他们我谈恋爱了。"

高唯："你父母不同意你谈恋爱？"

孔佳玉摇头："我父母不同意我找个盲人，他们说，我已经是全盲了，决不能让我再嫁给一个'摸'着'过'日子的男人。"

金嫣叹了一口气："盲人的父母就是盲人的父母，他们的固执是不讲道理的。原因很简单，他们为我们的眼睛付出的太多了。"

高唯："当初你跟王大夫谈恋爱的时候就没想到这一层吗？"

孔佳玉："一开始我瞒着家里，想处处看再说。没想到这一处还爱上了。"

高唯："你爱他什么？"

孔佳玉想了一下说："他性情好，稳当，勤勉，厚道，敢担当。"

高唯："就这些？"

孔佳玉："这些还不够吗？"

金嫣："还差点儿。"

孔佳玉："差什么？"

金嫣："浪漫。"

孔佳玉："浪漫是用来看的，我看不见，给我再多的浪漫也不如一个实实在在的好有用。"

手机响了。金嫣接通了电话："喂。"

电话里的声音："金嫣姐，我是都红。"

金嫣立刻眉开眼笑："哎呀，都红！"

都红："金嫣姐，我明天到南京，能去看看你吗？"

金嫣高兴："好啊，好啊，几点的火车，我去火车站接你。"

都红："下午三点。"

金嫣挂了电话。

高唯："都红要来南京？"

金嫣："是啊。"

高唯："我跟你一起去接她。"

金嫣："好啊。"

孔佳玉的心思不在她们的谈话上，她躺在床上，掏出来手机，上面没有语音短信的提示。

王泉躺在宿舍床上，手里拿着手机，他想给孔佳玉发一条语音短信，碍着芒来和马跃的面，又不好意思发，他把手机放在枕头下面等着孔佳玉的语音短信主动飞过来。

马跃收拾好画具，脱了衣服躺在床上。

芒来关了电脑上了床。

房间里没有一个人说话。

王泉想着孔佳玉心里很难受，他来回翻着身。

马跃的难受一点也不亚于王泉，他不敢翻腾，怕把失眠的信息传到上铺去。

张一光推门进来："这么早就睡了？"

房间里没人吭声。

张一光脱了衣服爬到自己的上铺："嫂子没过来？"

王泉不说话。

张一光："每天晚上都过来点卯，突然'咔嚓'一下断了，这情况不正常。"

王泉枕头堵着半边嘴嘟囔道："睡你的吧。"

张一光脱了衣服钻进了被子："城里的女人都想着找一匹白马，结果发现满世界都是灰不溜秋的驴。驴咋了？驴也是劳动力。老王，你告诉嫂子灰驴比白马好，驮柴禾拉碾子啥粗活都会干。嘴泼不挑食，不用精饲料，一天的粗活挣巴下来，给口草吃就洗洗睡了。"

屋子里的三个男人都笑了。

张一光假模假式地叹息了一声："哥当年也是颗痴情的种子，结果赶上了一场雨……涝了淹死了。都说婚姻是爱情的坟墓，我看能够入土为安的爱情总比暴尸街头好得多。王大夫，差不多就赶紧结婚吧。媳妇娶进门，狠狠使三年，保你好用一辈子。"

王泉："你说话就不能含蓄点？"

张一光："你们城里人就这点不好，喜欢藏着掖着，就连两口子吵架都不好看。我们那里老婆汉子打架，追得满村疯跑。打得鼻青脸肿满脸开花，回家上炕该干啥干啥。人哪就该这样，心里一快活，一天便成了两天，一辈子成了三生两世。"

王泉："半辈子还弄过明白呢，还两生三世。"

张一光："你吃了辣椒辣的是谁的屁股？生命不必精彩，活着就是奇迹。看得见是天堂，看不见是地狱。天堂和地狱的接口处是什么？是炼狱！不是每一个后天瞎的人都能从这里摸爬滚打挣巴出来。我没跟马跃兄弟聊过，但是我相信他的感觉跟我差不了太多。”

房间里静了下来。

张一光："马跃兄弟，你看不见以后最想做的一件事是什么？"

马跃的脸白了，他咬着嘴唇不说话。

张一光："我想把自己杀了。"

听他这样说，房间里的人都吃了一惊

张一光："不用刀不用枪也不用农药，用火。我必须把自己连同过去的日子全部烧成灰。只有这样才能安安稳稳地过以后没有眼睛的日子。"

房间里谁都不说话了，气氛有些压抑。

张一光有些纳闷："怎么了？"

芒来："大半夜的，净说些扫兴的话。"

张一光："好，说高兴的事。那就说女人吧，你们说，什么样的女人最好？"

躺在床上的男人们动了一下，他们在心里琢磨着。

张一光："我娶过老婆生过孩子，在这屋里最有发言权。男人十八岁的时候喜欢活泼热情的，二十八岁的时候喜欢脸蛋好看的，三十八岁的时候喜欢身材好懂风情的女人。四十八岁喜欢懂事有耐心的女人，五十八岁的男人又活回去了，换成了十八岁时候的口味。"

王泉："我们是靠声音活着的，你说得活泼、好看、风情，我们全都看不见，就跟没说一样。"

张一光："看见跟看不见那可真是大不一样。眼睛好的时候，我什么也没看见，眼一瞎，我把什么都看清楚了。过去我眼前只有一条煤窑里的巷道。现在我眼前的路多了去了,条条大路通罗马。不瞎,我还活不到地面上来呢。在地下闷得时间太长了，好不容易顺着矿井爬出来。我一定要干自己想干的事。"

王泉："你想干什么？"

张一光："当皇上啊。"

房间里的人听到他的话全从枕头上抬起来脑袋。

张一光："过去每个皇上都有三宫六院七十二个嫔妃，总共是八十一个女人。我要当个业余的皇上。这一辈子的浑水趟下来，肯定热闹有趣功德圆满。"

房间里的三个人知道他在说疯话，全翻了个身转过脸去不理他了。

张一光依旧沉浸在自己的幻想当中:"早上我一睁开眼睛就叫'爱妃！''爱妃哎！'"

矿井。伸手不见五指的黑暗。

张一光急促的喘息声。

黑暗中出现了一个亮点，随着喘息声，亮点越来越大，看得出来是距离遥远的矿井井口。

满脸满身煤污的张一光拼着命往井口爬着。

井口就要到了。

“轰隆”一声巨响。

浓烟遮住了井口。

张一光的叫声从井口坠落到了井底。

半夜，张一光一骨碌坐起来，他惊慌失措爬下床，几乎是从铺上摔下来的。

他摸到了放在床边的盲杖，他赤着脚举着盲杖往上面捅，盲杖什么也没碰到。他慌得脸上冒出了一层冷汗。他伸着手四处摸着，摸到了桌子。他站在桌子上用盲杖往上捅，盲杖碰到了屋顶发出“嗵”“嗵”的响声。

马跃翻身从床上坐起来紧张地听着他发出来的动静。张一光浑身颤抖地搂着盲杖蹲在桌子上。马跃走过去，伸手摸到了张一光的胳膊，他推了张一光一下。张一光哆嗦了一下，立刻像捞到救命稻草一样一把死死地抓住了马跃的手：“兄弟，兄弟，陪哥哥说会儿话吧。”

白天。一个男客人推开推拿中心门进来，找王泉。

高唯：“已经有三个客人等着他了，要不要换个别的大夫？我们这里的大夫手法都很好。”

男客人：“算了，我还是等他吧。”

推拿中心 3 号房。王泉闷着头一声不响地干着，他张开耳朵四处捕捉孔佳玉的声音。王泉越来越疲惫，几乎支撑不住了。他在心里想：“无论如何得给她打个电话了。”

在推拿中心 4 号房里推拿的孔佳玉也心如油煎，她的活干得心不在焉。

女客人不满意了：“孔大夫，你用点劲好不好？”

孔佳玉连忙道歉：“对不起，对不起。”

王泉躲进厕所里插上门，站在洗脸池旁边拨通了孔佳玉的电话。

孔佳玉接得很快，口气很冷：“喂，谁呀？”

王泉一时哑了。

孔佳玉明知道是谁故意追问的声音：“谁呀？”

王泉脱口而出：“想你。”

孔佳玉松了一口气，竟有得救了的感觉，她的两只手都在客人身上，手机夹在耳朵和肩膀之间。心里很甜蜜嘴上很客气。

孔佳玉说：“知道了，我在上钟，回头再说吧。”

王泉听到挂机的声音心口凉了半截，他听出来了，孔佳玉的口气是在打发他。王泉站在那里傻了半天想起来自己还在厕所里，于是推门，怎么也推不开。他这才想起来，门被自己插上了。

孔佳玉下了钟来到休息区，王泉又上钟去了。

推拿中心 6 号房。王泉在给客人做足经道推拿，他心里非常沮丧。

孔佳玉下了钟跑到厕所，她坐在马桶上拨通了王泉的电话。

手机通了，王泉的声音传过来：“喂。”

孔佳玉只对他说了四个字：“我也想你。”

王泉已经做了最坏的准备，突然听到孔佳玉这么说。他忍不住要哭。

推拿房里都是人，他不能哭。只能使劲控制住发抖的手。

客人问：“王大夫，我的膀胱经堵了吗？怎么这么疼？”

王泉没有理他，他客客气气地对电话里面的人说：“知道了，一样的，回头再说吧。”

孔佳玉和王泉从各自的推拿室里出来，他们终于在休息区里见面了。

休息区里都是人，幸亏没有一个明眼人。

王泉来到孔佳玉的身边，这一回孔佳玉没有躲，他们一前一后坐在角落里的一张双人沙发上。两人肩并着肩，谁也没说话。

王泉终于把他的手放到孔佳玉的大腿上，孔佳玉一把抓住王泉的手，两只手十指相扣。孔佳玉身子一软靠在了王泉的肩上。王泉闻到了孔佳玉嘴巴里的气息，热得烫人。王泉咬着牙在她的耳边小声说：“我一定要做老板，我一定要像像样样地把你娶到家里去！”

马跃坐在离他们不远的地方，竖着耳朵听着孔佳玉发出来的所有细微的动静。

张一光的注意力全在马跃的身上。

孔佳玉紧紧握着王泉的手，一缕头发从额顶上滑落下来，她一甩，把这缕头发甩到了脑后。马跃嗅到了那股熟悉的香味，他脑袋一阵晕眩。

（幻觉）

原野。蓝天、白云、绿草、金色的阳光、怒放的花朵、童话一般的美丽世界。

一只玉蝴蝶在画面当中翩翩起舞，它的翅膀上有美丽的图案。

马跃大声叫着：“嫂子！嫂子！”

玉色蝴蝶落在一片修长的叶子上，水中倒映着它美丽的身影。

马跃大声喊：“嫂子你不该是蝴蝶。”

玉色蝴蝶立刻展翅起飞了。

马跃紧随而去：“嫂子！嫂子！”

开阔的金色草原牧场出现在画面里，从墨绿过渡到金黄，富饶美丽。

阳光闪烁，绿草旋转起来。

蝴蝶变成一匹棕红色的马，她仰起前蹄长嘶一声。尾巴飞扬起来，像阳光一样四处飞洒。

一只小鸟冲进画面，追上了枣红马。

小鸟叫："嫂子！"

枣红马停住四蹄，弯过脖颈，用充满母爱的目光看着小鸟。

一个牧人肩膀上扛着马鞍走过来，他根本没看到落在树枝上的小鸟。

他把马鞍放到了枣红马的背上。

马跃大声叫："别碰她！"

牧人听不到小鸟的声音，他跨上马背喊了一声："驾！"

嫂子扬起四蹄奔跑起来，快得像一阵风。

小鸟紧追而去，在飞翔中蜕变成一匹健壮的马跃，它箭一样追出去。

枣红马跑远了，她的蹄声踏在大地上发出钟表一样的嘀嗒声。

推拿中心休息区大厅里突然响起沙复明的叫声："王大夫、孔大夫、马跃，上钟了！"

马跃"激灵"一下醒过来。

从大连开来的火车驶入站台。高唯拉着金嫣在站台上跟着火车往前快步走。火车停稳了，旅客们纷纷下车。高唯踮着脚尖伸着脖子往车厢门口看。

金嫣问："是七号车厢吗？"

高唯："是。"

金嫣："看到了吗？"

高唯："没有。"

乘客几乎下光了，都红才从车厢里走出来了。

都红扎着马尾辫，下身穿着一条牛仔裤，上身穿着一件掐腰白格子短袖衫，看上去格外秀丽洁净。

高唯说："我看见她了！"

她喊了一声："都红！"

都红立刻把脸朝向这个方向，她绽开了一个美丽的微笑。

都红："金嫣姐！"

高唯和金嫣走过去一左一右各自拉住都红的一只手。都红如释重负，两个肩膀立刻松下来。高唯拿过都红的拉杆箱，领着她们往外走。她自我介绍道："我叫高唯，跟金嫣在一块儿工作。"

金嫣补充道："前台管理人员，我们中心未来的 CEO。"

高唯领着两个漂亮的盲女在街上走，引来了很多的目光。

高唯："金嫣接到你的电话说你要来南京，我立刻申请跟她一起来接你。金嫣说你们俩在学校的时候住一层宿舍楼。"

都红："隔两个门。"

高唯说："金嫣来南京这么长时间了，也没好好玩过。星期天，我带你们转转南京的名胜古迹，南京有中华门城堡、钟山风景区、雨花台风景区，还有总统府、秦淮河……”

都红打断她的话：“你们店里缺人吗？”

金嫣一怔：“你干吗？”

都红：“我想去你们店里干活。”

金嫣：“放着好好的钢琴不弹，怎么想起干推拿了？”

都红：“我要靠自己的双手挣饭吃。”

金嫣：“大连也有推拿中心，为什么要来南京？”

都红神情黯然下来：“我来找我的人生。”

金嫣和高唯不解地看着她。

高唯：“在大连你就没有人生了？”

都红摇摇头：“在父母身边，我的人生是父母的人生。我已经为他们活了十八年了，我想为我自己活一回。前一段时间，我参加过一场慈善演出。”

金嫣：“我们在电视上看到过。”

都红尴尬：“人都丢到南京来了。”

金嫣：“我看弹得挺好，你对自己要求得太高了。”

都红摇摇头说：“那场演出以后，我不再上钢琴课了，我拒绝了所有的演出。”

金嫣：“你觉得你在台上表现的不理想？”

都红摇头：“理想和尊严比，我宁可要尊严。”

金嫣和高唯同时一怔。

都红：“我不会再摸钢琴了。”

高唯：“你放弃了钢琴，你妈妈很伤心吧？”

都红：“不是伤心，是绝望。看我当不了贝多芬，她就四处托人给我介绍对象。说趁着年轻能嫁得好一点儿。我真受不了她了。我妈根本不相信我能养活得了自己。慈善演出是靠别人施舍，嫁人也是靠别人养活，在我妈的眼里我就是一个不能自食其力的废物。”

高唯看着都红，从心里喜欢上了她。

三个客人被安排在推拿中心 3 号房一个房间里，王泉、孔佳玉、马跃给他们三个人做。

王泉在给他的老顾客做全身放松。

客人脑袋扎在推拿床的那个洞里嗡声嗡气地说：“比起四年前，王大夫的这双手更厉害了。有力量，大拇指一按，入木三分，舒服！”

王泉笑：“干推拿这一行，手必须有力量。”

客人：“记得王大夫以前经常健身。”

王泉："在深圳的时候也没断了，身体状况的好的时候，我卧推的重量能到一百二十五公斤。"

客人惊讶："啊？厉害！"

王泉："现在不行了，周围没有方便的健身馆。"

客人:"这个店比四年前你待过的那家店看上去正规,来了还得填表。说要建什么卡。"

王泉："填什么了？"

客人："姓名、年龄、家庭住址、健康状况、电话号码。"

王泉："你把电话号码给她了？"

客人："给了，前台的那姑娘说，她会随时打电话回访治疗的情况。"

王泉生气了，在心里骂道："虎口夺食？妄想！我的客人谁也别想抢了去。"

客人在他纯熟的手法下，扯起了酣畅的呼噜。

孔佳玉的客人也当仁不让紧随其后。两人的呼噜差半个拍节，分出两个声部。

马跃的客人也睡着了，他沉默着没参与和声。

王泉用厚实的手掌拍着客人的背部。

孔佳玉的推拿也做到了这一步骤。

王泉换了掌法先拍了五下，又拍了两下，再拍了一下。

这是他跟孔佳玉约好的抒情暗号："我爱你！"

孔佳玉听出来，马上回应五一二一："我也爱你！"

他们俩忽长忽短，忽快忽慢地用掌法抒着情，竟然打出了架子鼓的鼓点。

马跃完全成了局外人，他在自己的沉默中沉默了一会。变换掌法拍出了闷鼓一样"嘭""嘭"的鼓点。

王泉和孔佳玉的架子鼓节奏和马跃的重锤闷鼓声逐渐融合在一起。

客人被他们拍醒了。

八

高唯把都红安排在女生宿舍里剩下的那张床上。

高唯："被褥都有，你就睡这吧。"

都红："谢谢高唯姐。"

高唯担心地看着她，转身对金嫣说："抓紧时间教给她点精髓，到时候在沙老板那我也好张嘴。"

金嫣说："孔佳玉手法比我好，应该让她来指导指导。"

高唯："别一竿子支那么远，现在就上手练吧。"

金嫣："都红，你先给我做，我验验你的活儿。"

都红："好。"

金嫣躺在床上，都红上手开始推拿了。她手一按到金嫣身上，金嫣就笑了。金嫣："我知道钢琴的指法讲究轻重与缓急，你把这一套放到推拿上来了，这可行不通。"

都红："没有啊。"

金嫣指了一下自己的腹部："来，来，你推我这儿。"

都红的两只手往金嫣的腹部上一放。

金嫣大声唱道："多——"

都红又按了一下。

金嫣唱道："来——"

都红气乐了，伸手掐金嫣的肚子。

金嫣"哎哟""哎哟"地连笑带叫。

高唯："你们别闹了，还想不想过关了？"

都红赶紧收了手，她问："金嫣姐，我真的那么差吗？"

金嫣说："钢琴多难学，你能弹得那么好，人体的这几个穴位你怎么一个都按不准呢？"

都红不说话了。

高唯帮她说话："这不求到你这来了嘛，你好好教教她！"

都红："学钢琴难吧？可我学起来几乎就不用动脑子。推拿容易吧，我却学不来。就说人体的这些个穴位，我怎么都记不住；好不容易记住了，却找不准；找准了，手指头又‘拿’不住。”

金嫣：“你算把你的毛病都说准了。”

推拿师们坐在推拿中心休息区里喝水聊天。

张一光问：“王大夫，有烟吗？”

王泉：“我不抽烟。”

张一光：“煤矿的坑口不让抽烟，我从矿井里上来第一件事是直接奔垃圾箱，垃圾箱堆的全是生活垃圾，烟头点不着，监管员也不到这儿来。我往里一躺，狠狠地抽三到四根烟，第一时间把烟瘾过足了。”

推拿师甲递给他一根烟：“张大夫来一段呗。”

张一光站起身把烟夹在耳朵后面，他拿出单田芳的嗓音和身架：“话说，红孩儿年少气盛，几番要吃唐僧的肉，孙悟空和他斗智斗法，红孩儿气得七窍冒烟，口喷三昧真火，最后被观音菩萨收下，带在身边，称为善财童子。《西游记》告诉我们什么呢？告诉我们，凡是有后台的妖怪都被接走了，没后台的妖怪都被孙悟空当场一棒子打死了。”

休息区的人们哈哈大笑。

高唯进来：“张大夫上钟了。”

张一光手往桌子上“啪”地一拍：“预知后事如何，请听下回分解。”他习惯性地眼睛往角落里扫了一眼。角落里马跃一个人孤孤单单地坐在那里。张一光不确定角落里是否有人，他叫了一声：“马跃。”

马跃：“嗯。”

张一光竖起耳朵仔细听，他没有听见马跃身边有别人的声音。

张一光：“等着，下钟回来哥接着给你讲。”

金嫣、高唯、孔佳玉、都红四个女孩子洗漱完了，披着湿漉漉的头发坐在宿舍里聊天。有人敲门。

高唯开门。

王泉带着一脸憨笑站在门口。

高唯：“孔佳玉，王大夫找你。”

王泉有点扭捏地走进来，他不是撞了脑袋就是磕了腿。孔佳玉拉着他的手把他领到自己的床边坐下。孔佳玉：“我给你倒点水。”

王泉：“不喝，不喝。”

金嫣把一个苹果塞到他手里。

王泉：“我不喜欢吃水果。”

都红脸朝着他听他说话。

金嫣："王大夫，我给你介绍一下，她叫都红，我学妹，比我低两届。"

王泉说了声："你好！"往下就再也没话了，他越坐越觉得别扭。孔佳玉接了一杯水给他，王泉一口气喝了。站起来说："我回去了。"

金嫣："刚来就走啊？"

王泉："看看就行。"

孔佳玉把他送出门去。

高唯捅了一下金嫣小声说："他们俩虽说是资深恋人，看上去和一般的朋友没什么两样。不像你这丫头，认识芒来没两天，就明火执仗的发起飙来，人家那边还没有准备迎战，你已经双手举着爆破筒冲上去了。"

金嫣："我就是要在推拿中心造成这样一个影响，芒来这个人归我了，别人就别跟着瞎掺和了。"

高唯："芒来又不是什么稀罕的宝贝，他根本配不上你。你这样不要命地追他，只能有两种解释，一个是呆人有呆福，一个是你脑袋被门挤了。"

都红："金嫣姐，芒来是谁？"

孔佳玉和王泉站在楼道走廊的拐角处。

王泉："别送了。"

孔佳玉："坐这么一会儿就走。"

王泉："我一个男人老在你们那里待着不方便，要不你还是去我们宿舍吧。"

孔佳玉："我不去了。"

王泉沉默了一会儿说："佳玉，你变了。"

孔佳玉："哪变了？"

王泉："原来你嗓门亮，说话快，一开口就顾前不顾后的。你现在不爱说话，也不爱笑了，老那么闷着。不是有什么心事吧？"

孔佳玉："没有。"

王泉："说一千道一万，都是我不好，我没有开成店，让你跟着我受这么大的委屈。"

孔佳玉："你别瞎想，我们这样也挺好的。"

王泉把孔佳玉拽过来紧紧地搂了一会儿松开了。

他说："我回去了。"

孔佳玉伸手紧紧地搂住他的腰低声说："再待一会儿，就一会儿。"

金嫣："你是明眼人又这么聪明，为什么要在这儿工作呢？"

高唯："我也在别的企业里干过，那里的人心思缜密尔虞我诈，就算你把所有的精力都用在防止被人暗算上，还是频频遭人陷害。我换了好几个单位才在这里安顿下来。沙宗琪推拿中心麻雀虽小，五脏俱全。沙老板也好，张老板也好，都放开手让我干。在这里英雄有用武之地，我能充分展开拳脚。实现我做一名CEO的梦想。”

金嫣：“你追求的东西比爱情大。”

高唯：“因为我就不是小女人。”

金嫣：“老天爷不会给我那么多的时间，我很快就会彻底瞎了。除了不被饿死，不被冻死，我还能做什么？什么都不能做，只能成就一下爱情了。”

都红问：“金嫣姐，那个曲芒来，知道你爱他吗？”

都红的话戳到金嫣的心上，她突然就是一阵伤恸。

金嫣控制着自己，语气平静地说：“他知道不知道对我都没有影响。一个人的恋爱才更像恋爱，一个人的恋爱才是最为动心的恋爱。”

高唯：“你这叫单相思不叫恋爱，恋爱是女人和男人之间的一场艰苦卓绝荡气回肠的战斗。”

金嫣：“那是你要的爱情，不是我要的爱情。”

高唯：“别光想着自己要什么，你也琢磨琢磨人家芒来是怎么想的。”

金嫣：“他能怎么想？”

高唯：“别说曲芒来还没有从第一次的恋爱失败中缓过劲来，就算缓过劲来了，他能马上投入到你这场一厢情愿的爱情当中来吗？”

金嫣死死地盯着高唯，残存着星点视力的眼睛里充满了力量。

她说：“他要是能马上投入进来那就不是他了，我立刻撤军。”

孔佳玉推门进来，在自己的床铺上坐下。

高唯：“如果爱情真的是疯狂追逐的结果，我支持你跑一辈子的一百米。可问题是它到底是吗？金嫣啊，别看你说得汗流浃背热气腾腾的，其实你骨子是一个悲观的人。你的悲观深不可测。”

金嫣心中一悚，随即点了点头，她说：“你说得对，我是一个悲观的人。因为悲观所以我能彻底轻松下来。我的眼睛瞎了，可我能清楚地看到我的一生。今生今世我只做两件事，爱一次，做一次新娘。我愿意用我的一生去做这样的准备。”

屋子里的姑娘们面对金嫣如此惨烈的语言，谁也说不出话了。

沙复明在宿舍给马跃做头部推拿。

沙复明：“给家里打电话了没有？”

马跃：“没有。”

沙复明：“你爸那天还给我来电话来着，他很惦记你，抽空回家去看看。”

马跃：“他又生了个女儿，在那个家里我是个外人。”

沙复明：“哪个做父母的听你这样说都会伤心的。”

马跃：“师傅，你怎么不回家看看？”

沙复明：“你别跟我比啊，我四十了，当你爸都行了。”

马跃不说话了。

沙复明："最近画什么呢？"

马跃："我想练着画画人物。"

沙复明："盲人画画，一听、二嗅、三比、四摸、五练、六评。你上学的时候第一课并不是拿起画笔，而是'唤醒'课。这是树立绘画自信的特殊课程。对吧？"

马跃："师傅，你怎么什么都知道？"

沙复明自嘲："都说专家是用来建设的，杂家是用来生活的。我自称是杂家，你看我有生活吗？没有，所以我的学问一无是处。"

马跃："张一光也什么都知道，他知道的东西跟你完全是两个路子。"

沙复明笑了："那小子白天文明不精神，晚上精神不文明。"

马跃露着一口白牙笑了。

第二天早晨。高唯推办公室门进来："沙老板，我给你引见个女孩儿，你看看她行不行。"

沙复明："干了几年了？"

高唯："你还是试试吧。"

沙复明说："好，我试试。"

沙复明趴在 VIP 推拿室床上，高唯和金嫣陪着都红站在床边。

沙复明："开始吧。"

都红有点紧张，金嫣拿起来她的手放在沙复明的脖颈上。

都红开始给沙复明放松脖颈。

沙复明问："你叫什么名字？"

都红："都红。"

沙复明："老家哪儿的？"

都红："大连。"

沙复明："好地方，多大了？"

都红："二十。"

沙复明："哪个学校毕业的？"

都红："特殊教育职业技术学校。"

沙复明没有再往下问，他的脸陷在洞里面，兀自笑了，心里说："这哪是推拿，这是挠痒痒。"

都红认真地做着推拿。沙复明沉重地叹了一口气，说："现在的教育，真是误人子弟啊。"都红停住了，愣了片刻，两只手离开了沙复明的身体。

沙复明坐起来，穿鞋下地，朝门口走去。

高唯愣了一会儿追过去。

金嫣对都红说："你等我一会儿。"也追了出来。都红站在那里，单薄的身影显得很无助。

沙复明回到办公室坐下，高唯和金嫣推门进来。

沙复明冲她们摇摇头："不是一般的差。"

金嫣："她在学校学的是钢琴。"

沙复明觉得意外："盲人最困难的是弹钢琴，她都学成了，好好的为什么要扔了来干推拿呢？"

高唯："慈善演出叫她伤了心。她不愿意欠社会的，更不愿意为了烘托别人的爱去弹钢琴。"

沙复明一怔，良久才感叹道："小姑娘不一般啊，有性格。"

金嫣："钢琴比推拿难吧？她肯定能学会的。"

沙复明没说话，他掏出来一百块钱递到金嫣跟前。

沙复明："给你一天假，你带着小姑娘到东郊去遛遛，好歹也来了一趟南京。"

金嫣把钱挡回去了，只按住沙复明的手不动。

沙复明笑了："你这不是逼我吗？"

金嫣固执地按着沙复明的手不放。

金嫣："给她一次机会。"

沙复明："她不是吃这碗饭的人。"

金嫣："别一棒子把她打死。"

沙复明："这是原则性的问题，我不能让步。你说对吧？高唯？"

高唯张了一下嘴，没说出话来。

高唯和金嫣不敢往休息区走，她们站在门口小声地议论着。

金嫣："我知道她不是干这行的材料，可这毕竟是都红第一次出远门哪。对一个盲人来说，天底下最困难的事情是什么？是第一次出门远行。尤其是一个人出门，焦虑、害怕、自卑都会有。"

高唯："我理解。"

金嫣摇头："你不是盲人，理解不了这么深。盲人的怕太大了，跟看不见的世界一样大。"

高唯皱着眉头思索着她的话。

金嫣："都红真不走运，第一脚就踩空了。是踩空了，不是跌倒了。跌倒了，虽然疼，人是落在实地上；踩空了就不一样了，你没地方跌，只是往下坠。不知道什么时候是头，那滋味比粉身碎骨还叫人心惊肉跳。"

高唯刚要说什么。

金嫣的手机响了。她把手机放到耳边。

都红："金嫣姐，我都知道了，别担心，我没事。"

金嫣："你在哪儿？"

都红手里拿着电话："卫生间。"

金嫣："你干吗不出来和我说话？"

都红停顿了一下轻声说："我还是在卫生间里待一会儿吧。"

金嫣越发不知道该说什么好了，隔了一会儿，她说："南京有个中山陵，你知道吧？"

都红："金嫣姐，我没事。"

金嫣的心口突然就是一阵发紧，她挂了电话。

高唯问："她说什么？"

金嫣："这丫头的心已经乱了。"

晚上，金嫣躺在床上睡不着，她听见都红在床上来回翻身。金嫣下了床，走到都红的床边，掀开被子钻了进去。都红往里面让了一让，床太小，两个人只能侧着身子。金嫣和都红背对背躺了一会儿，她翻了个身，面对着都红的后背。金嫣想说点什么，又知道此时什么话说出来都是苍白的，于是她伸手摸了摸都红的肩膀。都红翻过身，抬起胳膊搂住了金嫣的脖子。两个人一声不响地依偎了一会儿，都红松开手，翻了个身脸朝墙不动了。金嫣瞪着眼睛看着她的后脑勺。都红再一次翻过身来，两个盲女在黑暗中相互看了一会儿。金嫣伸手摸了一下都红的脸。都红一声不响，使劲钻进金嫣怀里，她的两个肩膀一抽一抽的。

金嫣紧紧搂着她小声说："别怕，有我呢。"

都红小声说："我不怕。"

金嫣："怕是会咬人的，咬得多疼，只有咱们盲人自己知道。"

第二天早晨。都红和金嫣在洗漱间洗脸。

都红说："我不去中山陵，也不去夫子庙，我想陪金嫣姐到推拿中心去。"

金嫣："你是怕影响我的收入吧，不要紧，沙老板给我放假了。"

都红："我又看不见，去了和不去有什么区别？我还是跟你去推拿中心吧。"

金嫣："好吧。"

都红穿了一件红色的衣服，跟在金嫣的后面来到休息区。

沙复明正在休息区安排学习的事情。他说："今天早上客人不多，我看看你们的手法有没有进步。谁先在我身上试一试啊？"

推拿师们彼此谦让着。都红突然开口了，她叫了一声："沙老板。"

沙复明一愣，他听出来这个声音来自那个被他拒绝在门外的都红。

都红说："沙老板，我知道我的业务还达不到你的要求，你给我一个月的时间行不行？我就打扫打扫卫生，做做辅助也行。我只在这里吃三顿饭，晚上跟金嫣姐挤一挤，一个月后，我如果还达不到你的要求，我向这里的每一个人保证，我自己走人。一年之内把我的伙食费寄回来，希望沙老板你给我这个机会。”

沙复明被震惊了，站在那里好半天才说出话来：“如果都红是个健全人，刚才那番话就太普通了。可是，都红是一个盲人，她的这番话实在不普通。大家都是盲人，知道盲人的自尊心是惊人的，在遭拒绝以后，最通常的反应是保全自己的尊严。都红却做出了完全相反的决定。”

休息区的人谁都没说话。

沙复明：“刚才我也在心里问过自己，在同样的情况下，你会不会这样做？得到的答案是，我没她勇敢，做不来。看起来，盲人最大的障碍不是视力，而是勇气。是过当的自尊所导致的弱不禁风。盲人凭什么要比健全人背负过多的尊严？许多东西，其实是盲人自己强加的。这世上只有人类的尊严，从来就没有盲人的尊严。”

高唯带头为他的话鼓掌，在座的人稀稀拉拉地跟着她鼓了几声掌。

沙复明有些尴尬。

都红问：“沙老板，你同意我留下了吗？”

沙复明语气含糊地说：“嗯。”

都红两个肩膀一松，差点坐在地上。金嫣高兴地一把搂住了她。

沙复明：“一个月的试用期，你要利用好。”说完他转身离开了休息区。

王泉的电话响了。

王母：“泉子你为什么这么长时间都不回家来看看？”

王泉说：“工作忙，抽不开身。”

王母：“赶紧回来一趟，我和你爸有事跟你商量。”

王泉问：“现在？”

王母：“现在。”

王泉：“什么事？”

王母：“电话里不方便说，你回家来吧。”

回到办公室，沙复明坐着愣神。

王泉推门进来请假。

沙复明：“有事？”

王泉：“现在没什么客人，我想请半天假回家一趟。”

沙复明：“你进店以后就从来没有休息过星期天，回去吧，多待一会儿。哎，你带孔佳玉一起回去吗？”

王泉说：“不带，一会儿我就回来了。”

推拿中心休息区。金嫣找来一件自己的白大褂递给都红。都红谢过她。高唯走过来说：“走吧，跟我送被单去。”都红答应了一声跟着高唯出去了。

高唯骑着三轮车，都红坐在上面，车子到了张宗琪家门口停下来。
高唯叫："赵师母！"
韩秋霞从房间里出来："来了？"
她一眼看到了从车上下来的都红："哟，这是谁？"
高唯："新来的。"
韩秋霞"哦"了一声没再说话。
张宗琪拎着一包东西从外面回来，他跟高唯打招呼："来了？"
高唯对都红说："叫张老板。"
都红规规矩矩地给张宗琪鞠了一躬说："张老板好，我叫都红。"
高唯补充："大连来的，试用一个月，特意带过来给你看看。"
张宗琪："业务上的事，沙老板负责，他说行就行，不用跟我打招呼。"
都红站在那里扶着车把，高唯把脏床单抱进屋，又把干净的床单抱出来。
高唯扶都红上了车说："韩师傅，从今天开始多加一个人的伙食。"
韩秋霞："知道了。"
高唯骑上车子走了。
韩秋霞："这姑娘长得浑身上下不缺一点儿彩。"
张宗琪："这还叫不缺彩？眼睛没有亮，她缺的是大彩。"
韩秋霞："不仔细看，还真看不出来她是瞎子。"
张宗琪："别当着矬子说矮话，能不能不一口一个瞎子地叫？"
韩秋霞巴掌往前一伸说："给我钱去买个饭盒。"
张宗琪掏出来十块钱递到她的手里："开票报账，记着从今天开始做十六个人的饭。"
韩秋霞："多添一把米的事。"
张宗琪："一个人的伙食可不是一把米，那是十块钱。"
韩秋霞眼皮不抬转身进屋去了。

王泉上楼，按门铃。王母开门，往他身后看了一眼，没有看到孔佳玉，心里踏实了不少。

王泉进了客厅，凭着盲人的直觉，感觉到气氛不对，家里头似乎还有别人。
他竖着耳朵等着父母告诉他家里来了谁。
王父、王母相互看了一眼谁也没说话。
王泉问："爸，妈，家里挺好吧？"
王母的声音很勉强："挺好。"
王泉一只手摸沙发，一只手伸进口袋摁住手机，把弟弟的手机号码拨了出去。
王泉的手机在他的口袋里说话了："对不起您拨打的用户已关机，请稍后再拨。"
牛三勇的声音在房间里响起来："这是大哥吧？"

王泉假装吃惊笑起来："家里有客人啊，怎么称呼？"

牛三勇："怎么称呼问问你弟弟就知道了，可惜他的手机老是关机。"

手机在十分机械地重复着："对不起您拨打的用户已经关机，请稍后再拨……"

王泉的手在口袋里关了手机。

王泉："找不着我弟弟，还是你自报家门吧。"

牛三勇："我是替别人来的，那么我是谁就一点也不重要了。"

王泉："你替谁来的？"

牛三勇："经常跟你弟弟打交道的人。"

王泉一怔，凭直觉，他知道王海这回惹的不是小麻烦。

王泉提高了嗓门："妈，怎么不给客人倒茶？"

牛三勇："不用客气，已经倒了，"

王泉："请喝茶。"

牛三勇："喝了两小时了，咱们别绕圈子了，我们是来拿钱的。"

王泉胸口"咯噔"了一下，他定了一下神，客客气气地问："对不起，能不能告诉我，谁欠了你们的钱？"

牛三勇："你弟弟王海。"

王泉明白害怕没有用，他说："请问，你们是哪儿的？"

牛三勇："我们是裆里的。"

王泉吃了一惊："啊？"

牛三勇："不是裤裆里的，是麻将裆里的，我们是规矩人。"

王泉不吭声了，他开始掰自己两只手的关节，"嘎巴""嘎巴"一共二十八响。

牛三勇："大哥，我们等你回话呢。"

王泉开口说话了，他说："欠债还钱，理所应当。"

牛三勇："还是大哥懂道理。"

王泉："我爸没欠你们的钱是吧？"

牛三勇："对。"

王泉："我妈也没欠你们的钱是不是？"

牛三勇："是。"

王泉："我弟弟是成年人，他已经结婚分出去过了，你们应该去找他。"

牛三勇拿出来一张欠条说："我们只认欠条，不认人，我们有他的欠条，这里写着地址电话。我们是按照欠条找来的。刚才跟你说过，我们是规矩人，不会胡闹。"

王泉说："我们没钱。"

牛三勇："这不关我们的事。"

王泉深深地吸了一口气，说："有，我们也不会给你。"

牛三勇："这不可能。"

王泉：“你想怎样吧？”

牛三勇：“不想怎么样，我们只管要钱，实在要不到就拉倒。别的事有别人去做，这是规矩。我们是规矩人。”

这是牛三勇第三次强调他是规矩人，让人听着心里阴森森的。

王泉问：“他欠你们多少钱？”

牛三勇：“两万五，红军从江西到陕北，是个好数字。”

王泉一肚子火，声音发抖了：“你们要干什么？”

牛三勇：“我们来拿钱。”

王泉爆发了：“还有没有王法了？”

牛三勇：“是法律，不是王法，我们懂得法律。”

王泉气懵了“忽”地站起来，掏出手机再次拨弟弟的手机号。

手机说：“对不起，您拨打的用户已经关机……”

王泉怒不可遏，抡起手机要往地上砸，他的胳膊被另外的两只手抓住了。

王泉这才察觉，屋子里还有另外两个人。

牛三勇说：“不要和手机过不去。”

王泉吼起来：“有什么事冲我来，不许碰我父母。”

牛三勇说：“你是残疾人，我们不能冲你来。”

牛三勇的话叫王泉很恼火，他努力让自己冷静下来。

王泉问：“你们到底想怎么样？”

牛三勇：“拿钱。”

王泉：“我现在拿不出来，真的拿不出来。”

牛三勇：“我们可以给你时间。”

王泉：“一年。”

牛三勇：“五天。”

王泉：“半年。”

牛三勇：“十天。”

王泉：“三个月。”

牛三勇：“最多一个星期，你弟弟这个人很不好，他很不上路。你不要跟他学。”王母、王父、王泉谁也不说话。牛三勇带着他的人走了。

客厅里死一样寂静。

“当啷”一声响，茶几上的茶杯摔在地板上。王泉吓了一大跳。

王母把茶杯拾起来，蹲下身用抹布擦地板上的水。王母：“你看你，拿东西也不小心点儿。”

王父声音颤抖着说：“这就是你养的儿子！”

王母：“他是你前世造的孽！”

王父："对，对，是我前世造的孽。我耗尽了一生的血肉，最终却喂出来这么一个东西。"

王母不愿意听了："他再不好也是你儿子。"

王父："他不是我儿子，他是人渣，是一堆臭不可闻的烂肉。"

王泉开口了，他说："爸，妈，你们别吵了。如果不是因为我的眼睛，你们说什么也不会再生王海的。说一千道一万还是我作了孽，这个债必须由我来还，这是命里注定的。"

王母："泉子，你不能这么想。"

王泉摆摆手说："这是事实，我不想它也存在。小海他们呢？"

王父："搬走半个月了。"

王泉："搬哪去了？"

王母："不知道。"

王泉疲惫不堪地站起来，摇摇晃晃地往门外走。

王母："干吗去？"

王泉："我先回去了。"

王母："吃完饭再走。"

王泉："不吃了。"

王父满怀内疚地把大儿子送到门口，看着他下楼。

王泉站在公共汽车的车厢里，他手扶栏杆两眼平视着前方。

公交车靠站停下了，王泉下了车，他没有马上回推拿中心，而是进了路边的小公园。他坐在长椅上，拿出来手机拨号。

弟弟的手机依然关机。

王泉拨通了家里的电话："妈妈，我是泉子，你有孙晓榕的电话吗？"

母亲把孙晓榕的电话号码给了王泉。王泉拨号。电话响了好久才有人接。

电影院放映厅。惊天动地的爆炸声和飞机的俯冲。

歪在座位上看电影的孙晓榕用手捂着电话小声问："喂。"

王海喝了一口可乐问："谁呀？"

王泉的声音传出来："孙晓榕吗？"

孙晓榕问："你谁呀？"

王泉："我是大哥，王海在你旁边吗？"

孙晓榕说："在。"

王泉："你把电话给他。"

王泉问："你在哪儿？"

王海："安徽，乡下。什么事？"

王泉："你欠了裆里的钱吧？"

王海：“是啊。”
王泉：“人家找上来了。”
王海怕孙晓榕听见，他拿着手机往放映厅外面走。
王海：“他找上门来就是了。多大的事。”
王泉：“什么叫找上门就是了？你躲到安徽去了，爸妈往哪躲？”
王海：“为什么要躲，我们只是爬了一趟黄山。”
王泉：“那你为什么把手机关了？”
王海：“手机里没钱了嘛，没钱开机做什么？”
王泉急了：“你欠了那么多钱怎么不愁呢？”
王海：“愁什么？我欠他的，又不是他欠我的。”
王泉：“你就不怕他们对父母动刀子？”
王海：“他动就是了，烦不了那么多。多大事，才几个钱？谁会为这几个钱动刀子？”
王泉吼了起来：“欠钱怎么能不还？”
王海：“我没说不还。”
王泉：“那你还啊。”
王海：“我没钱啊。”说完他笑了：“嗨，我都不急，你急什么？好好地过你自己的日子得了。”王泉一口气差点没上来，他气得挂了电话。

VIP 推拿室内。沙复明躺在推拿床上。
都红和马跃站在他的身边。沙复明让都红在他身上找穴位。都红总是找不准。沙复明说：“你按的哪是足三里？是足十里。马跃你来找一下。”
马跃上手一下就按准了。
沙复明从床上起来说：“你躺这儿，让她在你身上找。”说完推门出去了。
都红在马跃身上按。
马跃：“不对。”
都红换了个地方。
马跃：“对。”
都红又换了个地方。
马跃：“不对。”

王泉浑身瘫软地站在推拿中心卫生间的盥洗台前。
他拧开水龙头，把脑袋伸到凉水下面冲了一阵。
王泉抬起头愣了一会儿神，自己对自己说：“把钱准备好总是没错的，谁让那个混蛋是作为我的补充来到这个世界上的呢？让我也做一回他的补充吧。”
他笑了，自言自语道：“这就是他妈的生活吧？生活的面貌就是‘补’。拆东墙，补西墙；拆南墙，补北墙。拆吧，补吧，拆到最后，补到最后，生活会原封不动，却可以焕然一新。”

他推门进了沙复明的办公室。

王泉：“沙老板。”

沙复明：“这么快就回来了？家里没啥事吧？”

王泉：“没啥事。”

沙复明：“没事就好。”

王泉：“有一种人被叫作‘活老鬼’，你知道是什么意思吗？”

沙复明想了一下说：“知道。”

王泉叹了口气：“谁也不知道他们是怎么活在这个世界上的，每个人都担心他们怎么活下去，可他们活得挺好，活得比大部分人都要好。他们既在生活的外面，也在生活的里面；他们既生活在最低处，也生活在最高处。他们不乐观，也不悲观。”

沙复明仔细琢磨着他的话。

王泉：“他们的口头禅是‘烦不了那么多’‘多大事？’”

沙复明：“怎么想起来说这个了？”

王泉：“想到这就说了。”

沙复明：“不对，你还是有事。”

王泉沉默了一下说：“晚上我想和孔佳玉早点下班，早点回宿舍去。”

沙复明刚想说什么，突然明白过来了。他拍了一下脑袋说：“怪我，我忽略了，你和孔佳玉是对象，我应该有所照顾。店里管理要严，但是人性化管理也是要讲的。不过丑话说在前，这一个小时，你们俩是要还回来的。”

王泉说：“那当然。”

沙复明：“下不为例。”

王泉转身要走，沙复明站起来了，巴掌摸到他的肩膀上，意味深长地拍了一下，又拍了两下。最后的两下拍得意味深长。王泉突然醒悟过来，忙解释说：“不是，我们回去真的不是为那事。”

沙复明：“哪个事啊？一个小时不长，快走吧。”

王泉惭愧得要死，生怕越描越黑。

孔佳玉坐在推拿中心休息区里，马跃一声不响地坐在她的身边。

王泉走到孔佳玉跟前压低声音说：“我跟老板说了，我们先回家吧。”

孔佳玉不知情，偏偏又是个直肠子，她大声问：“这么早回家做什么？”

王泉压低声音：“你看，叫你回，你跟我回去就是了。”

马跃咳嗽了一声站起来，一个人往门外摸，他的膝盖撞在什么上，他连头都没回。

孔佳玉觉得马跃的突然离去有点反常，她愣了一下。

张一光："你不是刚请假回家了吗？"

他假装恍然大悟："哦，哦，明白了，明白了。"

孔佳玉在这个瞬间也明白了，为了掩饰尴尬，她故意大声问："你回家了？从家里给我带什么好吃的了？"

王泉干干巴巴地说："没带。"

孔佳玉在心里暗骂道："你个呆子，你个二百五，说句谎话能要你的命吗？"

张一光把话茬接过来，他怪声怪气地说："回去吧，回去吃吧。"

坐在休息区的人呵呵笑。

孔佳玉的脸臊得通红，她一把拉住王泉的手说："走！"

王泉心里有事，一出门脚下绊了一下，要不是孔佳玉拉着，他就一头栽下去了。

王泉和孔佳玉一路上急匆匆地往家走。孔佳玉："又不是赶去救火，着什么急？"

王泉："我们只有一个小时的时间，去掉路上要耗费的十七分钟，我们实际上只有四十三分钟。四十三分钟以后张一光和芒来就下早班了，所以我们必须争分夺秒。"

孔佳玉加快了脚步。

王泉掏宿舍门钥匙，他额头鼻尖上已经挂了汗珠。孔佳玉闻到他身上的汗味说："天不热，你怎么出这么多汗？"

王泉打开门说："进来吧。"孔佳玉犹豫了一下跟着他进去了。

王泉关上门，顺手加上了保险。

孔佳玉盼望这个时刻盼得心都冒烟了，她激动地"望"着王泉。

王泉一把搂住她。

孔佳玉松了一口气，瘫软在王泉的怀里。他们深深地吻在一起。

王泉一边吻，一边脱自已身上的衣服，一边往床边挪。

脱下来的衣服扔了一地。

孔佳玉焦躁又伤心说："衣服，衣服啊！"

王泉气喘吁吁："什么衣服？"

孔佳玉："乱扔了一地，回头还要穿呢。"

王泉："顾不得那么多了。"

他们挪到马跃的床前，王泉把孔佳玉放倒在床上。

孔佳玉意识到这是马跃的床，她突然一骨碌坐起来说："我不能在这张床上做那事。"

王泉搂住她小声说："顾不上了，顾不上了。"

马跃一动不动地站在推拿中心门口面对着那堵影壁墙发呆。

沙复明走出来站在他的旁边拍了一下他的肩膀："小伙子，想什么呢？"

马跃吃惊地扭过头眼睛"望"着他："师傅，你怎么知道我在这儿？"

沙复明半开玩笑："每个人都有自己的气场，我寻着你的气场找来的。"

他伸手摸了一下影壁墙说："张老板要请人重新画影壁墙。"

马跃："往上面画什么？"

沙复明："无非是些吉祥的图案，上面写上福、寿、康这样的吉庆话。"

马跃："太俗了！"

沙复明："我把这个事交给你怎么样？"

马跃吃了一惊："我？"

沙复明："想画什么画什么。"

马跃兴奋了："行！"

沙复明："咱们丑话说在前面，我只给你提供画画的场地，不给你报酬。颜料费，店里出。"

马跃："好！师傅，我这就请假上街去买颜料。"

孔佳玉没来得及让喘息平息下来，她一掌推开王泉说："快穿衣服！"

孔佳玉和王泉在地上的衣服堆里摸索自己的衣服。

王泉摸到一件说："这是你的。"

孔佳玉拿到手里套在身上说："刚才各自脱到一边就好了，现在可好了，每一件都要摸。"

王泉："快点，时间不等人，这时候要是有人回来可糟了。"

两人费了半天的劲才把各自的衣服穿好。

王泉顾不上擦汗，匆匆把门打开了，随手抓起来自己的报时手表，一摁。

电子声报时："现在是北京时间十点二十四分整。"

王泉沮丧地叫了一声："还有三十六分钟呢。"

孔佳玉低着头整理着自己的衣襟。

她闷声说道："抛去路上的时间，脱衣服和穿衣服的时间，我们用在床上的时间还不到一分钟！"

王泉："三十六分钟，两千一百六十秒都是咱们抢出来的。我们剩下这两千一百六十秒干什么？"

孔佳玉幽幽地说："等下早班的人回来呗。"

王泉走到孔佳玉的身边，找到孔佳玉的手，用心地抚摸着，他的心里涌出来无边的怜爱。

孔佳玉抬起头一把抓住他说："我们结婚吧。"

王泉一怔说："什么？"

孔佳玉侧过脑袋说："我们结婚。"

王泉身上的劲顿时泄没了，他嘟囔了一句："什么都没准备呢。"

孔佳玉搂住王泉的脖子。嘴里灼热的气息扑在他的脸上，她说："不要准备，有你，有我，还要准备什么？"

王泉："不是没钱么。"

孔佳玉："我不要你的钱，我有，用我的钱，我们只举行一个简单的婚礼，好不好？"

王泉嗫嚅道："你的钱……这怎么可以呢？"

孔佳玉："那你说，怎么才可以？"

王泉嘴唇动了两下，实在不知道说什么好了。

"你说呀！"

王泉脱口而出说："你急什么？"

孔佳玉的两只眼睛瞪大了，说："我当然急了，我都这样了，如果你不跟我结婚，谁还肯要我？我不急，谁急？"

王泉软塌塌地嘟囔了一句："那么，结就结吧。"

孔佳玉一点也没意识到她的眼泪已经出来了："什么叫结就结吧？"

王泉一点也没料到这次约会会是这样的结果，他沮丧得说不出话来。

孔佳玉拖着哭腔大声喊起来："姓王的，我千里迢迢跟着你跑到南京来，我等来的就是你这句话？'结就结吧'，你还说不说人话？你的心愿遂了，你哪里还能体会我的一点难？你跟凳子结吧，你和鞋子结吧，你和你自己结吧！"

借钱的事，王泉再也说不出口了。

他心里很难过，软塌塌地说："这个就是你不对了，干啥让我跟凳子和鞋子结婚啊？！"

孔佳玉摸到门口开门出去，她"啪"的一声摔上了门。

王泉浑身上下凉透了，他摸索着捡起来扔在地上的外套穿上，一个纽扣一个纽扣系好，他发现自己的两手一直在抖。他抬起来右手狠狠给自己一个嘴巴子。

孔佳玉跌跌撞撞走出楼房大门，她边走边哭，一头撞在一个人身上。她带着哭音道歉。

马跃听出来是孔佳玉，叫了一声："嫂子"，孔佳玉愣住了，嘴唇哆嗦着不说话。

马跃问："嫂子，你怎么了？"

孔佳玉囔着鼻子说："没事。"

马跃："你去哪儿？"

孔佳玉低着头："回去上班。"

马跃："我请你出去吃饭好不好？"

孔佳玉带着哭音态度很坚决地说："我不吃。"说完她绕过马跃往前走。马跃转身追上她，他拉住孔佳玉的手："嫂子，今天是我十八岁的生日，你能跟我一起过吗？"孔佳玉立刻不挣扎了。

马跃："九岁以后，这是我第一次过生日。"

孔佳玉的心软了："好吧。"

王泉万分沮丧地站起来往宿舍门口走，走了几步觉得裤腿处很不舒服，他弯下腰整理里面的衬裤腿，伸手一摸觉得不对，他干脆把外裤脱下来。

原来刚才因为着急，衬裤的一条腿并没有被套在腿上。

王泉脱下来衬裤重新穿好，苦笑了一下自我调侃道："有一种等待叫望穿秋水，有一种寒冷叫忘穿秋裤。唉！本来是要跟她商量借钱的事，话没说出口，就奔那个事去了，事情没有做好，又扯到结婚上去了。想解释解释，一张嘴话又说错了。我这人怎么这么笨哪！"

孔佳玉像一只温顺的羊羔一样由着马跃拉着在盲道上走着。

王泉一个人拄着拐杖，在马路对面的人行道上跟他们交错而过。

他们谁也没发现谁。

王泉的心中充满了悲哀。

孔佳玉忐忑不安地坐在肯德基的座位上，她腰背笔直，看得出来她很紧张。

马跃在前台购买食物,他一样一样地点着。服务员说:"我们有新出来的嫩牛五方，口味非常好。"马跃摇头拒绝了。食物放在托盘上。

马跃："麻烦你帮我端到桌子旁边好吗？"

服务员说："对不起，我们没有这项服务。"

马跃说："我是盲人，自己端这么多东西会碰撒的。"

服务员仔细看了看他乌黑的眼珠和他诚实的脸，半信半疑地叫来在店里收拾桌子的服务员帮忙把食物端到他的位子上。

九

VIP 推拿室。沙复明在给用手机拍摄的那个胖女人做推拿。

胖女人："沙大夫，我减了十斤了。"

沙复明："你的基数大，减十斤不显，坚持下来，再减三十斤以后达到标准体重，就不容易反弹了。"

胖女人："你要真给我减到标准体重，我请你吃满汉全席。"

沙复明："你看你，到现在还不忘吃。"

胖女人嘎嘎笑。

沙复明："不要以为肿就是水肿。你看看现在，十个人里面起码有五六个身体发福，这也是肿，叫作体态臃肿。在中医看来，肥胖也好，水肿也好，都意味着体内有湿，水液不能随气血流动，滞留在体细胞之间，使人体迅速膨胀起来。你要配合着吃些健脾化湿的食品，比如，山药薏米。"

韩秋霞的喊声传进来："开饭了！"

王泉领了自己的饭坐在推拿中心休息区里，凭直觉他知道孔佳玉并没有回来。

韩秋霞大声问他："孔佳玉的饭你要不要领过去。"王泉闷声闷气地"嗯"了一声。韩秋霞把孔佳玉的饭盒放在他旁边的桌子上。

张一光凑过来问："这么快就回来了？嫂子呢？"

王泉不愿意回答，他心里惦记的正是这个事。

张一光："马跃也赶着人手最少的时候请假出去了，刚才上来一拨人差点累死我。"

王泉心里"咯噔"一下，他的嘴不咀嚼了。

张一光说："小崽子青春期心火正盛，哪扇门能关住他哟！"

马跃和孔佳玉开始吃东西。

马跃把奥尔良鸡腿堡递到孔佳玉的手里，说："这是我最爱吃的。"

孔佳玉默默地吃起来。

马跃："最后一次吃这个是九岁生日那天我妈妈带我来的。"

孔佳玉的心紧缩了一下，她说：“从没听你提过她。”

马跃：“我不能提，一提就浑身冒汗有一种要虚脱的感觉。”

孔佳玉在桌子上摸到了马跃的手，她紧紧地抓住了。

孔佳玉：“你妈妈怎么了？”

马跃瞪着大眼睛，他的瞳孔漆黑明亮。

九只彩色气球在空中缓缓碰撞发出“嘭”“嘭”的闷响声。

马跃妈妈的后脑勺跳跃着，晶莹的水珠从她长长的发梢上洒落下来。

九岁的马跃面向妈妈，妈妈长发上的水珠一颗一颗砸在头上和身上。

马跃咧着缺牙的嘴，快乐地眨着眼睛。

十字路口南北方向的绿灯亮了。

马跃妈妈发动了电动自行车，马跃手里牵着九只气球坐在后倚架上。

电动自行车驶过斑马线。

一辆小汽车闯红灯从东往西开。

“砰”的一声巨响。

电动自行车横飞了过来。

电动自行车的残破碎片撒落了一地。

一只车轮落在地上，旋转着速度由快到慢最后停下来。

九岁的马跃在医院病床上醒过来，眼前一片漆黑。

因为眼睛看不见，听觉变得出奇的好。他听见爸爸在门外鬼鬼祟祟地跟医生说话。

马跃的父亲：“您是从德国回来的医生，我的希望全部在你身上了。”

医生摇摇头表示遗憾。

马跃的父亲愣愣地站了一会儿，突然“扑通”一声给他跪下了。

医生吓了一跳说：“你这是干什么？”

马跃的父亲说：“求你对我儿子说，再有一年他的眼睛准能好了。”

医生说：“这样说对他不负责任。”

马跃的父亲急了扑过去，一把把医生摁在地上：“你说不说？”

医生说：“没有医学根据的话我不能说。”

几个保安跑过来把暴怒的马跃父亲拽走了。

马跃静静地坐在床上，听到走廊里的骚乱平息下来。

隔壁的房间里有人在吃东西，勺子与碗相互碰撞听着那么悦耳悠扬。

马跃下床，他扶着墙走出病房门。

旁边病房里一个女人正在服侍住院孩子吃饭，

女人抬头看看马跃。

马跃不错眼珠地盯着这对母子。

女人问马跃："孩子，你是哪个病房的？"

马跃不说话。

女人："隔壁病房的？"

马跃还是不说话他静静地站在门口。

女人走过来，看着他觉得有些不对，用手在他眼前晃了一下，这才发现马跃没有视力，顿时生出怜悯之心。

女人问："饿了吧？"

马跃点点头。

女人问："妈妈回去给你拿饭了吧？"

马跃的眼泪"哗"地涌出来。

女人一下慌了，忙盛了一碗鸡汤面端到马跃面前。

她说："不哭，不哭，阿姨喂你吃好吗？"

马跃小声说："不要你喂，我自己吃。"

女人把碗放到马跃的右手上，筷子塞进他的左手里。

马跃端着碗没有马上吃。

女人怕他不好意思，退回到床边，接着喂自己的孩子吃饭。

马跃突然抡圆了胳膊把碗砸在墙上，碗碎了，落了一地的瓷片。

女人惊得目瞪口呆。

马跃伏身在地上摸到一块尖利的瓷片，回手扎进自己的脖子并使劲一划。血立刻像弹片一样喷溅出来。

女人尖厉的叫声被病房的四壁弹回来，格外地刺耳。

孔佳玉满脸的眼泪。

马跃："这条伤疤就横在我的脖子上，人长它也长。"

孔佳玉把手伸过去，触摸到马跃的脸。马跃抓住她的手放在自己脖子的疤痕上。

孔佳玉摸着那道长长的伤疤，心疼极了，她说："你真傻，你怎么能这样毁自己呢？"

马跃说："张一光说过，后天瞎的人必须要做的一件事情，杀人。他必须把自己杀死。这叫凤凰涅槃。"

马跃说的时候很平静，像在说别人的事情，可他的腿在"蔌""蔌"地抖。

孔佳玉受不了了，她摸索着拉住了马跃的手，感觉到他的手里全是汗，于是摸过来餐巾纸给他仔细擦干净了。

孔佳玉痛惜地问："你是怎么过来的？"

马跃："我妈妈是出版社的美术编辑，从小她就教我画画。失明以后我心中全是愤怒和悲伤，我不再拿画笔了。后来我爸再婚了。他把我送到了盲校，我在那里生活了七年。"

孔佳玉紧紧拉着他的手，心里满是怜惜。

马跃语气很平静，他说："我没有家，没有童年、没有少年、没有青年、以后也不会有中年和老年，就这样直奔沧桑了。"

孔佳玉紧紧握着他的手："别这样说。"

马跃："连眼睛都没有的人不怕面对现实。为了让'黑暗'的日子过得更快些，我重新开始画画。我脑袋里有很多画面，如果不将它们表达出来，我肯定会发疯的。只有画画的时候我的心才会平静才会放松。"

孔佳玉在心里默认了他的话："有什么需要嫂子做的，你就跟嫂子说。"

马跃："嫂子，我想给你画一张肖像。"

孔佳玉："你看不见我，怎么画？"

马跃："你让我摸摸你的脸，熟悉了你脸部的结构，我心里就会有数了。"

听他这样说，孔佳玉脸庞发烫，她说："这不好吧？"

马跃说："盲人的手不就是眼睛吗？用手看不就跟用眼睛看一样吗？"

孔佳玉说："那倒是。"

推拿中心休息区。王泉守着孔佳玉的饭盒坐在那里，他没有听到孔佳玉回来，也没有听到马跃回来。

金嫣沏了一杯茶端过来放在芒来的手里："喝吧。杯子是我新买的，玻璃的，泡上绿茶看着都爽口。"

芒来端着茶杯局促地坐在那里。

张一光："自从你帮他在电脑里装上盲人软件以后，这小子天天在电脑上一泡就是半夜。键盘打得'噼''啪'山响，吵得人睡都睡不着。"

金嫣："你天天逛荡到半夜回来，他还没嫌你吵呢。"

王泉心里着急，他按了一下手表上的报时器。

手表里的声音："现在是北京时间十四点整。"

马跃和孔佳玉脚前脚后进了休息区。

高唯问："你们俩吃了没有？"

两人异口同声地回答道："吃了。"

高唯："在哪吃的？"

孔佳玉："肯德基，马跃请的。"

王泉满腔愤怒打开孔佳玉的饭盒一大口一大口地吃起来。

马跃坐在沙发上。

孔佳玉接了一杯水坐在另一个沙发上一声不响地喝着。

王泉满满地塞了一嘴饭，噎得他直打嗝。

都红摸索着把桌子上客人们弄乱了的书报收拾起来，放到报架上。

沙复明走进来："都红。到这来，我教教你手法。"

沙复明躺在大推拿室床上让都红在自己身上练手法。他教得很尽心，都红学得格外努力。

沙复明："盲人推拿不是大学问，也不需要大智慧，你这么聪明，肯定能学成。"

都红："我怎么总找不着穴位呢？"

沙复明："穴位一下子找不准不要紧，你要留神客人的反应，喏，这是天中穴，一个痛穴。"

沙复明现身说法，一下就把都红的天中穴摁住了。都红一声尖叫。

沙复明："你看看，你有反应了吧？客人也是一样，也会发出一些声音，即使不出声，腿也会来回摆，这说明你的穴位找对了。你要在这些方面多用心思。"

都红点点头。

沙复明："不要担心客人疼，他们会这样想，我花了钱请你来做推拿，一点儿也不疼，那不等于白做了吗？"

都红："我发现语言也有穴位。"

沙复明："哦？"

都红："你的话总能把语言的穴位给点到。听得人心里豁然开朗。"

沙复明笑了："光听着豁然开朗不行，你得做到豁然开朗才行。"

都红："我怎么样才能做到豁然开朗呢？"

沙复明："你的问题出在心态上。你太在意别人了，太小心，太犹豫，不敢下手。你不能把客人的身体看作是钢琴。钢琴那东西娇贵你得仔细对待。推拿就不一样了，该出手一定要出手。新手尤其是这样。下手重起码是一种负责和卖力的态度。放心，你这点劲按不坏人。"

都红："如果客人喊疼呢？"

沙复明："你就说，有点疼了吧？最近比较劳累了吧？这样多好，既有人际上的亲和，又有业务上的权威。"

都红听得非常认真。

沙复明："你为什么学钢琴？"

都红："当初我喜欢唱歌，我们老师批评我说，你不懂事，不懂事！你一个盲人，唱歌能有什么出息？你一不聋二不哑，能唱出来什么？"

沙复明听着有些吃惊。

都红："我们老师说，特殊教育一定要给自己找麻烦，做自己不能做的事情，比方说，聋哑人唱歌，比方说，肢体不全的人跳舞，比方说，智力障碍的人搞发明，这才能体现出学校与教育的神奇。"

沙复明的表情严肃起来。

都红："一句话，一个残疾人，只有通过千辛万苦，上刀山，下火海，做——并做好——他不方便、不能做的事情，才具备直指人心、感动时代、震撼社会的力量。你一个盲人，唱歌有什么稀罕？嘴巴一张就来了嘛。可弹钢琴难哪。盲人最困难的就是弹钢琴，你懂不懂？”

沙复明很生气：“这叫什么话？”

都红：“钢琴老师就像个木匠把我打成了一条凳子，放在钢琴前面。一摆就是三年，我钢琴考试达到了八级。老师说我创造了一个奇迹。”

沙复明：“你不是凳子。”

都红：“当然不是。”

沙复明：“好好练吧，有不懂的地方就问。”

都红：“嗯。”

推拿中心休息区。沙复明走过叫了一声：“金嫣，趁着没客人，你陪都红好好练一练。”

金嫣答应着去了。

高唯问沙复明：“你觉得她行吗？”

沙复明：“完全看她的修行了，我做到问心无愧就可以。行，留下来。不行，总不能让我们大家伙儿白养活着她吧？”

高唯没说话。

沙复明：“你是不是觉得我没人情味？”

高唯：“一个企业就应该有一个企业严格的规章制度，当老板的更应该身先士卒。”

沙复明琢磨着她的话。

张宗琪歪着脑袋进来：“老沙，赶紧的，脖子受不了了。”

沙复明：“我的诊疗费涨了，一个钟一百块钱，挂你账上？”

张宗琪：“没工夫闲扯，弄完了我还有事出去呢。”

沙复明对高唯说：“都是老板，你看着办吧。”张宗琪拉着沙复明进了 VIP 推拿室。

沙复明给张宗琪做颈部推拿。张宗琪龇牙咧嘴：“酸！酸！酸死我了。”

沙复明：“忍忍吧，看看这根筋硬的，能当琴弦扒拉了。店还装修吗？”

张宗琪嘶嘶地吸着凉气。

沙复明：“真没必要花这份钱。”

他两手搬着他的脑袋轻轻一掰，“嘎拉”一身响。

沙复明：“好了。”

张宗琪左右活动了一下颈椎：“操！这手艺，真不是夸的。”

沙复明：“背后骂人造坟，背后夸人造神。别尽当着我的面拍我的马屁，多在外面宣传宣传。”

张宗琪：“我准备把你当神供起来了，现在正筹钱盖庙呢。”

沙复明呵呵笑：“这钱别来找我筹。”

张宗琪：“你不喝酒、不唱歌、不泡妞，老沙你是个圣人。”

沙复明调侃：“对，就剩下做人了。”

张宗琪故作神秘地问：“攒钱准备结婚是不是？”

沙复明：“谁说的？”

张宗琪：“那天我看见你跟一个女的在街上走，那是谁呀？”

沙复明装傻：“哪天？”

张宗琪：“上星期，在 ×× 街。那女人中等个，挺苗条，穿一件……”

沙复明：“形容得那么热闹，我看得见吗？”

张宗琪一怔：“忘了这茬了，你不知道那女人长什么样？”

沙复明继续装傻：“哪个女人？”

张宗琪：“老沙，你这个人哪都好，就是在这件事上不实在。你看我跟你弟妹的那点破事，哪一件你不知道？”

沙复明：“我也想跟你说，可我确实没有事可说。”

张宗琪神清气爽地走出来。

高唯：“张老板，签字。”

张宗琪：“签什么字？”

高唯：“刚才做的那个颈椎。”

张宗琪：“嘿！这是我的店！”

高唯：“老板更得守规矩走账。”

张宗琪无奈，只得在自己的消费单上签了字。

一辆汽车开过来，停在推拿中心的门口。

马跃的父亲推门进来：“你好。”

高唯站起来跟他打招呼：“您来了！找马跃吗？”

马跃的父亲：“对，我找马跃。”

高唯冲休息区喊了一声：“马跃，你出来一下。”

马跃走出来了。马跃的父亲叫了一声：“马跃。”

马跃顿时愣在那里，他站在那里不动了。马跃的父亲走过去，有些疲惫地看着他。

马跃的父亲：“我开车从上海过来，高速路上很堵。”马跃从父亲的身边走过去，父亲跟着他出了大门来到外面。

马跃的父亲：“爸爸请你吃饭。”

马跃：“我吃过了。”

马跃的父亲：“那爸爸请你吃冰激凌。”

马跃：“爸爸我已经是大人了，你不用每年的今天都跑过来看我。”

马跃的父亲有些内疚，他说："公司的事情太多，前一阵子我实在抽不出时间来。"

马跃："爸，你忙你的去吧。我很好。我还得上班，没时间陪你。"

马跃的父亲："邢阿姨在家休产假，你小妹妹体质不太好老生病。"

马跃垂着眼皮不说话。马跃的父亲愣了一会儿，从手包里拿出来一叠钱，他抓住马跃的一只手把钱塞给他。

马跃的父亲："这是五千块钱，拿去花。"

马跃坚决不要，他缩回手说："我不要。"

马跃的父亲僵在那里："怎么跟爸爸这么见外呢？"

马跃："我十八岁了，不要爸爸养活了。"

马跃的父亲："你刚来上班，能挣几个钱？"

马跃："这里管吃住。"

马跃的父亲有些伤心，他从那叠钱里抽出来十张递到儿子手里。

马跃的父亲："五千你不要那就给你一千。"

马跃缩回来手，把手插在口袋里："不要，我真的不要。"

马跃的父亲急得想哭，他把一百块钱塞进儿子的口袋里："一张你总要收下吧？爸爸没时间给你去买蛋糕，就算是蛋糕钱吧。"

马跃刚要往外掏钱，被父亲有力的手按住了："别让爸爸心里难受。"马跃没再坚持。马跃的父亲把俩手放在儿子的肩膀上，用力地往下按了按。

马跃的父亲："我要去天津，还有路要赶。"

马跃："爸，你开车一定要注意安全。"

马跃的父亲："放心吧，儿子。你回去吧。"

马跃转身回去了。

VIP 推拿室。沙复明在给客人做推拿后的放松。

高唯走进来伏在他的耳边小声说："马跃的爸爸来了。"

沙复明："哦？"

高唯："在你办公室里。"

沙复明推门进来，高唯跟在他的身后。

马跃的父亲急忙站起来："沙老板。"

沙复明满脸是笑："见到马跃了？"

马跃的父亲："个头高了不少，他手艺学得怎么样？"

沙复明："挺好，挺好。"

马跃的父亲："这孩子太内向。"

沙复明："对脾气了，他也能说。"

马跃的父亲："还画画吗？"

沙复明："画。"

马跃的父亲把那一叠钱掏出来放在桌子上说："这是四千九百块钱，我刚才给他，他死活不要。这么着，你帮他收着。画画这事费钱，留着给他买材料用。"

沙复明对高唯说："你把这四千九百块钱存到马跃的户头上。"

高唯接过了钱："好。"

马跃的父亲："给你们添麻烦了。"

高唯："马跃在这里你就放心，我们沙老板，不光教他业务，还专门研究他的视力问题。"

马跃的父亲听了眼睛一亮："九年了，还有希望吗？"

沙复明："瞎琢磨吧，我是这么想的。马跃的眼睛跟我们不一样，医院检查过，眼神经没有被损害，可他为什么看不见？我查过很多资料。有一种病例叫心因性视力残疾。"

马跃的父亲："这是什么病？"

沙复明："除了外伤和疾病可能造成视力残疾以外，一些心理上的问题也会导致视觉出问题。比如，严重的心理挫折、亲人的意外死亡、事业的失败和不可避免的天灾人祸带来的强烈的精神刺激，可导致暂时性或永久性的视力缺陷或者视力残疾。"

马跃的父亲频频点头："说得对，说得太对了。"

沙复明："急性青光眼就是典型的心身疾病，可以叫人失明。"

马跃的父亲："有什么办法治吗？"

沙复明："心病还得心药治，尽可能地做心理调适吧。"

马跃的父亲："这两年，你没少帮我的忙。"

沙复明："这孩子有心劲，我喜欢他。"

王泉、孔佳玉和张一光在大推拿室一个房间里干活，王泉和孔佳玉谁也不说话。

张一光觉得奇怪，不住地偏着脑袋听他们之间的动静。王泉和孔佳玉偏偏一声不响。

张一光说："王泉你气色很差。"

王泉问："你看见了？"

张一光："看不见还听不着？"

王泉："我连话都没说，你怎么听出来的？"

张一光："你喘气都不匀了。"

被他推拿的客人歪过脑袋看了一眼王泉说："王大夫的脸色比过去是差一些。"

孔佳玉在旁边一声不响地给自己的客人做着推拿。

张一光："干咱们这行有一个特点，人累得没劲了，胃却无比的精神，饿到一定的程度，就会有五根手指伸进胃里，推、拉、搓、揉，指法一点也不比咱沙老板差。”

王泉赌着气说：“我中午吃了两份饭，一点都不饿。”

张一光：“哎，孔佳玉，他把你的饭吃了，你不饿吗？”

孔佳玉说：“不饿。”

王泉推拿的手停了一下更用力地揉搓起来。

张一光：“肯德基是垃圾食品。”

孔佳玉：“你什么都明白。”

张一光：“对，这个世界上恐怕没有比我更明白的人了。”

孔佳玉“嘁”了一声，懒得搭理他了。

王泉缄默着。

张一光一个人热热闹闹地说着，从美国总统说到德国总理，从城市隧道说到当前的房价。

客人说话了，他说：“张大夫，你干这行瞎材料了，该到时事论坛当主持人去。”

张一光：“那点事我夹泡尿就干了。我最大的悲哀不是发现自己活得瞎材料了，而是刚被历史的车轮碾过，还没爬起来，发现历史在倒车……”

客人哈哈大笑。

张一光：“我喝药有人递瓶，我上吊有人给绳，我跳楼有人挥着小手绢送行。”

客人笑着用手挡他的手：“等会儿，等我喘匀了气你再给我推。”

音响的指示针轻轻地跳动着。房间里音响里低低地响起来安德列·波切利的歌声。

沙复明闭着眼睛听着他动人的歌声。沙复明的手机放在写字台上，手机缄默着一声不响。

傍晚。崔云正在小餐馆后厨卖力地揉着面。电话铃突然响了。

崔云掏出来手机接电话：“喂。”

吴和平：“你出来一下，我有话跟你说。”

崔云：“太忙，我出不去，下班回去再说，你去家里等我。”

吴和平：“我哪有空等那么长时间？马上出来。我在街角的茶馆门口等你。”

崔云：“赶在饭口上，我没法请假。”

吴和平：“我等你十分钟，不来后果自负。”

说完他把电话挂了。

崔云顾不了许多，脱了工作服急匆匆地往外跑。

岫然问她：“崔姐，你去哪儿？”

崔云：“有点事，老板问，你替我招呼一下。”

岫然答应了。

崔云跑到四方茶馆门口外的拐角处。

吴和平歪着脖子站在那，看广告栏上的画报。

崔云气喘吁吁地问："什么事？"

吴和平："梁丽生了，生了个女孩。"

崔云心中陡然生出一种优越感："你把我从班上叫出来就这事？"

吴和平："家里又多了一张嘴，吴迪的生活费我不能按时给了。"

崔云明白了他今天的来意，嘴边挂着一丝冷笑："你什么时候按时给过？"

吴和平："工地上的钱收不回来，我也没办法。"

崔云："你一句没办法，吴迪就得把脖子系起来。"

吴和平："他不是我一个人的儿子。"

崔云："他是我一个人的儿子，以后我让他跟我的姓。"

吴和平眼睛一瞪："你敢！"

崔云："儿子可以随父姓也可以随母姓。"

吴和平："哪个混蛋说的？"

崔云："法律说的。"

吴和平手指着崔云的鼻子："你别拿法律吓唬我，我告诉你，儿子是我的，如果你敢胡来我整死你。"

崔云："吴和平，咱俩已经离婚了。"

吴和平："离婚了你也休想给我戴绿帽子。"

崔云："你凭什么能再结婚再生孩子？"

吴和平："我是男人！"

崔云："男人是天啊？"

吴和平："我就是天。"

崔云气得脸煞白："好，你是天，你挂在云彩上飘着吧，我得挣钱养儿子，没工夫陪你闲聊。"

她转身就走。

吴和平一把拉住了她，崔云厌恶地甩开了他的手："干什么？"

吴和平："我妈来了。"

崔云看着他："她不是说不来伺候月子吗？"

吴和平："我把她接来的。梁丽生了个女儿，她心里生气。让我把吴迪接过去住。"

崔云立刻紧张起来："绝对不行！"

吴和平："你以为我愿意接过去啊，梁丽不容人，老太太又是个火爆脾气，再加上吴迪正是七岁八岁狗都嫌的时候，日子我都不用往下想了。"

崔云："想办法拒绝不就得了？"

吴和平："有办法我还来找你？"

崔云："你就说你们家太远，吴迪上学不方便。你回去吧，我还要上班呢。"

说完她转身回店里去了。吴和平看着她的背影骂了一声："人要是走了霉运，屎壳郎都敢在你面前冒充直升飞机。"

崔云回到后厨边干活边想心事。

蔡老板走过来："岫然说你出去了，这么快就回来了？"

崔云："吴迪他奶奶要把吴迪接走。"

蔡老板："干什么？"

崔云："吴迪他爸现在的老婆生了个女孩，老太太找碴闹腾呗。"

蔡老板："老太太刁吧？"

崔云："不是一般的刁。"

蔡老板："你同意了？"

崔云脑袋摇得像拨浪鼓一样："怎么可能？离婚的时候我什么都没要，只要了儿子。我一天都不能离开他。"

蔡老板："那是个小人精，几句话就能把我绕进去。"

崔云满脸是笑："一看见我儿子那张小脸，我什么烦心事都忘了。"

蔡老板："你哪一天是为自己活的？结婚前为父母，结婚后为丈夫。丈夫靠不住，又把希望寄托在孩子身上了。"

崔云一愣，看着好一会儿才问："哪个女人不是这样？"

蔡老板："我看你还是为自己活一回吧。"说完他转身走了。崔云愣愣地站在那里琢磨着的话。

沙复明从 VIP 推拿房间里出来，王泉碰了一下他的手。

王泉："沙老板，我有事要跟你说。"

沙复明领王泉进了办公室。沙复明问："说吧，什么事？"

王泉沉吟了一下小声说："我想跟你预支点钱。"

沙复明一怔："预支多少？"

王泉："一万。"

沙复明："老弟，你不会连一万块钱都没有吧？"

王泉："我存的钱全被基金吊着，工资全在孔佳玉的手心里攥着。我的兜比脸都干净。"

沙复明笑了："你跟孔佳玉要啊。"

王泉又嘟囔了一句："孔佳玉哪儿都好，就是吝啬得很，钱一旦沾上她的手，想要出来得扒下来一层皮。"

沙复明笑了："你借钱做什么，有难事？"

王泉沉默了一会儿说："家里有点情况，需要钱。我不能让我父母上火着急。"

沙复明点点头："你给我写张借条吧。"

王泉用盲文写借条，他说："这笔钱从我工资里扣吧。"

沙复明接过借条，用手指验证了一番，放进抽屉里锁上了。他打开保险柜，从里面拿出来一万块钱递给王泉。王泉把钱揣进怀里出去了。沙复明用没有目光的眼睛盯着王泉走出去。

浴室淋浴喷头里的热水直泻而下。窄小的浴室里蒸气弥漫。王泉耷拉着脑袋站在喷头下面，任狂暴的水流劈头盖脸地浇在自己的身上。

王泉抬起头问自己："为什么偏偏我是做哥哥的？我为什么那么喜欢做冤大头？凭什么我要抢着站出来？用不着啊，真是用不着，没有我地球一样会转。"

他摇摇头："这毛病得改，下一次一定得改。这一次当然不行，我答应了，我是用舌头答应的，再怎么说，一个人的舌头永远都不能瞎，舌头要是瞎了，这个世界就全瞎了。"

浴室外有人擂门，张一光的声音："王大夫，你跟谁说话呢？"

王泉："没说话，我一个人唱歌呢。"

王泉盘腿坐在宿舍床上，用手反复抚摸着枕头边上的两万五千块钱。

芒来坐在写字台旁边，他熟练地打开电脑，用键盘控制开始登录中华盲人网首页。

金嫣坐在旁边跟芒来听着同一个耳机。

耳机里一个女人优美亲切的声音传出来："茫茫宇宙中我们脆弱残缺，漫漫黑夜里我们孤立无援。但是，既然造物主选择了我们，我们就不该轻言放弃。无论凄风苦雨，道路泥泞，不管惊涛骇浪，荆棘险滩，只要我们坚持不懈，勇往直前。相信吧，路就在脚下。"

金嫣摘下耳机，她不想听了。

读屏软件帮助芒来浏览网络，芒来很快读进去了。

金嫣站起来把芒来叠在枕头边上的脏衣服拿起来，走出了男生宿舍。

马跃坐在自己的书桌旁边，他在画布上涂抹着颜料。

金嫣在盥洗间默默地洗着衣服。

高唯路过盥洗间看到了，犹豫了一下走了。

王泉躺在宿舍的床上戴着一副耳机听收音机。王泉自言自语道："股市基金像疯狗一样狂啃乱咬，现在的钱，越来越不是钱了。"

张一光洗漱完毕从卫生间里出来，他穿好衣服往外走。

张一光："锁好门睡吧，不要等我。"

王泉摘下耳机问："这都十二点了，你去哪儿？"

张一光："你怎么跟我老婆似的？那娘们儿一被我娶进门，两只眼睛苍蝇一样叮在我身上，我刚想出门，她马上问，你去哪儿？我从外面回来，她马上审，你去哪儿了？那感觉跟刑事犯保外就医差不多。老弟，我告诉你，女人还是远远看着好，不到万不得已，千万别娶回家里来。"

王泉："饱汉子不知道饿汉子饥。"

张一光："饿？对，你饿的时候她先给你煮一碗面，然后用一锅滚开的废话把你活活烫死。"

王泉被他逗乐了。

张一光："我老婆是我眼瞎之前爹娘老子做主给我娶的，如果没有那场井下事故，我铁定跟她离婚了。"

王泉："干吗老提这件事？"

张一光："心里害怕，由不得自己。"

王泉："五年了，什么样的怕也都该过去了。"

张一光："那是你没体会过真正的害怕。人真的害怕起来，整个胸腔都是空的，五脏六腑悬在那儿，一口凉气吹过来，说不定哪根弦就断了。"

马跃坐在桌子旁边静静地听他说。

张一光："我经常跟自己说，姓张的小子，你还活着。你就烧高香吧，你这条小命是捡来的。别看你能吃能喝，逮谁跟谁开玩笑，其实你是一个死了的人。"

王泉听得心里发毛，瞪着眼睛"看"着他。

张一光："我说我死了，是说我该负的一切责任都已经结束了。我死得值，我死了，我老婆没成寡妇，我的父母还有儿子，我的闺女小子还有爸爸可以叫。这说明了什么？说明我的家人跟我一起讨了一个天大的便宜。什么叫幸存者？我就叫幸存者。这个世界和我没关系了，我是'死人'，是一具能活动的尸首。从今往后，我活着的每一天都可以为自己。我自由了！"

马跃站起来从他身边走过去，张一光伸手揪住他的胳膊。

张一光："小兄弟！"

马跃甩开他的手，推门出去了，张一光跟了出去。

马跃往走廊厕所走，张一光紧走几步揽住他的脖子，马跃甩了两下，没有甩开。

张一光："兄弟，我得好好跟你谈一谈。"

马跃往开掰他的手："谈什么？"

张一光："你主动的还是她主动的？"

马跃："什么呀？"

张一光："你跟嫂子谁约谁出去吃肯德基的？"

马跃："我约的她。"

张一光："你怎么能动嫂子的念头？不能啊！一旦被抓住了，你在推拿中心怎么混得下去！"

马跃的脸顿时涨得通红："我请她吃饭怎么了？犯法吗？"

张一光："别跟我在这扯法律，舆论比法律更能要人的命。"

马跃："吃顿饭怎么把命都扯上了？"

张一光："这不是一顿饭的事。"

马跃："那是什么事？"

张一光："吃饭是个引子，引子后面的事多了。嫂子是王大夫的女人，别人的女人你不能动。"

马跃："王大夫都没说话，你着什么急？"

张一光："你这个家伙不仅自作多情，还自作聪明，王大夫什么都没有说，并不意味着他什么都不知道。"

马跃："他知道什么？"

张一光："你天天用鼻子和耳朵盯着嫂子，一盯就是二三十分钟，贪吃得连下巴都挂下来了。马跃，你可不能害人害己！"

马跃愤怒地说："不是你想的那样！"他甩开张一光紧走几步下楼梯了。

张一光紧紧跟在马跃的后面。他边走边说："你不知道什么叫瓦斯吧？瓦斯那东西没有一点味儿。没有气味的东西才是最阴险的，稍不留神，瓦斯'轰'的就是一下，一倒一大片。"

马跃头也不回。张一光一把抓住马跃的胳膊说："小老弟，你现在浑身上下都在往外冒瓦斯，别人闻不出来，我闻得出来。"马跃用胳膊肘使劲一捣，正捅在张一光的肋条上。张一光疼得身子往后一缩。马跃快步闪到楼梯的拐弯处。张一光跑了两步差点绊倒，他伸出手一把抓住了马跃。马跃使劲甩他的手，怎么也甩不开。

马跃："你干什么？"

张一光："我把你当亲兄弟才管你。"

马跃："我不用你把我当亲兄弟。"

张一光："这由不得你，老实说，这些日子你干什么了？"

马跃："白天上班，晚上睡觉。"

张一光："我说的是你心里头。别以为我看不见，你心里头想的什么，我最清楚。"

马跃一怔。

张一光整了一下衣裳，步履从容地下楼去了。

留下马跃呆呆地站在楼梯旁边。

沙复明合上书，右手下意识地在桌子上敲打着盲文：向天纵、向天纵……

胃又开始疼了。沙复明掏出来胃药吃了。他左手捂着胃等待疼痛消失，疼痛延续着。

崔云又失眠了，她坐在床上看着熟睡的儿子。

吴迪张着小嘴睡得正酣。睡不着索性下地干活，崔云往起一站。眼前一黑，她“扑通”一声，跌坐在床边。吴迪睡得依旧香甜。

崔云好一会儿才缓过劲来，她拿起手机调出来沙复明的号码，想拨又放弃了。

崔云去厨房倒了一杯糖水喝了。她蹲在地上仔细擦洗着角落里的油污。

崔云把洗衣机洗好的衣服一件一件地晾在阳台上。崔云站在阳台上卖力地擦着玻璃。

居民楼里每一扇窗子都黑着灯。

只有崔云的窗子亮着灯，灯光下她的身影显得格外孤独。

高唯和金嫣坐在宿舍床上聊天。

高唯："金嫣，你跟这么一块木头疙瘩谈恋爱，我都替你亏得慌。你把能做的都做了，就算他是一截朽木也该长出木耳了。"

金嫣："跟一个没舌头的人在一起，长出耳朵又有什么用呢？"

高唯："说一句好听的话他能死啊？"

金嫣："芒来刚刚从死去活来的恋爱当中败下阵来，一调头，立刻把'我爱你'这三个字送给我，我听着反倒会寒心。我才不急呢，一点都不急。爱情的表白是上好的汤，要砂锅小火细细地熬。"

高唯："当心把握不好时间熬干了锅。"

金嫣："这个我有数。"

高唯："他不按你的那个数走，你的有数其实就是没数。"

金嫣半晌没有说话。

白天。推拿中心前台一个三十多岁的刘经理进来说："我要做推拿。"

高唯问他："你点哪个大夫？"

刘经理四下扫了一眼，他的目光落在都红身上。

刘经理："我点这个大夫。"

高唯愣了一下问："换一个行吗？"

刘经理的口气很坚决，他说："就她了。"

高唯说："都红，刘经理点你的钟，五号床。"

都红立刻站起来兴高采烈地带着她的第一个客人工作去了。

沙复明送客人从自己的单间里出来，他对高唯说："叫都红来，我给她上上课。"

高唯说："都红上钟去了。"

沙复明吃了一惊急忙把高唯叫到一边小声问："谁让你安排的？"

高唯很委屈说："是刘经理自己点的钟，我总不能不安排吧？"

沙复明懊悔："我真不该有妇人之仁，都红的烂手艺迟早要砸了店里的招牌，咱们推拿中心刚刚起步，口碑上要是出了大问题，如何能拉得回来？"

高唯："老板，我已经尽到了告知的义务，客人不听，怪不到店里。"

沙复明心里着急，竖着耳朵听外面的动静。

客人喊："结账啦！"

沙复明急忙开门出去。

刘经理兴致勃勃地站在推拿中心前台等待结账，都红紧张地站在他的身边。

高唯和沙复明走过来。刘经理掏出来钱包。

高唯小心翼翼地问："先生，服务还满意吗？"

刘经理说："小都大夫不错，真是不错！给我办张金卡吧。"

沙复明以为自己听错了。都红满脸喜悦，她长长地出了一口气。

刘经理出门前撂下一句话："下回来，我还找这个小都大夫。"

推拿中心门口。张宗琪从出租车上下来，司机打开后备箱，从里面拿出来蜡疗用的蜡和灸疗用的艾条。车开走了。

张宗琪冲门里面喊："高唯！"

高唯跑出来："再叫个闲人，帮忙把这些东西拿到库房里去。"

高唯说："没闲人了。"

张宗琪："都红呢？"

高唯："上钟了。"

张宗琪："这么快就上手了？"

高唯："咱们俩多拿两趟也就拿进去了。"

两人往店里搬东西。

沙复明对张宗琪说："真没想到都红不仅给店里带来了生意，而且很火爆呢。不知道是我的判断力出了问题，还是客人的身体出了问题。"

张宗琪："这不奇怪，让一个美女做推拿，手艺怎么样完全是次要的。"

沙复明问："她是美女？"

张宗琪："我活了三十八年，还真没见过比她漂亮的姑娘。"

沙复明眨巴着眼睛问："漂亮应该是一个什么形态呢？"

张宗琪："我没你那水平，形容不出来。"

大推拿室金嫣干活的时候有些走神。趴在推拿床上的客人扭过头看着她说："金大夫，你今天的手法有点潦草。"

金嫣收回思绪抱歉地冲她笑了一下，加重了手法的力度。

张一光："坦克车没有油，发动不起来。加油站的徐师傅今天休息。"

傍晚。金嫣站在宿舍楼下的树荫里面。

高唯从外面回来，看到她叫了一声："金嫣！"

金嫣抬起头用仅存的微弱视力看着她。

高唯："芒来不在宿舍？"

金嫣："不在，给他打电话他也不接。"

高唯"扑哧"一声笑了："急什么？不是还有明天吗？"

金嫣："我等的不是芒来是时间。时间是无穷无尽的，比我的耐心永远多一个明天，明天在哪儿？它深不见底，遥遥无期。"

高唯："金嫣，你是屁股后面冒着浓烟的坦克，芒来是坦克前面的小气球。你推得越快他让得越快。就算你这辆坦克开足了马力，推倒了树，推倒了房子，也不能把气球怎么样，他永远飘在你的前面。"

金嫣仿佛被一拳打中了，站在那里发呆。

高唯揽了一下她的肩膀："上楼洗个澡，早点睡吧。"

金嫣："你先上去吧，我想一个人待一会儿。"

十

高唯推开宿舍门，眼前的情景叫她一愣。

孔佳玉坐在椅子上，马跃两只手捧着她的脸细细地摸着。听到开门的声音，他们俩谁都没回头。

高唯：“干什么呢？”

孔佳玉：“马跃在给我画像。”

高唯好奇地走过来，看着马跃画板上的人物像。

马跃问：“高唯姐，像吗？”

高唯“扑哧”一声笑了：“这哪是孔佳玉，这是中国猿人。”

王泉在男生宿舍的地上来回走着，他不时停下脚听着门外的动静。

宿舍楼小区外。金嫣伸长脖子，瞪着眼睛，用那点残存的视力看着远处。

芒来背着灯光的身影越走越近了。

金嫣往前走了几步迎上去：“芒来！”芒来一下站住了脚。金嫣：“我等你好半天了。”芒来没有说话，接着往前走。

金嫣跟在他的后面：“你去哪儿了？”

芒来：“电脑城。”

金嫣：“你不是一个人不愿意出门吗？”

芒来：“我跟别人一起去的。”

金嫣警惕地问：“网上认识的吧？”

芒来吃了一惊，一下站住脚：“你怎么知道？”

金嫣：“算出来的。”

芒来：“还算出来什么了？”

金嫣：“你会错过生命中的另一个人，等你攒够勇气准备向她表达你的感情的时候，那个人可能已经远走他乡了。”

芒来一口气噎在那里半天没有说出话来。

王泉站在女生宿舍门口犹豫着，不知道该不该敲门。

马跃的声音从门里传出来："嫂子的结构好，三庭五眼布局很合理。"

王泉的心哆嗦了一下，他转身走了。

他边走边捏自己的手，他听见自己的手骨"噼噼啪啪"一共响了二十八下。

张一光迎面走过来，两人同时站住了。

王泉侧了一下身，让张一光过去。

张一光："王大夫吧。"

王泉："嗯。"

张一光："找嫂子来了？"

王泉支吾着："没有，没有。"

张一光听到了屋子里传出来马跃的声音。

孔佳玉的声音："什么是三庭五眼？"

马跃："从额头到下巴三等分：发际线到眉毛，眉毛到鼻尖，鼻尖到下巴，称为三庭。"

张一光听着王泉的脚步声从他身边走过去。

王泉听到一男一女两个人的脚步声楼梯口上来，走到男生宿舍门口停下了。王泉一侧身靠墙站住了。

高唯端着洗脸盆从盥洗间里出来，看到王泉一愣。王泉听到高唯的脚步声，他没事人一样继续往前走着。

金嫣和芒来走到男生宿舍门口，金嫣站住了脚。

金嫣："我不进去了。"

说完她转身走了。

她走得很急差点跟对面走来的王泉撞上，王泉一把拉住了她。

金嫣低声说："对不起。"

话音未落人已经走出去了很远。

王泉问站在门口的芒来："金嫣生气了？"

芒来："不知道。"

王泉躺在床上翻来覆去地睡不着，他从枕头下面掏出来两万五千块钱，痛心地抚摸着。

马跃回来了，蹑手蹑脚地上了床悄无声息地躺下了。张一光回来了，他也蹑手蹑脚地上床躺下了。只有芒来一个人坐在黑暗中，脑袋上戴着耳机听着电脑里面的音乐。他心里很乱，听不下去，摘下耳机躺在床上。

房间里的四个男人，谁也没有睡着，彼此都知道，可是谁也不想开口说第一句话。

白天。推拿中心休息区。韩秋霞把桌子上吃过的饭盒收起来。

推拿师们三三两两地说着话。

芒来闹中取静，一个人在角落里静静地坐着。

金嫣走过来，在他身边坐下，两个人中间隔着一把椅子。

沙复明从他们面前走过去。

沙复明在心里说："金嫣突然把追芒来的那股疯劲收起来了，尽管这才是盲人的常态，可是我还是有些担心芒来了。"

金嫣的手机铃声响了，她拿着电话离开休息区。

金嫣站在门口接电话："妈妈。"

妈妈："怎么有气无力的？"

金嫣："不舒服。"

妈妈："哪里不舒服？"

金嫣："说不好。"

妈妈："早点回家吧，在外面妈妈总归不放心。"

金嫣："我再看看，行，我就留在南京，不行，我立刻打道回府了。"

妈妈："你到底要看什么？"

金嫣："前景。"

妈妈："年纪轻轻，在哪儿没有前景啊？"

高唯的声音传出来："金嫣上钟了！"

金嫣："妈，我以后再给你打。"

她挂了电话，走进推拿中心大门去了。

一个教授模样的人领着他的学生路过推拿中心，他一抬眼看到了门旁边挂着的牌子。

教授说："这几天的会弄得人后背僵硬，进去让推拿师给松松筋骨。"

学生应了一声推开了门。

高唯站起来跟他们打招呼："下午好！要推拿吗？"

教授："要，给我们一人派一个师傅。"

高唯："马跃、都红上钟了。"

6号推拿室。教授和学生各自趴在一张推拿床上，马跃负责教授，都红负责弟子。教授趴在推拿床上正好能看到都红的侧影。都红是从小练钢琴的人，她的坐姿优美挺拔仪态万方。

沙复明进来，他知道房间里客已经满了，客气地跟大家打了个招呼准备往外走。

教授的学生看着马跃说："教授，给你做推拿的马大夫像日韩动漫里面的男主角。"

沙复明知道他们在说马跃，于是站在那里听。

教授对他的学生说："杨超，给你做推拿的这个女孩子的身材是最完美的黄金分隔。亚洲人很少能长成这样完美的比例。你看她的脸无论正面还是侧面都挑不出来一点毛病。"

教授的学生："结构合理，这样的结构禁得住岁月的打磨。"

都红从小听惯了这样的话，雕像一样镇定。

学生问："你叫什么？"

都红说："都红。"

学生："哪两个字？"

都红："都市的都，红颜色的红。"

教授问："你一点都看不见？"

都红回答得很平静："看不见。"

教授问："太可惜了，杨超，你把她的手机号码记下来。"

都红回答得不卑不亢："对不起，我没有手机。"

教授："都红大夫，你去美院给我当模特怎么样？"

都红："谢谢您，那儿不适合我。"

教授叹了口气说："这么美的形象，窝在这里可惜了。"

沙复明站在那里脸朝着都红坐着的地方，好半天没动地方。

他在心里问自己："美？到底什么是美？为什么美的东西窝在我这里就可惜了呢？"

3号推拿室。金嫣和芒来在为两个男人推拿。

男人乙："金大夫，你的手法很适合我，以后我就专找你做推拿了。"

金嫣："我不在别的大夫也一样的。"

男人乙："你们不就一周休息一天嘛，我躲开那天就行了。"

金嫣："干我们这一行，人员流动比较大。"

男人乙："你要走吗？"

金嫣笑了一下没有回答。

芒来的手法明显地放慢了。

男人甲："曲大夫，给点力量啊。"

芒来的手加大了力度。

男人甲叫起来："哎呀，疼，疼。"

四方茶馆。张宗琪和秃顶老杨喝茶谈话。张宗琪："这年头净见电兔子了，一只活兔子都见不着。"

秃顶老杨："垃圾处理机我也带你见过了。"

张宗琪："东西是不错。"

秃顶老杨："我跟政府有关系，在南京市的几个重点小区可以投放我们的垃圾处理机。雇工人花不了多少钱。"

张宗琪："我不担心垃圾处理机和市场，我担心的是钱。这八十万我还不知道该上哪弄去呢。"

秃顶老杨："找银行贷款。"

张宗琪："拿什么做抵押？"

秃顶老杨："房子。"

张宗琪："我的房子是按揭房，做抵押必须是全产权房。"

秃顶老杨有点着急："那你怎么办？"

张宗琪："没听说过这样一句话吗？办法总比困难多，我自己想辙。"

都红下钟了，她走进休息区，接了一杯水坐下来慢慢地喝着。

沙复明走进休息区，他在都红的对面坐下。

都红听到对面有人，她抬起脸辨认着是谁。

沙复明低着脑袋，拨弄着自己的手指像捻珠的老僧。

他抬起头来叫了一声："都红。"

都红答应了："嗯。"

沙复明说："你跟我来一下。"

都红跟着沙复明进了 VIP 推拿室。

沙复明关上门，一只手摸到墙上的开关，"啪"的一声，灯打开了。

都红很吃惊他的行为。

她说："沙老师，咱们是用不着开灯的。"

沙复明怔了一下没说话。

都红问："沙老师，你是要考察我的业务吗？"

沙复明说："我想求你一件事情。"

都红："你说吧，只要我能做到。"

沙复明："都红，大家都说你美，你能不能把你的美说给我听听？"

都红说："沙老板，你开玩笑了，人家也是说着玩的。"

沙复明严肃地说："这不是开玩笑。"

都红愣了一下，她被沙复明严肃的语调吓住了。

她说："我哪里知道？我跟你一样，什么也看不见的。"

沙复明受了意外的一击，身子向后仰了一下，像是被打了一闷棍。

他在心里说："美的当事人竟然也对自己的美一无所知。"

都红犹豫了一下小声问："老板，我的试用期到了。"

沙复明叹息一样地说道：“留下来吧。”

都红：“嗯？”

沙复明：“从今天开始，你跟他们一样了。”

都红心花怒放地笑了，她笑得很美。

张宗琪背着手在推拿中心的门口走过来走过去，他不时地抬起头盯着这座房子。

高唯从门里走出来：“张老板，干吗呢？”

张宗琪：“你说这房子值多少钱？”

高唯：“你问这个干什么？”

张宗琪：“房东老提涨价的事，我要搞一下实地调查。”

高唯：“那你得问卖二手房的，再说了房租涨价跟这房子值多少钱关系不大吧？”

张宗琪：“我惦记着咱们推拿中心干大了有钱的那一天把它买下来呢。”

高唯立刻兴奋起来：“这才是干大事的气魄，张老板，我支持你！”

张宗琪：“你支持我，我就给你机会，让你当你的那个CEO。”

高唯：“CEO在企业里必须占有股份，我挣的这几个钱买点骨头熬汤还凑合，哪敢想股份的事？”

张宗琪凑到她的耳朵旁边小声说：“好好干，到时候我送你干股。”说完他背着手走了。

高唯两眼贼亮，她简直不相信自己的耳朵。

高唯两手托腮坐在推拿中心前台遐想。

金嫣走过来：“现在没有客人，我想出去一趟。”

高唯：“别远走，我给你打电话，你就赶紧回来。”

金嫣：“行。我跟芒来一起去，我有事要跟他说。”

高唯：“丫头，我劝你，别干坦克撵气球的傻事。”

金嫣没理她，转身出去了。高唯好奇地盯着她的背影。

芒来站在门口戴着耳机听手机里面的音乐。

金嫣不由分说地一把拉住他的手：“跟我走。”

芒来：“我还等上钟呢。”

金嫣：“我给你请假了。”

张宗琪在卧室里翻箱倒柜地找东西。

韩秋霞进来：“乱翻什么？”

张宗琪：“房产本。”

韩秋霞：“干吗？”

张宗琪："有用。"

韩秋霞扒拉开他，从衣柜叠着的大衣里抽出来一件，打开衣襟，拿出来一个塑料口袋。

她从塑料口袋里掏出来两个房产证。

张宗琪："猫窝狗窝哪都能塞。"

韩秋霞："防贼就要出其不意。"

张宗琪打开房产本仔细地看着上面的内容。

张宗琪自言自语："房子的面积不能少于五十平米，咱们的房子一百平米。贷款人的年龄加上贷款期限不能超过七十年……"

韩秋霞警惕地问："你要拿房子做抵押跟银行贷款？"

张宗琪："不贷款上哪偷八十万去？"

韩秋霞一把抢过来房产证："我不同意！"

VIP 推拿室。沙复明在给赵建民的人做推拿。

赵建民嘴巴窝在床洞里说："我的腿让你收拾了一次就彻底好了。"

沙复明："得再做三次才能彻底除根。你原来左侧的肌肉原来非常薄，通过这段时间的推拿，恢复得跟右边的肌肉差不多了。脊柱侧弯也好了很多，你现在。"

赵建民："颈椎和脊椎都有改善，刚来的时候，走路我得背个包里面放两本厚书，要不觉得脚发飘。"

沙复明笑："灸疗继续坚持做，中气上去了，气血才能顺畅运行，身体才能强壮。"

赵建民："嗯。"

沙复明："恢复到这个程度更要注意，不要在电脑跟前待得时间太长。"

赵建民："我干的是证券，必须天天在电脑跟前盯盘。"

沙复明："证券就是炒股吧？"

赵建民："对。"

沙复明笑："别人帮我炒过股，现在还被套着呢。"

赵建民："哪支股？"

沙复明："不清楚。"

赵建民："哪年的事？"

沙复明："2005 年到现在，有六年了。"

赵建民："问清楚哪支股，我帮你看看。"

沙复明："好。"

张宗琪："妈要养吧？闺女儿子上学要花钱吧？我想靠这个垃圾处理机挣一笔钱，上半年能把欠的外债堵上。下半年能把推拿中心的那一半股份买回来，以后那的纯利都是咱们家的了。”

韩秋霞：“做你个大头梦吧！沙复明是傻子吗？”

张宗琪：“这年头靠钱说话，谁能挣钱谁就有力量。再说了，老沙没家室拖累，钱对他没多大用处。他不就想把推拿中心做大吗？我满足他。到时候我高薪聘用他，叫他不比现在挣得少。推拿中心管事的是他，企业法人是我，他得名我获利一举两得。”

韩秋霞琢磨着他的话。

张宗琪：“两年以后再买一处大房子，把闺女接过来。咱们一家四口团团圆圆的，这不是你想过的日子吗？”

韩秋霞被他描绘的美景感动了：“买带院子的，我种点菜。市场上买的菜上面有农药。”

张宗琪：“到时候再把老太太接过来。”

韩秋霞立刻警惕起来：“打住！你妈前脚到，你姐后脚就得跟来。我没有义务养她。”

张宗琪：“你看你这个人！”

韩秋霞：“我怎么了？”

张宗琪：“说贷款呢，怎么扯到这来了？”

韩秋霞：“张宗琪，你给我弄清楚，你到底是跟我过日子，还是跟你妈和你姐过日子？”

傍晚。金嫣领着芒来一进大型超市立刻被茫茫人海淹没了。

两侧三层的滚动电梯上站满了人。

芒来听着嘈杂的人声心生恐惧，他紧紧地拉着金嫣的手：“你把我领到哪来了？”

金嫣大声说：“超市。”

芒来：“到这来干吗？”

金嫣：“这里人多，能给咱俩做个证明。”

芒来立刻站在那里不走了，可他又不敢松开金嫣的手。

金嫣开口了：“芒来，我要好好跟你谈一谈。”

芒来的表情立刻凝重起来，知道今天晚上一定会有重要的事情发生。他的一只脚下意识地在地上蹭着。

见芒来不说话，金嫣生气了。

金嫣大声问：“知道我要谈什么吗？”

芒来不说话。

金嫣：“你哑了吗？”

芒来还是不说话。

金嫣挺起了胸脯大声说：“你不说？好！我也不说，看你能耗到什么时候。大不了耗到天亮，我站在这里陪着你了。”

芒来依旧耷拉着脑袋不说话

金嫣压抑不住，她的火爆脾气上来了，金嫣“呼”地转过身，一只手“啪”的一声，拍在芒来的肩膀上。

金嫣：“芒来，咱们店里头都是盲人，盲人都看出来了，都知道了，你看不出来？你就什么都不知道？”

芒来咳嗽了一声，继续用脚尖在地上划拉着。

金嫣的声音带上了哭腔，她说：“看起来，你是非逼着我开口了。芒来——我可是个女人哪。”

芒来的脚在地上蹭。

金嫣：“芒来，你就是不说，是不是？”

芒来不说话。

金嫣说：“芒来，你就是要逼着我说，是不是？”

芒来缄默着。

金嫣问：“芒来，你到底说不说？”

芒来的嘴唇在动，却没有话说出来。

金嫣的两只手一起按在芒来的肩膀上，她火冒三丈，压抑已久的郁闷和愤怒爆发出来。

金嫣大声问：“芒来，你到底说不说？”

芒来哆嗦一下，脱口而出：“我说。”

他抬起眼睛“望”着金嫣憋了半天蹦出来五个字：“我配不上你。”

芒来说这话的时候，心已经碎了。

他诚心诚意地又重复了一遍说：“金嫣，我实在是配不上你。”

他的话像晴天霹雳，惊得金嫣半晌没说出话来。

金嫣声音颤抖着说：“‘我配不上你。’‘我实在是配不上你。’还有什么比这更好的开头呢？”

芒来的心哆嗦了一下，抬起头面对着她。

金嫣：“这样的场景我想过了一万遍，偏偏就没想过你会说这样的话。”

芒来耷拉着脑袋不说话。

金嫣：“你的爱原来是这样的啊，自己可以一丝不挂，却愿意把所有的羽毛毫无保留地加在我的身上。芒来，因为等待你的爱，我一直低着头。我谦卑的心等来的是一颗更加卑微的心。”

说到这里金嫣的身体颤抖起来，她收回胳膊，定定地“望”着芒来。

芒来也“望”着她。

金嫣被他什么也看不见的眼睛把脑袋望空了，她双手握拳“哇”的一声号啕大哭。

金嫣的哭声在超市上空中飞扬，尖利高亢。

周围的人一齐把脑袋扭向声音发出的地方，人声重新嘈杂起来。金嫣的哭声异军突起，压倒了公共场所的嘈杂声。

芒来被金嫣突如其来的哭声吓得不知所措，他一把拉住金嫣的手叫道："金嫣！"

他的声音被淹没在一片嘈杂声中。

金嫣转身往门外走，她的哭声像一把利剑劈开了面前的道路。

芒来追随着她的哭声紧紧地跟在后面。

超市工作人员推着一长串的购物车从外面进来，嘴里嚷着："让一让！让一让！"

金嫣像一辆重型坦克一样不避不闪，拉着警笛一样的哭号声勇往直前。

工作人员急忙调整车龙行驶的方向，避开了这辆"坦克"。

芒来一点都看不见，他的身体撞在购物车上发出"砰"的一声巨响。

工作人员看他是个盲人，急忙问："撞坏没有？"

芒来听到金嫣的哭声远去了，一把推开他，跌跌撞撞紧追着哭声而去。

金嫣哭号着而来，芒来亦步亦趋紧跟其后。她高分贝的哭声在寂静小区的上空格外嘹亮。

坐在宿舍写字台前看书的沙复明听到窗外传来的哭声吓了一跳。

金嫣鼻涕眼泪糊了一脸，她哭得声嘶力竭气息奄奄。芒来脸色煞白完全慌了手脚。沙复明带着高唯从楼里跑出来。

高唯一把抱住金嫣："怎么了？告诉我你怎么了？"

金嫣摇着脑袋说不出话来。

高唯劈头盖脸地问芒来："曲芒来，你怎么能这样欺负我们金嫣？"

芒来很委屈，干张嘴说不出话来。

高唯对金嫣说："走，跟姐回去。"

金嫣挣扎着死活不依。

沙复明沉下脸来说："金嫣，我们是租来的房子，你要注意影响。"

沙复明："芒来，你跟我上楼。"

他拉走了芒来。

高唯搂着金嫣安抚她："好了，我们不哭了。姐明天给你收拾那个曲芒来。"

金嫣连忙摇头："不关他的事。"

高唯："那因为什么？"

她哽咽着抬起头说："高唯姐，你先回去，让我再哭五分钟。"

高唯就着路灯观察金嫣的脸，金嫣脸上的甜蜜和她的哭号是完全不匹配的。

高唯说："听话，跟我上楼去，你不睡，人家可要睡呢。"

金嫣把高唯推开了："不行啊，姐，不哭不行啊。"

高唯："我才比你大两岁，我们之间就有代沟了？什么叫不哭不行啊？"

金嫣边哭边推高唯："你走吧，走吧。"

高唯走了。金嫣一个人站在路灯下，她脸上挂着晶莹的泪珠。她的身影被路灯拉得很长，投在地上。

芒来和沙复明面对面坐在办公桌旁边。

沙复明问："你是怎么想的？"

芒来："我没想。"

沙复明："你现在想一想。"

芒来："我不愿意想。"

沙复明："为什么？"

芒来沉默了一会儿说："感情这东西在这座大城市里显得太渺小了。"

沙复明一怔，他没有说话。

芒来站起来："我知道该怎么做，老板你别为我操心了。"

沙复明："休息吧。"

芒来出去了。

沙复明从书架上拿过来一本书，用手摸索着阅读。

他抬起头瞪着黑暗的夜空自言自语道："如果金嫣是火，那么芒来就是水，火没有足够的力量把水烧干，那么水就有可能把火浇灭了。这就是谁也说不明白的感情。那么到底是什么样的感情跟这座城市比才会显得渺小呢？"

另一个沙复明"倏"地出现在他的面前："这个问题我不替你回答。"

沙复明："那你告诉我什么是美？"

影子沙复明："书上说，美是崇高。"

沙复明："什么是崇高？"

影子沙复明："书上说，美是阴柔。"

沙复明："什么是阴柔？"

影子沙复明："书上说，美是和谐。"

沙复明："什么是和谐？"

影子沙复明："用手去摸吧。"

沙复明："手可以辨别出大小、长短、软硬、冷热、干湿、凸凹，但手有手的局限。盲人一直在用这个世界，而不是懂这个世界。"

影子沙复明："问题是，美不是用的，是需要懂的。"

沙复明一掌拍在桌子上："你说得太对了！"

影子沙复明"倏"地消失了。

崔云睡不着，她躺在床上瞪着两只眼睛看着屋顶。她自言自语："睡不着啊，睡不着。"

沙复明那一双结实有力的大手在崔云的腹部深情款款地推拿着。

崔云轻叹一声舒服陶醉地闭上了眼睛。

沙复明的手轻轻搬动着崔云的脖子，他的手一滑，打在崔云的锁骨上。

崔云惊醒了。一只孩子的脚竖在她的脸旁边。崔云把那只脚拿下去，翻身坐起来，她把打把式横睡在床上的吴迪抱起来，脑袋重新放回到枕头上。崔云再也睡不着了，她两手抱膝坐在床上呆呆地看着窗外。

芒来躺在床上翻来覆去地睡不着。枕边的手机里收到了一条短信。芒来打开语音短信。

金嫣的声音："出来，我在楼门口等你。"

皓月当空。宿舍小区游戏区。

芒来和金嫣并排一人坐在一个秋千上。金嫣仰着脸用残存的目光看着天上的月亮。

金嫣："今天晚上的月亮好亮。"

芒来也仰起脸，可惜他什么也看不到。

金嫣："我辞职离开大连的时候，小姐妹问我，好好的，辞职做什么？我说，去南京。她问我，去南京干什么？我说，去找那个曲芒来。"

芒来转过脸，面向着金嫣。

金嫣："小姐妹说，缺心眼啊？你在这里已经干到这个位置上了，为一个根本就不认识的人，放弃这里的工作值得吗？我说，工作这里辞去了，换一个地方可以再找回来。爱情可不一样。爱情只有这个时候，那个地方。错过了，我就一辈子错过了。"

芒来开口了："我什么样，你压根就不知道啊。"

金嫣："我不知道你，我知道我。"

芒来："你知道你什么？"

金嫣："你的杜鹃啼血，就是我想要的爱情。在大连的时候，想到芒来这两个字，我的心就要跳出来。"

芒来："跳得没有价值。"

金嫣："当然有价值。我的心跳动一次，就离你近一些。我要是连自己的心跳都不想要，那才是疯了。"

芒来被深深地打动了，他下了自己的秋千，摸到金嫣的秋千旁边。

金嫣把他拉到自己的秋千上坐下，她用脚蹬着地让秋千慢慢地荡起来。

金嫣："芒来，我跟你之间一定有上一辈子的前缘，经历了一个纷繁又复杂的转世投胎，我和你又见面了，咱们俩的爱就这么简单。"

芒来："这也是我的命吗？"

金嫣："是。"

芒来轻叹一声："我认命。"

金嫣用残存的微弱视力含情脉脉地看着芒来。

金嫣："芒来，我知道，你被上一次的爱情弄伤了，你害怕爱情，对表达爱情这两个字更是害怕上加害怕。"

芒来的手微微颤抖了一下："你从来没问过我和她的事，为这个我感谢你。"

金嫣："盲人自有盲人的忌讳，每一个忌讳的背后都藏着不愿意重新入口的糊巴味。"

芒来没有说话，只剩下感动了。

金嫣轻声说："你拉着我的手。"

芒来摸到她的手拉过来轻轻地攥住。

金嫣："使点劲儿。"

芒来使了点劲儿。

金嫣："你的每一根指头都是僵的。"

芒来不说话。

金嫣："我知道，你在心里是珍惜我的。你不碰我，不是不喜欢我，你是怕把我碰碎了，碰化了。是吧？"

芒来憨憨厚厚地吐出来一个字："是。"

金嫣一下歪在芒来的怀里，情意绵绵地吐出了三个字："我爱你！"

芒来一把搂住了她。

金嫣两只手捧着他的脸小声问："芒来，我好不好？"

芒来："好。"

金嫣："你爱不爱？"

芒来："爱。"

金嫣："你以后在睡觉前要想想我。"

芒来："好。"

金嫣："想我什么？"

芒来："都想。"

金嫣笑了："你能不能一辈子对我好？"

芒来："能。"

金嫣咬住了他的脖子，直到芒来发出来疼的声音，她才住了口。

金嫣问："你疼不疼？"

芒来："疼。"

金嫣："你知道不知道我很爱你？"

芒来："知道。"

金嫣："你知道不知道我就是想嫁给你这样的人？"

芒来："知道。"

金嫣："你也咬我吧。"

芒来："不咬。"

金嫣："为什么不咬？"

芒来："我不想让你疼。"

金嫣一把把芒来搂到自己的怀里说："芒来，我可是个大美女，你知道不知道？"

芒来："知道。"

金嫣一把抓住芒来的手说："你摸摸，好看吗？"

芒来："好看。"

金嫣："你再摸摸，好看吗？"

芒来："好看。"

金嫣："怎么个好看法？"

芒来为难了，他天生盲，不知道什么叫好看，憋了半天他用宣誓般的声音说："比红烧肉还好看。"

金嫣"扑哧"一声笑了："来，跟着我的口令，咱俩一起使劲。"

金嫣和芒来的脚一起蹬在地上。

金嫣："一、二！"

四只脚同心协力一起使劲，秋千荡起来了。

金嫣："一、二！"

秋千越荡越高。

白天。高唯和金嫣两个人，坐在推拿中心休息区角落里说着悄悄话。

金嫣："你说得对。自卑、怯懦、笨拙、死心眼，这些都是芒来的毛病，可是这些毛病一旦变成爱情的特点，那就太不一般了。"

高唯："他跟你说'我爱你'了吗？"

金嫣："没有，是我说的。"

高唯："你可真行！"

金嫣："当时的气氛可以用情意绵绵来形容，一不小心，那三个字就从我嘴里溜达出来了。"

高唯："如果不是眼病的拖累，肯定你会成为一个纵横四海的巾帼英雄。金嫣，你就不能适当地害害羞吗？"

金嫣一本正经地说："能啊，我的害羞要留在跟芒来结婚的那天用，只有那天我愿意害羞，不害羞也要害羞，我有时间慢慢地学。"

高唯哈哈大笑。

推拿中心卫生间。王泉拉上裤子上的拉锁，两只手在腰间里摸了一把，那里鼓鼓囊囊的。

王泉在心里对自己说："两万五千块，这是我的血汗钱哪。冤啊！如果王海是为了买房子、娶媳妇、救命，给了也就给了。赌债是一个无底洞，这一次还上了，王海下次再去赌了呢？他再欠下二十五万呢？我这个当哥哥的还活不活了？"

张宗琪拿着工具袋走到卫生间门口，他拉了一下门，没有拉开。

张宗琪叫："谁在里面？"

王泉闷声闷气地应了一声，他从卫生间里面出来了。

张宗琪纳闷地看了他一眼问："吃坏肚子了？"

王泉："没有。"

张宗琪看着王泉走远了，他进了卫生间。

张宗琪从工具袋里拿出来改锥和钳子开始修理漏水的水箱。

韩秋霞端着一大锅汤来到休息区，高唯端着一个大塑料密封盒子跟在后面。

韩秋霞负责发饭，饭盒是统一的，饭菜都压在一个饭盒里。

她喊着："开饭了！开饭了！今天吃羊肉！"

韩秋霞看着名字挨个把饭盒发到员工的手里。

张宗琪洗完手从卫生间里出来。

韩秋霞对他说："知道你忙店里的事回不了家，我把饭给你带到这里来了。"

张宗琪从老婆手里接过来饭盒，打开认认真真地闻了一遍。

张宗琪："好东西就得这样，不能上来就吃，得闻，闻得刹不住了，才能够慢慢地送到嘴里去。什么叫'吊胃口'？这就是吊胃口。"

沙复明走进休息区。

高唯站起来把饭盒放在桌子上，"啪"的一声，放得很重。

高唯说："等一等，大家都不要吃，我有话说。"

张宗琪不知道发生了什么，筷子上夹着羊肉，他歪过脑袋用一只有视力的眼睛看着她。

高唯："我饭盒里只有三块羊肉，我来数数你们的饭盒里都有几块？"

这件事来得突然，张宗琪还没反应过来，高唯已经把饭盒从他的手里抢过来，放在桌面上。

房间里的人都把饭盒放在桌子上，沙复明端着饭盒不知道该放还是不该放。

这时候韩秋霞的脸色已经相当难看了。

她问高唯："你这是干什么？"

高唯说："要不你数？"

韩秋霞的额头上出汗了，她根本没想到有人较真。她额头上的汗冒出来了。

高唯说："你不数，好，我数。"

高唯说："赵大姐，这饭是你装的，你不信任我，你来数数。"

她真的数起来，她数的是张宗琪的饭盒，一五一十数得非常清楚，一共十五块羊肉，比她饭盒里的整整多了五倍。

张宗琪的脸涨得通红。

高唯说："赵大姐买羊肉的钱不是你的，是推拿中心的吧？"

韩秋霞早已恼羞成怒，她伸胳膊往外一抡，一下把饭盒打翻了。

韩秋霞扯着嗓门骂起来："姓高的你算老几查我的账？"

高唯："店里的账我管着，我当然要对每一笔开销负责。"

高唯理都不理她，她挨个数着别人饭盒里的羊肉，三块五块不等。

推拿师们骚动起来。

高唯数到沙复明跟前。

沙复明抱着饭盒不知道该给还是不该给。

高唯说："算了沙老板，你的我就不数了，同是东家估计不会亏待你。"

沙复明息事宁人："羊肉凉了不好吃，小高，把饭盒给大家让大家先把饭吃了。"

张宗琪顺坡下驴："是啊，吃饭，赶紧吃饭吧，吃完饭好开工。"

高唯说："这事不是一天两天了，不能再拖下去了，我代表全体员工要求你给个说法。"

韩秋霞气坏了，她一只手叉腰一只手指到高唯的鼻子上问："别给你点脸，你就不要脸了。你以为你是谁？你不就是我家雇的一个伙计吗？哼！你说我占小便宜，我还说你借收钱便利贪污呢。"

高唯大踏步走到前台把账本拿出来往她和张宗琪的面前一扔说："每一笔账我都记得清清楚楚的，你们查去吧。"

张宗琪两口子谁也不去碰那一摞账本。

高唯说："店里规定伙食费一人一天十块钱，店里连你们两口子和你儿子算上一共十五个人，每天的伙食费加在一起是一百五十块钱。我们现在吃到嘴里的连八十块钱都不到。"

她翻开一本账说："这是这个月每顿饭的伙食，菜价我也去菜场问过了。每天连煤气和水电费都算上也花不了一百块钱。"

韩秋霞的脸紫了，她一把抢过来高唯手里的账本，往她脸上狠狠一摔。

高唯头一扭，账本砸在墙上。

韩秋霞："你真不知道自己吃几碗干饭了，我家人是老板，说把你开了，你连夜都过不了。"

高唯："我敢跟你对账，就是不怕你把我开了。既然让我管理这个店，我就要对全体职工负责。"

沙复明心很乱，他不想往下听了，他两手搂着饭盒转身走了。

VIP 推拿室。沙复明放下饭盒在推拿床上躺下了。沙复明自言自语道："这不是几块羊肉的问题，为什么有人这样做？为什么有人一直允许这样做？腐败呀，腐败，推拿中心腐败了。"

外面的吵嚷声断断续续传进来。

沙复明坐起来，他摸过来饭盒打开了，用筷子一块一块地扒拉着。

沙复明冷笑："比五块多了一块，真是六六大顺哪。"

沙复明气得心都哆嗦了。这个店自己是大股，就因为眼睛吃了这样的亏，这么一想不由地不怀疑张宗琪的所作所为，股市里自己的那七万块钱是不是真的缩了水，是不是真的被套死了？

沙复明也下了决心，他自言自语道："辞了韩秋霞另雇一个厨子来店里做饭。可这话怎么说？又该在什么样的场合说呢？"

张宗琪一个人正站在推拿中心门口生气。

张宗琪心里说："我有一千个理由相信高唯是冲着我来的，高唯的背后又是谁呢？我老婆事情办得太蠢，把我推到了困境当中。过去我只顾忙店里对外的事情，忽视了店里的人员问题。不行，不行，我必须把这个高唯从推拿中心摘掉。"

张宗琪气冲冲地往家走，走到胡同口，金凤凰糕点店的胖老板拿着账单笑呵呵地迎出来。

胖老板："张老板回来了？"

张宗琪用鼻子"嗯"了一声。

胖老板说："你家公子这个月在我们店里赊了七回账，这是账单。"

张宗琪深深地吸了一口气才没让自己骂出来。账单上七次赊账，有提拉米苏、蛋角、奶油面包、老婆饼，最大的一笔账是一个八十块钱的巧克力蛋糕。一共是一百二十块钱。

张宗琪气得太阳穴旁边的青筋崩崩跳，他从口袋里掏出来钱塞到胖老板手里。张宗琪说："以后不要再赊账给他了，养成这赖毛病不好。"

韩秋霞骑着自行车回来了，车上还夹着一堆在街上敛来的购房广告和画册，她像没事人一样，把这些纸张归纳到准备卖废品的货堆上。

张宗琪虎着脸坐在客厅桌子旁边喝茶。

张子强回来了，他大模大样地掏出来数学成绩单。

张子强大声朝外面喊："妈，给我签字！"

张宗琪："拿来，我看看。"

张子强觉得奇怪，父亲从来不关心自己的学业，今天太阳从西边出来了吗？

张子强说："我让我妈签字。"

张宗琪吼了一嗓子："拿过来！"

韩秋霞听到动静急忙跑进屋来："没事你冲他吼什么？"

张宗琪从儿子手里抢过来成绩单一看五十八分，顿时火冒三丈。

他骂道："以后你再考不及格别管我叫爸！"

张子强嬉皮笑脸："大哥，给点钱，学校组织秋游呢。"

张宗琪抬手给了儿子一个耳光子，打得张子强愣了一下，他反应过来。

张子强回手把书包狠狠地摔在地上，转身往外跑。

张宗琪往外追，张子强顺脚把门口的凳子用一只脚扒拉到脚下，他跳了过去。

张宗琪猝不及防被凳子绊倒了，一个嘴啃泥摔在地上，眼镜摔出去老远。

韩秋霞不知道发生了什么事情，忙跑过来扶他。

张宗琪捡起眼镜一把甩开韩秋霞的手，自己站起来。

他冲韩秋霞瞪着眼睛说："这小子要不被你惯得杀人越货算对得起你。"

韩秋霞："那也是你祖上积的德。"

张宗琪："你这个娘们到底背着我攒了多少钱？"

韩秋霞："问这话亏不亏心？家里的钱全在你手里攥着，我见得着吗？"

张宗琪："我问你克扣了店里多少伙食费？"

韩秋霞："高唯那个贱货说的话你也信？"

张宗琪："那笔账高唯算得一点都不糊涂，告诉我钱放哪了？"

韩秋霞一口把话咬死了："我没有钱。"

张宗琪："你管伙食管了四年，照你这个管法，四年当中肯定昧下了不少钱。"

张宗琪翻箱倒柜地找起来，屋子被他翻得乱七八糟，一块钱也没找到。

韩秋霞气得大哭，说："我不能跟你往下过了。嫁了个残疾人本来就委屈，结果还遭诬陷受虐待，我还不如死了的好。"

张宗琪咬牙切齿地对韩秋霞说："管好你儿子，他要是再四处赊账，我打断他的腿。"

说完他气哼哼地走了。

韩秋霞连哭带骂："嫁给你这瞎了一只眼睛的，那是我瞎了两只眼，我辛辛苦苦为你养儿育女支撑这个家，一点好也没从你这里得到。"

韩秋霞哭够了站起来朝外面看了看，确定张宗琪确实走了。她爬到床底下从一排鞋盒子里面拿出来一个，掏出来一双棉靴。她从棉靴里掏出来一卷钱，有一百的有五十的，也有十块的。她拿着钱急匆匆地出去了。

韩秋霞急匆匆地在街上走。被在马路对面边走边喝可乐的张子强看到了。张子强盯着母亲看。

韩秋霞进了银行。张子强急忙跟了进去，他躲在角落里盯着母亲。

韩秋霞掏出来一张卡和一卷钱递给银行的工作人员。工作人员让她在一张纸上签了字，把卡还给了她。

韩秋霞把卡放进了贴身的口袋里急匆匆地离开了柜台，她没有看到藏在角落里的张子强。

金嫣、都红、孔佳玉在大推拿室里给客人做推拿。金嫣的客人是一个中年女人。

中年女人絮絮叨叨地发着牢骚："肩膀疼，胳膊抬不起来了。"

金嫣："受风了，一会儿走走罐吧。"

中年女人："女儿要结婚，家里家外的事都是我张罗，活活把人累死了。"

金嫣问："办婚礼吗？"

中年女人："女儿不愿意办，她要拿着这笔钱旅行结婚。"

都红："旅行结婚也挺好的。"

中年女人："那哪行？亲戚朋友总得有个交代吧。婚礼必须要。"

金嫣："喜欢中式婚礼还是西式婚礼？"

中年女人："男方家喜欢西式婚礼，我喜欢中式婚礼。你们说哪种婚礼好？"

金嫣："中式婚礼主要讲吃，一吃起来，主题就分散了。不过，中式婚礼也有它非常迷人的地方。"

孔佳玉问："哪里迷人？"

金嫣："洞房啊！"

孔佳玉："怎么迷人？"

金嫣："简单一句话，闷骚。"

房间里的人全都哈哈笑了。

中年女人："闷骚好啊，闷骚内劲大。"

金嫣说："中式婚礼最大的遗憾是，没有婚纱。我结婚的时候是一定要穿婚纱，不但要穿婚纱，还要和芒来互换戒指。"

孔佳玉听到这里不免有些神情黯然。

中年女人问："孔大夫也快结婚了吧？"

孔佳玉："没有，没有，我还早呢。"

中年女人："孔大夫结婚的时候，别忘了发给我们喜糖吃。"

十一

张宗琪坐在路边的花坛生闷气。他在心里跟自己说："我不采取行动，那么沙复明也会采取行动，如果真的不让韩秋霞做饭了，老婆不仅丢了一份工作，还丢了她两顿儿子一顿的现成饭。弄不好，连洗床单这份工作沙复明也会提出来让别家洗衣店去做。还是等等，看沙复明怎么走这一步棋再说。"

张宗琪站起来拍拍屁股上的土走了。

傍晚。张宗琪拿着一块抹布擦干净办公桌和椅子上的尘土。

他在房间里转了一圈，不知道下面该干什么。他一屁股坐在椅子上。

张宗琪拉开抽屉，从里面拿出来一本已经旧了的《红楼梦》看起来。

外面一片喧哗声，韩秋霞的高嗓门是主旋。

张宗琪一愣，放下书朝门口走去。走到门口他又退了回来。

张宗琪重新坐在椅子上，嘴边挂着一丝笑容，他自言自语道："我倒要看看他怎么应付这个局面。"

沙复明开门从办公室里面出来，他听着对面张宗琪办公室里面的动静。

张宗琪办公室里面鸦雀无声。

沙复明悄悄地退了回去，轻轻关紧了门。

韩秋霞把手里的账本往前台柜台上一摔："这账我管不了了，谁有本事谁来管吧！"

高唯一点不给她留面子，竟然伸手从柜台上拿起账本，一页一页地翻起来。

韩秋霞立刻扯开嗓门喊起来："我对不起沙老板，对不起这里所有的人，我来这里给大家说一声对不起，我不在这里做下去了。"

韩秋霞拖着哭腔断断续续的声音传进来。

沙复明坐不住了，他站起来往外走。

张宗琪办公室的门开着一条缝，张宗琪瞪着那只好眼睛往外看。

听见沙复明办公室的门响，那条门缝被轻轻地关严了。

韩秋霞披头散发、满脸泪痕地哭诉着："我起五更爬半夜。菜农什么时候进城，我什么时候到。菜买回来还带着露水，哪天我好话不说半箩筐？为了什么？还不是为了让大家吃好，为了给推拿中心省钱吗？"

高唯语气平静地说："买菜省钱跟分菜不均是两件事。"

韩秋霞："在你眼里是两件事，在我眼里是一件事。"

高唯："那是你给搅和在一起的。"

韩秋霞："我怎么搅和了？我搅和什么了？"

高唯刚要说话，被沙复明轻咳了一声制止了。

沙复明走过来说："都快八点了，大家累了一天，收拾收拾下班吧。"

韩秋霞一怔。

沙复明："一个锅里搅稀饭，勺子没有不碰锅沿的。都大度点儿，过去的已经过去了。"

韩秋霞听出来沙复明给自己留了活口，她的眼泪一下涌了出来。

韩秋霞忘了沙复明是个瞎子，根本就看不见，她深深地给沙复明鞠了一躬。

韩秋霞说："谢谢沙老板这些年的照顾，这伺候人的活儿我干不了了。"

张宗琪从门缝里偷偷地往外看，看老婆这样做，他恨得咬牙切齿。

张宗琪小声骂道："猪！猪！这个娘们儿前世肯定是一头猪！"

沙复明语气平和地说："弟妹别闹了，明天早上还得干活呢。"

张宗琪听出来了，沙复明给自己的老婆留了台阶，他长出了一口气轻轻关上了门。

韩秋霞四下扫了一眼，她的目光跟高唯的对上了。

两个人都很自信，眼神里满是挑衅。

韩秋霞心里说："走着瞧！"

高唯心里答："对，走着瞧！"

张宗琪家便利店。洗衣机隆隆旋转着。

韩秋霞低头熨烫着白床单。

张宗琪走过来，他嫌光线不够亮，按开关点亮了大灯。

韩秋霞回手又把灯关上了。

张宗琪："一辈子过得黑糊糊的，憋屈不憋屈？"

韩秋霞："两腿一蹬的那天，再也见不到亮了，你习惯习惯吧。"

张宗琪抬手又把灯按亮了："不能因为人总得死，就不亮亮堂堂地活了吧？"

韩秋霞回手又把灯关了："你给我省省吧！"

张宗琪："省这两个钱能干什么？"

韩秋霞："闺女上大学，儿子娶媳妇，哪个不要钱？"

张宗琪："天天钱不离口，你儿子都被你带钱眼里去了。"

韩秋霞："有出息的时候是你儿子，没出息的时候就是我儿子，你这个爹当的可真识时务。"

张宗琪："我不是你儿子一个人的爹，我是沙宗琪推拿中心的爹。工商、水电、卫生、银行，哪件事不是我跑？"

韩秋霞："你忙活的这些事，那些盲人能看见吗？"

张宗琪一愣。

韩秋霞："沙复明就比你聪明，他不会像你一样，为了一个老板的虚名荒废了自己的两只手。干活的时候，他只是一名员工。只有和你面对面的时候，他才做一次老板。"

张宗琪眨巴着一只眼睛看着老婆。

韩秋霞："不要总把劲使到外面，该往里使使劲了。"

张宗琪："往哪使？捅娄子的是你，还有脸教训我？你把推拿中心这池子水搅得底朝天了能掀起多大的浪？我早就跟你说过，我是挣大钱的人。推拿中心是我的后备役。"

推拿中心前台。高唯刚刚把挎包放在椅子上。

张宗琪推门进来了，他满脸笑容主动跟高唯打招呼。

张宗琪："早上好！"

高唯一愣。张宗琪从前台走过，进了自己的办公室。

高唯自言自语："太阳从西边出来了？"

沙复明从外面进来："嘀咕什么呢？"

高唯压低声音说："张老板第一次按点上班了。"

沙复明点点头，他没有说话。

张宗琪坐在办公室里无所事事，浑身上下觉得别扭。

沙复明坐在办公室里，打开书又合上。他打开门想出去，想了想又回来了。沙复明闷在办公室里冲着墙愣神。

外面淅淅沥沥下起雨来。雨敲打在推拿中心的玻璃上。

大推拿室。推拿中心没有什么生意。推拿师们利用这个空闲时间相互练着手艺。

张一光趴在床上让马跃在他身上练指法。

张一光："发现没发现，今天两个老板谁也没从办公室里面出来。"

趴在床上让芒来练手的王泉侧着耳朵听张一光发表议论。

张一光："他们为什么不出来，肯定是怕面对面地遇见了尴尬。"

芒来："好像你看见了似的。"

张一光："看不见还不会想？沙老板这个人喜欢名声，做事的风格大张旗鼓。张老板这个人喜欢实际，看重具体利益。他们俩一个是周瑜一个是黄盖，两厢情愿一拍即合。这个世界上没有永久的朋友，也没有永久的敌人。利益决定着关系，今天两个老板同时对咱们客气起来。这说明了什么？”

房间里人脑袋不由自主地都转向了他。

张一光："这个的兆头说明了一件事，两个老板之间出现了大问题，他们在统战，他们在分别争取咱们。在这个时候，态度就比能力还要重要。"

王泉心里不由地“咯噔”了一下。

张一光："两个老板斗法，最难的是谁？最难的不是他们，是咱们。你不是‘沙’的人，就只能是‘张’的人。没有第三条路可走。站队总是困难的，没有人知道哪一支队伍有可能活着。当然，失败了也不要紧，可以走人。可是又有哪一个盲人情愿走人？麻烦哪。一旦你的铺盖卷像鱿鱼片一样地卷起来，数不清的道路就会突然出现在你的脚下，你必须一趟又一趟地重新走过。"

王泉心乱如麻，他听不下去了，站起来走了出去。

6号推拿室。金嫣躺在推拿间的床上让孔佳玉给她做背部推拿。

金嫣掏出来手机打电话："世纪缘婚庆公司吗？给我找一下你们主事的。"

孔佳玉："你真的要结婚了？"

金嫣："问问还不行？"

电话里一个很热情的声音："喂，你好！"

金嫣："我想办一个西式的婚礼，你那里能承办吗？"

婚庆公司的声音问："能，你有什么特殊要求？"

金嫣说："我的婚礼想在教堂里办，要有管风琴，还要有唱诗班唱歌。"

婚庆公司的声音问："你是教徒吗？"

金嫣愣住了。

婚庆公司的声音又问了一句："你信上帝吗？"

金嫣没说话。

婚庆公司的声音说："有一方相信也行。"

金嫣当即把手机合上了。

婚庆公司的人又把电话打过来，金嫣干脆关了手机。

孔佳玉："怎么了？"

金嫣："婚庆公司的问我，信什么？他们问的没错。在婚礼面前，新郎新娘确实最好相信点什么。可我不知道自己该信什么。"

孔佳玉看着她。

金嫣："你说我该信什么呢？我相信过光，光不要我了。我相信过我的眼睛，我的眼睛不要我了。我还能相信什么？不相信是对的，不相信就不再有失望。你说是不是？”

孔佳玉：“你也绝望了？”

金嫣：“你怎么用也这个字？难道你绝望了？”

孔佳玉：“我跟你一样不知道该相信什么。”

金嫣：“我决定相信婚礼。有了婚礼我就不再是一个人，我起码可以跟另一个人生活在一起，这是可信的。”

孔佳玉琢磨着她的话。

金嫣：“婚礼其实是个魔术，使世界变成了家庭，一下完整了。”

都红走过来拿东西：“你们说什么呢？”

金嫣问她：“喜欢吃麻辣烫吧？”

都红：“当然喜欢。”

金嫣：“麻是一个不讲理的男人，辣是一个胡搅蛮缠的女人，他们是冤家，前世的对头，可麻和辣有缘，他们从恋爱开始就互相不买账可就是离不开。”

都红笑着往门口走：“金嫣姐，你的想象力可真丰富。”

金嫣：“以前我吃饭用勺子，现在我用筷子，我把筷子的粗头顶端刻上了一道浅浅的凹槽，用一根线系上，再把它拴到另一根筷子上去。这样它们就可以结婚了。”

孔佳玉：“你想结婚想得走火入魔了。”

金嫣：“给客人拔火罐也可以成双成对地用火罐，我试过，最多可以用四对。这样一来，客人的脊背就成了一个礼堂，刚好可以举办一场集体婚礼。”

孔佳玉：“金嫣，你张口婚礼闭口婚礼，简直就是一个结婚狂。”

金嫣：“你不想结婚吗？”

孔佳玉不说话了。

芒来走出推拿中心门口，屋檐下站着的王泉咳嗽了一声，他掏出来一根烟递过去。

芒来说：“我不抽烟。”

王泉说：“我也不抽，玩玩吧，难得这么清闲。”

王泉把打火机递过去，芒来点上了，王泉接过来打火机自己也点上了。

他关照芒来说：“别吸进去，上瘾就不好了。”

这是芒来第一次吸烟，第一口就点在过滤嘴上，他把香烟调了个个儿，却又被过滤嘴烫着了。

芒来用舌头舔了一下，这一次才吸着了。他被呛着了，不停地咳嗽着。

他边咳嗽边说：“好烟。”

高唯坐在服务台的里面，透过落地的玻璃，远远地望着门外的两个男人。

王泉和芒来举在嘴边的烟头一亮又是一亮。

金嫣说："好好给我做一下腹部，我要减脂。"

孔佳玉说："你也没肚子减什么脂？"

金嫣说："比起我十八岁的时候差了很多，婚礼上不管是穿旗袍还是穿婚纱，都不能有一点肚子。"

孔佳玉开始推拿了，她的手不大力量却出奇的大，她揉摁挤捏，疼得金嫣张大了嘴巴。

金嫣："疼……疼死我了。"

孔佳玉凑到金嫣耳边小声说："坦白，你跟芒来那个了没有？"

金嫣说："没有。"

孔佳玉："真的没有？"

金嫣："真的没有。"

孔佳玉："我不信。"

金嫣："向天发誓，真的没有。"

孔佳玉："为什么没有？"

金嫣说："我想留到结婚那一天。"

这一回孔佳玉相信了，她低着头认真地给金嫣做着推拿。

雨还在猛烈地下，敲打在窗子上噼里啪啦地响。

孔佳玉有些伤感，她说："你敢把自己留到结婚的那一天，说明你对自己的婚姻有底。"

金嫣："对自己的婚姻没底还结什么婚？"

孔佳玉："想结婚的时候心里是有底的，真要结了心里反倒没底了。"

金嫣："你跟王大夫到底怎么了？"

孔佳玉："没怎么。"

金嫣："你当我是瞎子？"

孔佳玉："你是明眼人吗？"

金嫣"嘿嘿"笑了："孔佳玉，你想举行什么样的婚礼？"

孔佳玉："我对婚礼没什么讲究，但是父母得在，吃顿饭这是起码的。然后由我爸爸把我交到他女婿的手里。现在，我父母都不知道我搞对象了，更不知道我要结婚。没有父母的婚礼还能算婚礼吗？我只能做贼一样偷偷把自己嫁出去。这说明了什么？说明了我亏欠了父母一回。"

金嫣："干脆跟父母直说得了。"

孔佳玉："不行！"

金嫣："这几天，你跟王大夫有点不对劲，到底怎么了？"

孔佳玉："我是个女人，到了该结婚的时候，总该是男方催促的紧凑一些才好。爱是一回事，女人的感受是另一回事。我倒好，一提结婚的事倒像是央求他了，还落得了一番数落。”

金嫣：“他数落你什么了？”

孔佳玉：“他问我，你‘急什么？’”

金嫣“扑哧”一声笑了。孔佳玉的心一酸,眼泪“啪嗒”一声掉在金嫣的肚子上。金嫣一下坐起来，捂住了孔佳玉的手。孔佳玉把手抽回去。

孔佳玉说：“金嫣，到了结婚那一天，多远你都要告诉我，我一定要出现在你的婚礼上。”

王泉问：“你们什么时候结婚？”

芒来咂了一下嘴反问：“你们呢？”

王泉说：“我们？我们不急。”

芒来：“你们打算搞一个很隆重的婚礼吧？”

王泉说：“搞那么隆重干什么？简简单单的，结婚嘛，就是两个人过日子，婚礼无所谓。”

他想了一下又补充了一句：“孔佳玉也是这个意思。你们怎么打算的？”

芒来长长地叹了一口气：“唉，麻烦呢。”

王泉：“怎么麻烦？”

芒来:“金嫣不知道，我出来打工以前，我父母就跟我说好了，到了我结婚的那天，家里不给我办了。”

王泉：“为什么？”

芒来：“原因很简单，我找的媳妇十有八九也是盲人，两人盲人在村子里结婚不体面也不好看，还会被人家笑话。”

王泉点点头，他没说话。

芒来：“我爸干脆把话挑明了，他说，该给的钱一分也不会少给你，婚礼就不要回来办了。这其实也正合我的心思。我是在讥笑和挖苦中长大的，心里明白，村子里并没有我的朋友，谁又能瞧得起我呢？连我的妹妹都不待见我。拿一笔钱多好，少说五六万，多则七八万。把这笔钱揣在自己的手上，又免去了一份丢人现眼的差事，多么实惠，是一笔划算的好买卖。”

金嫣把孔佳玉的手拽过来，把玩着她的手指头。

金嫣：“你就等着吧。我自己也不知道能不能等到我的婚礼。”

孔佳玉：“什么意思？”

金嫣：“芒来不肯办婚礼。”

孔佳玉：“为什么？”

金嫣：“他不说。”

孔佳玉："那你等到哪一天？"

金嫣："我不知道，我愿意等，等到三十岁，四十岁。"

她把额头靠在孔佳玉的额头上小声说："我是女人哪，一个女人怎么可能没有婚礼？"

孔佳玉搂过来金嫣说："我懂。"

金嫣说："还是你好，你跟王大夫多美满。你们肯定会在我们前面结婚，结婚那天告诉我，我要到你的婚礼上去，把我会唱的歌从头到尾给你唱一遍。"

孔佳玉说："我也不知道能不能等到我的婚礼。"

金嫣："你父母不会永远固执的。"

孔佳玉："我有耐心等，一直等到他们同意为止。"

金嫣用残存的一点视力盯着她，好久叹了口气，说："唉，生活里哪有什么可以叫人羡慕的人呀。"

孔佳玉："他们把一辈子的心血都放在了我的身上，哪能想到我会瞒着他们私奔了。"

她掏出来两个手机，说："我一直用两个手机，一直骗他们我在深圳呢。一天到晚地撒谎，哪里还是人过的日子？人只要一开始撒谎，就必然得用一个谎话来挽救另一个谎话。就像走下坡路一样，你迈出来左腿，就必然得迈出去右腿。想停都停不住。"

金嫣勾着孔佳玉的脖子说："别那么悲观，咱们说点高兴的。"

孔佳玉说："我给你猜个谜语吧。"

金嫣："好。"

孔佳玉："两个盲人拥抱。"

金嫣："瞎抱。"

孔佳玉："两个盲人在抚摸。"

金嫣："瞎摸。"

孔佳玉："两个盲人的悄悄话。"

金嫣："瞎说。"

两个人嘻嘻哈哈笑起来，越笑越厉害，她们忘了是在推拿中心，忘了自己是谁，开足了马力笑着。

笑声传了出来。

王泉和芒来都听出来是谁在笑。

芒来："她们俩疯了？"

王泉开玩笑："不会出人命吧？"

芒来："估计金嫣把心里话都告诉孔佳玉了。"

王泉："孔佳玉也会跟金嫣说心里话吧？"

芒来："女人的事谁知道呢？"

王泉“嗯”了一声。

芒来：“金嫣不像孔佳玉那么好说话，金嫣太硬，我拗不过她。”

王泉点点头：“婚礼应该怎么操办，操办到怎么样的一个规模，我们俩从来没提起来过。她一直都是顺从我的。”

芒来：“那你得好好问问人家，不能拿客气当福气。”

王泉一怔，这时候他口袋里的电话铃响了。他掏出来电话“喂”了一声。

牛三勇的声音从话筒里传出来：“我现在就在你们家，请你赶快回家。”

王泉吓得一把捂住了话筒。

沙复明正在用盲文写着什么。

王泉推门进来了：“沙老板，我想回家去一趟。”

沙复明：“回去吧，带上伞。”

王泉：“雨停了。”

沙复明：“这雨说下就能再下起来。”

王泉“嗯”了一声出去了。

王泉掏出来墨镜戴在脸上，他的耳朵里满是过往汽车的呼啸声。王泉停住脚站在马路边上。

王泉小声告诫自己：“这是最后一次了，这两万五不是钱，它是我的赎罪券，只要把这两万五交出去，我王泉就再也不欠这个世界了。我谁也不欠！什么都不欠！可惜了这两万五千块钱毕竟没有得到一个好的去处，而是给了那样的一帮王八蛋。你们都拿去吧，噎死你们！”

王泉突然伸出了胳膊，恨恨地说：“奶奶的！两万五千块都花出去了，还在乎这几块钱么？花！痛痛快快地花！老子今天也要享受一下！”

一辆出租车稳稳地停在王泉身边。

王泉没有伸手，他不知道车门怎么开。

司机是个急性子，探出来脑袋说：“上不车，磨蹭什么？”

王泉在短暂的羞惭之后心情变得更坏，他说：“你喊什么？下来。给我开车门。”

司机下了车，瞟了一眼王泉。王泉戴着大号墨镜，面色严峻。一看就知道这是一个盲人。司机给王泉打开了车门。王泉扶着门框，缓缓地钻了进去。

司机坐回到驾驶室客气地问：“老大，怎么走？”

王泉的嘴角吊上去了，他说：“团结小区。”

司机打方向盘汽车融入了车流当中。

崔云推着自行车在学校门口等到儿子。

吴迪兴冲冲地跑出来：“妈妈给我带什么好吃的了？”

崔云拿出来一盒酸奶递给他。

吴迪坐在车子的后座上喝酸奶。

崔云推着车子边走边说："妈妈不能天天来接你，你要学着自己乘公交车到餐馆来找妈妈。"

吴迪："我怕被坏人把我拐跑了。"

崔云说："那只能爸爸来接你，你去他们家让那个后妈管你。"

吴迪马上说："我不喜欢后妈。"

崔云说："那你就听妈妈的话。"

吴迪点点头："好吧。"

崔云和吴迪站在公交车站。

崔云把一张学生卡交给吴迪说："记得妈妈上次带你坐车吧？上车刷一下卡。"

吴迪："我知道。"

公交车来了。崔云看着吴迪上了车。崔云骑上自行车疯狂地往换乘点奔去。

崔云骑着车子窜小巷子走近路。

崔云公交车早一步到了换乘点。吴迪从车上下来，看到妈妈，他高兴地跑过来。

崔云指着站牌对吴迪说："这三趟车都可以到餐馆门口，记住了？"

吴迪点点头。车来了，崔云看着吴迪上了车。

崔云骑在自行车上疯狂地往前蹬着。

公交车停下来，吴迪从车上下来。妈妈没在站台前等着。吴迪一回头。自行车道上，崔云头发飞得老高，疯子一样地骑车过来。吴迪兴奋地朝妈妈跑过去。

吴迪："妈妈，我厉害吧？"

崔云跳下车喘息着说："厉害，谁也没有我儿子厉害。"

小餐馆后厨。崔云把吴迪安排在角落的一张桌子上写作业，自己穿上工作服开始揉面。

王泉摸着楼梯扶手上楼的时候心里打着鼓，他不时地停下脚。

王泉站在家门口定了一下神，手握在门把手上。

门里面传出来激烈的打斗声和瓷器摔碎的声音。

王泉急了一拧门把手，门开了。

电视机里正在播打斗片。

王泉一怔。坐在沙发上看电视的王海直起身子叫了一声："哥！"

王泉在心里骂了一声："这个混蛋，竟然好意思客人一样坐在沙发上跟那几个要账的一起看着电视。"

王泉的血顿时热了，他径直走到沙发跟前，电视里的声音减弱下去。

王海站起来亲热地把一只手搭在哥哥的肩膀上。

王泉笑笑，想和弟弟握个手。他的右手刚刚握住弟弟的右手，他的左手出动了，带着一阵风，他的巴掌准确无误地抽在了弟弟的脸上。

王泉吼道：“滚出去！你给我滚出去！你不配待在这个家里！”

王海被哥哥打懵了。

牛三勇说话了：“他不能走。”

王泉说：“我不想见这个人。”

牛三勇：“这你可做不了主。”

王泉：“我说过了，这是我们俩的事。”

牛三勇盯着王泉的脸不说话。

王泉突然笑起来，他说：“我跑不了，我也不想跑。”

牛三勇问：“钱带来没有？”

王泉：“带来了。”

牛三勇：“给钱。我们走。”

王泉：“不行。他先走。”

牛三勇：“他不能走。”

王泉：“他走，我给钱。他不走，我不给。——你们商量一下。”

他丢下这句话一个人到厨房去了。

王泉就拉开冰箱。他把裤腰带翻了过来，扯出两万五千块钱扔了进去。

王泉从冰箱的冷冻层里摸出来两块冰一把捂在了嘴里。

外面王海开户门的声音，户门“咣当”一声关上了。

王泉的一颗心放回到肚子里，他开始嚼冰，冰块被他嚼得嘎嘣嘎嘣响。王泉脱掉上衣，光着膀子提着菜刀出了厨房的门。

王泉进了客厅。王泉父母看见儿子这副模样吓了一跳。客厅里顿时安静下来。

牛三勇嘴角挂着一丝冷笑问道：“大哥，你在享受人生的高潮吗？”

王泉：“你说呢？”

牛三勇：“依我看，你这是背着手睡觉，装疯。”

王泉：“我是一个什么都看不着的瞎子，用得着装吗？”

牛三勇说：“大哥，你想好了，是你想玩这个的。论起玩这个，我们也会。可是我们不想玩，因为我们是规矩人。”

王泉说：“我没让你们玩这个。”

他提起刀对着自己的胸膛就是一下，他切进去了，刀口很长，肉翻了过来。

王母吓得一屁股跌坐在沙发上，两手捂着胸口说不出话来了。

王父泥塑一样戳在墙角，动都动不了了。

这样的场面牛三勇还是第一次见，视觉的冲击让他的脑袋空了。

王泉说：“知道我们瞎子最爱什么吗？最爱钱。我们的钱和你们的钱是不一样的。

你们把钱叫作钱，我们把钱叫作命。”

血沿着王泉的胸、腹往下流。

王泉说：“没钱了，我们就没命了。没有一个人会知道我们瞎子会死在哪里。你们在大街上见过讨饭的瞎子没有？”

牛三勇盯着王泉胸口汩汩流淌的鲜血干张嘴说不出话来。

王泉说：“讨饭我也会，你们信不信？可我不能，我是我爹妈生的，我不能。”

王母的一口气喘上来，她“呜呜”地哭起来。

王泉说：“我们有一张脸哪，我们要这张脸，我们还爱这张脸，要不然我们怎么活？我得拿自己当人，拿自己当人，你们懂不懂？”

牛三勇的脑袋出现了空白。

王泉越说越激动，他一张脸煞白。

王泉说：“你们不懂，两万五我不能给你们。我的钱是怎么来的？两万五千块，我要捏多少只脚？一双脚十五块，一只脚七块五，我要捏三千三百三十三只脚。钱我就不给你们了。可账我也不能赖，我就给你们血。”

血已经流到王泉的脚面上了，他觉得自己的血流得不够勇猛，他又在胸脯上挨着那条伤口平行着又划了一下。血汩汩地往外冒。

牛三勇近乎崩溃了。

王泉说：“我就这么点私房钱，我都还给你们。能拿多少拿多少。不够我还有一条命。”

他把刀架在自己的脖子上，他问：“给句话，够了没有？”

牛三勇反应过来了，他一把抓住了王泉的手腕，死死地攥着。

王泉问：“别碰我！够了没有？”

牛三勇说：“够了。”

王泉：“清账了？那你们走好。你们请！”

王泉放下刀，托在手上，他把刀送到牛三勇面前说：“那个畜牲要是再去赌，你就用这把刀砍他，你们想砍几段就砍几段。”

牛三勇带着他的三个人头都没回地走了。

王泉听到六只脚杂乱的脚步声从家门口出去，他放下刀回过了头。

屋子里安静极了，王泉这才想起来，父母还在家呢。

王泉的父母浑身颤抖着瘫在沙发上看着他们的大儿子。

王泉用他的一对盲眼望着父母，他的眼眶一热，眼泪流了下来。

王泉垂下脑袋无比痛心地说：“爸，妈，儿子对不起你们。”

王母满脸是泪，她一把抓住王泉的手说：“老二要是有你的一半，我也算没白养他一回。”

王泉执拗地说：“妈，儿子对不起你们。”

王父说：“老大，是我对不起你，我不该让你妈生那么一个畜牲。”

王泉泣不成声，他说：“爸，我不是这样的，你去问问，你儿子从来都不是这样的。”

他的手在摸，父亲不知道儿子要摸什么，就把手伸过去。

王泉一把抓住父亲的手，死死地攥住了。

他拽着父亲的手掌，骤然间泪如泉涌。

王泉颤抖着，他满脸是泪地小声说：“爸！你狠狠抽儿子一个大嘴巴吧！”

惊慌未定的王家父母更加懵懂了，父亲透过泪光看了老伴一眼。

王母扑上去抓住儿子的手：“快去医院，儿子，我们赶紧去医院啊！”

小餐馆的后厨大厨小工们已经忙了起来，就餐的客人已经陆续上座。

崔云熟练地煮面浇卤。

一碗碗色香俱全的五湖四海端上了桌子。

牛三勇和他的小兄弟们围坐在桌子旁边。

牛三勇把白酒倒进酒杯里一口干了，他把空酒杯重重地放在桌子上。

牛三勇：“这小子不是瞎子，他是一个混世魔王。”

小兄弟甲：“这事就这么完了？”

牛三勇：“完？这字几划？”

小兄弟傻乎乎地用手指在饭桌上算着“完”这个字的笔画。

牛三勇：“你看我是一个轻易告饶的人吗？小鬼索命追我到阎罗店门口，我也要手往袖子里一插，用指头在袖筒里跟孙子砍砍驴价。”

医院急诊室。医生给王泉的伤口消毒。王泉左手握着父亲的手，右手握着母亲的手。

王父：“打了麻药还这么疼？”

王泉咬着牙根说：“我替你跟我爸疼，你们这两个儿子算是白生了，老大是个人渣，老二是个小混混。你们这辈子一无所有，你们这一辈子全瞎了。”

王母：“别瞎想了！”

医生：“伤口不深，但是挺长。一共缝了一百一十六针，一周以后过来拆线。这是抗生素，去药房拿吧。”

王父接过来药方，跟王母一起扶着王泉刚要出急诊室。

两个警察进来拦住了他们。

警察问：“谁干的？”

王泉说：“我自己干的。”

警察：“你要说实话。”

王泉说：“我说的是实话。”

警察说：“你有义务给我们提供真相。”

王泉说：“我说的就是真相。”

警察说：“我再说一遍，虽然你是残疾人，可你一样有义务为我们提供真相。”

王泉说：“虽然你不是残疾人，但是你一样有义务相信一个残疾人。”

警察：“那你告诉我，动机是什么？”

王泉说：“我的血想哭。”

警察生气了皱着眉头说：“我最后一次问你。”

王泉不耐烦了，他说：“我给你发个毒誓吧，如果我说了瞎话，一出门我的两只眼睛什么都能看见。”

医生差点被他的话逗乐了。

就餐的客人陆续散去，店里的职工开始吃饭。

崔云累得瘫坐在凳子上。

蔡老板招呼崔云说：“你快过来吃啊。”

崔云站起来掏出来三块钱递给蔡老板说：“我想做碗面。”

蔡老板：“给什么钱？”

崔云：“我想带走。”

蔡老板很爽快地说：“那就打个对折，五块钱两碗，你去做吧。”

崔云做了两碗面倒进保温桶里。她招呼过来工人小郑说：“你骑我的车子把这个送到后街沙宗琪推拿中心，记着给沙大夫。”

小郑：“好。”

小郑推着崔云的自行车刚要骑上去。

吴迪从后面把车子拽住了。

吴迪：“谁让你骑我妈妈的车？”

小郑：“你妈妈让我骑着送饭去。”

吴迪：“你带上我，我就让你骑。”

小郑朝里面喊了一声：“崔姐，吴迪跟我走了。”

崔云在里面答应了一声。小郑骑上车子走了。

小郑在沙宗琪推拿中心门口下了车。他一只手拉着吴迪，一只手拎着保温桶进了门。

坐在前台后面的高唯站起来客客气气地跟他打了声招呼：“你好。”

小郑忙说：“我找沙大夫。”

沙复明听到声音从房间里出来问：“哪位？”

吴迪看到沙复明高兴地叫起来：“嗨！老沙！”

沙复明听出来是吴迪，立刻高兴地笑起来："哎哟，哎哟，小吴来了。"

吴迪立刻跑过去拉住他的手，他对小郑说："我不跟你回去了，我要在这儿玩。"

小郑把保温桶递给沙复明说："崔姐让我把这个给你。"

小郑对吴迪说："我走了，让你妈到这来接你。"

吴迪说："嗯。"

沙复明："告诉她孩子在这让她放心吧。"

吴迪坐到休息区的沙发上，看书架上的画报。

沙复明打开保温桶，一股醇厚浓郁的香味飘了出来。

高唯抽了下鼻子问："什么啊？这么香。"

沙复明说："拿个碗来，弄点儿尝一尝。"

高唯禁不住香味的诱惑，拿着碗和筷子走过来。

她从保温桶里挑了两筷子面放在碗里，坐在沙复明旁边吃了一口。

高唯惊呼道："这面太好吃了！"

沙复明一言不发稀里呼噜地吃着，他吃得满头是汗。吴迪待不住，跑到别的房间里玩去了。

大推拿室。吴迪看上了正在给人做推拿的马跃，凑过去跟他说话。

吴迪："你干什么呢？"

马跃不搭腔。

趴在床上的客人问："小朋友，你几岁了？"

吴迪说："七岁。"

客人："属什么？"

吴迪："属羊。"

客人问马跃："马大夫，你属什么？"

马跃回答道："属猴。"

吴迪立刻说："我妈妈属马。"

马跃一怔，他瞪着没有目光的眼睛看着吴迪。

吴迪问："你妈妈也属马吗？"

马跃没说话。

吴迪："是不是？到底是不是？"

马跃被他纠缠不过吐出来一个字："是。"

吴迪高兴地说："我给你讲《西游记》吧，那里面有一匹白龙马。"

王泉跟着父母回家了，一推门他就觉出来家里有人。王海躺在沙发上吃着苹果。王泉一阵心慌，赶紧奔厨房而去。

王泉打开冰箱，伸手往里面一摸，他摸到了那两万五千块钱。王泉的一颗心放回到肚子里。他把两万五千块钱塞进了裤腰带的内侧，他转身出了门。

王泉轻轻地关上房门。胸口钻心地疼，他走得格外慢。房门里清晰地爆发出来争吵声，父母的声音听不太清楚，王海的嗓门很大。隔着两层楼门也能听见。

王海扯着脖子吼道："你们为什么不让我瞎，我瞎了就能自食其力了。"

王父顺手抄起来一根晾衣服用的竹竿，照着王海就是狠狠地一竹竿。竹竿抽在王海的后背上，王海疼得"嗷"的一声跳起来。

王父追着王海打。王海开门逃了出去。王海把站在门口的王泉撞了一个趔趄，差点从楼梯上滚下去。王海头也没回地跑了。

王母死死拉住了想追出门去的王父。王父浑身颤抖，手里的竹竿掉在了地上。

王泉回到推拿中心。

高唯看到他惊叫了一声："王大夫你怎么了？脸色这么难看？"

听到高唯这样说，一直对王泉爱搭不理的孔佳玉紧张了，她"忽"地站起来，面朝门口。

王泉说："回了趟家有点累，休息一下就好了。沙老板在吗？"

高唯说："在他的办公室里。"

王泉朝沙复明的办公室里走去。孔佳玉的注意力一直追随着他的脚步声。

王泉推开小单间的门，他叫了一声："沙老板。"

正在读盲文书的沙复明抬起头问："事办完了？"

王泉"嗯"了一声。

他从裤腰里掏出来一万块钱放到沙复明的桌子上说："钱没用上，还给店里，给我把账销了吧。"

沙复明摸到桌子上的钱，用手掂了掂，打开抽屉放到里面。

他拿出来借条还给王泉。

王泉收好借条，刚要转身往外走。

沙复明叫住了他："你的喘息声不对，病了吗？"

王泉："有点不舒服。"

沙复明："现在没有客人，你抓紧时间歇一会儿。"

王泉答应了一声出去了。

王泉摸到大推拿室的床上，一声不响地躺下了。这时候他才觉得浑身上下一点力气都没有了，刀口疼得钻心。高唯不放心悄悄跟了进来。王泉两只手护在胸前，脸色白得吓人。高唯急忙退了出去。

高唯在孔佳玉的耳边说："王大夫好像病得挺厉害，在大推拿室里躺着呢，你快去看看吧。"

孔佳玉吃了一惊，跟王泉的恩怨刹那间抛到了脑后，她急忙往大推拿室走去。

孔佳玉推门进来，她摸到推拿床前。

王泉知道来的是孔佳玉，心里的委屈一浪一浪地往上涌。他紧闭着嘴不说话。

孔佳玉一言不发把手捂在他的额头上，额头冰凉没有发烧。

孔佳玉伸手往下摸，碰到了王泉的伤口。

王泉疼得叫了一声。

孔佳玉吓了一跳："你怎么了？"

王泉疼得直哆嗦，说："别碰，刚刚在医院缝了针。"

孔佳玉脑袋"嗡"的一声响，她问："怎么了？为什么缝针？"

王泉不说话。

孔佳玉："你快说呀！"

王泉说："我弟弟欠了赌债，要债的堵到了家门口，我去把这事了了。"

孔佳玉一下急了："他们敢用刀砍人？"

王泉说："是我动的刀子。"

孔佳玉："你不要命了？"

王泉："要命就得给他们钱，不要命才能把钱保住。"

他从裤腰的另一侧掏出来一万块钱递给孔佳玉说："从今天开始我所有的钱都归你管，我们家的事我再也不管了。"

孔佳玉哭了，眼泪一双一对地往下掉，她两手捧着钱泣不成声："你要是死了，我要钱还有什么用？"

王泉说："你一直不理我，还不如让我死了。"

孔佳玉哭出了声，眼泪一滴一滴地砸在王泉的胸口上。

王泉摊开一只手挡在孔佳玉眼前，他说："你再用眼泪泡我，伤口该化脓了。"

傍晚。崔云腰酸背疼地从饭店里走出来，从墙角处推过来自己的自行车。崔云一只手轻轻捶着腰，一只手推着自行车慢慢地走了。

推拿中心休息区。崔云推门进来。吴迪已经躺在沙发上睡着了，他身上盖着一条毯子。沙复明守在他的身边。

见此情景一股暖流涌上崔云的心头。

听到崔云的脚步声，沙复明站起来说："来了？"

崔云说："孩子太淘气，真是麻烦你们了。"

沙复明说："让孩子睡会儿，我给你做个全身调理吧。"

崔云："行吗？"

沙复明："行。"

崔云进了推拿室。

高唯叫住了走在后面的沙复明 ：“账怎么算？”

沙复明:“她经济不宽裕，病情又很有代表性，治好了她能给咱们推拿中心传个名，这是两全其美的事，咱们不能只见利不见义。”

高唯 ：“都讲义，推拿中心靠什么开支？咱们这不是福利院。”

沙复明 ：“只她一个，下不为例。”

沙复明 ：“不是我选的她，是她昏倒在我跟前了。”

高唯盯着沙复明。

沙复明 ：“那就挂我账上。”

说完他转身走了。

高唯打开账本把这笔账认认真真地记下来。

她冲里面喊了一声 ：“沙老板，没事我先走了。”

沙复明应了一声 ：“走吧。”

VIP 推拿室。单间里灸烟缭绕，崔云躺在推拿床上。

沙复明开始给她放松。

沙复明的两只手充满了魔力，在崔云的后背揉搓了几下，崔云就困得睁不开眼睛了。

沙复明慢声细语地说 ：“想睡就睡一会儿吧。”

崔云上眼皮往下眼皮上一搭，立刻睡着了。沙复明给她尽心尽力地做着推拿，崔云发出细微的鼾声。沙复明把抓绒毯子给她盖好，轻轻开门出去了。

吴迪在休息区沙发上熟睡。

沙复明守在他的身边想着自己的心事。

崔云醒了，她看了一下腕上的手表，已经夜里十一点了。她一骨碌爬起来，下床出门。

十二

沙复明听到崔云的脚步声，抬起头来。

崔云一脸羞愧："不好意思睡着了，耽误你休息了。"

沙复明："你能睡着是好事，我平时这个点儿也不睡觉。"

崔云摇醒吴迪："儿子，醒醒，咱们回家了。"

吴迪揉着眼睛坐起来。崔云领着吴迪出了门。

崔云推着自行车，吴迪坐在车子后面。崔云走了几步回过头充满歉意地说："我先走了。"

沙复明冲她挥挥手。灯影下他孤独的身影让崔云的心疼了一下。

崔云看着他心里说："跟我回家吧。"

话一出口却变成了："你回去吧。"

沙复明："我锁上门就走。"

崔云骑上车子走了。走出去很远，她扭头看。沙复明的身影还在那里。

张宗琪家便利店。大型洗衣机在轰隆隆地转着。韩秋霞低着头熨着衣服。张宗琪紧锁着眉头坐在椅子上想心事。他拿出来电话拨了个号。

沙复明接电话："喂。"

电话里张宗琪的声音："老沙，咱俩聊聊呗。"

沙复明："去哪儿？"

张宗琪："老地方。"

崔云骑车进了小区大门。吴和平突然从角落里窜出来，一把抓住自行车车把。崔云吓了一大跳，急忙两脚支在地上。

吴和平问："去哪了？"

崔云："刚下班。"

吴和平："胡说！我去你干活的那家饭店找过了，前门后门都上着锁，你在哪待着呢？"

崔云说：“吴和平，咱俩已经离婚了，我去哪用不着向你汇报了。”

吴和平：“胆子肥了？敢说这么财大气粗的话？真有种你就试试？你敢叫老子有丁点不爽，老子叫你一辈子喘气不痛快。”

崔云心中一凛，她低下头推着车子往前走。

吴和平一把抓住的车把不让她走：“你到底干啥去了？”

坐在后面的吴迪开口了，他说：“妈妈腰疼，去盲人推拿院推拿去了。”

崔云怕儿子再往下说，紧张的心“怦”“怦”乱跳。

吴和平冷笑：“行啊，小日子过得挺滋润哪，有闲钱享受异性按摩了。”

崔云问：“你到底找我有什么事？”

吴和平：“我妈让我接吴迪过去住两天。”

吴迪说：“我不去你家！”

吴和平眼睛一瞪：“听好了，老子在哪儿，你家就在哪。”

吴迪把脑袋扭过去：“妈快回家，我困死了。”

吴和平两手架在吴迪的腋下，把他从车子上拽下来，夹着就往小区外面走。

吴迪使劲挣扎：“我不去！我不去！妈！”

崔云扔下车子追上来，抓住吴和平的胳膊说：“孩子不愿意去，你干什么！”

吴和平胳膊一抡把崔云甩到了一边：“老太太说，我今天要是不把吴迪带回家，她就不让我进门。你看这都几点了？”他边说边大踏步往小区外面走，崔云扶起来车子一溜小跑在后面追。吴迪连蹬带踹一点都不配合。

吴和平说：“小子，你要是听话，我明天带你去吃肯德基。”

吴迪马上不挣扎了：“真的？”

吴和平：“真的。”

吴迪：“你放我下来。”

吴和平把吴迪放下来。

吴迪转身跟崔云说：“妈，我待两天就回来。”

崔云：“我去接你。”

吴和平：“你别去，我把他给你送回来。”

崔云叮嘱他：“就两天啊，星期一他还要上学呢。”

吴和平嘴里答应着领着吴迪走了。崔云站在那里看着父子俩的身影出了小区大门。

四通茶馆。古色古香的茶桌旁边摆着一个台球案子。沙复明站在台球案子前摆球。

服务员进来笑盈盈地问：“老规矩？”

沙复明：“老规矩，我红茶，他绿茶。”

张宗琪边擦球杆边说：“我屋里的娘们蠢，小眼薄皮惹来了这么大的麻烦。”

沙复明一杆捅在球上，白球跳起来砸到红球上，红球撞绿球，绿球滚进洞里。

沙复明："你们可别小看盲人，每个盲人心里都有一双眼睛。"

张宗琪："老沙，谢谢你今天给我留了面子。"

沙复明："我是给我自己留面子，不管怎么说，我也是推拿中心的老板，我不能让员工们知道我的饭盒里只有六块羊肉。"

张宗琪一怔："你数了？"

沙复明："当然数了，早放下面子去数，事情就不能发展成今天这个样子。"

张宗琪诚心诚意地检讨自己："是我没管好我老婆。"

沙复明："这事也怪我，不能因为是哥们儿就公私不分。"

张宗琪放下了球杆："老沙，你说这话什么意思？"

沙复明又磕进去了一个球："钱从中心出来分成两股进了你们家，洗衣费尽管七折，这也是一笔不小的收入。伙食费更不用说了，你我都是老板，利已经都让你得去了。你老婆还要在伙食上克扣大家，你觉得我应该装傻还是应该充愣？"

张宗琪面子上挂不住了："老沙，这可是你当初同意的。"

沙复明直起腰，脸扭向张宗琪问："如果这个方案是我提的，当初你会不会拒绝？"

张宗琪眨巴着眼睛看着他。

沙复明："会吗？"

张宗琪："不会。"

沙复明："你说的不是实话。"

张宗琪："没错，我肯定拒绝。"

沙复明："我没拒绝是因为我还没学会说'不'！"

张宗琪："看来你是真生气了。"

服务员把茶水端上来，给他们满上以后转身走了。

沙复明放下球杆坐到茶桌旁边喝茶。

张宗琪也坐了过来。

沙复明："谁都知道隔山的金不如到手的铜，但是做人应该有原则。应该知道什么是我的，什么不是我的。谁都想找机会挣钱。有的人的机会在外面，有的人的机会在心里。"

张宗琪："老沙，不就几块羊肉嘛，怎么扯出你这么多闲话来？"

沙复明："不是羊肉是面起子，温度够了，该发生的事情一定会发酵膨胀起来。"

张宗琪发牢骚："老沙啊，我每天都在跟我的缺点做斗争，你还不依不饶的。我真不该跟你开这个店，去十字路口当交通协管员都比坐在这里挨你训痛快。"

沙复明："好汉不怕处事低，就怕疼过以后还不长教训，占了屋子还想得炕。"

张宗琪受不了了："这话说得情够薄的。"

沙复明："朋友是用来利用的，战友是用来牺牲的，这话用在你身上恰当。"

张宗琪火了："你到底信我还是信高唯？"

沙复明："高唯管账不管钱，店里对外开销的钱，都是通过你和你老婆的手花出去的。你要是想弄明白了，可以跟她一笔一笔地对账。"

张宗琪说："你这样说，这店咱俩还真没法合伙开下去了。"

沙复明说："你提个方案吧。"

张宗琪没想到他回答得如此痛快，急忙把球踢了回来："你是大股东，意见你拿。"

沙复明说："我退给你五万块钱，换一块牌子，把'沙宗琪推拿中心'改成'沙复明推拿中心'。"

张宗琪问："五万这个数是哪来的？"

沙复明说："当初咱俩合伙的时候，我掏了六万你掏了两万，这笔钱用在办证租赁门面、装修和配备器材。然后咱俩一季度分一次账。现在我退给你的不是两万而是五万，说得过去了。"

张宗琪没有扭捏，倒也十分爽快。

他说："我同意分，不过在条件上，我提出了个小小的修正，我的价码不是'五万'而是十万。十万一到手立马走人。"

沙复明说："十万也行，要不这样，按你要的这个比例，每两万的底金加成十万，那我的六万块钱就是三十万。你给我三十万，我走人。"

张宗琪没想到沙复明会这样算账，他半天没开口。

沙复明心中得意，觉得谈判到了尾声，他端起茶杯慢条斯理地喝茶。

张宗琪说话了，他说："给你三十万没问题，但有一点要和老朋友挑明了。我手上没有现款。你要是愿意，可以等上几年。钱我不会少你的。这个你一定要信得过我。你什么时候想走，我们什么时候签。"

沙复明几乎被张宗琪噎住了，不知道嘴里的话该怎么往下续，他笑了笑，摁了一下腰间的报时钟。

声控表报时："现在是北京时间两点整。"

沙复明掏出钱包要埋单，张宗琪也把钱包掏出来，他说："一人一半吧。"

沙复明脱口而出："这是干什么？就一杯茶么。"

张宗琪："还是一人一半的好。"

沙复明点点头："既然一人一半的好，那做饭和洗床单的事你也考虑一下。"

张宗琪一愣。

沙复明："我是推拿中心的大股东，这样要求不为过。"

张宗琪死死地盯着他，不相信这是他说出来的话。

沙复明："别人缺斤少两我可以刨根问底，包给你们俩口子我倒不好张嘴。"

张宗琪被捏住短处，一时说不出话来。

沙复明站起来说："你考虑考虑，我先走一步。"

他站起来朝外走去，他走得很稳，看上去完全像一个有眼睛的人。

张宗琪躺在床上翻来覆去睡不着。张宗琪说："我一向没把这个家伙看在眼里，这瞎子除了在推拿方面有两把刷子外，出了门他什么都不是。真没想到这样一个软柿子，竟然能说出那么硌牙的话，这精神头到底是谁给他的？"

身边的韩秋霞发出一阵鼾声。张宗琪气得踹了她一脚，韩秋霞哼了一声又睡了。张宗琪用胳膊肘捣了她一下。韩秋霞醒了，睡眼惺忪地问："天亮了？"

张宗琪："跟你说个事。"

韩秋霞看了一眼手机上的时钟显示，四点整。

她一脸不耐烦："有事明天说，累了一天，连觉都不让人好好睡。"她转了个身背冲着张宗琪想接着往下睡。张宗琪叹了口气说："沙复明要把他股份抽出去。"

韩秋霞一听这话马上醒了，她翻过身看着丈夫："真的？"

张宗琪："他刚跟我谈完。"

韩秋霞说："抽出去更好，店是咱一家的。"

张宗琪："他要三十万。"

韩秋霞："不怕风大闪了舌头，让他给咱三十万咱撤。"

张宗琪："当初他投了六万，我才投了两万，他怎么可能给我三十万？"

韩秋霞："他能给你多少？"

张宗琪："五万。"

韩秋霞："他是放屁，还是说话？"

张宗琪："我跟他要十万，他说既然两万可以升值到十万，二三得六，他的六万就可升值成三十万。"

韩秋霞说："他可真阴毒。"

张宗琪："都是那十几块羊肉挑起来的，想让我多吃一口，你不会留在家里？我半夜醒了都能吃了。这可好，让他顺着话茬子往下摸，咱们别说包伙食，连洗床单这活都保不住了。"

韩秋霞火了："他以为这活好干？挣这屁崩的俩钱，还不够操心费力的呢。"

张宗琪也坐起来了："人家会算账，我也会算，高唯说得对，按你现在做饭的标准，每天一人的伙食费最多八块钱。那么十五个人每天省下的三十块钱哪去了？"

韩秋霞听他又扯到这件事上立刻暴躁了："姓张的，你要是再跟外人合伙糟践我，老娘就起义。儿子归我，房子归我，儿子的抚养费你一分不能少。哪凉快你滚哪呆着去吧。"

张宗琪："凭啥儿子和房子都归你？"

韩秋霞："儿子归我因为我是他妈，房子归我因为我是女人。"

张宗琪："狗屁逻辑。"

韩秋霞放低声音凑到他的耳旁小声说："你存折上有十万，这钱哪来的？"

张宗琪吓了一哆嗦："谁告诉你的？"

韩秋霞："鼻子下面长着嘴，我不会去银行问？"

张宗琪眼睛立刻瞪了起来："你动我的存折了？"

韩秋霞："你的？狗屁！这是夫妻共同财产。"

张宗琪："银行太没信誉，没有密码都让查账。"

韩秋霞："你把密码写在电话本上了，不就是……"

张宗琪一把捂住韩秋霞的嘴。

早晨。沙复明站在小公园树下打太极拳。影子沙复明站在他的旁边跟他动作一致地打着太极拳。影子沙复明说："我们一点都不知道自己的判断其实是别人的判断，但我们疑惑，一疑惑我们就必须同时面对两个世界。"

沙复明搓脸收功，他自言自语道："我们十分自尊、十分果断地把自己的内心撕成两块，一半将信，一半将疑。"

穿着一身运动服的赵建民跑过来，他站住脚跟沙复明打招呼："沙大夫早啊！"

沙复明听出他的声音忙说："赵建民吧，腿没事吧？"

赵建民："好了，要不怎么敢做这样的运动？"

沙复明："那也得小心。"

赵建民："有你保驾护航，我怕什么？"

沙复明："我有个事想问问你呢。"

赵建民："什么事？"

沙复明："你是搞金融股票的吧？"

赵建民："是啊。"

沙复明："托你打听一件事。"

赵建民："你说。"

沙复明拉他在椅子上坐下："上次我跟你说过一嘴，几年前，我跟别人合起来炒股，一共买了七万块钱的股票。先开始赚得很凶，因为我们太贪心，没及时抛出去，结果被套牢了。一套就套到现在。"

赵建民："你买的是什么股？问好了吗？"

沙复明："不太清楚。"

赵建民："你有证券账户卡吗？"

沙复明想了一下："不知道，手续都是对方办的。"

赵建民："你得跟对方把账户卡要来，我才能帮你查。"

沙复明自言自语："证券账户卡？这事有点难度。"

赵建民："你把身份证给我，我帮你报个账户卡遗失，再补办一个，这样查起来就容易多了。"

沙复明："好。"

张宗琪家便利店。韩秋霞忙着做汉堡、热牛奶豆浆。张宗琪拎着一大袋子油饼从外面回来。他把油饼放在三轮车上，又进屋去把一锅稀饭端出来放在车上。

韩秋霞问："你这是干啥？"

张宗琪："饭咱还坚持做，记住分量给足，不能再给人留话把子。"

韩秋霞："早上这么吃，那得多少钱？"

张宗琪："想挣钱就得先舍钱，这么教育你，都不长见识。"

韩秋霞："午饭熟了你过来取吧。"

张宗琪："婚都敢离，饭却不敢送，昨晚上咬钢嚼铁的劲头哪去了？"

韩秋霞："少废话，快去快回，我还得出去买菜呢。"

张宗琪骑着车子走了。

张子强背着书包从屋里出来，他对韩秋霞说："妈，我想吃小笼包子。"

韩秋霞："来不及了。"

张子强："那我吃粢饭团。"

韩秋霞关了店门拉着儿子就走，她把一个汉堡塞到儿子手里："今天什么都不给你买，就吃这个吧！"

韩秋霞和张子强匆匆走过街心广场，一个男青年在玩遥控直升飞机。

张子强立刻走不动了。

张子强说："妈，我想要个直升飞机。"

韩秋霞："给你妈脑袋上按个螺旋桨当直升飞机使唤吧。"

韩秋霞拽住张子强的手拉着他大踏步往前走。

韩秋霞："快点，我还得上菜场买菜去呢。"

张子强边走边恋恋不舍地回头看天上的那架飞机。

张宗琪把早饭放在休息区。推拿师们围过来吃饭。

张宗琪给大家盛稀饭拿油饼，殷勤又热情。

张宗琪："早上现煮的粥，新下来的米又稠又黏，营养绝对丰富。"

推拿师们不知道该怎么应付他，只有埋头喝粥的份了。

张一光问："韩师傅怎么没来？"

张宗琪："感冒了，怕传染你们。"

沙复明站在门口听着休息区里面的动静。

高唯端着早餐过来："沙老板给你。"

沙复明抽了抽鼻子说："太油了，我吃不下。"

高唯看着他好一会没说话。

崔云正在学校门口焦急地等待着。

她一扭头不禁愣住了。

吴和平的妈匆匆赶来，她也看到了崔云。

老太太脸一绷，两只眼睛盯在崔云的脸上。

崔云心里一哆嗦，下意识地叫出了口：“妈。”

吴奶奶心里挺舒坦，她问：“你来干吗？”

崔云没敢说来接吴迪，她说：“来看看孩子。”

吴奶奶：“孩子你怎么带的，看见肉像狼见了羊似的。你是不是老饿着我孙子？”

崔云：“他上的各种兴趣班，哪个班一张嘴都是四五百块钱。”

吴奶奶：“养不起，你还霸着他干什么？”

崔云：“他爸半年没给抚养费了，我下岗了，刚刚找到工作。”

吴奶奶叹了口气：“家里又添了一张嘴，你也不是不知道。”

崔云：“那也不能有了闺女就不管儿子了。”

吴奶奶嘴一撇：“你让他拿什么管？我儿子说的好听点是包着工程，实际是领了一群讨饭的。你管他要钱，那个骚货也追着他要钱。我儿子开着银行吗？”

崔云知道老太太说的是吴和平又娶的那个老婆，她不好搭腔。

吴奶奶：“她娘家的人三天两头往这跑，一副吃大户的嘴脸。那个不要脸的女人，竟然吵着要把她爹妈接来住。”

崔云：“往哪住？”

吴奶奶：“不是还有一套房子吗？”

崔云：“哪套房子？”

吴奶奶：“政府占地，重新分给我的那套房子。”

崔云没说话。

吴奶奶：“我说了，一年给我四万块钱的租金，我就让你父母住。那骚货听了撒泼打滚地折磨吴迪他爸。她也不撒泡尿照照，连个儿子都生不出来，还好意思拿自己当娘娘一样供着。”

崔云：“吴迪他爸怎么说？”

吴奶奶：“他？当缩头乌龟呗！整天连个人影都见不着。要不是我大孙子陪着我，我一天都不想在这儿待。”

崔云：“吴迪……”

话没说完，校门开了，孩子们一窝蜂跑了出来。

吴迪看见了妈妈，小燕子一样地扑了过来：“妈妈！你接我来了？”

崔云伸开了双臂，吴迪在即将扑到妈妈怀里的那一瞬间被奶奶揪住了胳膊。

吴奶奶：“走，跟奶奶回家去。”

吴迪：“我要跟妈妈走！”

吴奶奶："奶奶带你去吃麦当劳。"

吴迪立刻被奶奶嘴里的美食吸引了："真的？"

吴奶奶："奶奶啥时候骗过你？"

她看都不看崔云，拉着吴迪的手转身就走。

崔云叫了一声："吴迪！"

吴迪："妈妈，你明天再来接我。"

祖孙俩走远了。崔云被晾在了那里，她心里一片凄凉。

一辆汽车开进修理厂的院子。

两棵之间拉了一根绳子，绳子上挂着四个鹩哥笼子，四只鹩哥七嘴八舌地开始招呼客人。声线有高有低，有男声有女声。

鹩哥 A："您好，是来修车吗？"

鹩哥 B："修车吗？修车吗？"

汽车停下来。

鹩哥们又说了。

鹩哥 C："请关门。"

鹩哥 A："请拉好手刹。"

鹩哥 D："请上架。"

前来修车的人被逗得哈哈笑。

牛三勇穿着一身黑中式服装站在办公室门口看着外面。

几个穿工服的小伙子围着车检查，他们检查不出来车的毛病。

其中一个扭头朝办公室门口喊："勇哥，你给出来看看呗。"

牛三勇从办公室里面出来。

牛三勇问："怎么个情况？"

车主说："右前胎老是撒气，昨天下午刚补足了，今天早上又没了。"

一个修理工说："我把前胎卸下来，仔细检查了一遍没有钉子也没有眼。不像车胎扎了。"

牛三勇蹲下身仔细检查轮子中间的钢板，发现一道很细的裂痕。

牛三勇说："钢圈不行了，得换钢圈。"

车主弯下腰问："怎么会裂了？"

牛三勇："拐弯的时候轮子撞在马路牙子上，路况不好的时候剧烈颠簸，都可能出现这种情况。你这是在城里，如果在高速上开车，会出大麻烦的。"

车主问："换这个得多少钱？"

牛三勇："你这个牌子的车得四百八。"

车主吃了一惊："这么贵？"

牛三勇："要不你到别的修理厂去看看。"

车主："车这样也没法开啊。"

牛三勇没说话，转身走了。

车主追着牛三勇的屁股后面问："便宜点行不行？"

牛三勇说："进价就高，没办法的事。"

他头都没回，往屋里走。电话铃响，牛三勇掏出手机接着电话进屋了。

电话里的人问："王海那小子欠的钱你到底能不能要回来？我家卫生间还等着那笔钱装呢。"

牛三勇说："他不还你钱，你连屎都拉不成了？"

电话里的人说："我拉不成屎，你也提不了成，一损俱损的事。"

牛三勇往窗子外面看了一眼。

修理工已经开始给车主换钢圈了。

牛三勇说："王海那小子把手机关了，找了几天都没摸着影。"

电话里的人说："我给你指个路吧。"

牛三勇认真地听着："嗯，嗯，知道了。"

崔云守在学校门口，学生们下学了，家长们迎上去陆续把自己的孩子领走。

孩子们都走了，崔云也没见到吴迪。

她心里着急找到班主任老师。

老师说："吴迪转走了。"

崔云吓了一跳："前天我还在这见到他了呢。"

老师："昨天转走的。"

崔云急了："谁给他转的学？"

老师："他爸爸来办的手续。"

崔云："转到哪个学校去了。"

老师："我也不知道。"

崔云觉得天塌下来了，眼前一阵发黑，扶住了面前的桌子才没摔倒。

崔云给吴和平打电话，电话一直没人接听。

崔云坐在饭店的椅子上披头散发，满脸泪痕，人憔悴得已经没了样子。

蔡老板说："你要是再这样，我这个店也没办法留你了，我要做生意。"

崔云还剩下最后一点理智，她说："我得活着找到儿子，活着就得吃饭，我不能丢了饭碗。"

蔡老板："那去干活吧。"

小巷里嘈杂的人声。卖馄饨的摊位摆在巷子口。卖水果的摊位也摆在巷子口。

牛三勇走进巷子里。

麻将馆。老板娘端着一个托盘，里面盛着四碗米饭。老板跟在后面，他也端着一个托盘，里面是两菜一汤，正准备上楼。

牛三勇推门进来。老板娘跟他打招呼："老板来早了，楼上刚刚四圈。你要玩还得凑足人手。"

牛三勇说："我先看看热闹。"

老板说："要吃饭的话，锅里还有。"

牛三勇说："我吃过了。"

他跟在老板和老板娘的后面上了楼。

王海跟另外两个中年男人一个中年女人在玩麻将。

看见送饭上来，王海说："吃饭，吃饭，吃完饭再玩，记着，该南风起了。"

牛三勇慢慢悠悠从楼梯上来，他面带笑容跟王海打招呼："哥们儿，胃口不错啊。"

王海看见他一愣，马上笑起来："勇哥真是爱我。"

牛三勇笑得更真诚了，他说："受雇与人，你就是化蝶了，我也得扎上俩翅膀追啊。"

王海端着碗开始吃饭，他越吃越快。

牛三勇："别急，我等你。"

他看了一眼桌子上的麻将牌问："玩多大的？"

老板娘："嗨，小麻将，寻开心的事。"

王海放下碗，抹了一把嘴上的油。

牛三勇跟那三个麻友说："你们慢慢吃，我跟他说两句话。"

王海只得硬着头皮跟他下楼去了。

王海和牛三勇站在门口说话。

牛三勇说："你哥用他的血给你爹妈讨了份安宁。可欠债还钱天经地义。"

王海："我真没钱。"

牛三勇："有没有你都得给我。"

王海："上次我哥真的把钱带回来了，两万五千块，你没有本事跟他要么。"

牛三勇："他都拿刀自残了，我还能怎么着？"

王海："又不是你的血，你怕什么？"

牛三勇火了，两眼一瞪："你跟他有没有血缘？他可是你亲哥！我见过混蛋的，可没见过比你更混蛋的。"

王海："有钱都不伸手帮忙，血缘连个响屁都算不上！"

牛三勇用手点了点他的鼻子："王海，我要是你哥，一刀先劈了你！"

王海："劈了我能免了债，你就劈吧。"

牛三勇："妈的，大江大浪都闯过，谁想能栽在小河沟里。我告诉你王海，不争馒头争口气，这笔账你赖不掉。"

王海一脸诚恳:“勇哥，我给你交个实底吧，从小到大我哥对我那真是一呼百应。什么事他都伸手帮我，那天是你话没说到位，把他激火了他才拿刀自残的。”

牛三勇一怔：“你哥在哪上班？”

王海：“我不知道。”

牛三勇：“你给我把地址打听清楚，我再去会会他。”

王泉妈把晒干的衣服从阳台上拿回来放在沙发上一件件地叠好。

王海进来：“妈！”

王泉妈：“你还知道回来啊？”

王海：“我快饿死了！”

王泉妈恨恨地：“早死早托生，我怎么生了你这么一个孽种？”

王海两只手拽着母亲的一只胳膊撒娇：“别骂了，我的胃都开始疼了。”

王泉妈立刻站起来往厨房走：“给你弄个蛋炒饭？”

王海：“不吃剩饭。”

王泉妈：“煮碗面？”

王海：“肉丝面，再煎两个鸡蛋。”

一大碗面摆在餐桌上，面上有两只黄澄澄的荷包蛋。

王海大口大口地吃着。

王泉妈坐在旁边看：“晓榕在哪吃啊？”

王海：“回她妈家。”

王泉妈：“你们过得这是啥日子？”

王海:“一让她做饭她就说,谁饿谁做。你们男人多什么了？我才不惯你臭毛病呢。”

王泉妈：“这叫什么话？”

王海：“懒得搭理她，她那种人，有理没理都不饶人。”

王泉妈：“你们住哪儿了？”

王海：“在外面租的房子。”

王泉妈叹了口气：“家里有房子，还得跑到外面花钱租房子。”

王海：“你看我爸那样，我要是再回来住，他非拿刀把我劈了。”

王泉妈：“他不是个说狠话的人，你把你哥祸害成那样，你爸急了。”

王海：“我哥是亲手拿刀自己割的自己，你们怎么往我身上扣屎盆子？”

王泉妈：“你不把讨债的引到家里来，能有这事吗？”

王海：“冤有头债有主，真到了割肉还债那一步也是我先割啊。”

王泉妈：“你个孽种！”

王海：“种就这样，天生的，你重把我塞回肚子里生一回，我还这样。”

王泉妈从报纸下面拿出来王泉的医疗本摔在桌子上。

王泉妈：“你看看，你哥为了给你了这笔债胸口上缝了多少针？”

王海的眼睛落到医疗本封面上。

上面清清楚楚地写着的王泉的工作单位：沙宗琪推拿中心。

盲人电影院。前厅里盲人们后面的人搭着前面的人的肩膀，前面的人为后面的人充当着引路人，慢慢地走了进来。

金嫣和芒来坐在前排，金嫣紧张又兴奋，芒来有些心不在焉。

电影开始放映了，一个嗓音很好的女青年站在银幕旁边用麦克风给盲人们讲解着电影。

女青年：“小Q的第一个‘主人’是渡边先生。主人是个顽固的家伙，天生不喜欢狗……”

金嫣和芒来的手紧紧握在一起，他们瞪着一双盲眼，认真地听着。

推拿中心休息区。坐在沙发上休息的王泉伤口痒得出奇，他把手伸进怀里轻轻挠着。

孔佳玉按住他的手：“又挠，告诉你多少回了，小心感染。”

王泉：“线都拆了，感染不了。”

电话铃响了，王泉接电话。牛三勇的声音：“王泉，你好！”

王泉听出来了，是牛三勇。他倒吸了一口冷气，站起来出去了。

王泉：“谁给你的电话？”

牛三勇：“这个你就别操心了。”

王泉：“你找我什么事？”

牛三勇笑嘻嘻地说：“上次那事还没了呢。”

王泉：“我流了那么多血，缝了一百多针，这都不算数吗？”

牛三勇说：“这是两码事。”

王泉沉默着不说话。

牛三勇：“我就在你们推拿中心的门口，你还是出来一下吧。我进去对你影响不好，你说是不是？”

王泉铁青着脸挂了电话。

沙复明在办公室里给一个中年女人号脉。

沙复明：“体内湿气过重。常言道，‘千寒易除，一湿难去。湿性黏浊，如油入面。’湿与寒在一起叫寒湿，与热在一起叫湿热，与风在一起叫风湿，与暑在一起就是暑湿。湿邪不去，吃再多的补品、药品都如同隔靴搔痒，隔山打牛。”

中年女人：“我该怎么治疗？”

沙复明："配合推拿做一下蜡疗，把体内的湿气拔出来一些，再加上灸疗，从根本上加强体质。"

中年女人："好，我做一个疗程看看。"

沙复明："去前台办一下手续吧。"

女人出去了。

王泉进来："沙老板。"

沙复明："有事吗？"

王泉："我还得跟你请个假出去一趟。"

沙复明意识到什么，他抬起头没有目光的眼睛盯着王泉。

沙复明："能跟我说说吗？看看我能不能帮帮你。"

王泉："你帮不了。"

沙复明："你还没说，怎么就知道我帮不了？"

王泉："我弟弟赌博欠下了钱，对方堵到我父母的门口要债。当时我跟你借了一万块钱，后来又还给了你。"

沙复明："这事我记得。"

王泉："事情还没完，讨债的人追到门口，我得去把这事了了。"

沙复明脸色立刻严肃起来，他问："你是说讨债的追到我的推拿店门口了？"

王泉："是。"

沙复明沉吟了一下，说："这个假，你不用请了，回去接着工作。"

王泉一怔。

沙复明："你是推拿中心的人，既然讨债的逼到了推拿中心门口，这事我这个当老板的必须出面去解决。"

王泉："沙老板，那个人是狗皮膏药，贴在身上准能粘下来一层皮。他是奔我来的，我不能躲在店里装死狗。"

沙复明："信不过我是不是？"

王泉："你没有必要惹这个麻烦。"

沙复明二话不说，站起来把王泉推出了办公室。

把王泉推进了 VIP 推拿室里，严肃地叮嘱他："没有我的话，你不许出来！"

沙复明把门反锁了，拔下来钥匙。

听电影的金嫣哭得满脸眼泪，芒来不停地给她递面巾纸。银幕上年老导盲犬在蹒跚走路。

女青年："小 Q 慢慢地老了，步伐和身姿也不如以前矫健。当小 Q 又在后花园里享受阳光的时候，它也许想起了小时候的情形，忍不住迈出蹒跚的步伐，叼起小时候最爱的小熊，可它最后竟没能跨上那一步阶梯，要在几年前是多么轻而易举的事情。小Q的头重重地摔在了阶梯上，再也没能爬起来……”

金嫣哭得趴在芒来的肩膀上。

推拿中心前台。沙复明把钥匙扔在高唯面前。高唯一愣。

沙复明：“王大夫在里面，看好了，别让他出来。”

高唯刚要问什么。沙复明做了手势不让她往下问，他转身走了。

高唯丈二和尚摸不着头脑。牛三勇大摇大摆地进了推拿中心的大门，他四处张望着打量这里的布局。

高唯瞪着一双眼睛问：“先生，推拿吗？”

牛三勇说：“不，我找人。”

高唯问：“找谁？”

牛三勇说：“王泉。”

高唯想起来沙复明叮嘱过的话，于是反问道：“你找他有事吗？”

牛三勇：“有点私事。”

高唯：“那就下班以后来吧，我们的大夫上班时间不会客。”

牛三勇：“那我等着他下班。”

说完他一屁股坐在旁边的椅子上。

高唯：“我们晚上八点下班。”

牛三勇：“我不急，等到明天早上八点都行。”

高唯不再说话，她瞪着眼睛看着他。

牛三勇：“你看着我干什么？”

高唯：“你不看我，怎么知道我在看你？”

牛三勇避开眼神不再看她。

高唯依旧眼睛一眨不眨地看着他。

牛三勇受不了被她这样盯着，他站起来就往里面走。

高唯从服务台里出来伸手拦住了他。

高唯：“请你遵守我们这里的规章制度。”

牛三勇：“两句话的事。”

高唯：“一句都不行。”

牛三勇火了：“你这人是机器组装的吧？灵活点能死吗？”

高唯：“死不死是我个人的事，跟制度无关。”

沙复明从里面出来走到他们俩跟前，他一言不发侧耳细听。

牛三勇瞪着眼睛说：“不看你是个女人，我早把你拎出来扔到外面去了。”

高唯：“你有这个权力吗？”

牛三勇被噎住了，他涨红了脸：“我他妈的当然有！”

高唯："权力证书拿出来给我看看。"

牛三勇大怒："你要是个男人，我一巴掌就把你拍扁了，叫你下辈子都没法见人。"

高唯语气很淡定："我根本不想有下辈子，你就不用下死力气咒我了。"

牛三勇："哎！你还是个女人吗？"

沙复明咂咂嘴摇摇头，一脸无可挽救的遗憾。

牛三勇瞥了他一眼。

高唯："你这人半脑袋水，半脑袋面，一想问题就搅成了一脑袋糨糊。把你搁动物园里算精的，撂人堆里就差点意思了。"

牛三勇："你是不是不想活了？"

沙复明遗憾地咂了咂嘴。

牛三勇一肚子的火冲沙复明去了，他说："我又不是口香糖，你老冲着我砸吧嘴干什么？"

沙复明莫名其妙地冒出来一句话："信佛？"

牛三勇一愣："嗯？"

沙复明摇摇头转身往回走。

牛三勇："哎，我问一下，你是盲人吗？"

沙复明转过身从口袋里掏出来残疾证递给他："全盲B-1级，很正宗，很地道，一点都看不见。"

牛三勇奇怪了："那你怎么知道我信佛？"

沙复明："每个人都有自己的气场，有眼睛的人也未见看得到。中医讲究望闻问切，我看不见，闻出来的。"

牛三勇："哦？"

沙复明："你外求宁静致远，内有焦煳之气。佛是你要的装饰，所以佛不信你。"

牛三勇懵了，眨巴着两只眼睛看着沙复明。

沙复明再次转身往回走，牛三勇一把拉住他右手的手腕。

牛三勇："不行，你不能把话说一半。"

沙复明左手把牛三勇的手腕握住了，他一动不动地站在那里，表情很凝重。

牛三勇不知道发生了什么，也不敢动了。

沙复明："你有一个哥哥。"

牛三勇一怔。

沙复明："夭折了。"

牛三勇的脸一下白了。

沙复明松开牛三勇的手腕自己走了。

牛三勇又一把拉住沙复明的手腕："别说半截话。"

沙复明甩开他的手，走到门口的大鱼缸前面站住。鱼缸里有一条银龙鱼在优哉游哉地游动着。

牛三勇鬼附体一样跟了过去。

沙复明把手伸进大鱼缸里蘸了一下拿出来。

沙复明像自言自语一样："你该从南往北游了。"

那条鱼像听懂了他的话一样调头游了过来。

牛三勇惊呆了，他瞪着沙复明的脸，不相信他是一个盲人。

牛三勇："你怎么知道？"

沙复明："鱼转弯的时候，水流跟你的血液流动一样，遇到阻碍必然产生回流，这个回流反射到脉象上就是病。你受过外伤，有一处伤在脑袋上，左侧头疼，疼劲上来，恨不得撞墙。"

牛三勇吃惊地张开了嘴巴，他没有说话。

沙复明："肝火上逆，口舌发苦，你体内有淤血。"

牛三勇等着他往下说。

沙复明偏偏不说了，他转身要走。

牛三勇一把拉住他。

沙复明语气平静地说："我们这里是残疾人的机构，不适合办义诊。你要是真想治病，那就去服务台登记一下吧。我诊一次脉费用二十，治疗价格一览表在墙上贴着，老板自己看。我还有客人在里面，就不在这陪你了。"

说完他头也不回地走了。

高唯在台子上摊开一张纸，冷着脸问："姓名？"

牛三勇："牛三勇。"

高唯："年龄？"

牛三勇："三十二。"

高唯："住址？"

牛三勇忽然觉得不对了，这女人的口气像警察，自己像罪犯。

他说："哎，你能不能不这样跟我说话？"

高唯头都不抬："地址？"

牛三勇肚子里的火往上拱。

高唯："不是我对你感兴趣，这是建立医疗档案必填的。"

牛三勇心里发着狠，他拿起笔填了表。

牛三勇转身要往里面走。

高唯："交二十块钱诊脉费。"

牛三勇掏出来二十块钱扔在高唯面前。

3号推拿室。沙复明一只手抓着牛三勇的五指，一只手在掌心的几个穴位上捏揉着。

牛三勇身子直往下溜:“哎呀！疼！疼！”沙复明松开了手。牛三勇缓上来一口气。

沙复明：“你左后肩心脏部位有蚕豆那么大的一块胎记。”

牛三勇觉得身上的汗毛“刷”地站了起来，额头吓出了一层冷汗。

沙复明仔细聆听着他的动静，说：“你的哥哥在他五岁的时候死于意外，他被利器戳穿了心脏。”

牛三勇惊得张着嘴，好半天没说出话来。沙复明站在那里像尊佛一样垂着眼睛，静等着他的反应。房间里格外安静。牛三勇承受不了如此神秘的气氛，他问：“谁告诉你的？”

沙复明：“你身上带着他的信息，你父母是为了他才让你来到这个世界上的。从玄学的角度上说，你是他的转世。”

牛三勇浑身发抖“扑通”一声跪在了沙复明的面前。

沙复明假装不知道：“那有饮水机，你先喝水，纸杯喝八杯，喝通了告诉我。不要喝阴阳水。”

牛三勇跪在地上抬着头仰视着他：“什么是阴阳水？”

沙复明：“把开水晾凉了喝，不要凉水热水掺在一起。”

说完他转身出去了。牛三勇怔怔地在地上跪了一会才爬起来，他走到饮水机前接了一杯热水，一口一口地用嘴往凉了吹。

金嫣和芒来手拉着手在盲道上走着。

金嫣伸手搂住了芒来的脖子：“芒来，咱们结婚以后也养一只小 Q 这样的狗。”

芒来：“你想得太远了。”

金嫣：“那往近了想，你说咱们举办一个什么样的婚礼？”

芒来：“办婚礼太铺张，我要把挣来的每一分钱都花在你身上，我才不会烧钱给别人看呢。”

金嫣态度非常坚决：“不就是花钱么？你不舍得，我舍得，花呗。花钱的花为什么是花朵的花？意思很明白，钱就是花骨朵，是含苞欲放的花瓣，只要花出去，每一分钱都可以怦然绽放，忽如一夜春风来，千树万树梨花开。”

芒来心里郁闷，他张了张嘴，一时没说出话来。

十三

VIP 推拿室。王泉坐在推拿床上竖着耳朵听着外面的动静。他听见牛三勇的脚步声从门口走过去。

有人敲门。正在读书的沙复明抬起头："进来。"

牛三勇推开门露出来半张脸小心翼翼地说："前辈，我喝够八杯水了。"

沙复明："小便了几回？"

牛三勇："数不清楚，已经尿的没尿了，开始几滴几滴地往出嘀嗒。"

沙复明："你去推拿室等我。"

沙复明和牛三勇一前一后走过来。

王泉听着牛三勇和沙复明的脚步声从门口走过去。

3 号推拿室。牛三勇怀着敬畏之心趴在推拿床上。沙复明开始给他做全身放松。牛三勇从来没这么舒服过，他闭着眼睛昏昏欲睡。沙复明的手摸到他的后脑勺的穴位上。牛三勇叫了一声："疼！"沙复明手指挪了个位置。牛三勇又喊："哎呀！疼！"沙复明顺着他的脑袋摸。

沙复明说："气血不通，脑袋上都是节结，不把淤血处理了，头疼好不了。"

他拿出来一个牛皮小包，拉开拉锁，里面根根银针闪闪放光。

牛三勇看见针立刻腿肚子发软，脑门上冒出虚汗："针灸？"

沙复明拿出来一根最粗的针说："不，是放血。"

牛三勇面露惊恐之色，他说："我，我从小怕针。"

沙复明问："不治了？"

牛三勇："只有这一种方法吗？"

沙复明："这种方法最见效。"

牛三勇两眼一闭豁出去了，他说："扎吧。"

沙复明站在牛三勇面前，他说："有一点疼，忍一下不要乱动。血出来也不要用手去擦。"

牛三勇紧张得两手发抖，他不停地吞咽口水。沙复明手快针准，每个穴位上五针，再用手一挤。

紫黑色的血蚯蚓一样一条条顺着牛三勇的额头鬓角流下来。

沙复明："你睁开眼睛往前看，是不是觉得脑袋里很清亮？"

牛三勇瞪着两眼看着前面。他很惊讶说："清亮，像整个脑袋被酒精消过了毒。"

沙复明说："刚才是泄，现在我要给你补。"

沙复明让牛三勇挽起裤腿，把两腿平放在床上，他取出来艾灸器放在牛三勇的足三里穴位上灸疗。

沙复明："这叫灸，针灸的灸就是这个灸。你放松，全身放松，闭上眼睛入静。"

牛三勇说："我满脑门子破事，入不了静。"

沙复明说："要想治病，就得把心里那些乱七八糟的事情都放下，要不然那是白白花钱。"

牛三勇闭上眼睛。

沙复明引导他入静："舌舔上颚，眼观鼻，鼻观口，口观心。想着肚脐下面三指处，那里是丹田。"

牛三勇的心很快静了下来。

推拿中心前台。沙复明叮嘱高唯："看着艾灸，别烫着他。"

高唯答应了一声去了。

3 号推拿室房间里艾灸烟缭绕，牛三勇佛一样坐在那睡着了。艾灸器里的艾灸燃烧得挺好。高唯站在那里看看牛三勇，嘲讽的笑容挂在她的嘴角上。

高唯用钥匙打开 VIP 推拿房门，王泉出来。

高唯小声跟他说："沙老板让你回宿舍去。"

王泉刚要说什么。高唯推了他一把："别啰嗦，快走吧。"

桌子上的手机响了是短信。

沙复明急忙打开接听。

崔云："麻烦你到胡同口的四通茶馆来，我有十分紧急的事情找你。"

沙复明合上手机，急忙从办公室里出来了。

沙复明走到前台跟高唯说："那边你盯着点儿，我有急事出去一趟。"

高唯答应了。

沙复明熟门熟路地进了四通茶馆彩云间。

坐在茶座上的崔云看到他急忙站了起来，她披头散发，颓败憔悴。崔云给沙复明拉开凳子。沙复明坐下。沙复明："什么事？"

崔云嘴唇哆嗦着半天没说话。

沙复明意识到有什么重大的事情发生了。他抬起头，脸冲着崔云等着她说话。

崔云说："他把孩子抢走了。"

话一出口，她号啕大哭起来。

正在山水间跟三四个人喝茶谈事的吴和平听到崔云哭声一愣。

沙复明吃了一惊问："什么时候的事？"

崔云说："十天了。"

沙复明一算。

沙复明："难怪这段时间没有你的动静了呢，原来发生了这样的大事。"

崔云的眼泪雨点一样落下来："我没有朋友，不知道该找谁。"

沙复明："你去他家要过孩子吗？"

崔云："我只知道他们住在哪一带，不知道具体哪栋楼。"

沙复明："学校呢？"

崔云："他把孩子转学弄走了。"

沙复明："就在他们居住附近的学校一所一所地查，总能查出来。"

崔云听他说得有理，哭声渐渐止住了。

沙复明："实在不行就走法律这一块。"

崔云一怔。

门突然被推开了，吴和平铁青着脸进来。

吴和平："谁家祖宗死了，雇你在这里号丧？"

话一出口他看到了沙复明。

崔云看见是他，吃了一惊，立刻母豹子一样地跳起来："吴和平！我正找你呢！"

沙复明知道面前的这个人，正是崔云离了婚的丈夫。他直起腰，微抬下颌，两眼平视着前方。

吴和平张嘴就骂："找老子干什么？给你的偷人来个现场取证？"

沙复明被他如此无理的话激怒了，他嘴角紧抿着没有说话。

吴和平注意到沙复明神态不同常人，又看到了他面前放着的金属拐杖。

吴和平心里冷笑一声："原来是个瞎子。"

崔云声音哆嗦着说："吴和平，你猪狗不如！我儿子呢？快把我儿子还给我！"

沙复明语气平和地跟崔云说："你们谈吧，店里还有事，我先走一步。"

他站起来往外走。

吴和平欺负他是一个盲人，伸出一只脚拦在他脚前。

沙复明手里的金属盲杖尖稳准狠地扎在他的脚背上。

吴和平疼得大叫一声："你瞎啊？！"

沙复明语气平和地说："我确实是瞎子。"

吴和平顿时语塞。

沙复明步履从容地走出了店门。

吴和平心里的火往上拱，转身上前两步，一把揪住崔云的头发。

吴和平："你他娘的下作到跟一个瞎子胡搞，还跑到公共场合来丢老子的脸。"

崔云使劲往开挣他的手："放开！你放开！"

吴和平死不松手，拽着她的头发拖到椅子前自己坐下。

吴和平："说！你跟这瞎子是怎么搅和在一起的？"

崔云疼得浑身颤抖地说："撒手！你撒手！"

她使劲一挣脱身出来，吴和平的手里落下一缕头发。

崔云脸色煞白嘴唇哆嗦着说："把我儿子还给我！"

吴和平眼睛盯着她："别人说你是闷骚型的，我还不信。你他娘的哪是闷骚？你这是闷棍，背后下黑手。痛快地把你的案底给我交待清楚，要不，今天你就别想出这个门！"

崔云："把儿子还我！"

吴和平："你勾引的他，还是他勾引的你？"

崔云："不把儿子给我，我就报警！"

吴和平："你这死德性，也就瞎子能看上！哎，你跟我说说，一个瞎子用什么办法跟你眉目传情的？"

崔云怒不可遏，掏出来手机要拨电话。

吴和平回手给了她一个大嘴巴。

手机飞了。一向柔顺的崔云扑上去跟他厮打起来。崔云的反抗更加激怒了吴和平，他左右开弓扇崔云的耳光。

茶馆领班听到动静跑过来，见此情景急忙叫保安来拉架。

见不到儿子的崔云疯了，她抄起桌子上的茶壶要跟吴和平拼命，茶壶里的水顺着她的胳膊往下流。吴和平抢过茶壶往下狠狠一凿。"噗"的一声闷响。

推拿中心休息区。沙复明脸色苍白地坐在椅子上。

高唯问："沙老板，你怎么了？"

沙复明说："高唯，我求你一件事。"

高唯很少听沙复明这样说话，她说："你说，我去办就是了，什么求不求的？"

沙复明："那好，你去趟四通茶馆，你把崔云领到这里来。"

高唯愣了一下。

沙复明："吴迪他爸在那里纠缠着她闹事，我怕她出什么意外。"

高唯答应了一声一溜小跑去了。

茶馆里一片狼藉，吴和平暴跳如雷，两个保安扑上来，死死地按着他。

茶馆领班要拨打报警电话，满脸是血的崔云按住他的电话。

她小声说："别报警，他是我孩子的爸。"

气喘吁吁跑进来的高唯看此情景一肚子气。

崔云说："砸碎的东西我赔。"

高唯实在忍不住了，她说："凭什么你赔？谁砸的谁赔。喂，这人押这了，赔了钱再放他走，不赔钱就找地方去解决。"

她拉了一把崔云说："你跟我走！"

吴和平对崔云说："你走一步试试！"

高唯瞪着吴和平："打女人的男人，是天下最不要脸的男人。她要是再听你这种败类的吆喝，脑袋准是被驴给踢了。"

吴和平："你他妈的是谁呀？！"

高唯："你放屁的声音真像小宝宝吹蜡烛。就这么点体力还想在我面前抖机灵，你真以为自己是霸王龙吗？有胆子你放马过来，你看姑奶奶敢不敢接招。"

吴和平气得张了几次嘴没说出话来。

高唯拽着崔云大踏步往外走。

吴和平伸手拽崔云。

高唯眼睛一瞪："你敢动她一根手指头，我马上报警，她是面瓜，我可不是。说得出来，我就做得出来。"

吴和平一口恶气堵在心里，眼珠子都快冒出来了。

高唯举起手机把现场拍下来，又对准吴和平的嘴脸按了快门。

吴和平：你干吗？

高唯："我把你这副嘴脸挂在网上，让亿万民众的唾沫淹死你！"

吴和平："你敢！"

高唯："你看我敢不敢？"

吴和平知道互联网的厉害，他的脑袋一下子空了。

高唯对茶馆领班和保安说："这里的一切损失由他来赔偿，跟这个女人没有关系。他敢起刺马上报警。"

说完她拉着崔云走了。

崔云恳求高唯："别报警。"

高唯没理她。

崔云："别把我的事挂在网上。"

高唯一下站住脚，扭过头恨铁不成钢地看着她。

崔云："我儿子虽然小，可他也有自尊心啊。"

高唯松开她的手，转身大步往前走了。

崔云站在原地，不知道该进还是该退。

高唯看她没跟上来，站住脚扭过头说："跟我走，我把你交到沙老板手里，我的任务就完成了。"

崔云这才明白高唯是沙复明派来拯救她的，心里顿时涌过一股暖流。

沙复明站在休息区里，他听见凌乱的脚步声进来，知道是高唯她们回来了。崔云跟着高唯进来，她看到沙复明立刻觉得胸口发堵，鼻子发酸。

沙复明关切地问："你还好吧？"

崔云眼泪一下涌了出来，她说："没事。"

沙复明叹了一口气："这么大的血腥气，怎么还说没事？高唯你给她倒点热水洗洗吧。"

高唯出去了。

牛三勇睡醒了，打着哈欠从推拿室里出来了。他额头鬓角的血已经凝固结了痂。

牛三勇一抬头看到满脸是血的崔云吓了一跳。

牛三勇问："怎么回事这是？"

沙复明和崔云谁也没回答他。

高唯端来一盆温水放在凳子上。

崔云把脸慢慢地浸入水中泡了一会，重新抬起头。

一脸盆的清水彻底变红了。

牛三勇生气了问："这是谁干的？"

高唯没好气地说："她老公！"

牛三勇立刻泄了气："咳，家庭纠纷。"

沙复明说："不是老公，是前夫。"

牛三勇的胸脯立刻鼓了起来："我靠！被解聘了还这么牛逼？沙前辈，一句话的事，要不要我出面？"

崔云瞟了一眼沙复明，眼泪一串一串地掉下来，她忘了他看不见连连摇头示意。

沙复明凭感觉明白了崔云的意思。他问牛三勇："你感觉怎么样？"

牛三勇："浑身轻松啊，我从来没觉得睡觉是件这么幸福的事情。"

沙复明："这才哪到哪？"

牛三勇的手机响，他掏出来看了一眼："我有笔账要结，前辈，我先走一步！"

高唯拦住他："对不起，你还没交费呢。"

牛三勇看了一眼沙复明。

沙复明不看他，他对崔云说："你来，我给你上点药。"

崔云跟着沙复明进办公室去了。

牛三勇没办法只得问高唯："多少钱？"

高唯："五百三十六。"

牛三勇吓了一跳："这么贵？"

高唯板着脸按着计算器："沙大夫扎一针一块钱，你脑袋上二十个痛点，每个点扎五针，这是多少钱？沙大夫给你走的是亲情路线，打了对折，收你一半的钱。这就是五百块。艾灸每根六块，一共六根，六六三十六……"

牛三勇浑身上下掏了半天，只掏出来一百多块钱："我没带那么多钱。"

高唯："我们这里不赊账。"

牛三勇抓耳挠腮。

沙复明从房间里出来说："让他挂账吧。"

牛三勇非常感激，他说："改天我一定送钱过来。"

高唯瞥了他一眼，在他的名字下面记上了账。

傍晚。牛三勇开着车在马路上行驶，他图凉快开着车窗，想着高唯的态度，心里很生气。

牛三勇骂了一句："靠，老子到哪儿花过钱？"

十字路口警察伸手拦车。

牛三勇吃了一惊，一脚刹车踩下去。车猛地停住。

牛三勇从车窗里探出头来问："怎么了？"

警察："行使本和驾照。"

牛三勇拿出来行使本和驾照递给他。

警察仔细看后，把测酒仪器举到牛三勇的面前。

警察："吹气。"

牛三勇："我没喝酒。"

警察："请你配合我的工作。"

牛三勇无奈只得对着测酒仪器吹了一口气。

警察看了一眼仪器，上面的数字显示此人确实没有喝酒。

警察围着车子走了一圈，检查是否有剐蹭的痕迹。

牛三勇看着警察，不明白自己哪招他不待见了。

警察问："从哪过来的？"

牛三勇问："怎么了？"

警察："中山路有车肇事逃逸。"

牛三勇不高兴了："哎，警察同志，我长得就那么像肇事逃逸的？"

警察："满大街就你一个人一脑袋血。"

牛三勇抬头看后视镜，这才发现他满脑袋血痂，确实像刚从车祸现场逃回来的。

吴和平坐在小饭馆里喝酒。他越想越生气，他把饭钱扔在桌子上，站起来出去。

崔云躺在床上，她周身疼痛不已。听见有脚步上楼的声音。崔云立刻警觉起来，她挣扎着爬起来。

崔云走到门口，把门反锁上了。崔云站在门口盯着看着户门。钥匙插进钥匙孔的声音。崔云紧张得直咽吐沫。

吴和平用钥匙拧不开门，知道崔云在里面，他用拳头砸门。

崔云蜷缩在椅子上，把脸埋在两条胳膊当中，恨不得自己已经死了。

吴和平连敲门带大声喊："开门！你他妈的给我把门打开。"

邻居把门开了一条缝说："你看看几点了？还有没有点公共道德？"

吴和平："我砸我自己家的门，碍你什么事了？"

邻居："你站着的地方是公摊面积，你站在这里乱喊乱叫，影响别人休息。"

另外一家人也打开门走出来，站在那里看着吴和平。

吴和平不愿意触犯众怒，骂了一句："这年头耗子没几只，疯狗满大街都是。"他脚步粗重地下了楼。

吴和平在街上走，越想越生气。

吴和平用钥匙开门进屋。

梁丽穿着一身睡衣从卧室里冲出来，她一头撞在吴和平的怀里。

吴和平猝不及防踉跄了几步，差点一屁股坐在地上。

梁丽放声大哭："掐死我吧！你快掐死我！这么活着，还不如死了。"

吴奶奶穿着一件大背心从房间里走出来，她声音不高，威慑力很强。

吴奶奶："爱哪死哪死去，别拉着我儿子当垫背的。他上有妈下有儿子，你还没混到他为你一个人捐躯的份儿上。"

梁丽气得脸色煞白，嘴唇哆嗦着说不出话来。

吴和平："妈，她刚出月子。"

吴奶奶立刻翻脸了："谁没坐过月子？凭她生了个五斤二两的丫头片子，敢跟我拍桌子瞪眼？她看错行情了！"

梁丽哭号着收拾东西要走。

吴和平绝望地两手抱住脑袋："天天吵，天天吵，还让不让人活了？！"

梁丽："吴和平，我要知道你这个死德性，打死我都不会嫁给你！"

吴和平："是你寻死觅活非要结婚，我又不是没结过婚，早就不稀罕那玩意儿了。"

梁丽："你是说话呢还是放屁呢？我跟你在一起四年了，你给过我什么？不就给了我这么个破证吗？"

吴奶奶："我儿子从里到外都被你霸去了，你还想要什么？"

吴和平："我就不明白，你们一天到晚的到底在吵什么？"

吴奶奶：“她打我孙子。”

吴和平一怔。

梁丽：“他用手捅孩子的眼睛。”

躲在门后的吴迪站出来说话了：“我没捅，我是想试试，她能不能看见我的手指头。”

吴和平：“以后你给我离妹妹远点儿。”

吴迪耷拉着脑袋在家门口转来转去。

吴奶奶问他：“怎么啦？”

他一脸的苦大仇深：“我要走！这日子没法过了，我要回家。”

吴奶奶一把把孙子搂过来：“这就是你的家。”

吴迪号啕出声：“我要妈妈，我要找妈妈！”

吴和平吼了一声：“你妈死了！”

吴迪立刻躺在地上满地打滚：“妈妈！妈妈！”

吴奶奶急忙把孙子拉起来连哄带劝。

梁丽：“赶紧把他送走，他要是不走，我就走。”

吴奶奶：“我孙子姓吴，你姓什么？”

吴和平头疼欲裂：“妈！你就别火上浇油了。”

梁丽：“好！我走！”

她摔门出去了。

吴和平急忙要出去追。

吴奶奶恨铁不成钢骂儿子：“吴迪他妈由着你的性儿，你一脚把她踹了，削尖脑袋往这妖精的手心里钻，求着她往断了拽你，往扁了拍你。你骨头咋就这么贱呢？”

吴和平走也不是留也不是，站在那里喘粗气。

梁丽“通”的一脚把门踢开，她冲吴和平说：“给我钱，我买飞机票回贵州。”

吴奶奶：“我儿子还得养他儿子呢，想坐飞机自己挣钱买票去。”

梁丽：“别蹬着鼻子上脸，我是这家的女主人，想要威风回你武进老家耍去。”

吴奶奶“嗷”的一声叫起来。

吴和平实在受不了了，站起来冲到门外，“咣当”一声关上了门。

吴和平蹲在墙根底下抽烟，他不时抬起头看看对面。楼上自己家的那扇窗子亮着灯。两个女人的身影像演皮影戏一样，互相指责着对方。

清晨。卖早点的小贩推着车走在街上。

吴奶奶领着吴迪走过来，她买了一个夹肉的烧饼递给吴迪。

吴迪两眼红肿，一副无精打采的模样。

小学校门口。吴奶奶掏出来五块钱塞到吴迪的口袋里。

吴奶奶："放了学买雪糕吃。"

吴迪背着书包进了学校。吴奶奶看着他的背影消失了才转身离开。

崔云心不在焉地在饭馆的后厨里干着活。洗碗池里的水都冒出来了。崔云竟然没有察觉。

蔡老板跑过来，把水龙头关上了。

崔云连声道歉："对不起，我不是故意的。"

蔡老板："别老对不起，对不起的，干活的时候上点心，比说十句对不起强一百倍。"

崔云一脸尴尬："我一定注意。"

学生们在教室里吃午饭。

吴迪吃的心不在焉，饭盒里的饭剩了一大半。

老师摸了一下他的脑袋："没胃口啊？"

吴迪："我要上厕所。"

老师："去吧。"

吴迪出了教室门。

送饭的面包车开出了校门。

面包车行驶在大街上。在一家饭店门口停了下来。司机从驾驶楼里下来，打开车门端着送饭的大保温盒进店里去了。

车后座上堆着的苫布蠕动起来，吴迪从里面钻出来。他机警地四下看看跳下了车。

司机从饭店里出来。吴迪撒腿就跑。司机诧异地看着他的背影，不明白这孩子是从哪钻出来的。

吴迪在街上晃晃荡荡地走着，他不时停住脚四下观看。

一辆公共汽车开过来，人们蜂拥着上汽车。

吴迪站在站牌下面用有限的文化辨认着上面的字。

他看见了中山路三个字。又一辆公交车开过来，吴迪跟在别人的身后上了车。

吴迪掏出来崔云给他的卡，在读卡机上划了一下。他坐在后面的座位上，瞪着眼睛往窗子外面看。

街道上行人匆匆，车辆穿梭。

商店橱窗里的食品琳琅满目。

吴迪的鼻子压在车窗的玻璃，被压得扁扁的。

吴和平用钥匙打开了崔云家的房门，他进了屋四处乱翻。

卫生间里没有男人用的东西。

吴和平翻卧室衣橱，里面也没有一件男人的衣物。吴和平阴着脸坐在床上，沉重地喘着粗气。

吴奶奶和家长们站在学校的门口等待孩子下学。

校工拉开了大铁门。

孩子们一窝蜂跑出来。

吴奶奶盯着孩子们看。孩子走光了，也没看到吴迪。她问吴迪的老师：我们家吴迪呢？

老师一脸焦急：中午的时候，吴迪说他要上厕所，结果他没去厕所，人也没再回教室。给他爸爸打电话，他的电话关机。找不着家长，我们也正着急呢。

吴奶奶眼前发黑，她身子一晃，被老师一把扶住了。

吴和平推开卧室的门往里面看了一眼。

梁丽正搂着女儿睡觉。

吴和平坐在沙发上掏出来手机换了一块电池，刚刚打开手机。

手机铃声马上响起来了。

吴奶奶："和平，是不是你把吴迪接走了？"

吴和平："没有啊。"

吴奶奶急了："你快来吧，吴迪丢了！"

吴和平挂了电话撒腿就往外跑。

梁丽听到动静从屋里出来。

她只见到户门"咣"的一声关上了。

小餐馆后厨。崔云在用力地和面，她不时直一直酸痛的腰。

吴和平冲进餐馆。

蔡老板看见是他知道没有好事，急忙上前拦住。

蔡老板："有事吗？"

吴和平："我找崔云。"

蔡老板："她在上班，有什么事，下班再说。"

吴和平张嘴就骂："那贱女人把我儿子绑架了，不交出我儿子，我把这个餐馆砸了，叫你们上不成班。"

蔡老板说："看你这词用的，自己的儿子用得着绑架吗？崔云一整天都在餐馆里干活，根本就没出去。再说了，你儿子转学到了哪个学校，她根本也不知道。为这个事刚才还哭天抹泪呢。"

吴和平不依不饶："你他妈的是哪头蒜啊？"

崔云听见吵闹声，从后厨里跑出来。

吴和平一见崔云冲过来挥拳就打。

蔡老板用膀子一撞，把他顶开了。

蔡老板："有话你好好说，你敢动粗我就叫警察。"

吴和平深深地吸了一口气努力让自己镇定下来问："好，好，我不动手。崔云，你把我儿子藏哪了？"

崔云一怔："他一直在你那，怎么是我藏起来了？"

吴和平："别给我装孙子，学校的老师说，他中午饭都没吃就跑了。"

崔云急了："他才七岁，没有大人带着能跑哪去？"

吴和平两眼全是红血丝，他一把揪住崔云的脖领："不说实话老子把你脑袋揪下来。"

崔云爆发了："我儿子要是有个好歹，我跟你同归于尽。"

吴和平跟崔云吵得不可开交。

蔡老板不得不说话了："我这个餐馆靠的是人气，你们在这里吵得乌烟瘴气的，生意还怎么做？崔云你到外面去把你们俩的问题好好解决一下。如果总是这样，我这个店真没法留你了。"

吴迪在街上边走边玩。

一辆公交车到站停下来，吴迪上了这辆车。

吴迪扒着车窗往外看。他突然看到熟悉的十字路口。吴迪激动起来，他跑到车门口。

十字路口。沙复明站在斑马线上等待过马路。

通过绿灯的车辆带着一条条彩色的虚线不时地遮住他。

对面的电视墙里在播放公益广告片。

安德烈·波切利的天籁之音从开着的车窗里传出来。

沙复明不由地一阵恍惚。

绿灯亮。

沙复明刚要起步，突然一只冰凉的手碰了他的胳膊一下。

沙复明警觉地扭过头来。

崔云："沙大夫。"

她柔美的声音让沙复明的心颤抖了一下。

吴迪小手抓住沙复明的大手，他激动地大喊："老沙！老沙！"

沙复明一下醒过神来，他问："小吴吗？"

吴迪大喊："是我，老沙！"

沙复明激动地一把搂住了他："哎哟！哎哟！你可急死你妈了！你妈呢？"

吴迪比他还激动："不知道，自己找来的！我厉害吧？"

沙复明吃了一惊，随即答道："厉害！太厉害了！你怎么想起来这了呢？"

吴迪："妈妈领我来过这个路口，我认识。"

沙复明摸摸他的脑袋："聪明啊！"

吴迪："我在你那玩一会儿就去找我妈妈。"

沙复明："好。"

沙复明拉着吴迪的手走过来，他脸上洋溢着开心的笑容。

吴迪看见推拿中心的大门，松开沙复明的手燕子一样朝那里飞过去。

高唯见到吴迪，以为崔云跟在后面。

她伸着脖子望外面看了看，并没有看到崔云。

高唯："你妈妈呢？"

吴迪兴高采烈地说："我自己来的。"

高唯吃了一惊："你自己来的？怎么来的？"

吴迪："坐公交车来的。马跃！马跃！"

马跃听到动静从房间里出来，他半信半疑地小声问："吴迪吗？"

吴迪："是我！"

沙复明进来。

高唯："崔云找到他了？"

沙复明："没有，他自己从学校里跑出来的。"

吴迪："老沙，你就别啰嗦了，我都快饿死了。"

沙复明急忙对高唯说："你给他弄点吃的。"

高唯看了沙复明一眼，拿出来方便面给吴迪泡上了。

马跃站在那里静静地听着这边的动静。

吴迪："老沙，我跟我们同学说，你枪叠得跟真的一样，说马跃画画超牛，他们都不信。回头你给我叠一把枪，你给我画一幅画，我带过去给他们看。"

马跃没说话，伸手在吴迪的头上划拉了两下。

沙复明的客人来了，他去招呼客人。

方便面泡好了，吴迪拉马跃过来，让他陪自己坐在桌子旁边。吴迪狼吞虎咽地吃起来。

马跃和高唯坐在旁边听着他吃。

街道。崔云眼泪汪汪："我在南京既没亲戚也没朋友，更没有钱。谁会帮我这样的人？我半个月没见到他一面，我不认识你家，也不认识他的学校，吴迪才七岁，他自己也不可能从学校找到这儿来。"

吴和平蔫了，愣了好一会儿神才说：“不会是……”

崔云脱口而出：“人贩子……”

吴和平不敢往下听，他喝了一嗓子：“给我住嘴！”

崔云两眼通红：“但凡你们拿他当个孩子，他也不会离家出走。”

吴和平两眼一瞪：“我是他亲爹！”

崔云：“有后妈就有后爹。”

吴和平：“放屁！你不撺弄他，给他个胆他也不敢跑。”

崔云：“你们要是对他好，打他他都不会跑。”

吴和平：“你今天嘴挺硬啊，我说一句你顶一句，那个瞎子给你壮的胆吧？崔云，你再贱也不能贱到跟一个瞎子鬼混吧？”

崔云：“你别血口喷人！”

吴和平突然伸手指着她的鼻子骂道：“你他妈的肯定是跟那瞎子做了个扣，把我儿子藏起来了。”

崔云：“你胡说八道！”

吴和平：“我这就去会会他。”

说完他抬腿就走，崔云心急如焚，在后面追着拦他。

推拿中心门口。马跃和吴迪坐在花丛下面的石凳上说话。

马跃扭过头面向花丛：“那里有一只小虫子。”

吴迪站起来在花丛里看了半天什么也没看到。

吴迪：“哪有啊？”

马跃站起来拉着吴迪的手朝他嗅到气味的方向走去，他掀起一片树叶。

马跃：“在这里。”

一只七星瓢虫正在树叶后面爬行。

吴迪惊呆了：“你不是看不见吗？”

马跃：“我能闻见。”

他伸出手让那只瓢虫在他的手背上爬行。

马跃：“圆形的，红颜色，后背上有七个黑点，它叫七星瓢虫。小的时候我经常抓它玩，它身上的味道我熟悉。”

吴迪无比崇拜地看着他，透过马跃的肩膀他看到了一前一后撕扯而来的父母。

急匆匆赶来的崔云不相信自己的眼睛，她试探着喊了一声：“吴迪！”

吴迪看见妈妈，立刻像子弹一样射出来，连声叫嚷：“妈妈！妈妈！”

崔云看到扑过来的儿子，先是惊得目瞪口呆，随后紧紧搂着扑过来的儿子，死也不撒手了。

吴和平看到吴迪悬着的心刚放回到肚子里，怒火立刻冲上头顶，他把吴迪从崔云的怀里撕扯下来，一把揪住崔云的头发挥拳就要打。

吴迪使劲抱住吴和平的腿往一边拖他，嘴里喊着："你走！你走！你走！"

吴和平揪着崔云的头发不撒手，崔云疼得弯着腰，顺着他的手劲往前走。

吴迪吓得大哭。

高唯冲出门拦在中间："要打架回家打去，我们这不是角斗场，也不是居委会，不负责给你们解决家庭纠纷。走吧，赶紧离开这儿！"

盲人按摩师们听到门口吵闹，纷纷从房间里出来。

吴和平："别以为自己瞎，别人就都跟着瞎了。"

沙复明也从门里出来了。听到吴和平吵嚷的声音，他立刻明白发生了什么事情。

吴和平："要想在社会上混，你他妈的不但要学会捂好自己的裤裆，还得学会尊重别人的脸面。"

高唯双眉倒竖："我警告你，千万别拿我们的容忍，当作你不要脸的资本。"

吴和平一脸无赖相："我操，你以为你是谁呀？"

高唯指着他拽着崔云头发的手说："松开她，你再不松开她，我报警了。"

吴和平的手使劲一扽："我倒要看看你能把爷爷怎么着？"

崔云疼得惨叫。

没人看到沙复明是怎么出手的，吴和平的手腕已紧紧地攥在他的掌中。

沙复明拇指食指中指三根手指往吴和平手腕的三个穴位里面一抠。

吴和平顿时膀子发麻，身子往一边倒，疼得他连声惨叫："哎呀！疼！疼！"

沙复明气定神闲，直到吴和平支撑不住双膝跪倒，他才语气冰冷地吐出来一句话："这是我的地界，不准再来我这里闹事！"

吴和平吃过了苦头，知道不能小瞧了这个瞎子，他爬起来，狼狈地走了。

崔云一把抱起吴迪，紧紧地搂在怀里。

傍晚。小餐馆打烊了，饭店的服务员们围在一起吃饭，吴迪也坐在饭桌上。

吴迪得意洋洋地说："我妈教给我怎么坐公交车，先开始我还划卡，后来看售票员根本就不注意我，我就白坐车了。"

蔡老板："害怕吗？"

吴迪："不害怕。"

崔云疼爱地摸摸儿子的脑袋："我儿子就是聪明。"

蔡老板："我送你们回家吧。"

崔云："不用。"

蔡老板："万一那混蛋在门口堵你呢？走吧，走吧。"

蔡老板陪着崔云和吴迪上了楼。

门口堆着一个胡乱捆起来的行李。

崔云："这是谁放在这的？"

她掏出来钥匙开门，钥匙竟然开不开门了。

崔云挨个试钥匙，哪把都开不开。

蔡老板说："别试了，肯定是那王八蛋把锁芯给换了。"

崔云掏出来手机给吴和平打电话。

电话通了，里面传出来吴和平的声音："锁是我换的，房子我收回了。早就警告过你，只要我看到你跟别的男人勾勾搭搭，立马从我的房子里滚出去！"

崔云："吴和平有你这么不讲理的吗？你可以再娶老婆再生孩子，我却连跟男人说话的权利都没有。这是谁家的法律？"

楼上的窗子里吴奶奶和梁丽争吵的身影。

楼下吴和平拿着手机站在台阶上打电话："我家的法律。住我的房就得听我的吆喝，不听就滚！"

崔云气得浑身颤抖，想哭又怕吓着儿子。

吴和平说："孩子送回来，我可以让你在房子里暂缓几天。"

崔云一口拒绝了："孩子我决不送回去！有本事你把我杀了！"她挂了电话。

吴和平看着手里的电话，他简直不相信自己的耳朵。

崔云绝望了，不知道眼下该怎么办。

蔡老板："走吧，拿上行李先跟我回店里凑合一晚上。"

崔云的眼泪滚落下来。

小餐馆放杂物的屋子腾出来一个角落，在那里支了一张行军床。

崔云把被褥铺好，安顿吴迪睡了。

崔云抱着双膝坐在杂物上。

吴迪在睡梦中叫了一声："老沙。"

崔云扭头看他。

白天。四通茶馆。吴和平回手给了她一个大嘴巴。她手里的手机飞了。

一向柔顺的崔云扑上去跟他厮打起来。崔云的反抗更加激怒了吴和平，他左右开弓扇崔云的耳光。

坐在办公桌前的沙复明两只盲眼一睁，狠狠一掌拍在桌子上："不行！她这样生活下去绝对不行！"

早上厨师们还没来，崔云一个人卖力地擦洗着厨房的地面。

蔡老板打着哈欠走进来，他问："想好怎么办了没有？"

崔云说："先租间房子住下，然后把儿子转学转过来在附近读书。"

蔡老板说："孩子上学转来转去的可不好。"

崔云想了一下："那我就送他上下学。"

蔡老板："你接送他上学需要时间，这里的工作怎么办？"

崔云："我加班加点干活行吗？"

蔡老板："不是加班加点的事。你接送孩子的时间正赶上饭口，店里本来就缺人，你再请假接孩子去，不是把生意撂荒了吗？这不行。"

崔云："你说怎么办？"

蔡老板说："这是你的事，自己想办法，想好了再给我回话。"

崔云无奈地点点头。

蔡老板叹了口气说："杂物间不是住人的地方，你得赶紧租房子去，今天我给你半天的假。"

崔云："谢谢你。"

银行信贷部。张宗琪把房产本、户口本、身份证通通放在银行工作人员面前。

银行工作人员仔细检查了一遍说："材料不够。"

张宗琪："还需要什么？"

银行工作人员："配偶的有效身份证，婚姻关系证明的原件和复印件；你和配偶的当地常住户口或当地长期居住证明材料；你从事生产经营的营业执照，从事许可制经营的营业执照，还要提供相关的行政主管部门的经营许可证的原件和复印件；生产经营活动的纳税证明：借款人配偶承诺共同还款的证明：借款人获得质押、抵押贷款额度所需的质押权利凭证、抵（质）押物清单及权属证明文件、权属人及财产共有人同意质押、抵押的书面文件……"

张宗琪彻底被说懵了。

崔云骑着自行车在街上狂奔。

崔云站在房屋中介的门口，看租房的房源。标价太贵她承担不起。

张宗琪在卧室里翻箱倒柜地找东西，他把抽屉里的东西全倒出来了，也没找到他要找的东西。

张宗琪两手叉腰，看着翻出来的东西生气。

张宗琪："这老娘们儿藏东西，除了她自己，谁也找不着。"

韩秋霞进来，看见张宗琪把衣橱翻得乱七八糟立刻急了。

韩秋霞："干什么？！"

张宗琪："你把结婚证放哪儿了？"

韩秋霞一下翻了脸："想离婚？门都没有！"
张宗琪一怔："你怎么扯到离婚上去了？"
韩秋霞："想办离婚手续，必须有结婚证。料你会有这一手，我把结婚证藏起来了。"
张宗琪气乐了："你这老娘们儿一天想什么呢？"
韩秋霞："你现在有房子有地，兜里还有钱，我不得不防。"
张宗琪："钱在哪儿呢？"
韩秋霞："你一天藏着掖着我知道你把钱塞哪儿了？"
张宗琪："把结婚证给我，我买垃圾处理机要这道手续。"
韩秋霞："垃圾处理机跟结婚证有什么关系？"
张宗琪："办公证用啊，这样将来垃圾处理机挣来的钱必须有你的一份。"
韩秋霞眼睛一亮："一份是多少？"
张宗琪："我挣的一半归你。"
韩秋霞："真的？"
张宗琪："真的。"
韩秋霞立刻动手给他找结婚证。
她拖过来一个枕头，卸下来枕头套，把枕头芯撕开一个口，从里面掏出来包得严严实实的结婚证递给张宗琪。
张宗琪："身份证也得给我。"
韩秋霞掏出来身份证刚要递给他又缩回手。
她问："买垃圾处理机的钱是哪来的？"
张宗琪撒谎："朋友借给我的。"
韩秋霞："八十万说借给你就借给你了？"
张宗琪吹牛："别说八十万，一百万都能借来，有利息呢，又不是白借。"
韩秋霞："利息多少？"
张宗琪："跟银行一样。"

崔云早早来到学校，学校大门口接孩子的家长们陆续到了。
学生们放学了。
崔云瞪着眼睛一个一个地看着，孩子们都走光了，也没看到吴迪出来。
教师办公室。崔云问班主任老师："吴迪呢？"
班主任老师说："上午上第二节课的时候，他爸爸来说家里有事，给孩子请假把他带走了。"
崔云眼前发黑她一把扶住了墙。
学校门口。崔云拨通了吴和平的电话问："你把孩子接走了？"
吴和平："是啊，怎么了？"

崔云说："孩子回你那去了，你把家门钥匙给我。"

吴和平："孩子不是你主动送回来的，暂缓搬家这事你别再跟我张嘴！"说完他把电话挂了。

崔云失魂落魄地坐在后厨角落里发呆。

蔡老板说："工作我给你留着，但是你得赶紧找住的地方。"

崔云："地下室一个月都要五百块钱，我哪来那么多钱？"

蔡老板："你再想想办法吧。"

十四

推拿中心休息区。韩秋霞把一份一份的饭菜发给推拿师们。

推拿师们打开饭盒闷声不响地吃起来。

沙复明接过来高唯递给他的饭盒并没有马上离开休息区。

张一光："韩师傅，今天的菜是什么？"

韩秋霞："鱼香肉丝，炝炒圆白菜。"

张一光："光吃着胡萝卜丝和白菜丝了，鱼香和肉丝都没见着。"

韩秋霞瞥了一眼站在不远处的沙复明，话里有话："店里给多少钱的伙食标准，我做多少钱的菜。这叫看菜下菜碟。"

高唯接过来她的话："你这一份菜里连十根肉丝都没有，就算十根，这两份菜的伙食标准合起来也不到三块钱。"

沙复明转身回屋去了。

韩秋霞："我给你三块钱，你给我做两份这样的菜。"

高唯："推拿中心每天十个人吃饭，每人三块钱，那就是三十块钱，三十块钱能买二斤半前臀尖的肉，过油肉炒出来每人能摊上满满一大勺。"

韩秋霞冷笑："姓高的你人前人后地整我，不就是见不得我手里拿钱吗？有本事你自己当老板把我炒了。没本事当老板，就老老实实蹲在前台听吆喝得了！"

高唯："我是凭实力应聘上岗的，推拿中心的老板如果看我不合格，可以拿出理由解聘我。现在推拿中心的账目归我掌管，每一笔开支我都要给老板和员工们一个合理的交代。我提出来疑问，你必须拿出事实来驳倒我，打狗看主人这一套，我不吃。"

韩秋霞气得嘴唇都青了："我叫你滚，你连一天都待不下去，你信不信？"

高唯："我不信。"

韩秋霞手往外一指："滚！你现在就给我滚！"

高唯神态平静："今天早饭一碗稀饭一个烧饼，伙食费一块五，中午这顿饭不超过三块钱。晚上的伙食如果没有达到五块五的标准，你不给我一个合理的说法，我一定会追究到底。"

韩秋霞"啪"的一声，把手里的饭勺子狠狠地摔在地上："姓高的，老娘还不伺候你了！”

说完她转身大踏步地走了。

高唯拣起来勺子，像什么也没发生过似的说：“抓紧时间吃，一会儿客人该上来了。”

说完她转身走了出去。

推拿师们低头吃起饭来。

张一光问王泉：“你说态度重要还是能力重要？”

王泉：“当然是能力重要。”

张一光：“这个时候态度就比能力重要，高唯的脑袋被CEO整坏了，非常时期，关系还没理清楚，怎么能轻率地告诉别人自己的屁股往哪边坐呢？”

王泉：“关系这东西变来去的怎么理？”

张一光：“活在什么样的关系层里你就有什么样的人生，万变不离其宗。你看啊，一下台就断了的，是工作关系。死了也断不了的，是亲属关系。有事才找的，是利用关系。吃饭时想起的，是朋友关系。困难时记起的，是患难关系。肉包子打狗，是爷孙关系。……”

沙复明坐在办公室里，他听着韩秋霞一路上碰到凳子踢凳子，碰到椅子踢椅子，骂骂咧咧的声音走出了推拿中心的大门。他拿起来桌子上的药瓶，倒出来一粒药没用水就咽了下去。

高唯推门进来。

沙复明皱着眉头听高唯说话。

高唯：“吃着碗里惦记锅里，直接抱着锅吃多省心？我按章办事，维护的是推拿中心全体员工的利益。她仗着权力，一而再、再而三地侵占大家的伙食费，你作为老板一定要给个说法。”

沙复明：“她说不干了？”

高唯：“亲口说的，坏事变好事，我提议马上聘一个厨师过来。”

沙复明：“缓缓，你让我想想。”

张宗琪家便利店。张宗琪黑着一张脸大骂：“成事不足败事有余，上回的屁股还没擦干净呢，你又干这窜稀的事。你克扣那么一口肉存款折上能多出来一缸油啊？这下可好，为了嘴痛快，把一个月净赚几千块钱的肥缺弄丢了。”

韩秋霞：“推拿中心池浅王八多。”

张宗琪：“王八再多，你不用棍子捅它，它也不会咬着你不撒嘴。老沙本来就对我有意见，他这儿刚说困，你立刻给他抱来个枕头。我就没见过比你还蠢的人。”

韩秋霞：“姓沙的是你祖宗？”

张宗琪：“他不是我祖宗，你是我祖宗，摊上你这么个祖宗，我这辈子缺了大德了。”

韩秋霞："嫁给你我才倒了八辈子的霉，张宗琪，你不是男人，你是猪大肠，拎起来一大挂，放下来一大滩。你给我撑过腰主过事吗？"

张宗琪摔门而去。

崔云在街上漫无目的地走着。

她掏出来手机犹豫再三，刚要拨号码，手机铃声突然响了。

崔云接通电话："喂。"

沙复明："你怎么样了？"

崔云的眼泪一下涌了出来："孩子又被他抢走了。"

沙复明把桌子上的纸巾盒推到她面前。

崔云抽了一张擦着眼泪说："房子也被他换了锁，我回不去了。"

沙复明生气了："属草的有土就有命，别急，大家一起想办法。"

崔云心存感激，手往前伸了一下，她的指尖碰到了沙复明的手。

沙复明的手没有躲开。

崔云立刻像捞救命稻草一样，一把抓住了他的手。

咖啡店。向天纵探过身子拽出来他的左手，放在桌面上，她重新坐了下去。

沙复明的手掌心朝上无助地躺在桌子上，向天纵把自己手盖在他的手心上，她的手指找到了沙复明的手指缝扣起来了。

沙复明身体微微地颤抖着。

向天纵把沙复明的手翻到下面，她把自己的另一只手盖在沙复明的手背上面。

酒吧里的背景音乐像游丝一样缭绕着，缠绵着。

向天纵拉起来沙复明的两只手，把它们贴在自己的面庞上。

沙复明的手不敢动。

向天纵自己动了，她的脖子自己扭动了两下，替沙复明完成了这个惊心动魄的抚摸。

沙复明坐在那里发呆。

崔云："你认识的人多，能不能帮我跟你的客人打听一下，看看哪能租到便宜一点的房子，能放一张床就行。"

沙复明没说话。

崔云："要是为难就算了。"

沙复明深深地吸了一口气说："到我们推拿中心来上班吧。"

崔云一愣，她不相信自己的耳朵。

沙复明说："嗯，发挥你的特长，专门给我们做饭。"

崔云："你们不是有做饭的吗？"

沙复明说："我和张老板一人出一个管理伙食的，你做一三五日，他老婆做二四六。"

崔云问："我行吗？"

沙复明："你的手艺开馆子都行，还喂不了推拿中心这十张嘴了？"

崔云激动得不知道说什么才好。

沙复明："住集体宿舍。"

崔云连连点头。

沙复明："店里出钱买个洗衣机，一三五日的被单归你洗，价钱跟张老板家一样。三七分成，三归你七归店里。你看怎么样？"

崔云连声答应："没问题！没问题！"

沙复明问："你在饭馆收入多少？"

崔云："一千块钱，外加两顿饭。"

沙复明："不算提成，管吃管住我给你开一千二百块钱。你看怎么样？"

崔云连声说："行，行，没问题。"

沙复明说："你要好好干。"

崔云信誓旦旦："沙大夫，我决不给你丢脸。"

推拿中心门口。崔云拿着一把竹夹子，把花丛里面的烟头和垃圾捡到垃圾袋里。

高唯骑着三轮车回来，看见她有些纳闷。

高唯把三轮车停好，满脸疑惑进门去了。

高唯坐在沙复明的对面："店里进人是大事，总得开个董事会讨论一下吧？"

沙复明："张老板来了，我跟他打个招呼。她饭做得好。让她跟韩秋霞一起管伙食，既可以相互监督，又能保证店里员工们的切身利益。"

他的话说得很到位，高唯想说的话被堵回到肚子里。

高唯："那也要有试用期，不行照样辞退。"

沙复明："按店里的规矩办就是。"

高唯坐在前台盯着崔云。

崔云擦完玻璃擦门，忙前忙后手脚不闲。

张宗琪从大门进来，看到崔云他愣了一下。

张宗琪："高唯，你过来一下。"

高唯一脸大无畏的气概，站起来跟着他走了。

张宗琪办公室。张宗琪："我老婆的刺没长在屁股上长在了嘴上。她有嘴没心，你千万别跟她一般见识。"

高唯看着他不说话。

张宗琪："高唯，你是我招聘来的。咱们在一起工作了两年多了，我是什么样的人你也清楚。"

高唯："我是什么样的人你也清楚。"

张宗琪："对，就因为我清楚你，才提议让你负责前台管理账目。"

高唯："我尽职尽责了。"

张宗琪："我知道，知道。"

他往窗外看了一眼："她是怎么回事？"

高唯："她叫崔云，沙老板新招进来的员工。"

张宗琪："做推拿？"

高唯："不是，专门做饭、洗衣服。"

张宗琪心里"咯噔"一下，随即立刻镇定下来。

他"哦"了一声问："这女人我怎么看着有点眼熟呢？"

张宗琪在沙复明的办公室门口咳嗽了一声。

沙复明立刻打开房门："说曹操，曹操到。"

张宗琪进了沙复明的办公室。

张宗琪坐在椅子上先开了口："店里新进来人了？"

沙复明："我要跟你商量的就是这事，她叫崔云，是我请来跟弟妹一起轮流做饭的。"

张宗琪："我那个怂娘们儿说的话，你还真当真啊？"

沙复明："我没全当真，所以还留了一半活给她。"

张宗琪："那天你在茶馆说的话，我还真没当真。"

沙复明："可见我的话在你心里多没分量。"

张宗琪："话可不能这么说，我不听你的话，推拿中心能发展到今天？老沙，咱俩认识这么多年了，是蒸不烂锤不扁的好兄弟。"

沙复明脸上挂着一丝笑不接他的话茬。

张宗琪："这个叫崔云的女人跟你啥交情？"

沙复明："没交情，来这里做推拿认识的。"

张宗琪："靠谱吗？"

沙复明："跟别的员工一样，有试用期，不行就换。"

张宗琪用一只好眼睛看着沙复明："非得这样吗？"

沙复明："人已经上岗，这事就这么定了。"

韩秋霞汗流浃背地在厨房里做饭。张宗琪沉着脸走进来。

韩秋霞发牢骚："这破活儿，累人累个死，钱挣不了几个，气一点都不少受。"

张宗琪："你还别嫌活不好，沙复明已经找来接班的了。"

韩秋霞一愣，看张宗琪的脸不像开玩笑，她立刻把炒菜的铲子摔在锅里。

韩秋霞："卸磨杀驴啊？！告诉他姓沙的，姑奶奶我不是面团，他想怎么捏就怎么捏。"

张宗琪上前一步拿起铲子扒拉锅里的菜："你看你，菜都糊了。"

韩秋霞恨恨地盯着他的脸："他跟你挑明了？"

张宗琪："人已经上岗了。"

韩秋霞大怒："你就这么忍了？"

张宗琪："我退一步，就是为了调整姿势展开更有效的进攻。"

韩秋霞："进攻？我看你是往乌龟壳里缩。退？你怎么不退到你妈怀里，让你妈搂着你呢？"

张宗琪火了："你再动不动把我妈扯进来，我大耳刮子抽你！"

韩秋霞："不是你妈那一张把死人说活了的嘴，我根本不会往你家这屎坑子里跳！"

张宗琪："孩子都十六七了，扯这些陈康烂谷子有个屁用。我早就跟你说过，面子是别人给的，脸是自己丢的。"

韩秋霞解下围裙狠狠往地上一摔："敢骑在我头上拉屎，我找他去！"

张宗琪："你找谁？"

韩秋霞："姓沙的。"她转身大踏步往外走。

张宗琪一把没拉住，索性由她去了。张宗琪把炒好的菜盛出来，他一盒一盒地装饭。

韩秋霞快步如飞地朝推拿中心冲过来，她的头发被风吹起来飘得很高。正在门口浇花的崔云抬起头看着她。

推拿中心大门的玻璃被崔云擦得锃明瓦亮。

韩秋霞以为大门像以往那样没关，她一头撞在玻璃上。"嘭"的一声闷响，韩秋霞仰面朝天躺在地上。

崔云急忙跑过去扶起来她："没事吧？你没事吧？"

韩秋霞摸了一下鼻子，她看到了血。

韩秋霞大骂："设陷阱残害老娘？你给我滚出来！"

高唯听见叫骂声推门从里面出来，看见韩秋霞鼻血长流，她吓了一跳。

高唯："怎么了？"

韩秋霞："装什么大尾巴狼？"

崔云急忙解释："她撞门上了。"

高唯："你自己撞门上骂我干什么？"

崔云拿出来湿纸巾帮她擦脸上的血。

张宗琪骑着三轮车送饭过来，看此情景吓了一跳，急忙掏出来纸巾团成一团塞进韩秋霞的鼻孔里。

张宗琪："有理讲理，干什么动手啊？！"

高唯："没人动手，是她自己撞的。"

张宗琪生气："不就是不让她包伙食了吗？为这事她犯不上寻短见。"

崔云小心翼翼地说："可能是我把玻璃擦得太干净了，她以为没关门就这么撞上去了。"

张宗琪被噎住了，他瞪了韩秋霞一眼端着保温盒大步进屋去了。韩秋霞出于习惯，顺手把汤锅端了进去。

推拿中心休息区。店里的推拿师们拿走自己的饭盒找各自的位置坐下来吃饭。

沙复明出来端自己的饭盒，韩秋霞一把拉住他的胳膊。

韩秋霞："沙老板，你得给跟我一个说法，为什么开除我？"

沙复明："我没开除你。"

韩秋霞："你把我的权利拿走了一半，这跟开除有什么区别？"

沙复明知道张宗琪和众人都在边上看着，他把饭盒放在桌子上。

沙复明："这可不一样，你的工资我一分钱也没减对不对？"

韩秋霞打了个冷战："你还要减我的工资？"

沙复明："按劳取酬对不对？"

韩秋霞："杀人不过头点地！"

沙复明："这是两个概念，千万别混在一起说。"

韩秋霞："我们也是股东，不能什么都你说了算。"

沙复明不急不恼："我说了算的，都是给店里挣钱的事。你们说了算的，都是给自己挣钱的事。"

沙复明说话从来没这么直白过，张宗琪和韩秋霞被噎得一下卡了壳。

推拿师们都放慢了咀嚼的速度，他们竖着耳朵一字不落地听着。

店里的气氛剑拔弩张。

张宗琪搡了韩秋霞一把，他低声喝道："给我滚回家去！"

韩秋霞："今天我把话撂在这儿。我不同意店里再进一个做饭的。"

沙复明："我作为大股东，也把话撂在这儿。如果你执意不让进人，那这饭你也不要做了。店里干脆把做饭和洗床单的事情都包出去，这样好算账。咱们两个股东之间的利益也摆平了。你们看怎么样？"

张宗琪听了心里一紧，暗暗说道："沙复明，你下手真够狠的。"

崔云感激地看着沙复明。

高唯第一次深切地感受到了沙老板的威慑力，心里满是敬佩。

张宗琪："老沙，别听她的，该怎么决定你就怎么决定，我支持你。"

韩秋霞吃惊地瞪着自己的丈夫。

张宗琪："我得去趟工商局，营业执照该年检了。"

说完他摘下来营业执照转身走了。

韩秋霞被晾在那里。

高唯端起来沙复明的饭盒说："饭都凉了，我给你放到微波炉里转一下。"

沙复明说："我还不饿，待会再吃。"

他转身回办公室去了。韩秋霞把饭盒收拾到保温盒里，端着出门了。

张宗琪和秃头老杨从银行里面出来。秃头老杨满脸喜色。张宗琪面带忧虑："心里有点打鼓。"

秃头老杨："想撤，马上回去办手续来得及。"

张宗琪："我就是这么顺嘴一说。"

秃头老杨："能挣钱的人都是能看准机会就下笊篱捞的人。"

张宗琪："还有一句老话，面熟该下笊篱捞了。老杨，你可别杀熟。"

秃头老杨："这叫什么话？咱俩现在是拴在一根绳上的两个蚂蚱，要挣一起挣，要赔一起赔。"

张宗琪看着手里的支票说："转账支票我得找一家公司拆兑出现金来。"

秃头老杨："走我朋友的公司，交他百分之五的税钱就行。"

张宗琪："百分之五太高了，八十万一进一出我就损失了四万。不行！"

秃头老杨："走你们推拿中心？"

张宗琪一口拒绝了："绝对不行！"

秃头老杨："那你说怎么办？"

张宗琪："跟你的朋友商量商量，税能不能再低一点儿？"

秃头老杨："多少你能接受？"

张宗琪："百分之二，别超过百分之三。"

秃头老杨砸吧了一下嘴说："试试吧。"

晚上，张宗琪躺在卧室床上翻来覆去地睡不着。

韩秋霞诈尸一样，突然一下坐起来。吓得张宗琪一激灵："干什么你？！"

韩秋霞咬牙切齿地说："姓沙的今天终于露出来真面目了。"

张宗琪坐起来把枕头垫在腰后："我早就说过，这小子绝不像平日表现的那么好说话。他要是硬起来，你连个下嘴啃的地方都没有。"

韩秋霞用鼻子哼了一声。

张宗琪："说他精吧？多数事上他都在装傻，说他软吧，他突然拔刀敢跟你耍双刃剑。权力放在那，他眼皮都不夹。你伸手去拿，他突然发力跟你玩拔河。这小子是什么材料做的？真他妈的难斗！”

韩秋霞：“就这么忍了？”

张宗琪：“你要是还想让钱流进自己的口袋里，有些事就得忍。”

韩秋霞：“你在他手里有短。你可以忍，我凭什么忍？”

张宗琪火了：“你再提这事，我大耳刮子抽你！”

韩秋霞的火也上来：“你敢动手我就敢把你的姓倒着写。敢做不敢提，跟敢做不敢当是穿着开裆裤的两条腿，怎么走，屁股蛋子都会丢人现眼地露出来。”

张宗琪使劲把火压下来：“大半夜的我不跟你吵架。”

韩秋霞：“那是你理屈词穷。”

张宗琪沉默了一会儿冷笑道：“不要以为做饭这两个字好写，等那个崔云真的做起来就知道厉害了。带嘴的东西最难养，周围多少家饭店倒闭了？推拿中心十几张嘴，哪张也不好惹，有她哭的那一天。”

崔云的房间七八平米大小，摆放着一张上下铺的床。崔云正在整理床铺。

高唯敲了一下门进来。她看到房间收拾得温馨利落，不禁对崔云增添了几分好感。

高唯把一个账本和五百块钱放在桌子上。

高唯：“明天早上你去早市买菜，一三五的饭归你做，二四六的饭归韩秋霞做。”

崔云点点头：“好。”

高唯：“床单每天都要洗，咱们包一三五。”

崔云：“好。”

高唯转身往外走：“有什么需要帮忙的跟我说一声。”

崔云：“谢谢你！”

早晨。自由市场里人头攒动，崔云每个摊位仔仔细细地看，认认真真地问着价位。

推拿中心门口崔云满头大汗地推着自行车回来了，自行车的后倚架上驮着两个大编织袋。

她停好自行车，拎着两个大编织袋进了推拿中心。

推拿中心后厨。煤气灶上煮了一大锅豆浆，崔云把几袋牛奶倒进豆浆锅里。

推拿师们坐在休息区里吃早饭。

崔云把盛好的豆奶和烙好的鸡蛋饼按份摆在每个人面前。

金嫣咬了一口饼连声叫好：“好吃！真的好吃嗳！”

沙复明心里很高兴，他满脸是笑地吃着早饭。

崔云坐在推拿中心大门外的树底下择菜。高唯从大门里出来。崔云掏出来账本给她：“你看看我这样记行不行？”高唯接过来账本仔细看了一遍，满意地说：“记得很仔细，行，以后就这样记。”

高唯坐在前台往电脑里面输资料，有人进来了，她抬头一看。牛三勇站在门口。

高唯走出前台，满脸戒备地站在他面前。高唯：“还钱来了？”

牛三勇：“钱？”他猛的想起来还欠着店里钱，浑身上下摸了一遍，竟然没有摸到一百块以上的钱。

牛三勇：“我忘记带了，下次吧。沙前辈在里面吗？”

高唯：“我们店里有规章制度，上次没结清账的客人，我们不再提供服务。你请回吧。”

牛三勇：“我就问沙前辈一个问题。”

高唯说：“结了上次的账再说下面的事。”

牛三勇：“你这个人怎么就认识钱？这个世界上除了钱，莫非没有别的东西吗？”

高唯说：“这正是我想问你的。”

牛三勇一愣：“你怎么知道我只认识钱？”

高唯：“你到王大夫家是奔钱而去，你到我们这也是为钱而来。你认识的钱跟我认识的钱完全不是一个概念。我眼里的钱是劳动所得，你眼里的钱是不义之财。”

牛三勇气得眼睛瞪起来：“如果你的钱被别人拖欠了怎么都要不回来，我给要回来了，合理的获取点报酬，这算不义之财？”

高唯：“打麻将赢的钱是合理报酬？”

牛三勇：“当然是合理报酬。”

高唯：“就算是合理报酬，你不找当事人去要，而是去他的父母家跟老人逼债，更过分的是，你还要追到我们店里继续跟一个没欠过你一分钱的人逼债，你还算个人吗？”

从来没有人跟自己这样说话，牛三勇气得差点跳起来。

他咬着牙根问：“你是不是不想活了？”

高唯：“你还要索命啊，你谁呀？”

牛三勇眼前金花乱飞，拳头握起来又松开了。

牛三勇说：“你要是个男人，我早就……”

他抬腿就往里面走，高唯勇敢地拦在他面前。

高唯：“把钱交了才能进去。”

牛三勇浑身的力气使不出来，他用手指了一下高唯的鼻子。

牛三勇：“你给我等着！”

高唯答应得更痛快：“行！我等着！”

牛三勇气哼哼地在街上大踏步地走着。一辆车从后面开过来，开车的人从车窗里探出来脑袋喊他：“勇哥！”

牛三勇扭头看。开车的小兄弟把车停在路边大声问：“勇哥，你干什么去？”

牛三勇：“有钱吗？”

小兄弟：“多少？”

牛三勇：“你有多少？”

小兄弟开门下车，把全身上下的口袋全翻了一遍，翻出来六百块钱。

小兄弟：“就这么多。”

牛三勇一把抓过来说：“算我借你的。”他拿着钱转身往回跑。

小兄弟：“勇哥！”

牛三勇走进来，他把六百块钱往前台桌子上一拍。牛三勇：“钱给你！零头不用找了。”

高唯找出来几十块钱扔在桌子上说：“为块八毛钱担个受贿的名声不值当。”

牛三勇被噎得又差点一口气没上来。他沉着脸往里面走。

高唯拦住他说：“找沙大夫得预约，今天一天他的活已经排满了。”

牛三勇说：“幸亏你是个女人，要不我非打你个满面桃花开。”

高唯冷笑：“愚蠢的人只配想愚蠢的问题。”

牛三勇气得差点跳起来：“只会背诵规章制度的人蠢上加蠢。”

高唯手点着他的鼻子：“对待你这样的蠢人我必须再三强调制度。”

牛三勇气得张了几下嘴都没返上话来：“你再指我一下？”

高唯的手又指了过去：“指了怎么着？”

牛三勇的目光集中在她的手上，一双瞳孔几乎对在一起。这只手五指修长白皙光泽十分漂亮。高唯差点被牛三勇眼神逗乐了。

大推拿室。王泉在里面听到高唯和牛三勇斗嘴的声音，几次想出去都被沙复明拦住了。

沙复明：“记住这事已经跟你没有关系了，变成推拿中心跟他的关系了。集中精神好好干活吧。”

牛三勇满头大汗焦渴难当。他站起来走到饮水机跟前发现没有一次性纸杯。

牛三勇：“纸杯呢？我要喝水。”

高唯从服务台里走出来拿了一个纸杯，又拿了一个袋泡茶放在纸杯里倒上开水递给牛三勇。

牛三勇坐在椅子上“唏溜唏溜”地喝茶。

高唯坐在前台里瞪着眼睛看着他。

牛三勇：“盯着我干什么？等铁树开花吗？”

高唯：“我在研究你的脸到底是用什么神奇的物质做的。”

牛三勇差点被水呛着。

牛三勇：“猖獗这个词用在你身上已经不管用了，你是嚣张！大姐，你把女人的行市做倒了。”

高唯：“嘁？就你这品德，能见到什么好女人？”

牛三勇：“你这样的白给我，我都不要。”

高唯：“你赖在这不就是想泡我吗？”

牛三勇被她堵得差点昏过去，他努力镇定着自己：“你就不怕我吗？”

高唯：“不怕，我要面对现实。”

沙复明送客出来。

尴尬中的牛三勇一下解了围，他急忙迎上去：“前辈！”

沙复明站住脚脸冲着他的方向笑：“来了？”

牛三勇：“我等你半天了。”

沙复明：“觉得怎么样？”

牛三勇：“那天弄完了，别提我有多精神了。”

沙复明：“推拿得按疗程来才彻底解决问题，就是好了也要定期保养，汽车没毛病不也得按时保养吗？”

牛三勇：“对，对，对。”

沙复明：“跟我进来吧。”

高唯：“他还没交钱呢。”

沙复明：“挂账吧。”

牛三勇回过头示威似的看了高唯一眼。

VIP 推拿室。沙复明问牛三勇：“真的想治病？”

牛三勇：“真的想！”

沙复明：“我给人治病有一个条件，你应了咱们就往下治，应不了，我劝你也别白花这份钱。”

牛三勇：“不让吃肉吗？”

沙复明摇摇头：“要光明磊落，不许做蝇营狗苟的事。”

牛三勇：“什么是蝇营狗苟的事？”

沙复明：“依我看，逼要赌债就是蝇营狗苟的事。”

牛三勇“哦”了一声：“还有呢？”

沙复明：“对你来说，目前只有这一件。”

牛三勇：“行，我答应你，大不了这笔钱我不挣了。”

沙复明开始给他推拿。

沙复明问：“你不会是靠干这个吃饭吧？”

牛三勇：“你看我是靠什么吃饭的？”

沙复明两手在牛三勇的背上推着，他沉吟了一会说：“你的背上有寒湿还有虚火。”

牛三勇想回头看沙复明。

沙复明宽厚有力的手掌按在他的后脑勺上，把他重新按趴下。

牛三勇："我是干什么工作的？"

沙复明："鼓捣车的。"

牛三勇吃了一惊，抬起脑袋："呀！你怎么知道？"

沙复明又按住他的后脑勺让他趴下。

牛三勇嘴套在推拿床上的圆洞里说："我妈生我的时候，我爸在外省学习。回来的时候，我已经满月了。我爸看见我的第一眼，说了这样一句话'他回来了'。"

沙复明："他指的就是你哥哥。"

牛三勇："我真的是我哥哥的转世吗？"

沙复明："从某种意义上说是，就因为这个，你父母才格外地骄纵你，让你长成了一个混世魔王。"

牛三勇再次抬起头来，他一脸的不解："前辈，你怎么知道这些事的？"

沙复明："你看到的所有东西都是挡着你眼睛的东西，我没有眼睛，但是真没什么东西能挡住我。"

牛三勇："前辈，靠这个本事你就能发大财。我给你当经济人怎么样？"

沙复明："我的人生不需要别人经营。"

牛三勇一轱辘爬起来："那你收我做个徒弟怎么样？"

沙复明："干推拿你恐怕不是那块料。"

牛三勇："我不学推拿。"

沙复明："那学什么？"

牛三勇："学见识。"

沙复明嘴角掠过一丝笑："明眼人跟瞎子学见识，这不是笑话吗？"

牛三勇："不能那么说，我两眼视力都是一点五，你能看见的，我都看不见。"

沙复明："用眼睛看和用心看的效果是不一样的。"

牛三勇似懂非懂地听着。

沙复明手指按着他头上的几个穴位，牛三勇疼得咬紧牙关。

沙复明按他的虎口穴，牛三勇半张着嘴往里抽气。

沙复明问他："什么感觉？"

牛三勇："浑身的血被洗了一遍。"

沙复明给他放松颈椎，摸到他脖子上戴的十字架，问："你还信基督？"

牛三勇："是啊。"

沙复明："你到底信谁啊？"

牛三勇："所有的老大我都崇拜。"

沙复明笑了。

牛三勇："佛祖和耶和华都是大胸怀，不会因为我戴了佛珠又戴十字架小气得打起架来吧？”

沙复明笑着摇摇头：“佛学和基督我都没研究明白，所以我没资格谈论这个话题。”

牛三勇：“我也不明白，可我觉得人活在世上总得信点什么吧？”

沙复明：“那还是先从相信自己开始吧。”

牛三勇：“我相信自己。”

沙复明：“要学着自信。”

牛三勇：“我这人没别的优点，就是自信。”

沙复明：“你不是个自信的人。”

牛三勇一愣。

沙复明：“你帮人讨债做出格的事，挣钱不是主要的，你是想让身边的人崇拜你。”

牛三勇趴在那里琢磨着他的话。

沙复明突然转了话题：“你自己开着一家汽车修理店吧？”

牛三勇吃了一惊，他问：“你调查过我？”

沙复明：“调查你干什么，这是直觉。”

牛三勇：“沙前辈，在你跟前我不怕露怯，说真的我有点怕你了。”

沙复明笑了：“一个瞎子有什么可怕的？”

牛三勇的脑袋摇成了拨浪鼓：“不！不！不！你比有眼睛的人可怕。”

王泉下了钟，放松了身体坐在休息区听张一光表演。

张一光在地中用形体学着动物的表情：“驴说，人骂人的时候干吗说蠢驴？牛说，人说大话的时候叫吹牛逼。猫说，人搞诡计硬说是猫腻……”

沙复明送牛三勇出来路过休息区。

王泉听见牛三勇说话的声音，他的颈椎发僵，脖子像被棍支着一样直起来。放在腿上的两只手立刻八指交叉，两个大拇指不安地前后环绕转动着。

牛三勇走到他面前，主动跟他打招呼：“王大夫，以前的事多有得罪。刚才我已经答应沙前辈了，你弟弟的那笔账我不管了。债主能跟你弟弟要来，那是他有本事，要不来那是他晦气。这事以后跟我没关系了。”

王泉有点发懵，竟然没想到他应该站起来才够礼貌。

牛三勇：“沙前辈，我走了。”

沙复明：“不送了。”

王泉听着他的脚步声走远了，在心里安慰自己说：“他败了，可不是我把他打败的。”

金嫣和芒来下钟从大推拿室里出来，手拉手走到休息区坐下。

推拿中心前台。牛三勇往外走。高唯叫住他说：“签字！”牛三勇乖乖地签了字走了。

有客人进来。

推拿中心休息区。金嫣跟芒来脸对脸骑坐在他的腿上，两人旁若无人塑像一样待在角落里。

高唯冲着里面喊："金嫣、都红上钟了。"

金嫣站起来，她摸了一下芒来的脸小声说："等着我啊。"

芒来"嗯"了一声。

金嫣和芒来牵在一起的手，好久不舍得分开。

黑夜。芒来和金嫣牵在一起的手缓缓松开，翻腕变成芭蕾舞姿中的手。

金嫣和芒来一人一身洁白的芭蕾服，两人一脸情窦初开的模样，羞涩跳着表达初恋感情的芭蕾舞，举手投足极其优美典雅。

强烈的灯光扫进来，激动人心的劲舞音乐响起来。

金嫣和芒来一人一身现代舞服装，两人跳起了青春勃发眼花缭乱的现代舞。

灯光旋转画面一片通红，音乐变调为婉转悠扬的民乐。

金嫣和芒来一人一身民族服装跳起缠绵悱恻的民族舞，金嫣把一块红丝巾蒙在脑袋上，在红光组成的洞房里表达着难以抑制的激动心情。芒来守候在洞房外，等待着去掀新娘的红盖头。

灯突然灭了，时间凝固了。

身穿新娘装的金嫣在黑暗中塑像一样等待着，突然舞台上狂风大作，金嫣衣裾飘飞，红盖头被风吹走了，黑暗中她眯着眼睛什么都看不到。金嫣拼命挣扎着，她用舞姿撕扯着眼前的黑雾。

早晨。女生宿舍。金嫣在梦中抓挠着，她撕扯疼了自己的眼皮。

金嫣醒了，睁开眼睛。

眼前一片混沌的黑。她一骨碌坐起来，脑袋撞在床板上。

推拿中心休息区。崔云做的午饭端上桌了。

每一个饭盒都敞着盖，里面的饭菜码得整齐漂亮。饭盒旁边摆着一碗汤。

高唯看着饭菜，对崔云彻底产生了好感。

推拿师们坐在饭桌旁边贪婪地嗅着饭菜的香味。

崔云站在一边诚恳地说："第一次给大家做饭，不知道大家的口味，试着做的，有建议尽管提，我尽量满足大家的要求。"

张一光："我到推拿中心以后，就没吃过这么好吃的饭。谢谢沙老板给我们请来这么好的大厨。"

崔云高兴得满脸通红，她看了一眼沙复明。

沙复明脸上挂着笑吃得很香甜。

金嫣手里的勺子掉在了地上。

她猫腰满地摸，摸到了勺子捡起来。

芒来从她手里接过来用湿纸巾擦干净了，他把勺子放在桌子上，又抽了一张湿纸巾，捧着金嫣的手，一根手指一根手指地帮她仔细擦干净了手。

金嫣女王一样腰杆挺得笔直，翘着兰花指拿起勺子开始吃饭。

芒来把自己饭盒里的肉用勺子舀到金嫣的饭盒里。

金嫣："够了，够了，不要给我了。"

高唯眼睛瞟着他们俩一脸的嘲笑。

金嫣："我昨天晚上做了一个梦，梦见咱俩在跳舞，相识——热恋——婚礼。三个章节……"

芒来的身体突然坐直了，他脸色发白，一双盲眼正对着休息区的门口。

高唯跟着他的目光扭头看。

邓晓梅拎着旅行包站在休息区的门口。

高唯惊叫了一声："呀！邓晓梅。"

金嫣的身体像被捅了一刀，她哆嗦了一下。

金嫣抬起头眼睛死死地盯着门口。

沙复明："是邓晓梅吗？"

邓晓梅："沙老板，是我，刚下火车。"

沙复明："崔云，你给她弄点吃的。"

崔云答应了一声，把自己的那一份饭给邓晓梅端过来了。

邓晓梅没有吃，她竖着耳朵听四周的动静。

芒来泥像一样坐在那里，金嫣推了他一下，他没有反应，再一推，他还是一动不动。

熟人们纷纷跟邓晓梅打招呼。

沙复明："来，我给你们介绍一下。这位是原来在咱们这里做过的邓晓梅邓大夫，这位是王泉王大夫，这位是孔佳玉孔大夫。这位……"

邓晓梅打断他的话叫了一声："芒来！"

芒来满脸是汗喘着粗气，他没有回答。

邓晓梅提高了嗓音："芒来！"

气流冲进了芒来的气管，他剧烈地咳嗽起来。

邓晓梅寻声走过来，她的手摸到了芒来的肩膀，顺着芒来的肩膀摸到芒来的手，一把就抓住了。

金嫣毫不示弱，抓住芒来的另一只手，紧紧地攥住。

高唯和崔云目不转睛地看着他们。

盲人们谁也不说话了，他们竖着耳朵听着来自芒来、金嫣和邓晓梅那里的动静。

邓晓梅说话了："芒来，你感冒了？"

芒来闷闷地"嗯"了一声。

邓晓梅："我有药。"

沙复明插话道："你走了就再也没消息了，我们都很关心你过得怎么样。"

邓晓梅："沙老板，我要回来上班。"

沙复明一怔，忙说："不急，不急，吃了饭咱们再议。"

芒来的手和身子在微微颤抖。

邓晓梅以为他是见到自己激动，于是更紧地握住了他的手。

金嫣紧紧地握住芒来的另一只手，指甲快抠进他的肉里去了。

推拿中心休息区。金嫣紧紧抓着芒来的一只手腕，两人依旧呆坐在那里。

推拿师甲："邓大夫有个性的，走的时候不告别，来的时候也不打招呼。"

推拿师乙："她吃透了沙老板。"

张一光："推拿中心谁能吃透沙老板？说她吃透了曲大夫还差不多。"

孔佳玉："吃透了又能怎么样，她已经是结婚的人了，现在芒来是人家金嫣的男朋友。"

张一光："邓晓梅突然杀回来只有一个理由，她过得不好。"

芒来雕像一样坐在哪里一声不响。

金嫣嘴角紧抿，神情很坚毅，她松开芒来的手腕，站起来走了出去。

沙复明和邓晓梅坐在办公室里说话。

邓晓梅："我爸骗了我，他一条腿有毛病，还大我十岁。"

沙复明："你怎么从家里出来的？"

邓晓梅："跑出来的，到县里跟我表姐借了点钱就坐火车来了。"

崔云进来，她给沙复明和邓晓梅面前的水杯里续满了水。

沙复明："你和芒来的事是私人感情，跟推拿中心没有关系。现在人员已经满了，你让我怎么安置你呢？"

邓晓梅："没地方住，我睡推拿床，别人一个钟十八块，我一个钟十五块，你是知道我的，不会偷奸耍滑。你不留我，我会叫上芒来跟我一起走，这样店里的损失就大了。沙老板，你一直对我很好，我不能这样做。"

沙复明笑着问："芒来会跟你走吗？"

邓晓梅语气坚定地说："会。"

沙复明："这么肯定？"

邓晓梅："他是我的人，我也是他的人，你中有我，我中有你，这个关系你懂的。"

沙复明被她搅和得有点犯懵，看着她半天才说："我真不太懂。"

金嫣靠着墙站在门口，崔云领着邓晓梅从办公室里走出来。

崔云看见金嫣想安慰她几句，又不知道该说什么，暗自叹了口气离开了。

高唯走过来，她看着金嫣想说什么又放弃了，推门进了沙复明的办公室。

高唯在办公桌旁边的椅子上坐下。

沙复明："邓晓梅想留下来。按说店里的人手已经够了，论起手艺，都红比邓晓梅差很多，但是都红是咱们推拿中心的形象代言人，手艺在她这里占的比例并不多。你说是不是？"

高唯："是呀，都红客源很多，不能让她走。"

沙复明点点头："这件事情的核心人物是芒来，我们该问问他是怎么想的。"

高唯："我把芒来给你叫来。"

沙复明："去吧。"

金嫣靠在墙上，死死盯着办公室的门。

沙复明："她现在已经来了，你打算怎么办？"

芒来低着头玩着自己的两只手，一个主意都拿不出来。

沙复明试探着问："要不我介绍邓晓梅到其他的店里去工作？"

芒来说："她是奔我来的，我不能让她伤心。"

沙复明说："她不伤心，金嫣就伤心了。"

芒来点点头："金嫣也是奔着我来的，我也不能让她伤心。"

沙复明气乐了："她们谁都不伤心，推拿中心该伤心了。"

芒来："要不让她们俩都留在这里，我到别处干去。"

沙复明："这不是解决问题的办法，你再给我出个别的主意。"

芒来低着头问死都不说话了。沙复明叹了口气推门出去。

凭直觉沙复明知道金嫣在门口站着。

沙复明："有事吗？"

金嫣："你要留下她？"

沙复明："邓晓梅是推拿中心的老员工，技术好，愿意回来重新为中心效力，这是一件好事。"

金嫣："芒来怎么说？"

沙复明："你们之间的事，你自己去问他。"

推拿中心前台。高唯看见沙复明出来忙站起来问："怎么样？"

沙复明："安排邓晓梅住下吧，以后的事情以后再说。"

高唯："待遇呢？"

沙复明："跟过去一样。"

高唯还想说什么。沙复明摆了摆手："她是店里的老人，张老板那里不会有问题。"

邓晓梅被安排在崔云住的房间里。
崔云忙着帮她铺床叠被子。
邓晓梅："谢谢崔姐。"
崔云："你父母不该拿你换钱。"
邓晓梅："我不嫁人，我弟弟就没钱订婚娶媳妇。"
崔云："你们老家还这样啊？"
邓晓梅："有钱的不这样了，没钱的人家只能这样。"
崔云叹了一口气说："女人啊，有几个命好的？"
门口有人敲门。
崔云："进来。"
金嫣推门进来了。
崔云吃了一惊。
金嫣："崔云姐，我想单独跟她聊一会儿，行吗？"
崔云："没问题，我正好有事要出去。"
她出去了，随手把门关上。

十五

3号推拿室。芒来一个人坐在推拿室的床上，身后墙上被白油漆盖住的血渍依稀可见。高唯在门外喊："曲大夫上钟了！"芒来激灵一下醒过神来。

白天。过街天桥。一列火车带着巨大的呼啸声疾驰而过。

桥下小旅馆。火车车轮的震荡让床微微颤动着。

芒来和邓晓梅紧紧搂抱着依偎在床上。

邓晓梅伏在他的耳边问："爱我吗？"

芒来回答得很坚决："爱！"

邓晓梅："看不见我也爱吗？"

芒来："爱！"

他的声音被车轮震动覆盖了。

邓晓梅大声说："我没听见！"

芒来用更大的声音回答道："爱！！"

邓晓梅拿起芒来的两只手放在自己的脸上。

邓晓梅："好好摸摸我，记住我的长相。"

芒来细细致致地抚摸着她的脸庞和五官。

芒来："眉毛长得好，细长，眼睛是双眼皮，眼毛也很长。"

他的手摸到了晓梅眼睛里滚落出来的泪水。

芒来吓了一跳："怎么了？"

邓晓梅："见不到你难过。"

邓晓梅伸出双手在芒来的脸上细细地摸着。

邓晓梅喃喃道："你是我的。"

芒来："我是你的。"

邓晓梅："我走到天边，你也是我的。"

她的声音被"咣当""咣当"的火车轮声覆盖了。

崔云的房间。金嫣："我一直等着芒来给咱俩相互做个介绍，可他做起了缩头乌龟，连推拿房都不出了。我只能自己来找你。"

邓晓梅不知道她是谁，瞪着一双盲眼看着她："你是……"

金嫣："我叫金嫣，芒来的未婚妻。"

邓晓梅如雷击顶半张着嘴好一会儿才说出话来："你是说，芒来你跟订婚了？"

金嫣："我们马上要举行婚礼了。"

邓晓梅的脸一下变得像纸一样白，她吼了起来："他跟我海誓山盟过！"

金嫣的语气很平静："你跟他海誓山盟了半天不也为了钱跟别人结婚了吗？"

邓晓梅又是一愣，她怎么也想不通："他说过他等我。"

金嫣："用自己的一生等你吗？"

邓晓梅被噎的不知道该说什么。

金嫣："你这一招用得够狠的。日子过不好你想起他来了，如果你过得好了，你能想起来他吗？"

邓晓梅被金嫣堵得手攥成拳头又松开。

邓晓梅："走的那天，是我花钱租了旅馆的一间房，我把我的第一次给了他。"

金嫣忌妒的心口一阵剧痛，她使劲闭上眼睛。

邓晓梅："我把我最珍贵的给他了。"

金嫣努力让自己镇定下来："什么年代了还扯这个？第一次怎么了，第二次又怎么了？你就是把五个第一次给了芒来，你也是别人的老婆了。你想怎么样？莫不是想让芒来做第三者插足吗？笑话！"

邓晓梅被她问得脑袋里一片空白，眨巴着一双盲眼说不出话来。

金嫣："你能不能长期留在这里干活我管不了，芒来能不能跟你鸳梦重温，这事我说了算。"

说完她站起身女侠一样一甩衣服的下摆走了。

邓晓梅塑像一样坐在那里，好久没有动地方。

金嫣躲进卫生间，插上门，她一屁股坐在马桶上。金嫣双肩耸动，她一声不响地哭了。

晚上，孔佳玉、高唯、都红坐在宿舍里议论这件事。

都红："金嫣姐心里肯定很难受。"

高唯："最难受的应该是芒来，一个是初恋，一个是热恋，舍哪头他都难受。"

孔佳玉："高唯，换你，你舍谁？"

高唯："我？我高唯是办这种低智商事的人吗？"

孔佳玉："假如你是金嫣。"

高唯："你干吗非要让我这么倒霉？"

孔佳玉："你是咱们推拿中心最聪明的女人，你给她出个主意。"

高唯："推拿中心？你范围限定得太小了吧？"

孔佳玉："好，好，你是我长这么大见过的最聪明的女人。"

高唯："见过？孔佳玉你这话说得更不实在了。你拿什么见啊？"

孔佳玉："哎呀，你就别挑字眼了。"

都红："高唯姐，我也想听听呢。"

高唯看了都红一眼。

都红两手托腮等在那里，模样十分迷人。

高唯心软了："你也想听？"

都红："嗯。"

高唯："首先我不会喜欢上芒来，我看不上窝囊男人。"

孔佳玉："你现在不是高唯，你是金嫣，你一失足成千古恨，一不小心喜欢上了。"

高唯："非逼我喜欢？那我就当场就让芒来表态，我和邓晓梅只能选一个。"

孔佳玉："哪个都割舍不下呢？"

高唯："我替他拿主意。"

孔佳玉和都红竖着耳朵等着听。

高唯："金嫣跟邓晓梅，他哪个都割舍不下，这证明他没真正爱上其中的任何一个。"

孔佳玉摇摇头，她不认可。

高唯："退一步说，金嫣没有占着优势。我要是金嫣，就跟他拜拜。天涯何处无芳草？何必非揪着这根狗尾巴草荡秋千？"

孔佳玉和都红听傻了。

金嫣推门进来，她脸上的表情很淡定："说我呢吧？"

高唯："没错。是说你呢，你打算怎么办？"

金嫣："坚守我的爱情。"

高唯一脸的恨铁不成钢："真不知道你图什么。"

金嫣："高唯，我问你一件事。"

高唯："你问。"

金嫣："邓晓梅漂亮还是我漂亮？"

高唯："这对芒来有意义吗？"

金嫣："对我有意义。"

高唯："你们俩风格不一样。"

金嫣："你喜欢哪种风格？"

高唯："更喜欢你一些。"

金嫣嘴角掠过一丝骄傲的微笑。

高唯："金嫣，我记得你说过，你的爱情一开始就只有一半。"

金嫣：“对，一半实，一半虚，一半在天上，一半在地上，一半是已知的，一半是未知的，一半在这，一半在那。一半是当然，一半是想当然。”

高唯：“今天，暗礁全部浮出水面了。”

金嫣：“不知道芒来以前，我一直守着一个人的爱情。现在我终于走到他身边来了，回头看，真像走钢丝一样，每一步都很惊险。”

高唯：“半条命搭进去了。”

金嫣：“这才是爱情啊！”

孔佳玉和都红都被金嫣的话感动了。

高唯：“金嫣，内火太旺，小心自焚！”

金嫣：“凤凰涅槃，死得其所。”

高唯叹了口气：“老房子着火，你算没救了。”

金嫣：“高唯，你从心里爱过一个人吗？”

高唯：“爹妈算吗？”

金嫣：“我是说男女之情。”

高唯思索着，她没说话。

都红：“高唯姐，你真没谈过恋爱吗？”

高唯一本正经：“别打岔，我这不正数呢吗？”

姑娘们全笑了，屋子里的气氛顿时活跃起来。

都红：“高唯姐，你喜欢什么样的男人？”

高唯：“博学、有教养、受过高等教育。”

三个姑娘竖着耳朵等着她往下说。

高唯：“尊重女性、有上进心、爱劳动、开朗活泼、有爱心、孝敬父母、喜欢小动物……够了吗？”

孔佳玉：“这样的男人这个世界上就没有。”

高唯：“要是有，我立马把他制成木乃伊供起来，早上三炷香，晚上三炷香。”

女孩子们大笑。

邓晓梅推开了男生宿舍的门。

王泉、张一光、马跃、芒来同时把头扭向门口。

邓晓梅：“芒来，你出来一下。”

芒来知道躲不过去，他磨磨蹭蹭地站起来朝门外走去。

门在他身后关上了。

张一光：“这下咱们推拿中心有热闹看了。”

王泉说：“做盲人的越到这个时候，心就越要静。”

张一光：“你这口气像八十岁了。”

王泉："你是半路盲的，你不懂。耐心是什么？耐心是盲人的命根子。只有耐心才配得上咱们看不见的眼睛。"

张一光眨巴着眼睛听着。

王泉："遇到事，我们不能急吼吼地扑上去，一扑，就倒了。没准你还要陪进去一嘴的牙。"

张一光："芒来真保不准会把一嘴的牙赔进去。小兔崽子还是太嫩了，不知道女人这座山有多高，这汪水有多深。"

王泉："你说说，那山有多高，水有多深？"

张一光："我眼睛好的时候真看不出来，眼睛一瞎，我把什么都看清楚了。"

马跃："这句话是你的口头禅。"

张一光："那是！"

王泉："你看清楚什么了？"

张一光走到床边，一脸神秘地说："嫂子有心事，对你不像以前那么热乎了。"

马跃画画的手不动了。

王泉嘴很硬："热乎还当着你的面热乎啊？"

张一光："嫂子不是一个藏事的人，她要是想热乎，你还拦得住啊？"

王泉不想继续这个话题，拿起耳机塞到耳朵里，躺下去继续听收音机里的广播。

张一光一屁股坐在马跃的床上，他搂着马跃的脖子说："小兄弟！"

马跃不愿意被他搂，他拔开他的胳膊甩在一边。

张一光："画女人呢吧？"

马跃不说话。

张一光："哎，王大夫。你发现没有，过去很少在店里看到张老板，现在他整天在店里转悠。"

王泉一怔："还真是。"

张一光："这个苗头说明了一件事，两个老板之间真的出现了大问题。他们在统战，都在争取公众的力量。"

王泉把耳机从耳朵里拿出来。

张一光："过去他们也闹矛盾，但是从来没有当众公开过他们的矛盾。两起伙食事件发生以后，一切都不一样了。现在最难的是谁？是我们。我们必须站队，你不是沙老板的人，就是张老板的人，根本没有第三条路可走。"

王泉觉出来了事态的严重性，他一骨碌坐了起来。

马跃两耳不闻窗外事，继续着手里的创作。

张一光："沙老板技术好，张老板社会交往广，两个老板各有利弊，合在一起绝对能发挥各自的优势，可是他们偏偏闹翻了，合作不下去了。分手的后果得我们承担，如果你站错了队，就会被踢出局，就得重新找门路，一切从头做起。王大夫，你比我年轻，又是科班出身，技术比我好，你不怕。我不行，我这把岁数，真的实在输不起了。”

王泉沉默着好半天没说话。

崔云不在房间里，芒来坐在邓晓梅的床上。

邓晓梅：“结婚那天晚上，他发现我不是处女，顿时气疯了，差点把扁担打折了。他觉得他花了钱我就是他嘴里的肉，可以横着咬。”

芒来的身体哆嗦了一下。

邓晓梅：“我以为我能忍下去，一辈子眨眼就过去了。我忍了一个月，又忍了一个月，我知道了什么叫度日如年。我才二十多岁，还要咬着牙忍四五十年，想到这我死的心思都有了。我的命再贱也是一条命，你说是不是？”

芒来不说话。

邓晓梅：“芒来，你到底爱她还是爱我？”

芒来低着脑袋掰着两只手上的手指头。

邓晓梅摸索着把自己的一只手插在芒来的两只手当中。

芒来浑身一抖，两只手立刻僵住了。

邓晓梅：“你跟她那个了吗？”

芒来一怔，立刻明白那个是哪个，慌忙摇头：“没有，没有。”

邓晓梅松了一口气：“你是要跟她结婚吗？”

芒来不说话。

邓晓梅：“一想你要和她结婚，我就肚子绞痛。你知道什么是绞痛吗？”

芒来摇摇头随即又点点头。

邓晓梅：“回家的这段日子里，我死的心都有。现在我随父母所愿嫁人了，对他们有了交待。以后的事是我跟婆家的事，跟我娘家没有关系了。我父母的养育之恩我报答完了。现在站在你的面前，这就是我的态度，我在等你的态度。”

芒来愁眉不展。

邓晓梅：“芒来，我不逼你，我有的是时间等你的回答。”

芒来不说话。

邓晓梅：“你走吧，我要睡觉了。”

芒来站起来闷声不响地出去了。

沙复明坐在办公桌前发呆。有人敲门。

沙复明：“进来。”

崔云端着保温饭盒进来，她把保温盒打开放在沙复明的面前。

崔云：“晚上你没怎么动筷子，我给你做了一碗汤面，趁热喝了吧。”

沙复明："你没回啊？"

崔云："从那边过来的，邓晓梅他们在房间里说话，我待着不方便。"

沙复明拿起来筷子开始吃热汤面。

崔云坐在一边看着他。

沙复明："吴迪有消息吗？"

崔云摇摇头："没有。"

沙复明叹了口气。

崔云："我给你添麻烦了。"

沙复明："真别这么说，你帮了我大忙了。"

崔云眼睛一亮："真的？"

沙复明："没人剩饭吧？"

崔云："吃得干干净净的。"

沙复明："员工们认可你的手艺是第一步，想在这里站稳了，还得一步一个脚印，稳扎稳打地往下走。我说的意思你懂吧？"

崔云："你放心，我不会给你丢脸的。"

晚上，崔云和邓晓梅躺在床上，她们俩各自想着自己的心事。

白天。崔云和吴迪坐在电影院里等待电影开演。

吴迪："妈妈，我要吃爆米花喝可乐。"

崔云站起身："你乖乖在这等着，妈妈去给你买。"

她起身出去了。

崔云刚刚走出门口。

电影院的大门"咣"的一声紧紧地关上了。

旁边有人说："留在里面的孩子要被杀死。"

崔云大吃一惊，拼命砸电影院的大门。

门口的大屏幕上转播出来电影院里面的情景。

吴迪穿着白衬衣，天蓝色的毛背心，跪在一个长条凳子上，他大哭着喊："妈妈！"

一个男人的背影走过去，他掐着吴迪的脖子说："喊什么？一会就舒服了。"

崔云狠狠一脚踹开了大门，她声嘶力竭地喊："王八蛋！你凭什么掐我儿子？我跟你拼了！"

崔云被两个男人驾着往外拖。

崔云大叫："王八蛋！我杀了你！"

崔云被邓晓梅摇晃醒了。邓晓梅："崔云姐，你做恶梦了吧？"

崔云一骨碌爬起来，她满脸眼泪声音哆嗦着说："是梦，是梦啊！"她一把搂住邓晓梅放声大哭起来。

早晨。崔云推着自行车在菜市场菜摊上挑菜。

吴奶奶在卖鸡蛋的摊位处一个一个仔细地挑着鸡蛋。

崔云一眼看到了她，立刻不顾一切地跑过来。

崔云："妈！"

吴奶奶看见她吃了一惊。

崔云："我太想吴迪了，你让我见见他。"

吴奶奶："这我可做不了主。"

崔云："他爸不接我电话。"

吴奶奶不理她了，转身往卖肉的铺位走，崔云紧跟在她的身后。

卖肉的是一对年轻的夫妻。

老太太皱着眉头挑肉，崔云也跟着挑。

崔云问："前臀尖多少钱一斤？"

卖肉的男人："十块二。"

崔云："腰条呢？"

卖肉的男人："九块。"

吴奶奶离开肉摊。

崔云急忙放下手里的肉追了过去。

卖肉的男人用家乡话骂了一句："揣着买鸡毛菜钱的人，来肉摊乱问什么？傻逼！"

崔云和吴奶奶都听懂了，崔云气得脸色煞白。

吴奶奶返身走回来："骂谁呢？"

卖肉的男人："谁也没骂。"

吴奶奶："你以为我听不懂你家乡话吗？你骂谁傻逼呢？"

卖肉的抵赖："我没骂你。"

吴奶奶："骂你媳妇我不管，骂我儿媳妇不行！"

卖肉的一愣。

崔云心头一热，看着老太太。

吴奶奶："不知道怎么做买卖，回家学去，别出来丢人现眼。"

卖肉的碰见了硬茬不敢说话了。

崔云拉吴奶奶："走吧！走吧！"

吴奶奶沉着脸走到旁边的肉摊上，拿起一块肉扔在秤上："这块我全要了！"

卖肉的那一对夫妻看着这一边成交的买卖肚子里直运气。

高唯坐在推拿中心前台在电脑上制作表格。

牛三勇推门进来。

高唯抬头看了他一眼："推拿？"

牛三勇："我找沙前辈。"

高唯拿出来账簿翻到牛三勇那一页："你已经挂了一千块钱的账了。"

牛三勇不以为然："挂着吧，黄不了你的。"

高唯说："什么钱都可以不还，看病的钱必须还，否则病看不好。"

牛三勇："咒我是不是？"

高唯："有那两把神砂，我早就不坐在这儿了。什么时候能把钱交上来？月底了我要做表报账。"

牛三勇："一天钱、钱、钱的，掉钱眼里了吧？"

高唯："在这个问题上，你是我老师。"

牛三勇："你还没交拜师钱呢。"

高唯："你又提钱！"

牛三勇噎在那儿，额头上的青筋崩起来老高，好一会儿才挤出来一句话："这年头菩萨一闭眼，什么妖魔鬼怪都敢出来溜达。"

高唯："自我批评得深刻！"

牛三勇强压怒火："你到底让不让我进去？"

高唯："交了钱就让你进去。"

牛三勇凑到高唯面前，两只眼睛死死地瞪着她。

高唯一点儿都不示弱，也睁着两只眼睛瞪着他。

牛三勇的火一下顶到了脑门，他伸手一把揪着高唯的领子把她从前台拉出来。

高唯不喊不叫两只手死死地拉着柜台。

牛三勇两手一举，把她抡起来扛在肩膀上大步往外走。

高唯牙关紧咬，一声不响。

盲人谁也不知道发生了什么，任凭牛三勇和高唯无声扭打着从他们的身边走过去。

牛三勇扛着高唯出了大门。

牛三勇扛着高唯跑过了门口小马路。

牛三勇的肩膀结实滚热，他健步如飞的样子把高唯迷住了。

高唯抬头看四周，离开习惯的视野，眼前的一切大不相同了。

牛三勇要把高唯放下来，高唯伸手搂住他的脖子死活不下来。

街上路人驻足观看。

牛三勇尴尬，只得把高唯重新扛过马路。

牛三勇把高唯扛回推拿中心，扔回到前台的座位里。

高唯看着牛三勇。

牛三勇也看着高唯，两人四目相对，目光撞在一起。

电火花一闪，高唯强悍的目光刹那间变得温婉柔和。

牛三勇被她看得心头一哆嗦，脑袋里出现了空白。

他站在高唯的面前呆立了片刻，掉头撒腿跑了。

王泉送他的客人从里面出来。

王泉站在高唯面前："全套加颈椎。"

高唯翻开登记本翻了半天没找到客人的名字。

客人指着第二页："这不是我的名吗？"

高唯尴尬："不好意思。"她低着脑袋往卡上登记。

客人："写错了，我没刮痧。"

高唯连忙道歉："对不起！对不起！"

王泉："高唯，今天你是怎么了？这么糊涂啊。"

高唯窘得满脸通红。

牛三勇晕晕乎乎地在街上走着。走到马路中间一抬头。对面是红灯。

牛三勇过不去也退不回来，他站在马路中间，来往的汽车从他身边开过去。

透过车窗可以看见司机们愤怒的脸。

牛三勇故作潇洒地做了一串漂亮的交通指挥手势。

崔云和吴奶奶在街上走。

吴奶奶走累了，崔云搀着她在路边的石凳上坐下。吴奶奶："你也坐下吧。"

崔云在她身边坐下。

吴奶奶："做人要硬气，你这软柿子的脾气走到哪儿都是吃亏受气的角儿。"

崔云低着头不说话。

吴奶奶："你要有我一半的尿性，也不会把日子过黄了。"

崔云："吴迪他爸……"

吴奶奶："别提那个熊货，知道被黄鼠狼迷住是啥德性吗？就他那德性。梁丽不是你，她是一个狠角，敢把手掏进我儿子的肚子里拿他当布袋木偶耍。"

崔云："我想吴迪，能让我看他一眼吗？"

吴奶奶："你就别招惹他了，上次我孙子因为找你，丢了一回，学校说孩子再跑就劝他转学。"

崔云眼泪涌上来了。

吴奶奶气得吼了一嗓子："别哭了！再哭我血管就崩了。"

崔云的眼泪噼里啪啦落下来。

吴奶奶叹了口气："你就忍忍吧，再过十天半个月我就回武进了，到时候我让和平把吴迪给你送回来。”

牛三勇两手插在口袋里，低着头往前走，他从汽修厂门前走过去。

厂里的小弟兄看到他，追出去喊：“勇哥！勇哥！”

牛三勇站住回头看。小弟兄问：“勇哥，你干什么去？”牛三勇这才明白过来，急忙转身往回走。

高唯趴在前台瞪着眼睛直愣愣地望着门外。

牛三勇两手一举，把她抡起来扛在肩膀上大步往外走。

牛三勇要把高唯放下来，高唯伸手搂住他的脖子死活不下来。

高唯看着牛三勇。牛三勇也看着高唯，两人四目相对，目光撞在一起。

电火花一闪，高唯强悍的目光刹那间变得温婉柔和。

牛三勇被她看得心头一哆嗦，他呆立了片刻，掉头撒腿跑了。

高唯得意地笑了。

牛三勇推门进来了，他脸上挂着尴尬的笑。

高唯一愣，急忙站起来。

刘经理站在她的面前：“都大夫闲着吧？给我做个全套吧。”

高唯：“都大夫上钟了。”

推拿中心休息区。都红答应了一声，站起来快步走了。

孔佳玉小声嘟囔了一句：“怎么老给她安排钟？”

王泉坐在离她不远的地方，他没有说话。

张一光：“照顾人也不能这么明目张胆吧？”

高唯走进来，目光扫了一圈叫了一声：“金嫣上钟了，六号房。”

金嫣站起来摸一下芒来的脸，小声说：“等着我。”

她走了。邓晓梅站起来，把芒来拉起来，拽着他的手出去了。

邓晓梅和芒来走出推拿中心的大门，站在角落里面对面站着。

沙复明和马跃从推拿中心出来，凭直觉他知道有人在门口站着。

沙复明：“谁在那儿？”

芒来和邓晓梅谁也不说话。

沙复明：“你们俩出来伸伸腰就赶紧回去，让客人看见咱们推拿师闲着不好。”

芒来和邓晓梅答应了一声相互搀扶着回去了。

马跃："师傅，你怎么知道是他们俩？"

沙复明语气很肯定："躲在角落里还不说话，除了他们俩还能是谁？"

沙复明走到影壁前站住："想好画什么了吗？"

马跃："想好了。"

沙复明："那就动手画吧。"

高唯从里面出来："马跃上钟了！"

马跃答应了一声回去了。

沙复明站在门口深深地吸了一口气。

赵建民走过来，看见沙复明叫了一声："沙大夫。"

沙复明："哎，来了？"

赵建民："你托我办的事情，我给你办了。"

沙复明："咱们屋里说。"

赵建民把证券账户卡和身份证同时递到沙复明的手里。

赵建民："手续都给你补办好了。"

沙复明："你怎么说的？"

赵建民："我说，证券账户卡丢了，账户主人委托我来办理的。"

沙复明："这事到你手里就简单了。"

赵建民："你的账户我也上网登录替你查了。"

沙复明有些紧张："结果怎么样？"

赵建民看着他半天没说话。

沙复明知道事情不太妙，他低声问："还套着呢吧？"

赵建民："全都抛出去了。"

沙复明一愣："不可能！什么时候抛出去的？"

赵建民："2008 年股市大反弹的那一次。股票暴涨，上半年没有一个不赚的，而且是暴赚。"

沙复明："我买的那个股也赚了？"

赵建民："不管是什么股，买了就翻，沪市最高峰值六千六百多点，下半年才'哗'的一下跳水了。你买的股上半年就抛出去了。"

沙复明脑袋"嗡"的一声。

赵建民："七万块钱的股票翻了十倍，兑现七十万。"

沙复明脸色发白，半天没说话。

赵建民又掏出来一张账单："单据我帮打印出来了，你收好，将来打官司是个证据。"

沙复明接过来账单强打精神笑了笑："谢谢！你帮了我大忙了！我免费给你做个全套。"

赵建民眉开眼笑："好啊！"

沙复明："这事你知我知，不要跟别人说了。"

赵建民："股票还是推拿？"

沙复明："两者都包括了。"

韩秋霞在厨房里忙着做饭。

张子强坐在客厅沙发上吃着薯条看电视。

张宗琪满脸怒气进了家门。他一眼看到了张子强。张宗琪从门后抄起一根棍子挥起来朝儿子打过去。

张子强机灵地闪开了，他大声叫："妈！妈！救命啊！出人命了！"

韩秋霞从厨房里冲出来，她一把抓住了棍子，使劲一拽抢了过去。

张宗琪抄起扫帚，韩秋霞又给抢了过去。

韩秋霞："怎么了？又怎么了？"

张宗琪："期中考试，这小子考了一个三十八分，他用红笔把三改成了八，三十八分变成了八十八分。他还拿回来让我签字，我还给写了一句话：'成绩不错，继续努力。'这混蛋往回交卷子的时候，忘了把作假的那半个三用涂改带弄掉，结果露了馅。老师打电话把我叫去狠狠地训了一顿，我这张老脸算被他丢尽了。"

韩秋霞顺手给了张子强一扫帚，她下手很轻，像扫土一样："冤家！"

张宗琪一肚子的怒火没有办法发泄，他狮子一样地吼叫起来："你生这么个冤家干什么？"

韩秋霞回答得很干脆："你Y我X这俩字母凑在一起才能挤出来个儿子，别把责任往我一个人身上推。"

张子强没事人一样，翻着眼睛看看爹又看看娘。

沙复明拄着拐杖走到张宗琪家便利店门口，张子强老鼠一样从门里钻出来跑了。

张宗琪追出来大声喊："你给我滚回来！"

张子强一溜烟跑了。

张宗琪看到门口站着个人，眯了下眼睛辨别出来是沙复明。

沙复明笑呵呵地跟他打招呼："老远就听见你吊嗓子，中气很足么。"

张宗琪叹了口气："娶老婆是给自己的脖子上套了根绳子，养儿子是给那根绳子上拴了个死扣。我算看明白了，早晚我得死在这根绳子上。没家一身轻，老沙还是你活得自在。"

沙复明："年三十晚上，你们一家人围在一起吃年夜饭的时候，你就不羡慕我了。"

张宗琪："一年三百六十五天，就那一晚上闲着，剩下的三百六十四天都得撅着屁股为家挣命。”

沙复明：“怎么了，感慨这么多？”

张宗琪：“嗨！破砖烂瓦的我就不敲动静给你听了。进屋来吧。”

沙复明跟着张宗琪进了屋。

韩秋霞看到沙复明强做笑脸跟他打招呼：“微服私访，稀罕哪！”

张宗琪：“给沙老板泡点好茶。”

张宗琪家东西堆得很拥挤，沙复明不知道该往哪走。

张宗琪安顿沙复明在沙发上坐下。

张宗琪说：“挺好的房子让她弄成了垃圾堆，什么都往家捡，什么都往房间里堆。”

韩秋霞把街上捡回来的和别人硬塞到她手里的宣传页，仔细折成垃圾盒，十个一组放好。

她手忙着嘴也没闲着：“沙老板，你可别把我们家老张看高了，他是八十斤白面做成的大寿桃。”

沙复明不解其意问：“什么意思？”

韩秋霞：“废物点心一个。”

沙复明哈哈笑：“弟妹可真幽默。”

张宗琪：“不是废物，天天被你归置到废品堆里也废了。”

沙复明开门见山，他说：“老张，我来告诉你一个好消息。”

张宗琪：“什么好消息？”

沙复明：“咱们被套了四年多的股票彻底翻身了。”

张宗琪一愣，他看了韩秋霞一眼：“你听谁说的？不可能的事！”

沙复明：“我有一个做股票的熟客，好多年没见了，今天突然冒出来，找我推拿。他亲口告诉我的。”

张宗琪额头上的汗冒出来。他问：“他怎么说的？”

沙复明：“他说那只股票牛气冲天，已经往上翻了十个跟头了。老张赶紧把股票抛了吧，省得夜长梦多。”

张宗琪：“他知道咱们买的是哪只股票吗？”

沙复明：“不是0097吗？”

张宗琪两腿发软，口舌发干，他使劲咽了一口唾沫：“他怎么知道的？”

沙复明：“我让他帮我补办了个手续用我的股票账户卡查的。”

张宗琪额角上的汗嘀嘀嗒嗒掉下来，他努力克制着自己说：“等等，再等等。”

沙复明：“等什么？”

张宗琪：“这么好，那就更应该往大了憋。”

沙复明说：“要等你等吧，我可不等了，麻烦你明天帮我把股票抛了吧。”

说完他站起身走了。张宗琪两口子愣在那里。

好半天韩秋霞才问："这下怎么办？"

张宗琪嘬了一下牙花子没有说话。

韩秋霞："七万块钱里有他五万块呐。"

张宗琪："没听见他说往上翻了十倍吗？他这是跟你要五十万。"

韩秋霞把手里叠的纸片往桌子上一扔，直着两眼看着张宗琪。

张宗琪坐在椅子上，两只手使劲搓了搓脸。

韩秋霞问："咱们家到底还有多少钱？"

张宗琪："哪还有什么钱？"

韩秋霞："中心的伙食费我每个月最少省出来五百块钱，洗衣费也都交给你了，怎么会没钱？"

张宗琪："你儿子成绩不好，择校一次性赞助费就是六万，这笔钱不是我拿的？"

韩秋霞："他就不是学习的料！再跪在那烧钱，你家祖坟也冒不了青烟。"

张宗琪冷笑："张子强可真不随老张家的根，他要随了我倒好了，我一只眼睛还熬了个大专毕业呢。"

韩秋霞："你是说他随我了？"

张宗琪："他可别随你，真随了你，连张初中文凭都混不上。"

韩秋霞火了："说儿子呢，怎么扯到我身上了？"

张宗琪："是你先扯到我家祖坟上来的。"

韩秋霞："这么多年他都没提股票的事，怎么突然提起来了？"

张宗琪转过脸一只眼睛盯着韩秋霞："都是那十几块羊肉惹的，这叫贪小便宜吃大亏。"

韩秋霞："我也会说，早知道有今天何必当初呢？"

张宗琪："有了房子有了存款，我说把钱补回去，你不干，非要开这个店。"

韩秋霞眼睛一瞪："不开这个店，拿什么养活你妈和留在老家的闺女？"

沙复明拄着盲杖满腔愤怒地在盲道上走着。

沙复明在心里跟自己说："怀疑来得太晚了，当初开店的时候，张宗琪说两万块钱是他的全部积蓄，才过了几年，哪来的钱买四十多万的住宅房？他有一只好眼，就欺我两眼一抹黑？因为他有一只好眼，推拿中心办证租房采购等一切涉外的事务，全都在他的掌控之中。我不能一下把他逼得太紧，如果他发起狠来，别说股票上的钱拿不回来，我在这个推拿中心的投入也完全可能打了水漂。当初我把钱交给他炒股，其实就等于把自己的命脉交给了他。"

十字路口。沙复明站住脚重重地叹了一口气。

红灯亮，来往的车辆遮住了他。

绿灯亮了。

沙复明过马路，崔云的手突然伸过来，挽住了他的胳膊。

沙复明的心里一热："出去了？"

崔云："买色拉油去了。"

沙复明问："听声音中气不足，昨天又没睡好吧？"

崔云："出了一上午虚汗。"

沙复明："回店里我给你调理一下。"

婴儿的摇篮放在客厅里，吴迪坐在摇篮旁边逗小婴儿玩。

吴奶奶坐在小板凳上择菜。

吴迪："奶奶，妹妹是哪来的？"

吴奶奶："垃圾堆里捡来的。"

吴迪："你说我也是垃圾堆里捡来的，垃圾堆里怎么有那么多小孩呢？"

吴奶奶笑："你动不动就满身的土，妹妹动不动就一屁股屎，这么脏的小孩不在垃圾堆里待着上哪待着去？"

吴迪："妹妹这么臭，不会是又拉屎了吧？"

吴奶奶放下手里的菜走过来给小婴儿换尿布。

吴奶奶："拿个盆来。"

吴迪一溜小跑端了一个小盆过来。

吴奶奶给小婴儿洗干净屁股，重新换好尿布。

吴迪握着小婴儿的手跟她说话："妹妹乖啊！我让妈妈给你做面条吃。"

吴奶奶回头看了他一眼："她妈有那两下子吗？"

吴迪："让我妈妈做。"

吴奶奶叹了一口气："好好个家弄出来两个妈。"

梁丽从外面进来，看到吴迪扒在摇篮旁边，三步并作两步走过来，抱起摇篮里的婴儿。

梁丽："喂奶了吗？"

吴奶奶："你干什么去了？"

梁丽："闷了一个多月，出去转转。"

吴奶奶："你出了月子，我也该回去了。"

梁丽："保姆还没找到呢。"

吴奶奶："吴迪他妈生吴迪，我家里有事没来，她坐着月子把我儿子和我孙子都伺候得好好的。"

梁丽："她生了一副受罪的骨头，我不跟她学。"

吴奶奶："你命比她好，张嘴坐在床上等着喝西北风吧。"

梁丽目瞪口呆地看着她。

吴迪："奶奶，我要吃面条。"

吴奶奶："奶奶这就给你做去！"

梁丽气得抱着孩子回房间，狠狠地摔上了门。

傍晚。韩秋霞吵累了，她疲惫不堪地进厨房把饭端出来。

韩秋霞："叫儿子回来吃饭。"

张宗琪："你去叫。"

韩秋霞把筷子一摔出了门。

她一路喊着："张子强！张子强！"

没有人应答。

韩秋霞问在胡同里玩的孩子："看到张子强了吗？"

孩子："没看见。"

韩秋霞："死哪去了？这么叫都不回来，饿死他算了！"

VIP推拿室。沙复明在给崔云做背部推拿。崔云睡熟了。

张宗琪和韩秋霞在巷子里大呼小叫地喊着张子强的名字。

张宗琪："张子强！"

韩秋霞："强强！"

张宗琪和韩秋霞跑到巷子口进了食品店。

食品店的老板迎上来问："张老板，买什么？"

张宗琪："我儿子刚才是不是在这里赊了面包什么的？"

食品店的老板说："没有，我看见他耷拉着脑袋往外走，还跟他打招呼来着，他没有理我。"

张宗琪和韩秋霞在胡同里气急败坏地走着，他们相互埋怨着对方。

韩秋霞："要不是你不分青红皂白进屋就揍他，他也不会这么晚都不回家。"

张宗琪："你平时要不那么惯着他，他也不会长成这副德性。"

韩秋霞："你们老张家哪个德性好？"

张宗琪："别往我祖宗的坟茔地上扯。"

张宗琪和韩秋霞兵分两路往街道的两头跑去。

高唯躺在宿舍床上眨着眼睛看着屋顶。

都红："高唯姐，你病了？"

高唯："没有。"

金嫣："今天一天都没怎么听见你说话。"

高唯："有点累了。"
都红："哦，那你早点儿睡吧。"她端着盆出去了。

盥洗间里，洗衣机隆隆作响。
屋子四周晾着洗好的白色床单。
孔佳玉在盥洗间里洗衣服。
王泉走过来站在门口："佳玉。"
孔佳玉回过头来。
王泉："明天休息。"
孔佳玉："嗯。"
王泉："我妈让咱们回家吃饭。"
孔佳玉："我不想去。"
王泉："我妈在电话里再三叮嘱让我一定把你带回去。"
孔佳玉不情愿地说："好吧。"

崔云醒了，发现身上盖着一条毯子。她一骨碌爬起来。
沙复明推门进来："醒了？"
崔云不好意思："我又睡着了。"
沙复明："不长，一个小时。"
崔云："我给你煮一碗面去。"
沙复明："算了，麻烦。"
崔云没再说话，她起身出去了。

韩秋霞打电话："强强去你家了没有？没有？哦。"她把电话挂了。
张宗琪背着手在地中间来回走着。
韩秋霞："驴拉磨呢？"

崔云把一碗煮好的面放在沙复明的面前，又把一双筷子放在他的手里。
沙复明深深地嗅了一下碗里的面："真香啊！"
崔云："这几天胃疼了吗？"
沙复明："自从有小灶吃以后，胃还真没疼过。"
崔云笑了："你一给我推拿，我就能睡着觉。"
沙复明："这叫相得益彰。"
崔云："昨天晚上我梦见了吴迪，把我哭醒了。"
沙复明："日有所思，夜有所梦。"

崔云："已经半个月没见到他了。"

沙复明迟疑了一下问："一个女人带着孩子这么难，你为什么要离婚呢？"

崔云："婚不是我要离的。是他要离的。"

沙复明："他外面有人了？"

崔云："我身体不好，他就在外面找别的女人，我尽不了女人的责，当然也没本事管他。"

沙复明："你得的是子宫功能性出血，这个病不难治。"

崔云一怔呆呆地看着他："你怎么知道我是这个病？"

沙复明："一搭脉就知道了，没去医院好好看看？"

崔云："治过，反反复复好不彻底。血色素降到了7克，医生建议我切除子宫。切了子宫还算女人吗？这事我不干！"

沙复明："到不了那一步，你要是信我，我给你开点汤药喝。"

崔云："我信你！自从你给我推拿以后，症状减轻多了。"

沙复明："我给你用的是振腹法，这种手法对你的病很有效果。如果再把汤药加进来，疗效会更显著。"

崔云："那个药要花很多钱吗？"

沙复明："自己配的没多少钱。"

崔云："好。"

沙复明："你们离婚几年了？"

崔云："一年。本来他不想离，那个女人怀孕了，说如果不跟我离婚，就告他重婚罪。"

沙复明："那她就是把自己告了。"

崔云一怔。

沙复明："房子判给你了？"

崔云摇摇头："房子是他的，他让我们娘俩住着。"

沙复明："法庭这么判的？"

崔云："我们自行商量解决的。"

沙复明："你不觉得这样不公平吗？"

崔云叹了口气："他的根在这儿，家族势力大，这年头，谁霸道谁说了算，哪儿那么多公平可讲。都说心比天高命比纸薄，我心没有天高，命却比纸薄。我命不好，他这样对我也是我命中注定的。"

沙复明："谁说你命不好？"

崔云："这么多年的窝心日子过下来了，还用别人说吗？"

沙复明想说什么又忍住了。

崔云细声慢语地说："我上面有一个姐姐，下面有一个弟弟。我姐姐学习好，我弟弟是男孩。他们都是我父母能拿来炫耀的。我脑子笨学习不好，初中一毕业我干脆就不念了，跟着村里的人出来打工挣钱帮助父母供我姐姐和弟弟读书。”

沙复明认真地听着。

崔云："我在纺织厂干了六年挡车工，我姐姐上了大专，我弟弟读了师范学院。三班倒的工作实在太熬人了，后来我经人介绍去了玩具厂上班。在那认识的吴迪他爸。他看我勤劳，我想在这里找个依靠，就这么结了婚。结了婚的第二年他就开始动手打我，先开始我还知道害怕，后来，一见他翻脸我就想，快动手吧，动了手这场事也就了结了。”

沙复明吃了一惊："你怎么不反抗。"

崔云："反抗管什么用？离了婚他不还是那副德性吗？"

沙复明："你属什么？"

崔云："属马。"

沙复明轻轻摇了一下头。

崔云："怎么了？"

沙复明："没什么，天太晚了，回去吧。"

沙复明瞪着眼睛躺在床上，他自言自语道："吴迪七岁，崔云属马，今年应该是三十二岁。十七年前，她刚刚十五岁。不可能去参加成年组的运动会，她真的不是向天纵。"

推拿

（下）

陈枰/著

西苑出版社
XIYUAN PUBLISHING HOUSE

盲人很容易忽略一样东西，那就是他们的眼睛。他们的眼睛没有光，不可能成为心灵的窗户。但是，他们的眼睛却可以成为心灵的大门——当他们对某一样东西感兴趣的时候，他们不懂得掩饰自己的眼睛，甚至把脖子都要转过去，有时候都有可能把整个上身都转过去。

十六

张宗琪和韩秋霞两个人靠在卧室床上，大瞪着眼睛谁也睡不着。

韩秋霞："你说强强会不会……"

张宗琪呵斥她："别净想不吉利的！"

韩秋霞一骨碌爬起来："不行，我得出去找！"

张宗琪："大半夜的去哪找？"

韩秋霞跳下地往门口走："刚才咱们忘了网吧。"

张宗琪觉得她说得对，立刻穿衣服下地。

早晨。手里拎着菜篮子和早点的人在街上匆匆走过。

张宗琪和韩秋霞满脸倦容精疲力尽地走着。

韩秋霞推开门看着空无一人的房间。她一头扑倒在床上放声大哭起来。

张宗琪一屁股跌坐在椅子上，耷拉着脑袋一声不响。

韩秋霞翻身坐起来，瞪着哭红的双眼对张宗琪说："报警吧！"

张宗琪说："人口走失二十四小时以后警方才会受理，这才十几个小时。"

韩秋霞："那我们也不能坐在这里干等着。"

张宗琪急得满地转圈，他突然站住脚说："找老沙吧，那小子主意多鬼大。"

韩秋霞抹了一把眼泪："他脑袋好使，让他帮咱们拿个主意。"

张宗琪："对，这就去找他，咱家里出了这样的大事，股票的事他没准就不好意思再提了。"

韩秋霞："什么时候了，还想着你那破股票，快走吧，走吧！"

张宗琪走到门口，他又回来了。

张宗琪："差点忘了，今天轮你做饭，来不及做了，出去把早点买回来。午饭让崔云做吧。"

高唯坐在推拿中心前台愣神。

沙复明从推拿室里出来："高唯。"

高唯回过神：“嗯？”

沙复明：“艾灸条没了，你去库房拿些过来。”

高唯提起精神说：“好。”

她站起来，走出去。

沙复明回到推拿室。

牛三勇站在推拿中心门口，探头探脑地往里面看。

高唯不在前台。

牛三勇心里有些失落，他犹豫了一下，还是走进来了。

牛三勇在沙复明对面的沙发上坐下。

牛三勇：“前辈，我得向你学习。”

沙复明：“向我学什么？”

牛三勇：“洞察力。”

沙复明笑了。

牛三勇：“我朋友的一家贸易公司要开张，想选个好办公地址和开业的时间。我向他介绍了你。你要是愿意去，一把活，他给你两万。”

沙复明一口拒绝了：“不去。”

牛三勇：“为什么？”

沙复明：“什么也不为。”

牛三勇：“要不这样，前辈，你把看人的本事教给我吧。”

沙复明哈哈笑：“跟瞎子学看人的本事，兄弟你可真幽默。”

牛三勇满脸严肃地说：“前辈，不跟你开玩笑，我说的是真的。”

沙复明：“盲人因为看不见，才往心里使劲，兄弟，你的心劲不在这儿。”

高唯坐在电脑前整理表格。

牛三勇从沙复明的单间里出来，他一眼看到了高唯，脚步一下停住了。

高唯看到牛三勇，眼睛不觉一亮。

高唯的目光晃得牛三勇心里忽悠一下，他站在那里定了好半天神，才敢把目光重新瞥向高唯。

两人的目光撞在了一起。

伶牙俐齿的高唯张了一下嘴，竟然哑巴了。

牛三勇觉得脸发烫，他在心中骂着自己：“丢脸！真他娘的丢老爷们脸！”他耷拉着脑袋快步走出了大门。

高唯目送着他的背影远去了。

张宗琪和韩秋霞神色慌张急匆匆地走进来。

他们看都没看高唯，径直进了沙复明的办公室。

沙复明不在办公室里。

张宗琪急得大声喊：“老沙！老沙！”

沙复明从卫生间里出来，听张宗琪的声音如此失态，他吃了一惊。

沙复明：“老张，怎么了？”

张宗琪：“出事了！出事了！”

韩秋霞：“我儿子失踪了！”

话刚出口，她号啕大哭起来。

沙复明一愣：“怎么回事？”

韩秋霞：“考试没考好，他爸要打他，他跑了，一晚上没回来。”

沙复明吃了一惊：“别急，你们别急，慢慢说。”

张宗琪：“晚饭没吃，电话也没往家打一个，附近同学家和网吧我们都找遍了，谁也没见着他。”

韩秋霞不停地哭。

沙复明：“往学校打电话了吗？”

张宗琪：“打了，他没去上学。”

沙复明：“高唯！”

高唯跑过来：“什么事。”

沙复明：“你赶紧去把牛三勇找回来，他没走多远。”

高唯撒腿就往外跑。

牛三勇两手插在口袋里低着脑袋晃晃荡荡地在街上走着。

高唯气喘吁吁地追上来。她叫了一声：“牛三勇！”

牛三勇回头一看是高唯，眼睛顿时亮了。他站在那里看着她。

高唯：“沙老板叫你回去呢。”

牛三勇：“什么事。”

高唯：“你自己问他吧。”说完她撒腿往回跑。

牛三勇跟着她后面屁颠屁颠地往回跑。

张宗琪两口子坐在办公室里的沙发上。

沙复明坐在办公桌后面。

牛三勇问：“你儿子兜里有钱吗？”

张宗琪摇头：“没有。”他想了一下有点不放心问韩秋霞：“你给过他钱吗？”

韩秋霞：“家里的钱都在你手里，我哪有钱给他。”

牛三勇：“家里的卡和存折还在吗？”

张宗琪掏出来钱包从里面拿出来一张卡说：“卡在我这里。”

韩秋霞看见丈夫手里的那张卡，突然想起来什么，她二话没说，撒腿就往门外跑。

张宗琪不知道发生了什么事情，连喊几声，她都没站住。

张宗琪也跟着她跑出去。

沙复明跟牛三勇说："你快带着我去看看。"

房间里被韩秋霞翻得乱七八糟。

韩秋霞披头散发满脸灰尘，她一遍又一遍地说："我就放在这了！就放在这了！"

张宗琪："你到底找什么呢？"

韩秋霞："卡。"

张宗琪："什么卡？"

韩秋霞："工商银行的银联卡。"

张宗琪一愣。

牛三勇："里面有多少钱？"

韩秋霞"呜"的一声哭了，她一把鼻涕一把泪地说："四万二千三百五十六。"

张宗琪惊得差点坐在地上："哪来那么多钱？"

韩秋霞："一个瓶子一张纸，我攒了整整八年啊。"

沙复明静静地站在那里听着，他什么话都没说。

张宗琪急了："你到底放哪儿了？"

韩秋霞举着一只靴子说："就塞这里了。"

张宗琪脸都白了："真没想到你在这还藏了一手牌，咱俩在一起过了十四年，我对你可是一点二心都没有。没想到啊，真没想到。你可真叫我心寒啊！"

韩秋霞："你不把钱看那么紧，我也不费这个心。你看看这条街上哪个女人像我过得这么寒酸？掏遍全身的口袋连一百块钱的整钱都拿不出来。"

张宗琪："我就是这个过法，既然嫁给我了，你就得认命。"

韩秋霞："我一个健全人嫁给你这个半盲，凭什么还要让你手里握着我的命？"

张宗琪刚要暴跳，被沙复明拦住了。

他问："孩子见过这张卡吗？"

韩秋霞想了想使劲摇摇头："没有。"

沙复明："你敢肯定？"

韩秋霞："这卡我只是存钱的时候用，存一回钱怎么也得攒两个月左右。我也都是等家里没人的时候才来这里拿卡。"

沙复明："上一次是什么时候存的钱？"

韩秋霞："半个月前。"

张宗琪："你肯定是放在这儿了？"

韩秋霞捶胸顿足："天天做梦都惦记着这只靴子，我怎么敢忘了？"

牛三勇："家在这有亲戚吗？"

张宗琪和韩秋霞同时摇头："没有。"

牛三勇："朋友呢？"

张宗琪叹了口气："都是点头之交。"

正在这时电话铃响了，韩秋霞第一个扑向电话："喂！"

电话里有人问："女士，打扰了，我问一下，你们家的房子卖吗？"

韩秋霞破口大骂："你家祖坟卖不卖？"

她"啪"的一声挂了电话。又一个电话打进来："喂！"

韩秋霞一把抓起电话："你要是再给我打这样的电话，我把你家屋顶掀了！"

电话里男人的喘息声。

韩秋霞："有屁赶紧放！我没心情听你在这吭哧！"

男人的声音："你儿子在我这里。"

韩秋霞一下愣住了，周围的人看她脸色不对一下围过来。

张宗琪一把抢过来电话："喂！"

电话里男人的声音："张子强在我手里，想要就拿钱来赎。"

这是电影电视里经常见到的场景，张宗琪懵了，他扭头看了一眼沙复明。

沙复明给他比划了一个手势。

张宗琪镇定下来，他说："你让我儿子跟我说话。"

电话里传出来张子强的声音："爸！爸！"

听到儿子的声音，张宗琪腿一软差点跪下。

张宗琪："强强，你在哪儿？你快把爸爸急死了！"

张子强："不知道，我也不知道我在哪呢。"

韩秋霞听到儿子的声音扑过来抢电话。

韩秋霞："儿子！儿子！"

她连哭带喊泣不成声。

话筒从张子强的嘴边挪开了。

牛三勇看了一眼来电显示，他跑了出去。

男人的声音："你要是聪明就不要报警。"

张宗琪："我不报警！不报警！"

男人："我要十万块钱。"

张宗琪："这么多我一时半会凑不起。"

男人："想拖延时间？"

张宗琪："没有，绝对没有！"

男人："你儿子身上有张卡，你知道吗？"

张宗琪："知道。"

男人："卡里有多少钱？"

张宗琪不说话了。

男人："心疼钱？好。"

他"嘭"的一声把电话挂了。

韩秋霞急得赶紧回拨过去，电话铃响了好几声，没有人接。在她即将绝望的时候，那人拿起了电话。

韩秋霞："银行卡上有四万两千三百五十六。"

男人："密码是多少？"

韩秋霞刚想说，张宗琪一把捂住了她的嘴。

他用口型说："现在就把密码说出去，钱没了，儿子也回不来。"

韩秋霞急得眼前一阵一阵发黑，不知道该如何是好。

男人在话筒里沉默了半晌跟张子强说："你爹妈这么爱钱，这可就不怪我了。"

电话里张子强没有动静，男人"砰"的一声再次把电话挂了。

韩秋霞使劲掰开张宗琪的手甩在一边，抓起电话再次按了重拨键。

电话铃声响，没有人接电话了。

韩秋霞一次一次地拨，她绝望地放下电话。

张宗琪说："报警吧！"

韩秋霞问他："你就这么恨张子强？"

张宗琪："法制天地里说过多少回了，遇到这样的事情必须报警，你相信绑匪还是相信警察？"

韩秋霞不说话了。

张宗琪刚要拿电话，电话铃响了，张宗琪迫不及待地："喂"了一声。

电话里的声音："把电话给前辈。"

张宗琪一愣："啊？"

电话里的声音："给沙老板。"

张宗琪一头雾水，他把电话递给了沙复明。

沙复明也不知道发生了什么事情，他接过电话："喂。"

电话里的声音："前辈，是我，牛三勇。"

沙复明"哦"了一声。

牛三勇："这事摆平了。"

沙复明急忙回头跟张宗琪两口子说："孩子没事了。"

张宗琪不相信自己的耳朵，瞪着眼睛看着沙复明。

韩秋霞"扑通"一屁股坐在地上。她拉着长笛哭起来："老天有眼呐！老天有……眼……呐……啊啊……"

沙复明和牛三勇坐在休息区里喝茶，牛三勇偷空就瞟一眼坐在对面的高唯。

高唯假装不在意，耳朵却竖着，她在听沙复明和牛三勇说话。

牛三勇用几个花生米恢复现场，说："你看，这是那个电话亭，这是打电话的那个人……"

沙复明笑了："说那么热闹，我看得见吗？"

牛三勇下意识地冲高唯伸了一下舌头。

高唯觉得他的表情像个大男孩，她的心不由地荡漾了一下。

牛三勇："我一看来电显示上的那个号码，嘿。这不是我们修理厂马路对面的那个公用电话亭吗？这个号码我倒背如流。"

沙复明："为什么？"

牛三勇有些尴尬，他挠挠脑袋说："咳，过去不懂事，常给人家留这个号码，约好时间我就到电话亭旁边等着去。这里的电话铃响，路过的人从来不去接，办事非常安全。"

高唯白了他一眼。

牛三勇："出了门我就赶紧给我的那帮弟兄打电话，让他们看住打电话的人。"

牛三勇开车往回赶。

路边的电话亭越来越近了。

电话亭里一大一小两个身影。

牛三勇边开车边用手机指挥着他的弟兄们："先别动，看好，别让他们跑了。"

一只男人的手放下电话，拉起帽衫上的帽子戴在头上。

那人转身出了电话亭。

牛三勇一个饿虎扑食扑上去，把那个大个子男人按翻在地上。

男人吓了一跳拼命挣扎。

牛三勇挥手狠狠一拳，男人哼了一声不动了。

小个子见此情景撒腿就跑。

牛三勇喊："抓住他！"

牛三勇的弟兄们一拥而上，拎着小个子男人的脖领子把他拽了回来。

穿帽衫的男青年鼻青脸肿地坐在凳子上，张子强耷拉着脑袋站在他旁边。两人浑身上下都是土。

张宗琪满面怒容，他说："绑架、勒索两罪并罚，判个三年两载一点都不亏你。"

穿帽衫的男青年说："师傅，我真没绑架，是他求我的，不信你问他。"

张子强耷拉着脑袋一声不响。

韩秋霞一把鼻涕一把眼泪："畜牲，我怎么养了你这么个畜牲？"

张宗琪抬腿给了张子强一脚。

这一次韩秋霞没拦着。

张宗琪："你给老子好好交代你的犯罪动机。"

张子强撅着嘴不说话。

张宗琪又给了他一脚，这一脚踹得狠，张子强一屁股坐在地上，他眼泪汪汪地看着母亲。

韩秋霞心疼得直抖，嘴上咬牙切齿地说："这回你把天捅漏了，他打死你，我都不伸手拦着。"

张宗琪气得浑身颤抖："说不说？！"

张子强慢腾腾地爬起来，他蚊子哼哼一样嘟嘟囔囔地讲起来。

张子强在街上百无聊赖地闲逛。

看到路边味多美蛋糕店里面的奶酪蛋糕，张子强站在那里走不动了。他掏裤子口袋，只掏出来几张毛票。又掏另一个口袋，摸出来一张卡来。

张子强四下看了看。

蛋糕店旁边有一个提款机，一个女人站在那里取钱。

张子强不错眼珠地盯着女人的每一个步骤，女人取了钱走了。

张子强凑到提款机前把自己手里的卡拿出来，塞进提款机里，按照上面提示的步骤和语音提示，一步一步地做着。

语音提示："请输入密码。"

张子强傻眼了。他先输了自己的生日，不对。又输了自己家的电话号码，还是不对。

突然有人在旁边说："你再输错一回，你的卡就会被提款机锁住，你得带上卡和本人身份证件去银行柜台办理密码解锁。"

张子强吓了一跳回头看。

是一个穿帽衫的十七八岁的小青年。

张子强急忙把卡退出来，警惕地看着他。

帽衫青年笑嘻嘻地看着他："卡不是你的吧？"

张子强："当然是我的。"

帽衫青年："那怎么会不知道密码？"

张子强："我忘了。"

帽衫青年："卡里有多少钱？"

张子强把卡揣进口袋里转身就走，小青年跟在他后面。

帽衫青年："捡的？"

张子强不理他，急匆匆地往回家走。

帽衫青年："嗨！"

张子强害怕又着急不回头看他。

帽衫青年吼了一嗓子："站住！"

张子强不由自主地站住了。

小青年两手插在口袋里冲他晃了下脑袋：“跟我走！”

张子强不敢违抗，不远不近地跟着他。

帽衫青年一只手托着一块奶酪蛋糕，从蛋糕店里出来。他冲张子强一歪脑袋让他过来。

张子强禁不住蛋糕的诱惑过去了。

两人靠在墙根吃蛋糕，帽衫青年和张子强有一搭没一搭地聊着。

蛋糕让张子强消除了戒备心。

帽衫青年：“小兄弟，那张卡到底是哪来的？”

张子强：“我妈的。”

帽衫青年：“偷出来的吧？”

张子强嘴里嚼着蛋糕不说话。

帽衫青年：“你想用卡里的钱买什么？”

张子强：“我想买一架能遥控的直升飞机。价钱早就问好了，四百九十八块钱。”

帽衫青年：“你妈知道她的卡丢了吗？”

张子强：“估计不知道，卡她从来不揣在身上。”

帽衫青年：“回家跟你妈把密码套出来。”

张子强：“我不敢回家。”

帽衫青年：“怎么了？”

张子强：“我数学考砸了，我爸在家里等着往断了敲我的腿呢。”

帽衫青年：“你这算离家出走吗？”

张子强：“嗯。”

帽衫青年：“我给你出个主意，既能买你想要的直升飞机，回到家你爸还准不打你。”

张子强眼睛一亮：“是吗？”

帽衫青年问：“成了给我什么好处？”

张子强：“一九分成。”

帽衫青年一愣：“你还懂这个？”

张子强自豪地拍了拍胸口说：“我爹和我妈各开着一家店，经济学我还懂点儿。”

张宗琪一个嘴巴子扇在张子强的脸上。

张子强号啕大哭。

韩秋霞终于不干了：“姓张的，他是我从娘家带肚子来的！”

张宗琪声音哆嗦着说：“看看他干的窜稀事，让沙复明看了笑话不说，家里还有四万多块钱的事也瞒不住了。等着给人家数钱吧。”

韩秋霞瞪着眼睛看了他一会儿，终于反应过来了。她咆哮道：“那是我的钱。”

张宗琪："那是夫妻共同财产。"

韩秋霞："我攒的钱是夫妻共同财产，你存的钱怎么就不是夫妻共同财产呢？"

张宗琪："我那么说了吗？"

韩秋霞："那你把我的那一半还给我。"

张宗琪眼睛一瞪："想离婚是不是？"

韩秋霞："离婚？美得你！这两字你想都不要想。姓张的，我把话给你放在这。我能把我的青春年华搭在你的身上，我就能用我的下半辈子耗死你。"

张宗琪叹了一口气："韩秋霞，你到底想干什么？"

韩秋霞："你别想用我的那一半财产堵你捅出来的窟窿。"

张宗琪："我为这个家，为你生的这个讨债货把半条命都搭进去了，你还想让我怎么着？让我卖肾换钱还债是不是？"

韩秋霞："我让你挪用他的股票了吗？"

张宗琪咆哮起来："房子你住了没有？开店挣的钱你花了没有？只许进不许出，你这女人到底是什么动物转世的？"

韩秋霞："张宗琪你是头猪！你爹妈要我们养活，你闺女也要我寄钱养活。"

张宗琪："我闺女不是你闺女？"

韩秋霞："你闺女是我闺女，你爹妈不是我爹妈。"

张宗琪："你找揍是不是？"

韩秋霞："你打我一下试一试？"

张宗琪把手里的银行卡往口袋里一塞说："我明天就把钱取出来，省得惹祸。"

韩秋霞扑过去从他的口袋里往外掏那张卡。

韩秋霞："钱是用我的身份证存的，密码是我设的，我不说你还能用刀子把我的嘴撬开？"

帽衫青年半张着嘴看看这个又看看那个，完全忘了这场祸事有他一份。

张子强拉开冰柜拿出来两块雪糕，递给小青年一块。

两人蹲在一旁边吃雪糕，边看着这两口子吵架。

张宗琪和韩秋霞越吵离题越远。

VIP 推拿室。沙复明认认真真地给牛三勇做着推拿。

沙复明："你帮了推拿中心的大忙，我免费给你治一个疗程。"

牛三勇的嘴窝在床上的小洞里说："那可不行，高唯说，看病不给钱病好不了。"

沙复明："你信吗？"

牛三勇："信。"

沙复明："哦？"

牛三勇："她说话虽然损，仔细琢磨琢磨，还挺有道理。"

沙复明意味深长地笑了：“不打不成交是不是？”

牛三勇：“前辈，她不是我那盘菜。”

牛三勇从推拿室里出来。

高唯并没在前台坐着。

牛三勇有些失望，他挠挠脑袋不情愿地走了。

牛三勇开着车在街上走，他突然眼睛一亮。

人行道上高唯昂首挺胸地在人群当中快步走着。

高唯朝地铁口走去。

牛三勇急忙把车停在路边，撒腿往地铁口跑。

警察骑摩托车过来撕了一张罚款条贴在车上，随后一给油门骑着摩托走了。

牛三勇回头看了一眼，停顿了一下跑回来，他把罚单撕下来，转身继续往地铁口跑。

一辆车停在路边。

牛三勇“啪”的一声把罚单拍在那辆车的车窗上。

坐在车里打电话的男人吓了一跳，他摇下车窗揭下来那张纸片。罚单上赫然写着交罚金二百块。他对电话那一端的人发火道：“啰啰唆唆没完没了，就因为接你这么个破电话，我得交两百块钱。”他“啪”的一声挂了电话。

地铁卖票的地方挤了很多人，很多人不排队使劲往里面挤。高唯买了票往外面挤。一个没有排队的男人在往里面挤的过程当中，来回被人碰撞着。男人的眼镜被挤掉了，高唯从他身边挤过去，碰了他的胳膊一下。

高唯说：“对不起！”

那男人一把拉住高唯。高唯吃了一惊。

男人：“你把我的眼镜碰坏了。”

高唯说：“你怎么证明眼镜是我碰坏的？”

男人：“不是你碰的你跟我道什么歉？”

高唯：“我道歉是因为我撞了你的胳膊。”

男人：“你撞我胳膊的时候把我的眼镜震下来了。”

高唯非常生气：“撞你的胳膊怎么能把眼镜震下来？这世上还有你这样的男人！穷不起了？”

她转身往检票口走。男人一把拉着她的胳膊：“别走！”

高唯眼睛一瞪：“你放开。”

男人：“事情没处理完呢。”

一群人围观。

牛三勇挤进人群走到那个男人跟前。

牛三勇："怎么了？"

高唯看见他吃了一惊。

男人："她把我的眼镜撞坏了。"

牛三勇："哦，哪儿碰坏了？"

男人指着脸上的眼镜说："喏，眼镜片掉了一块小茬。你看。"

牛三勇语气很平静："还是把眼镜摘下来让我看吧。"

男人把眼镜摘下来了。

牛三勇看看眼镜又看着他的脸。

他和颜悦色地问："你不喜欢有礼貌的人是吧？"

男人一愣。

牛三勇抬手照着男人的脸狠狠地给了一拳。

牛三勇："我给你来个没礼貌的！"

男人号叫一声双手捂住了鼻子，鼻血窜出来，立刻糊在手里的眼镜上。

高唯吓傻了。

牛三勇走过去拉起她的胳膊大步流星地往出站口走。

男人叫着追上来。

牛三勇转过身问："想凑个双风贯耳吗？来，过来，过来。"

男人不敢追了。

牛三勇拉着高唯出了地铁。

牛三勇把高唯塞进路边他的汽车里。

牛三勇系上安全带问："去哪儿？"

高唯还没从震惊中回过神来，眨巴着眼睛看着他。

牛三勇开车上路了。

他说："慢慢想，油箱里有的是油。"

高唯："你为什么打他？"

牛三勇："他该不该打？"

高唯："该打！"

牛三勇："这不得了！"

高唯沉默了一会儿说："幸亏碰见了你，要不真被那小子讹钱了。"

牛三勇："你要去哪儿？"

高唯终于想起来了："去南师大听课。"

牛三勇："什么岁数了还凑那热闹？"

高唯："活到老学到老，你懂不懂？"

牛三勇："懂了，什么课啊，老成这样还得去受罪？"

高唯："南师大总裁 CEO 工商管理 MBA 课程。"

牛三勇：你们那个推拿中心用得着这么大的牌子吗？

高唯："人得有理想。"

牛三勇："你的理想是什么？"

高唯："做一个 CEO。"

牛三勇哈哈大笑。

高唯不高兴了："你笑什么？"

牛三勇："中午去哪吃饭？"

高唯："我跟沙老板请了半天假。"

牛三勇："我请你吧。"

高唯："为什么？"

牛三勇："你干什么都需要个理由吗？"

高唯："那当然。"

牛三勇："累不累呀？"

高唯："你跟王大夫一次一次地要钱累不累？"

牛三勇："你还没完没了了。"

高唯："事情重复两遍以上，才适合用没完没了这个词，我今天可是第一次提。"

牛三勇的火顶到了脑门子上："你还想提几次？"

高唯："那得看你对这件事情的认识程度了。"

牛三勇："你到底是什么人啊？"

高唯："守法公民。"

牛三勇恨恨地："刚才真该把你扔在地铁里，让那个男人狠狠地敲你一笔钱，看你还跟我装不装蒜！"

高唯："你才装蒜！"

牛三勇："我这个人最大的优点还就是不装蒜。"

高唯："你有优点吗？"

牛三勇："你见过没有优点的人吗？"

高唯："见过。"

牛三勇："谁？"

高唯："你！"

牛三勇一脚刹车。

高唯的额头狠狠地撞在了挡风玻璃上。

"咚"的一声响，后面的车追尾了。

牛三勇火"腾"地起来了，他摔门下了车。

高唯疼得捂着脑袋直哎哟。

从后视镜里，可以看见牛三勇在骂后面的司机。

牛三勇："我又不是你妈，你追我屁股找奶吃啊？"

司机火了摇下玻璃窗说："你这人说话怎么这么难听？"

牛三勇伸手揪他的脖领子："你给我滚下来！"

司机怕挨打，锁上车门就是不下车。

高唯跳下车，跑过去死死地拉住牛三勇的胳膊。

高唯："你干什么？"

牛三勇使劲甩开她的胳膊，把一肚子的火全发在那个司机的身上。

牛三勇："嗓子眼里塞蛤蟆了？你再给我呱呱一个？！"

司机不敢说话了。

高唯批评司机："你追尾那就是全责。想痛快点解决咱们就私了，不服就走程序，我马上给交警打电话。"

司机软了下来："你们说给多少？"

牛三勇："得动钣金活，没五百下不了。"

司机："我给你四百。"

牛三勇眼睛一瞪："你小子还敢跟我讨价还价？"

高唯："你也退一步，四百五吧。"

牛三勇一愣。

司机赶紧掏出钱塞给高唯。

高唯："你走吧。"

司机一脚油门，把车开跑了。

牛三勇："干吗便宜那小子五十块钱？"

高唯："哎，你修车用花钱吗？就算花钱，两百块钱也足够了吧？"

牛三勇："你是我们厂的会计吗？"

高唯："你要是想聘请我，我可以考虑兼职。"

牛三勇："你怎么自我感觉这么好呢？"

高唯："这是我众多的优点当中的一个。"

牛三勇："你别气我啊，刚才要不是你惹我生气，我的车根本不会出事。"

高唯："怎么不说你还得了四百五十块钱呢？"

她把手里的钱一分为二、二百块钱塞到牛三勇的口袋里。

高唯："这二百块钱用来修车，这二百五十块钱，你请我吃饭。"

牛三勇气乐了："你还真给我当上会计了，我凭什么请你吃饭？"

高唯："刚才你已经邀请过了，我现在答应了。"

牛三勇张了张嘴没说出话来。

高唯指了一下自己被撞的红肿的额头说："看见没有？差点破了相，为这个我吃你八顿都不过分。"

王泉和孔佳玉手里拎着一兜水果进来。

王泉叫了一声："妈。"

孔佳玉叫了一声："伯母。"

王母看见他们满脸是笑："回来了？"

王泉把水果放在餐桌上。

王父从房间里出来："回来就回来，买东西干什么？"

王泉叫了一声："爸。"

孔佳玉叫了一声："伯父。"

王父："车上人多吧？"

王泉："等了两趟车才挤上来。"

王母："那怎么不打车呀？"

王泉："从我们那到这儿好几十块钱呢。王海没回来？"

王母满脸喜色："你弟弟开了家公司，忙得脚打后脑勺。"

王泉一怔："什么公司？"

王母："好像是跟消防器材有关系，我也说不清楚。"

王父："螃蟹都洗好了，要不要蒸上？"

王母站起来："我这就去蒸。"

孔佳玉："伯母，我帮你调姜汁。"

王母："好，好。"

高唯和牛三勇在饭馆里吃饭。

高唯吃得很急。

牛三勇："你急什么？"

高唯："我得去上课。"

牛三勇："一个蹭课，弄得跟真的似的。权当被老师当堂抓住，没上成不就得了？"

高唯："抓住再说抓住的，他不是没抓住嘛。"

牛三勇："吃完饭我开车送你去。"

高唯："你不是专门来给我当司机的吧？"

牛三勇大窘，嘴却很硬："女人还是谦虚点好。"

高唯："是不是你一说话，你老婆就低头哈腰，'嗨''嗨'的？"

牛三勇恨得暗自咬牙，他把眼神转向了一边。

高唯："哎，我跟你说话的时候，你能不能看着我？"

牛三勇转过脸看着她。

高唯一本正经："对，就这样。"

牛三勇把筷子拍在桌子上。

牛三勇："你说话总这风格吗？"

高唯翻着眼睛看着他："啊，怎么了？"

牛三勇："你不怕嫁不出去吗？"

高唯："这话说的，好像男人娶不娶我，是判定我是否优秀的标准似的。托你向男公民转告一声：本人早已走出了封建社会，你们男人就不要自我感觉那么良好了。"

牛三勇被噎得半天没说出话来。

高唯心中暗自得意，她吃干净碗里的饭放下筷子："我吃完了，你吃不吃了？"

牛三勇把碗里的饭倒进菜盘里，搅和匀了大口吃起来。

高唯把别的盘子里的菜端过来，扒拉到他手上端着的盘子里。

牛三勇对她的这个举动甚是满意，嘴里连声说："OK！ OK啦！"

高唯瞪着眼睛看着他。

牛三勇："看我干什么？"

高唯："我第一次在生活里见到跟黑社会沾边的活人。"

牛三勇："这个话题能不能不提了？我已经跟沙前辈做了保证，那样的钱以后不挣了。"

高唯把手伸到他面前："君子一言，驷马难追。"

牛三勇："当然。"

他握住高唯的手，稍微一使劲。

高唯大叫着身子往下缩："哎呀！疼死了！你放开！"

牛三勇一脸得意："小样！原来你也有怕的。"

金黄的大闸蟹端上了客厅桌。

王泉父母坐在餐桌的一边，王泉和孔佳玉坐在对面。

王父把螃蟹放进孔佳玉面前的盘子里："吃吧，有的是。"

王母把螃蟹放进王泉面前的盘子里。

孔佳玉吃得很熟练，吃得很干净。

王母："叫你们回来，是想跟你们商量件事。"

王泉放下手里的螃蟹："什么事？"

王母："这房子十几年没好好收拾过了，小海说他想重新装修一下。"

听到这儿孔佳玉立刻警惕起来，放下手里的螃蟹，竖着耳朵仔细听着。

王母："小海说，这笔钱他出。"

王泉松了一口气："他的话你们还信？"

王母不高兴了：“你不能把他一棍子打死，他没跟你要钱，也不跟我们要钱。把房子腾出来给他，让他装去呗。”

王父：“经过那么一场事他也该长大了。”

孔佳玉：“腾房子？那你们住哪儿？”

王父：“小海朋友的房子暂时借给我们住些日子。”

王泉：“那房子在哪儿？”

王母：“郊区，我们去看过了，两间平房，阳光挺足的。”

王泉：“什么时候搬家？”

王父：“小海已经把车找好了，下星期就搬。”

孔佳玉把脸转向王泉。

王母：“我是这么想的，泉子也老大不小了，房子装修好了，佳玉要是不嫌弃跟我们住在一起，我帮你们选点家具，年底你们就把婚事办了吧。”

孔佳玉一怔，随即激动得心“怦怦”乱跳起来。

王母跟孔佳玉说：“你也打电话问问你父母，看看他们有什么要求？到那天一定请他们过来。”

孔佳玉的心“咯噔”一下，好一会没说话。

王泉和孔佳玉坐在公交车上各想各的心事。

孔佳玉：“王海掺和的事，一般都没什么好事。”

王泉：“我爸妈没钱，咱们不出钱，没有经济损失的事，再坏能坏到哪去？”

孔佳玉：“这事没你想的那么简单。”

王泉：“王海是我亲弟弟。”

孔佳玉：“他哪是你弟弟，他是你前世的债主。”

王泉恼了：“你现在说话怎么这么恶毒？”

孔佳玉冷笑一声：“说话恶毒总比下手狠毒强，你为了替他还赌债已经开过膛破过肚了，我不能眼睁睁地看着你再把五脏摘了给他。”

公交车突然紧急刹车。

王泉狠狠地撞在孔佳玉身上，差点把她撞得摔倒，王泉一把拉住了她。

王泉一屁股坐在路边的石凳上。

孔佳玉站在路边不肯坐在石凳上。

王泉：“我把你带到南京来，本应该给你个好生活，可我不但没给你好生活，连个亲热的地方都不能给你，结婚还得跟父母挤在一起。”

孔佳玉：“这样的话第一次听还能感动我，听得多了，跟喝白开水一样没滋味。”

王泉痛心疾首：“我要是把自己卖了能给你换回来一个好生活，我情愿把自己卖了。”

孔佳玉：“你不会为了我把自己卖了，你只会为了你弟弟把自己卖了。”

王泉：“佳玉，你跟你发过誓，不会再给他擦屁股了。”

孔佳玉："你为他发过好多回誓了，哪一回管用了？"

王泉自觉理亏耷拉着脑袋不说话了。

孔佳玉："当初我为什么爱上你？因为你勤劳、本分，有责任心，敢于承担。我以为跟你在一起生活心里会踏实，我发现我错了。"

王泉心里一惊抬起脑袋一双盲眼盯着孔佳玉："你什么意思？"

孔佳玉："你确实是一个有责任心的人，但是你的责任心不在我这里，全部在你那个双眼明亮的弟弟身上。你辛辛苦苦赚了钱他一伸手就拿走了，他捅了娄子永远是你给他擦屁股。就算他不来找你，你也会为了这份责任去找他。你在我面前永远是计划大师，从来没真正为我干过什么。我算看明白了，有王海横在我们中间，我跟你的新生活，永远不会开始。"

王泉心凉了，他声音颤抖着说："你这样想，我不怪你。你给我机会了，我没本事做到。王海确实是我们家里的一颗人体炸弹。随时会引发爆炸，你跟我在一起没有安全感，我真的能理解。我不能强迫你，结不结婚这件事永远是你说了算。"

孔佳玉气得脸白了："我背叛自己的父母跟你好到这一步了，你竟来了这么一句话。你这不是给我找退路，你是在给自己找退路。我混成这样真是活该！"

王泉急了："孔佳玉你得把话说清楚，谁让你背叛父母了？"

孔佳玉："我不想跟你说。"

话一出口，她的眼泪涌出来。孔佳玉站起来跌跌撞撞地走了。

王泉想喊她又停住了，他顿觉周身无力，站了两次才站起来。

高唯兴冲冲地从南师大校园里面出来，她一眼看到了牛三勇。

他靠在路边的汽车旁边笑嘻嘻地看着她。

高唯朝他走过去："不会是我上了两堂课，你在这等了两堂课吧？"

牛三勇："我办完事正巧路过这里，好人做到底，把你捎回去。"

高唯："这个面子我给不给你呢？"

她佯装想了一会儿一把拉开车门说："跟你学，好人做到底吧。"

金嫣、芒来、邓晓梅在大推拿一个大房间里给各自的客人做推拿。

三个人埋头干着活，谁也不说话。

芒来竖着两只耳朵听一左一右两个姑娘的动静。

听手法就知道她们俩心里都憋着一股气。

沙复明坐在办公室里想心事。他掏出来药瓶倒出来两粒药倒进嘴里，刚要往下咽。

崔云推门进来，她把手里的水杯递给沙复明。

沙复明用水把药送下去。

崔云："胃老这么疼不是事，你应该看看去。"

沙复明："老病了，没什么大事。孩子那里有动静吗？"

崔云神色黯然："没有，我给吴和平打电话，他永远不接。"

沙复明沉默了一会儿说："你考虑不考虑走法律这一块？"

崔云吓了一跳："为什么要走法律？"

沙复明："离婚的时候，你们之间有协议，孩子归你，现在他把孩子抢走了，法律完全可以帮你把孩子找回来。"

崔云脑袋摇成了拨浪鼓："不行！不行！孩子他爸会报复我的！"

沙复明叹了一口气，他不说话了。

崔云："再说了，吴迪还小，父母上法庭这事，他的同学知道了对他影响也不好。"

沙复明苦笑了一下："说实话，我真替你着急。你这么软下去，别人也没办法帮你。"

崔云低下头嘟囔了一句："我一个女人无依无靠的，能怎么样？"

沙复明："吴和平就是抓住了你的弱点，才敢随时随地肆无忌惮地欺负你。女人怎么了？你自己把腰杆挺直了，别人欺负你的时候也得掂量掂量自己有没有这个力量。"

崔云看了一眼沙复明没有说话。

沙复明沉默了一会儿问：想没想过以后怎么办？

崔云："眼前的事都解决不了，哪还能想那么远。"

沙复明："你要是不把这道坎过了，你走哪条路，吴和平都能把你堵回来。"

崔云神情黯然地说："我走了。"

沙复明："说话有气无力的，又失眠了吧？"

崔云："昨天晚上就睡了两个小时。"

沙复明：晚上睡不好，白天昏头昏脑的怎么工作？下午抽个空过来，我给你调理一下。

崔云："这几天你事挺多的，不好意思再麻烦你。"

沙复明："健康是大事，要放在第一位。"

崔云："所以你才应该去医院看看你的胃嘛。"

沙复明心情一松，他笑了："说你呢，怎么绕到我头上了？"

崔云的态度非常认真："你比我重要，真的。"

推拿中心休息区。韩秋霞送来了中午饭，有崔云比着，她也亮出了自己的看家本事。

饭菜烧得有红有绿看上去就让人食欲大开。

高唯端着碗走到沙复明身边小声说："沙老板，你这一招真挺高啊。既没增加伙食开支，又提高了伙食质量，得益的是推拿中心的职员们，我们第一次吃上了没遭到盘剥的伙食。"

沙复明笑了一下没说话。芒来坐在饭桌旁边吃饭，金嫣坐在他的左面，邓晓梅坐在他的右面。

韩秋霞把三个人的饭盒摆在他们跟前，非常留意地打量了他们三个一眼。

高唯手里端着饭盒转过身，她边吃饭边看着金嫣、芒来、邓晓梅这个奇特的组合。

金嫣女王一样坐在那里，她架着二郎腿，腰板拔得笔直。

芒来掏出来湿纸巾，还没从里面抽出来纸张，邓晓梅一把把湿纸巾拿过去了，她抽出来一张湿纸巾，抓过来芒来的手，一根手指一根手指地给他擦干净手。

金嫣突然做了一个漂亮的换腿的动作，两条腿在空中交叉而过，既优美又傲慢。

可惜房间里都是盲人，除了高唯，没有人能看见。

金嫣站起来亮相一样停留了两三秒，然后走过去把泡好的茶水端过来放在芒来的面前。

她柔声说："芒来，你喝茶。"

芒来不敢往左看也不敢往右看，只能埋着头吃饭。

邓晓梅舀一勺菜放到芒来的饭盒里。

金嫣也舀一勺菜放到芒来的饭盒里。

芒来饭盒里的肉堆出了尖，可惜他一口也吃不下去了。

十七

夜唤。高唯领着推拿师们往宿舍小区走。

金嫣紧紧拉着芒来的左手，邓晓梅紧紧地拉着他的右手。

三个盲人步调不一致走得磕磕绊绊的。

芒来心乱如麻，不知道如何才能从这样的窘境当中解脱出去。

金嫣冲邓晓梅说："你这样黏着他，我们没法走了。"

邓晓梅："他长着两条胳膊，你拉你的，我拉我的。"

金嫣："他不是许仙，你我也不是青蛇白蛇。"

邓晓梅一句话把她噎了回去："他是谁，我比你知道得清楚，不用你告诉我。"

芒来两手抱头坐在马桶上像塑像思想者一样沉重。

金嫣把芒来的衣服洗好，一件一件地晾晒起来。

金嫣端着空盆出去，邓晓梅端着空盆进来，两人擦身而过，谁也不理谁。

邓晓梅摸索着把金嫣晾晒好的衣服一件一件地摘下来，重新扔到盆里，一件一件地重新洗了一遍。

张一光敲卫生间隔扇的门："许仙，你家的青蛇和白蛇都被我打回原形，缩回洞里冬眠去了，你赶紧滚出来吧。"

隔扇里面没人答应。

张一光："你他妈的再在马桶上坐下去就该脱肛了。快点儿，我憋不住了。"

隔扇门开了，芒来灰着一张脸从里面出来了。

张一光："人家泡吧，你泡马桶。看看你这点出息。才俩女人围着，你就连寝宫都不敢回了，你这人天生不是当皇上的命。"

孔佳玉一个人坐在宿舍床上愣神。

高唯和金嫣洗完澡推门进来。

高唯："坐在那念佛呢？"

孔佳玉叹了一口气没有说话。

有人敲门。

金嫣：“肯定是王大夫。”

孔佳玉一下挺直了腰。

高唯：“进来！”

马跃手里拿着画板推门进来：“高唯姐，你帮我看看，像不像？”

高唯接过来他手里的画板，仔细端详着画布上的人物肖像。

高唯：“别说，还真像孔佳玉了。只是两只眼睛的间距有点近。”

马跃：“嫂子，我再摸摸你的脸行吗？”

正要敲门的王泉，听到这话急忙把手缩了回来。

孔佳玉的声音：“行。”

王泉顿时像挨了一闷棍，呆立了片刻转身走了。

因为没有客人，推拿师们都坐在休息区里。

沙复明在给大家上培训课：“夸别人的身体是推拿师的本分，咱们自然要遵守这样的原则，但是指出别人身体上的小毛小病，这也是本分，同样是原则，要不然生意还怎么做？剩下就是推荐一些保健知识了。比方说，关于肩周，肩周是人体的肌肉纤维特别错综的部位，是身体的大件，二头肌、三头肌和斜方肌的肌腱头都集中在这里。肩部的动作一旦固定的时间太长，肌腱头的县委就会出现撑拉，撑拉久了，肌肉的渗出液就出来了。渗出液并不可怕，肌肉自己会再一次吸收进去。可架不住时间长啊，时间太长渗出液就不再被吸收。渗出液把肌肉纤维黏连起来，一黏连就有可能诱发炎症，也就是肩周炎。天长日久，被黏连的纤维就会钙化，肌肉都钙化了，哪里还有弹性？你就动不了了。”

推拿师们认真地听着。

沙复明：“实在没有时间运动，也有办法，那就让别人替你运动。推拿嘛，一推拿粘连的部分就剥离了，怎么说保健保健呢？关键是，就这些，既是严肃的科普，也是和煦的提示，还是温馨的广告。这些知识并不复杂，客人们也不会真的就拿咱们的话当真。”

他的手机响了，沙复明站起来：“都是经验之谈，大家可以畅所欲言。”

他走到门口接电话去了。

张一光冲坐在自己身边的王泉说：“这年头大家都在寻找精神寄托，有人信佛，有人按摩。昨天晚上睡觉把脖子扭了，你给我整两下。”

王泉扭过身子，把手搭在他的颈椎上开始给他推拿。

张一光感叹：“老弟的手，指头粗，巴掌厚，力量足，穴位搭得非常准。搭到了，不费什么力气整个人就被你拿住了，这一拿，再怎么挨你折磨都心甘情愿。你这双手是捞钱的笸子，只要一伸，人民币就疯了一样，拼命地往你的八个手指缝里面钻。钱一疯人更疯。疯子很容易疲倦，疲倦了就来做推拿，王大夫你这辈子不愁没钱赚。”

坐在对面的孔佳玉沉着脸一声不响。

王泉："你说得热闹，钱在哪呢？我认识它，它不认识我。"

张一光："男人可以哭天哭地，就是不能哭穷。不是有这样一句话嘛，再穷不露穷酸相，再贱不露贱骨头。兄弟，男人穷跟女人胖一样，都缺乏性魅力。"

金嫣："你怎么动不动就往那上扯？"

张一光："我说那个字怎么了？盲人就这点不好，因为自己看不见，所以总是担心别人什么都看得清清楚楚的。"

金嫣："张大夫，你这个人最大的毛病就是做事过火，关心起人来，热情得没数，恨不能把心肝掏出来下酒，狠起来心里也没数，一翻脸什么话都敢说，你在盲人堆里其实没有真正的朋友。"

张一光："干吗要朋友？朋友是干什么的？"

邓晓梅拉芒来起来，芒来挣扎了一下，邓晓梅不撒手，他只好站起来，跟着邓晓梅往外走。

金嫣察觉了，她立刻不说话了，竖着耳朵仔细听着。

芒来满脸痛苦："晓梅，你别逼我，我很难。"

邓晓梅："我没让你买房子置地，你有什么难的？"

金嫣走出来站在门口台阶上。

芒来和邓晓梅谁都没有察觉。

芒来："我跟金嫣已经确定了恋爱关系。"

邓晓梅急了："咱俩已经进了洞房，你是我的丈夫。"

金嫣开口了："邓晓梅你想犯重婚罪吗？"

芒来和邓晓梅吓了一跳。

邓晓梅脖子一梗："我没跟你说话。"

金嫣："你的话涉及了我跟芒来的关系，我有权发表看法。"

邓晓梅："看法？拿什么看？别忘了你跟我一样是个瞎子。"

VIP 推拿室。沙复明在单间里给马跃按摩头部。

沙复明："要学会坚持，很多事都是在最后坚持的那一下成了。不要当成给你治病，我这是让你明白脑袋上的穴位怎么样按才又准又见效。这样按按促进一下血液循环没有坏处。"

他收了手坐在凳子上对马跃说："你来给我做。"

马跃给沙复明做头部推拿。

沙复明："位置不对，注意手法，不要用蛮力。"

马跃："昨天晚上我又梦见我妈妈了，梦见她把我的脚抱在她的怀里。"

沙复明："你相信有天堂吗？"

马跃：“相信。”

沙复明：“天堂跟人间一样，人多拥挤，你这样纠缠着你妈妈，她怎么能撒手往那里走？她没有归宿，你能心安吗？”

马跃不说话了。

沙复明：“执着是把双刃剑，用不对就会伤了你最不想伤的人。”

马跃：“师傅，你说得对，我听你的。”

沙复明：“马跃，我提醒你，你看不见别人，别忘了有眼睛的人能看见你。”

马跃一怔，手停下来了。

沙复明：“你喜欢一个人，不懂得掩饰，你看她的时候不但脖子转过去，连上身都转过去了。”

马跃急了：“谁跟你说的？”

有脚步声从门口走过。

沙复明问：“你说刚才走过去的是谁？”

马跃脱口而出：“是嫂子。”

沙复明冲着门口叫了一声：“都红。”

都红推门进来了：“沙老板，你叫我？”

沙复明：“没客人的时候，别闲着，跟别人互相练练手。”

都红：“好。”

沙复明：“没事了，你忙去吧。”

都红出去了。

马跃无比惊讶，他问：“师傅，你怎么听出来的？”

沙复明：“都红走路跟孔大夫差不多，都是左脚重右脚轻，她们的差别是，孔大夫用脚跟着地,都红用脚尖着地。这说明了什么？说明她胆子比孔大夫的胆子小一些，每迈出一步，总要用脚尖试探一下。”

马跃认真地琢磨着：“你说的有道理。”

沙复明：“有些喜欢可以放到面上，有些喜欢必须藏在心里。你也是男人，要考虑一下王大夫的感受。”

马跃不说话了。

沙复明：“你觉得孔大夫跟别的女人有什么不一样？”

马跃：“她身上有一种母性的美。”

沙复明：“那是什么样的美？”

马跃想了一下说：“说不好。”

沙复明：“你见过最美的女人是谁？”

马跃说：“我妈妈。”

沙复明：“试着说说。”

马跃：“我真说不出来。”

沙复明：“客人们都说你长得很帅。”

马跃笑了一下，没说话。

沙复明：“让我摸摸你的骨骼。”

马跃“嗯”了一声坐在椅子上。沙复明在他的脸上细细致致地摸着结构，摸完了脸又摸他的两只手。他叹了口气说：“美还是要用眼睛看的。”

孔佳玉在盥洗间里洗衣服。

马跃端着盆走进来。

马跃：“嫂子。”

孔佳玉：“洗衣服啊？”

马跃“嗯”了一声。

孔佳玉：“放在这，我给你洗。”

马跃：“我自己会洗。”

孔佳玉伸手抢过来他手里的盆：“客气什么？”

马跃站在旁边听孔佳玉洗衣服。

孔佳玉：“你回去吧，晾干了我给你送去。”

马跃还是站在那里不动地方。

孔佳玉问：“怎么了？”

马跃：“嫂子你是不是生我气了？”

孔佳玉：“没有啊。”

马跃：“这些日子你一直不怎么理我。”

孔佳玉叹了一口气：“跟你没关系。”

都红端着盆站在盥洗间门口，听见里面的对话她不能往里走了。

孔佳玉：“不想待了。”

马跃吃了一惊：“为什么？”

孔佳玉：“想家了。”

马跃：“王大夫呢？”

孔佳玉的鼻子一酸，她不说话了。

马跃语调有点急：“嫂子，你们怎么了？”

孔佳玉带出了哭音：“跟你说你也不懂。”

马跃：“你没说怎么就知道我不懂？”

孔佳玉：“相差五岁就有代沟了，咱俩是两代人。”

马跃急得满脸通红，他一把拉住孔佳玉的胳膊：“嫂子！我懂你，真的懂你。”

孔佳玉的头发蹭在马跃的鼻子下面，伊卡璐的味道深深地吸入到马跃的肺里。

马跃一阵晕眩。

白天。草原上，身边的草地狂风一样地掠在身后。

奔跑的枣红色的骏马。

一匹白色的小马拦住枣红色的骏马。

枣红色的骏马嘶鸣着，四蹄扬起又落下。

枣红马伸过头来把修长的脖子搭在小马的背上。

马跃“激灵”一下清醒过来，发现孔佳玉已经被他紧紧搂在怀里了。

孔佳玉惊慌失措，想喊没敢喊，在他怀里挣扎着。

马跃被自己的行为吓傻了，他撒开手，转身就往外跑。

马跃撞在站在门口的都红身上。

都红仰面朝天倒下去，马跃重心不稳随着惯性趴下去，身子压在都红的身上。

落地的一瞬间，马跃伸手护住都红的后背，往自己怀里一拽。

都红摔下去的力量得到了缓冲。

两人一上一下摔在地上，脸撞在一起。

都红手里的盆“当啷”一声摔在了地上。

巨大的响声在走廊里引起回响。

崔云从屋里跑出来。

听到脚边声，都红使劲推开马跃。

崔云看见摔在地上的两个人，叫了一声，急忙跑过来扶。

马跃站起来，捂着鼻子喝醉酒一样，摇摇晃晃地走了。他不时撞在走廊的墙上。

崔云把都红扶起来，冲着马跃的背影大声说：“马跃，你慢点走。”

孔佳玉心情慌乱地站在那里。

马跃站在影壁前冥想着，皎洁的月光照在他的脸上，他的眼睛像婴儿的眼睛一样纯洁明亮。马跃拿起笔开始在影壁上作画了。他先用一种橡皮泥一样的东西在墙上粘出来大的图形。

早晨。崔云站在影壁前仔细看着影壁墙上的图形。

崔云自言自语：“马跃弄的这是什么呀？”

吴奶奶在厨房里做饭，她边做饭边嘀嘀咕咕的。

吴奶奶：“见过懒的，没见过这么懒的。哎！人呐，越老越贱，这话一点儿都没错。在家喝喝茶打打麻将，训训老伴想多自在有多自在。吃饱了撑的，非要跑到这儿来生这些窝囊气，纯粹是自找的。给儿子洗碗做饭我认了，给孙子孙女擦屎擦尿我也认了。伺候这么个妖精，吴老太太，你自己把婆婆的行市做倒了。”

吴迪进来："奶奶，我饿了。"

吴奶奶："饭马上就好了。"

吴迪："我要吃妈妈做的面条。"

吴奶奶："上哪给你找你妈做的面条去？"

吴迪嘴一撇一撇的："我想妈妈。"

吴奶奶："喂不熟的白眼狼，奶奶把心都掏出来给你吃了，你还整天妈妈地叫。你妈领你吃肯德基麦当劳吗？你妈舍得给你买新衣服吗？"

吴迪："我妈说有钱了就给我买。"

吴奶奶："天生的穷命，等她有钱？下辈子吧。"

吴迪："奶奶，我要吃面条。"

吴奶奶："奶奶给你做了冬瓜排骨汤。"

吴迪："我要吃面条。"

吴奶奶眼睛一瞪："你这孩子怎么这么不听话？"

吴迪带出了哭声："我要吃面条，妈妈，我要妈妈！"

吴奶奶："再哭我揍你。"

吴迪干脆亮开了嗓门哭着往外走："妈妈！妈妈！"

吴奶奶追了出去。

吴迪站在户门的门口，边哭边往开拉门。

吴奶奶往回拽他："这孩子怎么这么犟呢？"

梁丽从房间里出来，她一脸的疲惫："小点儿声吧，宝宝刚睡着。"

吴奶奶看都不看她："听奶奶的话，奶奶给你买好吃的。"

梁丽："孩子不能这么惯。"

吴奶奶："不是你怀胎十个月养下来的，所以你才说这样的硬话。"

梁丽："教育孩子得有方法。"

吴奶奶："管好你自己吧。看看你生的那个丫头，白天黑夜让人抱着，放下就往死了哭。"

梁丽："她没有安全感。"

吴奶奶："这屋里哪儿不安全了，我是贼吗？"

梁丽气恼：你愿意往那想，我不干涉。

吴奶奶："你的那点小九九我还不知道？我跟我孙子是你的眼中钉肉中刺。你看见我们俩就难受，难受你也得忍着。谁叫你让我儿子养活着呢？"

梁丽："他愿意养我。"

吴奶奶："总有不愿意的那一天。"

梁丽："我不是吴迪他妈。你问问吴和平敢跟我提离婚那两个字吗？"

吴奶奶："提了怎么了？还能把一嘴的牙都崩掉了？"

吴迪不哭了瞪着眼睛看她们俩吵架。

梁丽："真到了那天，我一分钱也不会给他。"

吴奶奶冷笑一声："放心，我儿子的钱你攥不到手里。"

梁丽："我的心早就放到肚子里了，不瞒你说，这处房产已经归我了。"

吴奶奶大吃一惊。

梁丽占了上风，转过身扭着腰回自己的房间去了。

吴奶奶气哼哼地拿起电话，拨吴和平的手机。

手机里女人的声音：对不起，您拨叫的用户暂时不在服务区。

崔云把饭做好了，高唯从服务台里出来帮崔云把饭盒端进休息区。

高唯："闲着的人过来吃饭吧。"

沙复明问："什么饭？"

崔云大声说："五湖四海。"

沙复明高兴了："嗨，这是我最喜欢吃的。"

崔云眼睛亮亮地看着他，

干完活的推拿师们开始吃饭。

做完推拿的女客人闻到香味，从推拿室里出来。

一饭盒一饭盒色香味俱全的面条摆在桌子上。

女客人咽了一口唾液说："这么香，闻着就受不了，卖吗？"

高唯说："这是我们推拿中心员工自己吃的。"

客人说："卖我一碗吧。"

崔云进厨房里看了一眼说："可以卖你一碗。"

高唯吃了一惊。

崔云说："十块钱一碗。"

女客人痛痛快快地掏出来十块钱递给崔云。

崔云把钱交给高唯说："记到伙食账上吧。"

高唯接过来钱，认真地记到账上。她盛了一碗面递给客人，客人狼吞虎咽地吃起来。

沙复明听在耳朵里心里暗自得意："这一步棋我走对了，这女人有经济头脑。"

高唯走在前面，金嫣、都红、孔佳玉跟在后面，她们仨一路有说有笑。

路人不时地回头看她们。

高唯脸上挂着笑，一句都不插嘴。

超市里的精品专柜。金嫣手里拿着一件连衣裙，洁白的布料，带着蕾丝边。她

的眼睛贴得裙子非常近，两手轻抚着衣裙的面料。

售货员小姐："喜欢可以试一试。"

高唯拿过来那条裙子领着金嫣走到更衣间门口。

高唯："进去换吧。"

金嫣："这裙子多少钱？"

高唯看了一眼商标："一千三。"

金嫣："太贵了。"

高唯小声说："穿上过一下瘾，我用手机给你拍下来，咱再给她脱了。"

金嫣高兴地进去换裙子去了。

孔佳玉在卖女士内衣的地方，挨个抚摸胸罩的面料和款式。

售货员小姐："这一款束胸是无痕的，卖得非常好。"

孔佳玉："什么颜色？"

售货员："紫罗兰。"

孔佳玉："多少钱？"

售货员小姐："二百八。"

孔佳玉一下把手缩了回来："这么贵？"

售货员小姐："物有所值啊。"

孔佳玉语气很肯定："不值！"

金嫣穿着裙子在镜子面前转了个身，裙摆甩出来像一朵洁白的莲花。

高唯连忙用手机拍下来。

售货员小姐："美女，这裙子简直就是为你做的。"

金嫣："我要了。"

高唯："一千三百块钱呢，你疯了？"

金嫣："花朵的花为什么跟花钱的花是一个字？因为钱跟花朵是可以互换的，钱交出去，鲜花一样美丽的裙装就可以在我身上怒放了。"

超市化妆品区。高唯推着购物车都红跟在旁边。

高唯往车里放了好几大袋洗衣粉、几瓶消毒液和几瓶洗手液。

孔佳玉问高唯："哪有卖伊卡璐那个牌子的香波？"

高唯把她领到那里，帮她挑了一款。

金嫣买了一瓶浴液。

高唯推着车在前面走，车上堆着洗涤用品、酱油醋、零食和妇女卫生用品。上面还放着油画颜料。

三个盲女手拉手紧紧跟在她的后面。

购物者纷纷扭头看她们。

三个姑娘心满意足地拎着自己喜欢的东西回到了推拿中心。

孔佳玉跟金嫣说："高唯这个人不错，跟咱们在一起没那么多废话。"

都红掏出来钥匙打开了自己的专用柜，她把买来的零食放进去，想了想拿出来两块巧克力夹心饼干，上好锁，来到前台。

高唯把装着画画材料的袋子递给马跃。

高唯："按照你说的清单买的。"

马跃："谢谢高唯姐。"

马跃走了。

都红叫了一声："高唯姐。"

高唯抬头看。

都红两只手各拿着一块巧克力夹心饼干，她把其中的一块递过来。

高唯一愣。

常年跟盲人打交道的高唯知道，盲人跟盲人之间几乎没有什么物质上的交往，都红这个举动不同寻常了。

高唯开心地接过来饼干塞进嘴里。她嚼着饼干从前台走出来，站在都红身边。

都红把脸转向她。

高唯抓住都红的马尾辫，轻轻地拽了一把。

这一拽都红的脸就仰到天上去了。

都红对着天花板，在无声地笑。

高唯说："死丫头，不许笑，你这一笑能活活迷死人！"

一个六十岁左右的女人走进来。

高唯："你好，要做推拿吗？"

女人："我需要上门服务。"

高唯："对不起，我们没有这项服务。"

女人："什么事都是可以商量的。"

沙复明走过来："怎么了？"

高唯："她要我们上门服务。"

女人："家里有病人想做一下推拿。"

沙复明："什么病？"

女人："瘫痪。"

沙复明摇头："我没空，治疗性的推拿别人做不了。"

女人："不用治疗，去帮忙放松放松筋骨就行。我愿意出三倍的价钱。"

沙复明："这不是钱的事。"

女人："我家老头瘫了几年了，都是我给按摩，现在我岁数大了，身体也不好，整不动他了。你们帮帮我。"

沙复明沉吟了一下，他问高唯：“大夫都有约了吧。”

高唯：“嗯。”

沙复明：“我们真的抽不出人来。”

女人指了一下都红说：“让这姑娘跟我去吧。”

沙复明问都红：“你没客人吗？”

都红：“没有。”

沙复明：“你愿意去吗？”

都红：“愿意。”

沙复明对高唯说：“你送她过去，到了钟点你再去接她回来。”

女人：“不用。”

沙复明：“这是我们的规矩。”

吴奶奶拉着吴迪的手在街上匆匆地走。

吴奶奶边走边骂：“你老子也不知道死到哪去了。”

吴迪：“我饿了。”

吴奶奶：“找着他，我们就回去吃饭。”

吴迪：“我不吃饭，我要吃面条。”

吴奶奶火了：“你再说面条我就打你！”

一个男人跟吴奶奶打招呼：“伯母上街啊。”

吴奶奶：“看见我家和平了没有？”

男人：“看见了。”

吴奶奶松开拉着吴迪的手，一把抓住男人的衣袖：“在哪看见的？”

男人：“在前面的茶馆里面打麻将呢。”

吴奶奶大踏步地朝里面冲去，吴迪跟在后面一溜小跑。

四通茶馆的小房间里乌烟瘴气，吴和平和三个男人边玩麻将边聊天。

男人：“我的产品在浙江、安徽、山东都有代理商了。”

吴和平：“我给你做你公司在南京的代理怎么样？”

男人：“那得看你出什么条件了。”

吴和平：“都是自己人，你尽管提。”

男人：“怎么是我提，应该是你提才对。”

吴奶奶冲进屋吼了一嗓子：“吴和平你给我出来！”

房间里的四个人同时抬头看去。

吴奶奶满面怒容站在门口。

吴和平吃了一惊：“妈，你怎么找到这来了？”

吴奶奶："出来！"

吴和平跟三个牌友说："我一会儿就回来。"

吴和平把母亲拉到走廊上问："怎么了？"

吴奶奶："我有话问你。"

吴和平："电话里说不一样吗？"

吴奶奶："你的电话打不通。"

吴和平掏出来电话一看："这个地方信号不好，什么事不能等我回家再说？"

吴奶奶："你把房子给梁丽了？"

吴和平一愣，身子立刻软了。

吴奶奶的声音哆嗦了："看来那个妖精没说谎。"

吴和平："妈，你让我歇口气吧。"

吴奶奶大怒："把你妈气死你就永远歇着了，知道你长成这个死样，还不如一生下来就一屁股坐死你。"

吴和平叹了口气："别后悔，妈，你赶紧下手把我掐死得了。"

吴奶奶："树大遮太阳，儿大遮爹娘，我生你养你一场落了个罪孽深重的下场。"

吴和平："我整天被你和梁丽夹在中间连口痛快气都喘不过来，妈你要是真疼儿子就给我指条路。我被你们闹的连家都不敢回了。"

吴奶奶："当初你对吴迪他妈的英雄劲都哪去了？"

吴和平："梁丽不是崔云，我横她比我还横。我这还没出手，她那凳子就飞过来了。"

吴奶奶："这就是命，活该！报应！可怜了我孙子。"

她把手伸到背后去拉吴迪，一把抓了个空。

吴奶奶回头一看，身边空空的，吴迪已经没了踪影。

吴奶奶大惊失色，急得大声喊起来："孩子哪去了？吴迪！吴迪！"

吴和平："你带他来了？"

吴奶奶："刚才还拉着我的衣襟呢。"

吴和平："在门口看鱼呢吧？"

吴和平快步跑到大门口门。

两条锦鲤鱼在鱼缸里悠闲地游荡着，吴迪不在那里。

吴奶奶急得直拍大腿："说了一百遍不许乱跑，不许乱跑，找着他看我不打烂他的屁股！"

吴和平撒腿往街上跑。

街上行人熙熙攘攘，吴和平在人群当中扯着嗓门喊："吴迪！吴迪！"

吴奶奶站在街边声嘶力竭地喊："吴迪！吴迪！我的大孙子哎！"

高档住宅门口女人用钥匙开开院门："进来吧。"

高唯松开都红的手：“你进去吧，一个小时以后，我来接你。”

都红：“好。”

女人进了门给都红扔到脚下一双拖鞋，她换了鞋，径自往前走去。

都红换了鞋，跟随着女人的脚步声往前走，脚下孩子骑的小自行车绊了都红一下。

她踉跄了两步，身子即将趴下去的瞬间，都红向前伸出双手想平衡自己的身体。

“轰”的一声钢琴发出了一声巨响。

女人吓了一跳回头看。

都红发现自己的双手竟然按在了钢琴的琴键上，她的手立刻僵在那里。

房间里异常的静。

都红默默地从琴键上拿下来自己的左手，右手从琴键上拿下来的时候，手指下意识地走了一个旋律。

女人吃惊地问：“你会弹钢琴？”

都红沉默着没有回答。

卧室的门开着，躺在床上的老年男子，瞪着眼睛往外看，嘴里“呜噜”“呜噜”地喊着。

女人领着都红进来。

女人对男人说：“我弄不动你了，花钱雇人来给你做推拿。”

男人看到美丽如天使的都红，眼睛里全是慈祥。他频频点头，嘴里“呜噜”“呜噜”表示欢喜。

女人动作利落地把男人翻了个身背朝上。

她转过头对都红说：“翻身的时候叫一声，让我们家保姆帮你。”

说完她转身出去了。

都红开始给男人推拿背部。

男人歪着脑袋浓眉下一双眼睛紧紧盯着床沿下面。

穿着白大褂的都红，七分裤下面露出来一截白嫩的小腿，逆光之下润洁如玉。

男人勉强能动的拇指和食指吃力地在床单上抠着。

女人拿着水管子给院子里的花草松土。

邻居走过来问：“老曹身体怎么样了？”

女人：“还能怎么样？耗呗。医药费花了上百万，一半得我们自己掏腰包。”

邻居：“你儿子开着大公司，有财政后援。”

女人：“儿子是儿子的，我们是我们的。老曹刚躺倒的时候，单位里提着营养品来问候的人苍蝇一样轰都轰不走。现在他从职位上退下来了，逢年过节都见不到一个人影在眼前晃。啥叫世态炎凉？我算看得清清楚楚的。”

邻居：“老曹多硬朗的一个人哪，说躺下就躺下了。”

女人：“就认我一个人，不让保姆碰，啥时候把我也累躺下他就歇心了。”

保姆和都红齐心协力给男人翻了个身，让他脸朝上躺着。

保姆出去了。

都红开始给男人做臂部的推拿。

男人努力把勉强能动的右手抬起来，拇指和食指捏住都红白大褂的衣襟边，费力地捻着。

都红察觉到他的动作，轻声问："我按得重了？"

男人加重了手指上的力度。

都红不明白，顺着衣襟往下摸，摸到了男人冰凉的手。

男人的两根手指立刻缠住了都红的手，用尽全力往上拉。

都红不明白他要干什么，顺着他的手指引的方向，把手放在他的腹部。

男人嘴里"呜噜"着。

都红："好，我给你做腹部推拿。"

她刚推了两下，男人的两根手指又费尽全力绕上来，推着都红的手往下腹部走。

都红觉得情况不对，想把自己的手抽出来。男人用两根手指死死地缠着她的手，按在小腹处。

都红脑袋"嗡"的一声，脸胀得通红。

她使劲抽出来自己的手，转身就往门外走。

男人脑袋耷拉在床沿上，流着口水"呜""呜"叫着，两根手指狠歹歹地把床单捻出来一个漩涡。

都红冲出来，她被台阶闪了一下，双膝跪倒在地上。

女人急忙跑过了扶起来她："怎么了？"

都红一脸愠怒不回答她的话，推开她的手，往院子外面走。

女人觉得不对，急忙转身往屋里跑。

男人半截身子耷拉在床边，晶莹的口水从嘴边挂下来。

她急忙把男人的身子扶正，脑袋摆到枕头上放好，用面巾纸擦干净他的口水。

女人："这是怎么了？"

男人激动得满脸通红，"呜噜""呜噜"的喊叫着。

女人冷静下来，拉开床头柜的抽屉。

手表戒指项链都在里面。

拉开衣橱的抽屉，几叠百元大钞静静地躺在里面。

女人四下看看没有发现什么异常。

她想了一下，站起身就往外走。

都红几乎是破门而入。

高唯吓了一跳："还没到点儿你就回来了？怎么不给我打个电话，我去接你呀。"

都红一屁股坐在椅子上，她腰颈笔直，闭着眼睛不说话。

高唯小心翼翼地问："都红，怎么了？"

女人破门而入，一眼看见端坐在椅子上的都红。

她指着都红的鼻子问："你这人到底算怎么回事？"

沙复明听到吵嚷声急忙走过来。

女人："老板在这儿，这事得好好处理，她这种工作态度，我一分钱都不会给，你们还得给我家人赔偿精神损失。"

沙复明："怎么了？"

都红双唇紧闭一言不发。

女人："她差点把我家老头子拽到地上摔死。"

沙复明大吃一惊："都红，到底怎么回事？"

都红吐出来四个字："他不规矩。"

女人扑上来就是一个大嘴巴子。

都红猝不及防，束在头顶的头发瀑布一样散落下来，被女人一把抓住，她揪着都红的头发还要打。

高唯扑上去从后面死死地抱住她："你干什么打人！"

女人咆哮道："我家老头子躺在床上也是有社会地位的人，你敢作践他，我就敢撕你的嘴。"

披头散发的都红脸上浮现出极其古怪的笑容。

沙复明："高唯，你带都红回去。"

女人："她敢走，我就敢把你的店砸了！我老头子瘫痪五年了，大小便都得我伺候，你个贱货，就是犯骚也得挑个健全人吧？"

都红依旧是那四个字："他不规矩！"

女人又要扑过来打她，被高唯死死拦住。

沙复明语气平静地说："你再动手打人，我告你故意伤害。"

女人："她伤我丈夫，我还要告你们呢。"

沙复明："赶紧报警，伤害不伤害，法律说了算，走不了刑事，走民事，精神补偿和经济赔偿这一块法院会做出公正裁决。"

女人哭着往外走："老头子，你威风了一辈子，老了倒让人扒了裤子看屁股，你不知道羞臊！我还要这张老脸呢！"

见她出去了，高唯骂了一句："林子大了什么鸟都有！"

都红咬牙切齿："他就是不规矩。"

沙复明明白都红说的是实话。

他说："身子瘫了，欲望还在。男人有拾纸之力，就有淫色之心。以后给多少钱，我也不会派人做上门服务了。"

崔云在厨房里洗菜准备做饭。

邓晓梅进来：“崔姐。”

崔云扭头看：“你今天不是轮休吗？”

邓晓梅：“一个人待在宿舍里闷得慌，就过来了。”

崔云高兴：“你帮我剥豆角吧。”

邓晓梅：“好。”

崔云给邓晓梅搬了个小凳，安排她坐下。

崔云削土豆皮，邓晓梅剥豆角。

崔云：“两个菜，一个地三鲜，一个排骨烧豆角。”

邓晓梅：“崔姐做的菜真好吃。”

崔云：“我也是照着菜谱做的。”

邓晓梅：“芒来喜欢吃土豆。”

崔云：“喜欢吃土豆的人性子都粘。”

邓晓梅：“薛旺也喜欢吃土豆，他性格很暴躁。”

崔云：“薛旺比你大十岁？”

邓晓梅：“嗯。”

崔云：“怎么这么晚才结婚？”

邓晓梅：“先头的老婆死了。”

崔云：“哦，二婚。”

邓晓梅：“我也是二婚，芒来是我真正的老公。”

崔云：“你们俩没办手续，你跟薛旺才是法律上承认的夫妻。”

邓晓梅：“我俩也没去登记，在村里摆上几桌酒席，就算结婚了。”

崔云吃惊地瞪大了眼睛。

金嫣推门进来：“崔姐，沙老板要醋，用它配中药给客人治关节炎。”

崔云从橱柜里拿出来醋瓶子说：“我给他送过去。”

金嫣知道厨房里还有人，她走过去。

金嫣和邓晓梅两个盲女一个坐一个站，四只没有目光的眼睛粘在对方的脸上。

金嫣：“你在这干什么？”

邓晓梅：“坐着。”

金嫣两手抱在胸前靠在墙上，她问邓晓梅：“我给芒来洗完的衣服，你为什么要摘下来重洗一遍。”

邓晓梅：“你洗你的，我洗我的，我也没碍你的事。”

金嫣：“当然碍我的事了。”

邓晓梅：“自己的事自己解决去，我不会帮你。”

金嫣被她说懵了，半天才转过弯来：“你别在这搅和我和芒来的事。”

邓晓梅：“你跟他有什么事？”

金嫣：“我俩要结婚了。”

邓晓梅：“我跟他已经入洞房了。”

金嫣胸口一阵刺痛：“有过那么一次，就获得了终身保障？”

邓晓梅：“最宝贵的只有一次，你得不到了。”

金嫣笑了：“你得到的是躯壳，不是精神。”

邓晓梅：“好，他的身子归我，精神归你了。”

金嫣：“这你得问芒来愿不愿意灵魂出窍。”

邓晓梅：“那种傻话我问不出口，芒来也懒得回答。”

金嫣：“你怎么知道他懒得回答？”

邓晓梅：“我俩是一个人，他想什么我都知道。”

金嫣忌妒得心都要碎了，转身往外走，脚狠狠地磕在桌子腿上。

金嫣抱着自己的脚，疼得眼泪都快流出来了。

邓晓梅：“发脾气也没用。他要是跟你结婚，我肯定走，他不是没跟你结婚吗？”

金嫣被她这么一说，鼻子一酸，眼泪掉下来了。

邓晓梅听见她吸鼻子的声音，一脸无辜：“哭啥么？倒像我欺负你了，是你进来找我说话的。”

金嫣气得头脑发昏，一瘸一拐地摔门出去了。

VIP 推拿室。崔云在沙复明的指导下，用醋调拌好中药。

沙复明把碗里的药膏糊在客人的腿关节处。

沙复明：“用保鲜膜裹好。”

崔云照着做了。

沙复明：“二十分钟过来帮我把药膏洗掉。”

崔云：“好。”

手机铃声响了，崔云接电话：“喂。”

电话里吴和平的声音：“吴迪去你那里了没有？”

崔云：“没有。”

吴和平的吼声：“什么时候了，你还在这给我撒谎！”

崔云吓了一跳：“怎么了？”

街道。吴和平满脸油汗，他喘了一口粗气说：“吴迪丢了。”

崔云的吼声从话筒里传过来：“什么？！”

吴和平吼了出来：“我妈带着他出来的，一眨眼就没了。”

VIP 推拿室。崔云顿时哭了出来：“你们怎么看孩子的？”

吴和平的声音：“没空跟你啰唆，上次他跑到你那，这次没准还能跑去。见到他马上给我打电话。”

说完他把电话挂了。

崔云几乎瘫了，大脑一片空白。

吴和平的声音很大，沙复明听得清清楚楚。

崔云满脸眼泪六神无主地站在那里。

沙复明对坐在前台的高唯说：“这顿饭让韩秋霞做吧。”

高唯：“好，我这就给她打电话。沙老板，要不要把牛三勇调来，让他也伸一把手？”

沙复明：“好。”

高唯立刻拿起电话拨号码。

对方的手机在响，没有人接。

高唯不停地拨号。

沙复明对崔云说：“你沿着公交车的路线找一下试试。这里我盯着，吴迪要是到了，我马上给你打电话。”

汽车在修理厂平台上缓缓升起，工人打开车的前盖开始操作。

牛三勇跟做保养的车主说：“用美孚吧。”

车主：“太贵了。”

牛三勇：“买得起马就配得起鞍，这么好的车，机油用得不好，影响发动机的寿命。这车我从里到外喜欢，伤着它我都心疼。好马就给它喂好料，不能让它啃菜帮嚼树叶。听人劝吃饱饭，听我的没错。”

车主听着心里高兴说：“听你的吧。”

牛三勇对工人说：“上美孚速霸。”

他摸了一下口袋，没摸到手机。转身朝办公室走去。

手机在办公桌上放着，牛三勇拿起手机看到上面有推拿中心的未接电话。

急忙打过去。

推拿中心前台。高唯接电话：“你怎么这么长时间不接电话？”

牛三勇的声音：“喂，你说话的时候能不能柔和点？”

高唯：“哪那么多毛病？赶紧过来。”

牛三勇把手机夹在脖子和肩膀中间，腾出手来换衣服。

他的嘴很硬：“我又不是快递，你叫我过去，我就得赶紧一溜小跑杀过去？”

高唯“啪”的一声把电话挂了。

牛三勇看着电话骂了一声：“奶奶的，你敢摔我的电话？”

他走出办公室对工人们说：“我出去一趟。”

一个小弟兄把车开进修理厂大门，看见牛三勇摇下车窗叫了一声："勇哥！去哪？我送你。"

牛三勇上车："沙宗琪推拿中心。"

小兄弟开着车问："大哥，这些日子你怎么总往那跑啊？"

牛三勇："沙老板手艺高超，叫他修理修理，从头到脚都舒服。"

小兄弟："那我也试试。"

牛三勇照他的脖梗子给了一下子："沙老板是专家，你有资格享受吗？"

小兄弟疼得脖子缩了回去。

透过门高唯看到牛三勇从车上跳下来，车没有熄火停在原地。

牛三勇两手插在口袋里走进大门，站在前台，两只眼睛盯着高唯。

牛三勇："我最烦别人摔我的电话，你以后再摔我电话我……"

高唯打断他的话："少废话，沙老板在里面等你呢。"

牛三勇被噎在那里转身进去了。

高唯看着他的背影撇撇嘴嘀咕道："摔你电话怎么了？"

牛三勇："我叫小兄弟们四处给找找。一个七八岁的孩子能跑多远？"

沙复明："这事就拜托你了。"

牛三勇："前辈的事就是我的事。"

沙复明："影响你做生意，有点对不住了。"

牛三勇："前辈，你别跟我这么客气，你一客气我浑身都不自在。"

沙复明笑："好，那我就不跟你客气。你记一下崔云的电话，有什么情况好及时跟她联络。"

崔云在大街上快步如飞地走着，她精神恍惚泪如雨下，她不时拦住过往的行人问。

崔云："见到过一个男孩吗？七岁，大眼睛虎头虎脑的。"

行人摇头。

吴奶奶在菜市场摊位中间来回穿行，她边走边喊："吴迪！吴迪！"

吴和平在巷子里奔跑着，见到行人就停下来问。

吴和平："看没看到一个七岁的男孩，个子这么高。"

行人纷纷摇头，表示没有看见。

崔云在街上走着，她边走边掉眼泪。

路人不停地回头看她。

沙复明的电话打过来了："喂。"

崔云急忙问："吴迪去了吗？"

沙复明的声音："没有，在外面转了一天了，你先回来吃点儿饭。"

崔云："我不饿。"

沙复明的声音："咱们一起好好商量商量该怎么办。"

崔云："天还亮着呢，我再找一找。"

沙复明："别着急，问问到底是在哪个地方丢的。"

崔云的声音："孩子的奶奶说的那条街我已经翻了好几遍了。"

沙复明："你现在在哪儿？"

崔云的声音："从吴迪的学校里出来，星期天学校里没人。"

沙复明："见着牛三勇了吗？"

崔云的声音："见到了，他去报社和电视台登寻人启事去了。"

沙复明："孩子自己来过推拿中心，没准一会他就摸来了，我在这儿守着。他来了，我马上打电话给你。"

崔云挂了电话自言自语道："我这条命真是生错了，所以我真该去死。"

十八

牛三勇进来叫了一声："前辈。"

沙复明立刻站起来："有消息没有？"

牛三勇："我把我所有的哥们儿弟兄都调动起来了，借用鬼子的话，挖地三尺，再用蓖子把整个南京城蓖上一遍，我就不信一个七岁的孩子能自己长翅膀飞了。"

沙复明："我怕孩子落在人贩子手里。"

牛三勇："我也担心这个。"

沙复明："过了二十四小时就报警吧。"

牛三勇："好。"

傍晚。几个孩子围在便利店货架前挑选零食。

韩秋霞："东西都是一样的，别往里面翻，翻乱了。"

孩子们拿着东西过来结账。

韩秋霞把零钱找给他们。

孩子们走了。

张宗琪进来。

韩秋霞斜了他一眼："又到哪逛荡了一天？"

张宗琪："看货去了。"

韩秋霞："什么货？"

张宗琪："垃圾处理机啊。"

韩秋霞惊喜："到了？"

张宗琪："老杨问了，说货已经发出来了。强强呢？"

韩秋霞："在里面写作业呢。"

张宗琪："吃什么饭？"

韩秋霞："给店里做的饭剩下的，够咱们吃的。"

张宗琪往里面走了几步转过头问："今天不是崔云做饭吗？"

韩秋霞："她孩子丢了，我替她的班。"

张宗琪吃了一惊："几岁的孩子？"

韩秋霞："七岁。"

张宗琪："不会跟强强一样吧？"

韩秋霞："那孩子的爹不是你，做不出来那样高智商的事。"

张宗琪："你怎么什么事都往我身上扯？"

韩秋霞："沙复明还真在意那个女人，我看他没平时那么拿得稳了。这个时候你不赶紧把握时机，还在外面瞎转悠什么？"

吴和平搀着哭泣不止的吴奶奶推门进了屋。

梁丽迎出来，她一眼看到跟在他们后面的崔云。

这女人披头散发，一脸的憔悴。

梁丽认出来她是吴迪的妈。

梁丽问吴和平："找到了没有？"

吴奶奶张嘴就骂："亏你还有脸问，不是你这个骚货整治得我们祖孙俩没处待，我孙子能丢吗？"

梁丽："孩子是你领到街上弄丢的，要骂就狠狠地骂你自己吧。"

吴奶奶："你个搅屎棍子，我儿子好好的家就是让你给搅和散的。"

梁丽语气平和："这个家老公归我，吴迪归他妈，我们一向井水不犯河水。是你把来了以后横趟竖踩，生生把清清亮亮的水搅成了屎汤子。你不是搅屎棍子是什么？"

崔云吃惊地看着梁丽。

吴奶奶冷笑："拿你当块干粮，你还真把自己摆在供桌上了。我孙子姓吴，你姓啥？我们吴家拿你当事你就是个事。不拿你当事你连个带响的屁都算不上。水仙花不开，跑到我跟前装什么蒜？不是你这个骚货，我儿子和媳妇也不会离婚，我孙子也不会跑丢了。"

崔云的眼泪流下来。

梁丽："当初是你双手投赞成票支持你儿子离婚娶我的，现在又是你生生把人家母子拆散的，这事吴迪他妈心里清清楚楚，你还在她面前装什么好人？"

吴和平："你就少说两句吧。"

梁丽："你怎么不说她？"

吴和平："她是我妈！"

梁丽："妈是道理啊？"

吴和平："她岁数大了。"

梁丽："岁数大了就可以胡搅蛮缠啊？她这一套用在吴迪他妈身上行，用在我身上门都没有。"

吴奶奶："你想怎么着？你还想把我掐死？"

梁丽："二十八岁的一条命搭在六十岁人的身上，那是典型的糟践。今天我把话撂在这儿。这套房子是我的，看在你是吴和平他妈的份上，我才让你进了家门。我不是吴迪他妈，我一而再、再而三地给你儿子留面子，你不能得寸进尺。你孙子丢了与我无关，让你们在这家里商量怎么找孩子，那是我大仁大义。你要再出言不逊，别怪我把你撵出去！"

吴奶奶"嗷"地号啕出声："我白养了儿啦！白养了儿！"

吴和平抬手想扇梁丽的耳光。

梁丽早一个耳光扇过去，"啪"的一声脆响。她步履从容转身回卧室把门锁上了。

吴奶奶冲到门口用脚踹门："你打我儿子，你敢打我儿子？！"

吴和平觉得在崔云面前丢了大脸，想斜眼偷看崔云的表情。

户门"咣当"一声响。

吴和平回头看，崔云走了。

推拿中心门口。高唯把一大堆换下来的被单抱到三轮车上。

都红从大门里走出来了。

高唯："都红。"

都红站住了。

高唯拉住了都红的手，一直拉到三轮车旁边。

都红不明白她要干什么。

高唯："小姐请上专车。"

都红犹豫着，高唯一伸手把她搀扶上去了。

都红明白了，她说："这不合适吧？"

高唯："我不嫌累就没什么不合适的。"

她替都红脱了鞋。

都红听她这样一说就舒舒服服地坐在那一大堆床单上了。

高唯骑着车走了。

崔云和沙复明坐在办公室里。

崔云沙哑着嗓子说："我这辈子就没遇到过什么好事，遇事就算是往坏处想，事情的结果总是比我想的还要坏。我算看透了，这辈子我再怎么努力也没法好了，再怎么放肆也不可能再糟了，老天爷的混账程度在我身上恐怕已经用到顶了。"

沙复明："你信老天爷吗？"

崔云叹了口气："我不想信也得信。"

沙复明："我生下来三个月以后，我妈发现我是个瞎子。医生告诉她，我的盲是先天性的，我妈伤心得差点死了。爷爷奶奶把我抱回老家去养，我父母又生了我的

弟弟和妹妹。”

崔云：“你很少讲自己。”

沙复明：“盲人跟健全人不一样。盲人的自尊心很强，骨子里瞧不起倾诉，在盲人的眼睛里，倾诉是下贱的，它和要饭没什么两样。”

崔云吃了一惊，张了张嘴没说出话来。

沙复明：“我爷爷不信天不信地只信自己。他尽自己的所能，把他的本事教给我。当然我需要付出常人十倍甚至二十倍的努力才能学个皮毛。从记事的那天起，爷爷就告诉我，你要一辈子与命抗争，否则活着和死了没什么区别。”

崔云被他的话感动了。

沙复明：“人的心理暗示作用很厉害，如果你遇到麻烦就告诉自己，你就是这个命，逃都逃不掉。这些都是负能量，抑制你的主动性，只会叫事情越变越坏。”

崔云：“你给自己的是什么暗示呢？”

沙复明：“如果不是先天性的失明，我相信我一个人就足以面对整个世界。”

崔云又吃了一惊。

沙复明：“吴迪丢了，这不是你的命，也不是他的命。这是出了点儿不该出的岔子，你不吃不喝什么问题也解决不了，还不如换个对自己有积极作用的角度去考虑问题解决问题。”

崔云：“我该怎么想？”

沙复明：“孩子肯定会回来。”

崔云下意识地跟了一句：“孩子肯定会回来。”

沙复明：“回去睡觉吧。”

崔云：“我睡不着。”

沙复明：“我给你做一次推拿吧。”

马跃在推拿中心影壁前用油彩认真地涂抹着，影壁上的画已初见雏形。他拿了一个类似于滚轮的环状的颜色选择器，滚轮上分布着从连续色谱上取出的 24 种典型颜色，每种颜色都用盲文进行了标识。

马跃将颜色选择器套在左手食指上，然后用拇指转动滚轮，缺口正对的就是选择的颜色。他舒展手臂在影壁上大胆地涂抹着。

VIP 推拿室小单间里，崔云趴在床上，面孔埋在了床头铺着干燥毛巾的一个凹洞里。

沙复明温暖的手放在她的肩颈处。

沙复明：“肩颈可真硬啊。”

他用手掌揉搓着。

崔云揪紧的心渐渐放松了，意识也随之放松了，朦朦胧胧进入了梦境。

黑暗中一对亮点慢慢扩大，是一双明亮眼睛的瞳孔。那双眼睛一眨不眨地盯着她。

崔云觉得眼皮灼热，她一下睁开了眼睛。

吴迪趴在她的脸前看着她。

崔云一骨碌爬起来死死地抱住他。

崔云：“儿子！儿子！你把妈妈急死了！昨天你跑哪去了？”

吴迪从妈妈的怀里挣脱开：妈妈，我快饿死了。

崔云急忙拉起吴迪往跑，一开门她愣住了。

婆婆站在厨房里冷冷地看着她。

崔云关上门回头看。

梁丽抱着襁褓中的孩子站在门口冷冷地看着她。

崔云握紧儿子的手，感觉不对，低头一看手里牵着的哪里是吴迪，是平日里买菜用的菜篮子。

早晨。崔云通身大汗醒过来。她发现自己还躺在推拿床上，身上盖着一条毛毯。

晨曦透过窗子照进来。房间里一个人都没有。

崔云下床出去。

办公室的门半开着。

崔云探头往里面看。

办公桌上摊着几本书。

沙复明不在房间里。

沙复明闭着眼睛在街心公园松树下做着深呼吸

张宗琪手里拎着两个鸟笼子，晃晃悠悠地走过来。看见沙复明他立刻站住了。

沙复明垂下手，把脸转向他。

张宗琪判断不出来沙复明是否看见了他，犹豫着该不该过去。

大赖抢先说话了：“你好！”

小赖：“恭喜发财！”

沙复明：“老张吧？”

张宗琪知道躲不过了，只得硬着头皮走过来：“今天早。”

沙复明：“嗯，醒得早。”

张宗琪：“崔云那边还没有消息吗？”

沙复明：“没有。”

推拿中心厨房。崔云开始做早饭，她揉面摊鸡蛋饼。

灶上的粥锅冒着腾腾的热气。

崔云头发挽在头顶上，卖力气地擦着推拿中心的地面。

汗水溪流一样地从额角流下来，一滴一滴地砸在地面上。

沙复明和张宗琪在街上慢慢地走着。

张宗琪："一畦萝卜一畦菜，谁的儿子谁疼爱。上回我家闹那么一茬子事，差点把我的魂惊飞了，但愿崔云的那小子也是一场虚惊。"

高唯骑着车子从后面赶上来，她叫了一声："老板早上好！"

都红马上跟着她叫了一声："老板早上好。"

张宗琪："早上好！"

沙复明："早上好！"

高唯载着都红超过了他们。

张宗琪用一只好眼盯着高唯生机勃勃的背影。

高唯问坐在后面的都红："都红，你的回头客清一色三十五岁到四十五岁之间的男人，对这事你有什么想法？"

都红一脸不屑："他们根本就不是冲我的技术来的。"

高唯："对，他们是冲着你的漂亮来的。"

都红："你说这些男人怎么那么爱讲黄段子呢？而且越说越来劲，好像段子里的事情是他们自己做出来的。我有点庆幸自己是瞎子了，要不然眼睛往哪看都龌龊。我讨厌这样的男人。"

高唯："你喜欢什么样的男人？"

都红："不知道。"

高唯："你觉得王大夫怎么样？"

都红："技术好，人很稳重，也有担当，可惜年龄大了些。"

高唯开玩笑："年龄小一截，你就把他从孔佳玉那里撬过来是不是？"

都红叫起来："我才不像金嫣和邓晓梅那么傻呢。"

高唯："你觉得马跃这么样？"

都红："太闷，太寡，一点都不开朗。"

高唯："其实马跃是个内心世界很丰富的人。"

都红："你这么知道？"

高唯："看他的画呀。"

都红："他画的都是什么？"

高唯："风景、花草树木、房屋，什么都有。现在他每天晚上画咱们推拿中心门口的那块影壁墙。"

都红："马跃凡人不理，他为什么只愿意跟孔佳玉一个人走那么近呢？"

高唯："孔佳玉只要一动，马跃的脑袋马上葵花向阳跟着转过去。"

都红："王大夫知道吗？"

高唯："估计有所察觉。"

都红："马跃是在给自己找麻烦。"

高唯："孔佳玉闯荡江湖这么多年了，她应该有分寸，放心吧，这是文明社会，不是封建社会，男女交往很正常。"

王泉放慢脚步等孔佳玉跟上来。

孔佳玉快走了两步离开他，追赶张一光和马跃去了。

金嫣拉着芒来的手，邓晓梅三步两步赶上去，拉住了芒来的另一只手。

芒来被两个步调完全不一致的女人拉扯着不知道该怎么走了。

沙复明从办公室里出来，他嗅着喷香的稀粥和烙饼的味道走进了厨房。

厨房里收拾得整齐干净。

凭直觉沙复明知道崔云不在这里。

崔云站在推拿室的大门口，伸着脖子往远处看着。

高唯骑着三轮车过来，车上拉着洗好的床单和都红。

高唯："崔姐，有消息吗？"

崔云摇摇头："没有。"

她伸手把都红扶下车来。

都红站在崔云面前拉着她的手摇了两下："崔姐，你别着急，孩子肯定会回来的。"

崔云点点头她没说话。

都红："小时候我妈拉着我上市场买菜，自由市场里人很多。我妈手里拿的东西太多，累了要来回倒手。我妈让我紧紧抓着她的衣襟，我抓着抓着就松手了。再伸手去抓就不是我妈的衣襟了，我抓着别人的衣襟走了。我妈没有察觉，我也不知道。跟着那个阿姨走到街上，那个阿姨放下手里的东西，弯腰开自行车的时候才发现身后多了一个我。"

崔云焦急地问："后来怎么办了？"

都红："阿姨把我送到附近的派出所，警察领我回到自由市场找我妈。我妈正蹲在地上哭呢。"

崔云问："那时候你几岁？"

都红："四岁，吴迪七岁比我那时聪明多了，知道父母叫什么，那就更容易找回家了。"

崔云点点头，她使劲给自己信心："你说得对，我儿子聪明，上次他就自己找到这儿来了。"

天上闷雷滚滚，雨噼噼啪啪地落下来。

沙复明听着雨声想着心事。

高唯推门进来："沙老板，趁着张老板也在，咱们开个会呗。"

沙复明怔了一下马上说："好，让张老板主持吧。"

推拿师们集中在休息区里。

张宗琪说："很长时间大家没坐在一起聊一聊了。外面下雨，店里也没有客人。大家有什么说什么，畅谈一下目前的不足和以后的发展方向。"

会场沉默着，没有人挑头说话。

高唯："我先说吧。"

张宗琪："好，你说。"

高唯："我要说的事，已经跟两位老板反复提过了，就是咱们推拿中心必须跟店里的每一名员工签一份合同。"

张宗琪皱了一下眉头，他扭头看了一眼沙复明。

沙复明没有任何表示。

张宗琪问坐在周围的员工们："你们觉得有必要吗？"

人们七嘴八舌起来。

张一光："我看有必要。"

王泉："没必要，好好地弄这个事干什么？"

邓晓梅："老板能给一份工作，已经是天大的面子了，还提什么合同？"

高唯有点着急："这是你们应该得到的权利。"

张宗琪："高唯，你这话说得可是不中听了，我跟沙老板剥夺过你们谁的权利？"

高唯："我是强调他们应该享受这个权利，并没有说你剥夺了他们的权利。"

张宗琪问员工们："你们都是在别的店里做过的人，哪家店里的老板跟你们签过合同？"

大家纷纷摇头："没有。"

沙复明闷着头坐在那里，听着大家发表议论。

高唯："大家都不做的事情不一定就是正确的，合同是什么？是个人利益的法律保障，没有合同，你们能有安全感吗？"

房间里静了下来。

张宗琪恼了，他使劲压下去冲上脑门的火，指了一下挂在墙上的规章制度。他说："这些规章制度是干什么的？不就是让大家行为规范的吗？"

高唯问推拿师们："你们谁读过店里墙上挂着的规章制度？"

员工们低着脑袋谁也不说话。

高唯："他们看不见这个，这是贴给外人看的。如果他们能看到，仔细读一遍这

些规章制度就知道了，他们只有义务，只有责任，这些义务和责任是天经地义的。他们没有应该享受的权利。”

沙复明一愣。

张宗琪终于火了，手“啪”的一声拍在桌子上。

四周坐着的盲人们冷不防吓得一哆嗦。

张宗琪觉得自己有些失态，他把声音放缓和了说：“高唯，你到底要干什么？”

高唯：“我能干什么？还不是希望咱们的推拿中心早日走上正规化？”

张宗琪的声调提高了：“正规化是你这么走的吗？”

高唯：“走向正规化的第一步就是跟员工们签合同，让他们的合法权益得到保障。我希望大家畅所欲言，让老板听听你们是怎么想的。”

她用鼓动的眼神看着在座的盲人推拿师们，可惜没有人跟她进行互动交流。

沙复明开口了：“对，你们也都说说，有什么说什么好了。”

推拿师们谁也不说话。

高唯很生气：“在下面你们没少发牢骚，怎么到了关键时刻都掉链子了？”

孔佳玉嘟囔了一句：“说那些看不见摸不着的东西干什么？还不如解决点实际问题。”

高唯：“你要解决什么问题？”

孔佳玉：“在咱们推拿中心，只有你、韩师傅、崔云姐，是视力健全的人，剩下的都是正儿八经的‘弱视’群体。”

高唯：“你说得对，我们推拿中心的人际可以分为两块，一块是盲人，一块是健全人，彼此相处得很好。如果一定要说哪一方有那么一点优势，只能是盲人了。盲人毕竟是推拿中心的主人，你们有专业，有手艺，收入也高。相对来说，我们只能是配角了，打打下手罢了。”

张一光：“盲人是井水，健全人是河水。”

高唯：“你非要这么比喻也可以，咱们是和睦的井水和河水，一个在地下安安稳稳流，一个在大地上蹦蹦跳跳淌。”

孔佳玉：“崔云姐和韩师傅跟你不一样，她们只管洗衣服做饭。你负责前台，我们得靠你往工资卡里存钱。你要是不凭着良心给我们安排钟点，我们的提成就上不去。从这个角度说，你才是推拿中心的主人。”

高唯一怔：“我当然是凭着良心给大家安排钟点的。”

孔佳玉：“我看未必。”

高唯：“你说明白点儿。”

孔佳玉：“你有偏有向。”

高唯：“偏谁了？向谁了？”

孔佳玉刚要说，王泉咳嗽了一声。

孔佳玉下意识地把下面的话咽了回去。

高唯："说呀。"

孔佳玉话锋一转："三轮车到底是谁的？是中心的，还是哪个人私有的？"

邓晓梅也跟着敲边鼓，她说："对，推拿中心的规章制度还要不要了？"

休息区安静下来，大家以为伶牙俐齿的高唯会给自己辩护。

高唯偏偏不说话。

沙复明说："高唯每天要用三轮车把店里的床单拉回到宿舍那一边去洗，早上骑过来，晚上骑回去。这活店里只有她一个人能做。这是大家都知道的。"

孔佳玉说："她用公家的车子拉人。"

沙复明明知故问："拉谁了？"

孔佳玉刚要说话。

王泉又咳嗽了一声。

孔佳玉把要说的话咽了回去。

房间里静了下来。

沙复明："高唯用车子拉的是店里的东西，她还有多余的力气再捎上别人，只要她自己愿意，我看也没什么不好，互相帮助嘛。大家还有什么别的要说吗？"

房间里没有人回答。

沙复明："好，下面我跟大家谈一谈，我们准备开展的业务。关于婴幼儿的厌食症。现在的孩子得厌食症的比较多，没有家长愿意给孩子用药，那么我们的捏脊、推拿就派上了用场。我们准备开展的这项业务，出发点是为人，每个人不论是健康的人还是不健康的人都有自己的需求，我们要尽自己最大的能力满足来这里寻求帮助的人的需求。往上升华一下，就是人文主义。人文主义最重要的表现就是人文关怀。一个单位里的人相互帮助是件好事，值得提倡。"

坐在下面的人谁也没有吭声。

沙复明："那么，以往的规定还执行不执行呢？好的就坚持，不好的则一定要改。中央都提倡摸着石头过河，我们盲人有什么理由不这样做？"

孔佳玉坐在沙发上，心里老大的不舒服，小声嘀咕道："坚持什么，改变什么，还不是你嘴巴上的两块皮。"

邓晓梅也小声迎合："谁去坐三轮车，我们无所谓。但是我们不能忍受一个推拿师跟前台的勾结。"

雨停了，有客人上来。

推拿师们陆续上了钟。

孔佳玉、邓晓梅和王泉分在大推拿室一间推拿房里。

孔佳玉闷着头推拿着，她突然说："走到哪儿都有人拍马屁！"

王泉干咳了一声提醒她不要乱说话。

孔佳玉绷着脸不理他，但她还是把下面的话咽回去了。

沙复明、张宗琪和高唯坐在沙复明的办公室里说话。

张宗琪："盲人自有盲人的一套，你那一套一掺和进来，麻烦了。"

高唯："盲人没有组织，没有社团，没有保险，没有合同。一句话，盲人压根就没跟这个社会构成真正有效的社会关系。"

张宗琪："你说盲人和这个社会一点没有关系吗？不对，有。我们每个月还可以从民政部领取到残疾人补助款呢。"

高唯："那点钱只是一个象征。生活不是象征，生活是实实在在的，是由每个小时，每一分，每一秒构成的，在每一秒钟里，生活都是一个整体，没有一个人仅仅依靠自己，就可以自食其力。"

高唯的话让沙复明震惊了。胃又开始钝痛，他掏出来药倒了两粒扔进嘴里。

牛三勇推门进来："前辈，你们来看看。"

牛三勇打开休息区里面的电视机。

电视机里正在播一部电视剧，屏幕的下面滚动着一条字幕。

高唯念字幕上的内容："吴迪，现年七岁，身高一米四零左右，大眼睛小平头，身穿浅黄色运动装于昨天下午三点走失。有知情者请速与崔女士联系，重金酬谢。联系电话　座机：×××××××××　手机 ×××××××××××。"

吴和平家客厅。哭得两眼红肿的吴奶奶看到电视机上滚动的寻人启事叫了起来。

吴奶奶："这是谁登的？"

吴和平："那不是写着崔女士吗？"

吴奶奶："怎么不留咱们家的电话？"

梁丽："重金是多少啊？"

吴和平："怎么也得一万起价吧。"

吴奶奶："五万也得给，那是咱们吴家的后。"

梁丽嘀咕了一句："给十万我也没意见，你吴家得有才行。"

吴奶奶脸一绷："你说什么？"

吴和平："别添乱了行不行？不是你们没完没了地吵架，孩子能丢吗？"

梁丽："孩子跟他妈待得好好的，你非把他接回来。"

吴奶奶："这是我孙子的家，他回来怎么了？"

梁丽哼了一声："怎么了？丢了呗。"

吴奶奶对吴和平说："赶紧给崔云打个电话，问问她那有消息没有？"

吴和平："有消息她就给我打电话了。"

吴奶奶："你把她的号码给我。"

崔云在厨房里择菜做饭。

沙复明走到门口站住脚说："你去找孩子，饭让韩秋霞做吧。"

崔云："我不能一而再、再而三地扔下工作，让你以后不好张嘴管别人。忙你的去吧，做完饭我就出去找孩子。"

牛三勇靠在前台跟高唯说话。

高唯问他："登广告花了多少钱？"

牛三勇："这你就别管了。"

高唯："免费登的？"

牛三勇："电视台又不是我家开的。"

高唯："我是怕崔姐还不起。"

牛三勇："我脸大，电视台的朋友给打了很大的折扣，没多少钱，放心吧。晚报送来了吗？"

高唯拿出来一叠报纸："这呢。"

牛三勇翻到广告那一栏找到一个小豆腐块，上面有一张吴迪的小照片，内容跟电视上的滚动字幕一样。

高唯："这个花了多少钱？"

牛三勇："你老问这个干什么？"

高唯："这笔钱到底是谁花的？"

牛三勇："跟你有关系吗？"

高唯："崔姐是店里的员工，跟我当然有关系了。"

牛三勇停顿了一下问："你觉得是谁拿的钱？"

高唯："沙老板。"

牛三勇："为什么是他？"

高唯："你这个人出蛮力舍得，出钱肯定舍不得。"

牛三勇："你这是骂我要钱不要命。"

高唯："我没说得那么明白，发票给我。"

牛三勇："什么发票？"

高唯："登广告花钱的凭据。"

牛三勇："给你做什么？"

高唯："你作了弊他也看不见，给我，我替他把关。"

牛三勇："这叫什么话？"

高唯："不怕一万就怕万一，店里的票据都是我过目，这是手续。"

牛三勇深深地吸了一口气，没让自己发出火来，他掏出来发票拍在桌子上。

高唯拿起来仔细看了一遍："才连续滚动三天就一千五百块钱，有点贵了。"

牛三勇："站着说话不腰疼，你给我砍个这价试一试。"

高唯："好，我给你看看。"

她用鼠标点开电脑上宝贝回家的网页。

上面有她发在上面的寻人启事和吴迪的照片。

高唯又点开了她的微博，上面有她要求转载寻人启事的链接。

微博上已经有两百多人响应给转载了。

高唯："我可是一分钱都没花。"

牛三勇放弃了跟她抬杠："这一招也不错，咱们两条腿走路，找到孩子的可能性就更大了。"

沙复明和崔云从里面出来。

牛三勇："前辈。"

沙复明"嗯"了一声说："二十四小时了，你陪崔云去派出所报案吧。"

牛三勇答应了。

高唯："派出所也真够死性的，为什么非得等够二十四个小时？"

沙复明："这是上面规定的，警察说，吴迪已经七岁，有可能是走丢的。如果四个小时以后自己回来了，那岂不是浪费了大量的警力和财力？"

高唯："他们说的也有点道理。"

沙复明："报警也有学问，要先自救后报警，千万不要先报警后自救，因为你报到警察那儿，警察也不可能马上跟你出警，所以一定要先自救。这一点我们做到了。"

高唯："我在网上查了，找孩子最好要十个人以上，一级面上，二级面上，开始搜寻。一级面上就是两公里以内，沿着大路赶快去追，这要安排四个人，就是一个方向起码一到两个人赶快出去追，那么还有二级面上，就是这个面上不要很大，两公里之内，但是线就多了，比如说你马上要到南京西站，也马上要到南京站，马上要到长途汽车站，马上派人也是四个人，到四个车站马上去找，为什么呢？有时候犯罪分子他把小孩抱走后，他会火速赶往火车站、汽车站，买张票马上就上车，所以我们要争时间抢速度，如果能比他快，就能把他截住。"

崔云听高唯提到人贩子腿立刻软了，她脸色煞白，冷汗顺着额角流下来。

牛三勇："你一口一个马上，你有那么多马可上吗？"

高唯被他说得一愣。

牛三勇拽了一下崔云的衣袖："大姐，别听她吓唬你。她这人离开书本和电脑一无是处。"

高唯刚想反驳被沙复明的话打断了。

沙复明：“别浪费时间，快去吧。”

崔云跟着牛三勇走了。

高唯翻看电脑上的信息，激动地喊起来：“沙老板，有人回帖说，看到吴迪了。”

沙复明急忙走到电脑跟前：“怎么说的？”

高唯念网络上的回帖：“我是广东珠海刑警大队侦察科科长赵林，在我市医院里发现了您的亲人，需四万块医药费救助孩子，汇款账户：×××××××××。”

沙复明问：“留联系电话了吗？”

高唯：“留了，打一个试试。”

高唯拨长途电话。

沙复明：“你拨 114，查一下珠海刑警大队的电话号码是不是这个。”

高唯拨电话，对方告诉她号码后，她挂了电话。

高唯：“不是这个号码。”

沙复明：“南京没有直达珠海的火车，必须在广州转。你查一下去广州的火车有几趟？”

高唯急忙在网上查：“去广州的火车一共三趟：17：36 一趟，23：58 分一趟，还有一趟从南京西始发的 23：50 分。”

沙复明：“吴迪没有证件基本上排除了坐飞机的可能性。乘火车到广州大约需要几个小时？”

高唯：“24 小时 25 分钟。”

沙复明：“就算乘最早的那列火车，那么现在也还没到广州呢，怎么可能已经在珠海住院了呢？这是个诈骗信息。”

高唯：“要不要打那个电话？”

沙复明：“打那个电话就是给他脸了，别搭理他。”

高唯：“要不要给牛三勇打个电话，问问他派出所那里怎么说？”

牛三勇和崔云从派出所里出来。

崔云：“这就完了？”

牛三勇：“这就是立案了。”

崔云：“怎么不派人跟咱们一起去找？”

牛三勇：“他们有他们的程序。”

电话铃响，牛三勇接电话。

牛三勇：“喂。”

沙复明：“你再去吴迪走丢的地方看看，那个路口附近有没有监控录像设备。”

牛三勇：“好。”

牛三勇和崔云在茶馆附近四处查看，他抬着脑袋往高处看。

胡同口有一个摄像头。

牛三勇急忙指给崔云看："这还真有一个摄像头。"

公安局的摄像监控室里，监控人员在调昨天吴迪走丢那个时间这个路口的监控录像。

监控人员说："这个摄像头坏了，还没有检修好。"

牛三勇："坏了多少天了？"

监控人员说："不太清楚。"

崔云铁青着脸："怎么单单是这个摄像头坏了？"

牛三勇："离这个摄像头最近的地方还有没有监控录像？"

监控人员指着地图上的一个对角线说："这个地方还有一个。"

牛三勇："能调出来给我们看一看吗？"

监控人员把那个角度的录像调出来了。

从这里可以远远地看到茶馆的胡同口，胡同口人来人往。

监控人员快进录像，到吴迪走丢的那个时间段，牛三勇让他放正常播放。

一辆小客货车开过来停在胡同口，司机下车从上面端下来一箱东西，走进胡同口。

车把胡同口挡住了，看不见里面。

十分钟以后司机从里面出来，上车把车开走了。

没有吴迪那么大小的孩子一个人从胡同里面出来。

崔云如释重负地松了一口气。

牛三勇："能不能再放一遍，我想看看这辆车的车牌号。"

监控人员把带子倒回来，放慢速度，到出现车牌号的地方，他定格让牛三勇仔细看。

车牌号前面几个字模模糊糊地还能看清，后面的就看不太清楚了。

监控人员把另外几个路口的监控调出来。

那辆车停在十字路口等红绿灯，车牌上的号码显示得一清二楚。

牛三勇用笔记了下来。

推拿中心前台。邮递员把一摞报纸和信件递给高唯转身走了。

高唯看着来信的封皮。

张宗琪从里面出来。

高唯："张老板有你的信。"

张宗琪站住接过信件。

信件的封面写着中国银行几个字。

张宗琪急忙揣进口袋里。

张宗琪站在路边打电话，电话里传来一个女人机械的声音：“您拨叫的用户暂时无法接通，请稍后再拨。”

张宗琪自言自语：“老小子你关机干什么？”

他又拨，依旧是那女人的声音：“您拨叫的用户暂时无法接通，请稍后再拨。”

一种不祥的预感袭上张宗琪的心头。

崔云在厨房里面闷头做饭。

沙复明循着味道走过来，他站在厨房门口问：“你回来了？”

崔云：“牛三勇说，他一个人够了，让我先回来。”

沙复明：“牛三勇认识的人多，路子也广，在社会上比我们有用多了。”

崔云：“还真是，他出的那些主意，打死我，我都想不出来。”

崔云的手机响了。

崔云接电话。

吴奶奶的声音从话筒来传出来：你过来一趟。

崔云激动：“吴迪找到了？”

吴奶奶：“找到他，我就不找你了，赶紧过来，我有话问你。”

崔云“嗯”了一声挂了电话。

吴奶奶的话沙复明都听到耳朵里了。

崔云对他说：“饭我做好了，叫高唯安排大家吃就行。”

沙复明：“你去吧。”

张宗琪走进四通茶馆。

伙计迎出来：“张老板来了？怎么一个人？”

张宗琪：“见着杨老板了吗？”

伙计在自己的脑袋上比划一下：“常跟你在这里喝茶的那个没头发的老板？”

张宗琪：“对。”

伙计：“没来过。”

张宗琪顿时泄了气。

牛三勇在车辆监理所查到了那辆车车主的名字和电话号码。

牛三勇用手机拨打车主的电话号码，电话接通了。

牛三勇：“喂，李国盛吗？”

李国盛的声音：你是哪一位？

牛三勇：“你是一辆车牌是 ×××××× 客货两用车的车主吧？”

李国盛的声音：“是，有什么事情吗？”

牛三勇："你那辆车昨天是否到过 ×× 胡同？"

李国盛的声音："到过，怎么了？"

牛三勇："你看到过一个七岁的小男孩吗？"

李国盛的声音："没有啊。"

牛三勇："你的车还到哪里停过？"

李国盛的声音："哪也没停，一口气开过来的。"

牛三勇："开到哪儿了？"

李国盛的声音："江阴。"

牛三勇一愣："你不在南京？"

李国盛的声音："我来江阴送货。"

张宗琪背着两只手在屋子里来回走着。他不时地拿出来手机拨打秃头老杨的号码，秃头老杨的手机一直处于关机状态。张宗琪从口袋里掏出来银行发来的还贷款利息的通知，他满脸焦虑。

韩秋霞开门的声音，张宗琪急忙把还款通知塞到沙发垫子的下面。

沙复明听牛三勇说完，深思了一会儿说："你说整个录像全都看了，只有这一辆车在那个巷子口停过？"

牛三勇："盯着录像快进了两个小时，看得我眼珠子都疼了。没见吴迪的影子，如果他从那里出来，只有钻到这辆车里才能躲开我的视线。"

沙复明："那个李国盛有可能拐卖孩子吗？"

牛三勇想了一下："我看不像，除非他不是凡人，否则不会跟我对答如流。"

沙复明："约他见一下面，我想跟他聊一聊。"

牛三勇："他正在沪宁高速路上往回开呢，我约他晚上面谈。"

沙复明点点头："好。"

牛三勇："崔姐呢？"

沙复明："被吴迪的奶奶叫走了。三勇，这事你就多辛苦点吧。"

牛三勇一脸的虔诚："前辈的事就是我的事。"

他探头往前台看了一眼。

沙复明靠敏锐的耳朵捕捉到了，他说："高唯出去办事了。"

牛三勇一脸尴尬："我不找她。"

沙复明意味深长地拉长了声调："哦。"

牛三勇站起来说："我回店里看一眼，安排一下再出来。"

沙复明："耽误你干活了。"

牛三勇急了："前辈，你别跟我这么客气好不好？"

梁丽抱着婴儿站在房间敞着一条缝的门口，竖着耳朵听客厅里面的谈话。

崔云：“我没有钱，店里的客人帮忙砍的价垫的钱。”

吴和平：“男的女的？”

崔云心中气恼，她抬起眼睛看着吴和平不说话。

吴和平：“他为什么帮你砍价还帮你垫钱？”

崔云反问他：“你说为什么？”

吴和平：“无利不起早。”

崔云：“那你赶紧把钱还给人家。”

吴和平：“我没钱。”

崔云：“借钱也得把儿子找回来。”

吴奶奶：“你说的那个重金到底是多少钱？”

崔云：“我也不知道。”

吴奶奶：“人家跟你要一百万你也给？”

崔云：“只要我儿子能平安地回来，把我卖了我都干。”

吴和平冷笑：“你值一百万？”

崔云：“你值吗？”

吴和平：“我命贱，不值。”

崔云：“咱俩合起来就值了。”

梁丽把门缝开得更宽了。

吴和平：“我干吗跟你合起来？”

崔云：“吴迪身上流着咱们俩的血，父母不豁出命去救孩子，他还能靠谁？”

吴和平不说话了。

梁丽抱着孩子出来了，走到吴和平的身边挨着他坐下。

她把孩子往吴和平的怀里一塞。

梁丽：“你要是有两条命就豁出去一条，别忘了这还有一条命靠你养呢。”

吴和平一怔。

梁丽站起身给自己倒了一杯水重新坐回到沙发上，慢条慢理地喝起来。

吴奶奶对吴和平说：“管好那张嘴，没她的事，叫她不要跟着裹乱。”

吴和平看了梁丽一眼没有说话。

吴奶奶的目光看向崔云：“你到底有多少钱？”

崔云：“一分钱也没有。”

吴奶奶：“那你下那么大的筹码干什么，是不是要勒索我们吴家？”

崔云气得浑身发抖，她说：“我卖血卖肾救我的儿子，不为难你们吴家行了吧？”

吴奶奶：“这叫什么话？”

崔云看着吴奶奶好久没有说话，她的眼神里满是愤怒。

吴奶奶被她看毛了，她问：“你这样看着我干啥？”

崔云声音哆嗦着问：“我上辈子欠了你们吴家吗？”

吴奶奶一愣。

崔云突然爆发了，她声嘶力竭地吼起来：“那你们为什么这样对我？！”

屋里的人被吓得一哆嗦。

吴和平吃惊地看着崔云，这个女人他完全不认识了。

崔云：“我嫁到你们家，做错过什么？你们一而再再而三地欺负我？”

她的目光射向吴和平：“你说结婚我就跟你结了，你说离婚我也跟你离了。我跟你要过什么？什么都没要过，我只要跟我儿子生活在一起。你们怎么这么狠？生生把他从我身边抢走，扔在街上弄丢了。”

吴奶奶怒了眼睛一瞪：“你给我说清楚，谁把他扔在街上了？啊？！”

崔云努力让自己平静下来她说：“你。”

吴奶奶被这个字噎的半张着嘴一口气差点没上来。

崔云：“你怎么就见不得我儿子跟我在一起呢？三番五次叫你儿子来抢我儿子？我儿子被你弄丢了，你首先想的是这下要损失多少钱，而不是怎么样才能让他平安找回来。你白白生了一对儿女，肚子里竟然没长出来一颗当妈的心。”

吴奶奶手哆嗦着指向吴和平：“撕她的嘴！你给我撕她的嘴！”

吴和平从沙发上站起来向崔云扑过去。

梁丽适时地放下翘着的二郎腿，她伸出来一只脚。

吴和平绊在梁丽的脚上，趔趄着朝前冲去，他“咚”的一声撞在墙上。

崔云脸色惨白，站起来开门出去了。

十九

街上。崔云在前面走，身后有人喊："哎！"崔云没有回头。身后的人喊："吴迪妈！"崔云站住脚扭过头来。

梁丽追了出来。

崔云和梁丽坐在街道旁边的花坛旁边，梁丽把一瓶可乐递给崔云。

崔云不要，她硬塞到崔云的手里。

梁丽拧开瓶盖咕嘟咕嘟一气喝了半瓶。

梁丽："真解渴。"

崔云手里拿着可乐瓶一声不响地看她。

梁丽："谁要是敢把我和我的妞妞强行分开，我就敢把他家的房子点了。"

崔云吃了一惊。

梁丽："十月怀胎，我知道对当妈的从哪下刀最要命。"

崔云不说话。

梁丽："女人哪都可以软，就是在孩子的问题上绝对不能软。"

崔云点点头。

梁丽的可乐喝完了，她说："需要我帮你出力的地方，你就给我打电话。"

崔云："为什么帮我？"

梁丽："你可别这么想，我不是帮你，我是在帮我自己。孩子找回来，你一定抓牢了，千万不要再让老太太弄到我家来了。她喜欢孙子不假，用你的孩子对付我更是她的最终目的。我不愿意我的家因为你儿子鸡飞狗跳墙的。"

说完，她转身走了。

崔云愣愣地看着梁丽走远了，她拧开可乐瓶盖，学着梁丽的样子，咕嘟咕嘟，一口气喝了半瓶子可乐。她皱着眉头说了一句："中药一样，太难喝了！"

吴迪坐在高速公路边上的安全隔离带上，他衣衫不整，满脸尘土。

过往的车辆不时遮住他。

一辆三轮摩托车开到吴迪身边停下，开摩托车的广发叫了一声："孩子，你怎么

坐在这儿？多危险啊！”

吴迪“哇”的一声哭了出来：“妈妈！我找我妈妈！”

推拿中心厨房。崔云的一双手浸在泡满饭盒的水池中不动了。

“咣当”一声脆响。

崔云家客厅。鱼缸摔在地上碎了。两条金鱼在地上跳跃着。

吴迪手忙脚乱地抓那两条鱼。

崔云冲进屋看此情景又跑出去，拿着一个剪成一半的大饮料瓶子，里面盛满了水。她把瓶子放在地上，赶紧去抓在地上扑腾的鱼。

四条鱼放在水里，三条肚皮朝天死了。只剩下一条在惊慌失措地四处游着。

吴迪：“我想看看它们有没有脚藏在肚子下面。”

崔云绷着脸：“把杂志拿过来。”

吴迪在杂志堆里挑了一本最薄的，递给崔云。

崔云说：“太薄，换一本厚的。”

吴迪：“厚的打在屁股上太疼了。”

崔云：“打你就是要教训你，必须往疼了打。”

吴迪：“疼得太厉害，会傻了，这样我不但记不住教训，连妈妈是谁都记不住了，那该怎么办？”

想到这里崔云笑了，笑到半截她伸手捂住嘴，眼泪雨点一样地砸下来。

崔云弯腰把地上摔碎的盘子捡起来。

晚上，张宗琪坐在客厅沙发上发呆，电视节目里闪烁的光，时明时暗地照在他的脸上。

韩秋霞手里算着账问道：“崔云的儿子还是没动静？”

张宗琪没有反应。

韩秋霞抬起脸看他：“问你话呢！”

张宗琪吃了一惊：“啊？”

韩秋霞：“魂不守舍的，你到底怎么了？”

张宗琪：“没怎么。”

韩秋霞：“不对，你肯定有事瞒着我！”

张宗琪突然火了：“你怎么那么盼着我有事呢？我有事了你能落什么好？”

韩秋霞：“你神经病啊？！”

广发女人打开冰箱，从里面拿出来冻好的冰块包在手巾里。

广发问：“好使吗？不行送医院看看去吧。”

广发女人拿着冰块走到床边把冰块放在吴迪的额头上。

广发女人：“咱家淘气发烧，都是这样弄好的。”

熟睡中的吴迪小脸烧得通红。

广发女人用凉水蘸湿手巾给吴迪擦四肢。

广发：“我来吧。”

广发女人把手巾递给他。

广发认真地给吴迪擦着。

广发女人：“他就一个人在马路牙子上坐着？”

广发：“可不，身边一个人也没有。”

广发女人：“他一个人跑高速公路上去干啥？被车撞了怎么办？”

广发：“谁说不是，问他啥他都不说，光羊羔子一样妈妈妈妈地哭。急人！”

广发女人：“咱家淘气病了，不也光喊我不喊你吗？”

广发：“这有啥可争的？”

广发女人眼圈红了：“男人就是心狠。”

广发：“又来了！”

广发女人：“咱淘气要是像他一样这样跑出来怎么办？”

广发急了：“你怎么不往好处想？”

推拿中心的灯一盏一盏地灭了。

推拿中心的盲人按摩师三三两两地走出大门。

高唯把大门关上锁好。她拍拍三轮车的车座对站在旁边的都红说：“小姐，上来吧。”

都红上了车，高唯骑上车走了。她骑得很慢，远远地跟在推拿师们的后面。

崔云领着孔佳玉走在前面。

金嫣拉着芒来的左手，邓晓梅拉着芒来的右手跟在他们后面。

王泉和张一光落在最后面。

王泉问：“沙老板呢？”

张一光：“下午就出去了。”

马跃没有走，站在影壁前继续自己的壁画创作。

吴迪醒了，声音嘶哑地叫着：“妈——妈！妈——妈！”

广发：“醒了？”

广发女人把手放在他的额头上：“不那么烫了。”

吴迪想不起来发生了什么事情，警惕地看着他们俩和四周的环境。

广发女人："孩子，饿不饿？"

吴迪不说话

广发："你家是哪儿的？"

吴迪还是不说话。

广发："问你话呢。"

吴迪："你是不是要把我卖了？"

广发很生气："嘿，你怎么把我当人贩子？"

吴迪瞪着眼睛看着他。

广发问："知道雷锋吗？"

吴迪："不知道。"

广发："我在做好事。"

吴迪说："那你把我还给我妈妈吧。"

广发问："你妈妈在哪儿？"

吴迪说："推拿中心。"

广发："哪的推拿中心？"

吴迪说不上来。

广发女人："镇江吗？"

吴迪想了想说："不是，南京。"

广发吃了一惊："南京离这里一百六十多里路呢。"

吴迪哭起来："妈妈！"

广发女人急忙哄他："别哭，别哭。"

广发问："你怎么跑到镇江来的？"

吴迪："我爬上了一辆车，那辆车把我拉到一个加油站。我想尿尿，就下车了。尿完尿回来，车走了，我就一个人顺着路往前走呗。"

广发问："你看看，多危险！"

崔云在宿舍里一圈一圈地走着。

邓晓梅坐在床上听着她的动静："崔云姐，你睡一会儿吧，昨天晚上你就一宿没睡。"

崔云："吵着你了吧？"

邓晓梅："没有，没有，我怕你这么熬下去，身体受不了。"

崔云："我睡不着。"

邓晓梅："躺一会儿也能休息休息。"

崔云："你睡吧，我出去一趟。"

吴迪躺在床上昏睡。

广发坐在床铺旁边看着吴迪自言自语道："这要是淘气就好了。"

电视机里在播插播广告。广发女人叠晾干的衣服。

广发突然叫起来："快看！你快看！"

广发女人抬头看电视。

电视里在播滚动的寻人启事：七岁男孩吴迪于 × 月 × 日走失，上身穿桔黄色运动服，下身穿蓝色牛仔裤，大眼睛小平头，提供消息者必有重金酬谢。

广发女人激动："说的就是这孩子吧？"

广发四处看："笔呢？快拿笔来！"

广发女人到处翻笔没翻着。

电视机里的滚动广告已经过去了。

广发生气："啥家？连支笔都没有。"

广发女人："那几个数，记还记不住？"

广发："你记住了？"

广发女人："不是给你找笔，我就记住了。"

吴迪躺在床上熟睡。

广发和老婆坐在床沿上眼睛盯着电视机。

电视机里的电视剧被插播了广告。

广发一只手里拿着一截铅笔头，一只手里拿着一个用过的小学生的作业本，等待他们想看到的广告。

广告播完了，并没有那则寻人启事。

广发失望地说："大眼瞪小眼地看了整整一个晚上，怎么就没有呢？是这个台吗？"

广发女人："就是这个台，我一整天都没换台。"

夜深了，行人稀疏。

崔云沿着公交车的路牌在慢慢地往前走着。

她不停地抬头看站牌上的站名。

耳边是吴迪的声音："妈妈，这是什么字？"

崔云："× × 站。从咱们家到这里要坐五站公交车。"

吴迪仰着脸看着崔云认真地听着。

面前是宽阔的十字路口。

崔云低着头对吴迪说："你还要学会过马路。"

吴迪仰着脸认真地听着。

十字路口的红灯亮了。

吴迪突然松开崔云的手，撒腿就跑。

崔云惊叫一声拔腿就追。

吴迪小小的身影跑过斑马线。

站在对面的沙复明听到动静，警觉地扭过头来。

一辆大货车从东往西疾驰而来。

沙复明疾跑着冲过去。

“嘭”的一声。

月亮穿出云层，照亮了大地。

被人扑倒在地上的崔云慢慢睁开眼睛。

看到趴在她身上的人是沙复明。

沙复明站起来，伸手把崔云也拉起来。

沙复明一言不发，拉着崔云走过马路，像一个兄长领着妹妹。

月光把他们的身影拉长又缩短了。

沙复明和崔云坐在马路边的石凳上。月光把他们的影子投在地上。

沙复明："看过电视里的天安门大阅兵吧？"

崔云："看过。"

沙复明："从东华表到西华表，路经天安门一共一百二十八步，行走时间三分十四秒。为了这一百二十八步，参加阅兵的人，一练就是大半年。眼前这条路，我来来回回走了四年，一共有多少步，该怎么走，我已经烂熟于心，想都不用想。就说这红绿灯吧，红黄绿交换一共九十秒。我数着秒数过马路，你突然闯红灯冲过来，我听见刹车声就知道不好。幸亏离得不远，我才能一把抓住你。"

崔云："你知道是我？"

沙复明："不知道，摔在地上才知道。"

崔云："没说话，怎么知道的？"

沙复明："声音和触觉。走，回去吧。"

崔云："屋里闷，想在这坐一会儿。"

沙复明不说话了。

街上行人稀疏，偶尔有车辆在马路上疾驰而过。

崔云："老天爷连一条路都不给我留。"

沙复明："如果真有老天爷，他应该向你道歉。"

崔云怔怔地看着前面，没有说话。

沙复明轻声说："千万别小看自己。"

崔云一愣："嗯？"

沙复明："你有一颗真心。现在有真心的人太少了。"

崔云不相信自己的耳朵，她吃惊地看着沙复明。

沙复明：“经历了那么多磨难，还能让自己好好生活下去。这需要很大的勇气。”

崔云：“没有牙，靠牙床子也能把饭吃下去。”

沙复明：“这就是你了不起的地方。”

崔云：“不就多爱了一点儿，多痛苦了一点儿吗？没什么可委屈的。”

沙复明：“吴和平跟我一样。”

崔云又是一怔。

沙复明：“他是个瞎子。我的眼睛瞎了，他的心瞎了。”

崔云：“真不相信我跟他在一起生活过这么多年。我从来不敢敞开了跟他说心里话，在我心里他一直是一个陌生人。”

马路上不时有车辆一掠而过的呼啸声。

崔云的嘴边露出来笑容：“幸亏我还有吴迪，生吴迪的时候我难产，医生用产钳子把他夹出来的。脑袋像西葫芦似的。谁能想到他这么好看？”

沙复明静静地听着。

崔云：“八个月以后十天一病，二十天一灾，发烧、咳嗽、出疹子、拉肚子。我不敢睡，怕我睡过去，他突然死了。他睡着了，我总要伸手摸他身上还热不热，听他是不是还在喘气。”

沙复明：“生孩子以后激素水平急剧下降，导致情绪低落、焦虑、无助。”

崔云：“我生下来就是为别人活着的，为父母、为姐弟、为丈夫、为孩子，从来没有为自己好好活过一天。不管别人怎么对待我，我都忍着受着，今天我终于豁出去了一回，在吴和平家狠狠地跟他们吵了一架。”

沙复明：“痛快吗？”

崔云：“痛快。”

沙复明：“人世间的痛苦大部分都是自己憋出来的，说开了痛苦就变成痛快了。”

崔云：“你说得真对。”

沙复明：“天不早了，咱们回去。”

沙复明和崔云在寂静的小街道上走。

崔云：“这条路上怎么没有路灯？黑咕隆咚的怎么走？”

沙复明把手伸过来：“你要是相信我，就闭上眼睛，我领着你走。”

崔云：“好。”

她握住沙复明的手闭上眼睛。

沙复明牵着她的手往前走，他边走边说：“抬脚，前面有井盖。”

崔云顺从地抬脚从井盖上走过去，没有被绊倒。

沙复明：“你很信任我。”

崔云：“跟你在一起有安全感。”

沙复明：“安全感不是我给你的，是你自己给自己的。”

崔云一怔，她睁开眼睛：“你说的话总是很有道理。”

沙复明：“闭上眼睛跟着我想象。”

崔云：“想象什么？”

沙复明：“想象一盏一盏的路灯亮了。”

崔云重新闭上眼睛。

漆黑的夜色中，沙复明领着崔云走到哪儿，头顶上的路灯就亮到哪儿。

黑暗简陋的街道变得璀璨耀眼起来。

崔云紧闭着眼睛嘴角露出了笑容。

早晨。吴迪睡醒了，他睁开眼睛。

广发媳妇进屋，用报纸包着一卷粉丝、青菜和油条都放在饭桌上。

她走到门口把泡饭端进来也放在桌子上。

她盛了一碗放在吴迪的跟前：“吃吧。”

吴迪说：“我想吃面条。”

广发看了他一眼没说话，他端起碗边吃泡饭边歪着脖子看报纸上的字。

吴迪：“我要吃妈妈做的面条。”

广发媳妇：“中午给你做面条，你先把这碗泡饭吃了，听话。”

吴迪开始吃碗里的泡饭。

广发眼睛盯在报纸上说：“看看这些广告，只要是男人就肾虚，只要是女人就宫寒。就没有健康的人了。”

广发的眼睛突然被一则广告吸引住了，他立刻放下饭碗，动手拆开粉条包。

他把报纸铺到桌子上看那则广告：“这呢！这呢！”

广发媳妇：“什么呀？”

广发抬起头问吴迪：“孩子，你是不是叫吴迪？”

吴迪一怔。

广发问：“你妈是不是姓崔？”

吴迪一把拽过来报纸，他不认识几个字，但是看到自己的照片和名字。

吴迪的眼泪一下流了出来，他一声不响地哭着。

广发媳妇跟着他掉起眼泪来了。

广发问：“你哭什么？”

广发媳妇：“想起淘气了。”

广发：“啥事你都能扯到淘气身上去。”

广发媳妇安慰吴迪：“这上面有电话号码，给你妈打一个电话，你妈就会过来接你。”

吴迪不哭了。

广发瞪着报纸脸上露出来喜色，他叫老婆："哎，你过来。"

广发媳妇过去坐在他旁边，男人指着报纸上的字让她看。

寻人启事上面写着："提供有用信息者重金酬谢。"

广发媳妇小声问："重金是多少？"

广发冲她使眼色不让她出声，两口子拿着报纸出去了。

吴迪不吃了，蹑手蹑脚地走到门口听他们俩在说什么。

外面人来人往声音嘈杂，吴迪听不清楚他们俩在说什么。

吴迪瞪着眼睛听他们俩说话。

广发拿着报纸一遍一遍地看上面的字。

广发说："我要打个电话探探底，看看这个重金到底是多少。"

他掏出来手机，想了一想说："还是买张卡，用公用电话打吧。"

广发媳妇："这样不好吧？"

广发："商品社会，问问价很正常。"

广发媳妇觉得他说得在理："怎么也得五千块吧？"

广发："五千块？开玩笑！没两万别开口。"

广发媳妇："有这两万块钱，我就把淘气接来。"

广发："要学会钱生钱！两万块钱到手，我马上买一辆二手的三轮摩托车，帮人拉货挣钱。挣够租一间大房子和学费钱再把儿子接过来。"

广发媳妇："那得多长时间？"

广发："辛苦点，半年差不多。"

广发媳妇高兴："我去买卡。"

崔云趴在前台，高唯让她看电脑里人们的留言。

崔云看得非常感动。

手机响了，崔云急忙掏出来手机，显示的区号是 0511。

崔云问："0511 是哪里？"

高唯："镇江。"

崔云一阵激动，竟然按错了键，电话被她挂了。

沙复明听到动静，从办公室里走出来。

广发听到电话里嘟嘟的忙音愣住了，他重新拨号。

崔云着急，她把电话回拨过来。

对方电话占线。

崔云急得要命。

沙复明："你把电话挂了，对方真的要找你，他还会打过来。"

崔云把电话放在桌子上，眼睛盯着电话。

电话铃声再次响起来。

崔云扑过去抓电话，她接通了电话。

沙复明从她的手里拿过来电话，冷静地"喂"了一声。

男人的声音传过来："你们是不是丢了一个孩子？"

广发的声音很大，崔云完全可以听见，她紧张得浑身发抖。

沙复明感觉到了，他把脸转向崔云。

广发："报纸上说，提供消息重金酬谢，你们打算给多少钱？"

沙复明："那得看你提供消息的价值。"

广发："孩子在我这里。"

沙复明吃了一惊："在你那里？！"

崔云扑过来，抢过来电话大声喊："我儿子在你那里？"

广发："在我这儿。"

崔云："把孩子还给我，你要多少钱我都给你。"

高唯从崔云的手里抢过来电话递给沙复明。

崔云要往回抢，高唯抱住了她。

沙复明："让孩子跟我说句话。"

话筒里没了声音，紧接着挂了。

沙复明把电话放在桌子上："又是一个假的！"

崔云颓丧地一屁股坐在凳子上。

高唯："一上午接了十个电话，十个都是假的。"

广发满脸激动地跟媳妇说："两万块钱要少了，孩子他妈说，要多少钱给多少钱。"

广发媳妇也激动起来："你说咱们要多少？"

广发牙一咬："十万！"

广发媳妇："人家能给吗？"

广发："咱家淘气丢了，别人捡着了，跟你要十万块钱你给不给？"

广发媳妇："呸！呸！呸！赶紧吐唾沫，太不吉利了！"

广发往地上吐了两口："呸！呸！"

他转身进了屋。

广发走到吴迪跟前瞪着眼睛看着他。

吴迪被他看害怕了。

推拿中心前台。电话铃又响了。

崔云坐在那里没动。

高唯看了一眼显示屏上的号码说：“还是刚才的那个号码。”

沙复明：“按免提键。”

高唯按免提键接通了电话。

吴迪的声音从手机里传出来：“妈妈！”

崔云遭雷击一样一下站起来，她大喊了一声：“吴迪！儿子！”

吴迪放声大哭：“妈妈，快来接我呀！我想你！”

崔云：“你在哪儿？！”

吴迪刚要说话。

广发一把把电话挂了。

崔云哭得软成了一团。

沙复明一言不发紧张地思索着。

牛三勇从办公室里飞快地跑出来，他打开车门钻进车里，一脚油门汽车冲出了修理厂的大门。

沙复明、崔云、牛三勇守在桌子上崔云的手机，紧张地等待着对方再次打来电话。

高唯在电脑上查着，她说：“查出来了，这个号码在镇江的 ×× 区，是个公用电话。”

广发和老婆守在电话亭里。

广发媳妇忐忑不安地问：“行吗？”

广发：“买萝卜还能砍个价呢，有什么不行？”

他拿起来电话。

电话铃响，沙复明一把抓起了电话。

沙复明：“喂！”

广发咬着牙根说：“我要十万块。”

沙复明：“好，怎么把钱给你？”

周围的人听到这话都是一愣。

广发不相信这么快就成交了，他马上后悔了：“十五万！”

广发媳妇急忙拉他的衣袖。

广发甩开她的手。

沙复明语气坚定地说：“男人说话一字一钢钉句句铁板钉钉，你说十万我一口答应了，没有再改的余地。”

他话没说完，对方把电话挂了。

崔云一下急了：“他要十五万就给他十五万。”

沙复明：“他再要二十万呢？”

崔云哑巴了。

沙复明："把你的手机给我。"

崔云把手机递给他。

沙复明："三勇，你开车，咱俩去一趟镇江。"

牛三勇："钱怎么办？"

沙复明："我卡上有两万，剩下的你帮我想办法。"

高唯瞪着两只眼睛看着牛三勇。

牛三勇："没问题。"

高唯："沙老板，你确定吴迪真的在镇江？万一用的是录音呢？"

沙复明："我的耳朵分辨率很强，再厉害的技术手段也不可能把吴迪的声音和背景声混得那么天衣无缝。我给你一个小时的准备时间够不够？"

牛三勇说："半个小时就够了。"

广发和老婆在电话亭内争吵。

等着打电话的人敲电话亭的门。

广发两口子走出来。

打电话的人进去。

广发媳妇问："这下该怎么办？"

广发理直气壮地说："孩子在我这儿，我想怎么办就怎么办。"

牛三勇的车在高速公路上疾驰。

牛三勇开车，沙复明坐在副驾驶的座位上。

沙复明："准备了多少钱？"

牛三勇："你说的那个数。"

沙复明："哪拆兑出来的？"

牛三勇："芝麻粒大的小事，不值得一提。"

广发媳妇忙着做饭。

广发整理旧书报。

吴迪坐在小板凳上看着他干活。

吴迪："我妈妈什么时候来接我？"

广发："筹到钱就来接你。"

吴迪："我妈妈没钱。"

广发："她会借钱。"

吴迪眨巴着两只眼睛看着他："你是绑匪。"

广发抬起头看了他一眼，低下头去接着干手里的活。

吴迪拿起桌子上的电话。

广发一个箭步冲过去，把电话线拔了出来。

吴迪吓了一哆嗦。

广发指着他的鼻子小声说："你要敢打电话，我拎着你的腿把你卖了。"

吴迪的眼泪涌了上来。

广发媳妇走过来把吴迪搂过去："你吓唬他干什么？"

广发："小子，你记住，是我救了你的命！"

吴迪："救命？救命这两个字怎么写？"

广发被问愣了："你以为我没读过书啊？"

吴迪："你写出来给我看我才信。"

广发找到那截圆珠笔，在废报纸的空白处歪歪扭扭地写了救命两个字。

吴迪拿过来那张报纸仔细地端详着那两个字。

广发媳妇把菜倒进油锅里"刺啦"一声爆响。

广发："你看着他，我再去打个电话。"

说完他出去了。

广发走出去了很远，回头看。

吴迪扒在窗子上瞪着眼睛往外看。

手机响了，沙复明接通手机："喂。"

广发的声音："是我。"

沙复明："想好了没有？"

广发一怔："想好什么？"

沙复明："十万块钱的交易。"

广发："十万块钱就十万块钱，一分钱也不能少了！"

沙复明的声音："怎么给你钱？"

广发又是一怔，心里说："十万块钱真的到手了？"

广发稳住神对着话筒说："晚上八点 ×× 立交桥下。"

吴迪扒凳子上认真地用圆珠笔在一张药品的广告纸的背面描着什么。

广发媳妇走过来，站在他身后看。

吴迪一把捂住了那张纸。

广发媳妇识趣地转身离开了。

广发媳妇在门口洗衣服。

邻居过来："没出去啊？"

广发媳妇："嗯。"

邻居一眼看见窗子里面的吴迪，他两只手举着一张纸，纸上歪歪扭扭画着几个符号。

吴迪打着手势让她看纸上的字。

邻居走过去眯着眼睛仔细看。

纸上救命两个字被吴迪写分了家，看上去是求文人一口刀。

邻居："这孩子是谁？"

广发媳妇支吾着回答："亲戚家的孩子。"

邻居："他写的是什么？"

广发媳妇回头看。

吴迪急忙把那张纸收起来了。

广发媳妇问吴迪："给我看看。"

吴迪："不给！"

广发进来："干什么呢？"

广发媳妇："我看看他在纸上乱画了些什么？"

广发走过来，伸手按住吴迪从他的口袋里掏出来那张纸展开仔细看。

广发仔细辨认："求、文、人、一、口、刀什么意思？"

吴迪："你教给我写的，救、命！"

广发气乐了："蜘蛛爬出来的天书，玉皇大帝都看不懂。救命，谁要你的命了？"

吴迪："你把我当人质，我要自救。"

广发："小崽子，知道得还挺多。我可没闲钱养人质，晚上你就能回家了。"

吴迪惊喜："真的？"

广发："你妈派人带钱过来了。"

广发媳妇高兴地连声哎哟。

广发："弄两菜，晚饭我喝两口酒，给孩子买瓶可乐喝。"

广发媳妇一溜小跑去了。

推拿中心前台。张宗琪拧着眉毛进来："高唯，我有句话想问问你。"

高唯："你问吧。"

张宗琪："你是不是对我有点看法？"

高唯毫不掩饰："是。"

张宗琪："说给我听听。"

高唯："这个店是你和沙老板合伙开的，你们怎么分红，那是你们俩的事，跟我没关系。但是你老婆借用职务之便，随意侵占了中心员工们的切身利益，这事我就不能看着不管了。"

张宗琪心里冒火脸上勉强挂着笑："这事我已经批评过她了。"

高唯："批评？太轻了吧？如果我一个月能从员工伙食费上搜刮下来几百块钱，挨两句批评又算什么？"

张宗琪："你想让我怎么着？"

高唯："这就涉及企业制度的问题上了，如果不建立严格的规章制度，搜刮伙食费是小，一个闪失，企业被人卖了都是有可能的。"

张宗琪心里一哆嗦："你这是什么意思？"

高唯："防微杜渐，防患于未然。"

张宗琪："高唯，你就不怕我把你开了吗？"

高唯："开我？你得给我一个说得过去的理由吧？就算你说过去了，沙老板那能听过去吗？员工们能听过去吗？"

张宗琪气得要骂人了，他努力让自己的声音听着很平缓："你真的什么都不怕？"

高唯："有容乃大，无欲则刚。"

张宗琪一愣。

高唯："我没有私利可牟，怕什么？"

傍晚。张宗琪坐在办公桌前发呆，他拿出来手机打电话。

电话里机械的电脑声："您拨打的电话是空号，请核实后再拨。"

张宗琪大怒，一拳头狠狠地砸在桌子上，桌子上的瓷杯盖蹦到地上摔碎了。

张宗琪一拳一拳在桌子上擂着，嘴里咬牙切齿地说："镇定！镇定！你他妈的一定要镇定！"

韩秋霞推门进来。

韩秋霞："怎么了？"

张宗琪："不怎么。"

韩秋霞："昨天在家把暖壶打了，今天在这把瓷杯打了，这几天你是怎么回事，魂不守舍的？"

张宗琪："你不在家看店，跑这来干什么？"

韩秋霞："强强看着呢。"

张宗琪："你这不是雇了条狗守着肉包子吗？"

韩秋霞："崔云的孩子找到了没有。"

张宗琪："找到了，老沙跟牛三勇去镇江领孩子去了。"

韩秋霞手抚胸口诚心诚意地念了一句佛："阿弥陀佛！"

镇江某立交桥下。牛三勇拎着一个黑塑料口袋走到了约定好的地方。

轮船的汽笛声远远地从江边传来。

牛三勇看了一眼腕上的手表，八点整。

四周静悄悄的没有人影。

牛三勇暗自骂了一声："奶奶的，你敢涮老子？！"

一个瘦小的身影走过来，看见牛三勇，他远远地站住了。

牛三勇死死地盯着他。

广发问："是来接人的吗？"

牛三勇："是。"

广发问："钱带来了吗？"

牛三勇扬了一下手里的黑塑料口袋："都在这里呢"

广发眼睛一亮，他警惕地扫了四周一眼："你没带人来吧？"

牛三勇反问："你带了？"

广发："没带。"

牛三勇："那你跟我谈什么买卖？回去带人去！"

广发急忙说："你把钱给我，孩子马上叫到你手里。"

牛三勇："那不行，必须同时交割。"

广发："我以我的人格担保，钱一拿到手，就把孩子给你。"

牛三勇："我压根不认识你，你的人格在我这里不值一分钱，虚的别玩，还是来点儿实在的。按规矩，左手交钱，右手接孩子。"

广发："你把袋子里的钱拿出来给我看看。"

牛三勇走到他面前，打开黑塑料口袋让广发看。

里面一万一捆的百元大钞，整整十捆。

牛三勇掏出来一捆让他过目："带验钞机了吗？"

广发："没带。"

牛三勇："要不要借一个？"

广发唯恐牛三勇变卦，伸手去拿钱袋："不用了！"

牛三勇身子灵敏地往后一闪说："孩子呢？"

广发朝桥墩子后面喊了一声："带他出来。"

广发媳妇领着吴迪走了出来。

吴迪认出来牛三勇，拼命往过前扑。

广发左手揪着吴迪的脖领子不让他过来。

右手伸到黑塑料口袋里拿出来一捆钱前后左右看了一遍，这才一把抓过来钱袋，松开了揪着吴迪脖领子的手。

吴迪窜进牛三勇的怀里，紧紧搂住他的脖子。

广发对老婆说："走！"

两人搂着钱袋转身往回走。

沙复明从阴影里闪身出来拦在他们面前。

广发吓了一跳："谁？！"

吴迪一眼认出来了，他叫了一声："老沙！"

广发："你不是自己来的！"

牛三勇："你也不是自己来的，二对二，谁也不吃亏。"

广发盯着眼前这个男人。

沙复明穿着件黑色中式外套，戴着墨镜，脚穿布鞋，气宇轩昂，怎么看怎么像电影里的黑社会老大。

广发吓得周身发抖，他死死地搂着怀里的钱："你们不能说话不算话。"

沙复明说："钱你拿着，我只想问你两句话。"

广发听说钱还归自己，一颗心放回到了肚子里。

沙复明："这孩子怎么到你手里的？"

广发："他在高速路的隔离带里面坐着，我把他领到家里去的。"

沙复明问吴迪："是吗？"

吴迪点点头。

广发："他到我家就发烧了，是我媳妇给伺候好的。"

沙复明："谢谢你们了。"

广发："不用谢！我走运，遇到了你这样的大老板，本来是简单地做一件好事，没想到能获这么大的利。我平时开摩托车，一天只能挣四十多块钱，十万块钱我得干多少年才能赚出来？要谢我得谢你！"

沙复明："救助孩子是办好事，可惜让你演变成了绑架。"

广发急了："我可没绑架，他在我家想吃吃，想喝喝，自由着呢。"

沙复明问吴迪："是吗？"

吴迪又点点头。

沙复明："即便是这样，你张嘴就要十万，你觉得合适吗？"

广发："现在买啥东西都砍价，为什么送孩子收酬金不能砍价？不能我们做了好事你无所谓，一定要表示才行。你给了我钱，我还要包个红包给孩子压惊。嫌钱多，你可以拦腰砍嘛，你不砍只能认头了。"

沙复明嘴角浮出来一丝笑意："谢谢你给我上课。有事随时给我打电话，我的电话你那里有。"

广发："你不认识我，我也不认识，这事已经了了，以后咱们井水不犯河水。"

沙复明："我尊重你的意见。三勇，咱们走吧。"

沙复明和牛三勇一人牵着吴迪的一只手朝路边走去。

牛三勇开车，吴迪在沙复明的怀里睡着了。

沙复明掏出来崔云的手机打电话。

座机铃响，高唯和崔云同时扑过去接电话。

崔云抢先一步拿起了电话："喂！"

沙复明："吴迪找回来了。"

听到这话崔云眼泪泉水一样地涌出来，她连声说："谢谢！谢谢！谢谢！"

沙复明的声音："这小子累坏了，在我怀里睡着呢。"

崔云放下电话，顿时觉得身上的力气全都泄光了，她扶着桌子，站了几下才站起来。

广发和媳妇兴高采烈地进了家门。

广发媳妇问："黑灯瞎火的戴着个墨镜，他能看清楚啥？"

广发："那叫酷，你懂不懂？"

广发媳妇："酷？还哭呢！"

广发锁上门，又吩咐媳妇："赶紧把窗帘挂上，咱现在是富人了，千万不能露富，要不绑票的会惦记上。"

两口子坐在床上小心翼翼地打开那只黑色的塑料口袋。

广发一摞一摞把钱拿出来，整整齐齐地摆在床上，一万一摞，整整十摞。

广发媳妇眉开眼笑："这辈子我从来没见过这么多钱。"

广发："最关键的是，这些钱竟然是咱们自己的。"

广发媳妇："是啊！是啊！"

她拿起一摞钱，一张一张地数着试着手感，很快她觉出了不对。

广发媳妇："这钱怎么薄厚不一样呢？"

广发接过来用手仔细一摸，脑袋"嗡"的一声。他一把撕开了捆钱的纸条，百元大钞撒了一床。

一摞钞票里除了首尾两张是真钱，里面的全是冥币。

广发懵了，他一摞一摞地检查，十摞钱竟然全部一样。广发号叫着天女散花一样把钱全部撒在地上。

广发媳妇急忙猫腰去捡，她把二十张真的百元大钞捡起来。

广发媳妇说："人心不足蛇吞象，别不知足了，咱就管了人家孩子三顿饭，人家好歹还富富裕裕地给了咱们两千块钱呢。"

推拿中心休息区。吴迪躺在沙发上熟睡。

沙复明、牛三勇和高唯一人捧着一大碗热腾腾的面条稀里呼噜地吃着。

沙复明一怔："你就给了两千块钱？"

牛三勇："他要是不敲竹杠势，我照一万给他。要不是照顾你的面子，我全是冥币一分钱现金都没有。"

高唯："这招用得损，但是救了他。那小子如果真拿了十万块钱，敲诈勒索这罪名肯定成立了，送到局子里，窝窝头怎么也得让他啃个三五年。"

沙复明听了点点头："钱这东西救不活死人，却能整死活人。从这个意义上说，三勇确实是做了一件好事。"

牛三勇“扑哧”一声笑了：“那老小子，准蹲在家门口烧着纸钱哭呢。”

沙复明被他逗笑了。

崔云用充满感情的目光看着他。

沙复明意识到什么，把脸转向崔云，他脸上的线条非常柔和。

崔云坐在宿舍床边百感交集地看着熟睡的昊迪。

邓晓梅：“崔云姐，你好好睡一觉吧。”

崔云：“你还没睡着？”

邓晓梅：“睡不着。”

崔云：“芒来又不在宿舍里吗？”

邓晓梅：“不在，金嫣也在找他。”

芒来在网吧角落里摸索着鼓捣着电脑。

老板走过来问：“读屏软件按上了？”

芒来：“按上了，以后我来就上这个电脑。”

老板：“没问题。”

马跃全神贯注地画着推拿中心影壁墙。

墙上的画已初见端倪，是大朵大朵的睡莲。

牛三勇和高唯在街上慢悠悠地走着。

高唯：“你这个人一点都不谦虚，沙老板夸你两句吧，你立刻顺竿爬了上去。”

牛三勇：“谦虚不是美德，是坏习惯。”

高唯：“这话新鲜。”

牛三勇：“咱们中国人就爱假谦虚，你做了一件自己都觉得非常牛逼的事，人家一夸你，你必须做出一副孙子样，连赔礼带道歉地说，我做得不好，以后要更加努力。这根本就不是他心里话。你说中国人怎么就不能舒展开了活呢？你看人家老外，一个人做了一点成绩，全家老少一起往死了夸他。弄得他想退步都没有动力。”

高唯哈哈笑：“没错，没错，这个观点咱俩一样。”

白天。芒来在 QQ 上跟人聊天，他在键盘上敲打着。

对方用声音问他：“你是盲打吗？”

芒来敲出一行字：“我盲打很厉害，跟健全人不相上下。”

对方敲出来一个网址：“你到这里来吧，这里全是你的朋友。”

芒来进了那个网址，原来是一个盲人聊天室。

芒来一进房间，便有一个热情的女声殷勤招呼：“欢迎新朋友，请进请进！”

耳朵里响起了一片掌声。

房间布置得相当漂亮，有鲜花有美酒。

里面有四五十位聊客，主持人是春风小姐。

春风小姐说：“今天聊天室不设主题，任由大家抢麦克风，海阔天空地自由发挥。”

芒来的好奇心一下被调动起来了，他给自己起了一个网名：“黑眼仁”。

芒来打出了一行字：“你们是怎么看待因特网的？”

立刻有人问：“你是怎么看的？”

芒来飞快地打着字。

芒来：“盲人的人生类似因特网络里的人生，在健全人需要的时候，一个点击，盲人具体起来了。健全人一关机，盲人就走进了虚拟空间。既在又不在，盲人的人生是似是而非的人生。”

对方用声音回答道：“有意思。”

芒来又敲出一行字。

芒来：“盲人始终在盲区里面，这就决定了，盲人的一生是一场赌，只能是一场赌，也必然是一场赌。一个小小的意外就足以让你的一生输得精光。”

夜晚。男生宿舍。马跃和芒来的床空着。

王泉和张一光躺在床上聊天。

张一光：“盲人就这点不好，因为自己看不见，无论有什么秘密，总是疑心别人都看得清清楚楚的，其实我跟你们一样，什么都看不见。你们没必要跑到外面躲我。”

王泉：“我没有躲你。”

张一光：“没说你，我说的是马跃和芒来。马跃天天晚上一个人面对画影壁，芒来是怎么回事？”

王泉：“这还看不出来？躲债呗。”

张一光：“芒来有什么好，怎么两个女人都叼着他不撒嘴呢？”

王泉：“萝卜白菜各有所爱。”

张一光：“你和嫂子是怎么认识的？”

王泉：“在深圳的时候，我俩在一个推拿中心干活。”

张一光：“日久生情？”

王泉没说话。

张一光：“你们俩的日久生情，我能理解。金嫣和芒来的一见钟情，我就死活理解不了了。你说芒来天天梗着脖子跟只大傻鹅似的，哪迷人啊？那俩女人干啥为了他打擂台呢？”

王泉：“她们有她们的道理。”

张一光："啥道理？只见光棍满街跑，没见哪个闺女烂在家里。女人老老实实等着别人给介绍对象没啥不好。张罗到一个就是一个。我们村有的是女人这样结婚，她们对待恋爱的态度极其简单，可以说是草率。可是说起来也奇怪，她们再马虎，再草率，她们的婚姻常常又是美满的，比处心积虑的女人幸福得多，到哪里说理去？没法说。"

王泉："这是命。"

张一光："你小子也信命了？"

二十

夜晚。芒来戴着耳麦全神贯注地在聊天室里听大家聊天。

排到他的麦了，他磕巴着半天说不出来完整的话。

一个叫“关东剑侠”的抢到了麦克，他用一口浓重的辽宁腔说：“黑眼仁，你第一次来我们聊天室吧？总得弄出来点动静，让我们知道你是男的女的啊。”

另一个叫“津门飞燕”的女网友用一口浓重的天津腔说：“万事起头难，唯独张嘴说话没嘛难的。”

芒来终于憋出来一句话：“我有口音。”

一个叫“岭南怪客”的网友操着一口浓重的广东腔：“口音是我们的地域风骨，你应该自豪啊！”

芒来：“我不知道该说什么。”

“津门飞燕”：“不会说唱也可以。小优，你先来一首，给黑眼仁点精神力量。”

网名小优的网友接过来麦唱起来，她唱的是高胜美的《哭砂》，她唱得非常投入非常好。

芒来听呆了，他在屏幕上打出来一行字：“这个聊天室里的人都跟我一样是盲人吗？”

立刻几个声音同时发出来：“是！”“是！”“是！”

主持人春风小姐说：“大家都是盲人，这里是你的家。”

芒来心一松，眼睛竟然潮湿了。

男生宿舍。王泉的手机响了，王泉接电话：“喂，妈。”

张一光竖着耳朵听他打电话。

王泉：“不就是装修吗？两个月的时间足够了，怎么还在外面租一年的房子？”

王母的声音：“我也是这么说呢。你弟弟说，一次交一年的房租便宜，比一个月一个月地交便宜多了。将来我们不愿意住了，他来这里住。”

王泉皱了一下眉头：“房子装修完了，早点搬回去。这样我回家看望你们也方便。”

王母的声音：“休息的时候，你带佳玉回来吧，咱们好好商量一下办婚礼的事。”

王泉："你们看着安排就行了。"

王母的声音："请人家父母来，不得好好问问人家闺女有啥忌讳的没有？"

王泉含含糊糊地"嗯"了一声，他挂了电话。

高唯走到街道岔道口说："我回宿舍了。"

牛三勇："急什么，这才几点钟？"

高唯："干什么？"

牛三勇："嘿，你能不能换种语气，别老把自己弄得像战斗英雄似的。"

高唯："知道你今天立功了。"

一辆洒水车慢腾腾地开过来。

司机耳朵上戴着随身听，摇头晃脑地听着音乐。

牛三勇把高唯推到马路牙子上，自己靠外侧站着。

牛三勇："真不知道你都是跟什么人谈的恋爱，怎么练成这个德性？"

高唯的心为他刚才下意识的行为跳了一下，出人意料她没有还嘴。

牛三勇："没奖金没勋章，陪我在大街上多走两步能累死你啊？"

高唯："让你一句，你还没完了。我豁出去死了，陪你一回。"

牛三勇顺手在她的肩膀上拍了一下："这才够意思！"

高唯的心过电一样一哆嗦。

牛三勇和高唯沿着人行道慢慢地走着。

牛三勇："沙前辈把银行卡给了我，让我取两万块钱。我怎么想也不能把他辛辛苦苦用两只手推出来的钱，白白地送给那个混蛋。我自己掏了两千块钱。"

高唯顺手在他的肩膀上拍了一下："够意思！"

牛三勇："一日为师终身为父，这点钱权当孝敬了。"

高唯："沙老板认你为徒了吗？"

牛三勇："只要功夫深，铁杵磨成针，总有一天他会认的。"

高唯："这么晚不回家，你老婆怎么也不给你打个电话？你是不是在家也是一个没人待见的主？"

牛三勇两眼盯着她："你对我有意思。"

高唯："放屁！"

牛三勇："那干吗打听我老婆？"

高唯："打听你老婆就是对你有意思？"

牛三勇："想跟我往前发展一步，又怕有石头绊脚。"

高唯涨红了脸："只有你这样单细胞的动物才会认为有人想爱你。"

牛三勇："喔！发展得真够快，已经飚到爱这个字了？！"

高唯："臭不要脸！"

牛三勇："女人就是小心眼，你说不出来的话我厚着脸皮替你说出来了，你不感谢反倒恼羞成怒了。哎，你这人到底受的是什么教育？"

高唯瞪着一双眼睛怒视着他。

牛三勇："大姐，你一定是被你受的教育做了宫刑。"

高唯一脚踢在他的小腿上。

牛三勇猝不及防，疼得两手捂着小腿骨单脚在地上乱跳。

高唯大踏步地往前走："女人嫁给你这个没教养的东西，那才是倒了大霉！"

牛三勇一瘸一拐地跟在后面："要是有人拿大口径枪逼着我娶你当老婆，我情愿被他轰掉我的脑袋。"

高唯："这个世界上没有女人能看上你。"

牛三勇："叫你失望了，在女人堆里我一贯人气很旺。"

突然一股带着压力的水劈头盖脸地喷溅在牛三勇的身上。

高唯惊叫一声跳到一边。

原来是洒水车一侧的喷水口阀门开了。

看着牛三勇落汤鸡一样，高唯忍俊不禁放声大笑。

牛三勇恼羞成怒，飞快地跑了几步，一跃跳上驾驶室的脚蹬板。

汽车驾驶室。司机还在摇头晃脑地听着耳机里的音乐。

牛三勇挥拳头砸车窗玻璃，用脚踹车门。

司机听见扭头一看。一张愤怒的脸贴在玻璃窗上。司机吓得猛打方向盘。

汽车的惯性差点把牛三勇甩下去。

牛三勇死死地抓住汽车的反光镜。

司机拼命地打方向盘。

高唯在汽车下面奔跑，用最快的速度冲到了汽车的前面。她突然两脚站定，伸开双臂拦在车头前面。

司机看到前面突然冒出来一个女人，吓得一脚刹车狠狠地踩下去。

汽车刹车尖叫着猛地停住。

牛三勇被甩下车，摔到地上打了两个滚才停住。他一轱辘爬起来跳上汽车，揪着司机的脖领子把他从驾驶室里拉出来。

司机吓坏了连声说："大哥，我没有钱，车也不是我的！"

牛三勇火了："操！你小子敢把我当劫匪？"

司机不敢说话了。

高唯："这么冷的天，你怎么随便用凉水浇人呢？"

司机吃了一惊，急忙回头看。

洒水车一侧的水流依旧在喷涌着。

司机急忙上车关了开关，他跳下来连声道歉："不知道什么时候碰了开关，真不

是故意的！”

牛三勇：“一声对不起就完了？”

司机浑身上下掏，只掏出来一百块钱：“大哥，我就有一百块钱。”

牛三勇两眼盯着那一百块钱，刚要伸手去接。

高唯说：“你真把我们当打劫的了？”

司机：“没有！没有！”

高唯：“潇洒的工作，也不是你这样摇头晃脑地胡洒的啊！幸亏你把这通水浇在这家伙的头上了，你要是浇到老人家身上，非把人家送到医院急救不可。”

司机连连点头：“说得对！说得对！”

高唯：“把电话号码留下来，他要是回去发烧，这笔医药费我找你要！”

司机痛快地说出来一个号码。

高唯把这个号码输到自己的手机里。

高唯：“你走吧！”

司机把钱塞进口袋里，着急忙慌地往汽车的驾驶室那里走。

牛三勇一把抢过来高唯手里的手机，把那个号拨出去。

手机里传出来电脑的声音：“你拨打的手机是空号，请核实后再拨。”

手机里的声音在寂静的夜空里听得格外清晰。

司机腿一软了，站在那里一动不敢动。

牛三勇说：“挑战我的智商？是不是想让我亲手把你做成太监啊？”

司机诚心诚意地检讨：“大哥，我真的错了！”

牛三勇：“能记你的电话号码，就能记你的车牌号，就算你逃逸了，我也能顺着你的身份证号码摸到你家。你以为爷爷是干什么的？你爷爷我就是专门铲你这路人的！”

司机乖乖地留下自己的手机号码。

牛三勇再拨就接通了，他对着手机说：“我最烦说谎的人，男人说谎更要抡圆了大嘴巴扇！”

司机对着手机连声说：“是！是！”

牛三勇：“滚吧！”

司机上车，洒水车开走了。

高唯：“走吧！”

牛三勇：“这单买卖做得真他妈亏。”

高唯：“你敢要他的钱，我立马把你归到车匪路霸那一伙当中去！”

牛三勇：“我被他浇成这样怎么算？一百块钱也能买个热量补偿啊！”

高唯：“我请你喝酒。”

牛三勇的眼睛顿时亮了：“真的？”

高唯："真的。"

牛三勇："白的啤的还是红的？"

高唯："随你。"

小饭馆。牛三勇和高唯守着火锅喝白酒。

两人一杯对一杯喝得酣畅淋漓，双方都有了些许醉意。

牛三勇："那小子准以为咱俩是雌雄大盗。"

高唯："别把我拉到你的倒霉故事里。"

牛三勇："再倒霉的故事里也有走运的人。"

高唯指着他的鼻子笑："嘿，你的嘴不再笨得像脚后跟了。"

牛三勇："跟你在一起练的。"

高唯："请我喝拜师酒。"

牛三勇："这不正喝着呢吗？"

高唯："这酒是我花钱买的。"

牛三勇："我还你一顿。"

高唯："一言为定！"

牛三勇："王八蛋骗你！"

旁边桌的三个男人喝多了。

男人甲大声吵嚷："拔丝奶皮怎么还不上来？"

男人乙："老板说没有。"

男人甲："没有就有理了？"

男人丙："有理管屁用。这年头不讲'里'讲'外'，外面有人没有？"

牛三勇站起来冲他们说："你们能不能小点声？"

男人甲站起来，走到牛三勇和高唯的桌子跟前，拉了把椅子坐下。

他拿了双筷子，夹起盘子里的菜吃了一口。

牛三勇一怔。

男人甲："哥，我喜欢跟你一起吃饭。"

牛三勇："喜欢跟我一起吃？好，服务员！"

女服务员一溜小跑过来："什么事？"

牛三勇："把我这桌子的饭钱记在他那桌的账上。"

女服务员看看牛三勇又看看男人甲。

男人甲手一挥豪气地说："没问题，小菜一碟。"

女服务员拿了牛三勇桌上的账单走了。

高唯目瞪口呆地看着牛三勇。

男人甲："哥，我心情好，给你唱首歌。"

他摇摇晃晃站起来，扯着嗓子唱起来："当年离家乡，告别槐树庄……"

高唯哈哈笑起来。

牛三勇用膝盖抵住他的后腿弯往前一推。

男人一屁股坐回到凳子上。

牛三勇："兄弟，你回去接着喝，别影响我们聊天。"

男人甲："聊天能聊出个屁啊！"

男人乙过来拉男人甲："刘正，刘正，别闹了。你认识他是谁啊？"

男人甲："这孙子是我们科长，天天围着处长溜勾子舔屁股的货色。"

牛三勇乐了。

男人甲指着牛三勇鼻子骂道："狗腿子，你还敢笑？"

牛三勇拍拍他的肩膀："陪狗腿子到外面抽根烟去怎么样？"

男人甲摇摇晃晃地站起来："去就去。"

牛三勇和男人甲出去了，高唯也跟着出去。

男人乙和男人丙不放心男人甲，结了账也匆匆出去了。

牛三勇和男人甲站在门口抽烟。

牛三勇："你把我的约会给毁了，这根烟抽完，赶紧走人。"

男人甲："我不走。"

高唯走出来。

牛三勇："走，咱俩换个地方喝去。"

男人甲不让："带上我，我花钱买了你们这个晚上。"

牛三勇的火腾地窜上了头顶："我操，你以为你是谁呀？"

男人乙和男人丙跑过来，急忙拉男人甲。

男人甲使劲甩开他们。

高唯拉着牛三勇就走。

男人甲急了，一把扯住高唯的袖子。

牛三勇见他敢动高唯顿时火了，挥手一拳打得男人甲倒退了三四步。

男人乙和男人丙见此情景一起冲上来，围着牛三勇挥拳就打。

牛三勇左躲右闪。

高唯照着男人乙的腿肚子就是一脚。

男人乙猝不及防往前冲了几步，撞在男人甲身上。

牛三勇乘机拉着高唯撒腿就跑。

三个男人穷追不舍。

牛三勇跳过工地一个土包，高唯摔开他的手，叉开双腿，弯下腰两手刨土，她从两腿之间把大把的沙土狠狠地朝后面甩出去。

沙土打在跑在最前面的男人乙的脸上，迷了他的眼睛。

男人乙气得大叫。

男人甲和男人丙连喊带叫地追赶上来。

一堵墙横在面前。

牛三勇两手一托把高唯弄上了墙，自己两手一撑也窜到了墙上。

高唯滑下墙，一个屁股墩摔在地上。

三个男人追到墙下，他们往上爬，牛三勇就用脚踹。

男人丙捡起地上的砖头往牛三勇身上砸。

牛三勇左右躲闪。

高唯喊："接着！"

她把一块板砖扔上来。

牛三勇稳稳地接住，顺手狠狠地朝墙下砸去。

高唯又把一块砖扔上来。

牛三勇接住朝墙下砸去。

三个男人抱头鼠窜。

牛三勇跳下墙，拉着高唯跑了。

牛三勇和高唯气喘吁吁地停下了脚步。

牛三勇回头看了一眼："这帮孙子追不上来了。"

高唯："刚才真为你捏了一把汗。"

牛三勇："你也太爱出汗了。"

高唯："你手心里的汗能养活一条鱼了。"

牛三勇这才发现自己的手还紧紧地拉着高唯的手。他尴尬地松开了。

高唯掏出手机看了一眼上面的时间，惊呼一声："三点了，我得赶紧回去！"

女生宿舍。金嫣翻来覆去睡不着，索性爬起来抱着双膝坐在床上。

月光照在孔佳玉的脸上，她大瞪着两只盲眼也毫无睡意。

都红已经坠入甜甜的梦乡。

孔佳玉："金嫣，你说我该怎么办？"

金嫣："对你父母实话实说。"

孔佳玉坐起来后背靠在墙上："他们会伤心死的。"

金嫣："只要你过得幸福，他们会理解的。"

孔佳玉摇摇头："我的父母跟你父母不一样。"

金嫣："都是盲人的父母，有什么不一样？"

孔佳玉："我两岁的时候瞎的，从那一天开始，我爸天天喝酒，一喝就醉，醉了就把我放在膝盖上，拼命让我睁眼。我的眼睛是睁着的，但是看不见。他就一遍一

遍地命令我睁开。”

金嫣认真地听着。

孔佳玉："我不明白，怎么样才算能把眼睛睁开。我爸就用双手揪着我的上眼皮，几乎就是撕。”

金嫣惊愕地瞪大了眼睛。

孔佳玉："我还是看不见，他就动手打我，我妈用身体护着我。真正让我恐怖的是第二天的上午，我爸酒醒了，看到我身上脸上的伤，他就哭，哭得呼天抢地。一个男人哭你知道该有多瘆人吧？这哪里还是家，活脱脱的人间地狱。”

她沉默着不再往下说了。

金嫣："后来呢？”

孔佳玉："我妈不想让我从小就没爸，她在忍，一直在忍。忍到我六岁，我妈终于提出来了，她要离婚。我爸坚决不答应。不答应可以，我妈提出了一个严厉的要求，说为了女儿，你这一辈子不能碰酒。我爸沉默了一个下午，只说了一个字‘好’。”

金嫣："他做到了吗？”

孔佳玉："做到了，他不但彻底戒了酒，还瞒着我妈，去医院做了绝育手术。”

金嫣惊得半天没说出话来。

孔佳玉："长大以后，我到底懂了他，我爸实在是爱我的，为了这份爱，我也做到了自强不息。可是在爱情这件事上，我真的拿自己没办法了。”

金嫣："一个人无论他（她）多么聪明，多么明理，一旦做了盲人的父母，自己首先就瞎了，一辈子都生活在自己的一厢情愿里头。”

孔佳玉："我也想找一个一起‘过’日子，不是一起‘摸’日子的人。可感情这东西不是你想怎样就能怎样的。”

金嫣："盲人的父母就是盲人的父母，盲人父母的固执是不讲道理的，原因很简单，在孩子面前，他们的付出非比寻常；他们的担心非比寻常；他们的爱非比寻常；一句话，他们对孩子的基本要求就必须非比寻常。他们的本意肯定不是干涉孩子们的婚姻，可他们必须干涉，不放心哪。”

高唯转过身冲站在宿舍巷子口的牛三勇说："回去吧！”

牛三勇："我看着你进去。”

高唯答应了一声撒腿跑了。

牛三勇两手插在口袋里转身回去了。

高唯一进楼门，看到了正在摸着扶手准备上楼的芒来。

高唯："芒来！”

上面一层有人回答："高唯姐。”

高唯伸脖子往上面看："马跃吗？”

马跃的声音："是。"

高唯拉着芒来上楼梯。

高唯、芒来、马跃站在走廊里说话。

高唯："这么晚，你们这是去哪了？"

芒来："出去待了一会儿。"

高唯："白天你都不爱出门，大晚上的在外面跑多危险？"

芒来："白天晚上对我来说，有什么区别呢？"

高唯一怔，随即笑了："你说得也对。"

马跃："高唯姐，我把影壁画完了。"

高唯高兴："真的？画得什么？"

马跃："明天你看了以后告诉我，我也不知道画的是不是我心里想的那样的。"

高唯推门进屋，看到金嫣和孔佳玉靠墙坐在床上，她吓了一跳。

高唯："闹鬼呢？怎么还不睡觉？"

孔佳玉没说话，她躺下转了一个身脸朝墙睡了。

金嫣："你去哪了？"

高唯："跟朋友吃宵夜去了。"

金嫣："男的女的？"

高唯："男的。"

金嫣："男朋友？"

高唯："哪那么多男朋友，我看见芒来了，他也刚从外面回来。"

金嫣一怔："他去哪了？"

高唯："我问了，他没说。"

皎洁的月色从窗子外面透过来。

金嫣躺在床上瞪着眼睛依旧没有睡意。

高唯在床上边翻身，边痛苦地哼哼着。

金嫣坐起来诧异地看着她："你怎么了？"

高唯捂着胯骨："摔了一下，疼。"

牛三勇倚在卧室床上用遥控器一个频道一个频道地翻看着。

电视机里一片雪花点。

牛三勇呆呆地盯着屏幕。

小酒馆门口。高唯照着男人乙的腿肚子就是一脚。

男人乙猝不及防往前冲了几步，撞在男人甲身上。

工地。高唯摔开牛三勇的手，叉开双腿，弯下腰两手刨土。

她从两腿之间把大把的沙土狠狠地朝后面甩出去。

沙土打在跑在最前面的男人乙的脸上，迷了他的眼睛。

男人丙捡起地上的砖头往牛三勇身上砸。

牛三勇左右躲闪。

高唯喊："接着！"

她把一块板砖扔上来。

牛三勇稳稳地接住，顺手狠狠地朝墙下砸去。

高唯又把一块砖扔上来。

牛三勇接住。

牛三勇笑了，他自言自语道："这女人野得够味！"

他关了电视机把自己摔倒在床上，瞪着眼睛看着屋顶。

牛三勇自言自语道："睡不着啊，失眠这兔崽子真是瞎了眼了，怎么敢往我头上摸？"

早晨。崔云宿舍。崔云帮吴迪整理书包。

吴迪："妈妈，我不想上学。"

崔云："不上学就没本事，以后找不到工作，混不上饭吃。"

吴迪："我不吃别人做的饭，我吃妈妈做的饭。"

崔云笑了，伸手在儿子的脑袋上揉了揉。

牛三勇还在蒙头大睡。

放在床头上的手机铃声大作。

牛三勇伸手抓起手机睡眼蒙眬地"喂"了一声。

沙复明的声音："三勇啊，我想麻烦你一件事。"

听到是沙复明的声音，牛三勇立刻清醒了，翻身坐起来。

牛三勇："前辈，你说。"

沙复明："吴迪的事还没有彻底解决，吴和平还会来找麻烦。"

牛三勇的声音："小样，让他找我来！"

沙复明："你看你能不能每天抽半个小时的时间，去学校接吴迪回来？"

牛三勇的声音："没问题，我亲自去接。"

沙复明的声音："跟学校的老师打个招呼，把吴迪的情况说一下，告诉老师，除了你和崔云，谁都不能把孩子领走。"

牛三勇的声音："好！"

沙复明走出办公室。

推拿中心厨房。崔云在卖力地揉着面。

沙复明进来站在她的身后："做什么早饭？"

崔云："早饭已经做好了，我在蒸中午吃的馒头。"

沙复明："不是有卖现成的吗？"

崔云："外面的馒头白得吓人，谁知道里面放了什么？我这馒头是用碱揉出来的，对你的胃好。"

沙复明听了心里一阵感动，他轻声说："你对我的胃，比我对它好。"

崔云："你对我，也比我对我自己好。"

沙复明："我也能力有限。"

崔云："我知足了，只要孩子在我身边，我一无所有都不怕。"

沙复明："没有就是都有。要变得更坚强，你必须首先变得一无所有，才无所畏惧。"

崔云琢磨着他的话。

沙复明："外在的方法无穷尽，都不如自我醒悟。"

崔云点点头。

沙复明："觉醒就是要时刻反观自身，问自己，我为什么这么做？这说明了什么？这对我有建设性吗？"

高唯的声音传进来："沙老板！沙老板！"

沙复明高声回答："什么事？"

高唯的声音："你出来一下！"

沙复明和崔云同时出去了。

推拿中心门口。高唯扶着三轮车，都红从车上下来。

沙复明和崔云从门里出来。

沙复明："怎么了？"

高唯："你们看，马跃把影壁画好了。"

沙复明："真的？"

崔云抬头一看，她叫了一声："哎呀！前两天看还囫囵半片的，今天就成这样了？"

沙复明问："画的是什么？"

高唯："清水里的睡莲，白色的看上去晶莹剔透。"

崔云："水清亮的，里面的小石子都能看得见，我真想像小时候一样，光着脚在这水里趟上一遍。"

沙复明："睡莲？好！好！"

高唯："这影壁让咱们的院子都光彩照人了。"

沙复明："出淤泥而不染，濯清涟而不妖，中通外直，不蔓不枝，香远益清，亭亭净植，可远观而不可亵玩。"

都红瞪着一双美丽的眼睛盯着面前的影壁，可惜她什么都看不见。

马跃、芒来、张一光、金嫣、邓晓梅相继跟着走过来。

沙复明叫了一声："马跃！"

马跃："师傅。"

沙复明："我听她们描述了你画的影壁，从立意到手法都非常好。"

马跃没有说话，他眼睛里放着光。

沙复明："我奖励你，教你套腹部推拿手法。"

王泉下了钟回到休息区，他竖着耳朵听孔佳玉的动静。

孔佳玉清了一下嗓子。

王泉摸到她身边坐下，刚刚坐下，手机铃声响了。

王泉接电话："喂，妈。"

王母的声音："你什么时候带佳玉过来？听听她有什么想法。"

王母的声音孔佳玉听得一清二楚。

王泉："你们什么时候搬回来？"

王母的声音："不是跟你说了吗？这房子你弟弟交了一年的租金。这地方挺好住，不用上下爬楼很方便，小海难得有这份孝心，我跟你爸都挺高兴的。"

孔佳玉竖着耳朵听着王家母子的对话。

王泉："这段时间太忙，等忙完了，我回去看看你们。"

王母的声音："一定带佳玉一起回来。"

王泉支吾着把电话挂了。

高唯走进来："王大夫、孔大夫上钟了。"

张宗琪急匆匆地在街上走，他边走边打电话。

电话里传出来电脑的声音："您拨打的号码是空号，请查实后再拨。"

张宗琪站住脚重新拨了一个号码。

电话里男人的声音："你好。"

张宗琪像抓住了救命稻草："你好，我问一下，我们定的货，你们发出来了没有？"

电话里男人的声音："你是哪里？"

张宗琪："南京。"

电话里男人的声音："订货人是谁？"

张宗琪："张宗琪。"

电话里的男人："我查一下。"

张宗琪："好。"

电话里男人的声音："这个人在定过货一周后，又取消了订货合同。"

张宗琪拿着电话傻了。

马跃从大推拿室里出来，往休息区走。

从外面回来的都红跟他撞了个满怀。

马跃怕对方摔倒，一把抓住都红的胳膊，他问："没事吧？"

都红听到是小马的声音，她问："我没撞疼你吧？"

小马放开都红的胳膊，说了声："没有。"

他从都红的身边走过去，进了休息区。

马跃站在休息区调动听觉和嗅觉寻找着孔佳玉。

推拿师甲："按摩布我拿了一条你拿了两条，这不三条吗？"

张一光："三条，还三饼呢。马跃吗？你过来，我有话跟你说。"

马跃没理他，转身往休息区外面走。

张一光的脑袋随着马跃的脚步声转过去，他满脸的狐疑。

马跃再次从都红的身边走过去，都红的脸随着小马的脚步声转过去。

她用没有目光的眼睛盯着小马脚步声消失的方向。

孔佳玉的声音从 6 号推拿房里传出来。

马跃站住了脚。

孔佳玉结束了推拿在给客人做手臂的放松。

孔佳玉："好了。"

客人："谢谢了。"

孔佳玉："不用谢。"

王泉站在另一张推拿床旁边给客人推拿，他的注意力全在孔佳玉的身上。

客人："王大夫，你今天活干得有点儿潦草。"

王泉一声不响地加大了手上的力度。

孔佳玉送客人出来。

孔佳玉："慢走。"

马跃和客人擦肩而过。他站在孔佳玉的面前。马跃轻声喊了一声："嫂子。"

孔佳玉没有说话。

马跃语气沉重地小声说："我对不起你。"

推拿房里的王泉竖着耳朵听着门口孔佳玉和马跃的对话。

他的手慢了下来。

孔佳玉走到马跃跟前，慢慢抬起左手搭在马跃的肩膀上。她小声说："放心吧，过去了，早就过去了。"

马跃摇摇头。

孔佳玉在马跃的肩膀上连续拍了两下小声说："没人知道，我对谁都没说。"

想了想，孔佳玉又补充道：“对他也没说。”

王泉竖着耳朵，手干脆停下来了。

马跃没有吭声，从自己的肩膀上拿下来孔佳玉的手丢在一边。他左右开弓狠狠给自己了两个嘴巴子。

两声脆响让王泉吃了一惊。

孔佳玉被吓住了，傻了：“马跃，你这是干什么？”

马跃用足了力气又给了自己一个耳光。

这么响的耳光，整个推拿中心都能听见。

孔佳玉急了，她突然伸出双手，猛地拍了一巴掌。她高高兴兴地说：“你拍一，我拍一，一个小孩坐飞机。”

马跃被弄愣了。

孔佳玉又接连拍了两下，她兴高采烈地说：“你拍二，我拍二，刮风下雨都不怕。”她打了几下，身子软了下来，她带着故意做出来的好心情回休息区去了。

剩下马跃呆呆地站在那里。

王泉竖着耳朵听着，他听见孔佳玉走远了。

客人：“孔大夫碰到什么好事了，怎么那么高兴？”

张一光站在马跃面前，他叫了一声：“兄弟。”

马跃不吱声。

张一光伸手摸到了他，他拉住马跃的胳膊往休息区走。

马跃使劲挣扎，张一光的手像钳子一样把他的手腕抓得死死的。

张一光和马跃站在大门口台阶下面。

张一光满脸怒气：“你干啥老跟王大夫过不去呢？孔佳玉是他的女人，动他的女人，还不如动他的钱包呢。这事我跟你说过多少次了。你怎么就是不听呢？”

马跃：“不是你说的那样的。”

张一光：“男人和女人除了那样，还能那样？就算你现在不是那样，早晚也得走成那样。到那一步就晚了，叫人戳脊梁骨不说，在店里你也没法往下混了。”

马跃低着头不说话。

张一光：“你肯定对孔佳玉下手了，要不然不会追着她道歉。”

马跃不说话。

张一光：“亲她了？”

马跃：“没有！”

张一光：“抱她了？”

马跃一下沉默了。

张一光抬手狠狠地给了他一个耳光。

马跃被打得踉跄了好几步才站稳了。

张一光咬牙切齿："小崽子，我掰开了揉碎了跟你说，你就是不听，你他娘的简直是被猪油蒙了心，这个世界上只有她一个女人吗？"

马跃一声不吭。

张一光："第一步走出去，第二步紧跟着就会上来。然后你就停不下脚了，我不能看着你往绝路上走。马跃，我也是从你这个年龄过来的。男人想女人很正常，想解决这个问题也有很多办法，我就弄不明白，你为啥非跟王大夫往一根树杈上吊呢？"

马跃："我不想女人。"

张一光："是男人都想女人，你不想女人，追着孔佳玉的屁股后面闻来闻去的干什么？你怎么不追着王大夫的屁股后面闻呢？"

马跃的脸一下涨得通红，他转身就走。

张一光一把拉住了他："小兄弟，听哥一句劝，别再夹在他们俩中间生事了。你没发现王大夫现在很苦恼吗？孔佳玉因为你，已经好几天不理他了。"

马跃一怔脱口而出："我真的不是故意的。"

张一光："没几个人干出格的事是故意的，年轻人气血旺，一股热浪拍上来，脑瓜壳子能当火锅涮羊肉吃。这事我都经过，可以再一再二，绝不能再三再四。"

马跃"嗯"了一声。

张一光："刚才我的手有点儿重了，别忌恨哥哥，我完完全全是为了你好。"

马跃耷拉着脑袋不说话。

张一光伸胳膊搂住马跃的脖子凑到他的耳边说："兄弟，你就是这个命，爱一次，就等于遭一次难。还是别扯那些用不着的。"

王泉父母在院子里一个收拾鱼一个择菜。

王泉拎着水果进了院子。

王泉："爸，妈。"

王父急忙扔下手里的活："到门口怎么不打个电话？我到街口迎你去，这条巷子里不太好走。"

王泉："巷子口小卖部的阿姨叫她儿子把我们领进来的。"

王母："我老去她那里买东西，她人非常好。走，屋里说话。"

房子里摆满了家具，显得有些拥挤。

王母拉着王泉的一只手进了屋安排他在沙发上坐下。

王父问："佳玉怎么没跟着一起来？"

王泉："她上班，不好两人一起请假。"

王父："知道她爱吃鱼，我买了鱼。"

王泉："我们那伙食挺好的。"

王父："把你叫来，是想带你们去看看装修了的房子。"

王泉："我又看不见，你们觉得行就行。"

王母看着王泉叹了一口气："你从小离家住校，跟我们总有点隔着，不像你弟弟在家里无拘无束的，想干什么干什么。"

王父："那浑小子又一个多月没露面了，连电话都没打来一个。"

王泉："估计房子的装修已经收尾了，有些要忙的事呢。"

王母："吃完饭，咱们就去看看。"

王泉："好。"

学校放学了，孩子们潮水一样地涌出了校门。

吴和平伸着脖子往里面看。

吴迪夹在孩子们当中跑出来。

吴和平刚要张嘴喊，他听到一个声音先他一步喊了出来。

牛三勇："吴迪！"

吴迪看见他叫了一声："老牛！"

吴和平叫："吴迪！"

吴迪看到了爸爸，他站住脚不知道该往哪边走。

吴和平："儿子，快过来，你把你爸的魂都吓飞了。"

牛三勇拉着吴迪的手把他交给跟他同来的小兄弟说："把他送到崔姐手里，有什么闪失我拿你是问。"

小兄弟："放心吧勇哥。"

吴和平伸手去拉吴迪："他是我儿子，凭什么你说了算？"

小兄弟一闪身躲开了。

牛三勇："你走你的。"

小兄弟带着吴迪上车，车开走了。

吴和平急了："你他妈的算哪头蒜啊？"

牛三勇："吴迪是我找回来的，你说我算哪头蒜？"

吴和平一听这话语气立刻变了，他说："那我可真得谢谢你！"

牛三勇："怎么谢呀？"

吴和平："你说怎么谢？"

牛三勇："首先给捡孩子人的两千块钱报酬是我出的，你得痛痛快快还给我。"

吴和平一怔："收据呢？没有证据，就可以认定你是在敲诈勒索。"

牛三勇火了："有尿你把我送局子里去，姓吴的，我给你把话撂这儿，孩子是你从他妈身边抢走弄丢的，担惊受怕她一个女人自己在那扛着。这笔精神补偿费你必须得掏。还我两千，补偿他们母子三千，你准备好五千块钱以后给我打个电话。咱们约个地方，把账结了。"

吴和平气得伸手去揪牛三勇的领子。

牛三勇用胳膊弹开他的手："想打架另约，我这身衣服太贵，不适合溅血。"

说完他转身走了。

吴和平站在那里干运气。

王泉家户门口。户门紧闭。

王父、王泉和孔佳玉站在门口，看王母用钥匙开门。

王母怎么努力都拧不开门锁。

王父："给小海打个电话，怎么搞的，装修把锁都弄得不好使了。"

王泉拨王海的电话。

电话里电脑的声音："对不起，您呼叫的用户暂时无法接通，请稍后再拨。"

王泉："电话打不通。"

王母："给他媳妇打。"

王泉拨号码。

电话里传来电脑的声音："您呼叫的用户已关机，请稍后再拨。"

王母大怒："他们两口子到底是怎么回事？"

王泉："装修的时候你们一次也没过来？"

王父："来过一次。"

孔佳玉敲敲门。

王母："里面没人。"

孔佳玉摸到门铃，按了一下。

铃声响了。

一个老太太的声音在里面问："谁呀？"

站在外面的人都吃了一惊。

王母回答："我。"

门开了，一个老太太探头出来："你们找谁？"

王母和王父看见老太太有点犯懵。

王母："你在这干什么？"

老太太："这是我家，你们要干什么？"

王母急了："怎么是你家？这是我家！"

老太太："这是我儿子给我们买的房子。"

一个老头探头出来："怎么了？"

老太太："她说这是他们的房子。"

老头："你们有房产证吗？"

王父："有，在家里。"

老头对老太太说：“去，把咱们的协议书拿来。”

老太太转身走了。

老头：“房子我们看好了，买房子的协议书都签了，就等着闺女儿子把钱凑齐了就一下把房款交了。”

王父急了：“这是我家的房子，我们一直住在这儿。是我儿子要给我们装修一下，我们才暂时搬走的。装修的时候我还来看过一次。”

王母完全懵了。

老太太把购房协议书拿过来让王母和王父看。

购房协议书的卖方清清楚楚地写着王父的名字。

王母脸色惨白嘴唇哆嗦着说不出话来。

王父：“这房子才卖了四十五万？”

老头：“因为便宜我们才买嘛。”

王母在购房合同上看见代理人王海的名字，她心里一阵翻腾，一头栽倒在地上。

医院抢救室。模糊的色块逐渐清晰，是王父、王泉的脸。

王母睁开眼睛看着围在床边的父子俩，“呜”的一声哭了起来。

王泉握着母亲的手：“妈，你血压很高，着不得急。”

王母：“我上辈子造了什么孽啊，怎么生了这么一个畜牲？”

王泉：“妈，你别急，我一定能找到他。”

王父：“你现在就去找，钻地底下你也把他给我翻出来。”

VIP 推拿室。沙复明在给一个中年男人做推拿。

中年女人：“沙大夫，找你做推拿的人这么多，真够你忙的。”

沙复明半开玩笑地说：“可不是盲（忙）嘛，我就这么盲（忙）了半辈子。”

中年女人：“我看还有当官的来车接你出去给他们做推拿呢。”

沙复明：“再大的官儿，躺在推拿床上，我摸上去也都是骨头。我的工作就是把错位的骨头和经脉归位。”

中年男人：“沙大夫，你给我做的是什么手法？”

沙复明：“推脾运胃，你脾胃不和，火在上面，湿寒之气都在下面运化不通，先健脾再调肝。”

他用手捏了一下他脚趾上的两个穴位。

中年男人叫了一声。

沙复明：“这个太冲穴调你的肝气。”

张宗琪进来，他脸上挂着谦和的笑。

中年女人：“张老板我有日子没见你了。”

张宗琪：“我负责外面跑腿的工作。你要是天天能在店里见到我，那肯定是我在消极怠工。老沙。”

沙复明：“找我有事？”

张宗琪：“晚上老地方喝茶怎么样？”

沙复明：“好。”

夜晚。张一光拉着马跃在盲道上走。

马跃问：“你带我去哪儿？”

张一光：“紧张什么？不会把你卖了啊。”

巷子里的发廊门口。张一光轻车熟路拉着马跃推门进屋。

老板娘迎上来：“哥来了？”

马跃听到陌生的声音，不由地靠紧了张一光。

张一光拍拍他的肩膀：“这地方哥哥常来，放松，你放松，就跟回家一样。”

他这么一说，马跃更紧张了。

老板娘上下打量马跃：“小伙子可真帅。”

张一光：“跟我一样，盲人。”

老板娘：“啧，啧，可惜了这一表人才。”

张一光：“哪那么多废话？今天我请客，给我兄弟从头到脚来一个全套。”

马跃紧张地问：“干什么？”

张一光：“洗头，洗完了你周身上下轻松无比。”

马跃：“我不洗。”

张一光：“洗个头你怕什么？”

他扭头对老板娘说：“他没尝过洗头的甜头有点害怕，让小蛮给他洗，那丫头有亲和力。”

老板娘：“你舍得？”

张一光：“救自己的兄弟，啥舍不得？”

老板娘叫：“小蛮！”

小蛮从里面跑出来，看到张一光她欢笑道：“黑炭头来了？”

张一光：“嘿，怎么说话呢？”

小蛮：“你有些日子没来了。”

张一光：“皇帝也有缺银两的时候。”

小蛮：“你跟我哭穷，我不就该饿死了？”

张一光：“丫头，哥哥给你送生意来了。”

小蛮看到马跃一愣，她盯着马跃的眼睛看。

老板娘：“别看了，他也是盲人，看不见你。”

小蛮顿起怜悯之心，她走过去拉着马跃的手，把他领到椅子上坐下。

马跃坐在椅子上全身都绷紧了。

小蛮慢声细语地说：“我给你洗头，你想用什么牌子的洗发水？”

马跃不说话。

小蛮：“我一瓶一瓶拿过来让你闻，喜欢哪种味道告诉我。”

她一连让马跃闻了四五瓶洗发水，马跃都没有任何表示。

小蛮不灰心，拿过来最后一瓶，那瓶洗发水的标签上写着伊卡璐。

马跃闻到熟悉的味道立刻伸手抓住了瓶子。

马跃：“用这个。”

小蛮给他围好围布，把洗发水浇到马跃的脑袋上开始给他洗头。

老板娘拉了张一光一把，两人出去了。

洗头房门口。张一光压低了嗓门说：“这小子喜欢上了一个他不该喜欢的人，他一个瞎子看不出个眉眼高低，我怕他弄出事来，伤了自己也伤了别人。两败俱伤的事，能不干就不干。”

老板娘：“人家感情上的事，你瞎搅和什么？”

张一光：“不是我瞎搅和，是他瞎搅和，那个女人有未婚夫，人家快结婚了。”

老板娘：“哦。”

张一光：“啥叫感情？还不是年轻，被一腔子热血憋的？泄出去就好了。”

老板娘：“看不出来，你还挺够意思的。”

张一光：“救人一命如造七级浮屠。”

老板娘：“把小丹叫来伺候你？”

张一光：“经费有限，后宫暂且归我兄弟，朕上朝了。完事了，给我打个电话，我接他回去。”

二十一

洗头房。小蛮手法温柔地给马跃干洗着头发。

马跃一脑袋泡沫，闭着眼睛享受着充满伊卡璐香味的头部按摩。他紧锁着的眉头渐渐舒展开了。

白天。碧绿的草原，暖色的光一点一点地扫过去，美丽的花朵一层一层地在草原上怒放了。

赤橙黄绿青蓝紫。

小蛮的手挪到了马跃的肩颈处，她熟练地按摩着。她的手往下移动着。

马跃的呼吸急促起来。

满树桃花怒放着，突然一阵狂风刮过，花瓣纷纷飘落。

茂密的桃树，花瓣瞬间全部都掉光。

马跃惊恐地睁开了眼睛。他发现自己赤裸着上身躺在床上，小蛮正用精油给他做身体按摩。

马跃伸手一摸，裤子扣也被解开了。

他猛地坐起来。

小蛮往倒按他：“你别急啊。”

马跃蹦起来跳到地上，他撒腿往外跑，一头撞在墙上，“咚”的一声闷响。

小蛮：“别担心花钱，张大哥把费用交了。”

马跃在椅子上摸到自己的衣服披在身上趺趺撞撞地出去了。

小蛮愣了一下立刻恼了：“什么人哪？我怎么你了？这算怎么回事？！”

王母神色疲惫地躺在床上，王父端过来水让她吃药。

王母：“真想一头碰死了，看看我这命，活着还有什么意思？”

王泉："妈，你别往不好处想，找到小海问清楚了，肯定会有解决的办法。"

王母哭："辛辛苦苦一辈子，我有啥？不就有这么个家吗？天天王八瞅蛋一样地守着，还是没守住。老了老了把个家过丢了。哎哟，哎哟，这叫我怎么往下活哟！"

王泉心里的恨在盲了的双眸中闪动，他把两只拳头攥得紧紧的。

王泉："妈，我一定给你把小海找回来。"

沙复明和张宗琪坐在四通茶馆里喝茶，两人照旧一个人喝红茶一个人喝绿茶。

张宗琪："咱俩有日子没来这里喝茶了。"

沙复明："喝茶也需要个好心情。"

张宗琪："是啊，这些日子店里店外乱得让人静不下心来。"

沙复明伸了一个懒腰："一口气干了十几个小时的体力活，突然轻松下来，身子骨就有点犯贱，随便往哪一靠都像是回家。"

张宗琪："家可没这舒服。"

沙复明："饱汉子不知道饿汉子饥。"

张宗琪："啥是饥，啥是饱？"

沙复明笑："你不会饥饱都不知道了吧？吃饱肚子是生活的最底线。"

张宗琪喝了一口茶，他摇摇头说："到底啥是个生活？"

沙复明："生活就是生活，这两个字看着笼统，其实很有讲究。生活自有生活的加减法，今天多一点，明天少一点，后天又多一点，这加上一点和减去一点，才是生活的本来面目。"

张宗琪："什么话从你嘴里一过就深了。"

沙复明笑："你这是骂我不说人话。"

张宗琪："那你可理解错了，为我儿子的事，我感谢你还来不及呢，今天先喝茶，改天咱哥俩喝酒。"

沙复明："别把功劳算在我一个人身上，牛三勇这小子出了大力了。"

张宗琪点点头，他叹了口气："按说我这半辈子经事不少了，再难，睡一觉太阳就出来了，现在眼巴巴地熬，天怎么就是不亮呢？"

沙复明："遇见啥事了？"

张宗琪："不说事，就说这个意思。"

沙复明琢磨着他的话。

张宗琪："你看啊，我有房子有地有儿有女，该有的我全有，怀里搂着个'有'字，心怎么还像敞着城门似的空落落的直灌凉风？"

沙复明："老张你还是有事。"

张宗琪用手势制止他不让他打岔："老沙，我闺女都十六了，你不会是想让我抱着外孙子参加你的婚礼吧？"

沙复明笑：“这不是你想说的话。”

张宗琪：“你我认识五六年了，明里暗里喜欢过你的女人我也见过不少，我就纳闷你怎么就不能在里面拣出来一个，领回家来给你洗碗做饭呢？”

沙复明笑：“店里有人洗碗做饭。”

张宗琪：“两码事，去饭店吃饭，跟在家里吃饭从经济上讲和心情上讲完全不一样。人一过四十，日子快得跟流水似的，筑堤筑坝都拦不住，心劲越来越差，趁着还有口气在心里提着，赶紧结婚吧。”

沙复明笑而不答。

张宗琪试探着问：“你到底要找一个什么样的女人？”

沙复明：“盲人在长相上没有自己的判断，我们得把别人的意见记在心上，做算数一样，一点一点地运算。最后得到的答案看起来是私人的，骨子里是公共的。我们一辈子活在别人的评头品足里，没有我，只有他，在别人的评头品足里，盲人有了盲人的一见钟情。”

张宗琪：“啥是个情？老沙，不是我说你，你整天云里雾里净想些个没用的东西，有意思吗？”

沙复明：“有意思。”

张宗琪自我解嘲：“我忘了你这人跟我不一样，我得看在眼里，攥在手里，才知道有意思没意思。你喜欢团弄自己的脑袋瓜子，玩的是精神领域。我算看透了，你这人打个哈欠都能打出高潮来。”

沙复明纵声大笑。

马跃跌跌撞撞地在街上走着，他的眼泪不自觉地流淌下来。心里的恨和憋闷弄得他整个胸腔都要炸开了。

他不停地碰撞着过往的行人，被碰撞的人诧异地回头斥责他：“往哪儿撞？”

马跃立刻站住了转身又往回走。

马跃迷路了，他在人群中没有目的地走着。

沙复明说：“当初，咱俩在上海过的都是打工仔的日子，十里洋场跟咱们没有任何关系。对我来说，大上海就是两张床，一张在推拿房，那是我的饭碗；一张在宿舍，那是我的日子。十三个平方米，满满当当地挤了八张床。”

张宗琪：“我住的地下室比你好不到哪去，那个罪不是谁都能受的。别人不了解你了解。感同身受嘛，那个时候咱们俩的痛苦是一样的，心里的恨也是一样的。”

沙复明：“煎熬是一样的，郁闷是一样的，自我解嘲也是一样的。”

张宗琪：“那次我扭伤了脖子简直就是天意，恰好去了你打工的那家推拿院，恰好安排你给我推拿。咱俩算得上患难之交了，一起从苦日子里熬出来，不是出生入

死又是什么？不夸张，一点都不夸张。我们对打工恨死了，想做老板想死了。”

沙复明：“因为有了共同的目标，我们才合资炒股的。”

他停顿了一下，等待张宗琪做出反应。

张宗琪马上跳过了这个话题：“咱们经过的失败，十个手指头已经数不过来了。男人最不怕的就是失败这两个字，失败能把咱们怎么样？只能越挫越勇。”

沙复明：“咱俩你一半我一半，再一次把资金合起来，就这样提前加入老板了的行列。名字是我想好的，叫‘沙宗琪推拿中心’”

张宗琪：“你说，上海的门面房太贵，到南京去，哪里的生意不是生意？幸亏我都听你的了。”

沙复脸上挂着一丝微笑：“我们不只是当上了老板，我们还是一个人了。”

张宗琪：“沙宗琪推拿中心的建立，不是标志着咱们俩从打工仔变成了老板。它标志着咱们俩从两个毫不相干的打工仔变成了患难兄弟。”

沙复明：“咱们是进取的，勤勉的，更是礼让的，尽可能地维护我们的友谊。人生得一知己足矣，当以同怀、同胞视之。”

张宗琪：“推拿中心刚开张的时候，尽管生意还没起来。但是两个人却是一心的，要么不开口，一开口就掏心窝子。那是多么好的一段日子啊。那段日子像什么呢？”

他翻着眼睛想了想：“像朋友之间的蜜月，对，是男人的蜜月。”

沙复明叹了一口气：“谁能想到往后的日子越来越磕磕绊绊呢。”

张宗琪：“老沙，你不能让我当红四军，白天玩命打仗，晚上往死了做检讨吧。”

沙复明：“老张，咱们毕竟是两个人，毕竟是一个企业，毕竟要面对一个集体。矛盾肯定会有的，有了就得解决。”

张宗琪：“小小的，鸡毛蒜皮的，那又算什么矛盾呢？为了友谊，为了兄弟两个一起恪守的同一个原则，无论发生了什么事，不要说。一说就小气了。谁说谁小气。兄弟嘛，双方都互相让一让，一让就过去了。”

沙复明：“我一直在让。”

张宗琪：“我也在让。”

沙复明：“你让什么了？”

张宗琪：“我让名。”

沙复明：“名是虚的，看不见摸不着。我让的是实实在在的利，这东西，有型有款，能买房子买地。”

张宗琪：“房子是我攒钱买的。”

沙复明：“你的房子是你的财产，我不关心，我关心的是我的股票。”

张宗琪低着头，左右手相互玩着大拇手指头。

沙复明：“你可以玩股票，但你不能玩人。”

张宗琪心中一惊，他抬起头看着沙复明。

沙复明："我明白的有点晚了。人就是这样，多半时间稀里糊涂地活着，当你都明白过来，这辈子也差不多过去了。唐僧是高人吧？他去西天取经，也经历了九九八十一难，哪一难都不能少。"

张宗琪："老沙，我现在的感觉，活像站在镜子跟前自己抽自己的嘴巴子，感觉太不好了。"

沙复明："我比你感觉还差，以前我什么都不害怕。因为光棍一条，没有什么可以失去的。现在不行了，现在我要对整个推拿中心的人的前程负责，我不能不认真。好在分手分得还算宽平，将来咱们还是兄弟。"

张宗琪："你执意要分？"

沙复明："分久必合，合久必分，这是古人总结出来的规律。"

张宗琪沉默了一会儿说："还是那句老话，给你三十万没问题，只是我手上没有现款。你要是愿意，可以等上几年。钱我不会少你的。你要是想签合同，咱们现在就可以签。"

沙复明："不是三十万的问题了。"

张宗琪一怔，抬起眼睛看着沙复明。

沙复明："据我所知，股票在两年前就被你抛出去了。七万块钱的股票翻了十倍，兑现七十万。"

张宗琪心里一惊，后背冒出了冷汗，他喊了出来："谁他妈说的？"

话一出口，他立刻意识到自己的失态。

沙复明："证券公司的一个朋友帮我查的。"

张宗琪口舌发干："为什么要查我？"

沙复明："不是查你，我是查我的五万块钱哪去了。"

张宗琪不说话了。

沙复明："当初开店的时候，你说两万块钱是你的全部积蓄。第二年你就花钱买下来巷子口的那个店面房，开办了洗衣店，这才两年，你哪来的钱买二十多万的店面房？你说是贷款买的，我根本不信。因为你说过，你决不把高额利息送给银行。"

张宗琪口舌发干，他端起杯喝了一口水。

沙复明："当初我把钱交给你去炒股，等于把自己的经济命脉交给了你。现在从表面上看，是咱们两个人在合伙开店，其实我是在用开店投入的五万块钱，挽留股票上的那七万块钱。"

张宗琪沉默了许久说："老沙啊，你城府真够深的。"

沙复明："我问过你，你不跟我说实话。"

张宗琪："日子真是一个经不起过的东西，它日复一日，再复一日，又复一日。积怨到底来了。老沙，我也察觉咱们俩的关系不对劲了。我为了扭转这种局面努力过。"

沙复明："我也努力过，现在回过头来看，在两个人的关系当中，最坏的一样东西，

就是努力。努力是毒药，是慢性的毒药。意外来临的时候，慢性的毒药一定会得到发作的机会。强烈的不满不仅能吓别人一跳，同样也能吓自己一跳。当初要是多从根上吵几次嘴就好了。”

张宗琪不说话了。

沙复明按了一下腰间的报时钟，一个女人的声音传出来：“现在是北京时间二十二点整。”

沙复明站起身：“说到底，沙复明是可信的，张宗琪也是可信的，唯一可疑的只能是‘沙宗琪’。”

张宗琪也站起来，像是对自己说，也像是对沙复明说：“从长计议，还是从长计议吧。”

幽深的巷子，张宗琪走在前面，沙复明走在后面，两人之间拉开十米左右的距离。

沙复明在心里对自己说：“我必须同时面对健全人和盲人这两个世界。我知道，我的脚下永远有两块石头，一块是自己的‘心眼’，一块是别人的眼睛。我只能摸着石头，步履艰难地往前走。我必须十分果断地把自己的内心撕成两半，一半将信，另一半将疑。”

一线灯光穿透黑暗越来越亮，最后完全驱逐了黑暗。

一列火车带着耀眼的强光，穿过隧道呼啸而来，一片炽白。

马跃塑像一样靠窗坐在火车座位上，窗外的灯光照在他的脸上忽明忽暗。

沙复明走进宿舍楼卫生间。

卫生间的隔子里传来王泉的一阵咳嗽声。

沙复明伸出去拉门的手停在那里，他想调头走似乎觉得有些不合适。他侧过脸问：“王泉，怎么了？”

隔子里传出来王泉的声音：“没事。”

沙复明就站在那里等。

王泉还没有出来。

沙复明问：“你到底怎么了？”

王泉的声音：“没事。”

沙复明：“没事你怎么不出来？”

王泉的声音：“快好了。”

沙复明狐疑地问道：“什么快好了？”

王泉坐在马桶上，他满脸悲怆地说：“没事，我真的没事。”

沙复明一掌推开了宿舍的门。

刚刚进屋正在脱外套的张一光吓了一跳：“谁呀？”

沙复明："马跃呢？"

张一光："没回来呢。"

沙复明："这么晚了去哪了？"

他掏出来手机给马跃拨电话。

马跃的手机关机了。

沙复明："回来叫他赶紧去我那里。"

说完他转身出去了。

张一光坐在床边愣了变天神，他站起来开门出去了。

巷子里的洗头房。张一光急赤白脸地问老板娘："你们把我的小兄弟怎么了？"

老板娘："能怎么着？还没怎么着呢，他就拎着裤子跑了。我们小蛮还从来没做过这样倒头的买卖呢。"

小蛮："我尽心尽力地给他服务了半个小时，他突然抽风一样跳起来，跟有人追他一样地逃了。"

老板娘："你把他领到这之前跟没跟他说去什么地方？"

张一光："这还用说吗？鼻子一闻，身子上的零件就稀里哗啦都有反应了。"

老板娘："这叫什么反应？简直是反应过头了嘛。"

张一光："这下可坏了，让我去哪找他？"

白天。大推拿室。王泉、孔佳玉、张一光在埋头干活。

三个人谁也不说话。

张一光一脸的沮丧。

张一光在心里对自己说："马跃究竟为什么离开，整个推拿中心只有我一个人知道。我心里充满了说不出口的懊恼，要不是我，马跃不会断然离开的。是我害了马跃，是我带他去洗头房的。事到如今我才明白，有些人天生不该去那种地方。"

王泉："他连生活用品都没带，说走就走了。闷声不响的人，玩起酷来都标新立异。"

王泉用耳朵寻找着孔佳玉的反应。

孔佳玉偏偏一声不响。

高唯走进来，她问："孔佳玉，你知道马跃去哪了吗？"

孔佳玉嘟囔了一句："我怎么知道？"

高唯目光挪到张一光的脸上："张大夫，你知道马跃到底是怎么回事吗？"

张一光耷拉着脑袋低声说："不知道。"

高唯："我看这些日子你跟他走得挺近。"

张一光的火一下窜上了头："我对他好有错吗？"

高唯："你属毛驴的？随便一句话，你就又龇牙又尥蹄子的。你有毛病吧？"

被推拿的客人偷偷地笑。

张一光："我没毛病。"

高唯："没毛病发什么癔症？"

张一光梗着脖子："马跃是我在推拿中心好不容易混出来小兄弟，我对他以诚相待掏心掏肝，他却连声招呼都不跟我打就走了。我还没生气呢，你们四面八方的都来找我索命。"

高唯："反应过度就证明你心虚，昨天你跟他站在大门口嘀咕什么了？"

张一光："我怎么心虚了？我哪心虚了？"

高唯："你是最后一个见到他的人，我找你问一下当时的具体情况，一点都不过分。"

门口有人喊："有大夫吗？我要推拿。"

高唯答应着跑了出去。

房间里一片安静。

孔佳玉心情沮丧低着脑袋做着推拿。她的客人问："孔大夫眼圈怎么黑了？"

孔佳玉："昨天晚上没睡好。"

客人"哦"了一声又问："小马大夫怎么了？"

孔佳玉没回答。

王泉竖着耳朵听孔佳玉的动静。

孔佳玉偏偏一点声响都不给他。

客人识趣不再往下问了。

王泉的推拿做到了给客人放松身体的阶段。

王泉的手在客人的背上拍出来五、二、一的节奏。

孔佳玉的心像被撞了一下，随后软了。她没有跟随王泉的节奏给予一个反应。

王泉固执地拍着五、二、一。

推拿室中心门口。影壁墙上的睡莲，素雅洁净。

沙复明站在影壁前闭着眼睛沉思着。

睡莲池。平面的睡莲突然凸起，随风摇曳起来。马跃在睡莲中大步往前走着。他走到哪里哪里的景色就固定了，睡莲变成了画，只有马跃一个人向纵深走去，他消失了。

沙复明一下睁开了他的盲眼盯着眼前的画。

影壁墙上的睡莲依旧含苞欲放地伫立在那里。

沙复明拿出来手机拨打电话："老马吗？我是沙复明。"

电话里马跃父亲的声音：“沙大夫你好！”

沙复明：“马跃离开我们推拿中心了。”

马跃父亲的声音：“什么时候？”

沙复明：“昨天晚上。”

马跃父亲的声音：“说去哪了吗？”

沙复明：“没说，从昨天晚上知道他走，一直到现在，再没有他的一点音讯，他没带行李，手机关机。”

马跃父亲的声音：“发生过什么事情吗？”

沙复明：“据我所知没有。”

马跃的父亲：“好，沙大夫，你别急，他是成年人会对自己的行为负责的。这边我也马上派人出去找找。”

沙复明站在前台跟高唯说话。

高唯：“他爸再婚后，他就没回过家，现在他的后妈生了孩子，他就更不可能回去了。”

沙复明：“他身上有钱吗？”

高唯：“有一张工资卡，我把他的工资和他爸爸给他的钱都存在上面了。”

都红走过来，站在一旁听他们说话。

沙复明：“他能去哪儿呢？”

高唯：“马跃在推拿中心干了一年活，从来没见他跟外面朋友来往过，更别说在外面过夜了。”

穿着土气的薛旺在门口探头探脑地往里面看。

高唯跟他打招呼：“你好，要做推拿吗？”

薛旺一口陕西口音：“我打听一个人。”

都红走进休息区，她叫了一声：“邓晓梅。”

邓晓梅：“什么事？”

都红：“你哥从老家来了。”

邓晓梅一下站起来：“在哪儿？”

都红：“高唯把他领到男生宿舍去了，她叫你回宿舍招待他。”

邓晓梅急忙脱下白大褂出去了。

金嫣靠在宿舍床上听电视。

高唯开门进来：“好点没有？”

金嫣：“喝了一大碗姜糖水，肚子不那么疼了。”

高唯：“差不多赶紧挣扎着上班去，邓晓梅我给了她半天假，推拿中心那人手不

够忙不过来。”

金嫣：“你跟地主老财有什么区别？”

高唯：“金嫣，你不能既来大姨妈，又拉着脸，还满腔愤怒的。”

金嫣笑了：“邓晓梅不会连来大姨妈这样的事都摽着我吧？”

高唯：“她哥从老家来了，赶紧的，我先走了。”

男生宿舍。薛旺拘谨地坐在马跃床头的椅子上。

邓晓梅推门进来。

薛旺看见她站起来，他小心翼翼地往前走了两步，看见她身后没人，立刻大踏步地走过来，他一把死死地攥住邓晓梅的胳膊。

邓晓梅吓了一跳：“哥，你干啥？”

薛旺小声说：“你哥有这本事？邓晓梅你就是钻地心里，我也能把你抠出来，赶紧给我滚回家去！”

邓晓梅一愣立刻听出来他是谁，她使劲甩胳膊，就是甩不掉薛旺的手。

邓晓梅紧张地声音颤抖起来：“我不跟你回去！你放开！”

薛旺：“你们邓家花了我的钱，不跟我回去就还我的钱。”

邓晓梅：“我们家花了你的钱，我已经嫁过去还了你。”

薛旺：“你没在我们薛家的炕上给我生孩子，也没在我家地里帮我收庄稼。你这算哪门子媳妇？我花十万块钱娶回来你，你竟敢把我们薛家的日子往阴沟里带。我要是饶了你，对不起祖宗！”

邓晓梅：“我嫁给你不是为了挨打受气。”

薛旺：“娶到的媳妇，揉到的面，打你咋了？你这样的二手货，天生就是挨打的命！不打你那是我没尽到责任。”

金嫣手里拿着手机出来，路过男生宿舍的门口，里面传出来的声音，让她的脚步停顿了。

薛旺的声音：“你以为你娘家人向着你？一碰真章，你爹娘兄弟谁不向着钱说话？为了要你在南京的地址，我花一百块钱买了两条好烟给你爸。老爷子连个磕巴都没打，马上把地址给我了。晓梅，你跟我回去，过去的事咱一笔勾销。你不跟我回去，别怪我下手重。”

邓晓梅的声音：“我不回去！”

房间里立刻传出来凳子被撞倒的声音。

门开了，薛旺揪着邓晓梅的脖领子出来。

薛旺看见金嫣一愣。

邓晓梅使劲抬起头，她没有视力的目光，跟金嫣残存着一点视力的目光碰在一起。

邓晓梅不知道对方是谁，她伸出双手像是要抓救命稻草。

邓晓梅从被勒得很紧的喉咙里挤出来两个字："救我！"

薛旺不知道金嫣是盲人，他挤出来一个笑容。

金嫣问："干吗呢？"

邓晓梅听出来是金嫣的声音，心一下凉透了。

薛旺："我带我老婆回家。"

金嫣往前走了两步："你放开她，她不愿意，你这就是违背她的意志。"

薛旺没松手："啥一指二指的？"

金嫣："你不松手我就打110。"

薛旺："警察不管老婆汉子的事。"

金嫣："公鸡晚上打鸣，110都管。"

她拨了个号码："110吗？这里有暴力事件。"

沙复明办公室。正在跟律师谈话的沙复明拿着电话一怔："金嫣，你说什么呢？"

电话里金嫣的声音："有个叫薛旺的人用武力强迫邓晓梅跟他走。"

沙复明立刻意识到事情的严重性，他跟律师说："你在这里等我一下。"

律师答应了。他挂了电话快步往外走。

沙复明边走边拨手机号码："三勇你赶快过来一趟。"

男生宿舍门口。金嫣和薛旺僵持着。

金嫣："你赶紧松手。"

薛旺："我松手她就跑。"

金嫣："她为什么跑？"

薛旺："我哪知道？"

金嫣："因为你拿她不当人看，老这样虐待她。"

薛旺："谁家老婆汉子不这样？"

金嫣："那是你们动物界，邓晓梅是我们推拿中心的人，你这样对她，问问我们干不干？"

邓晓梅的眼泪"哗"地流了出来。

薛旺松开了手。

金嫣看不见，她气愤地喊着："你松手！松手！"

薛旺这才意识到面前站着的这个女人也是盲人，他重新一把揪着邓晓梅的脖领子，拖着她往楼下走。

金嫣跌跌撞撞追在后面："站住！你站住！"

沙复明从楼下大踏步地跑上来，跟薛旺造了个对面。

薛旺看他戴着墨镜，知道他也是盲人，想绕开他接着下楼。

沙复明伸出手，准确温和地搭在薛旺的肩膀上。

沙复明：“有事咱们回屋，坐下来慢慢商量。”

薛旺不听邪，一拳捣过来。

沙复明听到风声身子一侧闪过，五指收紧捏住他的肩膀头往上一端，只听“嘎巴”一声。薛旺的右胳膊被沙复明摘脱臼了。

薛旺号叫一声半边身子立刻动不了了。

沙复明声音不高，语调威严地说：“要不要我把你那一条胳膊也卸了？”

薛旺龇牙咧嘴拼命摇头：“疼！疼！”

金嫣伸手一把拉住邓晓梅把她拽过来，邓晓梅两只手死死地抓住她的胳膊，手指甲都掐进肉里去了。

牛三勇气喘吁吁地跑上楼梯，看此情景立刻明白是怎么回事了。

沙复明宿舍。牛三勇揪着薛旺的脖领子把他拎进屋，往椅子上一扔。

沙复明走过去，只一下就把他脱了臼的胳膊重新安装了上去。

薛旺坐在那里眼珠子乱翻，再也不敢轻举妄动了。

牛三勇崇拜地说：“前辈你的手法太厉害了。”

沙复明：“我爷爷诊所里的人体骨骼，被我拆开装上，装上又拆开了上千次，知道怎么下手利落。”

薛旺吓坏了，说话的声音带着颤音：“我只想带我老婆回家，没别的意思。”

牛三勇：“你说她是你老婆，她就是你老婆了？结婚证呢？”

薛旺：“我们那里，只要办了喜酒就是结婚了。”

沙复明：“你那是无效婚姻。”

薛旺：“我十万块钱彩礼送到她家，左邻右舍都可以作证。”

沙复明：“那只能算你自愿赠予。”

薛旺：“哪有人自愿白送钱给别人的？除非他是傻子。”

牛三勇：“这话还真不像傻子说的。”

沙复明：“她愿意跟你回去，我不干涉，她明摆着不愿意，你这么做就是绑架。”

薛旺：“我熬到三十五岁才攒够十万块钱娶了她，你上下嘴皮一碰她就不是我媳妇了？”

沙复明：“不是我说，是法说的。不信你可以上法院，看看法律能不能把邓晓梅判给你。”

薛旺痛苦地摇着头：“不对！不对！”

牛三勇一把揪住他的脖领子：“知道不对就赶紧滚，滚！滚！你要再让我看见你在这里出现，我把你的脑袋打出脑花来。”

沙复明办公室。律师坐在那里看手机新闻。

沙复明推门进来坐在椅子上："咱们接着说刚才说的事。"

律师问："还得问当事人。"

沙复明拨了一个电话："高唯，你把崔云叫来。"

高唯和崔云推门进来。

沙复明："崔云，这位是赵律师，他想听听你的主张。"

崔云不明白，她问："什么主张？"

律师："要保住房子？"

崔云说："主要是孩子。"

沙复明："房子孩子都要。"

律师说："律师费两万块钱，车旅费四千，一共两万四。"

崔云惊呆了："这么贵？"

律师说："这是最低价了。"

沙复明牙一咬说："签约吧。高唯你明天跟他去办一下手续。"

崔云紧张地看着沙复明。

上海的街道。马跃走在斑马线上。

身边有汽车穿梭而过。

马跃瞪大着眼睛努力听着来自四方的声音。

对面红灯亮了。

一辆车从马跃的面前"忽"地开过去。

马跃吓得一躲，明白前面是红灯，不能往前走了。

他刚刚站住脚，一辆车从后面冲上来，把他撞得飞了起来。

马跃听到人们的惊呼声从低到高然后断了，他感觉到自己的身体在空中旋转。

九个彩色气球腾空飞起。

九岁的马跃腾空飞起，

他看见妈妈脸上带着甜美的笑容，在空中伸出两只手来。

小马跃紧紧拉住了妈妈的手。脸上全是灿烂的笑容。

马跃跟妈妈越来越近，眼看就要回到母亲的怀抱里。

妈妈突然手一松，小马朝下坠。

他听见自己喊："妈妈！"

声音越来越小，"噗"的一声，他摔进黑洞里。

放学的小学生们蜂拥着跑出校门。

吴和平瞪着眼睛看。

吴迪背着书包跑出来。

吴和平："吴迪！"

吴迪站住脚看着他。

吴和平眉头一皱："怎么看你爸呢？过来！"

有人在身后问他："送钱来了？"

吴和平回头一看，牛三勇站在他的身后，他一怔。

牛三勇冲吴迪伸手："过来。"

吴迪走过来，牛三勇把一块起司蛋糕递给他。

吴迪高兴地吃起来。

吴和平硬着头皮问他："跟爸爸回家好吗？"

吴迪回答得很干脆："不好。"

吴和平："我妈想看看他。"

牛三勇："这得他妈同意。"

他拉着吴迪的手，往自己的汽车那里走。

吴和平追在他的屁股后面："他是我儿子，我凭什么不能领走？"

牛三勇头都没回："钱再不还，我加息了。"

吴和平脚步立刻迟疑了，他说："我没那么多钱。"

牛三勇："慢慢还，我不嫌零碎。"

推拿中心休息区。崔云把一盒一盒的饭菜送到推拿师们的手里。

芒来坐在中间，金嫣和邓晓梅坐在他的两边，三个人心事重重地吃着饭。

金嫣把饭盒里的肉夹到芒来的饭盒里。

邓晓梅也把自己饭盒里的肉夹到芒来的饭盒里，他的饭盒里堆满了肉。

芒来耷拉着脑袋努力地吃着。

沙复明站在不远处听着他们三个人的动静。

崔云拿着一盒饭走到他的面前："在这儿吃还是回办公室吃？"

沙复明："在这吃。"

崔云把饭盒放在茶几上，沙复明在沙发上坐下。

崔云打开饭盒，里面是热气腾腾的菜，她把两个热气腾腾的馒头放在他的面前。

崔云："有馒头有米饭，你吃馒头吧，好消化。"

沙复明："吴迪来了！"

吴迪一溜小跑过来："老沙。"

沙复明："吃饭。"

吴迪："等一会儿我跟妈妈一起吃。"

沙复明："还是跟我一起吃吧。"

吴迪抬头看崔云。

崔云冲他点点头。

吴迪："好。"

崔云盛了一碗饭放在吴迪面前。

吴迪跟沙复明一起吃起来。

沙复明："今天在学校打架了吗？"

吴迪："打了。"

沙复明："原因是什么？"

吴迪："张明远充老大，抢我的橡皮。"

沙复明："你怎么做的？"

吴迪："揍他呗。张明远真可怜，刚被我打了一顿，回家还得被他爸打。"

沙复明："为什么？"

吴迪："他算数考了个14分。"

沙复明哈哈笑。

崔云把菜夹到吴迪的碗里。

吴迪："我不喜欢吃菠菜。"

崔云："不喜欢吃也得吃。"

吴迪还是拒绝吃。

崔云："不听话，等一会儿收破烂的来就把你卖了。"

吴迪："为什么卖破烂的要花钱买我这么不听话的小孩子呢？"

沙复明大笑，伸手在吴迪的脑袋上划拉了一把："人小鬼大。"

芒来三口两口吃完饭盒里的饭站起来走了。

金嫣和邓晓梅相对无语慢慢地吃着。

邓晓梅开口了："金嫣，真没想到你能伸手帮我。"

金嫣："换个位置你会伸手帮我吗？"

邓晓梅沉默着没有说话。

金嫣："你这个人还算诚实，我料定你不会帮我。咱俩想问题不是一个思路，你会因为感情上的纠结，把所有的事情混在一起。我不是，一码归一码，你丈夫欺负你不行，你从我手里往走抢芒来也不行。"

邓晓梅："芒来不是你的。"

金嫣："他也不是你的。"

邓晓梅认真地说："这事你说了不算，他说了才算。"

金嫣比她更认真："你有本事让哑巴说话吗？"

邓晓梅："你没有这样的本事，凭什么非逼着我有？"

孔佳玉坐在角落里吃饭，王泉端着饭盒过来坐在她的旁边。

孔佳玉下意识地夹了一筷子菜想往王泉的饭盒里送，想到她正在跟他生气，筷子拐了一个弯，重新回到自己的饭盒里。

王泉："连饭盒都不帮我拿，真的不管我了？"

孔佳玉："没有我，你照样可以生活。"

王泉："干啥说这样的话？"

孔佳玉："你干啥说那样的话？"

王泉："我说什么了？"

孔佳玉："王泉你别装傻。"

王泉："我不是装傻，我是真傻。你说，你背叛父母跟我好到这一步。这话我琢磨了一宿也没明白到底是什么意思。"

孔佳玉牙一咬，闷在肚子里的话冲出了口："要是有人把我和你的事告诉我父母，他们肯定不信。我在他们的眼里一直是本分的安稳的。他们不相信他们的乖女儿，就这么一锤子把所有的买卖都做了。"

王泉一怔。

孔佳玉："我去深圳的头一天晚上，我父母给我下了死命令说，你的恋爱和婚姻，我们都不干涉，你已经是全盲了，我们不可能答应你嫁给一个'摸'着'过'日子的男人。"

王泉如五雷击顶，好一会才吐出来一句话："那你当初为什么跟我好？"

孔佳玉："一开始我打定主意，先瞒着家里，处处看。哪里能那么巧，一辈子正好就赶上这一锤子买卖。没想到还真的分不开了，这个时候爱，警惕和命令都不起作用了。"

王泉："你后悔了？"

孔佳玉沉默着。

王泉无比沮丧："看来是这样的。"

孔佳玉："事情已经走到了这一步，我只能背着我父母偷偷地把自己嫁出去。"

王泉："我弟弟已经给了我一棍子，你又给了我一棍子。"

孔佳玉："你弟弟又怎么了？"

王泉："他背着我父母把给咱们准备结婚用的房子卖了。"

孔佳玉大吃一惊："他还是人吗？怎么干出这么缺德的事？"

王泉："我妈急得差点脑溢血了，在医院急救室待了一下午。"

孔佳玉："你怎么现在才告诉我？"

王泉："你不理我，我怎么告诉你？"

孔佳玉："老太太好点没有？"

王泉："没危险了，啥都不说，一个劲地哭。"

孔佳玉："房子的事怎么办？"

王泉："我现在已经彻底懵了，你给我点儿时间，让我好好想一想。"

张一光端着饭盒走到他们旁边坐下："妻子、孩子、房子、车子、票子，王大夫，咱们推拿中心的五子登科，就指望你了。什么时候请我们喝喜酒啊？"

孔佳玉："张大夫，你烦不烦啊？"

张一光："烦就不活了？既然得照着七八十岁的活，咱就不怕烦。"

孔佳玉还要回嘴，王泉一把握住了她的一只手。

孔佳玉不说话了。

王泉把自己的五根手指插到她的五根手指当中，孔佳玉的手给了他回应，两只手十指相扣，紧紧地握在了一起。

医院抢救室。马跃慢慢睁开眼睛，他瞪着眼睛看着前面，努力回想着。

医生以为他在看自己，他问："你觉得哪里疼？"

马跃问："这是哪儿？"

医生："医院抢救室。"

马跃吓了一跳，他问："我怎么了？"

医生："你被车撞了，肇事司机把你送来的。"

马跃："我哪被撞坏了？"

医生搬动他的胳膊和腿："没有外伤，也没有骨折的迹象，要不做个脑部核磁检查吧。"

马跃挣扎着从床上坐起来，他觉得头有点晕。

马跃："我没钱住医院。"

肇事司机说："钱的事你不用操心。"

马跃："我没事。"他沉默了一会儿说："真的没事。"

医生说："没事就好。"

马跃说："我走了。"

说完他要下地，腿一软，差点跪在地上。

旁边的人伸手扶他，马跃推开他的手，往前走了两步撞在墙上。

房间里的人诧异地看着他。

医生急忙过来扶住他，用小手电照他的瞳孔："头晕吗？想吐吗？"

马跃回过头说："麻烦把我送出去。"

医生："你真的没事？"

马跃所问非所答："我是个盲人，看不见。"

屋里所有的人都愣住了。

医生说："不行，你得留下观察。"

马跃穿着一身住院服坐在床上。

马跃自言自语：“嫂子，我不该去那么脏的地方。你要是知道我去的是什么地方，肯定会非常伤心，我不愿意让你伤心。没有人知道我对你是一种什么样的感情，就连我自己也说不清楚，反正不是张一光想的那样。推拿中心我不能再待下去了，我要离开一段时间，静下心来把这些事情想清楚。”

马跃问自己：“这个世界上有不误解和不被误解的真情吗？”

他回答不了自己。

夜晚。宿舍里只有孔佳玉一个人，她拿着手机坐在床上满腹心事地想着什么。

孔佳玉从手机里调出来马跃的号码，她把号码拨出去。

手机里传出来电脑录制的声音：“对不起，您拨叫的用户已关机，请稍后再拨。”

孔佳玉对着手机说：“马跃，我知道你的不辞而别完全是因为我。”

手机里传出来电脑录制的声音：“对不起，您拨叫的用户已关机，请稍后再拨。”

孔佳玉对着手机说：“这些日子我是有些冷落你，这样做既是为了他，其实也是为了你。咱们俩的关系弄得这么别扭，我有责任，是我太自私，只想着自己。完全没有顾及你和他的感受。”

手机里传出来电脑录制的声音：“对不起，您拨叫的用户已关机，请稍后再拨。”

孔佳玉对着手机说：“唉，人生怎么会有这么多死胡同，一不小心，不知道哪一脚就踩进去了。”

手机里传出来电脑录制的声音：“对不起，您拨叫的用户已关机，请稍后再拨。”

孔佳玉：“马跃，你不应该这样走，你好歹也该跟嫂子说一声再见。”

她的眼泪涌了出来，声音也颤抖了：“马跃你一定要好好的，好好的，啊？听到没有？千万别闹出什么好歹来，你爱过嫂子，嫂了谢谢你了。”

说完她长长地舒了一口气把电话挂了。

孔佳玉把手里的手机放在桌子上，从枕头下面把深圳的手机掏出来。

装着深圳 SIM 卡的手机没电了，孔佳玉打开手机后盖想把 SIM 卡取出来，按到南京的手机里面去。

她没有摸到手机里的 SIM 卡，她摸了好几遍，确定没了。

孔佳玉惊出来一身的冷汗，她自言自语道：“王泉从来不碰我的手机，这事肯定是金嫣干的！”

孔佳玉一把把手机拍在床上叫了一句：“金嫣，我可是拿你当亲姐妹的，你怎么能做出这样阴损毒辣的事情？”

她怒气冲冲地往外走，刚走到门口，孔佳玉站住了。

她回过头来，走到桌子旁边，捡起放在上面的手机。

孔佳玉自言自语："这是南京的手机，只要我拨出去，我的秘密就暴露了。暴露是迟早的。我还可以继续说谎，可以在谎言中求生存，但是没有一个人可以一辈子说谎。没有人可以做得到。"

孔佳玉心一横，按手机键，把家里的号码拨出去。

二十二

孔佳玉家客厅。电话铃声突然炸响。

正在看电视的孔父和孔母同时扑向电话。

孔母抢先一步拿起来电话。

电话里传出来孔佳玉的声音："妈！"

孔母带着哭声说："死丫头啊，你还活着？你怎么关机这么多天？死丫头，我和你爸都快疯了！你快说，你人在哪里？你好不好？"

孔父伸手抢电话，孔母不给他。

孔母一怔问："你为什么在南京？"

孔母被这个消息弄懵了，她昏头昏脑地问："男的女的？"

孔父气急败坏地抢过来电话吼道："丫头，你怎么就这么不听话呢？"

女生宿舍。孔佳玉语气平静地说："我在南京，我很好。"

孔佳玉："妈，我恋爱了。"

这话脱口而出的同时，她流下了两行热泪。

孔佳玉十分平静地重复了一遍，她说："妈，我恋爱了。"

孔佳玉"扑哧"一声笑了，她无比骄傲地说："男的。还是全盲呢。"

电话那一边，好一会没有人吱声。

孔佳玉说："爸，我爱他是一只眼睛，他爱我又是一只眼睛，两只眼睛都齐了。爸，你女儿又不是公主，你还指望你的女儿得到什么呢？"

孔佳玉合上手机。

金嫣进来了，孔佳玉一把就把她抱紧了。

金嫣吓了一跳。

孔佳玉把自己的脸埋在金嫣的脖颈旁边。她用拿着手机的右手不停地拍打着金嫣的后背。她的眼泪全流到了金嫣的衣领里面。

金嫣紧张起来："怎么了？"

孔佳玉抬起头，没有目光的眼睛看着金嫣："你把我深圳的手机卡拿走了？"

金嫣毫不掩饰："对。"

孔佳玉："五分钟前我想掐死你，现在我想爱死你。"

金嫣："神经病啊？"

孔佳玉："我把我和王泉的事情告诉我爸我妈了。谢谢你帮我走出了这一步。"

金嫣伸手拍拍她的后背说："你看，你看，决心下了，事情就没那么可怕了。"

孔佳玉说："我真不敢相信事情就这么简单。从恋爱到现在，我一直饱受折磨，不知道该怎么面对自己的父母。我终于把实话说出来了。事情居然是这样的，一句实话所有的死结就自动解开了。"

芒来在网吧里戴着耳机听网友们聊天。

辽东剑侠说："人总不能靠梦想实现梦想吧？我还想搞桥梁设计呢。不就是瞎想想吗？一个瞎子能干什么？只能靠这两只手摸着挣钱。"

孤独的鹰说："黑眼仁，你怎么老不发言？"

芒来："我不知道该说啥。"

辽东剑侠："说说你自己。"

芒来犹豫着。

辽东剑侠："网络的好处就在于它是虚的，打开电脑点击它了，你就是存在的，关上电脑，咱们在街上走个对头碰，相互谁都认不出来，所以你大可以敞开心扉，有什么说什么。"

芒来："先听你们说，我准备好了再说。"

沙复明宿舍。吴迪在灯下写作业。

沙复明在黑暗处摸着盲文书阅读。

吴迪扭过脑袋偷偷地看他。

沙复明头都没抬："不要跑神。"

吴迪："老沙，你怎么知道我在看你？"

沙复明："听出来的。"

吴迪："我不信。"

沙复明在他旁边坐下。

吴迪："我给你画一只蜻蜓，马跃教给我画的。"

沙复明："你画吧。"

吴迪拿着笔认真地画着。

他边画嘴里边叨叨："这是一只美丽的蜻蜓，落在碧绿的荷叶之上，知道蜻蜓长得什么样子吗？就像吉祥的'吉'字。它的翅膀是透明的。"

沙复明："你给我讲讲，怎么个透明法？"

吴迪：“就像玻璃那样透明。”

沙复明：“玻璃的透明是怎样的？”

吴迪眨巴着眼睛实在想不出来该怎么解释，他灵机一动，抓住沙复明的右手食指，把一张纸戳破，穿过去。

吴迪：“这就是透明！”

沙复明哈哈笑：“精辟！”

崔云抱着一摞洗好叠得整整齐齐的衣服进来。

沙复明：“忙完了？”

崔云：“所有的床单要消毒，还要熨烫整齐。”

沙复明：“你干活细致。”

崔云满脸笑容，看得出来她很高兴。

沙复明：“你把这里当家，韩秋霞把这里当银行，心劲用得不一样。”

崔云：“张老板好像有什么心事，今天我跟他走了个对头碰，跟他打招呼，他都没听见。”

沙复明：“哦？”

崔云：“吴迪，走，回去睡觉。”

吴迪：“不想回去。”

崔云：“明天还得上学呢。”

沙复明：“让他在这玩一会儿，时间还早。”

崔云：“我把衣服放在这儿了。”

沙复明打开橱柜，把衣服和裤子按隔子整整齐齐地码放好。

他拉开抽屉把袜子团成团，一个团一个团地塞在隔子里。

崔云站在一边看着。

牛三勇站在小区门口伸着脖子朝远处看。

高唯背着书包走过来。

牛三勇冲她喊了一声：“干什么去了？”

高唯：“听课去了，你在这干什么？”

牛三勇：“等你。”

高唯：“等我干什么？”

牛三勇：“有这么问话的吗？”

高唯：“你就等我那么一会儿，能缺什么？”

牛三勇：“缺心眼呗。”

高唯：“回答正确。”

牛三勇：“你说你是一个女人，怎么就不能像韩剧里的女人那样说话呢？”

高唯："怎么说？"

牛三勇学韩剧里的女人，冲着高唯深深鞠了一躬："辛苦你了。"

高唯也不客气，手往起一抬，一副皇家气派："免礼，平身吧。"

牛三勇："我可真够贱的。花钱请你吃饭不说，还鞠躬打千的。"

高唯听说吃饭眼睛一下亮了："正准备回去煮方便面吃呢。我怎么命这么好呢？"

牛三勇伸手拦住一辆出租车。

崔云宿舍。崔云把熟睡的吴迪放在床上，替他盖好了被子。

沙复明坐在桌子旁边阅读盲文书籍。

崔云敲敲门进来，她把手里端着的汤面放在沙复明面前。

崔云："趁热喝吧。"

沙复明："你总给我做小灶影响不好。"

崔云："我自己花钱买的材料，高唯知道。"

沙复明叹了口气："这样不好。"

崔云："我活不下去的时候，是你给我了一条生路，我该报答你。"

沙复明连连摆手："别这么说，别这么说。"

崔云："那就不说，赶紧趁热吃了吧。"

沙复明："你也吃。"

崔云："我吃了就该睡不着了。"

沙复明："有我在，你还怕睡不着？"

话一出口他也觉出了暧昧，急忙往回找："我吃不了这么多，你帮我吃，吃完了我陪你在外面走走。"

崔云心里高兴："好，我吃。"

烧烤店。高唯和牛三勇在酒吧里喝酒聊天。

高唯："你整天这么闲逛，为什么不利用这些时间学点东西？"

牛三勇："你说话真像我妈，按说你们是两辈人，可是说话的内容语调完全一样。唉！历史前进了这么多年了，人类怎么就没有个进步呢？"

高唯乐了："我是看你脑子够用，像个人似的，才费唾沫劝劝你。"

牛三勇："非像你一样，挤在别人的教室里，两手捧着本书蹭课才算学习？社会就是一个大课堂，我一分钱学费也不交，照样 NBA 了。"

高唯嘴一撇："还 WC 呢，是 MBA。"

牛三勇乐了："嗬，差一个字母就全蒙对了。"

高唯也笑了。

牛三勇："别老觉得你认识的字多就比我强，你硬塞给我一本书，我点灯熬油也能读完了。我给你一台撞报废了的车，你把十根手指头磨秃了也修不上。"

高唯："那倒是，修车我不如你。"

牛三勇："我修理车，你修理我，你还是比我强。"

高唯大笑。

牛三勇跟她碰杯，两人把杯里的啤酒全喝光了。

高唯："牛三勇，你这个人其实没有第一眼看上去那么坏。"

牛三勇："你这个人也没第一眼看上去那么讨厌。"

高唯："我怎么讨厌了？"

牛三勇："认死理，不管别人跑多远，你都能用你的一根筋给拽回来。"

高唯："不把你拽回来，你有机会认识我这么优秀的女人吗？"

牛三勇："又来了，你就不能谦虚一点吗？"

高唯："我干吗谦虚？你说我优秀不优秀？"

牛三勇："优秀。"

高唯："哪优秀？"

牛三勇："别的女孩子看见男人打架，早就吓堆了，你竟然能勇敢地往上冲。"

高唯："我见不得以多胜少，弱肉强食。"

牛三勇："我弱？"

高唯："三个打一个，在我眼里就是以强欺弱。我不会打架，做后勤部队供应补给总还可以吧？"

牛三勇："给力，太给力了，来，再走一个。"

两人再次碰杯一饮而尽。

牛三勇："该你问我了。"

高唯："问什么？"

牛三勇："随便问。"

高唯一本正经："好，你来地球的目的是什么？"

牛三勇一口酒喷了出来。

沙复明和崔云在人行道上慢慢地走着。

崔云："我没跟你说过我有妇科病。"

沙复明："你的脉象告诉我了，病程不少于五年。"

崔云："这病缠了我整整五年，遇到你才好了。"

沙复明："还没彻底好利索。"

崔云发自内心地说："我已经知足了。"

沙复明："在我这还没过关，你还需要治疗巩固。"

崔云：“当初你为什么不当医生而是去做推拿？”

沙复明：“中医诊病讲的是望、闻、问、切，四诊合参，其中望诊非常重要。我是盲人，没法望诊。上学的时候，老师就把我这个念头早早地掐灭了。我从小就跟爷爷学会了切脉，弥补了我眼盲的缺陷。看病这事其实就是个缘分，你遇到了我，又相信我，病就好了。”

崔云：“你怎么不好好治一下你的胃？”

沙复明笑：“胃是一个特别容易受伤的器官，胃溃疡这种病极容易受情绪影响，一个有风吹草动，先奔胃那里去了。我又是一个敏感的人，养胃的速度远远赶不上伤它快。”

崔云叹了口气：“你真的要按时吃饭。”

沙复明：“什么时候吃饭，我做不了主，一切取决于客人，客人在手上，我总不能去吃饭吧？还有一个导致胃病的原因就是吃饭快。为了抢时间，我从来都是把饭菜搅和在一起，再把汤浇进去，呼噜，呼噜，几口喝下肚去。早饭省了，晚饭又不知道什么时候能吃上。我每一天就靠中午这一顿饭垫底了，所以要努力地、用功地喝。胃就这么被撑坏了。病来如山倒，病去如抽丝，急不得要慢慢养。你来推拿中心的这一段时间里，我的胃真的没怎么疼过。”

牛三勇的两只眼睛瞪成了铃铛：“两万四千块钱？”

高唯：“该花也得花，沙老板说这钱他先垫付，官司打赢了，这笔钱吴和平出。”

牛三勇：“这事交给我一分钱不用花。”

高唯：“少来这马后炮。”

牛三勇：“怎么是马后炮？是当头炮！你瞪大两眼好好看着，看这事我是怎么给我师傅摆平的。哎，你老往后面看什么？”

高唯：“后面坐着的那两个男人，是跟着咱们俩进来的，他们只要了两瓶啤酒什么都没吃，一直盯着咱们俩看。”

牛三勇扭过头看。

角落的桌子里坐着两个男人，一个大块头，一个矮个子。

他们的目光跟牛三勇的目光撞到了一起，双方僵持了一会儿。

一个大块头男人站起身走过来，矮个子跟他的身后。

大块头男人：“你们吃好了吧？”

牛三勇：“你是谁？”

大块头男人：“我是谁，你就别管了，我只负责给你捎个话。吴老板家的事你就不要再掺和了。”

牛三勇：“哪个吴老板？”

矮个子男人：“吴和平。”

牛三勇把一根牙签叼在嘴角里，他跟高唯说："看到没有？跟电视剧里编的似的，说曹操曹操到，它就这么寸！"

高唯看看大块头男人的脸，又看着他胳膊上的刺青。

高唯用近乎天真的语气问："你胳膊上纹的是龙还是带鱼？"

大块头男人瞥了一眼高唯："没你什么事，识趣就赶紧结账走人。"

高唯夹起一块肉塞进嘴里："我还没吃完呢。"

牛三勇歪着脑袋傲慢地问："你谁呀，敢在我跟前吆三喝四的？"

大块头男人："我是你爹。"

牛三勇："你有我爹那么幸福吗？滚一边吮手指头去，爷爷吃饱了，自然会找你去盘道。"

大块头男人："我在门口等你！"

说完他转身走了，矮个子男人屁颠屁颠地跟在后面，两个人出了门。

牛三勇学大块头的语气："没你什么事，识趣就赶紧结账走人。这一段话他吹得太牛逼了，连王八蛋自己都信了。"

高唯："没事吧？"

牛三勇："有什么事？没事。让他点灯熬油地等吧，刚才光喝酒了，我才吃了两分饱。"

高唯："他们俩是吴和平找的人？"

牛三勇："吴和平那小子可真疼我，正不愿意为他的事花钱呢，老小子自己送货上门来了。"

树丛旁边。沙复明和崔云慢慢地走着。

沙复明："我和你在这个城市遇见的概率大概只有几万分之一。如果那天我坐车回来；如果那天你没从那条路上走；哪一个如果成立，咱俩都见不到碰不到。"

崔云："如果我没在昏倒的时候拉了你一把，你不把我带到推拿中心去，咱俩也认识不了。你这个人心肠真好。"

沙复明说："慈不掌兵，义不理财。我这两样都占了，所以干起事来，才这么坎坎坷坷的。"

崔云："你跟张老板会分开？"

沙复明："早晚的事。"

崔云："走到哪儿，我都跟着你。"

沙复明心里一热，站住脚，微微侧过脸，像是在询问她。

崔云的心悄悄澎湃着，她把手伸进沙复明的臂弯。

沙复明被她的手冰得哆嗦了一下，下意识地夹紧了自己的胳膊。

崔云解释："不是我想挽着你，是我想让你领着我走。"

沙复明："你的手可真凉。"

他把崔云的手从肘弯里拿下来，紧紧地攥在自己温暖的大手里。

崔云周身一热，刹那间被一种幸福感融化了。

沙复明细声慢语地说："每天抽出几分钟的时间，两手十指相叩，连续敲打。十个手指肚相当于十眼水井，水井被震动河流的流速会增快。血液流通快了，直达神经末梢，手脚自然就暖和了。"

崔云轻声说："你对我真好。"

沙复明："如果这个世界上没有人肯对你好，那这是个不公平的世界。"

崔云："我已经习惯了。"

沙复明："这是个坏习惯，你一定要学会爱自己。你爱惜自己，别人才会爱惜你。你挺着腰板站直了，谁都不敢在你头顶上坐。"

崔云认真地听着。

沙复明："你在厨房里什么都做得非常好，从厨房里出来帮别人做事的时候，就频频出错，知道这是为什么吗？"

崔云摇摇头："不知道。"

沙复明："你太想让别人满意了，越紧张越出错。"

崔云："你说得对，我这半辈子净想着怎样顺着别人的心思走，结果没有一个人满意我。"

沙复明："往前看，你还有半辈子呢。"

崔云："前面太黑了，我看不见。"

沙复明松开她的手，抓着她的手腕，掌心向上托起来。

沙复明："闭上眼睛，把手伸直。"

崔云依照他的话，摊开了手掌。

沙复明："我送了你一朵花，在你手心里。"

崔云闭着眼睛问："什么花？"

沙复明："你喜欢什么花，它就是什么花。"

崔云紧闭着眼睛努力冥想着。

她的手心里出现了一朵含苞欲放的睡莲，它洁白如玉，花瓣一片一片地展开了。

崔云闭着眼睛笑了，她说："好美呦！"

沙复说："神说：要有光，于是有了光。可有些地方却一直没有光。朋友说：没有光也要好好活，我们就始终好好地活。"

崔云深深地被感动了，她一头扎进沙复明的怀里。那只托着幻想之花的手还在举着。

沙复明脑袋"嗡"的一声响。

向天纵用两只手捂着沙复明的脸大声说："你真酷哎！"

年轻的沙复明被她这从天而降的亲密举动弄懵了，他紧张极了，半张着嘴，两手合十放在大腿中间，用两只膝盖死死地夹着。

白天咖啡馆。向天纵探过身子拽出来他的左手，放在桌面上，她重新坐了下去。

沙复明身体微微地颤抖着。

向天纵拉起沙复明的两只手，把它们贴在自己的面庞上。

沙复明的手不敢动。

向天纵自己动了，她的脖子扭动了两下，替沙复明完成了这个惊心动魄的抚摸。

沙复明热血澎湃，他突然伸开双臂紧紧地把崔云搂在怀里。

崔云浑身瘫软呻吟地说出来一个字："疼。"

电视机里在播一场球赛。

张宗琪坐在客厅沙发上眼睛盯着电视，心思完全不在电视上。

韩秋霞叠着熨烫好的床单说："光洗衣服这一项收入就减掉了一半，缺了这么大一个口子，上哪找这笔钱去？咱们家的每一笔钱都是有计划进也有计划地出。"

张宗琪没有说话。

韩秋霞："你听见没有？"

张宗琪："说什么呢？"

韩秋霞："这几天你是怎么了，莫不是魂让别人拿走了？"

张宗琪白了她一眼没有说话。

韩秋霞："你那垃圾处理机到货了没有？"

张宗琪突然爆发了："我看一会儿球赛，净听你瞎解说了。"

他把遥控器甩在沙发上，气冲冲地开门出去了。

韩秋霞："深更半夜的你去哪儿？"

张宗琪站在便利店门口抽烟，他猛吸了两口把烟屁股扔在地上，用脚狠狠地搓碎了。

张宗琪咬牙切齿地说："老杨，你就是钻地缝里，我也能大耳刮子把你扇出来！"

牛三勇和高唯吃的碟空碗空。

高唯："你说，他们会不会真的在门口等咱们？"

牛三勇："是男人，就别在女人面前逞能，拣我一个人的时候单挑。"

两人边说边往外走。

牛三勇和高唯从门里出来，他们四下看。

并没有看到那两个男人。

门口有个推车的小贩在卖苹果。

高唯买了几个，交了钱。她和牛三勇往马路边上走，准备打辆车回去。

大块头男人和一个瘦高个男人从黑影里走出来。

大块头男人："心够诚吧？"

牛三勇两手一摊，对高唯说："赶上不是男人的了，你先回去。"

高唯："我不走。"

牛三勇："两句话的事，听我的你先走。"

高唯看他态度很坚决，转身走了，她边走边掏出来手机。

牛三勇："别报警！"

高唯又把手机装回口袋里。

高唯拦了一辆出租车上车走了。

大块头男人对牛三勇说："换个地方聊聊？"

牛三勇："地方你点。"

三个男人在小区工地的宽敞处站定。

大块头男人："我叫杜鹏，他叫王毅，明人不做暗事。我们俩在吴老板手下干活。你为难我们老板，就是为难我们。"

牛三勇："吴和平那操行！有尿让他自己找我来，派你们俩算干什么吃的？打架派你们替他打，吃饭怎么不叫你们替他吃呢？"

杜鹏："少废话，把儿子还给他，你少挨一顿打。"

牛三勇："你谁呀？敢给老子下命令？"

王毅早就不耐烦了，他突然一脚踹过来。

牛三勇闪身躲过，他飞起一脚狠狠地踹在杜鹏的肚子上。

杜鹏像装满东西的麻袋一样，敦敦实实地一屁股坐在地上。

王毅又一脚踹过来，牛三勇再次闪过。

杜鹏爬起来挥着一对大拳头冲牛三勇砸过来。

"嗖"的一声，一包白色的物品砸过来，准准地砸到杜鹏的脸上散开，七八只苹果滚落了一地。

杜鹏疼得双手捂住了脸，他两眼冒金星，什么也看不见了，他往后推了几步，"扑通"一声掉进壕沟里。

牛三勇扭头看。

高唯山羊一样窜过来，她的两只眼睛星星一样明亮。

王毅一铁锹拍在牛三勇的脑袋上。

高唯大怒，她双脚离地窜到王毅的后背上，两手死死地勒住他的脖子。

王毅被勒得上不来气了，满地转圈，怎么也甩不下来高唯。

牛三勇摇晃两下倒了，脑袋上的血喷泉一样往出冒。

牛三勇伸手死死抱住王毅的腿，任他蹬任他踹就是不撒手。

背上背着高唯，脚下拖着牛三勇，王毅不堪重负一屁股坐在地上。

牛三勇头上涌出来的血糊住了他的半边脸。

高唯用胳膊勒着王毅的脖子命令他："带他去医院，给他治伤。"

王毅被勒得一张脸红里透紫，他挣扎着从牙缝里挤出来一句话："你撒手，我带他去医院。"

牛三勇："我不去医院！"

高唯松开手："不处理伤口你会流血流死的。"

王毅连咳带喘："我可不想摊人命官司。"

牛三勇依旧死死地搂着他的腿："我不跟你打官司。"

王毅绝望地问："你想干什么？要不我给你把刀，你把我杀了吧！"

牛三勇："杀你？脏了我的名声，我不是索命的，我是说理的。"

王毅崩溃了："那你说怎么办？"

牛三勇骂道："你他妈的还不服？"

王毅："服了，我真服了。"

牛三勇："你这口气分明是不服。"

王毅急得直给牛三勇作揖："大哥，大哥，要不你也给我一铁锨！"

牛三勇："我看行！"

他松开双手往起站，因为血流得过多，头有点晕，他的身子晃了两下。

高唯看到牛三勇被铁锹砍成这样，不由怒从心头起，她一手机砸在王毅的脑袋上。

一缕鲜血顺着王毅的脸流淌下来。

王毅如释重负连声说："谢谢！大姐，真的谢谢啦！谢谢你帮了我这么大的忙。"

牛三勇暴怒："谁让你动手的？手机能跟铁锹比吗？这小子占了大便宜了。"

高唯："住嘴！赶紧上医院。"

牛三勇老老实实地站起来跟着高唯往工地外面走，走了几步他回头对王毅说："你头上的那个口子不算数，你还欠我一铁锨！"

壕沟里杜鹏喊："哥们儿，拉我一把，拉我一把呀！"

牛三勇一进医院腿就软了，他拉着高唯的胳膊，每句话都说得很没底气。

牛三勇："买点纱布回去，你给我处理处理得了。"

高唯语气很坚决："不行！那不是我的工作。"

牛三勇："没什么难的，好学。"

高唯："我这一辈子也不学外伤处理，你就死了这份心吧。"

医院急诊1室。医生在给牛三勇检查伤口，高唯等在一边。

医生：“怎么弄的？”

牛三勇：“多喝了两杯，撞铁器上了。”

医生：“伤口太大要缝针。”

牛三勇一听针这个字，身子立刻软了：“大夫，不缝不行吗？”

医生：“不缝伤口能长住吗？”

高唯口气很坚决：“别听他的，缝！”

医院急诊 2 室。杜鹏眼圈乌黑像熊猫一样，鼻子肿成了蒜头。

医生在给王毅的脑袋处理伤口。

医生：“怎么弄的？”

王毅：“骑车子撞的。”

医生问：“你俩谁撞谁的？”

王毅和杜鹏面面相觑。

医生看了一眼杜鹏：“你这么大的块头怎么能被他撞成这样？”

杜鹏深深地吸了一口气才没让自己骂出声来。

急诊处置室。医生给牛三勇清洗伤口，她对高唯说：“家属到外面等着。”

高唯转身想往外走，牛三勇一把拉住她说：“你别出去。”

护士拿着麻药针走到牛三勇跟前。

护士：“这针有点疼，你忍一下。”

牛三勇紧张得脸都白了，他说：“不缝了，不缝了，爱长成什么样就长成什么样。”

医生：“你想好了。”

高唯：“医生，别听他的。牛三勇，你死都不怕，还怕打针？”

牛三勇：“打针比死可怕多了。”

高唯跟医生商量：“他这个人不好合作，我还是留在这拽着他吧。”

医生同意了。

高唯抱着牛三勇的脑袋，看着医生给他缝针。

医生开始给他缝针。

牛三勇紧张，身子不由自主地扭动着。

高唯：“你别乱动，伤口还能缝得直一点。”

牛三勇不敢乱动了。

高唯和牛三勇从医院大门里走出来。

牛三勇脑袋上戴着一个网帽护着伤口。

高唯骂牛三勇：“就那点防御能力还吹牛呢，你要是被他一铁锨砍死了怎么办？”

她被自己的想象力吓着了，眼圈突然红了。

牛三勇瞪着她：“干什么？干什么？别给我来这个。跟你说，我第一怕女人哭，第二才怕打针。”

高唯努力把眼泪转了回去，她大踏步地往前走。

高唯："离我远点！"

杜鹏和王毅也从医院大门里出来，王毅头上沾着一块纱布，杜鹏的黑眼圈上又涂了一层黄色的膏体，看上去令人发笑。

牛三勇："咱们的事怎么算？"

王毅："医药费我给你报了。"

牛三勇从高唯的口袋里掏出来药单递给他："一共四百八。"

王毅在自己的口袋里掏出来两百块钱，又从杜鹏的口袋里掏出来两百块钱。

王毅："就这么多了，那八十先欠着。"

牛三勇："手机号多少？"

王毅报了号码，牛三勇把这个号码存在了手机里。

两伙人分头走了。

高唯和牛三勇在宿舍小区门口停住脚。

牛三勇："有一个事弄不明白，我亲眼看着你坐出租车走了，怎么突然又冒出来了？"

高唯："我要是走了就不是我了，我让司机转了个圈又跟着你们。"

牛三勇："看见你冲过来的架势，那感觉没法说。"

高唯得意洋洋："感动死了吧？"

牛三勇摇摇头："不是。"

高唯："那是什么？"

牛三勇："那是在女人身上我见过的最性感的几秒钟。"

高唯的脸"腾"地红了，她不好意思抬头。她低声说："我走了。"

话音未落，她头也不回地跑了。

牛三勇手伸到头顶上想挠挠头发，不小心碰到了伤口，疼得他蹲在了地上。

牛三勇低声骂："你二大爷的，疼死我了！"

白天。矿井。伸手不见五指的黑暗。

张一光急促的喘息声。

黑暗中出现了一个亮点，随着喘息声，亮点越来越大，看得出来是距离遥远的矿井井口。

满脸满身煤污的张一光拼着命往井口爬着。

井口就要到了。

"轰隆"一声巨响。

浓烟遮住了井口。

张一光的叫声从井口坠落到了井底。

男生宿舍。张一光一骨碌坐起来，他惊慌失措爬下床，几乎是从铺上摔下来的。

张一光摸到了放在床边的盲杖，他赤着脚举着盲杖往上面捅，盲杖什么也没碰到。

张一光慌得脸上冒出了一层冷汗。他伸着手四处摸着，摸到了桌子。

张一光站在桌子上用盲杖往上捅，盲杖碰到了屋顶发出“嗵”“嗵”的响声。他浑身颤抖搂着盲杖蹲在桌子上。

王泉醒了，他下床摸到桌子旁边，伸手拍拍张一光。

王泉：“老张，老张，醒醒。”

张一光一把抓住王泉的手：“谢谢！谢谢！你让我知道了，我没被闷矿井里。”

王泉：“有烟吗？”

张一光：“有。”

王泉：“给我一根。”

张一光和王泉坐在铺上，一人一根烟默默地抽着。

张一光：“有心事？”

王泉：“这年头，谁没有心事？”

张一光：“马跃这小子到底去哪了呢？”

王泉：“你应该知道。”

张一光：“为啥？”

王泉：“我觉得他跟你更随便一些。”

张一光：“其实马跃跟孔大夫走得比我近。”

王泉心里“咯噔”一下，他说：“我知道，孔佳玉一直把他当弟弟看。”

张一光：“别人可不这么看。”

王泉：“传言一向杀人不见血，幸亏老天有眼，它不信传言。”

张一光：“老天爷真的要把眼睛闭上，它连猫头鹰都不如。赶紧选个日子结婚吧，省得夜长梦多。”

王泉：“夜再长也有天亮的时候吧？”

张一光：“那可不一定，我闭着眼睛睡了一夜，天就没再亮过。”

白天。王泉、孔佳玉、金嫣、都红在一个推拿室里干活。

王泉竖着耳朵听孔佳玉发出来的动静。

孔佳玉已经结束了推拿开始给客人做全身放松。

她的手拍在客人的后背上发出来五、二、一的节奏。

王泉心中大喜，紧跟着他拍出来五、二、一的节奏。

客人：“王大夫，刚推了半边身子，就结束曲了？”

王泉："一会再从头推。"

客人："赏我的？"

王泉："对，赏你的。"

孔佳玉下钟了回到休息区。

王泉也下钟回到休息区。

王泉走到孔佳玉的旁边坐下。

孔佳玉："我给我爸妈打电话了。"

王泉知道关键的时刻到了，他坐直了身子。

孔佳玉："我跟他们说，我谈恋爱了，对象跟我一样，是个全盲。"

王泉紧张得两个手心里都是汗，他艰难地咽了一口吐沫。

王泉："他们说什么？"

孔佳玉："我跟他们说，我爱你是一只眼睛，你爱我又是一只眼睛，这下两只眼睛都齐了。"

王泉被她深深地感动了，伸手抓住她的手。

孔佳玉甩开他的手："你不是怕别人看见影响不好吗？"

王泉："让他们看，好好看，能看见算他们这辈子有福气。"

孔佳玉脸上挂着笑，站起身走了。

王泉："你去哪儿？"

孔佳玉没说话。

王泉顺手拿起来一只小圆凳子，孔佳玉停在哪，他就顺着她的脚步声把凳子放在她的身后。

孔佳玉扭过头问："你干什么？"

王泉："累了一猫腰就能坐下。"

孔佳玉忍着笑坐在小圆凳子上。

王泉摸到一张报纸当扇子给孔佳玉扇风。

孔佳玉嗔怪道："大冷天的干什么呀？"

王泉："你摸，我一脑门子汗。"

孔佳玉伸手摸，果然手上有汗。她掏出来面巾纸捧着他的脸给他擦汗。

王泉一把抱起她在地上转了一个圈，两人撞在沙发上，同时摔倒了。

孔佳玉坐在地上捂着嘴不让自己笑出声来。

王泉站起来捂着摔疼的屁股直咧嘴。

芒来走过来差点绊在孔佳玉身上。

芒来："谁呀？"

孔佳玉："我，系鞋带呢。"

王泉笑着爬起来挪到沙发上坐下，他装作什么事情也没发生。

牛三勇走进来。

王泉摆脱不了牛三勇留给自己的阴影，听到他的动静，身子挺直颈椎发僵，笑容立刻僵在脸上。

牛三勇："什么事这么高兴？"

芒来脸冲他勉强地笑了一下，笑容立刻收了回去。

孔佳玉脸上挂着笑容："高唯被沙老板派出去买东西了。"

牛三勇脸上流露出失望："哦。"

沙复明办公室。音响的红色指示灯跳动着。

安德列·波切利的《今夜无人入眠》在房间里低低地回荡。

沙复明闭着眼睛沉浸在动人的歌声里。

有人敲门。

沙复明睁开眼睛："进来。"

芒来走进来："老板。"

沙复明："芒来吧。"

芒来没说话，他竖着耳朵听歌。

沙复明："意大利的盲人歌唱家，安德列·波切利。"

芒来："盲人？"

沙复明"盲人。"

芒来被他的歌声震撼了，呆呆地站在那里。

沙复明："唱得好吧？"

他像是回答又像是自言自语："真好，他是怎么做到的？"

沙复明："他爸跟他说过一句最著名的话，当你看不见世界的时候，就让世界看见你。"

芒来在心里默念着："安德列·波切利。"

沙复明："芒来，这里没外人，你跟我掏掏心窝子。"

芒来："嗯。"

沙复明："躲在网吧里也不是个办法。"

芒来："我对付不了她们两个人。"

沙复明："邓晓梅跟薛旺的婚姻从法律上来说是无效的，他们没有办手续。"

芒来一怔。

沙复明："选择很难，那你也得有个选择吧？这样对她们俩才公平。"

芒来低声说："我知道。"

沙复明："你更喜欢谁一些？"

芒来："我也说不好。"

沙复明叹了一口气："去吧。"

芒来转身往外走，走到门口他忽然回过头问："那歌叫什么名字？"

沙复明："《今夜无人入眠》。"

薛旺站在巷子口，远远地看着推拿中心的门口。

邓晓梅满腹心事站在门口发呆。

崔云拎着菜筐走过来，她问邓晓梅："下钟了？"

邓晓梅："嗯，崔姐，你买菜回来了？"

崔云："嗯。"

邓晓梅："我帮你择菜。"

崔云："好。"

两人回去了。

薛旺转身拎起来放在地上的大口袋走了。

一个喝空了的可乐罐，他一脚踹瘪了，捡起来扔进大口袋里。

王泉和孔佳玉坐在休息区角落里说话。

王泉："我见到他就脑袋发木，浑身发紧。"

孔佳玉："你老躲也不是那么一回事。牛三勇现在跟高唯走得很近，我得靠高唯给我派活，为了我，你也要跟他搞好关系。"

王泉："他不是我的客人，我怎么跟他搞关系？"

孔佳玉："你怎么那么死性？非得是客人才能搞好关系啊？"

王泉沉默着不说话。

孔佳玉："是人都怕一个'好'字，你对他好，他想跟你狠都狠不起来。"

王泉："你说得在理。"

孔佳玉："他能帮别人找你讨债，就能帮你找到王海。"

王泉进来办公室："沙老板。"

沙复明抬起头面向他："有事？"

王泉一屁股坐在沙发上，两只手在脸上使劲搓了搓。

沙复明："说吧。"

王泉："我遇到了麻烦，实在无人可找，还得求你。"

沙复明："你这话说的就见外了，兄弟间搭把手的事，什么求不求的。"

王泉："我弟弟背着我父母把他们的房子卖了。"

沙复明大吃一惊："啊？"

张宗琪走过来，围着推拿中心的房子走了一圈。他脸上的神情很复杂。

高唯从门里出来看见他。

张宗琪盯着影壁墙上的画像发现了新大陆一样。

张宗琪：“谁画的？”

高唯：“马跃。”

张宗琪吃了一惊：“马跃这小子还有这两下子？真没看出来。花了多少钱？”

高唯：“花了个颜料钱。”

张宗琪：“那小子为什么走？”

高唯叹了口气：“不知道。”

张宗琪：“回家了？”

高唯：“他爸再婚了，继母生了妹妹，他在那个家里不自在，不会回去的。沙老板也打电话问过了，确实没有回去。”

张宗琪：“他爸挺有钱是吧？”

高唯：“自己开着一家公司。”

张宗琪：“还是的，马跃是儿子，钱早晚还不都是他的？这小子，跟钱生什么气？”

马跃背着双手，在马路上走着。

汽车的鸣笛声此起彼伏。

马跃觉得累了，坐在路边花坛的台阶上。

太阳晒在头顶上很热，他觉得脑袋晕了一下，出现了瞬间的空白。

马跃抬起头闭着眼睛对着正午时分的太阳。他突然发现眼皮不再是黑的，它变成了浅褐色。

马跃的心“怦”“怦”跳了两下，惊讶地睁大了眼睛。

汽车“轰”的一声开过去。

马跃还是什么都看不见。

牛三勇脑袋上戴着网罩站在汽车修理厂院子里看工人们修车。

树下挂着的四只鹩哥七嘴八舌呱噪着。

有的学发动机和喇叭声。

有的说修车专用语。

手机铃声响。

牛三勇掏出来手机放在耳朵旁边：“喂！喂！”

手机里没有声音，铃声还在执着地响着。

原来是一只鹩哥在模仿他的手机铃声。

牛三勇笑着骂了一句：“二贵，你闲的吧？”

叫二贵的鹩哥学他咳嗽。

手机铃声再次响起来，手机的显示屏亮了，上面显示出前辈两个字。

牛三勇赶紧接电话：“喂，前辈。”

王泉坐在沙发上听沙复明打电话。

沙复明：“给你个任务，把王海找着。”

牛三勇的声音：“前辈，我已经跟你保证过了，不再为难王大夫。”

沙复明：“把他找来，交给我。”

牛三勇的声音：“明白了！”

张宗琪跟沙复明在走廊上遇见了。

张宗琪站住了脚。

沙复明开口问道：“老张吧？”

张宗琪强挤出来一个笑脸：“什么动静也瞒不了你啊。”

沙复明：“这么多日子不露脸，躲着我是不是？”

张宗琪：“没有，没有。拆东墙补西墙，四处借钱呢。”

沙复明：“进来说话。”

张宗琪硬着头皮跟沙复明进了他的办公室。

沙复明坐在办公桌前，张宗琪坐在沙发上。

沙复明：“事不能总撂着，该解决趁早解决，越拖麻烦越多。”

张宗琪很苦恼：“这么多年的朋友，怎么突然变成这样了？老沙，我信任你，从来都是信任你的。”

沙复明没有说话。

张宗琪：“所有的人都不信任我了，你也是信任我的。对吧？”

沙复明说：“那你误会我了。”

张宗琪一怔。

沙复明：“股票的事我不知道之前是这样的。”

张宗琪艰难地咽了一口唾沫：“钱我肯定还给你。”

沙复明：“什么时候还？”

张宗琪：“现在我真的没钱。”

沙复明：“你永远没有有钱的时候，你拿着这笔钱买房子开店，供儿女读书，将来还会给儿子娶媳妇。我算什么？给你提供无息贷款的银行吗？”

张宗琪：“老沙，你这么说话，简直是用锅盖拍我的脸。”

沙复明：“你在用手拽我的动脉，再强悍的心脏也禁不住你这样的祸害。”

张宗琪困难地扭了一下脖颈：“别一生气就把话往火葬场里说，消消气，不就是

五十万块钱吗？我砸锅卖铁还给你还不行吗？赶紧的，给我收拾一下腰，疼得我一晚上都没翻身。”

VIP 推拿室。张宗琪趴在推拿床上，沙复明给他做推拿。

张宗琪舒服得直哼哼：“哎哟，哎哟，不是我用你，是我身上这些发酵发胀的贱骨头需要你。这双手！哎哟，你死了我非把你这双手做成标本供起来。”

沙复明被他说乐了：“夸我呢，还是骂我呢？”

张宗琪：“你把我当朋友听着就是好话，把我当敌人听着就别有用心。”

沙复明：“这里肌肉打结了，那里液酸分泌过多，这里受风寒僵硬了，那里长期紧张拉伤了。躺在这张床上的人，都是需要我的人。”

张宗琪：“这里，就是这里，酸啊，胀！”

沙复明：“这是三焦枢，第一腰椎，脊突之下，旁开一点五寸，按这个穴位有利于三焦疏通水道的作用。按这对你有好处。”

张宗琪：“流年不利，见不着一点儿好，见到的全是麻烦。”

沙复明：“你有什么麻烦？”

张宗琪：“今天一点儿，明天一点儿，攒多了，麻烦就变成麻木。麻木了还疼什么？不疼了。”

沙复明：“不疼了你找我干什么？”

张宗琪：“我这是个比喻。”

沙复明：“你这个人一提到钱字就奋不顾身，叫你疼的事肯定跟钱有关。”

张宗琪：“这个世界上有跟钱没关系的事吗？”

沙复明：“俗跟欲是同源字，都从谷根，吃五谷者即为俗即有欲。”

张宗琪：“别跟我拽你的学问，我爹妈两个人合起来都没看完过一本书，我比他们强不多，读过一本《红楼梦》。那东西，叫起真章来用不上。”

沙复明：“黑夜里一个盲人打着灯笼赶路，路人问他，你啥也看不见，打灯笼干吗？盲人说，你们能看见灯笼，就会给我让路啊。”

张宗琪眨巴着眼睛看着他：“你说这些话的重点是什么？”

沙复明嘴角挂着笑：“你说呢？你本事大，每一句话你都可以当笑话听。”

张宗琪：“老沙，推拿中心到我手里的活钱被你收回去了一半，好歹给我留口气，我都快急出疝气来了，你让我缓一缓再提分开的事。算兄弟我求你了！”

二十三

汽车修理厂。牛三勇打电话，电话接通。

王毅的声音传出来："哪位？"

牛三勇："你牛爷爷！"

王毅的声音："哎呀，勇哥！"

牛三勇："二十分钟以后，四通茶馆见。"

他不等对方回答就把电话挂了。

牛三勇坐在四通茶馆里边喝茶边教育王毅和杜鹏。

牛三勇："为了屁崩的俩钱，连是非都没有了。吴和平是你俩的爹呀？我这么跟你说，你爹要是喜欢上别的女人跟你妈离婚了，他不给你抚养费，还不让你妈见你。你啥滋味？"

杜鹏眨巴着眼睛冒出来一句话："我爹死了，死了好几年了。"

牛三勇绝望地两手一摊："难怪我郁闷呢，身边全是智障，我发现我这水平真跟你们尿不到一个壶里。"

王毅："勇哥，你往通俗了说，到底要我们干什么？"

牛三勇用手指着他："你别用这种低贱又顽强的眼神看着我。"

王毅："勇哥，我崇拜你。你这个人仗义，一分钱不拿，为别人的事能豁出命去，值得做朋友。"

牛三勇："什么别人的事？那是我师傅的事。"

杜鹏："他老婆是你师傅？"

牛三勇："滚！"

杜鹏无辜地看着他。

王毅："勇哥，我也有事求你，我们在这个工地上干了半年活了，老板一直不发工资给我们。你要是能帮我们跟吴老板要回来工钱，我们跟定你了。"

牛三勇瞪着他们。

杜鹏和王毅被他瞪得心里发毛。

牛三勇指指自己的脑袋："你他娘的砍了我一铁锹，又用你的花岗岩脑袋砸坏了一个手机。竟然还觍着脸跟我提条件。"

王毅解释："是那个女的用手机砸的我。"

牛三勇眼睛一瞪："想让我用铁锹拍你是不是？"

王毅不敢说话了。

牛三勇问："有女朋友吗？"

杜鹏和王毅同时说："没有。"

牛三勇："提前享受一下女人的温柔暴力，你有什么委屈的？"

王毅彻底给折服了："不委屈，勇哥，你这么一说我真的不觉得委屈了。"

牛三勇："问你们一件事。"

王毅："勇哥，你说！"

牛三勇："吴和平在哪儿。"

吴和平在建筑工地上四处溜达着看工人干活。

牛三勇带着两个小兄弟走过来："嘿！姓吴的！"

吴和平看见他们三个人吓了一跳。

牛三勇指着脑袋上的伤："你叫你的人用铁锹开了我的脑袋，今天我亲自过来用铁锹把你的脑袋开个瓢。这叫一报还一报。"

吴和平用眼睛一溜，跟他关系近的伙计都不在身边。

吴和平："我没叫人打你。"

牛三勇："这年头骗子太多，傻子明显不够用。你的话没人信。"

吴和平眨巴着眼睛看着他："真的。"

牛三勇指着他的鼻子："吴和平，你这人嘴甜心苦屁眼辣。想灭我不敢自己动手，想铲人又不敢承认，把你放男人堆里，是个男人都得一脚把你踢出来。听不明白？那我掰开了揉碎了给你说说。"

牛三勇伸出手掰着手指头："打女人的男人不算男人，找打手打人的男人也不算男人，欠账不还的男人不算男人，不赡养子女的男人那就更不算男人。"

工人们围上来站在旁边看。

牛三勇叹了一口气："说你是女的吧，老娘们儿们肯定用鞋底子抽我的嘴，说你是男的，站着撒尿的老爷们个个都觉得晦气。"

吴和平敢怒不敢言，一张脸涨得通红。

牛三勇："怎么着，我说得不对吗？"

吴和平深深地吸了一口气，强压下心头的怒火，伸手搂住牛三勇的肩膀。

他说："谈生意是耗时间的事，咱们办公室里坐着聊。"

牛三勇被他弄得有点犯懵："什么意思？"

吴和平满脸笑容："我那有好茶。"

牛三勇："泡壶大红袍，低于这个档次的，爷爷不赏你脸。"

工地办公室。一壶茶摆在办公桌上。

牛三勇和吴和平坐在办公桌的两侧喝茶抽烟。

牛三勇带来的两个小兄弟坐在沙发上看着他们。

吴和平："你说这事怎么办？"

牛三勇："按照你们离婚前说好的，那房子归崔云和吴迪。吴迪的抚养权归崔云。"

吴和平："那房子是我买的。"

牛三勇："吴迪还是她生的呢！你一个人霸着三套房，给她住一套，你能死啊？！"

吴和平咬着牙根不说话。

牛三勇："没见过像你这么欺负老实人的，崔云给你当了八年老婆，给你生养了儿子。在外面拈花惹草的是你，怎么受惩罚的倒是她？凭什么离婚的时候你什么都不给她？"

牛三勇越说越生气，他"咣"的一脚踹翻了桌子。

吴和平被茶水烫得跳了起来。

牛三勇："把这王八蛋的脸拍平了！"

两个小兄弟，嘴里嚼着口香糖走过来。

吴和平慌忙讨饶："我没说不给，没说不给。"

小哥们儿把桌子扶起来，拽过吴和平搭在椅子上的外套擦干净上面的水渍。

牛三勇把一张纸拍在桌子上："照我说的写！一式两份。"

吴和平乖乖地拿起笔来。

沙复明和牛三勇坐在办公室说话。

桌子上摆着一把钥匙。

崔云推门进来。

牛三勇拿起那把钥匙递到崔云面前："我从吴和平那里把钥匙要回来了。"

崔云看着钥匙不敢伸手去拿。

牛三勇："房子现在归你了，他给我写了保证，以后决不会再为难你。"

崔云担心地问："你打他了？"

牛三勇："他要不是吴迪他爸，我打残了他。可惜他是吴迪的爸，我只能吓唬吓唬他。"

崔云松了一口气。

沙复明："再换一个锁心，这样安全。"

崔云："我不想回去住，在这里住挺好的。"

沙复明："这是你的利益，你要守住。再说你跟吴迪在这里挤一张床，晚上也休息不好。你家离这儿也不远，有自行车来回上班很方便，赶快安排一下，让三勇帮你搬家。"

崔云不情愿地拿着钥匙出去了。

沙复明："找着王海了吗？"

牛三勇："找着了。"

沙复明："你带我去。"

牛三勇："干吗要你亲自出动？我把他带到这来。"

沙复明："这里是推拿中心服务场所，他要是闹起来影响不好。"

婚纱影楼。高唯和金嫣陪着孔佳玉试婚纱。

化过妆的孔佳玉穿上婚纱光彩照人。

金嫣瞪着一双还有些残存视力的眼睛看着她。

高唯惊叹："孔佳玉，你穿上婚纱一点不比王妃差。"

金嫣："结婚的时候买一件婚纱吧。"

孔佳玉："两三千块钱，一辈子就穿那么一次，我才不花那冤枉钱呢，我把这笔钱买成瓷砖装修的时候贴在卫生间的墙上。"

金嫣："抠门。"

孔佳玉眉开眼笑："那是我的小名！"

王泉一身西服革履从更衣室里被服务人员领出来，这一身衣服让他显得英俊潇洒。

摄影师给孔佳玉和王泉摆各种造型。

金嫣充满羡慕地看着面前这一对模模糊糊的身影。她在心里问自己："我什么时候才能穿上婚纱呢？莫非真要等到我变成了琥珀的时候吗？"

芒来戴着耳机站在推拿中心门口，张一光出来。

张一光："王大夫和孔大夫去哪儿了？"

芒来没有说话。

张一光拍了他一下："问你话呢。"

芒来回过头摘下耳机问："什么？"

张一光："王泉和孔佳玉干什么去了？"

芒来："趁着没有客人，请假去旁边的婚纱影楼照相去了。"

张一光："这一对终于修成正果了，可怜了马跃，这一通闹腾，完全是卖了孩子买猴，自己逗自己玩呢。"

芒来没有说话，把耳机塞进耳朵里继续听着里面的声音。

张一光："你干什么呢？"

芒来："听歌。"

张一光："给我听一下。"

芒来摘一只耳机给他。

张一光听了一下把耳机还给他说："你还听起来洋文了，嘀里嘟噜听得明白吗？"

芒来没理他，重新戴上耳机听起来。

崔云推门进办公室，房间里有一股很奇怪的味道。

崔云顺着臭味找，在墙角处找到了一碗黑糊糊的东西。

崔云拿起来闻了一下，皱着眉头端出去了。

沙复明推门进来，走到那个角落里拿那个碗，他没有摸到。

崔云拿着洗干净的碗进来："找什么呢？"

沙复明："我放在这里的那个碗呢？"

崔云把碗递给他："这儿呢，我给你洗干净了。"

沙复明急了把空碗重重地放到了桌子上。

沙复明："你怎么不问问我就给我扔了？那是我配的治疗骨伤的药，其中的几味药，非常难淘弄。"

崔云知道惹祸了，怯懦地说："那东西闻着很臭，我以为是什么东西坏了。"

沙复明："做事情之前你不能动动脑子吗？人家是脑子比手快，你是手比脑子快。"

崔云眼睛里含着眼泪，她不说话了。

沙复明也觉得自己的话有些过分，他放缓了口气说："我这没事了，你出去吧。"

马跃在街上走着，他从背包里掏出来一瓶矿泉水，一口气灌进肚子里半瓶。

身边不时有汽车穿梭而过。

马跃累了，坐在路边的台阶上休息。他觉得"忽悠"一下，脑袋里瞬间出现了空白，他两手捂住了头。

阳光照在身上很暖。马跃松开手抬起头闭着眼睛脸冲着太阳。

浅棕色的眼皮变成了金黄色。

马跃吓了一跳，他小心翼翼地睁开眼睛。

眼前四周模糊发暗，中间有一处清晰，一株巨大的花朵突现在眼前。

马跃吓得紧紧闭上了眼睛。他问自己："做梦了吧？我又做梦了吧？"

马跃闭着眼睛狠狠地掐自己的腿，剧痛让他倒抽了好几口气。

马跃自言自语："这不是梦。不是梦又是什么？"

他慢慢地睁开眼睛。

一只巨大的蝴蝶在眼前扇着翅膀飞过去。

马跃猝不及防，像被打了一拳一样朝一侧摔过去。他清楚地看见满地的青草倾

斜着抬起头来，接住了他的脸。

马跃侧脸趴在地上，他瞪着两只乌黑的眼睛看着草丛。

草丛簌簌细语，一只七星瓢虫慌慌张张地爬过来。

马跃朝它伸过手去。瓢虫顺着他的手指爬上来。

马跃把手指举到眼前，模糊的甲虫渐渐清晰起来。

马跃甩掉手指上的瓢虫站起来。

他觉得地面离他很远。

马跃摇晃了一下往前走，两条腿迈得战战兢兢，他走得比没眼睛时还要慢。

马跃问自己："离开我九年的目光回来了？真的回来了？"

他哆哆嗦嗦地走进街心广场，他一圈一圈越走越快，最后跑起来。

由小跑到急速飞奔。

马跃大汗淋淋气喘吁吁地躲在一座母亲雕像的背后无声地哭了。他看见自己的眼泪大滴大滴地砸在水泥地面上，发出雷鸣一样的轰响。

小巷深处的麻将馆。房间里乌烟瘴气的。

王海和三个男人在打麻将，桌子上堆着十几张百元大钞。

老板娘忙着给他们续茶。

牛三勇进来。

老板娘满脸是笑地跟他打招呼："现在人手不够，凑不成桌了。"

牛三勇："不打牌，我找他。"

王海抬头看，见是牛三勇他吃了一惊。

牛三勇："出来吧。"

王海没敢动地方，他问："什么事？"

牛三勇走过去，拎着他的脖领子："出来，出来。"

三个麻友不干了："北风圈没完呢，他输着钱呢。"

牛三勇拖着王海往门口走。

老板娘一把抓住牛三勇的胳膊："这位兄弟，你别在我的地盘上撒野！"

牛三勇："这是一潭浑水，你们最好谁都别趟。"

老板娘和三个麻友被牛三勇的气势震住了。

三勇挽着王海的胳膊像一对亲兄弟走进了四通茶馆，他随手把门关上。

云水间茶室。独自喝茶的沙复明抬起头，语气平和地叫了一声："王海。"

王海站在他面前一脸痞子相："你是谁？"

沙复明站起来："认识认识？"

王海："无所谓。"

沙复明抬起右手一个耳光准确地扇在他的脸上。

这个耳光打得王海差点摔在地上，刚刚站稳，沙复明挥起左手又一个大耳刮子扇过去。

王海“扑通”一声撞在桌子上，他鼻血长流。

牛三勇简直看呆了。

沙复明声音不高，相当有威慑力：“两个耳光，一个是替你父母打的，另一个耳光是替你哥哥打的。你父母舍不得动你一根手指头，所以你才把他们逼上了绝路。你哥哥是盲人作为长子觉得对不住父母，恨你碍着双亲的面子也不敢动手打你，所以你才敢骑在他的头上拉屎。现在教育你的事我来替他们做。不服气就你站起来接招。”

高唯在前台整理她拟的合同。

王泉送客人出来，客人在账单上签过字走了。

王泉问高唯：“沙老板还没回来？”

高唯抬起眼睛看他：“这么一会儿，你问了两次了，找他有事啊？”

王泉支吾着转身往回走。

高唯叫住他：“王大夫。”

王泉：“什么事？”

高唯：“你过来。”

王泉走过去。

高唯：“我一直想给咱们推拿中心的员工做一份合同，你对这件事到底怎么看？”

王泉：“好好的，怎么又提这事？”

高唯:“上次开会你没有发言，推拿这行，你干了那么久，应该有些自己的想法。”

王泉：“我来南京求职，沙老板二话没说就把工作给我了，我感谢还感谢不过来，怎么好意思跟他提出来签合同的事？那样我也太不仗义了。”

高唯：“这跟仗义不仗义没关系，王大夫，你不想有自己的权利吗？权利跟义务应该是相等的，现在你在推拿中心只有义务和责任，根本就没有权利。”

王泉不想听，他转身走了，走了几步回过头来说：“我又不是老板要权利有什么用？干好我的活儿就行了，我不在乎权利。”

高唯一肚子的气，她坐在电脑前自己跟自己发牢骚：“你说他是胆小？还是磨不开面子？还是盲人太容易感恩？对，是感恩。盲人的一生承受不了多大的恩泽，盲人的眼睛一瞎就匆匆忙忙学会了感恩。盲人的眼里没有目光，泪光可是不少。”

电话铃声响，高唯接电话。

沙复明的声音：“叫王泉到四通茶馆来。”

王海彻底熊了，满脸眼泪地瘫坐在椅子上。

牛三勇站在一旁看着他。

沙复明铁青着脸厉声问道："你为什么把你父母的房子卖了？"

王海："赌钱输得太多，借了高利贷，还不上就把房子压上了，本想能打个翻身仗，谁想到狗屎运会一直跟着我。期限一到，房子就被放贷的拿走了。"

沙复明："你父母的房子，你在他们都不知道的情况下怎么卖的？首先得有产权公证吧？"

王海："去做一个房产公证就行了。"

沙复明："你父母跟着你去做房产公证了？"

王海："怎么可能？我花钱找了一个老头一个老太太，给他们用我父母的名字做了假身份证，让他们假扮我的父母跟我去公证处做的公证。"

沙复明："花花肠子真够多的，如果用在正经地方，没准你还是块材料。"

王海斜着眼睛看他："材料值多少钱？"

牛三勇一脚踹在椅子腿上："再犟嘴，还大嘴巴子扇你！"

沙复明："让他洗洗脸，王大夫马上到了，把他跟王大夫一起送回家。"

王海嚷："我不回家！"

沙复明："你要还是还有一点儿人味就回家看看你爹妈，别让他们白白生养你一场。"

王母围着毯子坐在沙发上，王父坐在她旁边。

王泉脸色惨白地站在沙发旁边。

王海坐在沙发跟前的凳子上。

王父问："房子多少钱卖的？"

王海："不是卖的是押的，押了三十万，那小子一转手卖了四十五万。他算赚肥了。"

王母手指着王海气得说不出话来。

王泉："卖房子的人在哪儿，你告诉我。"

王海张口就来："告诉你有什么用？你一个瞎子能把他怎么着？"

王泉："要不看你是我亲弟弟，我一刀劈了你。"

王海从来没见过哥哥说这样的狠话，他一脸的委屈："劈我干什么？不怕死，你劈他去。别说我没警告过你，那王八蛋下手狠着呢。"

王泉："你告诉我他住在哪儿？"

王海："我真不知道。"

王父："我跟你妈都是六十岁的人了，不指望你养老送终，你也别这么祸害我们哪！"

王海："我也不是故意的，再说了，我不是给你们租着房子呢吗？"

王父老脸蜡黄："谢谢！我真得好好谢谢你！"

他站起来走出去。

王海站起来："有饭吗？我饿了。"

王父拎着一根棒子进来，老爷子气得脸都走了形："我这就喂你吃！"

老爷子抡起棒子就打。

王海满屋子窜着躲："爸！爸！你疯了？！"

王泉伸手想拦，可他看不见，他颓丧地一屁股坐在沙发上。

王母一头扎在他的怀里："泉子！泉子！妈该往哪走啊？你给我和你爸指条路吧！"

王泉从小到大没跟母亲如此亲密过，他拘束地坐在那。他听见母亲的眼泪一滴一滴地落在自己的胸前，发出炸弹一样的轰鸣。王泉觉得自己的心一片一片地碎了。

王泉满腔悲愤地在街上走着。

一个少年把喝空了的可乐罐扔在地上。

空可乐罐滚到王泉的脚下，差点把他绊倒了。

王泉飞起一脚。

空可乐罐射进路边的报亭里。

报亭老板捏着空可乐罐探头出来大声问："谁干的？！"

王泉站住脚回过头："我！"

报亭老板见他是个盲人，缩回身子小声嘟囔了一句："这年头什么人都敢吹牛逼。"

汽修厂办公室。牛三勇两只脚搭在办公桌上打电话："高唯吗？"

高唯的声音："找我什么事？"

牛三勇："请你看电影。"

高唯的声音："为什么请我看电影？"

牛三勇："顺利完成了沙前辈交给的任务，受到了表扬我高兴。"

高唯的声音："什么任务？"

牛三勇："小孩子，别什么都打听，这是军事秘密。"

推拿中心前台。高唯："跟你的秘密看电影去吧。"

牛三勇的声音："别，别，《拆弹部队》票难弄着呢。"

高唯立刻满脸是笑："我早就想看这个电影了。几点的？"

牛三勇的声音："八点四十，看完电影夜宵我包了。"

高唯欢呼："今天晚上当年过了！"

夜晚。女生宿舍。高唯在一件一件地换衣服，脱下来的衣服堆在床上。

她对着镜子看哪一件穿在身上都不满意。

最后她还是选了那件她穿惯了的短款牛仔服外套，梳了一根马尾辫出去了。

高唯站在电影院门口，远远地看见牛三勇走过来，他手里拎着一个大食品袋。

高唯问他："我来早了吧？"

牛三勇说："衡量好女人的第一个标准是这女人从不迟到。"

高唯："走吧，进去吧。"

牛三勇掏出来票领着高唯进了电影院。

电影院里人员爆满，电影还没开演，银幕上在放广告。

几条粗嗓门在同时喊："勇哥！勇哥！在这儿呢！"

高唯吓了一跳，举目看。

前排的坐位上，几条胳膊在同时晃动。

陌生的面孔中有两张熟脸，是杜鹏和王毅。

牛三勇拉着高唯挤进座位。

男青年甲："勇哥，给介绍一下呗。"

男青年乙："介绍什么？明摆着是嫂子嘛。"

高唯的脸"腾"的一下红到了脖子。

小伙子们七嘴八舌一口一个嫂子。

牛三勇挨个给高唯介绍他的这些狐朋狗友。

高唯在心里骂了一句："混蛋，看电影请这么多保镖干什么？"

牛三勇把手里的大食品袋塞给高唯："这里是汉堡，先给大家一人发一个垫垫底。"

高唯非常不情愿地做了。

食品袋里剩下一个面包。

牛三勇大声问："谁没来啊？"

一个矮胖的男青年气喘吁吁地跑过来："堵车，来晚了。"

牛三勇把那个汉堡包扔给他："你他娘的参加自己的遗体告别仪式都得迟到。"

男青年们哄笑。

电影开演了。

男人们很快投入到电影的剧情当中。

坐在高唯旁边的牛三勇完全忘了她的存在。高唯愤怒地瞪着他。

牛三勇领着高唯和一群男青年从电影院里出来。

牛三勇："我请你们吃大排档。"

高唯："你们吃吧，我不去了，明天还得上班呢。"

牛三勇很诧异："不是说好了吗？你不愿意吃大排档，咱们吃别的。"

高唯说："哪个我也不吃了。"

说完她转身就走。

牛三勇不干了，追上去拉着她的胳膊小声问：“我到底哪得罪你了？”

高唯说：“你们弟兄聚会，我夹在里面算什么？”

说完甩开他的手大踏步地走了。

牛三勇呆站在马路边上，死活想不明白自己哪错了。

男青年甲：“勇哥，我去给你把嫂子叫回来。”

牛三勇：“我的女人你去叫算什么？”

男青年挠挠头皮不敢说话了。

牛三勇：“你们先往大排档那里走，我一会儿就到。”

他撒腿追高唯去了。

牛三勇追上高唯陪着高唯往前走，他边走边看高唯的脸色。

高唯不理他。

牛三勇：“你为啥生气？”

高唯：“我没生气。”

牛三勇：“那你耷拉着脸干什么？”

高唯：“我就长这样。”

牛三勇：“白天的时候不这样啊，莫非尸变了？”

高唯抬腿就是一脚，牛三勇机敏地躲过去了。

牛三勇：“你看咱俩一在一起就打架，不是联手打别人，就是你打我。这要是拍成电视剧那不是俗套嘛。”

高唯：“牛三勇，过去你跟女朋友看电影都这样啊？”

牛三勇想了一下理直气壮地说：“对呀。”

高唯：“对个屁！难怪你三十多岁了还过光棍节。谈恋爱看电影有这么成群结队的吗？”

牛三勇：“咱俩已经开始谈恋爱了？”

高唯窘得差点给自己一个大嘴巴子。她红着脸大踏步往前走。

牛三勇喜滋滋地紧跟不舍：“扭扭捏捏，这可不像你。谈恋爱又不是贪污受贿，怎么一提你就逃呢？”

高唯猛地站住脚，牛三勇猝不及防撞在她的身上，高唯的额头狠狠地砸在他的鼻梁上。

牛三勇疼得眼泪差点掉下来。

高唯捂着额头笑：“知道配不上我，也不至于哭成这样啊。”

牛三勇恨得咬牙，他两手抓住高唯的肩膀往起一拎，把她扔在了肩膀上。他大踏步地往前走。

高唯抬头看。

星光闪闪，路灯明亮。

她心情大好。

街上的行人不住地回头看他们。

高唯威胁牛三勇："扛着我过马路，你要是敢把我放下，我就回宿舍。"

牛三勇大声说："你要是敢下来，我把你的腿打折了。"

女生宿舍。都红和孔佳玉在床上熟睡。

金嫣用笔记本电脑上网，她顺利地进入了盲人聊天室。

金嫣戴上了耳机。

金嫣一惊，她听出来这是芒来的声音。

芒来的声音："我有过一个女朋友，她是我的初恋，我们的关系发展得很深。后来她为了自己贫穷的家，违心嫁给一个她不爱的人。"

网吧。芒来全神贯注地听着大家聊天。

辽东剑侠的声音："我觉得经历过的事情没有必要去回避，也没有必要去放大它。人生可以放大美好，千万不要放大痛苦。我经历一段八年的婚姻生活，种种原因吧，我觉得这种分手很正常，不能因为自己是一个残疾人，就觉得分手是如何如何的不幸。对待这件事情我还是能够比较平和地对待它。"

芒来打出来一串字，字自动发出来声音："说得好！"

太湖盲女："我和朋友出去的时候，从来不带盲杖，也不用搀扶。别人给我的关爱我心怀感激，但我不想因为是残疾人就躺到别人的身上。"

吧主："黑眼仁，别光打字，你也该上麦说点什么了。"

芒来开口说话了："我这个人的心理素质很差，当年入学校考试的时候，紧张得差点晕过去。我不善于表达和沟通，心里对别人有看法和意见不知道该怎么说出来，只会一个人在心里生闷气。我自卑，因为自卑所以过度敏感和自尊，总觉得别人看不起自己，为了维护自己的尊严，有时对别人一句无心的话也难免反应过激。"

芒来说着说着放开了："后来，有一个女人因为我的失恋爱上了我，我想了很久才接受了她的感情。就在这个时候，我的前女友跟丈夫过不下去又回来找我。我不知道该怎么办了，希望大家帮我拿拿主意。"

男生宿舍。王泉躺在床上皱着眉头想心事。

张一光问："想什么呢？"

王泉："房子。"

张一光："房子，房子，我在你这把年纪的时候，儿子都上学了，看看你还在为把结婚的床放哪犯愁呢。"

王泉叹了口气："闷在这干活的时候觉得就我一个人为没房子犯愁，出去一看，满大街走的都是没有房子结婚的人。大家都一样的犯愁，我的愁也就不算愁了。"

张一光："我在山东的时候，宿舍跟这一样，上下铺四张床。我也是住在上铺。同宿舍的人里有两个是结了婚的，有一次我下铺的那位老弟，老婆来了，他不舍得花钱住旅店，就把老婆留下来过夜。两口子用几块布把床的三面围得严严实实的，隔出来了一个封闭的空间。凭良心说，那两口子相当克制的，没有发出来一点不合适的声音。他们克制的是声音，克制不了动作，他们一动我这个上铺就得跟着动，一宿下来晃得我晕车了直想吐。"

王泉差点被他逗乐了。

张一光："你说在这种条件下干那事，那得啥心理素质？"

王泉问："这段时间怎么不见你出去洗头了？"

张一光："洗伤了，以后不去洗了。"

王泉："洗头都能洗伤了，怎么洗的，那得使多大劲儿？"

张一光："内伤啊，兄弟！"

王泉笑。

张一光："没有灵魂的肉体，那是手淫，没有肉体的灵魂那叫意淫，娘的，你说咱们男人活得容易吗？"

王泉："要是有酒就好了，半瓶子下去灌懵了，倒头就睡过去了。"

张一光像是想起来什么，他翻了个身探头下来对王泉说："我用一个秘方泡了酒，一口下去，一线封喉，从嗓子眼到肚脐眼别提多爽了。你喝不喝？"

王泉："喝起性了，挠墙去？"

张一光："送你一小瓶，留着结婚的时候喝。"

王泉："你自己留着吧。"

张一光："我拿你当自己家兄弟，你却拿我当外人。"

王泉："好，好，我要。"

张一光下床，从自己的橱子里拿出来一大瓶酒，摸索着倒出来半小瓶盖好盖子，递给王泉。

王泉小心翼翼地放在自己的口袋里。

金嫣瞪着眼睛躺在床上。

芒来的声音在她耳边回响着："该逃的我已经逃了，不该逃的再给我一次机会我们谁也逃不掉。我是必输的那一类人。"

金嫣听到窗外传来自己的哭声。她一骨碌坐起来。

夜晚。宿舍楼小区。金嫣哭嚎而来，芒来亦步亦趋紧跟其后。

金嫣鼻涕眼泪糊了一脸，她高分贝的哭声在寂静小区的上空格外嘹亮。
芒来脸色煞白完全慌了手脚。

金嫣听着自己的哭声在窗下走远了。她两眼干涸，心如枯井。
孔佳玉坐起来问："怎么了？"
金嫣："睡不着。"
孔佳玉："我也睡不着。"

崔云宿舍。崔云搂着吴迪睡着了。
邓晓梅翻来覆去睡不着。

桥下小旅馆。火车车轮的震荡让床微微颤动着。
芒来和邓晓梅紧紧搂抱着依偎在床上。
邓晓梅伏在他的耳边问："爱我吗？"
芒来回答得很坚决："爱！"
邓晓梅："看不见我也爱吗？"
芒来："爱！"
他的声音被车轮震动覆盖了。
邓晓梅大声说："我没听见！"
芒来用更大的声音回答道："爱！！"
邓晓梅伸出双手在芒来的脸上细细地摸着。
邓晓梅喃喃道："你是我的。"
芒来："我是你的。"
邓晓梅："我走到天边，你也是我的。"
她的声音被"咣当""咣当"的火车轮声覆盖了。
邓晓梅心里气恼，她拉过来被子蒙住了头。

薛旺站在宿舍楼下仰着脖子数楼上的窗子。
邓晓梅住的宿舍黑着灯。
他失望地走了。

大排档。高唯坐在牛三勇的旁边，跟他一口一杯地拼啤酒。
牛三勇的狐朋狗友们在旁边吆三喝四地跟着起哄。
牛三勇喝大了，摇摇晃晃地站起来，他抖肩膀跺脚，围着桌子跳起西班牙斗牛舞。
高唯笑得捂住了肚子。

老板和伙计满脸是笑站在旁边看热闹。

芒来回来了，他坐在宿舍桌子旁边鼓捣着他的笔记本电脑。

张一光翻身坐起来：“曲芒来，你能不能不把键盘敲得噼噼啪啪地响？”

芒来：“关你什么事？”

张一光：“不动那个电脑你能死啊？”

芒来回答得很干脆：“对，能死。”

张一光：“你可别死，你死了，你那一妻一妾就都成寡妇了。”

芒来脸顿时涨得通红：“你别满嘴喷粪！”

张一光嬉皮笑脸：“一妻一妾是比不上皇上，皇上三宫六院七十二妃，你才两个，伤自尊哪。”

芒来站起来伸手去摸上铺的张一光，他的手碰到张一光的胳膊。

张一光一把抓住芒来的手腕，使劲一掐，芒来动弹不了了。

芒来使劲挣扎。

张一光教训芒来：“你把这个火爆劲使在那金嫣和邓晓梅身上多好，看看你夹在她们中间左右不是的那个德性。连个太监都不如。”

听张一光提金嫣和小梅，芒来的劲一下泄了。

张一光察觉出来他已斗志涣散，于是松开了他的手。

芒来萎靡不振地坐回到桌子旁边。

张一光一脸的关心：“哎，金嫣和小梅在你身边斗法的时候，是不是你最享受的时候？”

芒来不说话。

张一光：“我这是典型的皇帝不急太监急。”

王泉在上铺重重地翻了个身。

张一光的注意力从芒来的身上转移到王泉的身上。

张一光：“王大夫还没睡吗？”

王泉：“这么吵能睡着吗？”

男青年们簇拥着牛三勇站在马路边上打车。

男青年甲：“勇哥，我送你们回去吧。”

牛三勇：“你们走吧，我送她回去。”

男青年乙：“你行吗？”

牛三勇眼睛一瞪：“她喝完酒都能走直线，我一个大老爷们还能玩醉拳？”

男青年们不放心，犹豫着不想走。

牛三勇：“滚！赶紧滚，别影响我们俩搞对象！”

男青年们嘎嘎笑着一窝蜂跑了。

牛三勇和高唯摇摇晃晃地在马路上走着。

牛三勇伸手搂住高唯的脖子，高唯往下扒拉他的手，死活扒拉不下去。

牛三勇：“我喜欢你！”

高唯白了他一眼：“别跟我说酒话，男人的酒后吐真言，像假币一样祸害人。”

牛三勇：“我说得不是酒话，是真话。”

高唯立刻从口袋里掏出来一个小本：“那我记下来。”

牛三勇：“记吧。”

高唯：“说！”

牛三勇：“快点爱上我吧。”

高唯笑着问：“你还能说得再不要脸一点吗？”

牛三勇：“不能，这是我的极限了。”

高唯看着他。

牛三勇：“不要这样看我，你再这样看我，我就求婚了。”

高唯依旧看着他。

牛三勇用近乎耍赖的口气说：“嫁给我吧，嫁给我吧。又不是公款请客，你就别客气了。”

高唯：“我是经常犯错误，但是我再错也没错到受惩罚嫁给你的份上吧？”

牛三勇的脑袋终于短路了，跟不上高唯的思维。他气得伸出两只手捧着高唯的脸仔细看着。

高唯十分镇定地由着他看。

牛三勇言不由衷地说：“你说你这张脸上怎么没有一块好看的地方呢？”

高唯手里的本子直接拍在他的面门上。

牛三勇站立不稳，一个屁股墩坐在地上。

高唯伸手拦住一辆出租车，把牛三勇拉起来塞进车里。

司机问：“去哪儿？”

牛三勇用最后的一点儿清醒说了地址就彻底醉了。

出租汽车开走了。

牛三勇家卧室。高唯满头大汗，用尽全身的力气把牛三勇弄到床上。

高唯给牛三勇脱了鞋，脱了外套，拉过被子盖上。她精疲力尽一屁股瘫坐在地板上喘着粗气。

牛三勇的房间又脏又乱，高唯随手把他扔在地板上的脏衣服捡起来，扔在沙发上。她站起来往外走，走到门口把钥匙放在橱子上，橱子上洒的果汁黏在她的手上。

高唯皱着眉头返身回来进厨房间洗手。

水池里堆满了没洗的碗碟。

高唯眼睛瞄着那堆脏碗洗着手，她心一横，索性拿洗洁精洗起那堆脏碗。

高唯手脚麻利，很快把厨房收拾得完全变了样。

洗衣机轰隆隆转着。

高唯撅着屁股在擦马桶。

阳台上挂着洗干净的衣物和床单。

高唯把拎在手里的大垃圾袋扔进垃圾筒里转身走了。

烤红薯的摊位。烤红薯的老刘从炉子里拿出来一个烤红薯递给薛旺。

烤红薯的老刘："清仓了，给五毛钱吧。"

薛旺给了他五毛钱接过红薯蹲在墙角吃起来。

老刘抽着烟看着他。

薛旺噎住了。

老刘从摊位下面的暖壶里倒了一杯热水给他。

薛旺感激得喝了。

老刘："这么晚不回家在外面转悠什么？"

薛旺："我家不在这儿。"

老刘："听口音你陕西人吧？"

薛旺："你去过那？"

老刘立刻换上一口陕西腔："我是陕西榆林人。"

薛旺高兴："我陕西宁陕人。"

老刘："来南京打工？"

薛旺："不是，我来找媳妇。"

老刘一愣："你想娶城里的女人？"

薛旺："我结婚了，媳妇跑出来打工，我想把她领回去。"

老刘："哦，看你这岁数，你媳妇也不小了吧？心咋还这么野呢？"

薛旺："二十二，比我小十岁。"

老刘："你还有这好福气？"

薛旺："她是盲人。"

老刘一愣："难怪。"

薛旺："我攒了十几年的钱才娶了她。"

老刘："多少钱娶的？"

薛旺："十万。"

老刘："有这钱，咋不娶个健全的女人。"

薛旺："我一条腿有毛病，小时候落下的，我娶过一房老婆过门刚一年就死了。"

老刘："难怪。"

薛旺把最后一口红薯塞进嘴里："你来南京就是为了卖这个？"

老刘："我儿子考上了南京的大学，我得挣钱供他念书。"

薛旺："那得多少钱？"

老刘："四年读下来，连吃带喝也得十万。我儿子知道心疼我，一分钱都不乱花。"

薛旺："卖四年烤红薯能卖出来十万块钱？"

老刘："早上五点我去帮人进菜卖菜，十二点早市关了，我就出来卖烤红薯。一天下来也不少挣。"

薛旺："我媳妇她不跟我回去。"

老刘："你咋办？"

薛旺："找活干，挣着钱等她。这几天我捡矿泉水瓶子卖，已经把饭钱挣出来了。"

老刘："睡哪？"

薛旺："逮哪睡哪，这里比咱老家暖和，冻不着。"

说完，他站起身走了。

老刘看着他一瘸一拐的背影，喊了一声："兄弟！"

薛旺扭头看他。

老刘："不嫌弃跟我一起挤挤，房子小，两人转身也够了。"

高唯蹑手蹑脚地开宿舍门进屋，脱下外套挂起来。她走到床边脱鞋上床。

金嫣轻声问："几点了？"

高唯吓了一跳："快一点了。"

金嫣翻了个身没动静了。

高唯躺在床上瞪着眼睛看着屋顶。

夜晚。街道。牛三勇："嫁给我吧。"

高唯笑着问："你还能说得再不要脸一点吗？"

牛三勇："不能，这是我的极限了。"

高唯看着他。

牛三勇："不要这样看我，你再这样看我，我就求婚了。"

高唯甜蜜地笑了。

金嫣瞪着一双盲眼盯着黑暗处。

聊天室里芒来的声音："我心里很苦。这种苦是说不出来的。没有人理解我，我一个盲人貌不出众，何德何能让这两个女人一起争着爱我？"

早晨。阳光射进屋内，牛三勇睁开眼睛，他翻了个身坐起来，眼前的情景叫他吃了一惊。

脱下来的衣服整整齐齐叠好放在凳子上。

床头柜上的汽车杂志摞得整整齐齐的。

地板擦得锃光瓦亮。

牛三勇跳到地上。

客厅收拾得前所未有的整齐。

牛三勇在地上转了一圈，摸着后脑勺嘀咕了一句："不是昨天晚上喝断篇，睡错人家了吧？"

推拿中心大门口。张宗琪两手背在身后痴痴地看着这幢房子。

高唯骑着三轮车载着都红在他身边停下。

高唯："张老板早！"

张宗琪："早，早。"

高唯从车上抱起洗干净的床单，拉着都红一起进了推拿中心的大门。

张宗琪跟在她们后面也进去了。

推拿中心休息区。沙复明走过来。

高唯："沙老板来得更早。"

沙复明："你们早，张老板在后面吧？"

张宗琪见到沙复明心里有些不自在，他挤出来一脸的笑："好耳力。"

沙复明："昨天晚上 6 号推拿室的空调没关，空调整整转了一夜。"

高唯一怔："哎呀，要死，我忘了。"

张宗琪立刻抓住了话题："你知道现在一度电多少钱吗？"

高唯："不知道。"

张宗琪："五毛八。这一晚上最少浪费了四十块钱。"

高唯："对不起，张老板。"

张宗琪："对不起这三个字值四十块钱吗？"

高唯心里生气，口气不免硬起来："那你扣我四十块钱好了。"

张宗琪一愣："你这是什么态度？"

高唯："我道歉你说不值钱，让你从我的工钱里扣，你嫌我的态度不好。你说我该怎么着？"

张宗琪："老沙，你看见了没有？"

沙复明息事宁人："错谁都犯过，下次注意就是了。前台没人，赶紧去吧。"

高唯气哼哼地摔上了休息区的门。

张宗琪："你不能这么护着她。"

沙复明："前台本来就是一个容易出错的地方，账目上有些微小的出入是难免的吧？把客人的姓名写错了也是难免的吧？下班的时候忘了关灯、关空调是难免的吧？换上谁都做不到万无一失。你说是不是？"

张宗琪想起老婆发起的那场羊肉事件，立刻把想说的话咽了回去。

沙复明推了一下休息区的门："老张，这个门后面得按个门吸，要不门突然关上会碰到人。"

张宗琪："小刀擦屁股净整悬的，谁那么倒霉呀？"

沙复明："还是按上吧，这个事我已经跟你说过两回了。"

张宗琪："好，好，我抽空按。"

推拿中心门口。王泉送客人出来："下周五见。"

客人："好，下周五见。"

客人走了。

牛三勇走过来，他主动跟王泉打招呼："忙完了？"

王泉愣了一下，脸上立刻挂满了笑容："来了？"

牛三勇："老王，你敢拿刀把自己剖了，怎么镇不住你弟弟呢？"

王泉尴尬，张了一下嘴，不知道该说什么。

牛三勇："我发现，你见了我就像牛魔王见了孙悟空一样，老王，在江湖上混，三教九流都得打交道，要不这样，咱俩来场江湖仪式，喝顿酒弄个一笑泯恩仇？"

王泉："你帮了我忙，我应该请你喝酒。"

牛三勇："你把话说拧了。老沙是我尊敬的前辈，他托我办事，我责无旁贷。跟你说心里话，你剖自己的那一刀让我很有挫败感。这么挫败我都让自己过去了，你有啥过不去的？"

王泉："过去了，过去了。"

牛三勇："改天咱们喝酒。"

王泉："好，喝酒。"

二十四

推拿中心前台。高唯撅着嘴在前台整理客户信息。

牛三勇进来了。

高唯看了他一眼没说话。

牛三勇："怎么了？"

高唯嘟囔了一句："没怎么。"

牛三勇悄悄问她："昨天晚上，你帮我收拾家来着？"

高唯翻了他一眼："你的房子脏得就像猪窝一样，估计蚊子叮你一口，吸管都得被污泥浊水堵上。"

牛三勇尴尬："我有那么脏吗？"

高唯："把你这头猪从出租车里拽出来，再拖进屋是体力活吧？把你那两室一厅一厨一卫的房子，彻底清扫一遍是体力活吧？"

牛三勇装模作样冲她深深鞠了一躬："您辛苦啦！"

高唯："我这人天生的泥鳅命，污泥里能活，浑水里能活，清水里也能活。学得了 MBA，也干得了家政。哎，你说，一个 MBA 的旁听生，要是斗不过一个家庭妇女，丢的是谁的脸？"

牛三勇被她问糊涂了，眨巴着眼睛看着她。

高唯替他回答："丢的是知识分子的脸。"

牛三勇眨巴着眼睛看着她："哪个家庭妇女惹你了？"

高唯："惹我算什么？她公然挑战的是企业制度。"

牛三勇："这个世界上还有敢和你叫板的人？"

高唯拿起笔在纸上写了高唯两个字。

高唯："你觉得我的名字起得怎么样？"

牛三勇："凑合。"

高唯："我以后改名叫这两个字。"

她在纸上划拉了高危两个字。

牛三勇："为什么？"

高唯："我在这干的就是高风险的职业，做好了做坏了都得罪人。说嘴的人永远是正确的，尽责的人永远是王八蛋。我现在扮演的就是王八蛋这个角色。"

牛三勇瞪着眼睛看她。

高唯："看我干什么？"

牛三勇："平时都是你骂别人，今天突然变成自我谩骂，我有点不习惯。"

高唯："张老板的老婆利用职权占店里的小便宜，我没给他留面子，张老板就处处拿话挤对我。"

牛三勇："推拿中心的账你管着？"

高唯："嗯。"

牛三勇："权力不小啊。"

高唯："蚂蚁从我账上走过去也得跟我打声招呼。"

牛三勇压低声音："我要是你才不发牢骚骂街呢，坐在你这个位置，动动哪个手指头都能捞点外快。"

高唯："张老板和沙老板都是打工出身，什么样的猫腻不知道？你来玩玩试试？不把你自己玩进去才怪。"

牛三勇："张老板我不知道，沙前辈的手段我已经领教过了。权当我说着玩。"

高唯："你是来找沙老板的，还是来找我说着玩儿的？"

牛三勇："分那么清楚干什么？"

高唯："这是原则问题。"

牛三勇："哪那么多原则？"

高唯："没规矩不成方圆。"

牛三勇："你干脆改名叫高规矩或者高方圆得了。"

高唯："你知道规矩怎么解释？方圆又怎么解释？"

牛三勇："不知道。"

高唯："规：圆规；矩：角尺。比喻做事要遵循一定的法则。这是法家思想流派的一种观点。"

牛三勇慌忙转身往里面走："打住，打住。"

高唯："站住！"

牛三勇乖乖地站住了。

牛三勇："你到底想跟我说什么？"

高唯："一、这个位置我坐定了，谁想炒了我必须把炒我的原因讲明白；二、昨天晚上我为你当了装卸工和清洁工，不能这么不清不楚地就完了。"

牛三勇："我请你吃饭。"

高唯："折现吧。"

牛三勇："见钱眼开。"

高唯：“你是我老师。”

牛三勇嬉皮笑脸：“高唯，咱俩算得上是老交情了。”

高唯：“像以色列和巴勒斯坦一样？”

沙复明在走廊里叫了一声：“三勇，是你吗？”

牛三勇答应了一声赶紧跑了过去。

牛三勇跑过休息区。

王泉叫住他：“三勇，你来一下。”

牛三勇看他一脸神秘觉得好奇，走过来：“什么事？”

王泉把从口袋里拿出来张一光送他的小半瓶酒，塞到牛三勇的手里。

王泉：“养生酒，壮阳补气。”

牛三勇一怔。

王泉伏在他的耳边小声说：“好使，神力。”

牛三勇很痛快地收下了。

听着牛三勇的脚步声走远了，王泉如释重负，一屁股坐在椅子上。

电话铃响。

王泉接电话，他听着里面人说话，对方说完，他把电话挂了。

王泉坐在椅子上发呆。

孔佳玉下了钟摸索着走到王泉的身边坐下，她摸摸王泉的手。

孔佳玉：“手这么凉？”

王泉：“王海被我爸逼着给我打来了电话，说卖房子的那个人叫罗大力，住在××街46号。剩下的事他就不管了。”

孔佳玉：“这叫什么话？”

王泉说：“他说，我能把房子要回来，是本事，要不回来想把他怎么着就怎么着吧，他就是烂肉一块，想怎么吃随便。”

孔佳玉生气了：“这事你别管。”

王泉：“我父母怎么办？”

孔佳玉急了：“你答应过我不再管他的事！”

王泉：“我就是个瞎子，也不能看着我的父母老了老了流浪街头吧？他们生我养我一回，我总要给他们一个交代。”

孔佳玉生气，站起身走了。

王泉坐在那里半天没动地方。

夜晚。孔佳玉坐在宿舍床边生闷气。

走廊里几次有人走过。

孔佳玉竖着耳朵听，都不是王泉。她坐不住了起身出去。

孔佳玉敲男生宿舍的门，没有人应答。

孔佳玉推门，门锁着。

孔佳玉打王泉的电话，电话通着就是没有人接电话。

街灯璀璨，行人匆匆。

王泉戴着墨镜在满腔悲愤地走着。

口袋里的手机铃声终于停止了。

饭店门口。薛旺穿着一件后面印着一个“P”字母的衣服指挥着车辆进入车位。

老刘骑着他的烤红薯车过来：“接着。”

他把一个烤红薯扔过来，薛旺接住了。

老刘：“咋样？”

薛旺：“刚开始不摸门，现在没问题。”

一对男女拎着打包的剩菜剩饭从饭店里出来。

男人开车门让女人上车。

女人把手里的饭盒递给男人：“放后备箱里。”

男人接过来饭盒看了一眼：“不叫你拿偏拿，拿回家谁吃？还不是放冰箱里坏了再扔？”

薛旺过来看了一眼插在车窗上的停车票，又看了一眼手机上的时间。

薛旺：“六点五十到八点，算一个小时，五块钱。”

男人掏出来五块钱给他，顺便把手里的饭盒也递过来。

男人：“这些菜都没动过，不嫌弃就拿回去吃，嫌弃就帮我扔了。”

薛旺接过来饭盒：“不嫌弃！不嫌弃！”

车开走了。

薛旺把饭盒递给老刘：“拿回去，下班咱俩喝酒。”

老刘眉开眼笑：“你小子窝在山沟子里真是瞎材料，你到南京才几天，竟然混得比我还有能耐。”

薛旺：“白菜有点咸，态度有点酸哪。”

老刘：“放在一起能腌一缸好酸菜，奶奶的，我是替你高兴。”

薛旺：“知道。”

老刘：“打电话了吗？”

薛旺：“费钱，让别人帮我发了个短信，她没回。”

老刘：“老母鸡孵小鸡还得搂二十几天呢，何况暖一颗活人的心。急不得。”

薛旺：“有吃有喝，守着老婆，我不急。”

街道。一辆辆的汽车在从身后驶过。

王泉下了决心，他猛地转过身，伸手拦车。

一辆出租车在他身边停住。

王泉摸到汽车旁边。

司机探头出来问：“去哪儿？”

王泉：“×× 街 46 号。”

司机等着他上车。

王泉：“给我开车门！”

司机这才明白他大黑天戴着眼镜不是为了耍酷，他是一个盲人。

司机下车给他开了车门。

王泉上车，出租车开走。

沙复明宿舍。音响的红色指针跳动着。

沙复明闭着眼睛陶醉在音乐中。

有人敲门。

沙复明：“进来。”

孔佳玉推门进来：“沙老板。”

沙复明坐直了身子拧小了音响的声音：“孔大夫，有事吗？”

孔佳玉：“我也不知道这事该不该跟你说。”

沙复明：“你既然来了，就是想跟我说。说吧，看看我能不能帮上忙。”

孔佳玉：“王泉去找那个逼王海卖房子的那个人去了，他赤手空拳，什么都看不见，那不是干吃亏吗？”

沙复明一怔：“地址你知道吗？”

孔佳玉：“×× 街 46 号，你看用不用报警？”

沙复明：“没确定他是不是真的去了那里，也没确定他是不是真的出了事。暂时先不要报警。”

孔佳玉：“王泉这个人我太了解他了，表面看着挺随和，一旦把他惹怒了，他发起狠来就伤自己。上次他弟弟欠下赌债，他就用刀把自己给割了一个缝了一百一十六针的口子，我怕了，实在怕他再出这样的事。”

沙复明吃了一惊：“有这事？”

孔佳玉：“他不让我说。”

沙复明的表情严肃起来，他说：“我知道了，你先回去吧。”

孔佳玉忐忑不安地站在那。

沙复明：“这事交给我，你放心吧。”

孔佳玉走了。

沙复明关了音响，静静地坐了一会儿，披了件外套开门出去了。

××街46号门口。王泉围着这幢房子来回兜着圈子。

他终于下了决心上去敲门。

里面没有人应声。

王泉站在角落里固执地等待着。

芒来在网吧里上网。

辽东剑侠在用麦克说话：“埃及有过盲人教育部长，英国有过盲人内务大臣，联合国官员中也有盲人。”

黑郁金香说：“自强不息不是嘴上说的，如果有真才实学或一技之长，盲人不怕找不到工作，肯定能养活自己，一定不会成为家庭和社会的负担。”

芒来说：“话是这么说，盲人还是害怕走到一个新环境里去。”

黑郁金香：“你说得不对，我们推拿店里的盲人人员流动就很大。”

芒来：“那是因为你们有地方做得不够好，店里留不住人。”

女生宿舍。金嫣戴着耳机听盲人聊天室里的人聊天。

辽东剑侠的声音：“困难处处都有。只要努力想办法，总是能克服的。人应该给自己一点儿自信。”

津门女将：“说到自信，我跟很多人说过，我可以炒菜，搁多少油，搁多少盐我都不会弄错的，我可以把油倒在碗里，然后用勺往锅里搁油，我就可以知道能搁多少。”

辽东剑侠：“有机会尝尝你的手艺。”

津门女将：“欢迎到天津来做客。”

黑郁金香：“黑眼仁，说说你的问题。”

芒来：“我说过，我性格上有缺陷，人们不经意的一句话就会让我觉得我的尊严受到了威胁，我特别害怕处于被动，于是总先发制人。结果芝麻蒜皮的小事给闹大了，这样次数多了，就把人都得罪光了。他们越是孤立我，我越是气愤，就越容易产生矛盾。这样恶性循环，最后只能离开。这使得我的工作刚刚有一点基础就又得重头来。我现在干活的地方，是我待得最长的地方。因为我们这个老板好，懂得尊重人。”

金嫣合上了电脑。

一辆汽车开过来在路边的车位上停好。

罗大力开门从车上下来，回手用遥控把车锁上。

看到有人站在他的门口，皱着眉头问："谁在那？"

王泉："我。"

罗大力走到王泉面前："你是谁？"

王泉："王海的哥哥王泉。"

罗大力："深更半夜的到这儿来干什么？"

王泉："白天我没空，只能晚上来。"

罗大力盯着他戴着墨镜的眼睛："你是个盲人？"

王泉："我是盲人。"

罗大力："叫王海来不一样吗？"

王泉："不一样。"

罗大力坐在客厅沙发上："抽烟吗？"

王泉："不抽。"

罗大力从餐桌的盘子里拿了个栗子剥了扔进嘴里："有什么事，说吧。"

王泉："王海跟你借了钱？"

罗大力："嗯。"

王泉："借了多少？"

罗大力："五万。"

王泉吃了一惊："五万你就把我家房子收了？"

罗大力："这有什么奇怪的，既然走进这间屋子跟我借钱，你就得有足够的思想准备。我是放高利贷的，利滚利就是这个结果，你不懂吗？"

王泉："不懂。"

罗大力："回去研究明白了咱俩再坐这儿谈。"

王泉："我不懂利滚利，欠债还钱的道理我懂，他欠你的钱，你拿刀把他剁成几段，那是你跟他的事。我父母没欠你的钱，我也没欠你的钱，你为什么要逼着他卖我结婚、我父母养老的房子？你这不是往死路上逼我们吗？"

罗大力："钱是王海借的，房子是王海卖的，他是你一奶同胞的亲兄弟，这通话你犯不着摸到我这来说，你找他说去。"

王泉："我父母不同意，房子是卖不了的，你给王海出主意，让他找人扮我父母做假身份证，做假公证，你这是犯法。"

罗大力："犯法了让公安部门来拘我，犯不着让个瞎子跑到我这里兴师问罪，这算什么？这不是往我罗大力的脸上吐唾沫吗？"

王泉："王海是糊不上墙的烂泥，我父母年纪大了，只能我顺着盲道摸过来跟你讲讲道理。我瞎，道理是有眼睛的。"

沙复明下了出租车，急匆匆地赶到46号门口，他定住心神仔细地听着周围的动静。

一个路人从他身边走过。

沙复明叫住他："先生，这儿是46号吗？"

路人："这是43号，46号在马路对面。"

罗大力："你敢告我就敢应着，你告我，连带着把你弟弟告了。我是主谋，他就是从犯，坐牢我们俩拉着手一起去。"

王泉一口气噎在那里，他喘息着说："我到这来找你，就是要跟你私了。"

罗大力："怎么个私了法？"

王泉一把扯开衣襟，露出来胸口那一长串蜈蚣一样的刀口。

罗大力吃了一惊立刻镇定下来："想玩混的？那我是你祖师爷。"

王泉拍着胸脯："看见没有，这个伤口是我替我兄弟还两万五千块钱赌债时候割的。你选地方再切这么长的两刀，凑个五万块钱。你把房子退给我父母，这事就了了。"

罗大力大怒："什么五万块钱？利滚利三十万，你这堆烂肉值三十万块钱吗？滚！滚！滚！别他妈的给我在这儿要滚刀肉。"

王泉："欠债还钱，你割了我，连血带肉就算连本带利还清了，到时候我自己会走。"

罗大力完全失去了耐心上来推搡王泉："你他妈的给我滚！"

王泉死扛着不动地方。

罗大力动手打他，两个人扭打在了一处。

王泉的力气之大完全超出了罗大力的预料，他很快就处在下风了，被王泉按在餐桌上。

王泉脖子上的青筋崩得老高："割我！你割我！你不割我，你不是你妈生的！"

沙复明"砰"地推门进来。他大声喊："王泉！王泉！"

罗大力看来了帮手心急如焚，挣扎着手摸到果盘旁边的水果刀，

沙复明听到金属的碰撞声，往前冲了两步，伸手摸到桌子上的果盘，抓起里面的栗子狠狠地弹出去

罗大力一刀捅到王泉的肚子里。

两颗栗子一颗凿在罗大力的眼睛上，一颗飞进他的嘴里。

罗大力松开手，捂着眼睛疼得满地乱跑。他边跑边咳嗽直到把那颗栗子吐出来。

王泉瘫倒在地上等待死亡的到来。

沙复明摸过去："王泉！"

王泉声音低哑地说："他捅了我一刀，这下我终于把欠父母的债还清了。"

罗大力看着插在王泉肚子上的水果刀，知道惹了大麻烦，禁不住浑身颤抖起来。

沙复明掏出来手机。

罗大力随手拎起来一个大铁扳子："你敢报警我就砸死你，现在杀一个跟杀两个没什么区别了。"

沙复明："别紧张，我跟他一样是盲人。"

罗大力骂："又一个从盲道上摸来的。"

沙复明把手放在王泉的脉搏上说："现在他还有救，这个电话必须打，咱们不叫110，咱们叫120，他要是死了，你就真的摊上人命官司了，两条命都没了，从你们经济学的角度讲太不合算了。"

罗大力的心被他说乱了，用铁扳子指着沙复明："听你的打120，要是110来了，我把这房子点了，谁也别想活着出去。"

沙复明打电话："120吗？我是 ×× 街46号，我们这有人受伤，请你们派车来救护。"

罗大力警惕地听着。

沙复明："刀伤，是不小心在家自伤的。"

罗大力松了口气。

沙复明放下电话，过去看王泉。

王泉的神情十分平静。

罗大力这时候觉出了害怕，他紧张得浑身颤抖："不行，我得走，我得走。"

沙复明伸手拦他："别走啊！我们俩个待在你家算怎么回事？"

罗大力胳膊一甩："去你妈的！"

沙复明顺着风声一把抓住他的胳膊，顺势转了一圈，一个大背跨把他摔在地上，只听"嘎巴"一声，那条胳膊耷拉了下来。

罗大力号叫："王八蛋，你敢卸我的胳膊！"

沙复明伸手抓住他的脚脖子往上一提。

罗大力："大哥！大哥！哎呀！"

沙复明松开手拨打了110。

救护车的警笛声由远而近了。

医院急救室。王泉被抬到处置床上，水果刀的刀柄还露在衣服外面。

医生小心翼翼地伸手拔刀，他嘀咕了一声："肚皮把刀吸得还挺牢。"

"噗"的一声刀被拔了出来。

医生解开王泉的衣扣，发现他身上戴的皮护腰上被水果刀扎了一个口子，刀尖透过皮护腰扎在肚皮的伤疤上。

医生："这不是我的针法吗？"

他这才注意王泉的脸："怎么又是你？"

王泉没有说话。

医生："幸亏这个护腰，伤口不深没流多少血，不用缝，消消毒打个破伤风针。"

沙复明彻底放松下来，他想笑使劲忍住了。

王泉坐起来，把衣扣扣好。

警察进来叫沙复明："哎，你们俩跟我过来一下去做个笔录。"

派出所。罗大力脸色土灰，耷拉着膀子坐在那里。

警察问沙复明："他这膀子是怎么回事？"

沙复明："我要是不把他的膀子卸了他连我也捅了。"

警察："你是干什么的？"

沙复明："推拿大夫。"

警察："给他装上。"

沙复明抓住罗大力的胳膊往上一端，"嘎巴"一声，膀子归位了。

警察看呆了。

沙复明捞起来罗大力的脚脖子，左右一拧。

罗大力一声惨叫，他脚腕上的筋被扭正，脚敢落地了。

警察："神了！神了！哎，你看看我的手腕子，腱鞘炎疼得不敢使劲。"

黎明。沙复明和王泉坐在宿舍桌子旁边一人泡了一碗方便面吃着。

沙复明："我一搭你的脉就知道你伤得不重，但我不能露出来。王泉啊，你也是三十几岁的人了，怎么这么莽撞呢？"

王泉："为这房子，我妈差一点儿脑溢血了，我快被我弟弟逼死了。"

沙复明："你不能跟着你父母一起迁就他，迁就来迁就去，他就犯了法了。"

王泉吃不下去了："我怎么跟我父母说啊。"

沙复明："房子还没有卖就能回到你们的手里，这是好事。"

王泉："我弟弟怎么办？"

沙复明："自己脚上走的泡，自己承担后果，你不必内疚。"

王泉叹了一口气："不管怎么说，沙老板，我得谢谢你，我真没想到你能来帮我。"

沙复明："你是我的员工，你遇到麻烦，我这个当老板的必须出面帮你解决。至于能力大小，那是另一回事了。"

王泉拖着沉重的脚步刚走到宿舍门口。

王泉又沉默了。

沙复明："天都亮了，回去还能睡一会儿。"

孔佳玉走过来："王泉吗？"

王泉一怔："你怎么还没睡？"

孔佳玉扑过来："我等了你一晚上。"

她浑身上下摸他："你没事吧？"

王泉一把把她搂在怀里："没事，我没事。"

孔佳玉："谢天谢地。"

王泉："天和地都没帮忙，咱们应该谢沙老板。"

沙复明坐在宿舍书桌前翻着书，两手在书上摩挲着，嘴里自言自语："聚众赌博罪、故意伤害罪、非法放贷罪，数罪并罚，罗大力你小子最少得在监狱里过三个春节。"

他合上书站起来，手捂着腰呻吟了一声："刚才那个背胯劲儿没使好，抻着了。"

沙复明打开药箱摸出来自制的药膏贴在腰上。

手机里传来收到短信的声音。

沙复明打开手机短信。

崔云的声音："保温桶里有山药粥，喝了养胃。"

沙复明摸到桌子上的保温桶打开，闻了闻，四处摸勺子没摸着。

沙复明宿舍。黑暗中，一双女人的手拿着勺子。

沙复明的手接勺子，接了一个空。

另一双女人的手从另一个方向伸过来。

几双不同的女人的手从各个角度伸过来，做着各种温柔的手势。

女人们的手慢慢隐入黑暗之中，沙复明的脸从黑暗中显现出来，他双眸紧闭。

向天纵的手从黑暗中伸出来，轻轻地捧住他的脸。

坐在床上打坐的沙复明像被冰激了一下，猛地睁开眼睛。

白天。沙复明走到推拿中心门口影壁前站住，他用手细细地摸着画上凸起的地方。

他放下手回过头来。

沙复明有些忧郁的神情在背景睡莲的衬托下，看上去别有一番滋味。

金嫣和芒来在 3 号推拿室里给客人做推拿，金嫣的客人是个胖男人，芒来的客人是个瘦女人。

芒来闷声不响，瘦女人喋喋不休。

瘦女人："我女儿她爸死的那年我才三十六岁，为了她多少人给我介绍对象我都没再婚。她可好，有了对象连妈都不要了。非要搬出去住，我疼她把自己这一辈子疼瞎了。"

芒来不予回应。

瘦女人："曲大夫，你说我闺女是不是个王八犊子？"

芒来不知道该怎么回答。

沙复明走进来笑着说：“田大姐，王八是卵生的，犊子是胎生的，怎么把这两个词凑到一起？凑到一起又是什么意思呢？”

田大姐笑：“沙老板，我天天把这句话挂在嘴上骂，还从来没琢磨过到底是什么意思呢。到底是文化人，想事都跟别人不一样。”

胖男人：“沙老板，我是不是应该吃零脂肪的食品？”

沙复明：“这种饮食方法是不健康的。”

胖男人：“我这么胖不就是脂肪太多吗？”

沙复明：“适当摄入，不是不摄入，人饮食当中的六大要素缺一不可。”

胖男人：“哪六大要素？”

沙复明：“水、糖、蛋白、脂肪、矿物质、维生素。”

田大姐：“瘦子嫌自己干巴瘦，胖子嫌自己肥膘厚，还是人家金大夫长得好，不瘦也不胖，肩膀薄薄的，手臂长长的，腰肢细细的，天生做婚纱模特的料。”

金嫣的脸上漾出了笑容。

田大姐：“曲大夫，你跟金大夫什么时候办事？”

芒来和金嫣同时一愣。

沙复明立刻打破尴尬：“田大姐，我们店庆四周年有个优惠活动，你参加不参加？”

田大姐的注意力立刻转移了：“什么活动？”

金嫣把脸扭向芒来，用仅存微弱视力的目光盯着他。

推拿中心厨房。崔云在揉面准备包包子。

邓晓梅走过来：“崔姐，我帮你干点什么？”

崔云把耷拉到眼前的头发撩上去问：“没客人了？”

邓晓梅：“嗯。”

崔云：“洗洗手，帮我把这些面团按扁了。”

邓晓梅洗干净手，站在案板前摸索着把一个一个的小面团按扁了。

崔云擀成包子皮，一个一个地包着包子。

崔云：“薛旺这几天没来？”

邓晓梅摇摇头：“没有。”

崔云：“眼下的事够你难的。”

邓晓梅：“不理他就完了，有啥难的？”

崔云：“你跟金嫣弄得这么僵？我都替你们着急。”

邓晓梅：“她不愿意搭理我，我还不愿意搭理她呢。”

孔佳玉推门进来问：“今天中午吃什么？”

崔云：“香菇油菜鲜肉馅的包子。”

孔佳玉：“王泉的那一份你帮他留着，他回来后给他在微波炉里转一下就行。”

崔云：“好，他去哪儿了？”

孔佳玉：“帮他父母搬家。”

搬家公司的人把客厅沙发橱柜一件一件地摆好。

王母脑袋上裹着一块布站在卧室门口发呆。

王父指挥着工人们干活

搬家公司的人走了。

王父撣撣身上的土，一屁股坐在沙发上。

王泉背着一大包东西进来。

王父：“车里的东西全拿进来了？”

王泉：“嗯。”

王母走过来在沙发上坐下：“泉子，妈问你一件事。”

王泉：“啥事？”

王母声音哆嗦着问：“是你把你弟弟告的？”

王泉：“小海伪造证件触犯了刑法，我不说，检察院也会提起公诉的。这不是咱们家不说就能了的事了。”

王母：“你拿你弟弟换回来了房子，就是为了结婚吧？”

王泉脑袋里一下出现了空白：“妈……你怎么这么说？”

王母：“泉子，你就那么恨你弟弟？”

王父看不下去了：“你到底想让泉子怎么着？”

王母哭了：“监狱里待过了，你让他出来怎么见人？”

王父：“那是他罪有应得。”

王泉沉默了一会儿，站起身来说：“我回去上班了。”

王父：“吃完饭再走。”

王泉：“不了，妈，爸，我跟孔佳玉租房子结婚，不会再麻烦你们了。”

说完他走了。

王父：“泉子！泉子！”

王泉头都没回。

王母：“看见没有，他比你还拧，说不得。”

王父：“房子是谁卖的？小海是不是？”

王母没说话。

王父：“房子是谁拼了性命要回来的？泉子是不是？”

王母垂着眼睛不说话。

王父：“小海伤你的心，你伤泉子的心，妈这个字他真是白叫了你三十二年。”

夜晚。老区的一间破旧的小屋里透出来一缕温馨的灯光。

一个不锈钢的盆子摆在卡式煤气灶上，盆里热气腾腾地煮着东西。

老刘用勺子盛了一碗放在薛旺面前："连菜带饭一勺烩了。"

薛旺："闻着就流口水。"

老刘把西红柿和黄瓜拌的凉菜往桌子中间推了推："卖剩下的黄瓜头西红柿尾巴，用点盐一拌，要多爽口有多爽口。"

薛旺打开一瓶白酒倒到两个玻璃杯里。

老刘和薛旺"吱溜"一口酒"叭嗒"一口菜，吃得很尽兴。

薛旺："城里人比咱们懒，挣钱的事都让咱干了。"

老刘一撇嘴："啥好营生？风里雨里挣那屁崩的两个钱，人家不稀得干。"

薛旺："天天见现钱还不高兴？那干啥高兴？"

老刘闷头喝酒。

薛旺："城里人的男人贱骨头，跟老婆说话低声下气，腰都是弯的。"

老刘："你硬得能当弓使，一箭射出去，还不是屁滚尿流地追着要人家跟你回去吗？"

薛旺愣了一下："说的也是，她一个瞎子，腰杆子咋比我还硬呢？"

老刘："这得问你自己。"

两人闷头喝酒。

薛旺突然意识到什么说："她是瞎子，怎么能看见我发的短信？那一毛钱的短信费真是花瞎了。"

白天。推拿大夫们都上钟了，只剩邓晓梅和金嫣坐在休息区里。

金嫣端起茶杯喝茶。

邓晓梅："你知道芒来天天晚上去哪吗？"

金嫣："知道。"

邓晓梅："他去哪了？"

金嫣："那是我跟他的事，你没有必要知道。"

邓晓梅不着急也不上火："芒来一下班就出去了，你天天晚上在宿舍里待着，你们两个能弄出来什么事。"

金嫣："那是你文化水平低，知道的太少。"

推拿中心前台。薛旺探头探脑地往里面看。

高唯认出来他："你来干什么？"

薛旺："看看邓晓梅。"

高唯一口拒绝了："上班时间医生不会客。"

薛旺掏出来一包糖炒栗子放在桌子上说："我抽空来的，你把这个给她。"

高唯一怔。

薛旺："十块钱一斤挺贵的，叫她趁热吃了。"

说完他转身走了。

高唯愣愣地看着他的背影。

高唯把糖炒栗子包放在邓晓梅手里："那个人送来的。"

邓晓梅："哪个人？"

高唯："姓薛的。"

邓晓梅立刻把那包栗子扔到身边的沙发上："我不吃。"

高唯："十块钱一斤呢，你不吃，我们吃了。"

邓晓梅："吃去。"

高唯问："金嫣，你吃不吃？"

金嫣："干啥不吃？吃。"

她接过来栗子"嘎巴""嘎巴"地吃起来。

邓晓梅心里莫名其妙地痛快起来。

都红走过来。

高唯把栗子放进都红的手里："吃栗子，甜着呢。"

沙复明坐在办公桌前吃饭。

张宗琪端着饭盒进来："老沙。"

沙复明头都没抬："坐这儿吃。"

张宗琪探头看了一眼沙复明饭盒里的菜。

他饭盒里的菜跟自己饭盒里的一样，六块大小均等的红烧肉。

张宗琪一屁股在沙复明对面的椅子上坐下来。

沙复明把罐头瓶里的泥螺往他跟前推了一下："吃吧，我的库存。"

张宗琪也不客气，夹了一个吃起来。

张宗琪："干活的人又少了两个。"

沙复明叹了一口气："说的是呢。"

张宗琪用一只好眼盯着沙复明的脸："招人吧。"

沙复明："现在推拿中心这么多，成手不好找。"

张宗琪："三十年河东，三十年河西，咱们真的开始走下坡路喽。"

沙复明："股市还有涨有跌呢，何况小小的推拿中心。"

张宗琪："你怎么又拿这事戳我？"

沙复明："你有老寒腿，阴天下雨就疼，我不提它就不疼了？"

张宗琪三口两口扒拉干净饭盒里的饭："老沙，你跟我现在可是有点远了。"

沙复明：“那是因为我把心放在你身上了。”

张宗琪：“这话说得有点奇怪，你把心放在我身上了，我咋会觉得远了呢？”

沙复明：“我把心放在你身上，才察觉到你在一点一点地掏空我。”

张宗琪诚心诚意：“股票这事我确实做得不好，你的损失我肯定会补给你。”

沙复明：“人活着就像手里抓了一把砂子，时时刻刻都在往下漏，总有漏光的那一天。”

张宗琪：“老沙，你就别敲打我了。”

沙复明：“我跟你说的门吸，你怎么还没按呢？”

张宗琪：“过段时间吧，这段日子太忙，实在顾不上。”

沙复明从抽屉里拿出来一个信封递给他：“高唯见不到你，把信放在我这里了。”

张宗琪一看信封上写着中国银行几个字，心立刻乱了，他没有立刻撕开那个信封。

沙复明：“没事吧？”

张宗琪：“没事。”

张宗琪开门出去了。

沙复明自言自语道：“人的表情可以掩饰，但声音是最诚实的，撒不了谎。他有事，肯定有事。”

推拿中心休息区。韩秋霞把饭菜一份一份放在员工们的面前。

大家打开饭盒盖开始吃饭。

孔佳玉和王泉坐在一起，孔佳玉把自己饭盒里的肉用勺子舀到王泉的饭盒里。

高唯站在休息区的门口大声说：“孔大夫，有人找你！”

孔佳玉站起身朝门外走去。

孔佳玉走出来。

孔母扑上去一把搂住她。

孔佳玉吓了一跳。

孔母抬手在她的背上拍了两巴掌：“死丫头！你这个死丫头！”

孔佳玉惊喜地叫了一声：“妈！”

孔母：“你爸也来了。”

孔佳玉急忙伸出手去：“爸！”

孔父拉住女儿的手。

高唯这才明白这对夫妻是孔佳玉的父母，她急忙往座位上让他们。

高唯：“你们坐在这里聊，我给你们泡茶去。”

两位老人坐定。

孔佳玉问：“你们怎么来了？”

孔母：“接到你的电话，我跟你爸商量了一下，觉得有些事还是得当面弄清楚了。”

孔父："那个人也在这里工作吗？"

孔佳玉："是。"

孔父："晚上带到宾馆来，我们见见他。"

孔佳玉高兴："好。"

夜晚。男生宿舍。王泉一身休闲装。他摸索着整理着头发。

张一光："一定要精神点，给老丈杆子留个好印象。"

王泉摸索着给皮鞋打鞋油。

芒来坐在椅子上听着王泉发出来的动静。

张一光："芒来，王泉已经进入丈母娘相女婿的阶段了，你也别玩游龙戏凤了，要抓紧。"

芒来没有答话，他起身出去了。

宾馆客房。孔佳玉和王泉推门进来。

孔父和孔母看见王泉眼睛亮了一下，随即又暗了下来。

王泉局促地站在那里，他叫了一声："伯父、伯母。"

孔母："快坐下。"

孔佳玉拉着王泉在椅子上坐下。

孔父看着他语气亲切地问："你是王泉？"

王泉把脸扭向发出声音的地方："是。"

孔母："多大了？"

王泉："三十三。"

孔父："哪个学校毕业的？"

王泉："××× 特殊教育学院。"

孔佳玉："爸！"

王泉憨厚地笑了："没事，伯父，你想问什么尽管问好了。"

孔父："你还有一个兄弟？"

王泉："他是明眼人。"

孔父："佳玉她两岁上得了眼病，一点视力都没有了，为了好好照顾她，我跟她妈没再要孩子。"

孔佳玉充满幸福感地拉着母亲的手，把脑袋靠在她的肩膀上。

孔父："我们不指望靠她养老，只希望在有生之年能看到她结婚以后过得幸福。没有视力再没有爱，那日子才真是过瞎了。"

王泉认真地说："我会用心地爱她。"

孔父："光靠爱这个字支撑不了多久，爱需要一步一个脚印地往下过。"

王泉："我能做到。"

孔父："她是全盲，你也是全盲，今后你们的日子怎么过？摸着过？摸到刀刃上，摸到煤气火上？你们摸到哪儿，都叫我们当父母的死不瞑目。"

孔佳玉叫了起来："爸！"

孔母："让你爸说完。"

王泉头上的冷汗下来了。

孔父："王泉，如果你还有一点点的视力，我说这话，那是做人不善良。我就佳玉这么一个女儿，我相信她对你的判断。可这不是考试，答卷一交上来，我们见过面给判个一百分，你们的婚事就美满了。日子要一天一天地前走，你们两个这样怎么往前走？"

孔佳玉："我们拉着手往前走。"

孔母："你在电话里说，他爱你是一只眼睛，你爱他又是一只眼睛，可这两只眼睛还是没有视力啊，佳玉，过日子不是写诗，正常人过日子都磕磕碰碰的，何况你们两个没有视力的人，那不更是难上加难吗？"

孔佳玉板着脸："我没觉得难。"

孔母："你过过日子吗？在家里爸爸妈妈照顾着你。到外面过的是集体生活，饭有人做，菜不用你买，水电费不用你到银行去交。结了婚这些事你不做行吗？如果再有个孩子，谁半夜起来喂奶？谁送他上托儿所？"

孔佳玉："妈！"

孔父："王泉，我不愿意当女儿恋爱道路上的绊脚石。我更不能看着她过苦日子。"

孔佳玉急了："爸！"

孔父："佳玉，爸爸对你提过一点点要求没有？"

孔佳玉不说话了。

孔父："我只要你幸福，你知道什么是幸福吗？"

孔佳玉："爸，我跟他在一起就很幸福。"

孔母："吃饱了喝足了，拉着手坐在这里想着幸福，动起来试试？一步一个跟头。知道你交了男朋友，妈翻来覆去地替你想了，怎么想都想不通。他要是一个明眼人，这条路就走通了。"

孔佳玉火了："妈你说什么呢？"

孔父："佳玉，这次单位体检，发现我肝上长了东西，医生说情况不乐观，得做彻底的检查。"

又是一个闷雷轰在头顶上，孔佳玉彻底懵了。她张了半天嘴眼泪一下流出来，她艰难地吐出来三个字："我不信！"

孔母："你爸说来看看你，就回去住院，爸和妈都希望你回去陪陪我们。"

孔佳玉顿时泣不成声了。

孔佳玉拉着父亲的手哭："爸，没事，你没事，肯定没事。"

王泉傻愣愣地坐在那里，完全成了局外人。

男生宿舍。王泉痴呆呆地坐在马跃的床上。

张一光跟他面对面地坐着："决定走了？"

王泉："嗯。"

张一光："还回来吗？"

王泉："那要看他爸爸的病怎么样了。"

张一光："我看你们的事没戏了。"

王泉一脸的悲伤："过去，她催着我结婚，我觉得人都住在一起了，早结一天晚一天办事能怎么着？一拖二拖生生地让我把她拖跑了。"

张一光："男人总以为睡过了，她就是你的了。五十年前可以这么想，现在这么想才是害人又害己。"

王泉叹了一口气："我这一辈子活得可真他妈的窝囊。"

张一光："你说咱们屋谁活得不窝囊？我？芒来还是马跃？"

女生宿舍。孔佳玉两眼红肿往旅行箱里装东西，高唯在帮她。

金嫣、都红、坐在床上听着孔佳玉发出来的动静。

孔佳玉："小时候要不是我害眼病，我爸不会喝那么多的酒，肝也不会有这么大的损伤。"

高唯："不是还没确诊吗？"

孔佳玉："我感觉不好。"

高唯："你得扛得住，你要是扛不住，那你爸才是白疼你了。"

孔佳玉点点头。

高唯："做最坏的打算，往最好了努力。"

孔佳玉："今天晚上我不回来住了。"

高唯："嗯，好好陪陪你父母。"

张一光走了，留王泉一个人在宿舍发呆。他站起来坐下，摸摸这儿，碰碰那儿。

手机响了，王泉慌忙接电话。

手机里孔佳玉的声音："王泉，你打个的，到 ×× 宾馆 502 房间来，我有事找你。"

王泉放下电话急匆匆地出门了。

×× 宾馆 502 房间。孔佳玉把门拉开，王泉进屋。

孔佳玉把房门锁上，一头扎进王泉的怀里。

两人一声不响紧紧地抱在一起。

孔佳玉把王泉往床边上引，她一件一件地帮王泉脱衣服，整整齐齐地叠好，放在床头柜上。

王泉帮她一件一件脱衣服叠好，放在她那一边的床头柜上。

两人躺在床上盖好被子，王泉伸出胳膊让孔佳玉枕着。

孔佳玉："我对不起你。"

王泉："是我对不起你。"

孔佳玉："我不能让我爸伤心。"

王泉："我不能让你伤心。"

孔佳玉心中大恸，把脸埋在他的胸口。

王泉用手理着她的头发："你说人真的有下辈子吗？"

孔佳玉闷声说："但愿有。"

王泉："下辈子咱俩还在一起。"

孔佳玉："那时候咱俩互相认不出来了。"

王泉："下辈子咱俩都做明眼人。"

孔佳玉："有了眼睛就能认出来？"

王泉："能。"

孔佳玉："这辈子咱俩谁都没见过谁。"

王泉苦笑。

孔佳玉："见过又能怎么样？听人说，下辈子人投生的时候孟婆在奈何桥边会给你喝一种忘情水也叫遗忘汤，喝了上辈子的事一点都记不住了。"

王泉："我把你的名字用盲文刻在胸口上，下辈子会变成盲文的疤痕胎记，用手一摸就摸出来了。"

孔佳玉抓起王泉的食指在自己的手心里用盲文点着："我把你的名字用盲文刻在手心里，下辈子变成掌纹，一只手是王，一只手是泉。见到你，我两只手一伸，你上辈子所有的事就都想起来了。"

王泉声音顿时哽咽了，他紧紧地搂着她沉默了一会低声说："我爱你！"

孔佳玉说："我更爱你！"

二十五

都红睡着了。

金嫣瞪着眼睛看着屋顶。

高唯："金嫣，还没睡着？"

金嫣："嗯。"

高唯："想什么呢？"

金嫣："就这么生生地分开吗？这感觉肯定跟大象从心脏里钻过去一样地剧痛。"

高唯："孟姜女用眼泪哭倒了长城，王大夫是个男人，只能用胸口来堵枪眼。"

金嫣："枪在哪儿？"

高唯："孔佳玉的父母手里。"

金嫣："能把心里装着的那个人抹掉，站在面前的这个人是谁又有什么关系呢？"

高唯："你说的是王大夫？"

金嫣："我说的是曲芒来。"

王泉摸索着把衣服穿整齐了，坐在床边。

孔佳玉解开他的外套，把那个厚实的护腰系在他的腰上。

孔佳玉："做推拿腰老弯着，容易受伤，戴着点护着。"

王泉："嗯。明天一早就走？"

孔佳玉："沙老板那里，你替我说一声。"

王泉："嗯。"

孔佳玉："宿舍里的我带不走的东西，你帮我收着。我爸妈那里我慢慢做他们的工作。"

王泉："我等你。"

孔佳玉没说话。

王泉："这一辈子我等定你了。"

孔佳玉眼圈红了，她一屁股坐在床上。

她的手摸到了一件叠得整整齐齐的衣物，展开再一摸，是一条秋裤。

孔佳玉：“你忘了穿秋裤，外面冷赶紧穿上。”

王泉拿过来秋裤并没有穿。

孔佳玉：“帐我已经结了，你住一晚上，明天早上还有一顿免费早餐呢。”

王泉：“这钱应该我花。”

孔佳玉笑：“你不总说我抠门吗？今天我一定要大方一回给你看看。”

孔佳玉站起身往外走。

王泉跟着她往门口走。

孔佳玉拉过一把椅子挡在面前说：“别再往前走了，你再往前走，我就走不出去了。”

王泉听话地站住了。

孔佳玉和王泉站在分界线的两端，用没有目光的眼睛相互凝视着。

孔佳玉近似呓语一样：“再见。”

王泉：“再见。”

孔佳玉出去了。

王泉耳边“砰”的一声关门声。

王泉哆嗦了一下，站在那里半天没动地方。

王泉手里拿着秋裤追到宾馆门外。

寂静的街道上不时有车辆驶过。

王泉声嘶力竭地叫了一声：“孔佳玉！”

他的声音在空寂的街道上回荡着。

没有人回答他。

王泉手里拿着衬裤在盲道上走着，他越走越冷，禁不住浑身颤抖起来。他把衬裤当作围巾围在了脖子上。

芒来和张一光在各自的床上熟睡。

王泉浑身哆嗦着往上铺爬，他爬不上去了。他衣服也没脱，脖子上围着那条衬裤一头栽在下铺马跃的床上。

芒来瞪着一双盲眼看着屋顶。

枕头下面传来手机的短信声。

芒来打开语音短信。

金嫣的声音：“你回来了吗？”

又一条语音短信传过来。

芒来打开。

邓晓梅的声音：“芒来，你对不起我。”

芒来关了手机。

早晨。芒来的铺空了。

张一光从铺上下来，他叫了一声："王大夫，起床了。"

睡在马跃铺上的王泉没有搭理他。

张一光伸手摸王泉的铺位："王大夫。"

铺是空的。

王泉在马跃的铺位上哼了一声。

张一光听声音不对，伸手去马跃的铺位上摸他，他摸到了王泉的脑袋。

王泉的额头火炭一样烫。

芒来端着牙具开门进来。

张一光："王大夫发烧了，快去叫沙老板。"

王泉光着膀子趴在铺上。

沙复明用刮痧板给他刮痧。

沙复明用针挑破王泉的手指给他放血。

沙复明把中药制成的膏剂贴在王泉的后背上。给他盖好被子。

王泉脸朝天躺在铺位上，沙复明用指法给他做头部推拿。

崔云端着一碗汤药进来。

沙复明把王泉扶起来。

崔云把中药喂到他的嘴里。

崔云从王泉的腋下拿出来体温计看了一下说："三十八度七，已经降下来了。"

沙复明："心火太大，加上外感风寒。"

王泉睁开眼睛低声说："沙老板，我给你添麻烦了。"

沙复明："知道麻烦就该注意身体。"

崔云帮他把外套穿好："我给你煮点粥。"

王泉："我吃不下去。"

沙复明："吃不下去也要吃，要增加抵抗力。"

王泉叹了口气。

沙复明："什么事情都要把时间拉长了来看，拉长了人生就好看了，不能急。"

沙复明和崔云出去了。

王泉趴在床上脸朝着墙壁，他听见耳朵旁边的动脉在"咚""咚""咚"地跳着。

野外。"咚""咚"的心跳声跟火车轮"哐当""哐当"的转动声融为一体，越来越响充斥了整个空间。

火车飞驰而过。

王泉的眼泪泉水一样涌了出来，枕头很快被淹湿了。

王泉坐在椅子上，他低着头一节一节地掰自己的手指，手指的骨头发出一声一声的脆响。

高唯拿着一兜桔子走过来：“王大夫，吃桔子。”

王泉摇摇头。

张一光听不到他的回答，于是说：“这场病把王大夫的声带也拐带坏了，瞎子加上哑巴，他现在是双重残疾。”

高唯：“邓晓梅，姓薛的最近有点奇怪，今天两块红薯，明天一包花生，总往这送东西，他想拿这么便宜的东西贿赂你啊？”

芒来和金嫣竖着耳朵听邓晓梅怎么回答。

邓晓梅：“想吃，你们就吃，不想吃开门扔出去，他跟我没有一点关系。”

高唯：“怎么能没有关系呢？”

邓晓梅：“我说没有关系，就是没有关系。”

崔云从这里路过，看到低着脑袋的王泉，她迟疑了一下走过来，用手碰了一下王泉的肩膀。

王泉抬起头。

崔云小声说：“你帮我把酱菜瓶子盖拧开，太紧我拧不动。”

推拿中心厨房。酱菜瓶子握在王泉的大手里，他双手一拧，瓶盖轻而易举地打开了。

崔云高兴地把瓶子接过去。

王泉转身要走。

崔云说：“外面没有客人，咱俩说说话。”

王泉坐在她搬来的凳子上。

崔云择菜：“孔大夫有消息吗？”

王泉沮丧：“没有。”

崔云：“她需要时间做父母的工作。”

王泉不说话。

崔云：“我替你想了，你没有错，孔大夫的父母也没有错。错的是两个没错的中间缺了一条路。这条路必须你自己动手铺才行。难走，不等于没路可走，你说是不是？”

王泉还是不说话。

崔云：“她父母最担心的就是你没有能力照顾他们的女儿。你光口头上说我行，那没有用。你要做给他们看看，让他们知道你真的有能力真的行。”

王泉：“他们一点机会都不给我，让我怎么做？”

崔云：“除了推拿你会做什么？我说的是家务。”

王泉一怔。

崔云："生气和抱怨都没用，你得做。从学做家务活开始做起，把她父母的担心一件一件地解决掉。用自己的脚把路一点一点地踩平了。"

王泉："我一直过的是集体生活，根本没有机会学做家务活。"

崔云："你要是不嫌我笨，我教你。"

王泉抬起头，一双盲眼看着她："我愿意。"

崔云："你用盲文纸把调料的名称写好，我贴在调料的瓶子上，我一天教你做一个菜，你看行不行？"

王泉："行。"

崔云："你现在帮我择菜。"

王泉坐在小凳子上笨手笨脚地帮崔云择菜。

崔云："你给她打电话了吗？"

王泉："每天都打，她不开机。"

崔云教王泉削土豆。

王泉笨手笨脚地削着。

王泉把写好的盲文标签递给崔云，崔云一张一张地贴在调料瓶子上。

孔佳玉家厨房。孔母在煤气灶前煮粥。

孔佳玉："妈，我帮你干点什么？"

孔母："别站在这儿碍事，回屋去。"

孔佳玉："我会干，在南京的时候我还帮王泉的妈妈干家务活呢。"

孔母一怔扭过脸来看着女儿："真是谁身上掉下来的肉谁心疼，她怎么不让王泉干呢？"

孔佳玉："是我自己要干的。"

孔母："你们俩的事不要再提了。"

孔佳玉："妈！"

孔母："你姨妈给你介绍了个男朋友，先天弱视，能看见东西，过日子没问题。"

孔佳玉："如果结婚只是为了搭帮过日子，我宁可一辈子不结婚。"

孔母："别说气话。"

孔佳玉："我凭手艺吃饭，为什么要贱卖自己？"

孔母生气了："怎么说话呢？"

孔佳玉："妈，我爸明天就出院了，他把身体再养养，我就回南京上班了。"

孔母："老天保佑，你爸得的是良性肿瘤不是癌症。老天保佑你平安地回家，佳玉，你叫妈省省心吧。老实在家待着，我去医院给你爸送饭。"

孔佳玉："我跟你一起去。"

孔母："不用了。"

孔佳玉摸到母亲的房间里，拉开床头柜，从里面摸出来自己的手机。

孔佳玉摸到充电器给手机充电，她按照输入好的编号，把王泉的电话拨出去。

电话里传出来电脑的声音："请插入 SIM 卡。"

孔佳玉一愣，急忙打开手机后盖，伸手一摸，里面的 SIM 卡已经被人卸掉了。

孔佳玉急了，四处找那片小小的电话卡。

孔佳玉坐在客厅沙发上生气。

客厅被她翻得乱七八糟。

孔母回来，见此情景立刻明白是怎么回事了。

孔佳玉："妈，你把我的电话卡放哪了？"

孔母语气平静地说："扔了。"

孔佳玉立刻爆发了："妈，你再这样对我，我立刻拎包走人。"

孔母："佳玉，妈妈这是为你好，如果你愿意让我跟你爸伤心，你就走，我不伸手拦着。"

孔佳玉不说话了，她的身子微微颤抖着。

孔母："你怎么长到二十五岁的？带一个盲孩子跟带一个健康的孩子相比，当爹妈的要多付出几倍的努力。你就用这样绝情的话报答我吗？"

孔佳玉哽咽着低下了脑袋："妈，你当初真该把我掐死了，戴着负罪感活一辈子，还不如死了。"

孔母声音哆嗦着问："你希望我跟你爸死吗？"

孔佳玉吼了起来："你知道我不是这个意思！"

孔母："你瞎了二十三年，我们背着这个'罪'字活了二十三年。论负罪感，你比得过你爸你妈？"

孔佳玉心如刀绞，她满脸是泪，站起身走了。

孔母一人坐在沙发上独自落泪。

沙复明把吃空了的饭盒推到一边，站起来在办公室地上走了一圈。他打开音响，安德烈·波切利的《今夜无人入眠》轻轻地响起来。

沙复明闭着眼睛听着音响，手下意识地在桌子用盲文点划着。他的手指时快时慢，一直点着那几个点。

桌子上的水渍把那几个盲文字母清楚地留了下来。

崔云进来收拾他用过的餐具。

沙复明有些不自在，他站起来走了。

崔云心口发凉，她呆呆地看着他出去的背影，又转过脸看到桌子上用水渍写的那一串盲文字母。

夜晚。张宗琪家便利店。韩秋霞在熨烫洗好的衣物。

张宗琪坐在柜台前发呆。

有人进来买烟和零食。

张宗琪在心里算了一下账随口说道：“十块零五毛。”

韩秋霞立刻纠正他：“是十五块五毛。”

买东西的人放下钱走了。

韩秋霞埋怨张宗琪：“你怎么回事，老算错账。”

张宗琪没有说话。

韩秋霞：“这些日子你到底怎么了？”

张宗琪：“没怎么。”

韩秋霞：“不对，肯定有事瞒着我。”

张宗琪：“你说啥事？”

韩秋霞：“不是在外面包了二奶，怀了孩子人家要求扶正？”

张宗琪：“放屁！你给我那笔经费了吗？”

韩秋霞：“我要是那么做，丢的是我们大奶界的脸。”

张宗琪差点气乐了，他站起来走到门外。

张宗琪站在便利店后面，就着路灯把银行寄来的那封信一点一点地撕碎了，扔进垃圾桶里。

孔母看着电视睡着了。

孔佳玉从垃圾筒里掏出来垃圾，她一点一点地用手摸着里面的东西。

她摸到了那个电话卡。

孔佳玉如获珍宝，把卡死死地捏在手心里。

崔云在教王泉切肉丝。

王泉不小心把手切了一个口子，鲜血立刻涌了出来。

崔云急忙给他清洗伤口，用纱布包起来。

崔云：“手是你吃饭的工具，伤了可不得了。”

王泉：“伤了还能长好。”

崔云：“一口吃不了个胖子，慢慢来。”

王泉：“我心里急，等不了那么长的时间，你教我做两菜一汤，我把它做精了能成一顿饭就行。”

吴迪趴在办公桌前写作业。

沙复明守在一边。

吴迪："我不喜欢回家住，喜欢在这住。在这儿，你可以跟我一起玩。"

沙复明："你已经玩了半天了，赶紧把作业写完了。"

吴迪："马跃去哪了？"

沙复明："不知道。"

吴迪："你打个电话问问。"

沙复明："今天还打来着，他的手机关机。"

吴迪："他还说教我画画呢，大人就喜欢说话不算话。"

沙复明："他遇到了事情，事情解决了会回来的。"

吴迪："老沙，我累了，能玩一会儿吗？"

沙复明："能。"

吴迪："你跟我玩儿。"

沙复明："玩什么？"

吴迪："钻隧道。"

沙复明："好。"

他关了灯，坐在沙发上把吴迪连同毯子紧紧攒成筒状。

沙复明轻声说："你闭上眼睛想，咱们俩游在大海的隧道里，隧道里两旁是游着各种各样的鱼。头顶上不时地有大油轮轰隆轰隆地开过去。"

吴迪紧紧地闭着眼睛幸福地冥想着。

厨房收拾得整洁明亮。

崔云夸王泉："人要是聪明干什么都聪明，一点就透。"

王泉问："真的擦干净了？"

崔云："很干净。"

王泉掏出来一个本，把今天学的东西用盲文记在本子上。

崔云看他写盲文，忍不住问道："写的什么？"

王泉："菜谱。"

崔云："这几个盲文该怎么念？"

王泉："哪几个？"

崔云掏出来一个纸条，上面有沙复明沾着水渍写的那几个盲文，被她照猫画虎地抄在上面。崔云用盲文笔把这串符号一下一下扎在王泉的本子上。

王泉用手指触摸了一遍说："向天纵。"

崔云问："什么意思？"

王泉："不知道，可能是个人名。"

孔佳玉把从垃圾桶里捡回来的电话卡仔仔细细地擦干净。

芒来和张一光都不在宿舍里。

王泉坐在床上拨孔佳玉的手机号码。

手机里传出来电脑的声音：“你呼叫的用户已关机，请稍后再拨。”

孔佳玉把电话卡重新插回到电话里。

她调出来王泉的号码刚要拨出去，想想又把手机合上了。

孔佳玉自言自语道：“这个电话我不打，我要让命运主动来找我。”

王泉再次拨孔佳玉的手机号码。

手机突然响了，吓了孔佳玉一跳。

王泉简直不相信自己的耳朵，他小心翼翼地：“喂”了一声。

孔佳玉的声音从话筒里传出来：“喂？”

王泉叫了起来：“佳玉，真的是你吗？”

听到王泉急切的声音，孔佳玉的眼泪就下来了。

孔佳玉：“王泉，我想你。”

王泉的声音：“我每天至少给你打五次电话，可你老是关机。”

孔佳玉：“我妈妈把我手机卡给扔了，我刚刚在垃圾筒里找到。”

王泉：“你用座机打啊。”

孔佳玉的声音：“我记不住你的电话号码。”

王泉：“打到咱们推拿中心。”

孔佳玉的声音：“那个号码我也没记住，我把电话打到南京的114查询，人家说，咱们推拿中心没去他们那里做过登记，所以查不到。”

王泉笑了：“你走了以后我的心一直揪着，这下好了。”

孔佳玉：“我爸爸不是癌症是良性肿瘤，已经切除了明天就出院。”

王泉的声音：“太好了，太好了。”

孔佳玉：“我想马上回南京去，又怕父母伤心。”

王泉：“别急，好好在家陪陪父母，过一段时间我亲自上门去接你。”

孔佳玉吃了一惊：“你还敢来我们家？”

王泉：“敢，有什么不敢的？为了你，我什么都敢干。佳玉，把你的住址用语音短信发给我，再把你们家从怎么进门，到怎么进厨房厕所都用手机拍下来发给我。”

孔佳玉的声音：“你要干什么？”

王泉信心满满地说：“有用。”

饭馆门口的车位已经停满了。

又一辆车开过来，车主从车窗里伸出来脑袋冲薛旺大声喊：“师傅，给我找个

车位。”

薛旺：“都停满了，一个空车位也没有了，要停在这里只能等。”

车主说：“客人都到了，我不能开着车满世界找车位去吧？师傅，你给帮帮忙。”

薛旺四处看了一下说：“我给你找的这个车位贵。”

车主：“不怕贵，有地儿停就行。”

薛旺在拐弯处铺了一张跟马路颜色差不多的油毡纸，纸的面积停一辆车的大小。油毡纸的四周用白油漆画着四条粗粗的边。

薛旺指挥那辆车停在油毡纸上。

车主下车：“谢谢师傅。”

薛旺：“这个车位得先交钱。”

车主：“多少？”

薛旺：“十块，没有票。”

车主痛快地掏出来二十块钱给他：“不用找了。”

薛旺乐呵呵地把钱揣起来。

交警骑着摩托车过来，他把违章停在路边的车子上都贴了罚款的条子。

看见停在拐弯处的那辆车，怔了一下走过来，发现那车停在停车位上。

他给油门骑着摩托车走了。

崔云骑着自行车，车子后面带着吴迪进了小区大门。

崔云领着吴迪有说有笑地跑着上楼梯。

吴和平从角落里闪出来，横在他们面前。

崔云吓了一跳。

吴和平问吴迪：“怎么不叫我？”

吴迪：“爸。”

吴和平拿出来一包薯条递给吴迪：“爸爸特意给你买的。”

崔云用钥匙开门。

吴和平：“安上防盗门了，防谁？防我吗？”

崔云：“梁丽说过，你要是进这个家，就让我打电话告诉她。”

吴和平：“仇人之间都能攻守同盟了。”

崔云：“我跟她没仇。”

吴和平对吴迪说：“进屋看电视去，我跟你妈出去说一会儿话。”

吴迪进去了。

崔云把门锁上，跟着吴和平下楼了。

四通茶馆。吴和平和崔云坐在一个单间里喝茶。

吴和平："记得这个房间吧？你和那个瞎子在这里喝过茶。"

崔云："在这跟谁喝茶跟你有什么关系？你找我有什么事？"

吴和平好奇地打量着她："你的胆儿越来越肥了啊。"

崔云："协议上签得清清楚楚，你已经签过字了，还能怎么样？"

吴和平："协议不就是一张纸吗？我说它管用它就管用，我说不管用拿它擦屁股我都嫌纸硬。"

崔云立刻紧张起来："你想怎么着？"

吴和平掏出来那张协议："看着点儿。"

他把那张纸一条一条地撕了："协议废除了。"

崔云立刻急了："你说废了就废了？"

吴和平："没公证过的协议，在我的眼里就是废纸。再说了，牛三勇算老几他有什么资格跟我签协议？要签也得咱俩签。"

崔云急了："你写，我跟你签，签完就去公证。"

吴和平："可以啊，房子归你住儿子归你抚养的前提是，你不能再婚，更不能跟一个瞎子搅和在一起，我丢不起这张脸。"

崔云："咱俩没有关系了，你凭什么这样要求我？"

吴和平："凭你跟我要房子住，凭我是吴迪他爸，我不能让我儿子整天跟一个瞎子混在一起。"

崔云脸色惨白，干着急说不出话来。

吴和平："第二条，立即从那个推拿中心滚出来，工作我给你找。"

崔云沉默了好一会，像是问自己也像是问吴和平："为什么这样对我？啊？为什么？"

吴和平："因为我咽不下这口气，因为你有求于我。"

崔云："你在家里受了梁丽的气，就跑到这里拿我们娘俩出气。你还是个男人吗？"

吴和平沉默了一会儿说："你跟我说男人应该是什么样的？男人他妈的也是人，在那个家里我的神经老是绷着的，在你这里我起码可以做回到自己。"

崔云："你的自己就是流氓无赖。"

吴和平："你这么想我也不反对，我跟你在一起生活了七年，跟她在一起生活了一年，你说我在谁面前更自在？"

崔云："离婚结婚两件事你想做的都做了，还想往哪逼我？"

吴和平："回答这个问题之前，我先问问你。你喜欢那个瞎子？"

崔云不说话。

吴和平又问："那个瞎子喜欢你？"

崔云还是不说话。

吴和平砸巴了一下嘴："我免费给你上一课吧。瞎子也是男人，是个男人就喜欢顶花带刺的，你这样半老不老的女人，还拖着个孩子，就算是个瞎子也不会跟你动

真格的。”

崔云心里一疼，她忽地站起来：“我喜欢谁，谁喜欢我，都跟你没有关系。吴迪一个人在家，我回去了。”

吴和平一把抓住她的手腕：“想跟我斗？他真看错了行情。”

听他这样说，崔云立刻紧张起来：“你想干什么？”

吴和平：“我不信那个牛三勇上厕所都跟着他。只要他敢落单，我就敢打折他的腿。”

崔云紧张地看着他。

吴和平：“看我干什么？我不动手，工地上有的是缺钱的人，谁替我铲了他，我就把全年的工资发给他。”

崔云：“你这是犯法。”

吴和平：“凭你一句话我的犯罪事实就成立了？你以为公检法是你家开的？就算法院听你的，你儿子的履历上就此会出现父亲坐过牢这样光辉的一笔。你愿意你儿子上大学或者当兵的时候，被人家低看一眼？”

崔云的额头渗出了冷汗。

吴和平：“我什么都不怕，回去你跟他照实说，告诉他我要花一万六买他的两条腿，让他从此以后做爬行动物。”

崔云的心一下凉到了底，嘴唇哆嗦着说不出话来。

吴和平：“崔云，那瞎子的命在你手里攥着，你松开手他就能活命，你要是愿意临死拉个垫背的，你就领着他往前窜，看看我能不能撵上你？”

崔云两条腿沉得像灌了铅，她一步一步地往外挪。

吴和平大声补了一句：“我给你七天的时间，你有三个选择：1. 去公安局告我；2. 把我的决定告诉那瞎子；3. 赶紧辞职离那个推拿中心远远的，用你的行动保那瞎子一条命。”

崔云“咣”的一声摔上了门。

饭馆门口。男人开车门发动汽车，薛旺指挥他把车倒出来。

车开走。

薛旺动作利落地把铺在地上的车位卷起来，放到角落里。

交警开着摩托车过来，观看他贴在车上的罚款条还在不在。

薛旺挂着一脸真诚的笑看着他。

交警发现拐弯处的车位没有了，他一条腿支在地上问：“这不是有个车位吗？”

薛旺脑袋摇得拨浪鼓一样：“没有，这里没有车位。”

警察疑惑着把摩托车骑走了。

崔云搂着吴迪躺在卧室床上，翻来覆去地睡不着。她越想越害怕，索性一骨碌

坐起来。

高唯和牛三勇站在女生宿舍楼门口说话。

高唯："集体会餐，我懒得去。"

牛三勇："不是，就咱们俩。"

高唯："为什么请我？"

牛三勇："你不就想听这句话吗？到了地方我说给你听。"

高唯的脸一下红了。

牛三勇拉着她的胳膊："腻歪什么，走吧。"

酒吧。高唯和牛三勇对着瓶子喝啤酒。

牛三勇："能用啤酒把我练趴下的女人，你是第一个。"

高唯："跟几个女人练过？"

牛三勇翻着眼睛想了一下："四五个吧。"

高唯："阅历够复杂的。"

牛三勇："三十三岁，就我这个年龄，如果没有恋爱史，那才是把人丢到姥姥家去了。"

高唯："骂我。"

牛三勇抬起眼睛上下打量着她："第一眼看见你，我就料定，你一次正经恋爱都没谈过。"

高唯："为什么？"

牛三勇："男人跟你在一起的感觉不是谈恋爱，是考国家公务员。见了面先测智商情商，后考语言反应能力，不用三关，一关下来就都卷着铺盖撤了。"

高唯："你坐在这儿干什么呢？"

牛三勇装腔作势地指指上面："我是上面派下来拯救你的。"

高唯笑："傻子太多，明白人明显不够用了。"

高唯一口喝干了杯里的酒，牛三勇又给她满上。

高唯："你说对了，我从来没正经地谈过恋爱。"

牛三勇眯着眼睛打量她："你虽然算不上漂亮，但绝对不丑，属于受看型的，今天看是一个人，明天看又是一个人，常读常新百看不厌。"

高唯一掌拍在桌子上："舒坦，马屁拍得真舒坦！"

牛三勇："你长了一双凤眼，不是门缝的缝啊。"

高唯在下面狠狠给了他一脚。

牛三勇疼得两手捂住小腿骨："好歹也是个女人，你就不能温柔点吗？"

高唯："我不会。"

牛三勇："是女人都会，你怎么就不会？"

高唯不说话。

牛三勇："你是不是有点自卑？"

高唯沉默了一会说："我知道我不可爱，不会有男人真的喜欢我。所以当有人表示他喜欢我的时候，我从心里认定那不是真的。我会用各种手段把他逼退，以保护自己。最终证实对方的感情确实是假的。"

牛三勇吓了一跳："你有病吧？"

高唯："那你说，你喜欢我什么？"

牛三勇想了一下："第一，你不装；第二，你不使小性子；第三，你很仗义。够吗？"

高唯："够了，你对我有什么希望吗？"

牛三勇："我知道这对你很难，可是我还是希望你多少温柔一点儿。"

高唯点点头："尽量吧。"

牛三勇把胳膊搭在她的肩膀上："够意思。"

高唯："别这样，人家都盯着咱们呢。"

牛三勇："你如果怕被别人盯着，咱们就去我家，到那盯着你的就只有我一个人了。"

高唯笑骂："你怎么这个德性？"

牛三勇一只手五指并拢在胸前一耸一耸鸟一样地往上滑："幸亏我脸皮厚，要不早啊，啊，地飞走了。怎么还能人五人六地坐在这儿跟你喝酒？"

白天。孔佳玉家客厅。一个十五六岁的男孩子拿着孔佳玉的手机一个角度一个角度地拍着照片。

孔佳玉跟在他的后面。

孔佳玉家厨房。男孩子拿着手机一个角度一个角度地拍着照片。

孔佳玉跟在他的后面。

男孩子："表姐，你拍这个干什么？"

孔佳玉："我想把这个家重新装修一遍，拍个图形发给设计师看看。"

崔云满面倦容地在厨房里做饭。

王泉进来，他把几张打印出来的照片递到崔云的手里。

王泉："这是孔佳玉家的图，她叫人标好了，门口到客厅有几步，客厅到厨房有几步。

厨房里灶台和橱柜之间有多少步。"

崔云仔细看着图纸："工作做得可真细。"

王泉："我在咱们这里练一下，你帮我看着一点儿。"

崔云："好。"

金嫣领着客人过来在前台做账。

客人走了。

手机响，高唯接电话。

牛三勇贱兮兮的声音："干什么呢？"

高唯口气很硬："上班，还能干什么？"

汽车修理厂办公室。牛三勇把手机扔在桌子上说："本来要讨你喜欢，每次都被你骂。我在别的女人眼里历来聪明又勇敢，怎么到你跟前就这德性了呢？"

金嫣对高唯说："你不能对他那样。好男人和好孩子一样都是夸出来的，不是骂出来的。"

高唯："是吗？"

金嫣："当然是。"

高唯态度诚恳地说："那我以后真得注意。"

沙复明跟王泉一起走进办公室。

沙复明："有什么话说吧。"

王泉："我想请假去把孔佳玉带回来。"

沙复明一怔："她能回来吗？"

王泉："她要是不跟我回来，那我也不回来了。"

沙复明："回来，一定要回来，咱们推拿中心正在用人的关口上，你说什么也要把她带回来。"

王泉："给我三天的时间就行。"

沙复明："我给你三天假，你去吧。"

列车在原野上鸣着笛疾驰而过。

王泉表情凝重地坐在车厢里。

饭馆门口。白天吃饭的人少，薛旺看车比较悠闲。

老刘骑着烤红薯的车过来："薛旺！"

薛旺看见他很高兴，他把两个便餐盒冲他举了举："中午咱们吃这个吧。"

薛旺和老刘在避风的角落里吃饭。

老刘："我儿子考了个全班第五名，这小子真给我争气。"

薛旺："今天她给我回短信了。"

老刘："是吗？说什么？"

薛旺打开手机，调出来语音短信说："你听。"

手机里邓晓梅的声音："不要老给我送东西了，我不缺。"

老刘一脸鄙夷："就这儿？"

薛旺："能跟我说话就有门！"

推拿中心休息室。韩秋霞把一盒一盒的饭发给大家。

韩秋霞："王大夫呢？"

高唯："请假了。"

韩秋霞："请假怎么也不跟我说一声？"

高唯："我忘了告诉你了。"

韩秋霞白了她一眼："芒来呢？"

金嫣："把饭盒放我这儿，他还没下钟呢。"

韩秋霞把饭盒放到金嫣面前："走了个马跃，走了个孔佳玉，王大夫请假，七零八落的还像个开店的吗？"

高唯："张老板都不露脸，我们能怎么着？"

韩秋霞一下被噎住了："你什么意思？"

高唯："这还听不出来吗？张老板的心思都不在店里，员工们七零八落的也属正常。"

出租汽车在南方小城的街道上疾驰。

汽车驶到小区大门口停下，王泉从车上下来，出租车开走。

王泉拿出来手机打电话，电话通了。

王泉："喂。"

孔佳玉在离他几步远的地方接电话："喂！"

两人同时听到了对方的声音，同时挂了电话顺着声音走过去。

王泉和孔佳玉的手碰到了一起，两只手紧紧地攥在一起。

王泉想搂孔佳玉怕影响不好，他努力控制住自己的冲动。

孔佳玉："我爸我妈都在家。"

王泉："照你说的，我买了老俩口爱吃的东西。"

孔佳玉："紧张吗？"

王泉："紧张大劲了就不紧张了。"

孔佳玉："咱们走。"

孔佳玉挽着王泉的胳膊站在家门口。她问王泉："你说我是用钥匙开门，还是按门铃？"

王泉："按门铃吧，不管怎么说，我还是个外人。"

孔佳玉："你来按。"

孔佳玉拉着王泉的手按到门铃处，王泉按响了门铃。

孔母从猫眼里往外看。她没有看到女儿，只看到了王泉那张变形了的脸。

孔母吓了一跳，扭头对坐在沙发上的孔父说："那小子找上门来了，怎么办？"

孔父："哪个小子？"

孔母："南京的那个小子。"

孔父态度很坚决："不给开门！"

孔母态度有些犹豫："人家大老远来的，这样不好吧？"

孔父："这是我的家，我说不给开就不给开。"

孔母踌躇着离开了门口。

王泉："我听见了脚步声。"

孔佳玉："他们肯定从猫眼里看见你了。"

王泉："这也在我的意料中。"

孔佳玉："还是用我的钥匙开吧。"

王泉的态度相当坚决："不行，二老不愿意我进这个门，我不能强行进入。"

孔佳玉："那怎么办？"

王泉："在火车上我一顿饭都没吃，赶紧找个地方，先把肚子喂饱了才能想出办法。"

饭馆。王泉狼吞虎咽地吃着一大碗馄饨。

孔佳玉坐在一旁听他吃。

王泉："你不饿？"

孔佳玉："咱们俩分开多长时间了？"

王泉："二十天。"

孔佳玉："想我吗？"

王泉抓起她的手往自己脸上摸："用问吗？你摸摸，颧骨都顶出来了。"

孔佳玉心疼地摸着他的脸。

王泉："我买的是往返票，你的那张票我也买了，我一定要攻下你的父母。"

手机响了。

孔佳玉小声说："我妈。"

王泉立刻不说话了。

孔佳玉接通电话："喂。"

孔母的声音：“你在哪儿？”

孔佳玉：“我跟王泉在一起。”

孔母打电话，孔父站在客厅一旁仔细听着。

孔母：“马上给我回来！”

孔佳玉的声音：“好。”

孔母挂了电话，她很纳闷：“奇了怪了，她怎么这么听话？”

孔父：“没烟了去给我买一盒。”

孔母：“医生不让你抽烟。”

孔父：“捡回来一条命，想怎么活就怎么活，医生提倡的那个活法一点质量都没有，还不如不活。”

孔母白了他一眼开门出去了。

孔父焦躁地在地上来回转着圈。他打开电视机，电视里面正在播球赛。

孔父烦躁地把电视关了。

孔母手里拿着一盒烟顺着楼梯上来。

她一眼看见了站在门口的王泉和孔佳玉。

孔母吃了一惊。

孔佳玉听出来母亲的脚步声，她叫了一声：“妈。”

王泉紧跟着她叫了一声：“伯母。”

看见王泉明显憔悴的样子，孔母有些于心不忍。

她还是硬起心肠问：“你们站在这儿干什么？”

小孔说：“他说，没经得你和我爸的同意，他不能进家门，那我只能陪着他在外面一起站着。”

孔母无奈她用钥匙开了门说：“进来吧。”

王泉像回到自己熟悉的家里一样从门口的鞋柜里拿出来拖鞋换上。

王泉表情严肃地走到沙发跟前坐下。

他的一系列动作完全不像是个盲人。

孔父孔母用吃惊的目光看着他。

王泉把旅行包打开，从里面拿出来各种南京特产。

王泉：“南京的桂花盐水鸭很有名的，这盒点心给伯父。”

孔母：“买这些东西干什么？”

王泉：“初次登门拜访，不能空着手。”

孔父紧绷着的脸松开了：“桃酥？”

王泉：“我爸爱吃这个牌子的桃酥。”

孔父看了孔母一眼。

孔父：“不年不节的怎么往这儿跑，出差吗？”

王泉："请假过来看看你们，老板给了三天假，路上已经用了一天。"

孔父看着他没有说话。

墙上的钟敲了六下。

孔母说："天不早了，弄饭吃吧。"

王泉站起来："伯母你歇着，看看我的手艺。"

孔母："你会做饭？"

王泉："家里人自己吃吃还可以，登不了大雅之堂。"

傍晚。王泉熟门熟路地进了厨房，孔佳玉跟在他后面。

孔母不放心也跟了过去。

孔父控制不住好奇心也站在厨房门口往里面看。

厨房里的调料瓶上已经贴上的各种盲文标签，整齐地排练在柜子上。

王泉熟练地淘米做饭。

王泉择菜洗菜切菜，他干得非常认真。

孔父孔母一声不响地站在厨房门口看着。

王泉炝锅炒菜，他拿过一只瓶子摸了两下又放回去，再拿起来一只瓶子摸了一下，把调料倒进锅里。他的动作很连贯一气呵成，完全不像是个盲人。

一盘西红柿炒鸡蛋、一盘过油肉、一个青菜炒香菇和一个木须肉端上了桌。

最后端上桌的是酸辣粉丝汤。

一家人围坐在一起吃饭。

孔父心情大好，要求跟王泉喝酒。

孔母坚决不同意："医生不让你喝酒。"

孔父："你到底是跟我过日子还是跟医生过日子，喝红酒，一人一小杯。"

孔母看看丈夫又看看闺女。

孔佳玉："不能喝。"

孔父乞求："就一杯。"

孔佳玉态度很坚决："不行！"

孔母尝了一口菜："味道不错。"

孔佳玉也尝了一口："我喜欢这个木须肉。"

孔父和王泉两人喝果汁，饭桌上的气氛越来越和谐。

孔父："王泉啊，上千里的路你一个人就这么摸来了。"

王泉："本该早点来，店里人手少，不好意思请假，拖了好几天才跟老板说了。我有两天休假又请了一天，后天我得赶紧赶回去。"

孔父："你要是个明眼人，出趟远门没什么了不起，你是个盲人啊，一路上得遇到多少麻烦？"

王泉："我从小就离开家住校读书，每年的寒暑假都自己乘车往返习惯了。我这次来，是想看看伯父伯母，伯父手术，按说我应该陪在跟前。"

王泉的态度很诚恳语气很平淡，孔父不由自主地被感动了。

孔父："真的喜欢佳玉？"

王泉："为了她我什么苦我都能吃，什么难事我都能做。"

孔父点点头："我不如你，别说现在老了，就是年轻的时候也没你这个心劲。小伙子，将来你肯定有出息。"

王泉戴着围裙在洗碗池前洗碗，厨房被他收拾得整洁干净。

孔佳玉站在一旁陪着他说话。

孔佳玉小声问他："你在你家的时候，怎么什么都不干呢？"

王泉小声回答："这叫被逼无奈。"

孔佳玉："你的意思戏演完了就卸妆？"

王泉："谁给我卸妆我跟谁急，我喜欢这个角色，我已经跟他融为一体了。"

孔佳玉："以后咱们家的三顿饭你做？"

王泉："厨房是我的阵地，看踩了雷，出去，赶紧出去陪你爸妈说话去。"

孔佳玉从厨房里出来。

孔母："小伙子高高大大，长得挺精神。"

孔佳玉眉开眼笑。

孔父："女人天生的形式主义。"

孔母："我话还没说完呢，小伙子憨憨厚厚的，家务活干得像有眼睛的人一样。"

孔佳玉在母亲身边坐下，伸手搂住她的脖子："在推拿中心除了我们沙老板，论推拿的手艺就是他了，找他的回头客很多，每个月数他的收入高。"

孔母："一个月的收入能赶上你爸吗？"

孔佳玉："我爸挣多少？"

孔母："退下来能领三千四百多块钱吧。"

孔佳玉："旺季的时候，王泉差不多每个月能拿六千。"

孔母吃了一惊："比写字楼里的白领挣得还多呢？"

王泉拿着围裙出来了："伯母，给我找根针，围裙的带子掉下来了。"

孔母拿出来针线盒说："我来缝。"

王泉："不用，这活我能干。"

他拿出来一根针，拽断一根线，用舌尖捕捉针眼，线在嘴唇边迅速穿过，用舌头把线从针眼里送过去。

孔父孔母简直看呆了。

孔母："你怎么练的？"

王泉："在学校的时候练的，我们很多同学都会。"

孔父从沙发上站起来，往前走了好几步才把腰直起来。

王泉听着他的声音说：“伯父，你的腰不利落？”

孔父：“年轻的时候伤过，这次手术完觉得更僵硬了。”

王泉：“你要是信我，我给调理一下。”

孔父：“行吗？”

孔佳玉：“他是专家，在我们推拿中心，保健和治疗是两个价位。”

孔父：“现在的伪专家太多，来吧，我给你检验检验。”

二十六

孔父在卧室床上趴着，王泉细心地给他做着背部推拿。

孔父舒服得直哼哼。

王泉边做边讲：“推拿的手法讲究持久、有力、均匀、柔和。推拿依靠内力推动气血作用于经络，直达腹脏和肌体的深层组织，促进体内器官的新陈代谢，从而产生消肿止痛、镇静安神、活血化瘀，增强免疫力功能。”

孔父：“哦，听着挺深奥。”

王泉让孔父翻了个身：“你刚做完手术，我不能给你推腹部，我给你做个足经道吧。”

王泉捏住孔父小腿上的经络。

孔父疼得叫了一声。

王泉揉搓着他的疼处：“胃经有结节，你听，嘣嘣的。你肯定打嗝和排气都不通畅。”

孔父：“你说对了。”

王泉：“通则不痛，痛则不通，忍着点儿，揉通了就不疼了。”

王泉结束了推拿。

孔父坐起来打了一个长长的嗝：“真舒服！”

孔母：“王泉，委屈你了，就在客厅的沙发上睡吧。”

王泉急忙推托：“不用，不用，我去旅馆住。”

孔父：“干啥到外面去住？就在家里住。”

孔佳玉听到这话明白父亲接纳了王泉，她的脸上露出了灿烂的笑容。

孔父：“王泉，你想没想过找一个明眼人一起生活？”

王泉：“没有。”

孔父：“实话？”

王泉：“实话。”

孔父：“为什么？”

王泉想了一下说：“我觉得盲人和盲人在一起，像是生活在黑屋子里的两个人，心里的地位是平等的。因为感觉是相同的，也就不会恐慌。因为心和心的相通，孤

单感自然会土崩瓦解。两个盲人生活在一起，不用费心去顾及世俗上的偏见，所以心会贴得更紧。两颗心的马力一定比一颗心要强大得多，面对生活上的困境会更有勇气。”

孔父赞许地点点头。

吴迪在崔云的宿舍床上坐着跟邓晓梅聊天。

吴迪：“妈妈说洗床单会洗到很晚，所以就在这儿住了，我喜欢住在这儿。”

邓晓梅：“作业写完了？”

吴迪：“你们大人怎么一天就会作业、作业的？”

邓晓梅笑了：“你要是痛痛快快地写完了，不就没人问了？”

吴迪躺在床上拉过来被子盖在身上，翻了个身不理邓晓梅了。

邓晓梅的手机响。

邓晓梅知道是薛旺来的，她不接电话。

手机铃声停了，一条语音短信进来。

邓晓梅打开短信。

薛旺的声音：“我刚下班，今天挣了一百块钱，城里的钱就是好挣。攒够三百块，我给你买一件新衣服。”

邓晓梅没有回这条短信。

老刘和薛旺坐在床上一人捧着一个大缸子喝茶。

薛旺：“城里的男人拿老婆比咱们乡下人当事。”

老刘：“买房子买车办婚礼，花了几口袋的钱才娶回来的媳妇，能不当事捧着吗？”

薛旺摇摇头：“好像不单是这个理。在这里待的这些日子里，天天看着男男女女在我眼前出出进进的，没谁像咱农村老爷们儿似的心里不痛快了，大耳刮子就送到老婆脸上去了。”

老刘：“女人可以往死了疼，往死了睡，就是不能往死了打，一打就跑了。”

薛旺：“你倒是不打老婆，可你把她一个人扔在家。”

老刘：“我没法把她带来。”

薛旺：“为什么？”

老刘：“她死了。”

薛旺吓了一跳。

老刘：“在炕上瘫了五六年，咽气的时候再三嘱咐我，一定要把儿子好好地送到大学里面去。”

薛旺：“老刘，你做到了！”

老刘：“做到了她也看不见了。”

薛旺：“看得见，肯定看得见。”

老刘：“你说看得见，那就看得见。”

薛旺沉默了一会儿说：“知道我为啥打媳妇？”

老刘：“手贱呗。”

薛旺一脸的委屈：“我花了十万块钱娶回来的，竟然不是黄花闺女，她跟别人睡过了。”

老刘：“就为这？”

薛旺拍拍自己的胸膛：“咋想，我心里都不舒服。”

老刘：“你不也是二婚吗？凭啥要求人家必须是原封的呢？”

薛旺：“我花钱了。”

老刘：“就你这样，不花钱能找到这么年轻的媳妇吗？”

薛旺：“你这话问的，这不是明摆吗？”

老刘：“那你就别觉得委屈，这都啥年头了？还扯这个。再说了，她也不是认识你以后跟别人睡的。”

薛旺低着脑袋不说话了。

孔母和孔父睡不着，倚在床头聊天。

孔父：“要不让佳玉跟他走吧。”

孔母垂着眼睛：“这孩子倒是不错，可我就这么把佳玉嫁出去，心里不甘哪。”

孔父：“当初知道佳玉的眼睛彻底完了，我去医院做了绝育手术。我就怕再有一个孩子，会分走咱们对佳玉的爱，让她受了冷落。我只有一个念头，给她跟健康孩子一样多的幸福。”

孔母点点头：“幸福这两个字差点把咱们家拖垮了。”

孔父：“你说什么是幸福？幸福这两个字是心里面的感受，咱们俩的眼睛决定不了佳玉的感受。这事我反反复复想过，莫非咱俩硬塞给她一个有眼睛的丈夫，她真的就幸福了？明摆着她不喜欢啊！喜欢和幸福这两个词应该是串在一起的。有喜欢才有幸福，不喜欢的后面跟着的肯定不是幸福。佳玉幸福不幸福咱们俩说了不算，她自己说了才算。”

孔母沉默着。

孔父：“做手术之前，我以为我这辈子很快就要结束了。没想到老天爷又给了我一次机会，让我从孩子的角度为她想一想。老伴，咱们还是厚道一点儿，把孩子的权利再还给孩子，是甜是苦让她自己选择，这样才真的不会落埋怨。”

孔母：“我怕孩子将来后悔。”

孔父：“好坏是他们自己的日子，他们认了就行。”

孔母鼻子一酸，眼泪流了出来。

客厅里黑着灯。

王泉躺在沙发上瞪着眼睛睡不着。

孔佳玉从她的房间里溜出来摸到沙发跟前。

王泉吓了一跳。

孔佳玉掀开王泉的被子钻了进去。

王泉紧张坏了，小声说："别……别……"

孔佳玉一把捂住了他的嘴。

她滚到沙发的最里面，一扭身紧紧地搂住王泉的腰。

孔佳玉："我给你的护腰你还戴着呢？"

王泉紧张得身子都僵住了，他用被子蒙住孔佳玉的脑袋。

王泉小声说："我不该住在这儿？"

孔佳玉："为什么？"

王泉："在监考官眼皮子底下混，哆嗦就能把我抖散架子了，住旅馆我还能缓缓精神，迎接第二场考试。"

孔佳玉："我不管，我不让你走。"

孔母从房间里出来上卫生间。

王泉和孔佳玉谁也不敢动了。

孔母听见动静扭头看了一眼。

王泉盖的被子一个角落在了地上。

孔母走过来，伸手把被子拉上去，把被子四周仔细地掖好。

孔佳玉在被子里偷着笑，王泉伸手捂住了她的嘴。

孔母从卫生间里出来回房间去了。

孔佳玉从王泉的被子里钻出来，摸回到自己的房间里去关上了门。

王泉的一颗心才放回到肚子里去，他在额头上抹了一把，手上全是汗。

宿舍盥洗间。洗衣机在轰隆隆地转动着。

崔云在熨烫床单。

沙复明从门口路过，听见里面的声音走进来。

崔云："你的衬衣我都熨好了，一会儿你自己拿回去。"

沙复明："吴迪呢？"

崔云："睡了。"

沙复明一双盲眼盯着崔云，想说什么又没说，他的肚子发出一阵咕噜的响声，他不好意思地笑了。

崔云放下手里的活："饿了，我给你弄点吃的去。"

崔云把一大碗西红柿鸡蛋面放在沙复明跟前。

崔云：“天太晚了，吃点素的好消化。”

沙复明“呼噜”“呼噜”地吃起来，他吃得很香。

崔云坐在对面看着他。

沙复明边吃边问：“生我的气了？”

崔云：“没有。”

沙复明：“这两天你没怎么跟我说话。”

崔云一怔：“是吗？”

沙复明：“白天就想问问你，没腾出时间来。”

崔云：“我没事。”

沙复明：“有麻烦一定跟我说，我帮你解决。”

他把空碗推到一边，心满意足地拍拍肚子：“舒服，太舒服了。”

崔云一声不响地收拾碗筷。

沙复明的手下意识地在桌子上点画着。

崔云突然问：“向天纵……”

沙复明的手突然停住了，他抬起头一双盲眼盯着崔云：“你认识盲文？”

崔云忙说：“老见你写这几个字，记住了，找人问的。这个向天纵到底是谁？”

沙复明身上的劲一下泄光了。

崔云把手里的碗筷放在一边坐下：“是个女人吧？”

沙复明：“是。”

崔云努力让自己的声音平静下来：“她在哪上班？”

沙复明：“我认识她的时候，她还在读大学。”

崔云：“她是盲人？”

沙复明：“不，她是健全人。”

崔云：“她漂亮吧？”

她马上意识到自己连忙纠正道：“我不该问这样的话。”

沙复明陷在自己的情绪当中：“我也这么问过自己，太想看她一眼了。”

崔云的心被嫉妒这两个字狠狠地撞了一下，她没有说话。

沙复明：“她说话的声音跟你很像。”

崔云又是一怔：“我？”

沙复明纠正他刚才的话：“不是很像，是非常像。第一次听你说话，我真的以为你是她。你们俩手的感觉也非常像，摸上去冰凉冰凉的。”

崔云的心又是一哆嗦。

沙复明抬起头没有目光的眼睛盯着崔云。

白天。咖啡馆。向天纵盯着沙复明。

沙复明："神说：要有光，于是有了光。可有些地方却一直没有光。朋友说：没有光也要好好活，我们就始终好好地活。"

向天纵："这是谁说的话？"

沙复明："我说的。"

向天纵一下被他感动了，她突然站起来，用两只手捂着沙复明的脸大声说："你真酷哎！"

沙复明被她这从天而降的亲密举动弄懵了，他紧张极了，半张着嘴，两手合十放在大腿中间，用两只膝盖死死地夹着。

向天纵探过身子拽出来他的左手，放在桌面上，她重新坐了下去。

沙复明的手掌心朝上无助地躺在桌子上，向天纵把自己手盖在他的手心上，她的手指找到了沙复明的手指缝扣起来了。

向天纵把沙复明的手翻到下面，她把自己的另一只手盖在沙复明的手背上面。

沙复明和崔云的手就这样握着放在桌面上。

沙复明说："我们在一起只待了两个小时，一百二十分钟。这短短的一百二十分钟对我来说，简直可以称为岁月。认识她以后，我给我自己的人生提出来了一个要求，一定要找一份有眼睛还要有目光的爱情。"

崔云："你一直不结婚，是不是在等她？"

沙复明沉默了一会儿说："也不全是，别人给我介绍过女朋友，我跟她们在一起没有感觉。"

崔云："你一直在等她？"

沙复明："我没有等她，是没有碰到我喜欢的。"

崔云终于把想问的话憋出来了："你一直在想她？"

沙复明："不是特意地去想，这个想已经变成了习惯。"

崔云沉默了一会问："那你怎么看我呢？"

沙复明不知道该怎么回答。

崔云说："你虽然是盲人，但是你是我的两只眼睛。当我两眼一抹黑，找不找路的时候，你一句话，说得我心里立刻亮堂了。"

她的话叫沙复明觉得很意外，他不由得有些发愣。

崔云："现在我想知道，你怎么看我。"

沙复明："你由于善良而软弱。"

崔云："还有呢？"

沙复明："吃你做的饭我的胃就不疼，跟你坐在一起我就想起'家'这个字，你是一个好女人。"

崔云："在认识你之前，我不是这疼就是那疼，被你的两只手推拿了以后，我第一次尝到了健康的滋味。没有你，我都不是我自己。我不光是个泪做的人，我被人疼过以后，还知道感恩。为了你对我的好，我要感谢你一辈子。"

沙复明："你一个人带着孩子，活的挺难，我只是尽自己的力量帮帮你。"

崔云："是不是因为我的声音像她，你才愿意伸手帮我？"

沙复明被她一语戳中病根，张了一下嘴没有说话。

崔云："我说对了吧？"

沙复明："先开始是……"

崔云后背一阵一阵地发凉。觉得自己没了重量在飘。

她看着沙复明的嘴一张一合，却听不见他的声音。

崔云从沙复明的手里慢慢地抽出来自己的手。

她听见自己的声音在说："我这个人真的像蚂蚁一样，天天背着超过自己体重的包袱，拼了命地往前挪，蚂蚁和蜜蜂都勤劳，可蚂蚁不如蜜蜂，蜜蜂能在天上飞，我只能在地上爬。我承认我渺小，可我再渺小也要当我自己，我不当别人的替代品。"

崔云的力气就在这个时候用尽了，一股热流突然间涌了上来，涌出了眼眶，她无声地哭了。她捂着自己的嘴转身出去了。

沙复明沉默了片刻，突然抬手给了自己一个嘴巴子："早对你说过，倾诉是下贱的，你怎么就克制不住自己呢？伤人伤己，自食其果！"

洗衣机在轰隆隆地转。

崔云在熨烫衣物和床单，她边熨衣服边掉眼泪。

手机短信响。

崔云打开手机看了一眼短信。她眉头紧锁开门出去了。

沙复明烦躁地在宿舍地上来来回回转着圈。

沙复明打开手机调出来崔云的名字，想了一下又把手机合上了。

浑身酒气的吴和平站在小区门口抽烟，崔云走过来。

吴和平掐灭烟头扔在地上："有种你别出来。"

崔云看着他不说话。

吴和平："儿子呢？"

崔云："睡了。"

吴和平："我上去看看。"

崔云："他没住在这儿。"

吴和平一怔："你让他跟那个瞎子一起睡了？"

崔云转过脸去不搭理他。

吴和平脖子上的青筋崩起来老高："你他妈的让我光着屁股推磨转着圈丢人。姓崔的，我警告你，明天就是我给你的最后期限，如果你照样给脸不要脸，别怪我下手前没跟你商量。"

他从口袋里掏出来一个榔头在崔云的面前挥了挥："我这就去把他那瞎眼珠子抠出来当泡踩。"

崔云周身发凉："那是犯罪，你不敢！"

吴和平："不敢？我砸一锤子给你看看。"

说完他扭头就走。

崔云一把没抓住他。

吴和平抡起榔头朝推拿中心玻璃门砸去。

崔云一头撞在他的身上，吴和平手里的榔头飞了，两人同时摔倒在地上。

吴和平气坏了，揪着崔云的头发，左右开弓扇她的脸。

崔云拼命反抗，她连踢带咬。

两个小伙子聊着天走过来，看此情景扑过来把吴和平的两只胳膊拧到身后。

吴和平吼了一嗓子："我老婆偷人！"

崔云鬓发凌乱浑身颤抖，她一言不发转身走了。

小伙子甲："大姐，哎，大姐！"

早晨。孔佳玉和王泉挤在卫生间里洗脸。

王泉刮完胡子。

孔佳玉垫着脚尖往他脸上抹擦脸油。

王泉躲闪："弄这么香，我怎么出去呀？"

孔佳玉："不管，我愿意闻。"

孔母把买来的早点摆在客厅餐桌上："都出来吃早点。"

一家人围坐在一起吃饭。

王泉："伯父，伯母，我今天出去住站前旅馆，明天上火车方便。"

孔父："那哪行？我还想再享受一次专家级的推拿呢，昨天晚上那一觉睡得可真香。"

王泉："我给你做完推拿再走。"

孔母："王泉，中午咱们吃什么？需要什么菜我准备。"

王泉一脸尴尬地搓着两只手。

孔父看他的表情觉得有些纳闷："怎么了？"

王泉涨红着脸说："不瞒伯父伯母，其实我就会做那四个菜。"

孔母："啊？"

王泉："时间太短，来不及学。"

孔母："现学的？"

王泉："嗯，我想证明给二老看，我是能学会做家务的。我用十天的时间学会了做四个菜，一年下来我都能当厨子了。"

孔母看了孔父一眼。

孔父："这孩子最大的优点是不撒谎，看来咱们佳玉真没找错人。"

孔佳玉："本来嘛。"

孔父："王泉。"

王泉："伯父。"

孔父："你不说，我也能看出来，你心里很着急。我跟你说说我的想法。"

王泉："你说。"

孔父："你对佳玉的感情我们都看在眼里，可结婚终究是一辈子的大事，我希望你和佳玉前前后后好好想清楚了，咱们再细谈。"

王泉："伯父，三天的假马上到了，我没有时间细想了。"

孔父："回南京慢慢想。"

听父亲这样说，孔佳玉马上叫了起来："我要跟他一起回去。"

孔母："不行。"

王泉："那我也不回南京了，在这找个工作，等你们答应了，我再带她走。"

孔佳玉不干："这的收入远远不如南京，这叫他什么时候能攒够买房子的钱。"

孔母问王泉："你们家没给准备房子吗？"

孔佳玉抢着回答："准备了，我们不想跟老人一起住，早晚得搬出去。"

孔父脸一绷："为什么不跟老人一起住？"

孔母问孔父："你让她照顾老人，还是让老人照顾她？"

孔父点点头："这倒也是个问题。"

王泉："我弟弟已经结婚了，我父母为我的婚事也挺着急的。"

孔父沉默了片刻说："你先回去吧，佳玉什么时候去，我跟她妈再好好商量商量。"

王泉的心一下凉了。

孔佳玉叫了一声："爸！"

孔父："他要是真的爱你，会尊重你的父母的。"

王泉放下筷子："伯父，伯母，我尊重你们。"

孔父："票买了吗？"

王泉："我买的往返票。"

孔父："那来日方长，我们也不多留你了。"

孔佳玉喊了一声："爸！"

孔母："别让你爸生气，听话！"

王泉："伯父伯母，你们放心，没有你们的同意，我不会带她走的。"

孔佳玉听他这样说，摔了筷子进屋了。

崔云敲宿舍门进来，她把洗干净熨好的衣服，挨个放在他们的床头上。

张一光："崔云吧？"

崔云："衣服我给你们洗好了，放在这儿了。"

张一光："你就是比韩师傅好，事事为我们着想。"

崔云笑："又不是啥重活，捎带手就干了。"

她看了一眼芒来："芒来，这几天你一直不好好吃饭，脸都小了一圈。"

芒来摸摸自己的脸："是吗？不觉得。"

女生宿舍。崔云把洗熨好的衣服挨个放在姑娘们的床上。

高唯："我说怎么找不到脏衣服了，你都帮我们洗了？崔姐，你不能这么惯着我们。"

崔云："你们都忙，我洗床单的时候，顺便就给你们洗了。"

都红闻着自己的那叠衣服说："真香，崔姐，你用的是薰衣草味的柔顺剂吧？"

崔云："是。"

金嫣："吴迪上学了？"

崔云："没有，今天不去了。"

高唯："为什么？"

崔云："正要跟你请个假呢，今天的饭让韩秋霞做吧，我想出去一下，有点事要办。"

高唯："好，你去吧。"

王泉坐在火车站候车室里等车，他竖着耳朵听周围的动静，他没有听见孔佳玉的声音。

他给孔佳玉打电话。

电话里电脑的声音："对不起，您呼叫的用户已关机，请稍后再拨。"

王泉掏出来两张火车票，难过地抚摸着。

王泉被列车员领到他的车厢座位上坐下，他把旅行包塞到座椅下面的空隙里。

王泉的腿碰到了对面人的腿，他说了声："对不起。"急忙躲开了。

郊外。火车呼啸而过。

王泉拿出来手机拨打孔佳玉的号码。

手机里传来电脑的声音："您呼叫的用户已经关机，请稍后再拨。"

王泉沮丧地挂了电话。

窗外一掠而过的田野。

他的腿不小心又碰到对面的那个人的腿。

王泉小心地挪开了。

对面一个操天津腔的女人小声问：“大哥，您这是上哪去？”

王泉愣了一下不知道她问谁，没有回答。

他的腿又被对方的腿有意地碰了一下。

操天津话女人的声音：“大哥，问你呢。”

王泉有些尴尬地回答道：“南京。”

对方把手放在他的腿上：“太巧了，咱俩一路。”

王泉想把她的手从自己的腿上甩下去，哪知道那只手像年糕一样黏在他的腿上。

王泉急了，伸手扒拉她的那只手，那只手反过来紧紧攥住他的手。

王泉的心差点从嘴里跳出来，他喊了一声：“佳玉！”

身边的人被他吓了一跳，扭头看他。

孔佳玉笑着骂他：“你个大傻子！”

王泉激动得想哭又想笑：“佳玉！佳玉！你吓死我了！”

孔佳玉：“我跟我爸妈说，你坐昨天晚上的车已经走了。他们就对我放松了警惕，早上我说牙疼去医院挂号，什么都没带就跑出来了。”

王泉紧紧攥着她的手：“昨天你怎么不告诉我？”

孔佳玉：“我怕我万一走不成，不就又把你闪一下吗？”

王泉激动得眼泪差点流出来：“你就不怕我把这张票卖了？”

孔佳玉：“你不是我，没那么抠门。”

张宗琪家便利店。张宗琪把收银箱里的钱全部拿出来，一张一张地数着。

韩秋霞从里面出来看见问：“又拿钱干什么？”

张宗琪：“有用？”

韩秋霞：“干什么用？”

张宗琪：“我干什么事都得向你汇报吗？”

韩秋霞：“这个店我是总经理。”

张宗琪不搭理她。

韩秋霞：“垃圾……”

张宗琪火窜到脑门子上，一掌拍在桌子上：“你这娘们儿到底怎么回事？”

韩秋霞回手也一巴掌拍在桌子上：“垃圾是你祖宗啊？为什么我不能提？”

张宗琪甩甩拍疼了的手掌，翻着白眼看着她。

韩秋霞：“过去一提垃圾处理机你犯病，现在一提垃圾这两个字你就抽羊角风。垃圾跟你有冤还是有仇？”

张宗琪不说话。

韩秋霞："把厨房里的垃圾给我扔出去！"

张宗琪耷拉着脑袋一声不响地倒垃圾去了。

韩秋霞在厨房灶台前忙着炒菜。

张宗琪把垃圾筒送回到原地放下。

韩秋霞："做顿饭能用多长时间，崔云到底有什么事啊，还犯得上请假？"

张宗琪："我哪知道？"

韩秋霞："等沙复明把江山夺了，崔云一屁股坐到正宫娘娘的位置上，你就啥都知道了。"

张宗琪耷拉着脸伸手打开抽油烟机，他转身出去了。

韩秋霞冲他喊，抽油烟机的轰鸣声把她的声音完全盖住了。

高唯把沙复明的饭盒端进来放到办公桌上。

沙复明打开饭盒吃了一口："今天不是崔云的班吗？"

高唯："有事请假了，韩秋霞替她的班。"

沙复明一怔："什么事？"

高唯："她没说。"

高唯出去了。

沙复明吃了两口饭，没有胃口，他把饭盒推到了一边。

两列火车风驰电掣交错而过。

王泉和孔佳玉肩并肩坐在卧铺车厢的下铺，两人面带着幸福的微笑，谁也不说话。

他们挨在一起的那两只手在隐蔽处紧紧地拉着。

一列火车呼啸着钻进山洞。

崔云抱着吴迪靠窗子坐着，吴迪已经在她的怀里睡着了。

崔云的留言："沙大夫，我带着吴迪走了，南京是一座叫我伤心的城市，以后我不会再回来了。"

沙复明在听手机里的语音短信。

崔云的声音："原谅我没当面跟你告别，我实在没有那个勇气。感谢你救了我，感谢你曾经跟我说过的心里话，感谢这一段时间对我和吴迪的关心和爱护。"

工地。吴和平在看手机里的短信。

崔云的声音："你不要找我们，也不要去为难沙大夫。我跟吴迪去哪，他压根就不知道。"

吴和平拨崔云的手机，手机里出现了电话无法接通的提示。

沙复明的手机里电脑的声音："您呼叫的用户暂时无法接通，请稍后再拨。"

沙复明急了开门出去。

崔云家户门口。吴和平用拳头擂门。

门里面没有任何声音。

吴和平骂骂咧咧地转身想下楼。

一眼看到了扶着楼梯扶手站在那里的沙复明。

吴和平的火立刻窜到了脑门上："姓沙的，没等我雇人下铁锹挖，你这条泥鳅自己从泥里钻出来了。"

沙复明听出来是吴和平，他站在那里不动。

吴和平口沫横飞："吴迪是我的种，崔云是我老婆，你他妈的瞎着两眼在我们中间掺和什么？"

沙复明没有理他，顺着楼梯上来，摸到吴和平刚刚敲过的门前，凝神仔细听听里面的动静，转身往楼下走。

吴和平冷笑："一日夫妻百日恩，好歹我们做了七八年的两口子，临了临了，她还是得听我的。"

沙复明转过身语气平静地问："你跟她说什么了？"

吴和平："给她简单的摆摆利害关系。我告诉她，面子是别人给的，脸是自己丢的。你再下贱也不要让一个瞎子耍着玩。"

沙复明的脑袋"嗡"的一声，他努力克制着自己声音平静地说："吴和平，你要对你说的每一句话负责。"

吴和平凑到他的跟前咬牙切齿地说："我当然负责了，姓沙的，实话跟你说，我早就想教训教训你了，今天你自己找上门来，我不给你放点血让你长长记性，吴迪他就白管我叫爹了。"

他一把揪住沙复明的衣领。

沙复明声音很低："你放手。"

吴和平攒足力气照着他的脸挥手就是一拳。

沙复明听到风声，脸一偏躲过去，伸手在他的腹部击了一掌。

吴和平疼得立刻松开了手，两手捂着肚子蹲在台阶上。

沙复明头都没回，一步一步稳稳地走下了台阶。

沙复明狠狠地摔上单元门。

"砰"的一声响。

白天。沙复明把空碗重重地放到了办公室桌子上。

沙复明："你怎么不问问我就给我扔了？那是我配的治疗骨伤的药，其中的几味药，非常难淘弄。"

崔云知道惹祸了，怯懦地说："那东西闻着很臭，我以为是什么东西坏了。"

沙复明："做事情之前你不能动动脑子吗？人家是脑子比手快，你是手比脑子快。"

崔云眼睛里含着眼泪，她不说话了。

沙复明步履疲惫地在街道上走着。

夜晚。沙复明的宿舍。崔云："我这个人真的像蚂蚁一样，天天背着超过自己体重的包袱，拼了命地往前挪，蚂蚁和蜜蜂都勤劳，可蚂蚁不如蜜蜂，蜜蜂能在天上飞，我只能在地上爬。我承认我渺小，可我再渺小也要当我自己，我不当别人的替代品。"

沙复明抬手给自己一个嘴巴子。

路人被一声脆响吓了一跳

沙复明对自己说："沙复明啊，沙复明，你还是个男人吗？"

他大踏步往前走去。

十字路口车辆穿梭如潮。

沙复明问自己："她无依无靠，能去哪儿呢？"

汽车和行人飞快地从他身边滑过去，带出一条条色彩缤纷的虚线。

安德烈·波切利的《今夜无人入眠》突然响起。

沙复明一愣神，仔细倾听，歌声断了。

马路对面的电视墙上，在播女性商品广告。

绿灯亮。

沙复明摇摇头，随着人流往马路对面走。

他突然听到人群中传来崔云打电话的声音："不冷，太阳很好。"

沙复明一怔，急忙转过脸去。

崔云打电话的声音："难得有这样的好天。"

沙复明急忙朝那个声音追过去，沿途不停地碰撞行人。

行人见他戴着墨镜，知道是盲人纷纷闪开。

崔云的声音："你别惦记我，我马上就回去了……"

沙复明伸出手去，似乎是想抓住那个声音。

崔云的声音突然停住了。

沙复明站在了声音的跟前，他感受到了两束目光投到脸上。他用没有目光的眼睛盯着她的脸。

沙复明从心底里呼出了一口气："你在这啊。"

崔云的声音："哎……沙……复……明！"

对方的反应是沙复明始料未及的，他愣了一下伸手拉住她的手。

沙复明："快走，绿灯了。"

那只手冰凉透骨。

周围的车辆人群突然全部消失了。

十字路口像天堂一样空旷洁净。

沙复明拉着那只手在斑马线上浮云一样飘着。

安德烈·波切利的《今夜无人入眠》轰然响起，直入云霄。

安德烈·波切利的歌声继续，咖啡馆里的人声掺杂进来。

沙复明伸过手来摸她的额头："你浑身都是医院的味道，病了吗？"

沙复明摸到了她头上的帽子，手往下一挪，摸到了她的额头。

沙复明："你在发低烧。"

崔云的声音："没事，我习惯了。"

沙复明心里有点急："崔云，你可以生我的气，但是不能这样惩罚自己。"

崔云的声音："崔云是谁？"

沙复明反问："莫非你连你自己都不愿意当了吗？"

女人瞪着一双眼睛看着他："我不是崔云。"

沙复明问："你不是崔云你是谁？"

女人说："我叫向天纵。"

背景安德烈·波切利的《今夜无人入眠》歌声突然放大，"轰"的一下，如同爆炸的气浪一样把气氛推向了高潮。

沙复明觉得自己上不来气了。

向天纵的声音在空中回荡："来，你跟着我一起呼吸。呼——吸，呼——吸。"

沙复明鬼使神差，下意识地跟着她的声音一起呼吸起来。

向天纵："呼——吸，呼——吸。"

运动会赛场。一声枪响。

向天纵高喊一声："加油！"

她和盲人女运动员一起窜了出去。

沙复明紧跟着腾空跃起，双手舒展着分开，半空中分开的两腿使劲蹬了两下缓缓落下。

沙复明探过身紧紧抓住向天纵的两只手生怕她消失了。

向天纵含笑看着他。

张宗琪走进推拿中心。

高唯叫住他："张老板，这有一封银行的信。"

张宗琪接过去没拿住，信封掉在地上，他弯腰捡起来。

高唯："催款单吧？"

张宗琪心中一惊："你看了？"

高唯："你的信我干吗看？猜的。"

向天纵："毕业以后我考了个全额奖学金，去了美国读研究生。十几年了，这是我第一次回来。我在南京读了四年书，青春和初恋都在这里，南京是我的第二故乡。说来也怪，十七年来，我忘掉了很多人和事，可是时常会想到你。但是我没想到，我昨天到南京，今天就会见到你。"

沙复明："难怪我见不到你，原来你在地球的另一边。我这里天亮了，你那里天黑了，我这里天黑了，你那里天亮了，我们没生活在一个时空里。"

向天纵笑："上帝给了我一个机会，让我再次见到你。"

沙复明："机会均等，它也同样给了我这个机会。"

向天纵笑。

沙复明："听声音，你身体虚弱，中气很差。"

向天纵："我病了整整六年，就算再读一个研究生也该毕业了。"

沙复明一怔："什么病？"

向天纵："六年前，我所在的生物实验室出现了泄漏，我造血功能被破坏了。五年前做过一次骨髓移植，今年再次复发，医生说我还有三个月的生命期限，所以我决定回国了。"

沙复明脑袋"嗡"的一声，他努力让自己平静下来："把你的手给我。"

向天纵把手放在桌子上。

沙复明把三根手指放在她的手腕上给她号脉，他的眉头拧紧了："你不应该一个人上街，很危险。"

向天纵："多活的这六年算是白捡的，没什么可怕的。"

沙复明："你住在哪？我送你回去。"

向天纵笑："好，我当你的眼睛，你当我的手杖。"

高唯看着屏幕敲打键盘。

牛三勇进来："忙什么呢？"

高唯："给你制定人生规划书。"

牛三勇："你让我好好活两天行不行？"

高唯："人对自己总得有要求吧？"

牛三勇："我没认识你之前不也活着吗？"

高唯："活得好吗？"

牛三勇："好啊。"

高唯："好个屁！"

牛三勇："我跟人合股开着一个修理厂，养着十个工人，哪不好了？"

高唯："这就到头了？"

牛三勇："你还想往哪逼我？"

高唯："往前走，跟我一起利用业余时间读书去。"

牛三勇："你的那个教室里哪能挤下那么多闲人，还是让球员们去吧。"

高唯瞪着他。

牛三勇："你这是看白菜呢，还是看我呢？"

高唯："你怎么看你自己？"

牛三勇："我这个人看女人一向没什么眼光，一不小心看上你是可以原谅的。"

高唯拿起报纸拍在他的脸上。

牛三勇："男人的脸不能随便摸，叫人看见不好。"

高唯："在这儿你就是想让人家看，都没人看你。"

牛三勇嬉皮笑脸："这里没别人，只有咱们俩和不朽。"

高唯："你还会用这词？"

牛三勇："好歹也混了个大专毕业。"

高唯："你这个人吧，虽然被归到无知的行列里，但是人还算得上勤快。光勤快也就罢了，还有那么一点点真心，这样一掺和，你这个人给人的感觉就一句话两句话说不清了，说讨厌吧，不讨厌。说烦人吧，他也不烦人。"

牛三勇："听出来了，你这是夸我呢。"

高唯笑："行，知道好歹。"

牛三勇："赏个面子，晚上一块吃饭行吗？"

高唯："腔调有点贱啊。"

牛三勇："你不是一直撂着荒没人请吗？这时候了还挑什么？没听说过这么一句话吗？好男人要在近处找，往近处看。"

高唯："我怎么就那么招你待见呢？"

牛三勇拿腔作调："你是我见过的最可爱的人。"

高唯："我就喜欢你这样没见过市面的。"

牛三勇："沙前辈在吗？"

高唯：“不在。”

牛三勇：“去哪了？”

高唯：“崔云姐突然离开推拿中心了，他心情很不好，出去大半天了。”

牛三勇：“崔云为什么走？”

高唯：“我哪知道？”

牛三勇沉默着半晌没有说话。

向天纵躺在姐姐家客厅沙发上，沙复明站在她的旁边给她做放松身体的推拿。

沙复明小声说：“你应该把实情告诉你姐姐。”

向天纵：“告诉得越早，她痛苦的时间越长，我已经这样了，干吗还要拖累着她陪着我难受？”

沙复明：“为什么告诉我？”

向天纵：“你是学医的，能正确对待生死。”

沙复明：“医生也是血肉之躯。”

向天纵：“以前我总是不停地往前跑，解决完一个课题又迎来一个新课题。我从来没有时间回头看。今天你一下把我带回到十七年前，我这才真真切切地感觉到，青春这两个字竟然就那么稀里糊涂地被我浪费掉了。”

沙复明：“人生没有被浪费的东西。”

向天纵：“是吗？”

沙复明：“是。”

向天纵：“如果老天爷给你一次睁开眼睛的机会，你选择看什么？”

沙复明：“看你。”

向天纵：“看十七年前的我，还是现在的我？”

沙复明：“都想看。”

向天纵：“还是看十七年前的我吧，现在的我千疮百孔，连头发都快掉光了，要多难看有多难看。”

沙复明：“十七年前的你健康快乐，不需要帮助。”

向天纵笑：“我现在也不需要帮助。”

沙复明摇摇头：“没有人一辈子不需要帮助，刚才你握住我的手，握得很紧，你有话在手心里。”

向天纵：“我想问，你有孩子了吗？”

沙复明：“没有。”

向天纵：“结婚了吗？”

沙复明：“没有。”

向天纵翻身坐起来：“你不会连恋爱都没谈吧？”

沙复明："我一直在谈。"

向天纵一怔："哦，她是谁？"

沙复明用手蘸着茶杯里的水在桌子上点了向天纵这几个字的盲文。

沙复明："认识吗？"

向天纵："认识，这是我的名字。"

沙复明："这三个字我在心里揣了十七年，一直都没放下。"

向天纵的喉头突如其来地哽咽了。

沙复明："我跟记忆里你的声音谈了十七年的恋爱。"

向天纵："最幸福的女人一定是最愚蠢的女人，我的声音被你爱了整整十七年，我居然一点都不知道。都说爱情是会褪色的，我没有为维护它做一丝一毫的努力，这段感情能如此新鲜地保持了十七年，这是谁的功劳？"

沙复明说："是冥想的功劳。"

向天纵的姐姐端着两碗馄饨进来，她把馄饨放在茶几上说："吃吧，吃完了再聊。"

张宗琪背着两只手在便利店中间来回地转着圈。

韩秋霞从外面回来："听说崔云走了，跟沙复明连个招呼都没打。"

张宗琪没说话继续在地中见转着圈。

韩秋霞："驴拉磨呢？"

张宗琪停住脚扭头看着她。

韩秋霞："那女人烟不出火不进的，看上去性子挺软，说走她还真抬屁股就走了。总得因为点儿啥吧？"

张宗琪："这还用问，跟老沙吵架了呗。老沙一天没露面。"

韩秋霞："破罐子熬好罐子，推拿中心做饭洗衣服的活最后还得归我。我就纳闷了，沙复明身边怎么就留不住女人呢。"

张宗琪："那是他不想留。"

韩秋霞："你怎么知道？"

张宗琪："我当然知道。"

韩秋霞："从炎黄五帝到计划生育，你比谁都明白，说得比谁都热闹。过日子不是听评书，你还是干点实事吧，强强的算数不找家庭教师恶补一下肯定救不过来了，这笔钱死活得花。"

张宗琪："我穷得已经尿血了，哪找钱去？"

韩秋霞："咱两口子卖肾去也得给儿子补课，谁叫你生他来着？"

张宗琪："活体肾多少钱一个？"

韩秋霞："你还真卖呀？"

张宗琪："你逼着我卖我敢不卖吗？"

向天纵的姐姐送沙复明到路口，两人站在那里说话。

姐姐："我父母都去世了，我是她在这个世界上唯一的亲人，天纵没结过婚，初恋是她的大学同学，两人好了吵，吵了好，在一起折腾了好几年。后来一起出了国，但是没有在一个城市里读书。天纵毕业的时候，那个男突然跟别的女人结婚了。天纵想不开，一头闷在实验室里不再出来，一憋就是六年。三十二岁的时候她在一次学术研讨会上，认识了一个湖南人，那人学财经的，比她小两岁，他们在一起同居了两年，最终还是因为脾气禀性差异太大分手了。"

沙复明认真地听着。

姐姐："天纵从小就是一个内心骄傲的人，感情上的事叫她很受伤，再加上这场重病，她承受着这么大的压力，怎么受得了？"

沙复明叹了一口气："这世上，有几个人是能掌握自己的命运的？"

姐姐："她不跟我说，我看也得出来，她病得很重，要不怎么会回国来，还要把生活过的地方都重新走一遍？"

沙复明："她不说是怕你伤心。"

姐姐的眼泪掉下来："她不跟我说，我更伤心。"

沙复明不知道该怎么安慰她。

姐姐擦干眼泪说："天纵今天非常高兴，你要是没事就过来多陪陪她。"

沙复明："只要你不嫌麻烦，我每天都会抽时间过来。"

姐姐："我怎么会嫌麻烦，天纵遇到了你这么好的朋友，我替她高兴还来不及呢。"

一辆出租车开过来，姐姐伸手拦住。

沙复明上车走了。

二十七

吴和平站在建筑工地旁边看人干活。

牛三勇走过来叫他：“嘿！姓吴的！”

吴和平看见是他心里一哆嗦，他做出一副满不在乎的样子问：“什么事？”

牛三勇冲他招手：“你过来一下。”

吴和平不情愿地走过去：“怎么了？”

牛三勇：“崔云去哪了？”

吴和平：“我哪知道？”

牛三勇：“你跟她说什么了？”

吴和平装傻：“没说什么。”

牛三勇拍拍他的肩膀：“不要以为她走了，就查无对证，我这人一出娘胎，嘴里就叼着狼牙棒。你小子要是不地道背后使阴招，让我抓住，哪怕你不在我的食物链里，我也撕巴撕巴把你活吞了。”

吴和平眨巴着眼睛看着他不说话。

牛三勇转身走了。

夜晚。沙复明拖着沉重的脚步在街上走着，他越走腿越软。

沙复明自言自语：“我以为我早已不因物喜，不以己悲了，我真高看自己了。我还是一个大俗人，我被世俗左右着。我深藏着的感情就像地下的暗河，默默流淌了十七年，今天终于跃上地面跟她汇合了。”

沙复明突然站住脚。他脸上戴着的墨镜镜片上映出来街上挎着胳膊卿卿我我的男人和女人们。眼泪从墨镜后面如小溪般地流淌下来。

沙复明伸出双手紧紧捂住了脸。身边过去的一行人以为他迷了眼回头看他。

沙复明把巨大的悲痛生生地憋了回去，他慢慢松开捂着脸的双手。

牛三勇的车从他身后开过去，他们俩谁都没看到谁。

汽车在牛三勇家小区门口停车场停下。

高唯和牛三勇拎着买来的蔬菜食品下车。

两人边走边拌嘴。

牛三勇："让你做顿饭怎么就引出来一篇独立宣言呢？"

高唯："凭什么让我做？"

牛三勇："我把你这话当作撒娇。"

高唯气乐了："你这个人不要脸起来，鬼都害怕。"

牛三勇和高唯挤在厨房里做饭。

高唯负责择菜焖米饭。

牛三勇负责切肉切菜。

高唯："你交过几个女朋友。"

牛三勇："走到哪个火候的算女朋友？"

高唯："交心的。"

牛三勇想了一下摇摇头。

高唯："上床的。"

牛三勇："两三个吧。"

高唯："牛三勇你真的还没进化好呢。"

牛三勇："咋样算进化好了？"

高唯："有了感情交流再上床难吗？"

牛三勇："难。女人天生的碎嘴子唠叨废话连篇，我的语言输入和她的语言输出不能达成正比，交流比不交流还麻烦。"

高唯："你跟我说话的时候计算过投入产出比吗？"

牛三勇："这才叫邪了门了，跟我花样翻新吵个没完的女人就你一个。"

高唯："跟你上过床的人，你都给人家往死了花钱吧？"

牛三勇："你怎么知道？"

高唯："男人不都这德性吗？"

牛三勇："总得给人家点什么吧？"

高唯："你要是给我钱，我就摔你脸上。"

牛三勇欣喜："你准备跟我上床了？"

高唯："放屁！"

牛三勇："一个女孩子屁不离口，多不文雅。"

牛三勇开始炒菜，抽油烟机上的灯照在他的脸上，给他勾了一层柔和的轮廓光。

高唯站在旁边看得有些入迷，她说："这种居家过日子的感觉其实也挺好的。"

牛三勇："这几天我也不知道搭错哪根筋了，突然想结婚了。"

高唯："为什么？"

牛三勇："我哪知道？结婚对于男人来说，就是那么一阵子的事，过了这阵子就

结不成了。”

高唯：“是吗？”

牛三勇：“你想不想结婚？”

高唯：“没想过这个问题。”

牛三勇：“我可没耐性等你。”

高唯：“谁让你等我啦？你结婚是押宝，可我天生不爱赌，我要是结婚那肯定是非要嫁给这个人不可，不嫁给他，我死都死不踏实，那我就嫁给他。”

牛三勇问：“我是那个人吗？”

高唯：“你说呢？”

牛三勇摇摇头。

高唯拍拍他的肩膀说：“回答正确！”

牛三勇：“我还就不信了，高唯，你看我能不能把你娶到这个屋里来？”

宿舍桌子上堆着大量的盲文医术，沙复明埋头翻阅着，不时用盲文笔记录着。他不时停下笔，瞪着一双盲眼发呆。

沙复明自言自语：“十七年前我在心里发誓要找到一份有眼睛还要有目光的爱情。没有眼睛我愿意一辈子不恋爱，一辈子不结婚。十七年后我再一次遇到了她，我看到了她和我身上共同的伤口。我知道每个人命里都有一劫，不留下任何伤口，人怎么会活在这个世界上？”

牛三勇和高唯坐在客厅餐桌前吃饭。

高唯：“你们男人喜欢上一个女人的时候，会觉得她又小又笨又可怜，需要事事为她操心。不喜欢她的时候，就觉得她又聪明又强悍，根本不需要自己费心。你是不是也这样？”

牛三勇：“我没真的喜欢上过谁。”

高唯：“我呢？”

牛三勇：“你是女人吗？”

高唯把筷子举起来威胁他：“你再说一遍！”

牛三勇：“你怎么对我这么温柔呢？就算是国家机密我也会脱口而出了。”

高唯：“想拿骗别的女人那一套骗我是不是？既然要骗那就高级点儿，由表及里酣畅淋漓地来吧，看看我能不能给你个面子上上当。”

牛三勇：“你别激我啊，过去我跟她们打交道嘻嘻哈哈走个过场就完了。你，我得全力以赴投入战斗。”

高唯：“那当然了，咱不是花瓶，是响当当的实力派。”

牛三勇：“高唯你的智商真的挺高的。”

高唯："你还觉得我哪好，我改。"

牛三勇："别捣乱，女人说话多数没逻辑没章法，你这人不一样，我跟你说话得时刻提着小心，不定哪一句话没说好，被你逮住，一脚就跺死了。"

高唯得意地晃着脑袋。

牛三勇："我经常照着镜子骂自己，牛三勇啊，牛三勇，你看你在高唯跟前那个贱样，真想左右开弓狠狠抽你几个嘴巴子。"

高唯哈哈大笑。

牛三勇："真的，真的，我问过自己，牛三勇，你他妈的是疯了还是傻了？"

高唯两手托腮，眼神里带着几分天真看着他："你怎么回答自己的？"

牛三勇："疯了怎么了？傻了怎么了？疯了傻了不就是他妈的爱情吗？"

高唯击掌大笑。

牛三勇的脸严肃起来："高唯，我把心剜出来放你这儿了，你看好了。"

高唯的心像被他突然撞了一下，张了一下嘴竟然没说出话来。

女生宿舍。金嫣在用笔记本电脑连接一对小喇叭。

都红端着盆："金嫣姐，我去洗澡了。"

金嫣："你帮我把邓晓梅叫来，就说我找她有事。"

都红答应了一声出去了。

金嫣点鼠标，通过电脑软件的语音导向系统，进入了盲人聊天室。

邓晓梅跟在都红身后进来。她板着脸问金嫣："你找我有什么事？"

金嫣："想知道芒来是怎么想的吗？"

邓晓梅："当然想了。"

金嫣："那你听着。"

邓晓梅一愣，不明白她的话是什么意思。

金嫣打开小音箱，聊天室里的声音传出来。

辽东剑侠的声音："当盲人在公共场合要上洗手间时，拿出一个手机样子的机器，按下查找键，系统便会说：'这是某某酒店一楼洗手间。'盲人顺着声音提示找到洗手间后，再按下按键，系统又会告诉你：'左边是男厕，右边是女厕。'"

邓晓梅："这是干什么？"

金嫣："这是网上的盲人聊天室，芒来为了躲咱们俩，天天跑到网吧去上网。在里面聊天。"

邓晓梅不说话了，全神贯注地听着。

西山神指的声音："电脑和网络技术的发展，让咱们盲人有了一种新的'玩具'。这种'玩具'不仅能极大地丰富咱们的精神文化生活，更重要的是这种'玩具'是正常人和咱们都在同时使用的，盲人通过与正常人一起'玩'一起'乐'，也就逐渐

自然而然地融入了社会。”

春风拂面的声音：“黑眼仁，到你的麦了。”

金嫣对邓晓梅说：“黑眼仁是芒来的网名。”

邓晓梅立刻坐直了身子听芒来要说什么。

芒来的声音：“谢谢大家这么多天来给我的鼓励，我想了很多。我这个人最大的问题就是太被动了，如果我能主动一点儿，也不会形成这样的僵局。我问过自己，没有A能生活吗？能。没有B能生活吗？能。那我为什么还要夹在她们俩中间受煎熬呢？”

听他这样说，金嫣和邓晓梅的脸色不由自主地全都变了。

芒来的声音：“我不怕她们小瞧我，她们小瞧我就是成全了我。”

金嫣深深地吸了一口气。

芒来的声音：“这个问题我想通了也就不多说了，感谢大家这么多天来对我的帮助。你们知道意大利有一位盲人歌唱家。”

有人抢着回答：“知道，安德烈·波切利。”

网吧。芒来：“我给大家唱一首，他唱过的《今夜无人入眠》。”

大家送来一片掌声和鲜花。

伴奏音乐响起来，芒来用意大利语唱起来，他的嗓音高亢激昂充满深情。

金嫣和邓晓梅听呆了。

沙复明站在宿舍窗户前，他的剪影映在外面射进来的灯光当中。

芒来的歌声和安德烈·波切利的歌声融合在一起。

沙复明心想：“今天晚上，我从生活那里得到的创伤全都复发了，这种疼是万箭穿心地疼。”

牛三勇和高唯从家门口出来。

牛三勇：“去哪儿？”

高唯：“看电影。”

牛三勇：“什么电影？”

高唯：“赶上什么看什么。”

牛三勇家小区停车场。牛三勇打开车门让高唯上车，他的手机响了。

牛三勇接电话：“喂。”

电话里男人的声音：“三勇，我们在露天烧烤店喝啤酒呢，过来吧。”

牛三勇：“我去不了。”

电话里男人的声音："我不是打错电话了吧？"

牛三勇："没有，没有。"

电话里男人的声音："在我印象里，你从来都是有求必应的，今天这是怎么了？有女人管着了吧？"

牛三勇尴尬："没有，没有。"

高唯从车里出来，瞪着眼睛看着他。

男人的声音："那就别啰唆，赶紧过来。"

说完他把电话挂了。

牛三勇看着高唯挠挠脑袋："电影以后再看吧，哥们儿喝酒叫我过去。"

高唯立刻火了："牛三勇你还是人吗？"

牛三勇："跟哥们儿出去喝酒就不是人了？"

高唯："你先答应跟我看电影的。"

牛三勇赔着笑脸："得罪你是一个人，得罪哥们儿是一群人，少数服从多数嘛。"

高唯气坏了："牛三勇，我以后再理你，我不是人。"

说完她大踏步地走了。

牛三勇在后面追："站住！你给我站住！"

高唯："你少理我！"

高唯撒腿就跑，她在汽车中穿梭，很快就不见了。

牛三勇站在那里大骂："你们女人，什么事都他妈的往分手上扯。吓唬谁呀？三十年前我压根就不认识你，不也活到现在了。分手就分手！"

他的声音在空旷的停车场引起回音："分手……分手……"

牛三勇被自己的话吓了一跳，他抬手捂住了自己的嘴。

高唯的声音从空旷处传来："牛三勇，你已经把心剜出来放我这儿了。"

牛三勇四处看。

高唯在一辆拉货的大沃尔沃的车顶上盘腿坐着。

高唯问他："你没心能活吗？"

牛三勇被她的样子迷住了，他磕磕巴巴地说："不……不能，真的不能！"

高唯："给我赔礼道歉，我把心还给你。"

牛三勇："别！别！给你了，哪能往回要啊？"

高唯："我不想要了。"

牛三勇："小姐，我错了！"

高唯："你才是小姐呢！"

牛三勇："大姐！"

高唯："我有那么老吗？"

牛三勇两下窜上车顶："小兔崽子，我还不信我收拾不了你了！"

高唯转身要跑被他一把抓住胳膊拽过来。

高唯尖声叫："救命！"

她摔进牛三勇的怀里。

牛三勇喘着粗气俯身要亲她。

高唯使劲推开他："不行，不行，我要理性些。"

牛三勇："都这时候了，你还理性个屁呀！"

高唯牙一咬，她豁出去了，伸出手扯过来牛三勇就吻。

牛三勇挣脱她："哎！哎！这不是你干的活！"

他两手捧着高唯的脸吻了她的嘴一下，轻声说："不应该那样的，应该这样。"

高唯瞪着一双黑亮的眼睛看着他。

牛三勇在她的两只眼睛上各轻轻地亲吻了一下。

大排档。一群男人围着两张并在一起的桌子旁喝啤酒吃烧烤。

牛三勇搂着高唯的肩膀走过来。

在坐的男人们有见过高唯的，他们立刻欢呼起来："嫂子！嫂子跟咱们拼酒来了！"

没见过高唯的大眼瞪小眼："牛三勇也玩起好莱坞的浪漫镜头了。"

金嫣站在宿舍楼门口听着远处的动静。

不时有车辆驶过，然后又静下来。

芒来拄着盲杖慢慢走过来。

金嫣瞪着一双眼睛，用残存的视力努力往前看着。

芒来模模糊糊的身影越走越近了。

金嫣："芒来。"

芒来吓了一跳："你在这儿干什么？"

金嫣："你跟我来，我又话问你。"

芒来犹豫了一下，还是跟她去了。

崔云的房间。邓晓梅坐在床上愣神。

都红拉着她的手劝她："晓梅姐，你别生气了。"

邓晓梅："他不怕我小瞧他，还说我小瞧他就是成全了他。他在聊天室里当着那么多人的面讲我的坏话，还唱歌感谢人家。你说他算个什么东西？"

都红："一个男人说出这么狠的话，心必定痛得更狠。"

金嫣坐在床边上。

芒来靠着衣橱坐在一把椅子上。

金嫣：“我一直想做你前进路上的丹柯，举着火把为你照路。可是我忘了你的眼睛什么都看不见。”

芒来后脑勺紧紧抵着衣橱，身体僵直不动。

金嫣说：“这几天我一直在盲人聊天室里听你跟别人聊天。”

芒来吃了一惊：“你怎么知道我在哪儿？”

金嫣：“网上盲人能去的地方有几个？你怎么想的我和邓晓梅，我们俩都听清楚了。”

芒来心里很紧张，他直咽唾沫。

金嫣：“你说你能离得开我，也能离得开邓晓梅，你不想夹在我们中间左右为难。”

芒来紧闭着眼睛一声不响。

金嫣：“我想听你亲口告诉我，你究竟要怎么做。”

芒来还是不说话。

金嫣爆发了，她声嘶力竭地吼了一嗓子：“曲芒来，你回答我！”

芒来脑袋朝后面死命一磕“砰”的一闷声。

金嫣吓了一跳。

芒来暴怒了，他用后脑勺使劲撞着后面的衣橱，一下，两下，“哗啦”一声巨响，衣橱的玻璃碎了。

金嫣吓坏了，扑上去使劲抱住他。

芒来四脚乱蹬，嘴里大声喊着：“别逼我！你们都别逼我！”

王泉和孔佳玉拎着旅行包进来。

王泉顺着声音摸过来，一把把芒来死死地按在椅子上。

王泉：“你小子疯了？！”

他把芒来拎起来掐着他的脖子把他推出了门。

芒来全身瘫软坐在宿舍床上。

王泉：“你在女生宿舍撒泼耍赖算什么本事？”

邓晓梅推门进来，她说：“屋里的人都出去，我跟芒来有话说。”

王泉愣了一下，站起来开门出去了。

邓晓梅：“芒来，你到底爱不爱我？”

芒来咬牙切齿：“这个该死的爱，真是要人的命了。你们把爱硬塞给我的，然后又逼着我在你们中间做一个选择。你们为什么要把爱这把双刃剑砍向我一个人？”

他狠狠地擂了一下桌子：“为啥？”

他又擂了第二下：“为啥？！”

他狠狠地擂了第三下：“到底是为啥？！”

邓晓梅：“芒来！”

芒来拳头当锤，桌面做鼓，擂个不停：“为啥？！为啥？！为啥？！”

邓晓梅伸手死死抓住他。

芒来完全进入亢奋状态，力大无比，根本按不住他。

芒来大声喊道："你们这么逼我，我干脆死在你们面前算了！"

邓晓梅突然松开手，抡起胳膊把桌子上的东西全扒拉到地上去了。

邓晓梅吼道："死去吧！我要拦着你，我不算个人！"

沙复明站在宿舍窗前，他的表情无比痛苦。

一颗流星从窗外滑落。

向天纵的声音突然响起："呼——吸——加油！"

沙复明吃了一惊，他醒过神来，走回到写字台旁边，翻了一页盲文书继续阅读起来。

芒来躺在床上翻来覆去睡不着。

张一光推门进来，脱衣服准备上床睡觉。

张一光："芒来，你睡了吗？"

芒来不说话。

张一光："我小舅子真能喝，一瓶白酒，他一个人干下去一半。"

王泉："我说这么大的酒味呢。"

张一光高兴："哎呀！王大夫回来了，这下我可有说话聊天的人了。"

邓晓梅躺在床上翻来覆去睡不着。

金嫣躺在床上瞪着两只盲眼盯着屋顶。

高唯蹑手蹑脚推门进来，她摸着黑脱了外套，伸手开衣柜的门。她的手一下探进衣柜里面。

高唯吓了一跳，打开灯，这才发现衣橱上的镜子没了。她叫了一声："这是谁干的？！"

白天。金嫣推办公室门进来："沙老板，我要回大连。"

沙复明抬起头，他一脸的疲惫。

沙复明："咱们人手已经不够了，过一段再请假行不行？"

金嫣："我不是请假，我辞职。"

推门进来的高唯听到这话跟沙复明一样吃了一惊。

高唯："金嫣，你疯了？"

金嫣："我早就疯了，你才看出来？"

沙复明："到底发生了什么事？"

金嫣脸上带着苦笑："你们都知道，我是为了芒来从大连到南京的。现在他终于表明态度了，他不爱我。"

沙复明："就为这个？"

金嫣："对。"

沙复明："决定了？"

金嫣："嗯。"

沙复明："买票去吧。"

金嫣二话没说，转身出去了。

办公室的气氛凝重起来。

高唯："沙老板，你想没想过，金嫣这个时候离开，带来的联动效应是不可估量的。"

沙复明点点头："想过，怎么没想过？盲人有盲人的特性，盲人喜欢从众，一个动，个个动。走了一个就有两个，走了两个就有三个。万一出现大面积辞职，麻烦就大了。生意上的事情向来都是立竿见影的。"

高唯："真要出现这个情况怎么办？"

沙复明："兵来将挡，水来土屯。只要活着，没有过不去的坎。给张老板打个电话，咱们给金嫣开个欢送会，就是走，也要让她走得高兴点儿。"

王泉推门进来："老沙，我回来了，跟你销假。"

沙复明笑容浮到脸上："孔佳玉也回来了？"

王泉："回来了。"

沙复明松了一口气："这下好了。"

上午没有客人，推拿中心的人坐在休息区。

邓晓梅挨着孔佳玉坐着，孔佳玉挨着王泉坐着。

都红挨着金嫣坐着。

张一光挨着芒来坐着。

沙复明和张宗琪走进来。

沙复明说："趁着现在没客人咱们给金嫣开个欢送会。"

在坐的除了高唯和金嫣本人，其他的人都是一愣。

张一光问："金大夫去哪儿？"

金嫣赌气地说："回大连嫁人去。"

芒来和邓晓梅同时吃了一惊。

沙复明："金嫣在我们推拿中心是技术骨干，说心里话，我不愿意她走。可是人吃五谷杂粮，哪有那么事事如意的？她要走，我也不能拦着。金嫣，我由衷地希望你早日梳理好自己，回到这个大家庭里面来。"

金嫣心里一阵感动。

张宗琪站起来了，他说："金嫣，如果你真的是回去结婚，那你是咱们中心第一个结婚的年轻人，我代表推拿中心，祝你婚姻美满幸福。"

他把脸转向沙复明说："老沙，我们总得给新娘子准备点什么吧？"

沙复明："这事你看着办吧。"

张宗琪："好，这事我来办。"

他话锋一转，对着金嫣语重心长地说："结婚是结婚，工作是工作，你先回去把喜事办了，别的事我们以后再商量。"

沙复明在心里说："张宗琪今天接话接得太快，很反常，反常就是问题。我们分手的事还没商量好，谁走还没最后定下来，技术骨干倒走了。这样走下去，推拿中心的命运只有一个，贬值。生意就是这样，好起来不容易，一旦坏下去可快了，比刀子还要快。"

张宗琪："老沙，你还有什么话要说？"

沙复明醒过神来，他说："没有了。"

张宗琪："散会，吃饭。"

韩秋霞把饭盒一个一个发给推拿师。

韩秋霞："红烧肉，鸡蛋炒黄瓜，虾仁蘑菇汤。"

没人接她的话茬，气氛有点儿沉闷。

都红端着饭盒坐在金嫣旁边，她跟金嫣靠得很紧。

都红："金嫣姐，我是投奔你到南京来的，现在你扔下我走了，我一个人待在这里也没意思。"

金嫣："在外面闯荡，碰到沙老板这样的老板不容易，你别胡闹啊。"

都红："金嫣姐，你不是回去结婚，你是对芒来伤心了才走的吧？"

金嫣："我为他来，也为他走，原因和结果扯平了。"

都红："金嫣姐，今天下班，我跟你一起回去。"

金嫣："不坐高唯的车了？"

都红："不坐了，我要拉着你的手一路摸回去。金嫣姐，我要让你知道，不管你走到哪里，在南京永远都有一个惦记你的小妹妹。"

沙复明在办公室里配制草药。他把配制好的草药一包一包地包好，放进药箱里。

晚上下班的时候，高唯把用过的毯子枕巾摞在一起，准备打包。

都红想让高唯一个人回去，当着人又说不出口。她拉着金嫣的手，连身子都靠上去了。

高唯没明白，金嫣却懂得了都红的心思，她在都红的头顶上拍了两下。

金嫣轻声说:“知道了，你再等一等。我还要回到休息区去整理一下自己的东西。”

都红只好站在休息区的门口，身子靠在了墙上。

金嫣手忙脚乱的。

都红说：“金嫣姐，你别忙，我等着你呢。”

金嫣说：“就好了，就好了。”

都红把手搭在了门框上。

高唯已经打好了包，拎着包裹从都红身边走了过去。

高唯：“都红，我先出去装车了。”

都红：“高唯姐，我想多陪陪金嫣姐。”

高唯：“好啊，那我先走了。”

高唯推开门，一阵风吹进来。

风吹在都红的脸上，她感觉很爽，于是做了个深呼吸，胸部也自然而然地舒张开了。

远处孔佳玉在喊她的名字：“都红！都红！”

她这一声很大很突兀，出于本能，都红立即向后退了一步。放在门框上的手却抓得格外紧。

但都红立即明白过来了，想松手来不及了。

当的一声，休息区的房门弹回来砸在门框上。

都红一声尖叫。

金嫣马上意识到发生了什么,她丢下挎包一下子冲到门口。她摸到了都红的肩膀，都红的身躯已经蜷曲起来了。

都红依偎在金嫣的身上，突然软绵绵地往地上滑，她疼晕过去了。

金嫣的胳膊架在都红的腋下，伸手摸了摸都红的右手。

小手指好的，无名指好的，中指好的，食指好的，大拇指中间有一节却凹进去好大一块，两边都脱节了。

金嫣一跺脚，失声说：“天哪！我的天哪！”

牛三勇的车在街上飞驰，他不时地超车。

牛三勇开车。

坐在后座的高唯把都红搂在怀里。沙复明双手捧着都红受伤的那只手，心疼得周身发凉。

都红醒了，她强忍着疼痛，身子在高唯的怀里不安地扭动着。

沙复明：“疼吧？马上就到医院了。”

都红紧紧地闭上了眼睛。

都红被送进急诊室。

牛三勇、沙复明、高唯坐在门口的椅子上等她出来。

沙复明很痛心地说："都红断的是拇指，对一个推拿师来说，右手的大拇指意味着什么？剥、点、挤、压，甚至揉，哪一样也少不了大拇指的力量。大拇指一断即使医生用钢板和钢钉再给她接上，对一个推拿师来说，那只手也残了。盲人本来就残疾，都红现在已经是残疾人当中的残疾。"

牛三勇："过去我很少听到残疾这个词。"

沙复明："那时候人们统统把'残疾人'叫作'残废'。'残废'是残疾人最忌讳、最愤慨的一个词。后来好了，全社会对残疾人做出了一个伟大的让步，终于肯把'残废'叫作'残疾人'了。这是全社会对残疾人所做出的奉献。"

高唯："这是语言的奉献，一个字的奉献。都红不再是残疾人，她残废了。"

沙复明叹了口气"她太年轻了，唯一拥有的就是时间，时间是需要过的，都红，你怎么'过'啊？"

沙复明的胃开始疼了，他掏出来两片药扔进嘴里。

白天。舞台。一束追光灯照在都红的身上，都红身穿一袭红色的长裙坐在一台三角钢琴前演奏。

旋律从她的指尖流淌出来了，她的每一个手指都在抒情，柔若无骨。她的手指无比生动，随心所欲地跳动着。琴声仿佛在叙述一场伤心的往事，音域的幅度却宽得惊人，所需要的指法错综而又纷繁。

都红在认真地弹奏着，她忽然把双手高高地举起来一挥。

合唱声轰然而起，一共有四个声部，女高，女中，男高，男低。

都红这才发现，她在指挥着一个合唱团。

都红的双手在指挥。

可是钢琴的旋律一直在继续。

都红觉得纳闷，摸了一下琴键，这一摸吓了她一大跳。她并没有弹琴，是琴键自己在动，这里凹下去一块，那里凹下去一块，仿佛遭到了鬼手。

白天。病房。都红醒了，惊出来一身冷汗。

钢琴声却不可遏止，汹涌澎湃。

金嫣察觉到都红在动，忙伸手摸她："你醒了？"

都红："金嫣姐，你还在这儿啊？"

金嫣："我陪着你。"

都红："你走吧，我求你了。"

金嫣不再说话，摸索着用手巾给她擦脸上的汗。

都红："金嫣姐，我没什么大病，你不用留下来照顾我。"

金嫣声音哽咽着说："如果不是我要离开推拿中心，你就不会等我。如果你不等我，你就不会遇到这样的横祸。你都这样了，我能走得出去吗？现在我什么都干不下去，想死的心思都有了。"

都红："我不希望你这样自责，换一个角度想一想，你这样完全放弃自己留在我的身边，对我也是一种折磨。你留的时间越长，对我折磨得越厉害。"

金嫣："你不要这样想。"

都红："我只能这样想。"

金嫣坐在都红的床旁边，抓着都红的那一只好手，默默地掉着眼泪。

现在只有老天爷知道，这两个女人的心，这时候走得多么近。她们都希望对方好，只是找不到一个合适的途径，现在说什么都是错的，只能这么干坐着。

修理工在推拿中心休息区的门按上了门吸。

沙复明守在旁边听着他干活。

修理工："老板，按好了。"

沙复明："好，好。"

修理工走了。

沙复明走过去，把房门从门吸上拉下来，再推上去。再拉下来，再推上去。

死气沉沉的推拿中心就这样响起了门吸的声音"嗒""嗒""嗒"。

王泉从休息区里面出来了，他站在沙复明的身边。一言不发，却不停地扳他的手指。

沙复明蹲在那里咳嗽了一声。

王泉说："沙兄，你还好吧。"

沙复明："还好。"

王泉说："听兄弟一句话，你就别自我折磨了，没什么用。"

沙复明："你知道什么？"

王泉："都是瞎子，谁心里看不见？"

沙复明："那你怎么看？"

王泉："听我说，老哥，还是想想怎么帮她吧。"

沙复明："我一直在想。"

王泉："你没有。"

沙复明："我怎么没有？"

王泉："你只是在痛苦。"

沙复明："我不可以痛苦么？"

王泉："你可以。不过，沉湎于痛苦其实是自私。"

沙复明火了："王泉！"

王泉不再说话了，他低下头，右脚的脚尖在地上碾。开始很快，慢慢节奏降下来了。他转过身要往回走。

沙复明一把拉住了他裤管。王泉感觉出来了，沙复明的胳膊在抖。

沙复明轻声说："兄弟陪我喝杯酒去。"

王泉说："上班呢。"

沙复明放下他的裤管站起身说："走吧！走吧！"

王泉被沙复明拖走了。

小饭馆。沙复明和王泉就着两盘菜喝酒，一瓶白酒摆在桌子中间。

沙复明："知道都红的手完了，我站在医院的院子里，拼命地眨巴眼睛往天上看，往地下看，我什么也没看见。咱们盲人没有天也没有地。所以叫天天不灵，叫地地不应。"

王泉喝了一口酒，白酒度数很高，辣得他整个脸都红了。

沙复明："高唯那么催我，我怎么就不听她的跟大家签一份合同呢？"

王泉："当初咱们在上海干推拿的时候，十分渴望老板能跟咱们签一份工作合同。大伙儿窝在宿舍里七嘴八舌地讨论这个问题。但是谁也不愿意出面。"

沙复明："这就是中国人的特征，人们不太情愿为一个团体出头。这毛病在盲人身上进一步放大了，反过来却成了一个黄金准则：中国人还有中国人另外的一个特征，侥幸心重。这毛病在盲人身上同样被放大了，反过来也成了一个黄金准则：飞来的横祸不会落在我的头上，不会吧，凭什么是我呢？"

王泉："你就是这么想的，所以推选你去跟老板说你才不去吧？"

沙复明："当时我觉得，你们合起伙来夸我'聪明'，夸我'能干'，其实是拿我当二百五了。你们都不出面，凭什么让我到老板面前去做那只被枪打的出头鸟？我毕竟也是盲人，侥幸心跟别人一样重，你们没有工作合同，你们都好好的，我怎么就不能好好的？后来，我悄悄打听了一下，不签合同，几乎是所有盲人推拿中心的潜规则。"

他喝了一口酒："在筹建沙宗琪推拿中心的时候，我立下了重愿，一定要打破丑陋的潜规则，无论如何也要和每一个员工规规矩矩地签上一份工作合同。我的推拿中心再小，也要把它变成一个现代化企业。"

王泉："可你没这样做。"

沙复明叹了一口气："我当上老板以后，前来应聘的员工，没有一个跟我谈合同的事，你不也没提吗？你们没提，我也就没主动过问。"

王泉："我为什么不提？在我看来逻辑就是这样的，你能给一份工作，已经是天大的面子了，我还要合同干什么？"

高唯推病房门进来。她看见都红躺在床上死死地闭着眼睛，金嫣一声不响地呆立在床旁边。高唯一把拉住金嫣的手，硬是把她拖出了病房。

医院走廊。金嫣使劲挣扎着："我不走，我要留在她身边。"

高唯："都红为什么不理你，不就是不让你在她身边腻歪吗？"

金嫣："她还没好呢我不能走。"

高唯："你在她身边待着，她永远好不了。票已经我给你买好了，你的行李都在外面的车上，我这就送你上火车站。"

金嫣："我不走！"

高唯："等她好了你再回来。"

医院大门口。高唯把金嫣推上汽车。

牛三勇把车开走了。

隔着车窗子可以看见金嫣泪流满面的脸。

高唯和牛三勇站在站台上看着她。

火车轮由慢到快，驶出了火车站。

沙复明的酒上了脸，他满脸通红："我有能力有义务在录用员工的时候，和大家签一份合同，一旦有了合同，我就可以理直气壮地要求员工们去购买一份保险。这样我的员工和社会就有了关联，就再也不是黑户了，我的员工就是'人'了。可是我偏偏没有这样做。我真后悔啊，肠子都悔烂了。"

王泉把一张脸喝白了："这就是命。"

沙复明："命？"

王泉："命是看不见的，看不见的东西才是存在的。就像危险，你的门牙一不小心就撞上它了。关于命，该怎么对待它呢？就一个字：认。——嗨，认了吧，认了。"

沙复明的态度很执拗："不认，我就不认！"

王泉："你不认？可它出手了，它双手摁住都红的后背，咚的一声，把她推进了井里。"

沙复明："如果能救人，我愿意把井挖掉。"

王泉问："怎么挖？"

沙复明不说话了，闷着头喝酒。

王泉："我帮你拿出个主意吧。"

沙复明："你说。"

王泉："真正可以帮助她的，第一是替她永远保密。不能把她断指的事情说出去。万一泄露出去了，不会再有客人点她的钟。只要能保密，即使她离开了，都红在别

的地方也一样可以找到一份像样的工作。第二，我仔细研究了她的伤，虽说她的大拇指断了，但是另外四个手指却是好好的。这意味着什么？这意味着她还可以做足疗。做足疗固然离不开大拇指，然而，关键却在拇指和食指。只要这两个手指头的中关节能够顶得住，一般的客人根本就不可能发现破绽，除非他是推拿师。”

沙复明认真地听着。

王泉：“现在的问题就很简单了，都红把全身推拿的那一个部分让出来，大伙儿不要在足疗上跟她抢生意就行了。这样一来，都红每天都会有五六个钟，和过去一样，什么都没发生。”

沙复明：“你说得是个办法。”

都红靠在病床上眼睛盯着病房门，听到门响她声音急切地问：“谁？”

高唯：“我。”

都红：“金嫣姐呢？”

高唯拿出来手机拨通了金嫣的号码，她把手机递到了都红的手里。

都红不知道她要干什么。

高唯说：“你听听。”

都红把手机放到耳朵边上。

树木在窗外一掠而过。

金嫣拿着电话冲着话筒喊了一声：“妹妹！”

都红听到火车轮的轰响。她顿时明白了。

金嫣含着眼泪笑了，她嘴唇哆嗦着说不出话来。

哐嘁哐嘁的火车轮声音。

都红受不了了，她合上手机倒在高唯怀里。

都红说：“高唯姐，你抱抱我吧！”

傍晚。张宗琪家便利店。韩秋霞把熨烫好的衣服用竹竿送到头顶上的滑竿上挂好。

韩秋霞：“做生意的人相信风水，风水坏了，你再怎么努力都不行，你的手指头擦的是汗水，就是摸不到钱。”

张宗琪不愿意听：“你这女人长了一张乌鸦嘴！”

韩秋霞：“我不说别人就看不见了？推拿中心走了几个人？加上都红这件事，沙复明伤了元气了。”

张宗琪：“我跟老沙都是股东，一荣俱荣，一损俱损。”

韩秋霞：“那可不一样，沙复明只有一个推拿中心，咱们有这个店，还有垃圾处理机。”

张宗琪脑袋“嗡”的一声，咬着牙才没让自己骂出来。

韩秋霞：“今天银行把电话打到家里催什么利息，我也听不懂，叫他打给你，你接着那个电话了吗？”

张宗琪惊出了一身的冷汗：“接着了。”

韩秋霞：“什么事啊？”

张宗琪：“跟推销房子买保险的电话一样。”

韩秋霞抬起头看了张宗琪一眼。

张宗琪拿起杯子喝水，被杯子里的水烫了一下，他差点把杯子扔了。

高唯拖着沉重的脚步进了宿舍。

金嫣正在把旅行箱里的东西拿出来放进衣橱里。

高唯简直不相信自己的眼睛：“金嫣，你、你怎么回来了？”

金嫣：“我在济南站下了车，搭返程火车回来的。”

高唯：“你这个人怎么这么拗呢？”

金嫣：“我说过，都红的事不处理好，我不走。”

高唯叹了一口气：“不嫌乱，你就待着吧。”

金嫣：“怎么了？”

高唯：“沙老板扔下客人，拉王大夫出去喝酒，两人都喝多了。”

金嫣：“他心里也有个坎过不去了。”

高唯：“是啊，都红的事该怎么办呢？”

沙复明站在便利店门口。

张宗琪：“老沙，有事啊？”

沙复明：“找你喝茶。”

四通茶馆云水间。沙复明和张宗琪坐在桌子旁边喝茶，老规矩，沙复明喝红茶，张宗琪喝绿茶。

沙复明：“那时候我们一门心思要当老板，现在当上了，可‘老板’意义在哪里？”

张宗琪：“这就是你的毛病，干什么都讲究意义，哪那么多意义？”

沙复明：“当年咱俩准备开这个店的时候，盘着腿坐在床上，几乎是无话不谈，当时所有的谈话都是有意义的。”

张宗琪笑：“还记得谈什么吗？”

沙复明：“什么都谈了，就是没谈员工们的工作合同。”

张宗琪：“话到嘴边我咽回去了，我看得出来，你也咽回去了。做老板可以咽下去很多；做员工，一样可以咽下去许多。”

沙复明苦笑：“盲人有举世无双的消化功能，所以总有第一流的吞咽功能。合同成了我们面前的一口井，每一个人都十分自觉地、不约而同地把它绕过去了。”

张宗琪：“现在说这些也没用了。”

沙复明：“我想跟你商量一下，你看是不是可以给都红补一份合同，给都红补一份赔偿？”

张宗琪一口拒绝了：“你缺心眼啊？没这么干的！”

沙复明：“装门吸这事，我跟你说过了好几回，这事本来完全可以避免。”

张宗琪被噎了一下，他叹了一口气：“杂七杂八的烂事太多。”

沙复明：“没有一件是店里的。”

张宗琪不说话了。

沙复明：“分股的事那天谈过之后，这些日子我也仔细想过，不要再拖了，还是分了吧。都红的事你不愿意，我来担着。”

张宗琪：“你觉得这个节骨眼上提这事合适吗？”

沙复明：“疖子出了头，不挤出脓水总好不了。”

他站起来：“这事你仔细考虑考虑，我还有事，先走了，账我已经结了。”

沙复明出了门。

张宗琪坐在那里久久没有动地方。

向天纵姐姐家。姐姐站在门洞口，看见沙复明急忙迎过来。

姐姐：“车不好等吧？”

沙复明：“白天店里的事太多，实在抽不开身，这么晚了还来打扰。不影响你们休息吧？”

姐姐：“天纵盼了你一天了。”

沙复明：“我自制了些草药，退烧挺管用的。”

沙复明推门进来。

偎在沙发上的向天纵看见他高兴地笑了。

向天纵：“你终于来了。”

沙复明走到她跟前向她伸出手去，向天纵把自己的右手放在他的掌心里。

沙复明坐在她旁边给她号脉。

向天纵看着他：“你跑了一头的汗。”

沙复明：“店里的事刚忙完，我心里急。你吃饭了吗？”

向天纵：“恶心，吃不下去。”

沙复明：“我给你做个腹部推拿，管用。”

向天纵：“好。”

姐姐拿着中药进厨房去了。

二十八

金嫣躺在宿舍床上翻来覆去地睡不着，她一骨碌爬起来。

金嫣：“孔佳玉。”

孔佳玉醒了，睡意很浓应了一声：“嗯。”

金嫣：“你起来，咱俩商量件事。”

孔佳玉：“什么事明天不能商量？”

金嫣：“就现在商量，快起来。”

孔佳玉十分不情愿地爬起来靠在床上。

向天纵从腋下拿出来体温计递给姐姐。

姐姐看上面的刻度欣喜道：“体温降下来了，三十七度四。”

向天纵：“我觉得舒服多了。”

沙复明：“你要吃点东西，增加抵抗力。”

向天纵：“你陪我一起吃。”

沙复明想了一下说：“我还真忘了吃晚饭。”

姐姐：“我给你们煮面去。”

沙复明听到“面”这个字，心里“咯噔”一下。

向天纵：“怎么了？”

沙复明：“我喜欢吃面。”

房间里静了下来。

向天纵：“你在想什么？”

向天纵：“你给我的后背上贴的什么？”

沙复明：“退烧的膏药，我爷爷的祖传秘方。”

向天纵：“我要是早点认识你，可能就不会病得这么厉害了。”

沙复明：“十七年前咱俩就认识了。”

向天纵：“可是我错过了你。”

沙复明问：“如果时光倒流，你会怎么样？”

向天纵："如果时光倒流，我会把所有的错误重新犯一遍。"

沙复明笑了："我也一样，这就是人生。"

白天。推拿中心休息区。韩秋霞端着盛饭盒的大箱子进来。

韩秋霞喊："吃饭了！吃饭了！"

员工们纷纷进休息区找座位坐下。

芒来一个人坐在角落里。

邓晓梅坐在另一个角落里。

他们各吃各的饭。

张一光："一上午没看到沙老板。"

芒来："有个重病号，他出诊了。"

张一光："重病号推拿管用吗？"

芒来没说话。

金嫣拉着孔佳玉进来："开会了！开会了！"

员工们不知道发生什么事情了，都竖起耳朵听她要干什么。

医院病房。高唯把饭端到都红面前，把饭勺塞到她的左手里。

高唯："吃吧。"

都红吃饭。

高唯："休息区的大门按上门吸了，沙老板找人按的。"

都红"嗯"了一声。

高唯："中心的人都很惦记你，只是上班不方便来。"

都红又"嗯"了一声。

高唯的手机铃响了，高唯接通电话，很快就挂了。

高唯："金嫣找我，我回去了。"

都红吃了一惊："金嫣姐？"

高唯："为了你她又跑回来了。"

都红心里一阵感动。

高唯："我走了。"

金嫣在推拿中心走廊里大声喊："开会了！大伙儿听见没有，开会了！"

推拿师们纷纷从推拿室里探出头来听着外面的动静。

都红接电话。

高唯的声音从话筒里传出来："都红，我给你做一个实况转播，别挂你听着。"

金嫣情绪激动地说："我们自以为我们不冷漠，其实我们很冷漠。我们不能再冷漠下去了。"

员工们一声不响地听着。

金嫣不知道是生自己的气还是生别人的气，她的声音颤抖了："可怜的都红右手的拇指断了，她还能干什么？她什么也干不了了。我们不能眼睁睁地看着她，我们不能这样袖手旁观。"

金嫣声泪俱下："我们都是盲人，有着同样的眼睛，同样的瞳孔，我们的眼睛最终能看到什么？这些钱是我捐助给都红的，你们大伙看着办！"

孔佳玉也掏出来钱："这份是我的，这一份是王大夫的，他今天休息我代他把钱交了。"

芒来掏出来钱："这是我的。"

邓晓梅掏出来钱："这是我的。"

张一光："我的钱放这儿了。"

休息区激荡起来了，催人泪下的激情四处喷涌。

都红全听到了，她握着手机心在颤抖。

都红闭紧了眼睛，死死地捂住了自己的嘴。她不放声，她不敢让自己的声音传到电话那边去。

都红肝肠寸断，心里在喊："多么好的兄弟，多么好的姐妹啊！"

金嫣和小孔开始清点现金了。

金嫣："今天的事谁也不可以走漏风声。"

大家纷纷点头答应。

高唯悄悄挂了电话。

都红和衣躺下了，感动、感恩、伤心和绝望也同时涌上了心头。

都红自言自语："无情的事实告诉我，我的这一辈子完了，我的后半辈子只有'靠'人家了。一辈子只能生活在感激里头，我矮了所有人一截子。矮了健全人一截子，同样也矮了盲人一截子。我还有什么呢？我什么也没有了，只剩下了'美'。"

都红把被子拉过来，蒙在脸上。整个脑袋都蒙进去了。

都红已经做好了号啕大哭的准备，却没有哭出来。只有眼泪在往下掉。泪水一出来就被枕头吸走了，枕头湿了一大片。她翻了个身，枕头又湿了。

都红自言自语："痛定思痛，我最后陷入的其实是自伤。我的尊严没了，我的尊严被按在了门框上。"

都红掀开被子坐起来，她摸到了手巾。

都红一个人悄悄摸到了卫生间。

这时候刚好有个护士走过来，想搀扶她。

都红侧过脸面对着护士的脸，笑着柔软却又十分坚决地把护士的胳膊推开了。

都红说："谢谢！"

护士走了。

都红一个人站在洗脸池旁边，她拧开了水龙头。

水龙头里的水哗哗地流着。

镜子里的都红自言自语道："不能，不能，只要还有一口气，我就不能答应自己变成一只人见人怜的可怜虫。我只想活着，我不想感激。不能欠别人的，谁的都不能欠。再好的兄弟姐妹都不能欠。欠下了就必须还。如果不能还，那就更不能欠。欠了总是好报答的。"

都红对报答有一种深入骨髓的恐惧。她只希望自己赤条条地来了，走了。

都红回到病房坐在病床上。

都红自言自语："医疗费是沙老板垫的，得让父母还了，这笔钱我也是要还父母的。怎么还呢？"

想不出来还钱的办法，都红又想哭，她使劲忍住了。

都红对自己说："天无绝人之路，天无绝人之路！"

沙复明背着药箱推门进来。

向天纵："今天来得早。"

沙复明："昨天晚上睡得怎么样？"

向天纵："睡得挺好。"

沙复明："发烧了吗？"

向天纵："三十七度四。"

姐姐从卧室里出来："沙大夫来了，天纵今天吃了一碗鸡肉粥。身上觉得有劲儿了，我陪她在外面走了一圈。"

沙复明："她抵抗力差，千万别感冒了。"

向天纵："还贴膏药吗？"

沙复明："贴。"

都红被高唯搀着走了进来，牛三勇手里甩着车钥匙跟在后面。

高唯大声说："我们回来了！"

大伙蜂拥过来，休息区立刻热闹起来了。

人们挤在休息区里噼噼啪啪地给都红鼓着掌。

沙复明大声问：“还顺利吧？”

高唯：“顺利。”

人们围着都红七嘴八舌地问着。

沙复明站在门口，心里突然就是一阵感动。

沙复明对站在身边的王泉说：“还是热热闹闹的好啊，‘人气’全上来了。”

王泉笑笑没有说话。

沙复明：“很久没这样了，很久了。”

沙复明在心里说：“我要感谢都红，是她的一场意外让推拿中心恢复了往昔生动的局面。就是都红所付出的代价太大了。要是能换了我就好了。”

沙复明悄悄拽了一把王泉，把他拉到大门外面去了。

沙复明和王泉在站在门口说话。

沙复明：“老王，我还是有点担心，把足疗的活让出来的事，我还没有跟大家说。这也是他们的个人利益，我不好强求。万一不同意怎么办？我总不能下命令吧。”

他犹豫了一下又说：“真要被拒绝了，都红怎么办？”

王泉浅笑着：“你呀。”

沙复明：“怎么了？”

王泉的口吻一下凝重了：“你越来越像一个有眼睛的人了。我不喜欢。你什么也不用说，事情是明摆着的，到最后，一定就是那样一个结果。”

沙复明拧着眉头思考着他的话。

休息区的气氛被金嫣和孔佳玉推向了高潮。

金嫣挤到都红跟前，一把搂住了她，她叫了一声：“妹妹！”

都红听到她的声音，不禁有些哽咽：“金嫣姐！”

金嫣松开都红，举起双臂大声说：“安静了。大家安静了。”

休息区里顿时安静了下来，大家翘首以待。

金嫣“吱”的一声打开了斜挎在身上的小挎包。

她从里面取出来厚厚的一叠，大小不等的钞票。

金嫣一只手拿着钞票，一只手摸到了都红的胳膊，她把钞票交到了都红的手上。

金嫣动情了，她的声音在抖：“都红，这是大伙的一点心意。你知道，一点心意。”

都红捏着厚厚的一沓钱，用残疾的手掌再三再四地抚摸着。

都红对大伙儿说：“谢谢大家。”

众人们等待着温暖又动人的场景出现。

都红又开口了，她的语调平静非常有礼貌：“我真的非常感谢你们。”

众人们的心里一下都产生了落差，不知道事态该怎么往下发展了。

有客人来了，一下就进来了五个。

高唯忙不迭地跑进来给员工们派活：“曲大夫、张大夫。”

高唯冲着站在花坛前跟沙复明说话的王泉喊：“王大夫，上钟了！”

都红来到休息区的门口，扶着门开始拨弄。

门吸的声音很好听，“嗒”的一声。“嗒”的又一声。

沙复明一个人站在门口的影壁前。

他侧耳听着“嗒”“嗒”的门吸声传过来。

推拿中心更衣室。都红把厚厚的大小不等的一叠钱放进自己的柜子里，掩好柜门，把锁头挂上去，锁的后面却挂着钥匙。

高唯在前台电脑前输入资料。

都红走过来，她把一张纸递给高唯：“高唯姐，给你。”

高唯接过来：“什么？”

都红：“放你那吧。”

说完她往外走。

高唯站起身：“去哪儿？我陪你去。”

都红：“我还能去哪儿去？就不能一个人待一会儿？”

高唯只得回到座位上重新坐下。

站在影壁前的沙复明听到都红的脚步声，他转过身叫了一声：“都红吗？”

都红一愣，她应了一声：“是我。”

沙复明：“屋里太闷，来外面透透气。”

都红没有说话，她走到影壁前，伸手一点一点地摸着影壁上的画。

沙复明仔细倾听着她手掌抚摸画面发出来的声响。

都红转过身走到沙复明跟前说：“沙老板，我能拥抱一下你吗？”

沙复明从没经历过这样的场面，不知道该如何应对。

都红伸开双臂紧紧拥抱了一下沙复明。

都红：“沙老板，你对我的好，我会报答的。”

沙复明的脑袋里一下出现了空白。

都红松开手，头也不回地走了。

沙复明懵了，没有听见都红往哪个方向走了。

高唯捏着都红给她的纸看。

纸上密密麻麻的全是一个一个的小窟窿。

高唯看不出来头绪。

她站起来推开推拿中心的玻璃门。

沙复明在大门外转着直径一米五左右的圈子，两只手还在不停地搓着。

高唯没有看到都红。

高唯一扇门一扇门地推开，她没有看到都红。

高唯自言自语："死丫头跑哪去了？不会是躲在什么地方哭吧？"

金嫣从3号推拿室里出来。

高唯一把拉住她："都红哪里去了？"

金嫣："不是和你在一起吗？"

高唯："哪里呀，没有啊。"

她意识到不对，再一次跑出去。

高唯："沙老板！"

沙复明回过头："什么事？"

高唯："看见都红了吗？"

沙复明："看见了，怎么了？"

高唯："她去哪儿了？"

沙复明："没注意，回宿舍了吧？"

高唯："没有，宿舍的钥匙在我这里。"

沙复明："没回推拿中心？"

高唯："我每间房子都找过了，没有。"

沙复明："走，回去看看。"

员工们挤在休息区里，大伙儿都察觉到了事情似乎有些不对头。

沙复明："两个小时离开的时间并不长，可对一个盲人来说，这个长度有些出格了。高唯，她对你说了什么没有？"

高唯："没有，她就给了我一张纸，说想一个人待一会儿。"

金嫣问："纸上写了什么？"

高唯把那张纸举到面前，无辜地说："盲文，我看不懂。"

王泉离高唯最近，他伸出手，高唯就把那张纸给了他。

王泉抬起一条腿，把那张纸平放在大腿上，用食指的指尖去摸。只摸了两行，他抬起头来。他的脸色很难看。

王泉什么都没说，把那张纸递给了孔佳玉。

休息区再一次寂静下来，每一个盲人都在传递都红留下的那张纸。

最终，那张纸到了沙复明的手里。

高唯目睹了整个传递过程，心中充满了极其不好的预感。

休息区的寂静近乎恐怖了。

沙复明的食指神经质地在那张纸上反反复复摩擦着。

都红的字条："我要感谢，无论如何我都要感谢，再见了朋友们，再见了，兄、弟、姐、妹。天无绝人之路，我就要上路了，我是自豪的，我是体面的，有尊严的。我什么也没有欠下。"

沙复明的食指一直摩擦到最后一行。

沙复明吸了一口气又叹了出去。他走到柜子跟前，摸到了锁，还有钥匙。

他十分轻易地就把柜门打开了，空着手摸进去，手里握着那一叠钱拿出来。脸上是最终被证实的难过的表情。

沙复明无声无息地走了。

沙复明坐办公桌前，他脸上的表情很肃穆。

办公桌上放着那一叠募捐来的钱。

王泉问："谁张罗的募捐？"

休息区一篇肃静，

王泉："孔佳玉，是你的主意吧？"

孔佳玉："是。"

王泉顿时就怒不可遏了，他大声呵斥道："谁让你这样做的？"

孔佳玉吓了一跳。

王泉又吼了一声："是谁让你这样做的？亏你还是个瞎子，你还配不配做一个瞎子？"

孔佳玉从来没见过王泉对她这样，脸上顿时挂不住了。

金嫣拨开前面的人，来到王泉的面前："主意是我拿的，跟孔佳玉没关系，有什么话你冲我来。"

王泉已经气红眼了："你是什么东西？你以为你配得上做一个盲人？"

金嫣万万没想到王泉会对自己这样，她一时没回过神来，愣在了那里。

芒来突然伸出手，一把拉开金嫣，用他的身躯把金嫣挡在了后面。

芒来嗓音不高，但听得出来，他豁出去了："你吼什么？你冲她吼什么？就你配做瞎子！别人比不上你，比眼睛瞎，我们来比比！"

金嫣心里涌起一股热浪，她瞪着还有残存视力的眼睛看着挡在自己面前的芒来。

王泉万没想到闷葫芦芒来能跳出来，他没有这个准备，一时语塞。气焰活生生

地被芒来压下去了。

王泉“盯着”芒来。

芒来“盯着”王泉。

两个没有目光的人就这么盯着，把各自的鼻息喷在了对方的脸上。他们谁也不肯让一步，气喘如牛。

张宗琪挤进人群，他一只手搁在王泉的肩膀上，一只手扶住了芒来。

张宗琪说：“兄弟们，不要比这个。”

芒来刚刚想抬起来胳膊。

张宗琪一把按住了，他厉声说：“也不要比这个。”

沙复明坐在办公桌后面，两只手按在都红写的那张纸上，他一个字一个字地抚摸着。

沙复明的胃开始疼了，他摸到桌子上的药瓶倒出来两粒扔进嘴里，一伸脖子咽了。

手机响了，沙复明接电话。

向天纵姐姐的声音：“沙大夫，天纵不太好，我送她去医院她不去，她要你过来。”

沙复明一下站起来：“她怎么不好了？”

向天纵姐姐的声音：“头疼得撞墙，还便血。”

沙复明：“我马上过去，得送医院。”

高唯在跟两个中年男人说话。

沙复明从前台走过。

高唯：“沙老板，他们是银行的。”

沙复明：“交给张老板处理吧，我有急事，必须出去一趟。”

说完他头也不回地走了。

高唯朝里面喊：“张老板！张老板！”

张宗琪答应了一声，走出来了。

高唯：“银行的人找你。”

张宗琪看到银行的人一下愣在了那里。

沙复明乘坐的出租车在街上疾驰而过。

门铃响，向天纵的姐姐开门。

沙复明气喘吁吁地进来，他直接摸到沙发旁边。

向天纵躺在沙发上昏睡着，她脸色惨白，神情疲惫。

沙复明摸她的额头，额头滚烫。

姐姐："刚测过体温，四十度。"

沙复明取出银针，用酒精消毒，他对姐姐说："帮我把她的后背掀开。"

姐姐掀开向天纵的后背，沙复明取后背身柱穴，在后背第四胸椎棘骨下，向上45度角斜刺进去。又在通里、列缺穴，扎了两针。

沙复明隔一会儿就捻两下针，刺激穴位。

姐姐："这几天一直挺好的，今天早上突然就烧起来了。"

沙复明叹了口气："恶性程度太高。你压不住它，它就卷土重来。"

姐姐："去医院吗？"

沙复明："必须去医院。"

向天纵开口说话了，她气息奄奄地说："我不去医院，到那里的那通检查就得折腾死我，要死还不如让我自已挑个地方死。"

姐姐急了："你别死啊死的好不好？"

向天纵："好。"

两个银行的工作人员跟张宗琪在办公室里说话。

工作人员："还款的最后期限，我们用信函和电话进行了多次通知，你一直不予回复。现在，你用来抵押的这套房子我们已经报到法院拿去拍卖。给你们一周的时间，找地方把店搬出去吧。"

张宗琪傻了，冷汗顺着额角流下来："利息我已经都还清了。"

工作人员："八十万的本金你没有能力偿还，我们只能按合同办事，请你配合一下。"

张宗琪呆坐在那里，银行的工作人员什么时候走的，他都不知道。

都红背着她的背包站在十字路口，不知道该往哪里走。

一辆 SUV 开到她身边停下，车窗摇下。

刘经理探头出来叫道："这不是小都大夫吗？你去哪啊？我送你。"

都红犹豫着不知道该怎么回答。

刘经理跳下车把她拉上了车："快点，绿灯了。"

绿灯亮。

SUV 开走了。

刘经理开车，都红坐在副驾的位置上。

刘经理："干脆你去我们公司吧。"

都红："我去那能干什么？"

刘经理："我们前台缺一个负责打卡的人。"

都红：“盲人也能干吗？”

刘经理：“能。”

都红：“你别跟推拿中心的人说我在你那里。”

刘经理：“好。”

向天纵睁开眼睛对沙复明说：“我吃排骨塞牙了，给我根牙签。”

姐姐：“哪来的排骨？你肠道出血，医生不让吃那么硬的东西。”

向天纵执拗地说：“谁说的？我刚刚吃完，还有小笼包子，一咬一包汤汁可好吃了。”

姐姐眼泪一下涌了出来：“你想吃，姐这就给你买去。”

向天纵向沙复明伸出一只手去。

沙复明感觉到了，他伸出手来握住向天纵的手。

沙复明扶着向天纵坐起来。

姐姐说：“我出去一趟，一会儿就回来。”

沙复明：“你去吧。”

姐姐走了。

向天纵逐渐清醒了，她盯着沙复明说：“这一回，我闯不过去了。”

沙复明：“别这么想。”

向天纵：“我已经多活了五年，不能太贪。”

沙复明心如刀绞。

向天纵拿过来手机按了一下发送健。

沙复明的手机提示，他收到了一条语音短信。

向天纵说：“我发给你的，你离开这儿以后再听。”

沙复明：“好。”

向天纵说：“昨天晚上我做了个梦，梦见你拉着我的手，进你的推拿中心的大门，你进去了我刚要迈腿进去，大门‘砰’的一声关上了，砸得我骨头剧疼。”

向天纵的力气就在这个时候用尽了。一股热流突然间涌出沙复明的眼眶，他哭了。

向天纵用手擦去他脸上的泪水：“我们俩之间的所有故事还没开始就稀里糊涂地结束了。”

沙复明：“你不在我的生活里，你在我的心里。没有你，我都不是自己。”

向天纵：“人心里面有一堵墙，坚强就在那。一个女人至少有一次为了爱情出生入死，可惜我的这一次给的不是你。”

沙复明：“我没那么贪，就这样我已经很知足了。”

向天纵：“我仔细想过我这一辈子都有什么遗憾，事业上我小有成就，感情上我一无所有，既没为人妻也没人母，这对一个女人来说，不能不说是一大缺憾。”

沙复明："你好好活着，还有机会。"

向天纵："没有机会了。"

沙复明："我说有就肯定有。"

向天纵笑了："我是学科学的，我有科学精神，能正确对待生死，你不用安慰我。"

沙复明没有说话，心里的难过难以用语言来描述。

向天纵："我要去厕所。"

沙复明把她背起来。

向天纵指挥着他拐进了厕所。

沙复明扶持着向天纵在马桶上坐下，向天纵浑身瘫软坐都坐不稳。

沙复明让她用两只手抱着自己的腰。

向天纵满头是汗："我便不出来。"

沙复明从口袋里掏出来药："我给你上开塞露。"

沙复明扶着向天纵从卫生间里出来，向天纵已经耗尽了最后的力气脚在地上拖着。

沙复明把向天纵拦腰抱起来放在沙发上。

向天纵说："累死我了，真累啊。"

沙复明蹲在沙发旁边听着她的呼吸。

向天纵转过头看着他说："你对我真好，好得我都没什么说的。"

沙复明："这才哪到哪儿？你好好活着，我把所有的好都给你。"

向天纵平静地说："给我倒杯水，我渴了。"

沙复明摸到净水器前，倒了一杯水。

向天纵身子一斜缓缓地躺下。

沙复明端着水杯走到沙发前："水来了。"

他伸手摸沙发靠背，没有摸到向天纵，手往下一滑摸到了栽在沙发上的她。

沙复明放下水杯，把向天纵扶起来，他听不到她的呼吸声，摸她的脉搏，脉搏没了。

沙复明手颤抖着摸到她的眼睛，向天纵的眼睛大大地睁着。沙复明的手轻轻地盖在她的眼睛上。

沙复明声音沙哑地说："你别这样对我！"

声音一出喉咙，他感觉到温热的泪水从向天纵的眼睛里溪水一样流出来。

沙复明把向天纵抱起来紧紧地搂在怀里，他雕像一样默默地坐在那里。

四周静悄悄的没有一点儿声响。

姐姐拎着快餐盒推门进来，看此情景手里的快餐盒掉在了地上。

小笼包子滚落了一地。

此刻推拿中心已经乱了营，员工们聚在休息区七嘴八舌地议论着。

张一光："好好的怎么就停业了？"

王泉："这房子到底是谁的？"

金嫣："沙老板去哪儿了？一连三天没露面了。"

孔佳玉："张老板怎么也不给我们说说这到底是怎么回事？"

高唯心急如焚地给沙复明打电话。

手机里电脑的声音："您呼叫的用户已关机，请稍后再拨。"

沙复明一个人坐在向天纵的墓前，一颗心像八十岁老人一样苍凉。

他掏出来手机，打开了，调出来向天纵发来的那封语音短信。

向天纵的声音："当年你谈的那场恋爱，那个姑娘未必是我，但是她的声音陪你走过了十七年。我希望你珍惜那个有这样声音的女人，我希望你跟这个声音百年好合……"

沙复明觉得自己的心一块一块地碎了。

他听见向天纵的声音在空中轻声地说："别哭。"

沙复明抬起头对着空气轻声说："我没有哭。"

向天纵的声音在空中说："无论如何，你都要好好活着。"

沙复明点点头。

向天纵的声音:"神说:要有光,于是就有了光。可有些地方却一直没有光,朋友说:没有光也要好好活，他们就始终好好地活。"

沙复明重复了一句："我好好地活着。"

这时他闻到熟悉的气味，沙复明循着气味望去。

向天纵站在地平线上看着沙复明。

她的眼睛里一片湿润。

沙复明的心立刻平静下来。

他听见了她的声音："我在这儿呢，在你的心里。"

沙复明受不了了，翻身扑倒在地上，身体抽搐着。

泪珠从眼中滚出来，带着啸响声砸在土地上。

沙复明拖着沉重的步子离开了墓地。

向天纵声音："沙复明。"

声音很响，震得他身子一颤。

沙复明转过来，四周静悄悄的，他扭头又走。

向天纵快乐的声音："加油！"

沙复明使劲点了一下头，他没有回头。

傍晚。出租车在推拿中心门口停下，沙复明从车上下来。

高唯看见他立刻从门里冲出来："沙老板，你到哪去了？出大事了！"

沙复明吓了一跳："怎么了？"

高唯："银行把咱们的这个店面房交给法院拍卖去了。"

沙复明被一闷棍打懵了，一口气憋在胸口里差点没上来，他脸涨得通红，怔怔地看着高唯。

高唯："张老板在办公室里，你去问问他就知道了。"

沙复明步履蹒跚歪歪斜斜地进了大门。

推拿中心的床和杂物都堆在走廊里。

韩秋霞的哭喊声从张宗琪的办公室里传出来。

韩秋霞："姓张的，你不让我好好活，你也别好好活着！"

韩秋霞一头撞在张宗琪的肚子上，张宗琪摔坐在地上，身后的纸箱子噼里啪啦地砸在他的身上。

张宗琪挣扎着站起来。

韩秋霞号啕大哭："家被你败光了，我可怎么往下活呀！"

沙复明敲了一下门，推门进来。

韩秋霞看见沙复明一下扑过来，她不管不顾地抓住他的一只胳膊使劲摇着。她哭道："老沙！老沙！咱们推拿中心塌了！"

沙复明努力让自己镇定下来："你坐下，慢慢说。老张，到底出什么事了？"

张宗琪耷拉着脑袋："这事怪我。"

沙复明急了："到底怎么了？"

韩秋霞："他拿这个房子做抵押在银行贷了八十万元的款，拿着这笔钱去跟人做买卖，结果买卖没做成，钱被那个人骗走了。原款的日期到了，他还不上钱，银行把这房子交给法院进行拍卖了。"

沙复明急火攻心，胃里一阵翻腾，他使劲忍住了。

沙复明不相信自己的耳朵，他问："这房子不是咱们租别人的吗？别人的房子，你怎么能做抵押呢？"

韩秋霞大哭："这是我们家买的房子。"

沙复明糊涂了："怎么又成了你们买的。"

韩秋霞手里抖搂着房产证的复印件："你看看房产证上写着我们家人的名字呢。"

沙复明又是一怔："这么说每个月一万的房租，都交到你们家里去了？"

韩秋霞和张宗琪互相看了一眼，谁也不说话了。

沙复明："我明白了，这房子是你们用抛掉股票的钱买的，七万块钱的底金中有

我的五万。你们瞒着我，用我的股票赚钱买了房子又租给我，让我月月为这个房子付租金。现在你又把它卖了，让我无家可归。张宗琪，你的心狠手辣已经达到一个境界了。”

韩秋霞马上翻了脸：“沙复明你别血口喷人！这钱是我们两口子辛辛苦苦挣的，你的钱去哪儿了，我们不知道！”

沙复明：“股票抛出的证据就在我手里，碍着面子我一直这么忍着，我就这么忍着。由着你们就这么肆无忌惮地撕扯着我，我疼成了什么样，只有我自己知道。”

张宗琪：“老沙，这事我做的是不对。”

韩秋霞：“你做什么了？你什么都没做！”

沙复明：“老张，这不是对不对的事情了，你已经犯了法。”

张宗琪和韩秋霞同时吓了一跳。

沙复明：“我查过有关法律条款，你骗我说，股票套牢了。然后私自把股票抛了，把我在股市上应得的红利你一个人侵占了。你用这笔钱买了这所房子，又骗我说，这房子是租的，为这个我又付了四年的租金，对我形成了进一步的欺诈。张宗琪，我要是告你，一告一个准！”

张宗琪的冷汗下来了：“房子被拍卖这事，我真不是故意的。”

沙复明：“现在推拿中心因为你开不下去了，这责任谁负？当然还是你！”

张宗琪：“你别急，这两天我正在外面找房子呢。”

沙复明身上的劲全部泄光了，他有气无力地说：“张宗琪，你一个人身上有两重天，你不是人，你是魔鬼！”

说完，他晃晃悠悠地出去了。

张宗琪追了出去：“老沙！老沙！”

韩秋霞彻底明白了过来：“想让我家人坐牢？沙复明你做梦去吧！”

员工们聚在休息区里议论纷纷，听到两个老板一前一后走过来，立刻谁也不说话了。

沙复明站在休息区的中间。

四周一片寂静。

沙复明竭力让自己镇定下来，他说：“大家都知道了，我们推拿中心的房子出现了问题，面临着搬迁。大家不要慌，没什么大不了的。我们正在四处找房。”

王泉：“好好的，怎么突然要搬迁，而且连个招呼都不打。这明摆着违约嘛，咱们可以告他。”

高唯看看王泉又看看沙复明。

沙复明：“打官司是一个漫长的过程，咱们得先找好房子把店搬过去。高唯！”

高唯：“沙老板。”

沙复明："叫三勇过来。"

高唯立刻拿出来手机出去打电话。

沙复明："这段时间大家都很忙很累，借这个功夫好好歇两天。今天是老外的平安夜，我们也过一下洋节，晚上我请全体员工吃宵夜喝啤酒。"

员工们从沙老板的声音里听不到一点绝望，大家立刻安心了。

牛三勇、高唯和沙复明坐在办公室里说话。

沙复明："当务之急两件事：一、在法院拍卖之前赶紧把这个房子买回来。八十万在市面上是买不回来这个房子的。二、赶紧找一处房子，先把推拿中心开起来。不能让员工和客人知道我们现在的处境，人心一散，再往一起拢就难了。客人是我们用四年的时间养起来的，不能让他们不相信我们。"

牛三勇："我一个哥们儿运气不好，干什么赔什么。他开的饭馆刚关了门，房子还没租出去。他欠我一个人情，我跟他说说，看看推拿中心能不能先搬到那去过渡一下。面积跟这里差不多，离这里也就三站地。"

沙复明："好，好。"

牛三勇："把这房子再买回来这事有点麻烦。"

高唯："好弄找你干吗？我自己就去办了。"

牛三勇犯愁："八十万块钱上哪弄去？"

沙复明："我这有连美元什么的都算上能凑三十万。"

高唯："我有五万。"

牛三勇看了她一眼。

沙复明像是自言自语也像是叮嘱牛三勇："一定要把这房子买回来。我的事业在这里起的步，我四年的心血都在这里，门外影壁墙上有马跃画的画，休息区的门上有都红断指流的血，这些我死活都要保住。"

牛三勇："我明白了，这事交给我吧。"

张宗琪泥塑一样坐在便利店沙发上，他突然抬手狠狠地给了自己一个大耳光子。

清脆的响声吓了正在收拾碗筷准备吃饭的韩秋霞一跳。

张宗琪扬起手还要再赏自己一个耳光，他的胳膊被韩秋霞死死地拽住了。

韩秋霞："干啥？你这是干啥？"

张宗琪："我替老沙打我自己。"

韩秋霞："你光想着他，你想过我想过这个家吗？日子过得再孬，你也是个男人，我们还得靠你往下过呢。"

张宗琪："我把老沙逼上绝路了。"

韩秋霞："买卖做黄了的有的是，我没见谁活不起了。"

手机铃响。

张宗琪接电话。

电话里沙复明的声音："张老板，晚上我请推拿中心的全体员工吃饭，关键时刻，你别缺席，我等着你。"

说完他把电话挂了。

张宗琪挂了电话，坐在那里半天没醒过神来。

韩秋霞问："啥事？"

张宗琪："老沙请吃饭。"

韩秋霞也愣了："这唱的是哪一出啊？"

薛旺指挥着车辆进出车位，他看到推拿中心的盲人们一个搭一个的肩膀走到了路边饭店的门口。

邓晓梅挽着孔佳玉的胳膊也在里面。

薛旺十分高兴，冲她挥挥手。想到她看不见，急忙走过来。

盲人们谁都没注意他，他们静悄悄地往店里面走。

薛旺也不尴尬，他看着自己的老婆咧着嘴笑。

老板十分热乎地迎出来，对着一大群人说："都来了？什么喜庆的日子？"

没有一个人搭腔。

沙复明莞尔一笑，说："也不是什么喜庆的日子，大家辛苦了这么长时间，该聚一聚。"

老板："好，好，这就给你们安排，进来吧。"

沙复明疲惫得厉害，身上一点力气都没有了，为了安抚员工们，他强支撑着自己。

盲人们跟着高唯进店里去了。

薛旺叫了一声："晓梅。"

邓晓梅听见了，扭头回来找声音发出来的地方。

薛旺："我，薛旺。"

邓晓梅一愣："你在这儿干什么？"

薛旺："看车位，我在短信里告诉你了。"

邓晓梅没有再说话，她拉着身边一个人的胳膊进去了，她没有意识到她拉住的是金嫣。

金嫣也没有甩开她的手。

薛旺咧着嘴伸着脖子往里面看。

老刘骑着烤红薯车过来："看什么呢？"

薛旺："我老婆在里面吃饭呢。"

老刘立刻来了兴趣："哪个？哪个？"

薛旺：“短头发，黑外套，圆脸的那个。”

老刘：“那么年轻，跟上你可惜了。”

薛旺心满意足地笑。

伙计们把桌椅收拾好，一共两张。

老板走到沙复明跟前说：“两张桌子，老板入座吧。”

张宗琪看看沙复明。

沙复明扶住椅子的靠背，嘴角浮起一丝古怪的神情，他强打起精神对老板说：“麻烦你把两张桌子拼在一起，我们一起吃。”

伙计们再一次把桌椅拾掇好了，由三张方桌拼起来的大长方桌子。

桌面上很快就放满了啤酒、饮料、酒杯、碗筷。

沙复明：“坐吧。”

沙复明坐在桌子的最顶端，张宗琪在桌子的另一端坐下了。

王泉犹豫着不知道该坐在哪。孔佳玉生他的气、金嫣生他的气、芒来也在生他的气，坐在哪他都不合适。

王泉走到孔佳玉的身边，拽拽她的衣袖，孔佳玉一把就把王泉的手甩开了。

她小声说：“别碰我，脸都让你丢尽了，一辈子都不想再看见你！”

王泉眼睛“正视”着前方，这一次却一把抓住了孔佳玉的手腕，他使了点力气，绝不能让孔佳玉的胳膊弄出动静来。孔佳玉跟他较劲。

王泉轻声对着孔佳玉的耳朵说：“我们是几个人？”

小孔的胳膊突然就是一软，连腿都有些软了。小孔的双唇不由自主地张开了，她反过来把王泉的手握紧了，她用她的指甲抠王泉，王泉把她的手指插到自己的指缝当中。王泉拉着小孔的手，用耳朵仔细观察着，最终他选择了金嫣和芒来的正对面坐下。

大伙儿都入座了，谁也没有说话，酒席上冷场了。

桌子这一边没有动静，桌子的那一边也没有动静。

张一光已经端起酒杯，像个局外人，他一个人喝上了。

王泉捅了他一下。

张一光小声问王泉：“老板怎么在这样的日子里请客？都红带着伤走了，店面房刚刚被查封了，不吉利。”

王泉：“说的是呢，我刚才劝他取消这个活动，他不听啊。”

老刘和薛旺站在烤红薯的车前，吃着烤红薯聊着天。

老刘：“我儿子得了一个二等奖学金。”

薛旺：“多少钱？”

老刘："一千五。"

薛旺眼睛一下就亮了："够你卖多少红薯多少菜的啊，这才是真孝顺，老刘，你有福气呦。"

老刘心满意足地笑。

薛旺："哎，我老婆刚才跟我说话了。"

老刘："说什么了？"

薛旺学邓晓梅的口气："你来干什么？"

老刘"扑哧"一声笑了。

推拿中心的员工们也拿起筷子吃上了，除了咀嚼声和杯碗的碰撞声，没有一个人说话。

沙复明和张宗琪也都没有说话，饭桌上安静得叫人冒冷汗。

沙复明笑了："吃饭就是吃饭，干啥弄得像开会似的？咱们都应该学学小孩子，他们知道用最大的热情享受每一刻的光阴。来，喝酒。"

沙复明把啤酒杯端起来，抿了一小口。

张宗琪也把啤酒端起来，同样抿了一小口。

沙复明突然站起来，他站得有些快，有些猛。

张宗琪以为沙复明还会说些什么。

沙复明说了一声："对不起。"

他一个人离开了。

张宗琪没有回头，他的目光沿着沙复明的脚步追了过去。

沙复明摸到卫生间，还没摸到马桶跟前，他身子往前一冲"哇啦"一口喷了出去。

沙复明觉得舒服多了，他张大了嘴巴深深地叹了一口气，自言自语道："怎么弄的？还没喝呢。"

他还没来得及擦掉因为呕吐带出来的眼泪，又一阵恶心袭来，一阵紧过一阵。

沙复明只好弯下腰，一阵更加猛烈的呕吐又开始了。

一个客人尿紧一路小跑冲进卫生间，还没来得及拉裤子拉链，眼前的景象把他吓呆了。

卫生间里有一个人，他弓着身子在吐。

满地都是血，猩红猩红的一大片，连墙壁上都是。

客人问他："兄弟，怎么了？"

沙复明回过头莞尔一笑，说："我？我没事。"

客人一把拉住沙复明，回过头对着外面大声喊："——喂！喂！你们的人出事啦！"

沙复明有些不高兴，说："我没事。"

王泉听到喊声立刻站起来，他竖着耳朵听。

客人又喊了一声："——喂！你们的人出事了！"

王泉第一个摸到卫生间的门口，他从客人的手里接过来沙复明的胳膊。

客人立刻冲进厕所里解决自己的问题去了。

沙复明："没喝多啊，还没喝呢。"

沙复明的胳膊和手让王泉产生了极其不好的预感。

王泉："你的手冰凉冰凉的，怎么啦？"

沙复明没有回答，他的身体慢慢地往下滑着。

王泉使劲拽住他叫道："沙老板！沙兄！"

沙复明没有搭理王泉，他已经听不见了。

王泉知道出大事了，他大声喊："张老板！张老板！"

高唯和张宗琪急忙往这跑。

盲人员工们跌跌撞撞地跟在后面。

薛旺和老刘在大马路上疯狂地拦车。

一辆出租车停下。

王泉和高唯把沙复明塞进车里，他们也钻进车里。

出租车开走。

薛旺又拦住一辆出租车。

张宗琪、芒来、金嫣、张一光上了出租车。

邓晓梅没上去车急得直跳脚。

薛旺："别急，我再给你拦一辆，这的车都听我的。"

二十九

王泉背着沙复明跟着高唯在医院走廊里快步走着。

王泉气喘吁吁地喊："大夫！快！快！他已经深度昏迷了！"

张宗琪率领着员工们也气喘吁吁地跟上来了。

推拿中心的员工们堵在抢救室的门口，急切地希望能从抢救室里听到些什么。

护士简单地处理了一下沙复明的嘴角，他的身上到处都是血。

医生走到王泉面前问："什么原因，有什么预兆没有？"

王泉："什么什么原因？"

医生知道了，他是看不见的，于是说："你的朋友大出血，有什么预兆没有？"

王泉吓了一跳："没有啊。"

医生问："他有什么病史？"

王泉很着急，不由自主地扭过了脑袋，门外站着他的同事们，但是没有人知道。

王泉心窝子里突然就是一阵冰凉，自己和沙复明天天在一起，可彼此之间是多么遥远，说到底，他们谁也不知道谁。

高唯突然想起来了："他有胃病，经常胃疼。"

护士追出来："血压降得厉害。"

医生："立刻送手术室，剖腹探查。"

抢救室里忙碌起来，医务人员不停地出出进进。

王泉他们从急诊室里退出来，自觉地让开了一条路。一部分站在过道的左侧，一部分站在过道的右侧。他们鸦雀无声，谁也不肯开口说一句话。

抢救室的大门开了。

沙复明躺在床上被两个护士推了出来。

盲人们尾随在手推床的后面，来到了电梯门口。

沙复明被送进了电梯，除了沙复明，护士拒绝了所有的人。

电梯门关上了。

高唯扑到一个医生的身边，问清了手术室的方位，一把拉住了王大夫的手。王大夫又拉起孔佳玉的手，孔佳玉拉起金嫣的手，金嫣拉起芒来的手，芒来拉起邓晓

梅的手，邓晓梅拉起张一光的手，张宗琪在后面保驾护航。

一行人这样手拉着手顺着楼梯爬上楼去。

推拿中心的一行人走到手术室的门口，站定了，松开手，分出了两列，中间留下一条走道。

一个护士来到队列中间问："你们谁负责？需要签字。"

王泉往前跨了一步，张宗琪却把他拦在了一边。

护士把签字笔塞到了他的手上。

张宗琪先签了名字，然后直接把签字笔送到嘴里咬碎了，取出笔芯，用牙齿拔出笔头，对着笔芯吹了一口气，笔芯里的黑墨就淌出来了。

张宗琪用右手的食指蘸了一些黑墨，伸出大拇指，捻了捻，挨着自己的名字按下了手印。

又一个护士急匆匆地从手术室里出来她大声说："谁是 RH 阴性 A 型血。血库里没有这个型号的血。"

王泉大声问："什么型号？"

护士："病人是 RH 阴性 A 型血。"

张宗琪挽起袖子："看看我的是不是那个型号？"

在场的所有人连男带女都纷纷地挽起袖子举起了胳膊。

护士采完血拿着血样进去了。

王泉皱着眉头嘀咕道："沙老板怎么是这个血型？"

高唯："这个血型怎么了？"

王泉："稀有血型，在我国的汉族人群中仅占 0.3% 左右，我们有那么好的命吗？这几个人当中就摊上了一个？"

张一光："要是都不是，麻烦就大了。"

王泉："没有血源，短时间内做不了手术，等找来血，老沙也完了。"

手术室门口顿时一片死寂。

张宗琪的脸更是惨白得吓人。

护士出来了，她手里拿着夹子，脸上的表情很肃穆。

她的脚步声一下一下像踩在了每个人的心上。

高唯和张宗琪不错眼珠地盯着她的脸。

护士在他们的前面站住了，她的眼睛在众人们的脸上扫了一眼："哪位是张宗琪？"

张宗琪一怔。

护士："你的血型跟他的一样，你跟我来吧。"

张宗琪如同死刑犯遇到了大赦，他长舒了一口气，回过头冲大家挥了一下拳头吼了一声："天无绝人之路！天无绝人之路！"

张宗琪一路小跑跟着护士进去了。

推拿中心的员工们塑像一样立在手术室的门口，周围静得掉根针在地上都能听见。

张宗琪自己对自己说："他的病不可能是今天才有的，他一定病了很久。可是我竟然一点都不知道。是我害了他，我害了他。"

高唯看了一眼墙上的挂钟心里说："一个小时五十分钟了。"

走廊的两面都是落地的窗子，一边八扇共十六扇，阳光从窗子里照射进来，十分耀眼。

沙复明的背影突然出现在走廊里，阳光给他的背影勾上了一层耀眼的轮廓光。

沙复明一步一步地往前走着。

崔云在后面追他，她的脚像踩在烂泥里，每迈一步都相当吃力。

崔云张嘴喊，却发不出来一点声音。

沙复明走过一扇窗，这扇窗和对面墙上对应的那扇窗的遮板就"哗"的一声拉下来。

崔云急得满头大汗，她拼命地挣扎，可就是一步都走不出去。

眼看着沙复明越走越远，墙上几扇窗子的遮板同时"咣当"一声拉下。

手术室的门"咣当"一声拉开了。

守在门外的盲人们被这突如其来的声响，吓得浑身一哆嗦。

被噩梦惊醒的崔云满头大汗，一骨碌爬起来，她两手捂着胸口急促地喘息着。

医生从手术室里出来了。高唯领着人们立刻围了上去。

医生说："胃穿孔，手术很好，能做的我们都做了，但现在还不知道结果。还需要观察七十二个小时。"

王泉一个趔趄，整个身躯都晃了一下，他要哭。他的脚跟碰到了身边的人。

王泉以为是孔佳玉，急忙一把拽住了，像拽住一棵救命稻草。王泉觉得自己无比地孱弱，他一把把孔佳玉搂在了怀里，下巴搁在她的肩膀上，眼泪"哗"地流了出来。

王泉语无伦次地说："结婚。结婚。结婚。"

他带着哭腔哀求说："我们一定要有一个像样的婚礼。"

王泉怀里的女人不是孔佳玉，是金嫣。

金嫣知道他抱错了人，她却怎么也不愿意离开王泉的胸膛。

金嫣哭了："大伙儿都听见了——你说话要算数。"

王泉听见怀里的声音是金嫣的，他吃了一惊，可并没马上撒开手。

孔佳玉伸手摸王泉，她摸到了邓晓梅，她紧紧地跟邓晓梅搂在了一起。

跟在医生后面的器械护士目睹了这个动人的场面，她被这一群盲人真切地感动了。

高唯站在她的身边，一回头两个人的目光就对上了。

高唯的目光跟所有的盲人不太一样。

护士对这高唯看了一会儿，终于有点不放心。她伸出食指在高唯的眼前左右摇晃。

高唯一直凝视着护士，不知道她要干什么，就把脑袋侧过去，同样伸出手，捏住护士的手指头，挪开了。

高唯对着护士眨巴了一下眼睛，又眨巴了一下。

护士突然就明白过来了。

她看到了一样东西。是目光。是最普通、最广泛、最日常的目光。

老家小餐馆。烟气腾腾崔云在灶上炒菜。

老板进来："锅包肉一个。"

崔云："知道了。"

崔云动作麻利地把炒好的菜装进盘子里。

她直起腰，突然就是一阵心慌。

崔云两手抱膝坐在床上。

吴迪在身边熟睡。

小街道。崔云握住沙复明的手闭上了眼睛。

沙复明："闭上眼睛跟着我想象。"

崔云："想象什么？"

沙复明："想象一盏一盏的路灯亮了。"

崔云重新闭上眼睛。

漆黑的夜色中，沙复明领着崔云走到哪儿，头顶上的路灯就亮到哪儿。

黑暗简陋的街道变得璀璨耀眼起来。

崔云紧闭着眼睛嘴角露出了笑容。

崔云一下睁开眼睛。她的面前是一堵墙。崔云拿过来手机，开了机，想了想又把手机扔在床上。崔云眼睛看着手机，忍不住又把手机拿起来。她把沙复明的电话调出来，一咬牙拨了出去。

沙复明插着氧气躺在医院病床上。

牛三勇坐在床旁边不错眼珠地看着他。

床头柜上沙复明的手机响了。

牛三勇拿起手机走出门外。

牛三勇站在走廊里接电话："喂。"

电话那一端，好一会儿没有人说话。

牛三勇又喂了一声。

电话里崔云的声音："沙大夫吗？"

牛三勇："我不是沙大夫，我是牛三勇。"

崔云："我是崔云。"

牛三勇："哎哟，高唯给你打了多少次电话，你都不开机。你那出什么事啦？"

崔云的声音："没事我挺好的。"

牛三勇："沙前辈住院了，胃穿孔，幸亏抢救及时才保住了性命。"

崔云如雷击顶，电话是怎么挂上的，她全然不知。

火车穿过山洞在原野中疾驰。

崔云靠车窗坐着，她神情坚定一脸的肃穆。

医院病房。沙复明神情平静地半倚在病床上，他身上还插着各种管子。

张宗琪手里拎着尿袋从外面进来，他把尿袋子重新挂在床下面。

沙复明听着他的动静："老张？"

张宗琪在病床旁边的椅子上坐下："轮我的班了。"

沙复明语气孱弱地说："谢谢你救了我。"

张宗琪："哪是我救的，是医生救的。"

沙复明："没有你的血，我必死无疑。"

张宗琪："这倒是实话。"

沙复明问："你完全可以不救我，我死了，你和我之间的这些个事就查无对证了。"

张宗琪："我已经对不起你了，不能再对不起你一回。那样我真该下十八层地狱了。"

沙复明："你信这个？"

张宗琪："信不着自己就信命嘛。"

沙复明："0.3% 的机率，竟然让咱俩碰上了，看来这也是命。咱们俩这一辈子还真离不开了。"

张宗琪："别说四百 CC 血，就是摘一个器官给你，我也应该给。因为我欠你的，不是我办的这些烂事，你也不会把胃窝囊得穿了孔。欠债要还，天经地义。老沙，

我真的不是坏人，住着花你的钱买的房子我一直不踏实，老想早点把钱还给你，折腾来折腾去就上了别人的当。”

沙复明：“这事你一定要报警。”

张宗琪：“早就报了，这种事太多了，没什么希望。”

沙复明：“又像四年前一样，什么都没有了，回到了零点。”

张宗琪搓了一把脸嘟囔了一句：“我一定会把钱还给你，八十万一分都不能少。”

沙复明像是对张宗琪说也像是自言自语：“看着好像是重新回到了零点，其实是螺旋式地上升了，这也是一种升华。”

张宗琪：“好好歇着，你就别胡思乱想了。”

沙复明笑了：“我胡思乱想的原因，是因为生活总不像我想的那样，我想捋出来个头绪。”

张宗琪：“你这才是自寻烦恼。”

沙复明：“因为热爱生活，所以人才会自寻烦恼。”

张宗琪：“看看眼前这些乱七八糟的，有什么可热爱的？”

沙复明：“我爱生活的唯一理由是我履行了我所有的责任。”

张宗琪：“得，又来了。”

沙复明：“我一直自命不凡，现在我躺在病床上了，我不得不承认我就是一个普普通通的人，这个认识终于让我获得了内心的平静。我可以踏踏实实地睡一觉了。”

早晨。推拿中心新址。牛三勇领着几个小哥们把沙宗琪推拿中心的牌子挂在门口。

十几张推拿床摆在一个大房间里。

高唯领着人打扫房间。

高唯对牛三勇说：“一会儿我给办过卡的客人发短信，告诉他们地址，明天咱们重新开业了。”

都红穿着一身合体的白领装，腰板笔直地站在前台。

科技公司里坐着一水的年轻小伙子，他们不时地偷眼往都红身上看。

刘经理走进来，他拿出来磁卡在刷卡器上刷了一下。刷卡器“嘟”的响了一声。

都红按了一下计数器，计数器报数：“56。”

刘经理：“一进楼道就闻到咖啡的香味了。”

都红：“用你给的咖啡豆磨的，已经煮好了。”

刘经理自己倒了一杯咖啡，喝了一口：“真香啊！喝咖啡的第一步是闻，让咖啡的香气进入鼻腔；第二步才是品，让咖啡的香气进入舌尖味蕾；第三口让咖啡进入肠胃，这时候你感受到的是咖啡的醇厚和温暖。”

都红：“刘总，你说得像诗一样。”

刘经理："你就是一首诗，往这一站，公司里的空气都清新了。"

他指了一下格扇里面的员工们说："这帮小子，自从你负责打卡以后，人模狗样的全都干净起来了。"

都红开心地笑了。

沙复明站在十字路口等绿灯。

绿灯亮了。

马路对面的车并没有停下来。

车辆穿梭着驶过，缝隙之间闪烁着五彩的光线。安德烈·波切利的《今夜无人入眠》透过五彩的光线传过来。

向天纵的身影就在沙复明的面前。

穿行的汽车不停地把她和他隔断。

沙复明急了，不顾一切地冲上斑马线，他想抓住向天纵。

一辆汽车冲过来，"轰"的一声，五彩的光线被撞断了。

沙复明急得叫了出来。

五彩的光线重新并和起来组成女人柔和的身影，这个身影转了个身迎着沙复明走过来。

阳光晃得沙复明睁不开眼睛。

沙复明感觉到医院病房床旁边站着一个人。

沙复明睁着两只眼睛努力定住眼神往上看着，他的目光准确地跟崔云的目光对视了。

崔云被他的目光撞得鼻子一酸，任凭眼泪泉水一样地往下流。

沙复明问："到打针的时间了？"

崔云没说话，弯下腰在盛满温水的盆里拧了个手巾把，她蹲在床边给沙复明擦脸擦手。

沙复明开动了自己的全部感官触觉，突然意识到蹲在面前的人是谁。

沙复明轻声问："崔云吗？"

崔云咬着嘴唇不让他听出来自己在哭。

沙复明一把抓住崔云的手再也不松开了，这只手依旧冰凉柔软。

沙复明把另一只手也伸过去，死死地攥着崔云。

他自言自语道："如果是梦，千万别让我醒过来，醒过来我会急死的。"

崔云的眼泪雨点一样砸在他的手背上。

沙复明抽出来一只手，从枕头旁边摸过来一张面巾纸。

他伸出另一只手扳着崔云的脸，给她擦眼泪。

他身子发软，手在“簌”“簌”地抖。

崔云伏在他的肩膀上，沙复明一把搂住了她。

两人都不动了。

沙复明脑袋无力地向里一偏，蓄满眼眶的泪水终于流出来。

崔云不哭了，她用全身的力气扛着哭泣的沙复明。

崔云知道沙复明的伤痛远远不止于一处刀口，内心深处的伤痛，更狠更深。

崔云低声说：“我不走你就不会病。”

沙复明说：“别把什么倒霉的事都往自己身上揽。”

崔云：“我天天给你做饭吃的时候，你就没胃疼过。”

沙复明：“这倒是真的。”

崔云：“这回你就是杀了我，我都不会走了。”

沙复明点点头。

崔云：“吴迪我父母帮我带着，等你好了，我再回去接他。”

沙复明的自言自语：“我一直有一种错觉，是我在选择她，现在我才知道，她选择我是一个多么艰难的决定。”

夜晚。男生宿舍。王泉和张一光睡着了。

芒来躺在床上翻来覆去睡不着，他一骨碌坐起来，背靠着墙坐在那里发呆。

芒来在心里问自己：“我该怎么办？爱情就跟下棋一样，你选择了什么棋就会出现什么局面。你选择了一个什么样的人，就注定会有一个相应的结果。我必须拿起一个棋子，这个决心只能我自己下。”

早晨。沙复明倚在病床上。

崔云认真地给他刮着胡子。

崔云：“早饭我已经给他们做好了才来的，我跟高唯说，医院的事我全包了，推拿中心的后勤我也全包了。你好好养病，别瞎操心了。”

她给沙复明擦干净脸，仔细端详了一番：“你瘦得太厉害了，我得给你好好补一补。你想吃什么？”

沙复明：“面条。”

崔云：“好，我给你做面条。”

3 号推拿室。墙上被白漆盖住的血渍依稀可见。

邓晓梅、芒来、金嫣在推拿室里给客人推拿。

三个人谁也不说话，房间里的气氛很压抑。

芒来给客人做完推拿，领着他到前台结账。

客人签完名走了。

芒来站在那里愣了一会神，脱下白大褂，也朝门外走去。

高唯问："你去哪儿？"

芒来没有回答，低着头径直走了出去。

高唯看着他的背影。

这个芒来完全不像刚进推拿中心那样门都不敢出，从背影看他步履从容，完全不像个盲人。

王泉领着他的客人出来结账。

高唯的注意力立刻转移了。

科技公司卫生间。两个年轻的女人对着镜子抹口红。

女人甲："天元公司怎么打卡还要专人负责，那东西职员自己动手刷一下，电脑就自行记录了。这不是多费一道手续吗？"

女人乙："负责打卡的那姑娘是个盲人，刘经理给她安排这个工作，我看是别有用心。"

女人甲："企业安排残疾人就业，凭证明可以减免残疾人就业保障金的缴纳。"

女人乙："那他省了钱又得了色，双丰收。"

两人说着话走出去了。

都红从卫生间的隔扇里出来，她的脸色很不好看。

刘经理来到公司前台，都红不在这里。

他接了一杯咖啡心满意足地喝了一口。

另一个部门经理也过来接了一杯咖啡，两人边喝着咖啡边说话。

刘经理："咖啡味道真是不错。"

部门经理："何止是咖啡的味道，都红坐在这里，整个公司都带着花香了。"

刘经理："这么半天没回来，她去哪儿了？"

原野。两列火车呼啸着交错而过。

马跃背着旅行包盲目地在上海的街上走着，街道和行人都叫他感觉到非常隔膜。

马跃站在马路边，看着穿梭而过的汽车，他不敢迈腿。

他闭了眼睛凭着听力，顺利地走过了马路。

马跃睁开眼睛，他一眼看到了都红，她夹在人群当中非常瞩目。

马跃没见过都红，是她的漂亮吸引了他的目光。

都红拄着盲人手杖，瞪着两只漆黑的眼睛，谨慎地往前走。

马跃看见她有一种看见了亲人的感觉，他追了过去，紧紧地跟在都红的身后。

都红感觉到了，脚步立刻慢了下来。

马跃闻到了一股熟悉的气息，他想不起来在哪里闻到过。

马跃拉了一下都红的手杖说：“我带你过马路。”

都红听到他的声音，愣了一下，突然抬起头叫了一声：“马跃？！”

马跃吃了一惊，她的声音让他认出来，这个姑娘是都红。

马跃激动坏了：“都红，真的是你吗？”

都红：“是我。”

马跃像见到亲人一样，一把拉住都红的手。

都红紧紧地抱住他的胳膊：“马跃这段日子你去哪儿了？”

马跃：“我去了北京，刚刚回到上海。你怎么也到上海来了？”

都红：“我也离开推拿中心了。”

这下马跃又吃惊了，他问：“为什么？”

都红：“我的拇指断了干不了推拿的活，总不能靠别人的怜悯赖在那里吧？”

马跃没有说话，他伸手去拉都红那只伤过的手，她的手上还上着夹板。

马跃说：“我师傅一定急死了。”

都红：“你走的时候怎么不这么想？”

马跃：“我是男人，你不一样，受了这么重的伤，一声不吭地走了，最自责的肯定是他。”

都红不说话。

马跃：“给沙大夫打个电话吧。”

都红摇头。

马跃：“告诉他你一切都好，让他放心就是。”

都红掏出来手机，把电话卡插进去，刚一开机，电话铃声响了。

她接通了手机。

高唯的声音潮水一样地扑面而来：“你可开机了，都红！你急死人了！”

推拿中心前台。高唯站在那里一手叉着腰，声音拔得很高：“你在哪呢？”

都红的声音：“上海。”

高唯：“都红，你怎么这么自私？沙老板为了推拿中心都急吐血了！你们还缺心少肺地满世界乱跑。”

都红吓了一跳：“啊？！”

马跃问：“怎么了？”

都红：“沙老板吐血了。”

小马一把抢过来电话大声问：“他怎么了？”

高唯的声音："胃穿孔大出血。"

马跃和都红一下怔在那里。

有客人来了。

高唯叫："曲大夫上钟了。"

金嫣走出来说："他不在。"

高唯问客人："金大夫可以吗？"

客人："可以。"

金嫣领着客人走了。

高唯给芒来打电话。

手机里电脑的声音："您呼叫的用户已关机请稍后再拨。"

高唯心里嘀咕一句："都学会关机了，什么毛病？"

傍晚。出租车开到沙宗琪推拿中心门口，马跃领着都红从车上下来。

出租车开走了。

大门口的牌子已经摘掉，店门冷清，里面仿佛没有人。

马跃觉得自己不认识这里，他闭上眼睛倚仗着在这里工作了两年的记忆，慢慢往前摸去。他摸到了推拿中心的大门。

马跃伸手拉门，门拉不开。

马跃睁开眼睛，看见门口贴着封条，门上挂着链锁。

都红摸着链锁问："怎么锁门了？休息吗？店里从来没有过全体员工休息的时候啊。"

马跃一阵心慌，他掏出来电话，他拨通了高唯的号码。

放在桌子上的手机发出了彩铃声。

高唯扑过去接电话："啊？你们回来了？咱们推拿中心搬家了，等着，我去接你们。"

高唯气喘吁吁地跑过来，远远地看到都红和马跃局促不安地站在门口。

高唯连喊带叫地扑过去，连捶带打地骂他们："你们两个跑哪去了？我的脑细胞全被你们气死了。你们还知道回来啊？！"

马跃和都红自知理亏低着脑袋不说话。

高唯又一把把他们搂过来，她眼泪汪汪地说："谢谢你们能在这个时候回来！真的！真的，店里太需要你们了。"

马跃偷偷看了高唯一眼，这个陌生的形象让他很紧张，于是他闭上眼睛。

高唯的声音让他感到无比的熟悉，他的心一下放松了。

高唯一只手拉着都红，一只手拉着马跃大踏步地走了。

张一光和王泉拉着马跃在他的床边坐下。

马跃挨个看着他们。

马跃："张一光和王泉完全跟我的想象不一样。只有当他们开口说话的时候，我才能确定，我是认识他们的。"

马跃索性闭上了眼睛。

张一光不停地拍打着他："兄弟！你可回来了，你要是长了一双好眼睛，准能看到哥哥我的头发都为你愁白了。"

马跃睁开眼睛看着他满头乌黑的头发笑了。

张一光："笑什么？"

马跃："我看见了，你头发乌黑乌黑的。"

张一光："看见个屁！你要是能看见还回到这儿来干什么？"

孔佳玉推门进来："马跃回来了？"

马跃心里激灵一下，他没敢睁眼睛。

孔佳玉摸到床边推开王泉，一屁股在马跃的旁边坐下，紧紧拉住马跃的手。

孔佳玉："回来就好，回来就好。这下咱们推拿中心又开始兴旺了。"

马跃慢慢睁开眼睛看坐在身边的孔佳玉。

视觉中的孔佳玉一下拉远了距离。

眼前的孔佳玉跟记忆中的妈妈相去甚远，身上已经没有了母性的光芒。失而复得的目光帮助马跃跟他的那段感情彻底解体了。

邓晓梅独自一人坐在床上发呆。

有人敲门。

邓晓梅："进来。"

金嫣走进来在崔云的床上坐下："芒来走了。"

邓晓梅："我知道。"

金嫣："他跟你说了？"

邓晓梅："没有。"

金嫣："他也没跟我说。"

两个人面对面地坐着，气氛很尴尬。

金嫣站起身说："走。"

邓晓梅："去哪儿？"

金嫣："我请你喝酒去。"

邓晓梅："干啥请我喝酒？"

金嫣火了："叫你去你就去，哪那么多废话？"

KTV 小包房。茶几上摆着六瓶啤酒一个果盘，两盘干果。

小伙子站起来说：“你们点的歌我都存好了，有什么需要的按铃叫我就行。”

小伙子走了。

金嫣递给邓晓梅一瓶啤酒，两人嘴对嘴地喝起来。

别的包间里的音乐隐隐地传来，她们的包间里很安静。

金嫣：“你能喝多少瓶？”

邓晓梅：“我们那办席不喝这个酒，都喝白的。”

金嫣：“那东西一口下肚，一溜火苗，有什么好喝的？”

邓晓梅：“这酒跟马尿似的，喝到肚子里除了不停地上厕所，啥感觉没有。”

金嫣：“你要啥感觉。”

邓晓梅：“你叫我来想要啥感觉？”

金嫣懒得理她按了点歌器。

屏幕上出现了王菲的《传奇》。

金嫣拿起话筒扯着嗓门唱起来：“只是因为在人群中多看了你一眼，再也没能忘掉你的容颜……”

邓晓梅听到她唱的歌词，心像被谁用手捏了一把。

她拿起啤酒瓶猛地喝了一大口。

医院病房。崔云给沙复明用热毛巾擦脚。

高唯和牛三勇进来。

沙复明：“三勇来了？”

高唯：“今天中气挺足啊。”

崔云：“吃了一大碗面汤，围着病房走了十圈。”

沙复明笑：“腿还是太软。”

牛三勇：“吐了一盆子的血，就是一天一只老母鸡也得攒一些日子才能补齐啊。你还真不能着急。”

沙复明面露悲伤，半晌没有说话。

邓晓梅手里拿着啤酒瓶子，她突然扯开嗓子唱起来：“羊肚肚手巾三道道蓝，见个面面容易，拉话话难……”

沙复明大吃一惊，他不相信自己的耳朵：“你把法院拍卖的那房子买回来了？”

牛三勇：“对。”

高唯：“手续已经办完了。”

沙复明：“哪来的八十万？”

牛三勇：“哥们儿就是关键的时刻拿来用的。我下了个硬指标，一人给我送五万来，八个人加上我和高唯，凑齐五十万再加上你给我的三十万，八十万一把甩了过去，这事就成了。这个时候千万不能犹豫，一犹豫别人就出手了，那时候咱哭都来不及。”

沙复明兴奋得手都哆嗦了：“我给利息，我一定给比银行高得多的利息。”

牛三勇：“利息？你问这帮兔崽子敢不敢想这两字？”

沙复明穿鞋下地了：“办出院手续，我要出院。”

崔云：“那也得明天啊，现在办不了手续。”

金嫣和邓晓梅用酒瓶子碰杯，两人把瓶子里面的半瓶啤酒一口干了。

金嫣：“我来推拿中心的时候，那头倔驴还是老鼠胆，一个人门都不敢出，是我领他出去见世面的，我领他上图书馆，我帮他弄软件上盲人聊天网，结果他甩了我跑了。”

邓晓梅：“不是你好事，他还会老老实实地待在这里。”

金嫣：“不是你扔了他，又跑回来捡，他也不会自尊心受伤害一走了之。”

邓晓梅：“他是我的初恋，我也是他的初恋。”

金嫣：“初恋怎么了？黄昏恋又怎么了？能坚持到棺材里的恋那才是绝世之恋。”

邓晓梅：“我不想跟你吵。”

金嫣：“干吗跟我吵？当初芒来为了你唱了整整一个晚上，玩了个杜鹃啼血。我被他的杜鹃啼血搞得灵魂出了窍。今天晚上咱俩也唱一晚上，弄个杜鹃啼血还给他，从此两清。明天一早我回大连。改日咱俩再撞在一起，重新做一对好姐妹。”

邓晓梅心中感动，她拿起酒瓶子用瓶底在桌子上磕了一下。

金嫣也拿瓶子底在桌子上磕了一下，两人一人灌了一大口酒。

邓晓梅：“爱情是个啥？我以为我抓住了，捏在手心里，一路攥了两千多里地，回家打开一看，手里什么也没有。”

金嫣：“不是他骗了你，是我们对爱情的幻想骗了自己。”

邓晓梅：“你别替他遮了，就是他骗了我。”

金嫣：“邓晓梅，你前世是倔驴呀？怎么不跟着缰绳走呢？”

邓晓梅突然用大连话骂了一句：“你这个饼子！”

金嫣哈哈大笑。

邓晓梅悻悻地说：“芒来是个有嘴唇的闷葫芦，里面的籽太多把心胸挤得很狭窄。”

金嫣：“他自私懦弱遇到事就躲，不像个男人。”

邓晓梅：“这样的一个人你还爱他干什么？”

金嫣：“爱就是这么个东西，它根本不讲道理。”

两人又一人喝了一大口酒。

邓晓梅：“我知道问题出在哪了？”

金嫣："出在哪儿了？"

邓晓梅："爱情如果发生在三个人中间,得他妈的有一个是坏人。三个好人在一起，肯定是一场空！"

金嫣惊呼："这话说得太他妈的精辟了！"

邓晓梅："生活到底是什么东西呀？"

金嫣："虚妄脆弱，经不起一点风吹草动。咱们盲人不把心掏出来看还挺好的，每一天都平平整整，每一个日子都像从前的日子上拷贝出来的，一样长，一样宽，一样高。可是掏出来一摸，吓得人掉眼泪了。是女人就少不了眼泪，女人一流泪就成了命运。"

邓晓梅听呆了。

金嫣："我偏不相信命运，哪怕我跟他爱到生死相许，哪怕我跟他爱到深入骨髓，只要他跟我分开了，就是不相干的。我离得开任何男人，不管我爱他还是不爱他。"

邓晓梅大吃一惊，瞪着一双没有视力的眼睛看着她："你怕不怕以后的日子？"

金嫣："一个不怕粉身碎骨的人，她还怕什么？"

金嫣和邓晓梅拉着手嘻嘻哈哈地往回走。

她一头撞在一个闷头打电话的男人身上。

男人张嘴就来："你瞎呀，往哪扎？"

金嫣立刻火了："你怎么张嘴就骂人。"

男人："你没长眼睛啊？"

金嫣："我就是没长怎么了？"

男人这才看出来面前的是两个盲女："还真是瞎子。"

金嫣仗着酒劲伸手就是一巴掌。

男人闪身躲开。

这一巴掌结结实实地打在邓晓梅的脸上。

邓晓梅"哎哟"一声。

男人不想惹麻烦趁机跑了。

金嫣连声道歉："对不起！对不起！"

她抓起邓晓梅的手说："你还我一个耳光，狠点儿打。"

邓晓梅语气平静地说："我早就想扇自己了，只是打不了这么狠的手，这事你替我做了。"

金嫣双手捧着她的脸："别老想着过去回头看了，看得再远你也不能倒退回去。跟我学往前看吧。"

邓晓梅："你认识回去的路吗？"

金嫣拉着她的手往前走："嘁！轻车熟路。尽管不是我先前的车和先前的路。那

我也得往前走。”

金嫣睡在宿舍床上，都红从自己的铺上下来，摸到金嫣的床边，掀开被子钻进去。

金嫣翻了个身紧紧地搂住她。

两个人一声不响地依偎了一会儿，都红松开手，翻了个身脸朝墙不动了。

金嫣瞪着眼睛看着她的后脑勺。

都红再一次翻过身来，两个盲女在黑暗中相互看了一会儿。

都红：“金嫣姐，你非得走吗？”

金嫣伸手摸了一下都红的脸：“我得走。”

都红一声不响，使劲钻进金嫣怀里，她的两个肩膀一抽一抽的。

白天。火车站站台。薛旺和老刘抽着烟站在车厢门口说话。

老刘：“你这一走，把我闪了一下。南京的钱这么好挣，干啥非要走？”

薛旺：“我老婆非要跟着那个叫金嫣的丫头一起走，她是我十万块钱娶回来的，我得看好了。”

老刘：“大连那地方好挣钱吗？”

薛旺：“看看，啥时候她挪窝，我就跟着挪窝，城里的钱比农村好挣，出来混不吃亏。”

老刘：“到地方了记着给我发个短信。”

薛旺：“哎。”

隔着几节车厢，金嫣和邓晓梅靠窗坐着。

牛三勇和高唯站在站台看着她们。

火车开动了，高唯追着火车跑了几步，她掏出来手机拨通了金嫣的电话。

高唯：“想回来就回来，咱们推拿中心的大门永远为你们开着！”

车窗里金嫣手里拿着手机冲外面挥了挥手。

牛三勇和高唯往火车站外停车场走。

高唯叹了口气：“又走了两个。”

牛三勇：“再找嘛。”

高唯：“你这个人怎么这么没有感情？”

牛三勇：“你别把火发我身上。”

高唯：“发你身上怎么了？”

牛三勇：“高唯，你不要对我又刮鱼鳞又掏腮的，我不在你这条河里游了行不行？”

高唯：“不行！”

牛三勇从口袋里拿出来手机对着高唯：“我把你的丑恶嘴脸拍下来。”

高唯立刻摆了一个可爱得要死的造型。

牛三勇走到这边拍。

高唯又摆了一个性感得能让人晕倒的造型。

牛三勇牙根紧咬："妖精，你再给我现形，我亲你了！"

高唯和牛三勇站在车旁边。

牛三勇："我送你一个礼物。"

高唯："不是十块钱三双的袜子吧？"

牛三勇从口袋里掏出来一个小丝绒盒子。

高唯的心一阵乱跳，她问："不是戒指吧？"

牛三勇："我这么俗的人，不送戒指送什么？"

高唯心里高兴得差点叫起来，她故意板着脸："送戒指得一条腿跪着才行。"

牛三勇大咧咧："我都敢把你娶回家去，还怕一条腿着地？"

他单腿跪在车前："你要知道我有多么爱你，你会被吓得口吐白沫的，做个牛高氏，嫁给我吧。"

高唯："你是因为恨我才跟我好，你跟我结婚就是要消灭我。"

牛三勇说："你太聪明了，我怎么都想不明白为什么要跟你结婚，你一语道破了天机。"

他顺手在身边的车上拍了一掌。

警报声立刻响起来。

看车人跑过来，看见牛三勇单腿跪在地上吓了一跳。他警惕地问："你们这是干啥呢？"

牛三勇："这还看不出来吗？我被她点穴了。"

牛三勇和高唯边开车边哈哈大笑。

高唯手里拿着戒指盒，一会儿打开看看。

牛三勇伸手搂过她来："就这样白头到老多好。"

高唯盯着他的脸："一想到你将来会变成骷髅头，我就浑身哆嗦。"

牛三勇："你不用害怕，我会直接变成灰的。"

高唯："咱们到超市买点吃的，为了戒指晚上好好庆贺一下。"

牛三勇从口袋里掏出来一把钥匙："从今天开始，这个家你正式接管了。"

高唯接过钥匙放进口袋里。

超市。牛三勇推着购物车跟在高唯身后走，车上装了好多食品。

收银台。高唯把食品装进购物袋里。

牛三勇跟收银员结账。

牛三勇拎着购物袋和高唯边说话边往外走。

一个三十岁左右的女人叫了一声："三勇！"

牛三勇一愣，急忙回头看。

女人看到了高唯问牛三勇：“这谁呀？”

高唯也不客气：“你谁呀？”

女人：“他的前女友，去过他家吧？那房子里的家具都是我们俩同居的时候我上街挑的。”

高唯脑袋“嗡”的一声，

牛三勇张了半天嘴没说出话来。

女人问牛三勇：“新女朋友吧，口味变化挺大呀。”

牛三勇对高唯说：“你到车里等我。”

高唯：“我就在这等你。”

女人：“我妈把房子卖了，我没地方住了，你帮我租间房吧。”

牛三勇：“你男朋友呢？”

女人：“吹了。”

高唯怒目瞪着牛三勇：“你房屋中介的？”

女人：“生气了？我认识他可是在你之前。”

高唯看都不看她：“牛三勇，我还有事呢。”

牛三勇对女人说：“这事以后再说，我先走了。”

女人：“哎，你可亲口跟我说过，遇到难事找你。”

牛三勇的脚步迟疑了一下。

女人：“我一直把你当个男人看，原来你也是个熊包软蛋。”

高唯涨红着脸转回身从他手里夺过来超市里买的东西，转身大踏步走了。

牛三勇跟着走了两步。

女人面带微笑，一把拉住了牛三勇的胳膊。

高唯拦了一辆出租车走了。

牛三勇家客厅。高唯一进屋就把买来的东西摔在地上，西红柿、苹果、瓶子、罐子滚了一地。

高唯恨恨地看着地上躺的那瓶红酒。

马跃扶着沙复明慢慢走到推拿中心门口影壁墙前站住，沙复明转过身伸手摸马跃的眼睛。

沙复明：“店里没有人知道你复明了？”

马跃：“没有。”

沙复明：“为什么不说。”

马跃：“我习惯做盲人的一分子了，不愿意他们把我排除在外。”

沙复明：“这样也好。九年前的车祸让你瞎了，九年后的这场车祸又莫名其妙地

让你恢复了视力。其中的玄机以我目前的水平是解释不清楚的。北京的专家怎么说？”

马跃：“他们也说不清楚，我觉得你每天坚持给我做的推拿，一定也起了很大的作用，我眼见着眼皮的黑色一点一点地浅了。”

沙复明笑：“没有科学依据，光说不管用。”

马跃说：“我很害怕，光明来得很突然，我怕有一天我突然又什么都看不见了。”

沙复明：“能看见几天也是幸福的，我从来就没见过光是什么样的。”

高唯坐在地板上就着瓶子喝红酒，她拿牛三勇下酒边喝边骂。

高唯：“王八蛋竟然还有同居女友，有过同居女友竟敢瞒着我，干了这么不要脸的事竟然还敢跟我结婚，牛三勇做你的黄粱美梦去吧！”

沙复明和马跃站在影壁前面。

沙复明：“看见你画的影壁了吗？”

马跃：“看到了。”

沙复明：“你觉得怎么样？”

马跃：“我想，我再也画不出来这样的画了。”

沙复明：“心境不一样了，观察事物的方法也不一样了。”

都红走过来。

沙复明：“都红吧？”

都红走过来站在沙复明面前。

都红：“沙老板，我对不起你。”

沙复明：“是我对不起你。”

都红：“我是高兴的，不信你摸。”

都红拿起沙复明的一只手放在自己的脸上。

沙复明的手在都红的脸上摸了一下在心里说：“美原来是这样的。”

都红：“明天咱们就能在这上班了，想想就高兴。”

沙复明：“这幢房子的邻居要把房子出租了，我盘算着租下来扩充店面。”

都红：“干活的人这么少，我的手又吃不上劲，在这儿简直就是个累赘。”

沙复明：“从今天晚上开始，你跟马跃到我那里去上课，我教你一套用脚推拿的方法。”

都红高兴得脸一下放光了。

牛三勇开门进屋，房间里的景象把他惊呆了。

超市里买来的食品扔了满地。

高唯躺在地板上，地板上满是鲜红的血迹。

牛三勇吓坏了，扑过去抱高唯，她身上的血沾在牛三勇的手上。牛三勇掏出来手机想打 120，手上的血无意间沾在嘴唇上。味道酸甜像肯德基里的番茄酱。

牛三勇“吧嗒吧嗒”嘴，寻着血迹找过去。

茶几下面有一个被打碎了的番茄酱瓶子。

牛三勇顿时全身瘫软地坐在地上，他越想越生气，“呼”地爬起来，走到高唯旁边蹲下身瞪着两眼看着她。

喝醉了的高唯睡得很熟，睡梦里把牙齿咬得咯咯乱响。

牛三勇两手捂住耳朵，他用脚蹬高唯。

高唯醒了，迷迷糊糊地睁开眼睛。

牛三勇：“你看你把屋子祸害的，我还以为你吃醋吃得割腕自杀了呢。”

高唯一掌推开他，瞪着他的脸狠狠地说了一个字：“滚！”

牛三勇：“这是我的家，你让我往哪滚？”

高唯：“这个家我接管了，想在这儿住，就得听我的。”

牛三勇：“怎么个听法？”

高唯：“把家具全换了。”

牛三勇吃了一惊：“啊？”

高唯：“把墙皮锵了重新抹一遍水泥。”

牛三勇：“为啥？”

高唯：“这叫洗心革面，懂不懂？”

牛三勇惊愕地张大了嘴。

高唯：“你能给那个女人租房子，你就得给我重新装修。”

牛三勇一下蔫了，耷拉着脑袋坐在那里半天没说话。

高唯站起身，扬着脑袋背起挎包，腰肢扭啊扭地走了。

三十

沙复明推拿中心门口新挂了一个非常醒目的牌子上面写着：沙复明推拿中心。

新开张的推拿室窗明几净。

崔云在门口修剪花草。

高唯在前台电脑前整理会员资料。

大推拿室。沙复明坐在一个特制的踩床上，踩床上面有一个架子，架子上有一个皮垫座位，人坐在上面可以前后活动。

都红在床上脸朝下趴着。

沙复明穿着一双软底软帮新的练功鞋，用脚给都红推拿后背上的重点穴位。

沙复明："这是中医的'踩跷'法。通过运用各种不同的脚法和手法的技巧，动作在人体表面进行轻柔、稳重、均匀、持久而灵活的操作，给肌体适当的良性刺激。从而激发人体脏腑经络的功能，改善组织间的关系，使肠道畅通、气血周流、营卫调和、阴阳平衡，以达到整体功能协调，是消除各种疾病的一种疗法。"

站在一旁的马跃认真地听着看着。

沙复明："注意，脚的力量要用匀，太重人受不了，太轻没有作用。关键是脊柱两边的经络一定要疏通好了。长期开车和坐着工作的人，后背肌肉僵硬，要用脚一点一点地给他踩开了。你要记住我的脚在你背部的感受。马跃，一会你趴这儿，我给你踩，你一定要记住我给你踩背的感受，然后都红再给你踩，你陪着她联系。以后两个打联手，马跃负责用手推拿前面，都红负责用脚推拿后面。"

张宗琪进来："老沙，过来一下。"

沙复明脱了练功鞋下床："都红你给马跃踩。"

他跟着张宗琪走到门外。

门口的三轮车上放着一架钢琴。

沙复明："我又不会弹，你把它拉我这来干什么？"

张宗琪："抵债，这钢琴能卖一万块钱。"

沙复明说："当初你花了六千块买的二手货，放了四年倒涨价了？"

张宗琪："钢琴越老越值钱，古董钢琴更值钱。"

沙复明："你还是自己留着吧。"

张宗琪："我儿子长的不是手是猪蹄子，当初我给他买这架钢琴，那是脑袋进水了，放你这吧，省得我看着它堵心，还能抵一万块钱的债。"

沙复明摇摇头。

张宗琪："要不这么着，先放你这儿，你找到买主或者我找到买主，卖了钱都归你。"

沙复明不说话。

张宗琪压低嗓门："都红不是会弹钢琴吗？没客人的时候也能让她练练手嘛。"

沙复明听他这样说，心里一动说："放休息区里吧。"

张宗琪眉开眼笑："哎！"

推拿中心休息区。钢琴是德国产亚光的，摆在墙角一点都不张扬。

高唯怂恿都红："你去弹两下。"

都红说："我靠自己的两只脚吃饭，手的工作我已经放弃了。"

女作曲家邢老师来做推拿。

她说："我要调理一下脊背，我的背太疼了。"

高唯把都红推到她的面前说："让她给你踩个背吧，她踩得非常舒服。"

作曲家邢老师答应了。

大推拿室。作曲家邢老师趴在床上。

都红身穿白工作服，脚上穿着一双白色练功鞋，像一只美丽的天鹅一样坐在踩床的架子上。

推拿中心的背景音乐响着。

另一张床上的男人说："你们就不能换支曲子？听着太闹心。"

另一个人问："这是什么曲子？"

都红随口答道："勃拉姆斯。"

作曲家邢老师听都红这样说，扭过头看着都红："你知道勃拉姆斯？"

都红笑而不答。

作曲家邢老师哼了一句曲子问："这是什么？"

都红随口答上了。

作曲家邢老师吃惊："这姑娘音乐造诣不浅啊。"

孔佳玉随口答道："人家参加过钢琴比赛。"

都红结束了踩背从床上下来。

作曲家邢老师从床上坐起来，她问："你为什么不弹了？"

都红："不能当饭吃。"

作曲家邢老师瞪着眼睛看着："吃饭？"

都红："对，吃饭。"

作曲家邢老师进休息区喝茶，一眼看到了钢琴。她问："能弹吗？"

沙复明："可以，可以。"

作曲家邢老师坐在琴凳前流畅地走了一遍琴音。她说："琴得调了。"

都红听到流水一样的钢琴声，心"忽悠"一下，脚下意识地跟过来站住了。

作曲家邢老师看了她一眼，弹了一段勃拉姆斯，四句弹完了。

作曲家邢老师问："能唱出来吗？"

都红轻声唱了，她视唱的是右手部分，也就是旋律。音程和音高都很准。

作曲家邢老师还没来得及赞叹，都红把左手的和声伴奏也视唱出来了。

作曲家邢老师惊呆了，她两只手扶着都红的肩膀，向左拨了一下，又向右拨了一下，用力地看。

她说："这太难了，只有极少数的人才能够做到。"

都红微笑着不说话。

作曲家邢老师问都红："真的不想弹琴了？"

都红摇摇头。

作曲家邢老师遗憾："这么好的耳音，真的太可惜了。"

沙复明竖着耳朵听着。

都红垂着眼皮像不是夸她。

高唯在电脑前忙着。

牛三勇进来了，他走到高唯面前。

高唯眼皮都不抬："擦干净屁股了？"

牛三勇："这叫什么话？"

高唯："把你前妻安置到哪儿了？"

牛三勇："最多算前女友。"

高唯："让我排她后面，当你的后女友？三棒槌，做梦去吧你！"

牛三勇心里一紧："你什么意思？"

高唯掏出来那个戒指盒放在台子上，往他面前一推："还给你。"

牛三勇顿时懵了："高唯，我一直认为你是一个大气的女人，真没想到这么一件小事就把你放翻了。"

高唯："还想怎么着？你们俩生个孩子我给养活着？"

牛三勇磕巴了好半天才说："我俩真的早就完了，我只是帮她个忙。她一个女人挺难的，我要是对她有别的想法，还能弄出来今天的麻烦吗？"

高唯伸出来左手指着他的鼻子：“你竟敢嫌我麻烦。”

牛三勇：“你再指我一下？”

高唯不客气地又把手指向他的鼻子：“就指你怎么了？”

牛三勇蓦地看见高唯左手的无名指上戴着他送的那枚戒指。

他心中大喜，一把抓住她的手拽过来看。

高唯假装一脸的不屑：“连颗钻都没有，也就刷碗洗菜的时候戴戴吧。”

牛三勇：“真是我老婆，整天想的都是干活。”

高唯：“房子租了？”

牛三勇：“谈好了，还没付定金。”

高唯脸上带着憨憨的笑：“哎，你一共给她花过多少钱？”

牛三勇挠挠脑袋：“前前后后算起来差不多有二十万吧。”

高唯伸手就把钱包从他的口袋里掏出来，她从里面拿出来银行卡，放进自己的口袋里。

牛三勇：“你干吗？”

高唯：“给我花够二十万以后，再惦记给她花钱，这叫公平竞争懂不懂。”

牛三勇：“她现在没有钱。”

高唯：“只要你还活着，她永远没有钱。我让你这样做也是为了她好。”

牛三勇叹了口气没说话。

高唯：“知道我为什么戴这个戒指吗？这是对你勇敢敢承担的奖励。但你得明白为谁承担和为什么承担。”

牛三勇一怔。

有客人进来：“有闲着的大夫吗？”

高唯对牛三勇说：“课间休息，自由活动去吧。”

沙复明办公室。他在为都红的手做推拿。

他拿调制好的中草药糊在她的拇指周围，再用布包好。

沙复明：“这是祖传秘方，把芦荟割断了，用这个药涂抹在伤口上，再捆绑起来，几天以后就长上了，只留下一条细疤痕。糊上这个药能让你断过的骨缝长结实，干活的时候能吃上力。”

牛三勇推门进来：“前辈。”

沙复明：“三勇来了？”

沙复明对都红说：“去吧，有什么反应及时告诉我。”

都红答应了一声，出门去了。

大推拿室。马跃在给一个胖女人做腹部推拿，他闭着眼睛待在自己的世界里。

都红在给另一个女人做背部‘踩跷’。

胖女人：“我老公说我，掉肉一两一两地掉，长肉一斤一斤地长。”

推拿室里一片笑声。

作曲家邢老师换好推拿服进来，她走到都红面前问：“姑娘，想不想学调琴。”

都红乌黑的眼睛亮了一下：“调琴？”

邢老师说：“干这个既发挥了你在音乐上的特殊才能，两手还能端着自己的饭碗。”

都红说：“谁会教一个瞎子？”

邢老师说：“我一个学生愿意带你。”

都红不相信她的话，她推托道：“我每天上班没有时间。”

邢老师：“我问了，你一周轮休一天，你可以在休息日那天来上课。”

都红：“那得多少学费？”

邢老师：“我跟他说说，他可以不要钱。”

都红：“这对他不公平。”

邢老师一愣。

崔云领着吴迪在街上走，娘俩边走边说满脸是笑。

吴和平突然出现在他们的面前。

崔云吓了一跳，下意识地把吴迪往自己的身边搂。

吴和平弯下腰看着吴迪：“怎么不叫爸爸？”

吴迪翻着眼睛看着他。

吴和平伸手拽他：“你这是什么表情？”

崔云：“别碰他！”

吴和平：“他是我儿子。”

崔云：“你不配做他爸。”

吴和平笑了：“你敢回来就叫我挺吃惊，还敢用这种语气跟我说话。不是脸对脸地站在这儿，我真以为我认错人了。崔云，一个女人光胆子大不行，还得有硬腰杆在后面顶着。你靠啥本事保护那个瞎子？”

崔云：“吴和平，你敢动他一根手指头，我就敢白刀子进去红刀子出来。”

吴和平以为自己的耳朵听错了：“你说什么？”

崔云：“一命偿一命，够了吧？”

说完她拉着吴迪的手走了。

吴和平愣愣地站在那里看着她的背影。

傍晚。推拿中心休息区。推拿师们在吃饭。

马跃吃完了在教吴迪画画。

崔云进来收拾碗筷。

沙复明进来。

吴迪站起来拉住沙复明的手："老沙，你教我拆人体模型去。"

沙复明："等会儿，都红。"

都红："我在这儿呢。"

沙复明循声走过去："邢老师给我来了个电话，她说，她跟残疾人联合会要了个指标，免费把你送到残联和钢琴厂联合办的'钢琴调律班'学习。她问你去不去。"

都红立刻站起来："我去！"

沙复明："你去那里上课，晚上回来住，这样一解决了食宿问题，二我能继续给你治你的手。别有精神负担，这是推拿中心应该赔偿你的。"

都红心里一阵涌动，她说："谢谢邢老师，谢谢沙老板。"

沙复明和牛三勇坐在办公桌前说话。

牛三勇："我调动了我的所有人脉关系，终于把骗老张八十万块钱的那个骗子从砂子堆里筛出来了。那老家伙福建人，真名叫杨文林。"

沙复明："他在南京吗？"

牛三勇："他在上海，这孙子现在改卖建筑材料保护剂了。我误打误撞通过一个哥们找到他了，我说要买二十桶保护剂，弄了张合同电传了过去。姓杨的一下就上套了，说明天一早回南京，约我明天下午三点跟他在茶馆里细谈合同里要改的内容。"

沙复明十分激动，他说："叫上张宗琪，明天咱们三个一起去会会他。"

白天。茶馆老板领着杨文林推开一个雅间的门。

坐在雅间里独自喝茶的牛三勇站起来迎接杨文林。

牛三勇一身休闲装，他很有派头地跟杨文林握手，把自己的名片递过去。

杨文林也把自己的名片递过来。

老板悄悄地关上门走了。

牛三勇和杨文林落座。

杨文林："合同上的条款我们基本都能答应，只是货到付款这一项，我们老板有异议，万一我们从日本给你们进来了货，你们不要了呢？这样我们的损失就太大了。哪怕你们预付三分之一的款，大家心里都踏实。"

牛三勇："这事我得跟我们老板商量一下。"

他掏出来电话，拨了个号码。

手机铃声不知道在哪个地方响起来。

老杨觉得纳闷，掏出来自己的手机看，并没有人给他打电话。

雅间卫生间的门开了，张宗琪和沙复明从里面走出来。

老杨看见张宗琪脑袋里瞬间出现了空白，他以为是幻觉。

张宗琪像狮子从笼子里刚被放出来，扑过来挥拳就要打。

沙复明死死拉住了他。

老杨夺门要逃，发现门在外面被锁上了。

老杨抬脚踹门。

牛三勇揪着脖领子把他拽回到座位上。

张宗琪气得手脚乱蹬嘴边冒出了白沫："王八蛋你想害死我，我也不让你好好活着！"

沙复明把他死死地按在座位上。

沙复明："不能动手，你一动手他就有理了，钱你还要不要了？"

听到钱这个字，张宗琪不挣扎了。

牛三勇："前辈，红茶绿茶都泡好了，你们二位踏踏实实坐那喝茶，他的事交给我。"

沙复明拉着张宗琪坐在旁边的桌子旁。

沙复明："老规矩，我红茶你绿茶。"

张宗琪心急，一口喝下去烫了嘴。

牛三勇："杨文林，你犯法了知道吗？前辈这是什么罪？"

沙复明："诈骗罪，三千元立案，五万元以上为巨大案件，二十万以上为特别巨大，处十年以上或者无期徒刑，并处罚金或者没收财产。"

老杨的脸立刻灰了。

牛三勇："你可以留着那些钱，但必须留下身上的物件。衵里的规矩，卸一条腿八千，你的腿短我也能得七千二。胳膊五千，便宜得很。你掂量掂量。"

老杨："这是法治社会，你不敢。"

牛三勇："你还知道这是法制社会啊？那咱们走法律。"

老杨的汗珠噼里啪啦地掉下来。

牛三勇："咱俩是密谈合约，谁也不知道你来过这里，我把你怎么着，也查无对证。劝你一句话'留得青山在，不怕没柴烧'，给你一个机会，马上把八十万块钱的款打到这个账户上，咱们两清，否则别怪我心冷手黑。"

老杨："我真没钱！"

沙复明立刻皱起了眉毛："你跟他啰嗦什么。"

说着他站起来往外走。

张宗琪没动，沙复明暗自里踢了他一脚。

张宗琪站起来，跟着沙复明往门外走。

老杨急了一把抓住张宗琪的胳膊："老张，老张，你容我个时间。"

张宗琪唾沫星子喷了他一脸："我容你个屁！"

沙复明："给你三个小时，叫你的亲朋好友往账号里打钱，凑够八十万，老张给你打个收条，你跟他的事到这儿就了了。再有人追杀你，那是你的孽缘，跟我们无关。"

老杨看他戴着墨镜，以为是黑社会的，于是连声讨饶："老大，老大，我这就打电话。"

都红背着书包进了推拿中心休息区。

刚刚下钟的马跃看见她很高兴："都红，今天没课吗？"

都红走到马跃跟前没有目光的眼睛盯在他的脸上。

马跃："怎么了？"

都红："你在看我吗？"

马跃："没有。"

都红笑了摇摇头："你看了。"

都红的笑容让马跃的心一颤。

马跃："都红，我想给你画一张像。"

都红："你帮我复习考试，我就让你画。"

马跃："你能抓住我，我就帮你复习。"

都红伸手就抓。

马跃身子一矮蹲了下去。

都红的胳膊开始寻找马跃，她的手在摸索。

马跃悄悄地躲开了。

都红不死心，她在努力，她笨拙小心不屈不挠。

都红的手就在马跃面前。

马跃的额头上冒汗了。

都红终于累了，她摸到了墙，她的双臂扶在了墙上，像只无助的壁虎，都红不甘心地回过了头，用她那对美丽无神的眼睛四处打探。

这一刻，都红的眼睛已经和马跃对视了，都红并不知情。

她的目光从马跃的瞳孔表面滑过去了。

马跃一阵心疼，他悄悄来到都红的背后，伸手拍拍她的后背。

都红的脸侧着，她的脸上浮出了动人的微笑。

她微微喘息着说："马跃，你抓住我了。"

马跃和都红坐在角落里，马跃手里拿着盲文书，他闭着眼睛，双手灵活地在书上摩挲着。

都红背诵答案："钢琴有 88 个键，218 根弦，8000 多个零件，必须全神贯注，耳、手、心合一，才能调准音……"

马跃："对。"

都红："钢琴达到标准音时张力是十六吨至二十吨，如果标音很低，就不能一下调到标准，否则就会造成断弦或者开胶开裂……"

美院的教授领着弟子走过来，他的目光一下被影壁墙上的画吸引了。

教授站在那里感慨："这个灰颜色用得很奇特啊，深远、混沌、感情丰富，画出了灰的明亮。"

高唯站在门口看着他。

教授："这画是你们请什么人画的？"

高唯："我们这的马大夫画的。"

教授："上次给我做推拿的那个马大夫？"

高唯："是。"

大推拿室。马跃给教授做腹部推拿。

教授："愿意继续深造吗？"

马跃摇摇头。

教授："为什么？"

马跃："我在这里生活得挺好，画画只是我的一个业余爱好。"

教授愣在那里。

都红在给弟子踩背，她的动作十分优美。

弟子呻吟着："哎哟，舒服，真是舒服。"

教授问："你这是什么脚法？"

都红："这是双鱼摆尾，刚才的那个是五子登科。"

推拿中心隔壁。工人正在装修房间。

沙复明和牛三勇站在一边跟工头切磋装，修调着整修方案。

工头拿着图纸走了，他去安排下面的活儿，牛三勇跟在他屁股后面监督去了。

张宗琪走过来跟他们打招呼："嗬，说干就干哪！这个创意行吗？"

沙复明："美国总统罗斯福说过，人生最大的喜悦就在于当全世界都说你不行的时候，你却做到了。"

张宗琪："能挣钱吗？"

沙复明："能获得剩余价值的平台叫资本平台，没有收益的那是赈灾的粥棚。"

张宗琪："拽，你就好好拽吧。"

沙复明笑。

张宗琪："我入一股呗。"

沙复明："别！要想还能坐在一起喝茶聊天，咱俩最好别在一口锅里搅和。"

张宗琪：“店分开了，洗床单的业务你还是要给我一些。”

沙复明：“三分之一。”

张宗琪：“嘁，三分之一就三分之一，我给你七五折。”

沙复明：“开什么玩笑，老规矩，七折。”

张宗琪：“你怎么一点亏都不吃？”

沙复明：“你这个人做事一沾钱就奋不顾身，我得替你勒着点缰绳。”

张宗琪：“有这么个事你帮我参谋参谋。”

沙复明：“你说。”

张宗琪：“我想去农村包一块地。”

沙复明：“干吗？”

张宗琪：“农村的劳力都进城挣钱来了，地荒在那里，我低价包下来，租机器种粮食、种花卉、种蔬菜，这是一个大好的商机。”

沙复明：“这个主意不错，你得抓紧。”

张宗琪：“为啥？”

沙复明：“谁比谁也傻不了五分钟，商机就是这样，你让人家想五分钟人家也去了。”

张宗琪：“对，对。”

他的手机响了，他看了一眼来电显示，没有接那个电话。

沙复明：“快接电话吧，你那个彩铃嗓子都要唱哑了。”

张宗琪：“我老婆来的，不接。老娘们儿头发长见识短，自从我跟她说要去农村包地这个想法，她就天天追着我打架。”

沙复明：“她是被你那八十万吓怕了。”

张宗琪：“做买卖不就这样吗？有赚就有赔。”

学校的大门开了，小学生们潮水一样地涌出来。

吴迪小鸟一样地扑到崔云的怀里。

崔云拉着吴迪的手刚一转身。

吴和平站在他们面前。

崔云吓了一大跳。

吴和平：“我妈要见吴迪。”

崔云：“不行！”

他当胸给了崔云一掌，崔云猝不及防往后退了两步，一个屁股墩坐在地上。

吴和平：“别给脸不要脸。”

吴迪大哭，吴和平拉着他头也不回地走了。

崔云爬起来，眼神刚毅，看着他的背影。

夜晚。沙复明推拿中心餐吧里灯火通明装修一新，中式风格，看上去雅致大方。

高唯给沙复明介绍这里的情况。

高唯："四周是吧台，客人四周围坐。崔姐在吧台里面透明工作。主要经营各种面条。厨房在后院，卤菜用大钢精锅炖好以后端到这里来。这样没有油烟味卫生干净。"

沙复明："好，好。"

高唯："我请了两个帅小伙做服务生，等着推拿的人和推拿完的人都可以到这里坐一会，聊聊天听听音乐。还有免费的茶喝，是崔姐用大麦炒出来的。"

沙复明："想法很不错，你这个副总经理当得很称职。"

高唯咧开嘴笑了。

白天。吴和平坐在客厅沙发上看电视。

有人敲门。

吴和平开门，两个身穿制服的人站在门口。

吴和平一愣："你们找谁？"

男制服："你是吴和平吧？"

吴和平："是。"

男制服："请出示一下你的身份证。"

吴和平把身份证掏出来递给他，男制服验过身份证以后，把一张传票递给他。

男制服："这是法院的传票，你的前妻崔云把你告了，这里有出庭日期，你在这签个字吧。"

吴和平如雷击顶，顿时傻在了那里。

法院。崔云和律师坐在原告席上。

吴和平和他的律师坐在被告席上。

法官宣读判决书："根据中华人民共和国婚姻法第 × 条第 × 款之规定，判决如下：一、吴和平崔云之子吴迪的监护权归崔云。二、吴和平每月支付吴迪 1000 元抚养费至吴迪年满十八岁为止。三、×× 区 ×× 路 ×× 小区 ×× 号住房所有权归崔云所有。如不服本判决，可于即日起十五日之内向上一级法院提起上诉，现在闭庭。"

吴和平恨恨地盯着崔云。

崔云面无惧色地迎着他的目光看过来。

吴和平把眼神避开了。

餐吧四周的墙上挂着推拿中心所有大夫的像，这些像都是马跃用夸张变形的手法画出来的，牢牢地抓住了每个人的特点，一看就是他。

崔云站在吧台里满面春色地配卤配菜。

四周的座位上坐满了顾客，有等候推拿的客人，也有慕名来品尝的时尚年轻人。

沙复明走进来，年轻的男领班把他引到吧台前最后的一个空座位上坐下。

男领班倒了一杯大麦茶放到他面前。

沙复明轻声说：“我就喝杯茶，忙你的去吧。”

男领班离开了。

沙复明坐在那里慢慢地品着茶，听着周围轻松的谈笑声，脸上很陶醉的样子。

崔云不时地偷看他。

沙复明的手下意识地在桌子上点着几个点，崔云知道那是盲文，不由心头一紧。

张一光、王泉、孔佳玉、马跃在大推拿室里推拿。

张一光：“我这一辈子要能像沙老板这样，死都瞑目了。”

孔佳玉：“那你首先得问问自己，你有他这么勤奋吗？”

王泉：“光勤奋不够用，还得扛得住事，打不烂压不垮，你有他那么结实的身子骨吗？”

张一光：“你们俩什么时候结婚？”

王泉：“等我弟弟回家了，我们就结婚。”

张一光：“你弟弟还有多长时间才能回来？”

王泉：“一年。”

孔佳玉：“张一光，你就这么一个人在外面晃荡着？”

张一光：“明年我租间房，把老婆孩子接过来。”

王泉：“这就对了，一个男人哪能没有家呢。”

推拿中心休息区。崔云把盒饭发给员工们。

她把饭盒放在王泉的面前：“王大夫，你帮我认认，这几个盲文是什么？”

她把扎着一行窟窿眼的盲文纸递给王泉。

王泉放在桌子上仔细摸了一遍说：“这两个字是生活。”

崔云拿过来那张纸仔细地看着上面的那几个细小的窟窿眼，心中满是感慨。

夜晚。沙复明站在宿舍窗前。

窗外街灯闪烁。

沙复明掏出来手机，从里面调出来向天纵的语音短信。

向天纵的声音充斥了整个空间：“当年你谈的那场恋爱，那个姑娘未必是我，但是她的声音陪你走过了十七年。我希望你珍惜那个有这样声音的女人，我希望你跟这个声音百年好合。我走了……”

沙复明的背影塑像般地耸立在窗前。

房间里布置得非常温馨。

崔云把吃完饭的碗筷收拾起来进了厨房。

沙复明摸索着用抹布仔细地擦着桌子。

他把椅子推到餐桌下面。

沙复明进了卧室。

吴迪在床上睡得很熟。

沙复明摸到吴迪的腿，小家伙踹了被子。

沙复明拉过被子重新给他盖好。

沙复明摸到一块人体骨骼的组装块。

他又伸手到桌子上去摸。

桌子上人体骨骼模型被吴迪全部卸成了碎片，再也装不上了。

沙复明在桌子旁边坐下。

他双手摸索着，用最快的速度把人体骨骼模型装上了。

沙复明坐在客厅餐桌旁边，崔云从砂锅里盛了一碗汤放到他面前。

崔云："不烫了喝吧。"

沙复明："不是刚吃完饭吗？"

崔云："这是汤，这场手术伤了你的元气，你得好好补一补，店里这一大摊子的事就靠你了。"

沙复明："你说得不对，跟命运掰手腕，靠我一个人的力量不行，兄弟们拧成一股绳就准行。"

崔云两手托腮看着他。

沙复明："干啥这样看着我？"

崔云："你知道我怎么样看你呢？"

沙复明："仰着头，目光中充满信任。"

崔云笑了："对。"

沙复明："你想就这样把你的后半辈子交给我。"

崔云的鼻子一酸，眼泪差点掉下来。

沙复明轻声说："过来。"

崔云绕过桌子走到他的面前。

沙复明把她拉进自己的怀里，一声不响地紧紧地搂着她。

崔云伏在他的耳边小声说："从来没有人这样抱过我。"

沙复明："那天在医院里，我就想这样抱着你，不想让你再离开。"

崔云的眼泪流了出来。

沙复明两手捧着她的脸细细地在她的脸上摸着，嘴里喃喃自语般地说着："你的脸型很好，眉毛很漂亮，眼睛上面的皱折很深，你是双眼皮，眼毛也浓密，你的嘴

唇很柔软。”

崔云伏下身去，把自己的嘴唇紧紧地贴在他的嘴上。

沙复明紧闭着的眼睛刹那间睁大了，脸上浮现出无比甜蜜的神情。他无比激动，异常热烈地回吻着崔云。

崔云两手捧着沙复明的脸轻声问他：“想不想要一个自己的孩子？”

沙复明连连摇头：“不想。”

崔云：“为什么？”

沙复明：“我怕我的眼睛会殃及后代。”

崔云说：“万一呢？”

沙复明说：“万一摊在一个人身上那就是一万，谁能扛得动一万呢？除非是一万块钱。”

崔云静静地搂着沙复明，她不再说话了。

早晨。吴迪睁开眼睛，映入他眼帘的是桌子上的人体骨骼模型。

那被重新组装好的模型脸冲着他笔直地站立着，右手伸在额头前敬着军礼。

吴迪惊喜万分，一骨碌爬起来，小脚丫子被一只温暖的大手抓住了。

吴迪回头看。

沙复明躺在他的旁边。

吴迪尖叫一声，一头扎进他的怀里：“老沙！老沙！你跟我在一起睡，怎么不叫醒我呀！”

沙复明：“你睡得跟小狗一样，怎么扒拉都不醒。”

崔云进来，她精神焕发，面色滋润：“早饭做好了，你们起来洗脸吧。”

沙复明和吴迪站在卫生间洗脸池旁边，吴迪洗脸，沙复明往脸上抹刮胡子的泡沫，准备刮胡子。

吴迪：“老沙，给我抹点儿。”

沙复明摸着吴迪的小脸，认真地在他的嘴旁边抹了一圈泡沫。

吴迪看着镜子里自己和沙复明一模一样的造型，哈哈怪笑。

北京某小区按摩中心门口。芒来下了钟从房间里出来，他站在门口，阳光照在他的脸上，他的神情很孤独。

他掏出来手机，犹豫再三拨通了一个号码。

电话里远远地传来一个男人接电话的声音：“喂，哪位？”

芒来吓了一跳，差点把电话挂了。

电话里男人的声音：“喂，你找谁？”

芒来鼓足了勇气问：“这是金嫣的手机吗？”

电话里的那个男人说：“是。”

芒来说：“我找金嫣。”

芒来听到那个男人在叫金嫣的名字，喊得很亲密：“嫣！有人找你！”

芒来绝望地挂断了电话。

一列火车飞驰而过。

金嫣和邓晓梅面对面坐在车厢里。

沙复明打电话的声音：“咱们推拿中心成立五周年搞店庆，邀请老员工回来探亲，费用店里出，大家难得在一块聚一聚，你回来吧。”

邓晓梅的声音：“芒来会回去吗？”

沙复明的声音：“通知他了，不知道他回不回来。”

金嫣和邓晓梅拉着旅行箱走到推拿中心门口。

高唯连喊带叫地从门里跑出来迎了上去。

三个女人抱在了一起。

高唯把她们拉进了餐吧。

推拿中心的餐吧。邓晓梅和金嫣在高唯的身边坐下。

崔云把沏好的大麦茶放到她们面前，又放了一盘老婆饼。

崔云：“吃吧，我做的小点心。”

金嫣拿起来咬了一口：“嗯，嗯，好吃。”

邓晓梅：“崔云姐，我经常想起来你做的面，太想吃了。”

崔云：“那还不容易，我这就给你们做。”

高唯一眼看见了邓晓梅隆起的肚子：“邓晓梅，你怎么胖成这样？”

邓晓梅：“我怀孕了。”

高唯吃了一惊：“不会是薛旺那个王八蛋的吧？”

邓晓梅：“他在大连干物流，干得挺好的，我们还租了房子。”

高唯：“这世道有人变成鬼，也有鬼变成了人。”

金嫣：“薛旺那小子经常跑来帮我干活，就这样我还逼着他一个月给邓晓梅写一份检讨呢。”

高唯：“今天客人多，你们帮店里干一天活怎么样？按老规矩分成。”

金嫣：“好啊。”

大推拿室。王泉、张一光、马跃、孔佳玉、金嫣、邓晓梅一人手下一个客人做着推拿。

都红在踩床上给客人踩背。

沙复明走进来听着房间里热热闹闹的声音很感慨。

沙复明："这就是正能量，气场非常好。咱们的人都到齐了吗？"

王泉："还差芒来和张老板。"

沙复明："老张给我打电话了，下午到南京。"

牛三勇往餐吧的屋顶上挂彩灯。

高唯指挥着他："往这边一点儿，对，对。"

牛三勇从梯子上跳下来。

高唯："今天晚上都是盛装出席，你别穿你的中式褂子。"

牛三勇："我穿西装，你穿婚纱，干脆咱俩今天晚上顺便把婚结了得了。"

高唯："美的你！咱俩的婚得到马尔代夫的海滩上结去，想省钱门都没有。"

牛三勇："我的卡都在你兜里揣着呢，我一个大男人，空着两个口袋，就是个样子摆在这给别人看的。"

高唯哈哈笑。

牛三勇："你说吧，你到底对我还有什么要求？"

高唯认真地说："不准喜欢别的女人。"

牛三勇想了一下，更认真地问："我女儿也算在内吗？"

高唯斜了他一眼："老婆还没娶呢，就惦记上女儿了。"

牛三勇："这叫超前消费。"

高唯一屁股坐在椅子上："累死我了。"

牛三勇在她旁边坐下，他拍拍肩膀说："躺这吧，不要钱。"

房间里堆着一大堆东西，有瓜果蔬菜，还有新打下来的两麻袋粮食。

张宗琪和韩秋霞分门别类地收拾着。

张宗琪："我地里的东西一点农药都没有用，我用了一种新的专利产品甲壳素。这东西能既能消灭病虫害，还能让产量翻几番。"

韩秋霞："别在这吹牛，能见着钱才是真的。"

张宗琪："你怎么一天钱、钱的？"

韩秋霞："你不喜欢钱，赶紧把你跟人家要钱的手剁了吧。"

张宗琪："嘿，你这老娘们儿！"

韩秋霞："什么时候把我闺女接过来？"

张宗琪："我养的猪一出栏，卖了钱我就租房子，把我妈和闺女一起接来。"

韩秋霞："我把丑话说在前面，你姐姐要是跟过来，别怪我翻脸。"

沙复明和崔云进来。

沙复明："又准备跟谁翻脸呢？"

张宗琪看见他急忙迎上去："哎哟，老沙，你可想死我了！"

沙复明："怎么了？"

张宗琪："跟我合股干的那几个人，可不像咱俩，太积贼了，我跟他们尿不到一个壶里。"

沙复明："控制不了别人，你就得学会调整自己。"

崔云："张老板，这些东西都是你地里种出来的？"

张宗琪："是啊，这袋子大米，是我拿来给推拿中心的员工们品尝的。"

沙复明："多少钱一斤？"

张宗琪："我这是有机大米，市场价十二块钱一斤，我给你打八折。"

沙复明："六折。"

张宗琪："七五折。"

沙复明："六折。"

韩秋霞从蔬菜堆里拿过来一个西红柿递给崔云："吃吧，百分之百纯天然，没有催化剂也没有农药。"

崔云用手擦了一下一口咬下去："嗯，小时候吃柿子就是这个味，真正的柿子味，多少年没吃过了。"

傍晚。沙复明和崔云拉着手慢慢地在街上走着。

崔云在吃一根黄瓜："张老板还真把地种成了。"

沙复明："他干这行对路子了，干推拿不称职。"

崔云："肚子里的孩子太能吃了，就这么一会儿又饿了。"

沙复明："孩子正是长身体的时候需要营养。"

崔云："给这孩子起个名吧。"

沙复明："这是个大事，你让我想想。"

崔云："不管男孩还是女孩，都叫他（她）向久好不好？"

沙复明："向久？"

崔云："没有向天纵，就没有你和我的这段姻缘。我们应该把她长久地留在心里，"

沙复明一下站住了，他一把把崔云紧紧地搂在怀里。

房间里灯火通明，一派节日的景象。

餐吧吧台的四周摆着冷盘水果和啤酒。

推拿中心的全体员工围坐在吧台四周，牛三勇、吴迪、韩秋霞和张宗琪都到齐了。

沙复明低声问高唯："人都齐了吧？"

高唯低声回答："曲芒来没有来。"

沙复明："他来了。"

高唯："你怎么知道？"

沙复明："直觉。"

3 号推拿室。房间里黑着灯。

曲芒来腰板笔直地坐在推拿床上。

欢声笑语不时地传过来。

一阵脚步声由远而近。

逆光中金嫣站在门口。

曲芒来从床上下来，局促地站在那里。

金嫣说："走吧，就差你一个人了。"

曲芒来："你怎么知道我在这儿？"

金嫣："你不在这还能去哪儿？"

芒来："我给你打过电话。一个男的接的。"

金嫣："我表哥跟我说了，我没想到是你。"

听她这样说芒来的心一下松了，脸上不由地浮出了笑容。

金嫣用还有一些残存视力的眼睛盯着他："你在笑吗？"

芒来："嗯。"

金嫣问："是哪一种笑？人绝处逢生？还是树枯木逢春？"

芒来："你恨不恨我？"

金嫣："干吗恨你，恨你不是连我自己都一起恨了吗？那段经历是我人生的一部分，只要是我的人生，在我看来都是精彩的。"

推拿中心的人围着吧台坐成一圈，王泉挨着孔佳玉，金嫣、芒来、邓晓梅坐在一起。

马跃挨着都红，高唯挨着牛三勇，张宗琪挨着韩秋霞，沙复明挨着崔云。

餐吧的小伙子们把一盘一盘的冷拼、冷饮、糖果、水果摆上了吧台。

沙复明举着酒杯站起来："上次请大家吃饭，我来了那么一出，大家都没有吃好，这次我特意请大家来给你们补上。推拿中心能发展到今天这个样子，离不开在坐的每一个人的努力，在这里我诚心诚意地谢谢大家了！我先干为敬！"

他一仰脖子把酒干了。

大家积极响应，纷纷把杯里的酒喝光了。

沙复明又倒了一杯。

崔云悄悄拉了他一把，不让他多喝。

沙复明："这一杯是另一重意思。王泉和孔佳玉已经领了证马上要办婚礼了，高

唯和牛三勇也领了证，我也凑热闹向大家报个喜讯，我在这里郑重地宣布，沙复明要当爸爸了！”

人们一怔随即响起一片喝彩、跺脚和尖叫声。

高唯站起来大声说：“光喝酒气氛不够，咱们推拿中心人才辈出，来点节目吧！”

都红站起来说：“谁唱？我来给伴奏。”

金嫣把芒来推了出来：“让芒来唱一首。”

餐吧里突然静了下来。

芒来嗫嚅道：“好。”

马跃把都红领到钢琴旁边，都红坐下。

金嫣把芒来领到钢琴旁边，芒来稳稳地站在那里。

芒来跟都红低声耳语了几句话。

都红点点头，优美的钢琴旋律响起来。

芒来张嘴唱了，他唱的是安德烈·波切利唱过的《今夜无人入眠》。

他的声音极其优美高亢。

餐吧里的人先是震惊，紧跟着就沸腾了。

沙复明激动万分，滚烫的眼泪“唰”地流淌下来。

芒来天籁一样的高音冲过窗子，把炽热的情感送上了繁星点点的夜空。

早晨。影壁墙上的睡莲静静地绽放着。

推拿中心的大门“吱呀”一声开了一个一尺宽的缝。

一岁的小女孩向久探出圆圆的脑袋。

她头上梳着一根洋葱头小辫，瞪着两只黑亮的大眼睛往外看着。

向久趔趔趄趄地走过来了，她伸开两只胖嘟嘟的小手，咧着只有四颗牙齿的小嘴笑着扑过来。

向久站在街心公园的长椅上，崔云双手扶着女儿站在她的身后。

女儿胖胖的小手指着沙复明，她张开小嘴清晰地吐出来两个字：“爸——爸！”

吴迪跑进来大声喊：“老——沙！”

沙复明一身中式衣服，肥裤腿宽扣襻。他面带微笑在打着外柔内刚的太极拳。

推拿中心的弟子们站在他的身后，跟着他练拳，他们跟沙复明一样每人一身中式衣服。

练太极的人越聚越多，队伍逐渐扩大了。

晨练的人们在沙复明的带领下，动作一致地推着太极拳。

沙复明收势时，摆了一个太极的优美手势。

沙复明自言自语："生活这两个字拆开了就是推拿，只不过用的不是上帝的手，而是你自己的手。"

沙复明把双手举到面前，阳光透过他的十指照射过来。

沙复明自言自语："做推拿，手法要'轻而不浮，重而不滞'，那才是一种境界。"

2012年3月4日，第二稿于北京